本卷主编　李延年

本卷修订　许振东

本卷作者　刘万川（第一编）

　　　　　李延年、江合友（第二编）

王长华　主编

河北古代文学史

| 第三卷 |

人民出版社

目　录

第一编　明代河北文学

第二编　清代河北文学

第一编　明代河北文学

绪 论

公元 1368 年，朱元璋在应天（今南京）称帝，改元洪武，国号明。至崇祯十七年朱由检自缢，前后共二百七十七年，共历经十六帝。明洪武二年置北平中书省，治北平府，九年改北平布政司，永乐元年升为北京，改北平府为顺天府。永乐十九年明朝都城由南京迁都北京，京师之地直隶中央，为与南京的南直隶相区别，称为北直隶。明代的河北文学基本以明代北直隶的文学创作作为研究的对象。北京作为国家首都，有其政治地位所决定的特殊性，京都文化亦与燕赵传统有别，故在此不对京城中的文学进行考察。

北直隶既是畿辅之地，又是军事前沿，明代的重大政治、军事变化都影响及此，这是一块与明王朝的兴衰息息相关的土地。明代文学的发展，小说、戏曲等通俗文学是主流，但在北直隶，这两者的创作较为沉寂，传统的文学形式——诗歌和散文，依然是主体，温柔敦厚的诗教观影响深远，文学和政治的关系体现得更为密切，作家创作更多地受到理学思想的制约。明中后期为人所津津乐道的文学新思潮，对北直隶诗文影响也十分有限。

明初，朱元璋极力倡导程朱理学，在科举中规定"国家明经取士，说经者以宋儒传注为宗，行文者以典实纯正为主"（清阙名《松下杂钞》卷下）。永乐皇帝朱棣刊行《五经大全》《四书大全》《性理大全》等书，使得"在明前期，整个思想文化领域处于一种万马齐喑、死气沉沉的'述朱'状态"（傅璇琮、蒋寅《中国古代文学通论》明代卷）。在文学思想上，无论是宋濂倡导"明道"和"辅成化俗之文"，还是方孝孺强调诗歌"增乎纲常"和"关乎治论"的作用，程朱理学都渗透到了文人思想和作品中。李东阳在《春雨堂稿序》中曾说："且今之科举，纯用经术，无事乎所谓古文歌诗，非有高识余力，不能专攻而独诣，而况于兼之者哉！"这在北直隶的作家中体现得尤其明显。从成化、弘治年间开始至正德、嘉靖之际，王学盛行，尤其王艮、罗汝芳、李贽等思想家的出现，追求自由，肯定私欲的思潮风靡全社会，文学上也出现了以"童心说"为基础的呼唤真情、高张个性与物欲的倾向。这股风潮在北直隶却并未兴起，反而是嘉靖王朝的腐朽却让河北作家忧患满怀，不乏忧民之嗟。万历年间，东林学派强调经世致用，一方面在政治上主张改革弊政，一方面学术上反对空谈心性，主张实学。影响至河北文学，要求作品要承担批判现实、拯救社会的责任。明末，动荡的土地上，无数河北人用自己的生命捍卫着疲弱的明王朝，即便这个腐朽的朝廷是否值得人们花去生命和鲜血尚值得思考，但在国家、民族的危急存亡中，河北人民表现出的气节将永远值得缅怀，他们的诗文中也真实地记录了这段历史和忠臣志士的心路历程。

为行文方便，本编结合河北文学发展实际和学术界对明代文学分期的通例，以洪武到正德、嘉靖至隆庆、万历至崇祯三段为前、中、后三期，对北直隶的文学概况加以简单勾勒。

第一章

明代河北诗词创作

第一节　李延兴、石珤等明代前期诗人

　　明初的文人们经历战乱，作品带有不同程度的时代特色，如宋濂、刘基、高启等人，也包括北直隶文人李延兴。随着政治统治的逐渐稳固，正统文化逐渐确立地位，典雅风格成为普遍审美理想。永乐以后，"三杨""以其和易平直之心发而为治世之音"（杨士奇《玉雪斋诗集序》），"台阁体"应时而生，在相当长的时期内，成为明代文人们或者遵从或者批判的焦点。成化年间，茶陵派兴起，李东阳力主"浑雅正大"（《怀麓堂诗话》），对台阁体进行修正。东阳门下，有藁城人石珤。而后"前七子"掀起复古运动，"倡言文必秦汉，诗必盛唐"（《明史·李梦阳传》），南方吴中派则以追求狂放自适与其遥遥相应，共同酝酿着对传统文化的反驳和新变。在这场争论中，故城人马中锡、孙绪用理论和创作表明了自己的态度。

　　明初，易代的变乱和杀戮使得人人自危，但并未让文坛沉寂。如陈田在《明诗纪事》甲签序中说："余谓莫盛明初……且明初诗家各抒心得，隽旨名篇，自在流出，无前后七子相矜相轧之习，温柔敦厚，诗教固如是也。"李延兴就是"各抒心得"的诗人之一。

　　李延兴，字继本，多以字行，东安（今河北廊坊）人。据《列朝诗集小传》记载，其先世为河南人，元初至北平。元至正十七年进士，官至太

常奉礼兼翰林院检讨，入明后不仕，郡邑聘为教官，河朔学者多从之，以师道尊于北方，被称为广文先生。李延兴在《画像自赞》称自己："虽读书而不求其解，虽体道而仅得其粗，虽同乎今之人而以圣贤为矩墨，虽食夫今之禄而视轩冕犹泥涂，我固以为至拙，人亦笑其甚迂。"这种政权更迭之际的遁世现象在历史上并不稀奇。

《四库全书》存李延兴《一山文集》九卷。据黎公颖《一山文集序》："平生素以文鸣，所作甚富，于千百中仅存七八。"由此可知，其著作颇为丰富，但散佚严重。《四库全书》将其归为元代，然明代选本也多选录。据陈田《明诗纪事》："继本诗词峰磊砢，风格老成，有拔山盖世之气。明初北平诗家当以继本为开先。"考虑其代表性作品多作于入明后，故于此介绍。

其门人李敏在《一山文集原序》中云："中原俶扰，先生遂隐居不仕。上考唐虞三代及两汉之文，下遡伊洛诸儒之源流，于势利淡如若将终身焉。而河朔学者尊仰德业，担囊负笈不远数百里来学。""其文本根以六经，出入乎群书，上下乎诸子之间。故其文章浑厚雄深，而人莫易窥其涯涘。""其千变万化固无常矣，究其所以，无非着明是理也，其所以助国家裨治道也。"可见，李延兴主张宗经遵道，经世致用，并非避世，而是以立言济世。只不过与政权的边缘化，也使其自适心态发展，野逸之趣增重。作者在《傅子敬纪行诗序》谈到自己的创作，"诗非本乎志，而规规守绳墨以学为声律之细，诗则陋矣！"他所肯定的是上古的风雅和盛唐诗歌，而其评判标准是"藻发乎天趣，声系乎风教"，"诗与志浑然"。这在某种程度上，已经有了明代"宗唐反宋"的征兆。

李延兴在《备荒杂录序》写道："读夷齐采薇之咏、园葵紫芝之歌、杜子美岁拾橡栗之句，可以观世变矣"，《邓伯言玉笥诗集序》中又说："大抵诗之体裁，各以其类，雅颂有雅颂之制，风骚有风骚之制，汉魏人则汉魏人语，六朝唐人则六朝唐人语。""其于古今事势之变，山川人物之异，是非得丧之由，兴衰理乱之实一寓于诗，而和平之音、愁思之声、欢愉之辞、穷苦之言，合乎体裁而无偏颇之失当。"这是对"文变染乎世情，兴废系乎时序"观念的继承，所以他的诗歌能够直视现实。

战争给诗人带来的心灵创伤，表现在诗歌中，是对残破河山的悲怀和对友人安危的关注。在五言古诗《送李顺文》中，李继本以近乎杜甫《北征》的沉重笔触描绘了元末明初的满目疮痍："白昼烧通衢，戎马相践蹂。屋化飞尘灰，莽莽草木茂。往年大姓家，存者无八九。兵兴岁无虚，稽事废南亩。"诗歌结尾写与朋友离别，则动情吟唱："君归我何如，涕泗满衣袖。执手河之干，临风一觞酒。人生会合难，岂不怀亲友。"还有组诗《咏怀》（丙申岁作）其一："白首殊方客，奔驰戎马间。时危忧母老，岁晚寄书还。冻雪连荒野，寒云出乱山。苍茫西日外，痛哭倚柴关。"其四："妻子何时见，凄凉病转侵。虚传千里信，已负百年心。短帽飞霜满，空阶落叶深。白头吟正苦，回首泪沾襟。"频仍的战争冲击着每一个原本美满的家庭，诗中写游子漂泊，或者念母、或者怀妻，正是"家书抵万金"的真情注脚。诗人登高望远时写"千古河山几争战，一登高处一潸然"（《秋日杂兴》），送别时云"传语亲朋好调护，路难莫怪寄书迟"（《送别》）。诗中凄楚、悲凉的情调，都可以看到杜甫感时伤事的影子。再如《度居庸》用古乐府的笔调、句式，细致描绘出漂泊流离的生活和晓行露宿的艰辛，结尾处"安得筋骨化为山下土，填却千山万山无险阻，尽使行人免愁苦"，化自杜甫的《茅屋为秋风所破歌》，心中的沉重是相同的。

李继本虽入明不仕，但诗歌并未掩盖其曾经有过的志向。《读贾谊王粲传》："白发悲王粲，青春羡贾生。万言词慷慨，一赋气峥嵘。吊屈心犹壮，依刘恨未平。怀贤坐长夜，斜月半窗明。"不单纯是评论对二人的辞赋，也是后世对长叹者和登楼人的知音之论。还有《和友人韵》："乱臣倾庙社，祸本久胚胎。万里金城坏，千原铁骑来。人心今日异，天意几时回。痛哭英雄老，凄凉卧草莱。"是针对元末明初政局所发的感慨，"人材淹草莽，勋业付儿曹"之句，则表达了自己不能挽救社会和百姓的遗憾。

诗集中有为数不少的题画诗和写景诗。前者常不停留于画面描写，将画面与现实相联系，如《题画》中，先描绘出"白烟遮尽青林花，野簌嫩香应可茹"的画意，进而提出画作的遗憾之处——"胡不着我山之墅"，接着近乎陶醉的回忆："小时耕牧岘山阳，闲从野人学种树。门前渔浦啼竹禽，屋上鹤巢走松鼠。独行采药日莫归，才得艺术一斗许。纵令服食不得仙，何若长年艺禾黍。小村秋晚鸡正肥，大瓮春浮酒新煮。老翁醉舞儿子歌，笑语喧华忘宾主。此乐不见十许年，兵火煌煌照南楚。思归见画万感生，怅望风帆横浦溆。时清即好谢官归，全家移向山中住。"不仅对画面的形象和构图诗意再现，还将自我感受融入其中，照应现实，寄寓志向。另如《雪溪渔隐图》中"湖之滨，江之澨，书可读，谷可艺，君将忘筌予避世"等句，也是用类似的手法。

李继本的写景诗古雅而富有情趣，乱世中无奈淡淡地渗透其中。如以下两首：

> 城外云山浓似绮，屋里琴书静如水。石炉添火试松香，袅袅篆云飞不起。天涯倦客此停骖，茶社烟销犹隐几。奚奴呼觉日平西，一片秋声响窗纸。（《渔阳客邸》）

> 黄崖秀绝不可画，山际飞云如走马。东来无此好云林，况逢野衲同清话。茶烟侵午客题诗，松籁吹凉僧结夏。人间尘土诚污人，何时息影禅林下。（《黄崖寺》）

前一篇诗人在诗书中得到了暂时解脱；后者则是想找一方净土，寻一时清静。

《静志居诗话》云："一山，北方之学者，其诗文颇拔俗，长歌尤擅场。"从体裁风格上看，确为中的之语。李继本长于七言、精于古体，在此类诗歌中常一气贯穿，任情挥洒。如《仲冬月》描写冬日严寒，霜气如刀，大地冻裂："斗标建子仲冬月，晓天云掩残月魄。满城霜气利如刀，敝褐蒙头出不得。旭日无光风伯怒，冰合水泉厚地裂。凭高旷望目力超，瀚海天山千丈雪。波涛永阂蛟龙宫，原野深藏狐兔穴。南山榛栗尽枯死，出猎何人驰驷铁。俄顷风收氛翳开，万里云天清帖帖。青旗飐飐酒家楼，杖头恰有钱三百。何物小儿为侣俦，座上能诗有仙客。月斜醉倒花树下，铜龙漏下五十刻。"诗歌纵横想象，笔力盘礴，与韩孟诗派"笔补造化"的追求一致。纪昀评道："其诗文俊伟疏达，能不失前人规范。在元末诸家中尚为铮铮独异者，长歌纵横磊落，尤为擅场。中有学李白不成，流为卢仝、马异格调者。好高之弊固愈于卑靡不振者矣。"（《四库全书》卷一百六十八）所称继本源于李白，当指诗中流转的气脉和上天入地的想象，而就其用语的险劲，则更接近韩愈、卢仝。

综合而言，《一山文集》中的诗歌倾向于北方的壮美，意境以苍凉浑厚为特征。如《滦河》一诗中的"千年海鹤辽东去，万里滦江天际来。沙路连城白似雪，山光过雨碧于苔"，以"千年""万里"拓展读者空间时间感受。还有《卢龙二首》其一中的"迢递卢龙塞，苍茫滦水波。青林云气重，白涧雨声多。"写云气重和雨声多，从视觉和听觉上造成一种压抑感，加强读者对塞外战乱的印象。还有《赠边将》中的"杀气吹戎帐，腥风拂铠衣"；《咏怀》四首其三中的"雪翳窗灯影，风涵戍鼓声"；《和友人韵》中的"雨雪迷青野，风云动紫宸"等，皆为例证。

正统初年后，台阁体式微，李东阳为领袖的茶陵派出现，藁城人石珤是李东阳门下的一个代表人物。

石珤，字邦彦，藁城人（今属河北）。其父石玉曾为山西按察使。珤与兄玠同举成化二十三年进士，改庶吉士，授简讨，数次谢病居家。正德年间历南京侍读学士、两京祭酒、户部左侍郎等职。十六年，拜礼部尚书掌詹事府。嘉靖元年，屡乞致仕。但言官以石珤德高望重，进谏请留。三年五月，以吏部尚书兼文渊阁大学士入参机务。在朝廷议庙乐、议庙衢、议章圣太后皇后谒太庙仪的争论中，被进谗贬官，且责令无一切恩典，装橐被车一辆而已。时人叹云"自来宰臣去国，无若珤者"。之后大臣再无进逆耳之言者，着实可悲。嘉靖七年冬去世，谥文隐，隆庆初改谥文介。

《四库全书》有《熊峰集》十卷，前四卷及七、八、九卷为诗，五、六卷及十卷为文。另据《明诗综》有《恒阳集》，今未见。

茶陵诗派常被批评为盘踞馆阁、脱离社会，此论对石珤则有失公允。他虽有《太康宫词》《南朝宫词》《唐宫词》《贞元宫词》等系列诗篇，风格典雅，是台阁身份的典型作品，但也有较多源于乐府精神的现实主义篇章。如《贫家行》以女子自述表现农民的艰难生活："深山有鹿水有鱼，平原终日无宁居。村中昨暮正长下，官府星夜驰文书。父老讹传阅户役，有马出马车出车。妾本贫家女，少小得养息。自嫁与良人，日出官家力。眼见春泽生，欲谋今岁食。牛种犹逋巨室钱，蚕桑敢望当窗织。城南草屋才两间，千钱出易无人还。夫妻只有一弱子，不忍弃去携归山。已闻长吏税间架，恐有生死鞭棰下。"又如《饷糟吟》："高堂置酒白日欢，颠裳倒屦意未阑。主人不惜珠璧碎，刲麟剥凤充朝餐。西池鼓发纵牛饮，烂醉挈断曼缨冠。狂歌剧舞无夜旦，宫商错乱知谁弹。春缸绿沸壮士喜，红笼晓开鹦鹉死。尽脱金貂岂论钱，不妨曲糵多成市。湘南遗老坐叹息，斜日烘颜亦酡色。江上何人更唱歌，千愁万恨无人识。"写法上继承中唐新乐府，先铺陈贵族的骄奢，再以"湘南遗老"的叹息作结，引人深思。这类作品还有《田居》中回忆先王在世时的"老死民不流，官长鲜迎走"，反衬如今"瓿石犹不盈，焉知肉与酒"，以盛衰变化批评朝廷施政的失败；《鼓不绝》中写"凭君听箫鼓，中有劳者声"，富贵不忘贫民，表现为官者的良心。

石珤晚年置身于政坛旋涡，诗中也不乏对当时政治斗争的曲折反映，《杂诗》："大朴已雕散，颓波漫末涂。笺诰日纷纶，君臣互为谀。直弦忽见绝，白璧多掩瑜。但闻都俞声，无复咈与吁。往往抗颜色，犹称迈唐虞。唐虞不可见，烈士始全躯。王掾名痴绝，槐里号狂愚。安能起皋益，重述邦家谟。"批评朝臣不顾是非，阿谀奉承。《伤哉行》用两个人物的遭遇对比表现世态炎凉，写本来人才相当的东西二家之子，"九重昨夜下明诏，东家蓬户生光耀。少年位列执金吾，拥者拥兮趋者趋。怀宝不售君子节，太息西儿犹服儒。街前燕雀无虑万，朝朝东飞暮西返。东家画梁稳可栖，切莫随风飞向西。西家网罗不可度，门前冷落无遗梯。嗟哉！人情反复安有公，燕雀亦与人情同，回身掩户且高卧，安用空罗张晚风。"

咏怀遣兴是《熊峰集》中的另一主要内容。如《听雨》："君不见芭蕉叶梧桐枝，离人一听思千里。亦有潸然堕泪时，阃前不复植此种。恐经百感凋华姿，今宵忽听荷盘雨。依旧闲愁千万缕，乃知古来壮士多悲心，不用当筵怨歌舞。"夜听雨打芙蓉声，孤独感、思乡愁笼罩心头而不散。还有诗歌表现对仕宦生活的疲惫，如《秋日遣兴》："我虽宦游人，自是悠悠者。忽逢邻叟来，相欢坐桑下。"再如《雨坐述怀》："古来忠与邪，往往激褊浅。长城能自坏，元恶畴克殄。所以乐道人，但欲脱轩冕。"也有对时光流逝，人生无常的慨叹，如《述志》："五采莫如白，数动莫如息。贵名几丧身，嗜利竟死食。"

石珤对燕赵家乡有着深厚的情感，每每登临古迹，感叹嘘唏。其怀古诗针对北直隶的历史，感怀言事，颇有北地深厚苍凉之风。如：

> 河岳千年帝宅开，昔人功业几摧颓。风生易水荆卿去，台筑黄金乐毅来。鸦带夕阳多闪烁，树酣秋色正崔嵬。昭王祠下经过少，为读碑文细拂苔。（《清苑怀古》）

名山万仞白云封，千古人来忆卧龙。郭震志豪频倚剑，李躬望重几临雍。弦歌未坏藏经壁，萍水徒悲过客踪。独讶题诗安处士，断碑多在最高峰。(《望封龙山》)

北直隶的土地上曾经涌现过荆轲、乐毅这样的英杰，与眼前的空无失落相比，怎不让人感怀？诗人较多的写景之作，也多写家乡山水，如《夜渡滹沱》中："西日光已微，跨马出村境。唧唧林鸟鸣，仰见河汉影。南巡古堤麓，地峻行屡警。踏软知近沙，野阔夜愈静。谁将笙歌耳，复听秋虫哽。万事倏春梦，对此山河永。惊波啮断岸，跳梁老鱼猛。星斗摇长练，薄吹搜鬓颖。鼓枻歌沧浪，怀人忆千顷。遥望城西门，熠熠烟火冷。"以细致的笔触写出滹沱河的夜景。

茶陵领袖李东阳的拟古乐府诗中肯深刻而正气凛然，《熊峰集》中也有较多的拟古诗篇抒写现实感受而引人注目。如《拟古》：

翩翩海中蚌，长养非一朝。含灵向秋浦，出没随春潮。展月夜咀华，精爽洞丹霄。孕为径寸珠，光采兼琼瑶。远人致筐筥，万宝坐自消。本期缀冕旒，何意投寂寥。圣王惜合抱，尺朽安足嘲。

运用比兴抒发怀才不遇、寂寥孤独的感受。再如《行路难》："行路难，不能不行奈路何。宝刀骏马成蹉跎，道逢酒伴且痛饮，世上知心本不多。"用传统乐府诗意，写人生道路坎坷，知音难遇。《静志居诗话》记载其事：少保爱立在永陵初年，是时诸臣以议礼忤旨，帝初欲援以自助，而鲠直自守。至三封内批，帝心弗善也。故虽位列中台，其诗多謇产而不释，如云"黾勉二十年，十事九失意。"又云："人生值命薄，所遇多不平。"又云："虽云日偃仰，亦复成局促。"又云："趾发物己迕，意行悔相连。"又云："轩冕岂不华，一喜生众惕。"又云："幡幡行春鸟，解使朝变昏。"又云："古来忠与邪，往往激褊浅。"又云："苟移造化柄，黄土亦易崇。"又云："宁为白璧碎，不作脂与韦。宁为钝剑折，不作钩与锥。"又云："事去朝露空，安辨穷与达。"又云："笺诰日纷纶，君臣互相谀。但闻都俞声，无复咈与吁。"又云："终然千古下，忽有知己叹。盖当日纶扉，之间未尽和。衷之雅一傅，众咻谁与为善。"乃知人生不得行胸怀，虽作相，与不遇等也。

石珤在诗歌的艺术表现上，也与李东阳相似，具有浓厚的复古色彩。

《拟古》《拟君子有所思》《拟古巫山高》这些拟作，在台阁体盛行时以复古的面貌出现，是反对庙堂风格的特殊手段。《古意四首》其三："生长邯郸下，少小能鼓瑟。君王好新声，宠爱一朝失。"其四："姜家青云楼，楼前花柳深。花容如妾貌，柳絮是郎心。"若单纯从字面表面看，只是南朝乐府仿作，但如联系诗人在后期被皇帝疏远的现实，其是否有"美人迟暮"之喻，则需另当别论。自拟题目的新题乐府如《病骥行》中"平生感一顾，何以报明君"，表示无论穷达，均不忘匹夫之责；《新妇词》中通过相貌平常的媳妇以辛勤劳作得到家人的认可，说明"邦家本一致，竭力安可忘"。诗歌均能让人体会到言外之意，如王元美云："石少保如披沙拣金，时时见宝。"（王世贞《艺苑卮言》）

石珤的歌行常能以气贯之，正应李东阳《麓堂诗话》中"长篇中须有节奏，有操，有纵，有正，有变"的论调。以《浩歌行》为例，"春风秋月何年毕，今人古人三万日。少年不觉成壮夫，一日悲歌长六七。人人都说太平年，年去年来亦忽然。未论功名到钟鼎，须臾白日凋朱颜。君看书剑还如故，烟阁云台不知处。古道聊驱羸马行，壮心几逐飞龙去。长安辩士如悬河，豪气能倾马伏波。簪缨貂锦一朝歇，露盘仙掌仍嵯峨。君不见杯中酒，又不见筵前歌，酒阑歌尽人何在？依旧年年芳草多，金印玉腰真可羡，丈夫未遇欲如何"。起伏节奏近于李太白。再如《出鞘龙》中"报国那能计生死"的豪气，《答秋官蔡从善自南都见寄》以洋洋洒洒三百余字，以叙事、写景、抒情、议论多种手段抒发人生失意之感。无怪乎《明诗综》中记李宾之语："邦彦诗词皆中矩度，而七言古诗尤超脱，凡近众所不及。"

《熊峰集》中的近体诗有学唐倾向，七律《和杜工部秋兴八首》其一："恒山西望绣成林，绝壁奇峰剑戟森。云满碧台隋帝女，树藏红庙汉淮阴。西风牧笛吹遗恨，芳草歌楼动客心。最是南乌栖未稳，黄昏钟鼓乱寒砧。"其中三、四句中语序的调整追求拗体，但就总体而言，并没有杜甫震撼人心的效果。石珤宗唐但不拘泥，《南溪雨归》从写景记游中引出道理，说理则又是宋诗的特色。

当时东南文士有推少保诗为北方之冠者，原因在于石珤诗歌语言明白通畅，意脉流畅，如《秋意》："云疏月吐华，叶老林张绣。凄清意独苦，萧爽气初透。白鹤飞又还，青鸾报何后。卧听银浦涛，人与秋山瘦。"又如《九日》："月杵霜砧是处同，悠然起对菊花风。龙山事往人空羡，老圃秋深叶自红。多景欲逢高士赏，无书先与醉乡通。登临又误今年约，万壑千峰怅望中。"

这一时期值得注意的还有作为同乡的故城人马中锡和孙绪，二人均以文章知名，但诗歌也有可观之处。

马中锡生活的年代正是"台阁体"盛行时期，诗人反对此种诗作，重视情感的作用，《赠进士林德温教授四明序》中借朋友之口提出："今人文甚工而不情，是文拙而真。予喜其真，忘其拙也。""文章肖乎习尚，而世道系于述作。三代之文醇，后世之文驳，七国纵横，六朝浮靡，若鉴肖影，若真肖容，不爽锱铢，今人情世道如何也？黠而辩，朴而黠，旁通多可而专，恶方喜圆而异，不大声色而内实躁，不露圭角而内实浅，其习尚如是也。故其发诸文辞，不夸多以浮，则逞媚以纤，随俗习非，不以为污，万机一轴，不以为同。无警语，无奇句。初读若简易和平，细玩则质直枯淡，味之则槁木死灰。"这是对台阁体的批评，也是对刘翾观点的继承。《云窗诗集后序》中，马中锡强调"兴于诗"，"三百篇中，劳远戍、送征役者，指不胜屈，盖慰其羁旅之怀，以作其勇敢之气。其道固应尔也。故曰兴于诗"。这种看法和"前七子"强调创作中的情感是相通的，李梦阳在《张生诗序》中就曾讲道："夫诗发之情乎，声乞其区乎，夫诗之言志，志有通塞，则悲欢以之，二者小大之共由也。"（《空同集》卷五十一）马中锡称赞《云窗诗集》"五七言律快奇雄浑，而古体长歌横逸奇崛，有建安以来鞍马间为文所未能过者"。对这种文学风格的肯定，也与台阁体"三杨"的典雅雍容相异。

马中锡的诗歌主要包括五古、七古、五律等体式。五古多为抒怀和叙事之作，也以此体成就最高，诗人常常以此抒发生命寂寞之感，如《拟古八首》中：

> 病起晨梳头，华发不盈把。朝市事多违，山林俦亦寡。非鱼安知鱼，呼马谓之马。日暮沿溪流，蒙庄真达者。（其三）
> 薄暮坐一室，焚香弹素琴。冰弦足古调，玉轸无繁音。不奏广陵散，惟工梁父吟。纷纷筝笛耳，谁复称予心。（其六）

前者云人生坎坷，有归隐之思；后者独坐一室，弹琴自赏。其他的"聊复一长歌，曲终和良寡"（《拟古八首》其一），"心忘轩冕静，身处衡茅闲"（《拟古八首》其八）等，无一不是自己性格难为官场所容的无奈。马中锡退隐之后，也有"俗辙休相过，残年百念灰"（《东场早秋》）的消极情绪，实际是古代文人常见的宦海之思。长期戍守使马中锡常在奔波中度过，"鞍马劳双髀，乡关感二毛"（《发安塞》），《宜川道中》《逆旅述怀七首》等诗歌都表现的是旅途中漂泊的羁愁和对未来的疑问，"嗟予行役惯，到处即如家"（《再宿聂石谷邮舍》），也只能这样聊以自慰。

贬官的经历使马中锡接触到乡村生活，《酌客》便很有孟浩然《过故人庄》的意味，"良辰具鸡黍，朋酒过我谈。疏雨霁远近，微风来东南。共悦名理妙，安知醪味甘。古人不及乱，吾敢独沉酣"。与此相似，《社饮》写"左手螯正肥，中山酒初熟。哨壶矢上迟，宽韵诗成速"；《田家》写"儿女笑灯下，牛羊卧墙根。火煨榾柮暖，酒漉茅柴浑。陶然取一笑，其乐不可言"，都是在愉快地描写田园之乐。也有诗歌放眼百姓生活困苦，如《长安雪》："关河初冻合，风雨到窗时。篱犬惊常吠，林鸟下复疑。红楼人起晏，白屋妇春迟。更念边城卒，戎衣冒冷披。"又如《寒夜自述再和旧韵》："饮醅聊取醉，挟絮未嫌贫。持比饥寒者，犹为富贵人。一家通十口，千里隔双亲。今夕团圆处，悲欢达近邻。"都是对百姓冷暖的感同身受，如同乡孙绪在《马东田漫稿序》（《沙溪集》卷一）中所说："东田诗悯时痛俗，以极于体物尽性，而要诸变雄浑深沉，无急蹙狭小之病。间于闺情幽思、旅怀宫怨以自况，而闲情逸兴时得之讽诵之外。"

马中锡的诗歌古体多用于咏怀、叙事、题画，近体则应酬之作较多。《列朝诗集小传》记载"评者谓其体格早类许浑，晚入刘长卿、陆龟蒙之间"，实指马中锡五律学习大历、晚唐的特征，如《送王举人下第归湖湘》的清新流丽："失意桃花浪，秋来作倦还。买舟寻楚水，束卷别燕山。绿酒青旗下，红亭碧树间。劝君须尽醉，莫听唱阳关。"其他如"阳坡平似掌，零雨细如毛"（《发昌平道中遇雨》）；"树因花长媚，笋与竹争高"（《即事》）等，语言清丽通畅、描写细腻传神。陈田在《明诗纪事》中说："东田集句律混成，有明珠走盘、弹丸脱手之妙。"马中锡自谓"律熟诗方淡"（《田间自述》），亦是云此。

其同乡孙绪生活的年代基本同于前七子，他对诗文写作有较为深入的论述。在《马东田漫稿序》中说："心不大则无远韵，气不劲则无昌言。诗者，性情礼义之宗，言韵之精英也。浅胸卑局，而欲有轶尘迈俗之作，难矣。"他重视诗人主体的情操，推崇李杜、韩愈，认为高、岑、王、孟以下无足观，并且以马中锡为例说明"诗类其为人"，"欲读公诗，先观其人；欲学李杜昌黎诗，当先论世以自厉。不然窃词组掯数字，规规于声韵步骤，吾恐模仿愈工，背驰愈远矣"。重视作者道德人品，继承"有德者必有言"的传统，与李东阳的单纯重视诗歌本身格调相比更具现实意义。作者反对表层模拟，"文章不蹈袭固是难事，然能夺胎换骨亦何妨于蹈袭也。"在笔记《无用闲谈》中较为严厉地批判了前七子对古人的盲目崇拜和亦步亦趋：

> 今人掇拾前人残唾，才见贺诗即曰鬼才，见苏诗即曰不无利钝。至魏晋李杜之诗，秦汉之文即拱手降服，惟恐不及。问其所以为佳，茫然四顾。不取必于心而徒论世之先后、学之卤莽一至于此。大抵文章与时高下、人之才力亦各不同，今人不能为秦汉战国，犹秦汉战国不能为六经也。世之文士往往尺寸步骤、影响声欬、晦涩险深、破碎难读，曰此《国语》体、《左氏》体、《史记》《汉书》体、此下视之，渺然燕许韩柳诸公俱遭诽薄，作字亦惟李斯蔡邕是托，钟王以下若不足经目。

其中对于时代不能重复，文学也不必重复地论断，虽乏新意，在当时还是较为突出的。

孙绪的诗作未能达到诗论中所能标榜的高度，有汉魏风格的拟古之作是代表性的篇章。《七谣赠璞冈赵明府》以诗歌的形式模仿赋中的七体，内容虽有对循吏的歌功颂德，但"情见乎辞，俟观风者采之"，却是与汉乐府创作目的相同，如《弭盗谣》并序：

> 近日多盗，非尽吾民之罪也。盗生，无禁治之术，乃保庇之。人有擒盗诣公庭者，又罪责之。人孰不为盗也？侯来甫数月，四境肃然，禾稼遍郊，马牛被野，然则前日之多盗，果民之罪邪？非邪？作弭盗谣。

> 往年盗如云，云生顷刻成氤氲。今年盗如雨，一齐清明还快睹。

> 往年城市纷匕首，今年村落镕刁斗。风鸣犬吠总不关，夜夜黄鸡与白
> 酒。衣毳衣绾墨绥严，使君慈父母。

其他六首写捕蝗、息讼、礼贤等事，都直指当时种种社会弊政。另外，如《前有猛虎行》则是用比兴暴露官府的残暴。"山林虎猛亦怕死，终岁不敢入城市。君不见城中猛虎垂饥涎，吮民膏血不怕天。"《春愁送刘侯归云中六首其三》中"古人重在民，今人重在官。官威日赫赫，民力何能宽。县吏夜持符，赋役纷无端"，是对赋税徭役的繁重提出批评。《哭孟子干行人三首》直接针对武宗南狩，诸臣"同列伏阙，被杖死"的敏感事件："双泪阑干麻纻衣，素溪何日再渔矶。义当有激身如寄，死可无惭愿竟违。鹏翼九天孤众望，龙逢千古话同归。旧缄不忍重开读，肠断当年急手挥。"既有对自己辞世门生的怀念，又有对当朝者的不满。

孙绪近体表现细腻而不尚雕琢，语言清新流利，师法盛唐而略嫌深厚雍容不足。如《莎汀四首》其三："门前漳水日东流，水际闲汀草自柔。雨后繁枝青似织，风来学舞翠先浮。江湖渺渺还忧国，鸥鹭年年共此丘。寄与上林花木道，明年春色倍相酬。"另外，"心无困扰柴关迥，梦有余闲野鸟啼"（《寓意》）；"到处溪山供好句，无言桃李自新阴"（《提学王侍御应鹏枉顾用老杜秋兴八首韵见贶次韵奉谢》）；"何须苦羡莼鲈脍，漳水波深鱼正肥"（《提学王侍御应鹏枉顾用老杜秋兴八首韵见贶次韵奉谢》）等句亦是如此。部分感怀失意的作品颇有意味，如《小轩即事》："野水溶溶草树荒，高轩谁问郑公乡。门开风入笔如剑，窗破月来书在床。万变依稀都是梦，半生宠辱已相忘。鹤长凫短君休笑，终遣缁尘远素裳。"中间两联对仗巧妙，情感深沉。还有七绝《即事》："烟雨茫茫失远村，东陵瓜地傍衡门。袖中双剑依然在，换得黄牛教子孙。"用汉代典故，"双剑"与"黄牛"的对比反差，含蓄地表白自己之落魄。

这一时期的傅珪和顿锐的诗歌也颇有可取之处，但诗集不传，只能从部分诗话和选本中略窥一二。

傅珪，字邦瑞，清苑（今属河北保定）人。成化三十二年进士，历翰林学士、吏部侍郎、礼部尚书等职，五十七岁卒。嘉靖初追赠太子少保，谥号文毅。傅珪坚持气节，不附权贵，敢于批评帝王之好佛，能够阻止刘瑾之专权，"有古大臣风"，"刚直忠谠"，《明史》有传。《千顷堂书目》

载其有《北谭集》二卷，不传。

《明诗纪事》云："邦瑞在正德朝遇事直言，权佞侧目，矫旨致仕。杜门谢客，足迹不至郡，辟园城西，莳花木，日与亲旧饮酒赋诗为乐。郎山、葛洪山皆郡之胜，携客往游，峻绝幽邃，人所不至之地，皆留题而去。"作者追求古意，如五古《此日足可惜》拟古乐府："百年如瞬息，寒暑迭相侵。所以圣贤学，惜此分寸阴。明日还易得，今日不再临。试观过隙驹，载骤何骎骎。眼前斑白者，昔时俱青衿。才言且姑待，倏尔老其心。理自苦中熟，适意安足歆。愿言重日光，监彼古与今。"从人生短暂引发时不我待、积极努力的结论。当然，作者也有"万事如棋堪一笑，几番输去几番赢"（《与诸乡友手谈》）这样似乎看破世事的诗句。易水河在河北诗人笔下是缅怀壮士、寄托理想的常用意象，傅珪便有以此为对象的几首绝句。"征羽声中悲士怒，不知别后几同仇？"（《易水诗》）"日暮无端风乍起，萧萧犹自使人愁。"（《渡易水》）不直接用事，虚处落笔，但这几首诗的诗意不免重复。

傅珪遗留诗篇多近体诗，流利直接，语言直露，化用前人诗句较多。如"月上东山报晚晴，曲终刚见一峰青"（《抱阳山夜酌次西屏韵》）取自钱起的"曲终人不见，江上数峰青"（《湘灵鼓瑟》）。"望迷远塞云俱黑，坐久空堂烛自明"（《夜酌》）化用杜甫的"野径云俱黑，江船火独明"（《春夜喜雨》）。

顿锐，字叔养，涿州（今属河北保定）人，正德六年进士，官高淳知县、代府右长史。正德十年，赵士亨刻宋人赵令畤所撰《侯鲭录》，顿锐作序。顿锐少负诗名，《列朝诗集小传》称：当时"北人云涿郡有才一石，人得其二，锐得其八"。晚年居怀玉山，自号怀玉山人，吟咏自适。有《鸥汀长古集》二卷、《前集》二卷、《别集》二卷、《续集》一卷、《渔啸集》二卷、《顿诗》一卷，另有《涿鹿先贤传》，均未传。

四库馆臣评价其五言古诗气韵清拔，颇为入格，七言古诗跌宕自喜而少剪裁，近体专尚音节，意境重复居多。从所存诗歌来看，古诗多为旧乐府题目，如《陇头流水》《长安有狭邪行》《蜀道难》等，特点不能完全显露。《御选明诗》中所存《观斗蟋蟀》能以小言大，退归老子守雌之论，较为成功。近体诗中五言律诗较多，确实存在意境重复现象。如《潭柘寺》和《岩头寺宿》中的描写。顿锐的《过贾岛墓》一诗虽写常见的感怀，却脱离窠臼，写出了明人对这位唐代诗人一生潦倒的评价："泪尽穷辕得旧京，旋披业灌拜先生。桐乡远在今西蜀，梓里遥邻旧北平。奔走髀消何位业，推敲骨瘦是诗名。太行秋色桑干水，野老相呼后世情。"另外，七绝《石桥村清泉寺》和《正月十七日》：

> 绿遍汀洲水逸村，碧波横印小桥痕。春流到处生芳草，江北江南人断魂。（《石桥村清泉寺》）

> 烧灯已过春寒减，巢燕未归花信迟。一曲竹纸清瘦尽，小窗红雪看梅时。（《正月十七日》）

两首诗均写景抒情，但在作者笔下不减唐人。如"春流到处生芳草，江北江南人断魂"和"唯有相思似春色，江南江北送君归"异曲同工。《明诗纪事》评曰："叔养古诗微嫌冗长，竹垞所评良然。至五律音节高亮，对仗鲜明；七言律、绝亦复翩翩振响，在正、嘉际，不失为第二流。"颇为恰当。

第二节　明代中期杨继盛等政治人物的诗作

从世宗嘉靖年间后，明代社会发生了较大的变化。一方面，政治腐朽，奸臣弄权、宦官扰政依旧严重威胁着明王朝的统治；另一方面，商业发展，资本主义生产关系发生和萌芽，却没有得到健康的发展。嘉靖末，朱厚熜以藩王世子即位，追尊生父生母，与朝廷官员发生冲突，衣冠丧气，文人转而追求理性和精神的独立。人们干预生活的意识减弱，个人主观化色彩增强。在文学领域，呈现出多元的局面，新旧思潮相互渗透，雅俗文学形式互有盛衰。在河北文学的演进中，小说、戏剧两种文体依然沉寂，传统的诗文作为政治斗争的武器，在此时出现了高水平的作家作品。既有与奸臣不懈斗争、关注现实的政治人物，也有注重自我情性表白的传统文人。

政治人物中最具代表性的是杨继盛，他字仲芳，号椒山，容城（今属河北保定）人，生于明武宗正德十一年，卒于明世宗嘉靖三十四年。自幼家贫,十三岁始从师学习,嘉靖二十六年登进士第,授南京吏部主事,又从韩邦奇学习音乐,声名日著,改南京兵部右侍郎。俺答入侵,大将军咸宁侯仇鸾惧怕,请开马市以缓和局势。继盛认为此为议和示弱之举,极言不可,但因位卑势小,贬狄道典史。俺答爽约入寇,仇鸾奸计败露伏诛,皇帝忆起继盛之言,迁诸城知县,累擢南京户部主事、刑部员外郎。当时严嵩恨仇鸾凌己之上,欲借此事拉拢杨继盛,改为兵部武选司,然继盛心中唯忠奸之念,无阿谀之心,反弹劾奸相严嵩十大罪状,遂被杖下狱,遭弃市,年仅四十。严嵩事败,穆宗追赠太常寺卿,谥忠愍,从御史郝杰言,建祠保定,名旌忠。清世祖曾说:"有明二百七十余年,忠谏之臣往往而有,至于不畏疆御,披腮犯颜,则无如杨继盛,而被祸惨烈,杀身成仁者,亦无如继盛。"(《畿辅通志》卷七)

杨继盛以气节自负,不屑于文字,后人重其品行,整理为《杨忠愍集》三卷,《四库全书》和《畿辅丛书》都有收录。

杨继盛存有诗歌 89 首,以近体为主,大部分作品都表现出对国家和百姓的关心,如《闻筑外城》:"万里河山俱帝业,如何谋计只神京。备边自是千年计,塞外谁人筑五城。病急须从标上治,如何缓处用工夫。庸医费尽箧中药,待得良医药有无。"针对统治者不思长久安边之计提出批评;《因冷感兴》中的"边陲戎马中原盗,惆怅羞称自靖臣"之句写对天下战乱自己感同身受的忧虑;《微雪有感》中则是对饥寒人民的同情:"都城夜半初飞雪,台省应多祥瑞诗。眼底饿夫寒欲死,来年总稔济谁饥。"

杨继盛在与奸相严嵩的斗争中身陷图圄,狱中之作表达了自己不屈的意志。这类诗歌或见景生情,或因物寄感,或直抒胸臆,心中正气化为生花妙笔:

> 破窗不奈西风冷,况复萧条一敝裘。疏雪飘残忧国泪,寒更敲碎贯城愁。悲歌劳扰惭燕士,坐卧浑忘是楚囚。四海寻家何处是,此身死外更无求。(《小雪》)

> 风吹枷锁满城香,簇簇争看员外郎。岂愿同声称义士,可怜长板见亲王。圣明厚德如天地,廷尉称平过汉唐。性癖从来归视死,此身原自不随杨。(《朝审途中口吟》)

即使偶有"回头往事浑如梦,识破尘寰半局棋"(《观新历》)的感慨,但坚持正义至死不渝是杨继盛一生的信念。

在艺术表现上，椒山多无暇雕琢，直言心事，但身世凋零，也有碍于恶劣环境的比兴之作。如《和商中丞狱中生瓜》中的"可怜成落寞，徒自吐英华"之句，用匏瓜图悬的典故写自己的遭遇。最为值得注意的是《陈平山鹊噪诗以此答之》，在诗前小序中明言："屡示灾变，塞口不言。少见祥瑞，上表争贺。鹊之类也有愧老鸦多矣。"朱厚熜即位后崇信道教，夏言、严嵩等阁臣皆以供奉青词而受宠，杨继盛对当时朝中弥漫的谶纬迷信风气非常不满，不得已而以咏物诗形式发之。如其二："好音惟恐隔深树，一听恶声共弹罗。啼鸟亦知随世变，鸦鸣何少鹊何多。"是说文臣武将丧失气节，只知道说些皇帝爱听的话。"可厌老鸦常折翅，依人喜鹊亦空啼。长安公子多飞弹，且向云山深树栖。"（《因前作谕鸦鹊》）所表现的却是今上喜怒无常杀害大臣的现实。

一些送别和写景书怀的作品写得清新流利。如《送史沱村考绩三首》之二："一上离亭几度愁，十年尘梦叹沈浮。悠悠月笛山城夕，漠漠寒云江树秋。作客南来俱万里，送君北去独孤舟。他乡正有思归兴，况复征旌出石头。"客中送客之意和寒云夜色之景相辅相成。《怀鹤峰东城因寄》通过强颜欢笑的细节感人："屋梁落月应怀我，春草池塘更梦谁。记得别时悬泪眼，佯为笑语怕相思。久惜离群恨见迟，谁知相见倍相思。从今忆弟休怜弟，又恐别时胜此时。"

《山东通志》载其《登泰山》："志欲小天下，特来登泰山。仰观绝顶上，犹有白云还。"英风豪气，显露其中。《临刑诗》乃为绝笔，光照千古，其一："浩气还太虚，丹心照万古。生前未了事，留与后人补。"其二："天王自圣明，制度高千古。平生未报恩，留作忠魂补。"

苏志皋，字德明，后号寒村，又号岷峨山人，祖籍北直隶延庆，明初迁至固安（今属河北廊坊）。生于弘治六年，少小聪颖，但体弱多病，自弱冠之年始发奋读书，乡试名列第二，嘉靖十一年进士，历浏阳县令、江西进贤令、刑部主事、兵备佥事、兵备副使等职，二十六年左迁河州，又任山西按察使、右副都御史，在辽东战功显著。后谢政归田，闭门著述，隆庆年间又起为巡抚，隆庆六年以疾告终。为人"刚正直言""志甘俭素"（郭秉聪《明通议大夫都察院右都御史从二品致仕寒村苏公暨配恭人温氏合葬墓志铭》)，《四库全书存目丛书》有《寒村集》四卷，集中诗二卷，文二卷，另有附录一卷为其墓志铭。另有《巡抚奏议》十八卷，《抱罕集》一卷，《译语》《书跋》《恒言》各一卷，及《益知录》三十卷谈御虏平倭弭盗之策，皆不传。

苏志皋曾经有唐诗集句(《秋日登镇边楼集唐人句》)，曾凭吊李白和韩愈，《送侍御苏舜泽佑督学江西》提到"雄文气薄东西汉，丽藻辞兼大小苏"。东西汉并举，唐宋朝通提，表明他没有单纯局限于某朝某代。

《寒村集》中有关注下层百姓的诗句，如《田家》曾写到的"郡吏征徭急，田家生计疏"，可惜数量不多。长期的从军经历，造就了不少边塞题材的作品，如《雪夜袭虏》(句宣上谷时作)："朔风利如刀，朔雪密如织。四山号虎兕，万卒无生色。号令等风雷，直捣龙沙北。半夜缚呼韩，天明传薄食。"当写作于辽东征战时，通过环境的恶劣突出军队的士气。又如《书泞源洲瓮城驿壁》："骄虏何时灭，并力日夜弹。不辞青嶂远，敢遂白云安。涧溜春犹冻，山风午亦寒。秋来看报捷，谈笑缚呼韩。"则是写谈笑间破敌的信心。此外还有《出塞》《独石题壁》等。

宦海沉浮也给他带来了"仕途如蜀道"(《奉送张司训先生升广平学谕》)的感受，送别诗和纪行诗在集中占了大多数。"去去京华尘，偏染青袍上"(《冬日北上》)写奔波劳顿的辛苦；《中秋咏怀》："山行路不平，流水复纵横。闻雁饶相思，悲秋减宦情。干戈犹未息，勋业了难成。欲往丹丘去，餐霞过一生。"写于守上谷期间，"餐霞过一生"只不过是暂时的安慰罢了。

汪来在《寒邨集》后序中称："始读《定羌驿》诸作，不信其为今人也。叹曰古调亡于唐，唐调亡于宋，古、唐调兴于明，古、唐调盛于公矣。"其中有奉承的嫌疑，却点出了苏志皋在创作上的复古追求。七言古诗数量不多，但想象丰富、纵横恣肆，如《日出篇》写日出之景，为诸生时作品，就显露了这一特点。

> 日出东海东复东，红霞万缕排晴空。隔林渐见弄寒影，光浮北陆初瞳昽。扶桑枝老数千丈，苍凉已在扶桑上。蓬莱山势高柱天，不妨阳鸟转相向，海底巨灵伸臂来，披云捧日凌崔嵬。金轮涌地如车毂，烛龙衔火天门开。朔吹卷霜寒堕指，貂裘富儿冻欲死。煌煌布暖九陌

头，追逐羲鞭犹未已。我行何幸分余阳，缊袍蓝缕挹晨光。负暄便欲
献天子，只愁日暮途且长。

再如《学宪郭雨山登庸诣长沙岳麓书院岳麓春晓为题试予》的结尾，"一
代文宗慕古心，独立危峰凝望久。归来迟日已西斜，仙舟棹影摇晴沙。似
见幽人渡溪去，藤萝深处飞桃花"。意境悠远，非一般诗人可比。汪来所
举《晓发定羌驿》一诗："淡月穿林莽，郊坰曙色微。鸡声隔酒市，人语
出柴扉。残梦终难续，贫家亦可归。悠悠惮行役，甘与壮心违。"晨光淡
月，鸡声人语，写于行役，是对安逸生活的向往。

《明诗纪事》陈田评道："寒村诗，风调自佳，北平诗人，品在顿鸥汀
之次。"有风调之美者当属七绝，如《夜泊泾县》："南国风烟敞客怀，轻
帆夜泛小舟来。沧江欲落纤纤月，犹照芙蓉近水开。"《留徐水部有让求
归》："吕梁洪上柳成阴，影入秋涛黯黯深。莫折长条千万缕，与君日夜系
归心。"两首都有清新流利的特点。苏志皋诗歌也注意向民歌学习，《棹
歌》的诗前小序提到"浏阳舟子无棹歌，为作口号二首，使歌以相棹，且
以劝俗"。如其二："郎贩鱼盐妾养姑，劝郎休下洞庭湖。湖中尽是无情
汉，郎若无情撇下姑。"语言通俗，富于民歌情调。

《列朝诗集小传》中"苏右都志皋"条记载"右都才情富丽，沾沾自
喜，好作长短句"。集中较多咏花词，但以思乡之作真挚感人而为佳作。
如《菩萨蛮·暮秋登眺有怀》：

满城风雨重阳近，乡心一片谁曾问。木叶下汀洲，家家砧杵秋。
记得当时别，相思频向说。目断送归鸿，云山千万重。

又如《浣溪沙·秋日登镇边楼有感》：

镇边楼上漫凝眸，漠漠黄沙淡淡秋，风林无奈搅乡愁。雁字不来
书又断，君恩未报笔仍投，时时魂梦绕皇州。

都作于戍边之时，登临望远，君恩不忘，目断归鸿，思乡情重。

尹耕，字子莘，蔚州人（今河北张家口蔚县）。其父尹玉郡为孝廉，
尹耕自幼聪颖，七岁即能为文，日诵千言而不忘，二十岁中嘉靖十一年进
士，历官兵部郎中、河间知府，为河间知府募兵制器，抵御虏寇。升河南
按察佥事，得罪权贵仇鸾，被迫远戍辽左而卒。（据《朔野山人集》后附
《尹朔野先生传》）

《列朝诗集小传》记载尹耕："为人豪宕不羁，性嗜酒，喜谈兵。"观其一生，有正气侠骨，屡疏权奸仇鸾，平素以著述自命，著作甚杂。《塞语》一卷，谈捍御塞北之术。为文缜密详尽，并有图画说明，虽是纸上谈兵，而忧天下之心可见。据《列朝诗集小传》所言，"生长边陲，通知疆事，痛恨武备废弛、边臣玩愒，作《塞语》十一篇，申明边防虏势之要害，以告当事者。"钱谦益曾有感而发："子莘《塞语》末，有《审几》一篇，谓汉之患在外戚，唐之患在藩镇，而本朝当以备虏为急，以有宋为殷鉴，痛乎其言之也！"却如尹耕所云，如采诗者不闻，愿有知音了解。另有《乡约》一卷，为解决官民矛盾，讲乡人如何自我守御之事。《朔野山人集》被称为学李梦阳而得其风骨，但只存第六卷残卷，有诗歌五十余首。虽不免挂一漏万，却可窥其一斑。

尹耕关注民生，他的《重过藁城逢父老谈时事至南董乃述九门行一篇》中记述了当时百姓在乱离之后的苦难：

老人三五负薪走，亦有老妇携儿童。我行相遇忽相识，竟前牵挽呼君公。君公昔为兹地宰，抚循每每先疲癃。差科清平吏亦好，两旸和顺年俱丰。人家积绵克栋白，仓庾粟豆尤殷红。君公迁去不十载，天时人事真遭穷。早蝗几赤禾黍野，鞭笞况迫饥寒躬。中男尽金戍□役，少妇亦备修城工。老人死期眼前是，翻怜幼稚当何终。我闻此语心欲腐，老人老人勿复吐，世变江河日下流，人心反复成今古。

通过自己的见闻和老人的自述，再现当时百姓处境的艰辛，构思上和元稹《连昌宫词》相似。还有《和汪方塘忧边二十韵》中，有"云中今甲马，上古亦风烟。武库抢兵仗，漕河急运船。室空输未放，丁困伍仍编"的句子，既有对战争不止的忧虑，更多是对人民的同情。《古意》则以拟古的形式通过女子自叙边关与内地的相思："贱妾长留此，良人久戍边。无由秣陵泪，一洒蓟门烟。野日明官道，寒云暗晚天。相看秋欲暮，又是别经年。"同时，尹耕还写作了《胡无人行寄土王肃庵巡抚》《寄上翟峰都统相公》等乐府古诗，以汉族与少数民族之间战争为题材，以古喻今，壮大军威。如前者："胡无人，汉道昌，大风起兮云飞扬。旌头蓬蓬四角□，天街苍莽走白狼。汉家控弦屯边防，中丞兼领嫖姚章。赏谋酬闲分襦裳，犒鸣贾勇椎牛羊。弱者日以奋，壮者日以良，马不留行惟其将。枪如流星八宝装，弓如满月连臂张。"气象阔大，不减汉唐之色。

尹耕有济世之志，却在腐朽的明世无用武之地，不免有较多失望的感慨。如"可怜劳马足，不是济时才"（《过南北岭》）；"慵懒元吾性，蹉跎即此生"（《舟中杂言》）。长时间游走各地，诗中也有思乡之情的表白。《午日发广昌》写道："十年不作渔樵计，午日重逢骨肉离。海内君亲元自切，天涯蒲艾更堪悲。霆奔巨石溪穷处，云拥孤峰路里时。何止他方叹摇落，即从乡路起相思。"最后一句凸显别离亲人的浓重乡愁。尹耕在宦游途中、行经之处常有怀古之作。如《过邯郸县》："秦兵百万气连云，屋瓦邯郸震欲焚。千载尚留城市在，土人争说信陵君。"在对英雄的缅怀中渗透着时无英雄的慨叹和对力挽狂澜人物的呼唤。还有《乌江》："江东可王却停骖，此事君王自觉惭。十万降兵同日死，可无父老怨章邯。"也是对悲剧英雄遭遇的咏叹。此外还有缅怀韩信、曹操、关羽等英雄的诗作，联系作者《塞语》等写作，充满着"时无英雄"的痛楚。

尹耕对李白甚为崇敬，他的《过采石吊李白》："月在江心酒在船，忆曾把酒问青天。如何一自骑鲸后，直到于今千百年。"通过化用李白的诗句和事迹，写出了"诗仙"的风采。另外在乐府体的《采石行》中，以咏史诗形式满怀深情地描绘李白如星谪地、纵横无物的作为，虽不免有后人神异色彩的夸张和对史实的改编，但却相当的神似。如其写李白进诗讽谏反遭流放：

> 纵酒时眠奉市楼，承恩数上金銮殿。金銮召见酒未醒，挥毫献赋沉香亭。微词雅志在规讽，君王如梦谁为听。事变无常一弹指，宠移爱夺由妃子。陇山鹦鹉复西飞，绣羽孤鸣空自耻。三寸便应师帝王，一言未许抟公侠。自从弃置总堪惜，眼底纷纷井下石。辞官辞赏竟谁明，万里万流夜郎客。斗酒百篇奚足言，当时挟册干天阁。丈夫有才不适用，宫袍零落空烦冤。君不见妖狐在御假黄钺，南内无人闲空阙，宗臣义重不可去，自湛重渊抱明月。

尹耕将一腔报国热情投注于国事，但黑暗的现实却百炼钢的志向化为激荡内转的情感。诗歌语言朴素，不重雕琢，以气运笔，景物描写常作为抒情的背景，"沉雄慷慨"，其诗风不近太白，而似子美。"作为歌诗，沈雄历落。秋兴、上谷诸篇，有河朔侠烈之风。"（《列朝诗集小传》）这种风格尤其表现在抒怀类作品中。如《和汪方塘雪中抒怀二首》其一：

> 金闺通籍事全非，五载沧江未许归。青眼有谁怜贾谊，白头空自
> 羡丁威。江乡气候逢秋变，故园音书达越微。况是满山飘雪霰，冯栏
> 斜日数鸦飞。

再如《秋兴四首》其二：

> 蓟门千里接云中，燧火清宵警报同。合阵几窥青海月，鸣鞭争下
> 黑山风。残冬战士衣仍薄，荒岁孤城虏欲空。南国十年输挽尽，防秋
> 诸将慢论功。

两首诗均是在黯淡色彩意象的烘托下，以典故把自己的感情委婉却有力加
以表现。如朱彝尊《静志居诗话》中说："李何诗派并行，曾未几时，而
学李者渐少，宗何者日多。学李得其风骨者，前有凌溪，后有朔野而已。
朔野以边才自负，一蹶不振，坎壈而终。诗如晓角秋笳，听者凄楚。"

第三节　明代中期刘乾等传统文人的诗歌

与以上政治民生占主体的诗歌相比，明代中期的刘乾、王好问、宋诸
等人的诗歌更强调注重个人情感的抒写。

刘乾，字仲坤，号易庵，唐县（今属河北保定）人，正德二年生，七
岁始诵诗读书，曾举家到河南，嘉靖四年回保定，屡试不成，十七年登进
士第，授河南祥符知县，二十年以疾辞官，后授镇江府学教授。又据《四
库全书总目提要》，刘乾曾历官国子监丞，致政归，闭门著书。有《蒲吾
山人稿》《易庵野记》，皆不传。《四库全书存目丛书》中有《鸡土集》六
卷。据《鸡土集小序》，"鸡土"命名的原因是梦中"入太极宫见玉鸡，
以为文章之兆"。集中诗词二卷，赋记杂文四卷，但卷面模糊，鲁鱼难辨。

王汝林《重校易庵先生鸡土集序》记载刘乾临终之时说："而知汉氏
两司马，唐氏李杜，明兴何李诸君子乎？然诸君子之骨朽矣，而至今无不
知者，非以著作也兴哉？"他一生便用心诗文，以成就如不朽之名为目标。

在《感咏诗二十一》中："世有□□子，哓哓学古文。辛苦句两汉，
诘□□先秦。其或刻以削，其或庳以寝。读之若钩棘，自谓可返淳。不知

土木形，其中无魂魄。昔有韩欧辈，是谁能去陈。过此有高者，而我非其人。"针对七子单纯复古、遗神写貌提出批评。

刘乾的诗歌内容很驳杂。集中有《感咏诗》二十五首，多叙述所谓妙理禅机，如《感咏诗》十八写道："晨兴读古易，悠悠羲皇清。烹茶洗胃润，焚香供坐清。读罢意不倦，滚滚天机呈。"既是一种生活方式的描绘，也表达了自己陶醉易理的感受。而所谓"天机"，是一种生命意识，这也是理解刘乾诗歌的钥匙。

《鸡土集》中处处体现出刘乾对生命的思考：《自遣》中的"人生天地间，有如水漾沙。高下无定形，曲折无定涯"是参破穷达；《黄粱祠短歌》中的"浮名魅我受不得，下马闲看祠前碑。忽如梦醒起长叹，傍有道□暮炊饭"是看到人生如梦。正因如此，他写出"功名等鸡肋"（《毁成》）的句子，原因是"迂吾读易弃浮名"（《至诚通化》）和"世态变愈下"（《感咏诗二首》其二）。刘乾认为摆脱烦恼的出路就是脱离尘世，"何当抛俗事，尘外纵吾形"（《游万寿寺》）。这种思维与散曲中的"叹世"基调非常相近。在他的部分杂言诗中甚至可以读到散曲的痕迹。如《思脱尘世》："万物有生还有灭，神奇化腐朽，腐朽化神奇，这聚散何时歇。"再如《天长县西岭抒怀》："万象纵吾雄辩，说转了太极图，绝顶一团圆，回头山不见、水不见、云不见，琉璃世界团员现，三十六年功夫深浅，当初多少英雄，都在那棄臼里收敛。"

至于脱离尘世的方式，刘乾提到两种：一种是《感咏诗二首》其二中的"青山成莫逆，白酒付无何"。即忘情山水，隐居山林。如《春日即事》"桃花满溪鹅哺儿，杨花扑地鱼上池。野人载酒来索诗，笑倚竹床留着棋"。即写桃花流水，乡野闲适，自得其乐的生活。还有《无题》中的"日长危坐神如水，闲看青虫化蝶飞"等句。另外一种是梦游天境，以游仙的方式寻求解脱。如《梦上天》："身骑万里鹏，两袖饱天风。星如斗，日如城，五色云中谒帝宫。旁闻人赞曰是刘生，帝命取黄金刚卯，赤精宝剑投我怀中，又赐以苍虬，乘去佐以雷霆。忽然惊悟，夜正三更，不觉汗流毛竖，肝胆饮青荧。中流击楫布衣英，半夜鸡鸣非恶声，□□有肥颈，我欲请长缨。"

刘乾心中有较为浓重的道教飞升思想，《偶书二首》中的"物理静推无大小，吾心深爱谷神图"和"苔生古井阅□鸟，花落闲窗读道书"即是言此。他常以梦境的形式，上天入地，也成就了诗歌想象丰富的特点。刘乾诗中想象之奇诡、用字之艰深是学习韩孟和卢全，如其《大水梦用白战体效卢玉川》："五藏阴气结奇怪，梦观大水流天外。女娲焉敢聚芦灰，臣鲧不能淹土块。冲撞天上日星泾，丘陵忽被鱼龙噉。小民巢居箕尾间，渔畋网罟晒天盖。袖濡□溺无逃门，干胃膨胀坤脾败。大帝提携黄□□，手淘东海恶物汰。须臾洪水聚左坎，赤县神州宛然在。惊觉衣汉毛孔寒，无乃汤婆为此怪。呼儿□□夜洗足，涌泉穴暖睡得热。"这种大水只有在梦中才可能遇到，也只有写梦中之水也才将神话、传说融合糅杂在一起。再如《飓风梦隐括杜牧之》写暴风骤雨突然来临："黑风卷海水，飞上天中央。元气郁盘桓，雷电扫八荒。神鞭鬼驭载阴帝，簸弄奇伟操天网。飞沙走石拔木发屋不足道，千山万山摇动如群羊，云如墨浪雹如斛，雨如斩断天河长。"纵横恣肆，意到笔随。

《鸡土集》中，奇特的构思和用字，使诗歌蒙上了一层暗淡的冷色调。如怀古诗《登黄金台》：

> 黄金台上秋月明，黄金台下鬼怜青。白虹犹贯荆卿墓，芳草空生郭子宫。燕山紫黛余王气，易水暗鸣流恨声。美人已随彩云散，宝剑时出野民耕。酒残风雨起台下，恰好骑龙天上征。

月冷草青，山紫水咽，几种浓厚色彩的点染，给人英雄气短的感受。《渡易水有感》中"野水无声日夜流，沙明草暗已三秋"之句也是如此。刘乾的诗歌喜一气而下，动感强烈。《骤雨行》："长风驱云起西北，瞬息千山成一墨。气蒸草树翠磨糊，紫电纵横悬两色。雄飞怒注大若拳，万斛□珠倾九天。腥风浊浪相吹扇，枯萍败红浮大川。"多夸张修辞，将一场狂风骤雨写得惊心动魄。

不羁的想象使得《鸡土集》中的诗体运用灵活，乐府、五七言的古体和律绝兼备，其中杂言古体最为出色。其语言学习民歌，长短随意，句式结构也善于变化。《泪云操》用楚辞体写游子对母亲的思念："登西山兮锄寒薇，置长镵兮见云飞，忆亲舍兮双泪垂。谁为食兮母或饥，母或寒兮谁为衣。"《苏州枫桥夜泊》在集中归入词类，却不见词调；有曲意，亦不见宫调曲牌："君不见百战千争，收拾得山河雄壮。一场富贵似花开，却被旷达风流放荡。五百年后，有个弄瓦老人过此，笑他酒圣花神无伎俩。到得末稍寒乞，奈何乎，将虎踞龙盘俱典当，空惆怅。野渡无人，春潮绿涨。唯有枫桥上，月明无尽藏，枫桥下，孤舟无恙。"冷眼旁观，将个世态炎凉道得明白。

这种想象置于近体，同样活力盎然。不但写就了"刘子不来王子去，独余明月满长松"(《过故读书寺念友人》)；"渔矶太古苍，一竿夕阳冷"(《池上》)等这样清拔的好句，诸如《和王半沙书怀》《过磨崖寺》等诗更是毫无俗态，如前者："忽闻岁尽醉登台，雪霁山青春又来。枯木着花心不动，孤舟横水句空裁。骨清欲跨天风去，气暖能吹野马回。造物催人成大梦，睡惊地裂起初雷。"既化用梅尧臣、韦应物的诗句，又用《庄子》中的典故，把初春雷声醒万物的特有景象呈现于读者面前。

当然，诗集中诗篇如《书卧云庵壁》内容琐碎，或如《慰廷允兄丧内》般过于庸俗的作品，也不在少数，需仔细辨别。

王好问，字裕卿，号西塘，滦州乐亭(今属河北唐山)人，知府王好学之弟，嘉靖二十九年进士，任山西、甘肃巡按御史，隆庆六年任通政史，万历五年累官南京户部尚书，赠太子少保。弹劾贪官，却诸祥瑞，人称有古大臣之风。据《千顷堂书目》，有《春煦斋集》三十卷，今《四库全书禁毁书丛刊》有《春煦轩集》二十二卷，仅存十六卷。

王好问写作主张文学发挥现实作用，《戴得斋先生诗集序》中说："言诗至三百篇极矣，究其宗指：其在宗庙为论功颂德之歌，其在邦国为止僻防邪之训，将以正性情而谐律吕，感天地而动鬼神，非空言非漫为也。"《李溪南先生诗集序》中："古人之诗岂独以辞而已哉？以见志也，而风寓焉。三百篇后者作非一家，自汉魏以及唐宋，其上下可考也。略乎形色之末，而取其风喻之远。夫孰非羽翼正道，而希声雅音者乎？若夫结构缕刻，竞一字之奇者，则无足观矣。"强调诗歌内容的"雅正"，反对字句雕琢和形式主义创作。

《春煦轩诗集》存古体诗60余首，近体诗140余首。吟咏性情是为主调，常常通过写景抒发自己的对生活的些许思考，但意境多有重复。如《雨后斋居》："斋阁临清池，一雨洗烦燠。予心适无事，翛然忘羁束。焚香淡神虑，把袂谢尘俗。长松翳绿发，丛竹鸣苍玉。山光不厌贫，依依若相属。大道本夷简，上德耻华缛。即此足自乐，何问荣与辱。"再如《长日独坐》："床头数卷书，几上一张琴。读书定我志，鸣琴清我心。开户对春山，默坐听幽禽。倦来忽假寐，兴到或长吟。浮生足自适，何论富与贫。"前者安于自然之寂静，后者归于精神之自足。类似的句子还有"至味在冲淡，无欲自厌足。山鸟解忘机，依依若相逐"（《冬日灵谷寺小憩》）；"悠然得真乐，休哉释形役"（《春郊》）等。这种悠然自得来自生命短暂的传统意识，源于陶潜的"纵浪大化中，不喜亦不惧"（《形影神》）思想，如作者在《大道篇》中所云："世事如流水，荣名等浮云。人生天地间，石火寄此身。泽泽冠缨子，忽为山下尘。赫赫侯王第，坐见生荆椿。……病余红颜变，忧来白发新。蹙蹙欲何为，大道归混沦。杜陵百壶酒，陶令五柳春。□□待明月，可以自逸神。"王崇简《畿辅明诗》曰："王公好问诗，闲淡得陶、韦遗意。"此种"闲淡"并非单纯的艺术韵味，更是渗透着诗人对人生的理解。

诗人还有《咸阳怀古》《邺都怀古》《临汾怀古》等系列的怀古作品。如《邺都怀古》："魏王鼎时霸图休，魏国山河极目秋。千门歌吹惟荒草，一世英雄空土丘。黄埃黯黯西风急，落日亭亭漳水流。翠辇雕栏何处去，寒烟衰柳使人愁。"魏武帝横槊赋诗，而今安在哉？只有无情流水，寒烟衰草。俯仰今昔，诗人从眼前的荒凉想到盛衰变化。其他如"今古兴亡多少恨，白云凝散雨凄凄"（《咸阳怀古》）。"无那兴亡起惆怅，夕阳衰草恨何穷"（《临汾怀古》），繁华已逝，物是人非。但景物不免萧条，情感不免低落！

深沉的情感还体现于部分念远怀人的诗作，《怀远》中："伊人隔千里，感念悲参商。细检怀袖书，仰看鸿雁行。秋水望渺渺，蒹葭正苍苍。愿飞惜无翼，心逐浮云翔。"用《诗经》和汉乐府的诗意，拟古意识强烈，但因有感情支撑，并未以文害意。

王好问诗歌有明显宗唐倾向，七古中的拟古作品最有代表性。如在《长干行》序中作者说："昔李白游金陵作长干行，丰神豪宕，凌跨诸贤，心窃慕之。予南游过长干里，因为一作以拟之。"其他如《归去来》《春风行》等，在风调和手法上都近似于唐代歌行。如《归去来》：

东风轻飔春日长，日长风送百花香。黄鸟关关作巧语，分明劝我倾春觞。倾春觞，乐洋洋，去日一瞬成百年，挥戈谁可留青阳。君不见高堂鸾镜悬青光，须臾绿发飞秋霜。又不见黄河奔涛势九折，东流一去终茫茫。……乾坤视我太仓粟，荣利看人石火光，莫诧铜驼见荆棘，便知沧海为田桑。长沮压对问津语，鲁尼应笑接舆狂。丈夫隐见各有志，贤愚虽同一器已藏。已矣哉，已矣哉，流光一掷不复回。归去来，归去来，把钓可临池，乘月可登台，绕径松筠可自栽……

七绝也颇有唐人格调，语言流畅，兴象丰满。如《冬日送客之江南》："雪冻霜寒岁已迟，天涯游子欲何之。悬知千里相思处，正是灯残独语时。"其他如"宫漏正长残梦断，怕听黄鸟送春归"（《春梦》），"五湖烟水青无限，何处追寻范蠡踪"（《江上送友人》）等句。

有论者称其词著名，佳者可入宋人之室，可惜未能得见。

宋诺，字子重，号金斋，故城（今属河北衡水）人。嘉靖十四年进士，授户部主事，曾贬官忠州，后官至兖州知府，吏顽民弊，而经宋诺整顿，奸吏受到应有惩罚，后卒于都下。《四库全书存目丛书补编》存有《金斋集》四卷，包括文三卷，诗一卷，策对书启附于诗后。周世选为之作序。

《四库全书总目提要》评价为"体例颇为杂糅，大抵宦游应酬之作"，较为准确。诗歌一百余首，赠答酬谢内容所占比例较多，但不免小题大做之嫌。如《送钱恪庵守河间》，辞藻艳丽，华而不实。题画诗也较多，往往能升华画作。如《题渔翁画意》中："滩头终日绿云阔，天涯几点青山小。棹歌声彻蓼花滩，惊飞三两沙边鸟。"运用颜色和数字的简单搭配，便使人联想到原画里传神的寥寥几笔。

比较而言，抒发自己的怀抱和片刻情思的诗歌，"根于情而苗于言"，有些味道。如五古《述意四首》其三："海外有大鸟，栖飞不在山。烟霞尚辽绝，况乃通尘寰。阵羽杳无际，回翔隘两间。渴饮沧浪渚，倦宿昆仑巅。揽辉下云霄，喁喁竞相传。毸毸千仞冈，飞鸣偕鸳鸾。百鸟随羽仪，率舞齐翩翩。忽而惜珍奇，顾影虞摧残。寥廓向太虚，凌厉翀九天。长翮不复睹，希声留八埏。"咏物抒怀，全用比兴，寄托理想抱负，自比《逍遥游》中的大鹏。《丙寅入楚除夕舟发长沙》写道："年华尽今夕，孤棹发湘江。作客频搔首，逢春独举觞。天涯身渐远，烟水路偏长。黄鹄风云外，飘飘览八荒。"漂泊作客难免有羁旅之愁，但若有黄鹄之志，也就不在乎山高水长了。

还有《古意》："谁家十二栏，帘垂控玉钩。卷帘明月入，照见别离愁。别离愁几许？晓夜逐东流。"描写如同镜头逐渐的深入、拉近，但闺中少妇始终没有现身，最后出现的是无情流水，回味无穷。七绝《泊舟夜闻渔笛有作》："晚泊平沙傍碧岑，萧萧寒雨过江林。一声渔笛吹残月，惊破沧州梦里吟。"也是声色并写，余味无穷。

诗歌各体兼备，但五古和七绝成就最高。在语言上，宋诺诗歌较为注重声色修饰，使诗歌具备一定的画面效果，也注意前人诗句的熔化和典故的使用。如《送杨少府西归》："叠罢阳关指驿程，天底野旷暮云平。缁尘漠漠人千里，极目河桥长短亭。"即化用王维诗句。

词有七篇，和诗歌倾向相似，都是贺人高升、颂人功德的应酬之作。前皆有序，序言多骈语，藻饰华美，配以阿谀之词作，不忍卒读。序作如"金乌高揭，万里光辉绚晓晴；玉盏横飞，四座衣冠增春色"（《贺明府李西园膺奖词并序》），词作也是如此，如一首《玉楼春》："金风绮浪河桥路，津鼓参旗留不住。荒城回首渺烟波，挂帆夜宿天边树。宦牒程严遄往赴，山烟海月随人去。他年还最大明宫，会沐汪洋新雨露。"金玉其外，没有什么情感和实际内容。

另外还有宋诺的好友周世选，字文贤，故城（今属河北衡水）人，因故城在卫河之阳，故以卫阳为别号，又自称存敬道人。生于嘉靖十一年，聪敏苦学，尝从师百里之外，三十七年春试不利，四十一年进士，出高拱之门，除常州推官，平反冤案，大破倭寇，深得民心。擢给事中，条陈时物，无所忌避。历光禄寺卿、签都御史巡抚抚河南，救灾恤民，保甲缉盗，晋左佥都御史协理院事，旋进左副都，擢工部左侍郎，复转官兵部左侍郎、户部右侍郎总督仓场，擢南京户部尚书，未任改兵部参赞机务，抗击倭寇。上"八目十议"，东南之半壁江山恃之。后因疾终于家中。其为人如门生朱三番所言"公生平口无谑言，身无戏动，以严肃治家，以劝俭率下"（《南大司马卫阳周公传》）。《四库全书存目丛书》有《卫阳集》十四卷，其中散文十三卷，诗歌一卷。万历年间曾修《故城县志》。

诗歌共50余首，绝大多数为七律。少数诗篇涉及现实，同情百姓，如

《初秋晨出观河水泛滥》："茫茫烟水浪花新,村北村南不见人。远寺依稀三岛岸,平畴缈漠五湖津。田家坐苦秋场废,圆守空嗟露井烟。眼底凄凉无限事,西风回首自沾巾。"写农民遭遇洪灾,受损严重,自己心中难过。更让人气愤的是地方官为了自己的政绩,蒙蔽皇帝视听,如《雨坐栖云楼》:"凭栏徙倚望空蒙,叠岩层峦杳霭中。风拥溟云千树合,雨笼平野万畦同。闲衙徒报苍生虑(自注:时久苦旱),晚种犹欣造物功。安得遍方忧旱处(自注:时河洛关陕尚未闻雨报),滂沱均被报年丰。"

诗作大多数是朋友之间的往来酬唱,《送宋金斋河上归夜寤赋此》写给宋诺:"金兰契结已多年,相爱相携意霭然。风雨床头思往事,冰河渡口送征鞯。交游漫说陈雷谊,缱绻仍投秦晋缘。入夜不知分两地,梦中还与话周旋。"语言平易,典故易懂,写对朋友的相思,但感染力有限。其他《酬郑年丈兰石寄问》《澹村纪梦》等,均不脱此藩篱。纪行和登临等作虽偶有"临风杨柳流霜叶,夹岸村墟起暮烟"(《秋暮旋自西村道经卫河》),"醒来独揭闲窗看,露冷鸡啼月正西"(《秋夜》)等构思精巧的句子,但多数率意而成,不能登堂入室。

第四节 明代后期赵南星等人的"诗史"写作

万历至崇祯时期北直隶最为动荡,诗人也较其他时期为多,诗歌呈现两种倾向:一类继承杜甫传统,关注社会民生,关注政治,在诗中再现明末政治的动荡和百姓的艰辛,可称"诗史",代表人物是赵南星、孙承宗等人;另一类以诗歌作为抒写性情、交际应酬的手段,但都却没有精力去雕章琢句,作品虽留存不少,但常显粗率,以鹿善继为代表。本节论述赵南星等人的"诗史"写作。

赵南星,字梦白,号侪鹤,又号清都散客,高邑(今属河北石家庄)人。生于明世宗嘉靖二十九年,卒于熹宗天启七年。万历二年进士,除汝宁推官,寻迁户部主事。张居正卧病时,朝士群祷,南星不往。故至居正去世后方调吏部考功,后历文选员外郎,上疏陈说"四大害",深触时忌。为考功郎中,万历二十一年主京察,因秉公执法、不恤私情,为奸人所劾而落职，朝中"一时善类几空"。去职后名声益高，与邹元标、顾宪成被人比为汉季"三君"，时称"东林三君"。论荐者百十疏而不起。光宗立，为太常少卿，进太常卿擢工部右侍郎，迁左都御史，以整齐天下为己任，天启三年大计京官，著《四凶论》，奏止地方官提荐，寻代为吏部尚书。因澄清求官之弊，再为人所劾，"自是为南星摈弃者，无不拔擢，其素所推奖者，率遭奇祸"。而赵南星本人则为人诬赃，戍代州，母子恸惊而亡，本人泰然处之。崇祯时遇赦，魏忠贤党故意迟遣，最终卒于代州，赠太子少保，谥号忠毅。

《四库禁毁书丛刊》有《赵忠毅公诗文集》二十四卷，《畿辅丛书》收有《味檗斋文集》十五卷，有散曲《芳茹园乐府》一卷。另有《学庸正说》三卷，词旨纯正，不以流俗为好尚；《史韵》二卷，用四言韵语描绘自西汉到宋元历史。

赵南星并没有专门论述文学理论的作品，但从其各种序、论中综合可见，他有着系统的文学观点和见解。

其文学观体现了传统的儒家观念，他认为"诗以道性情"（《明十二家诗选序》），"诗者，兴也，缘人情而为之者"（《冯继之诗序》），"天地间皆文也。散于星辰、风雨、雷电、山川、草木、鸟兽、虫鱼，而人耳得之成声，目得之而成色，思之于心，宣之于口，书之于笔"（《刻花草粹编序》）。肯定屈原的重情创作，如"屈子以神妙殊绝之才，处郁悒无聊之极，肆为文章，以骋志荡怀"（《离骚经订注序》）。人情缘于自然，但要复归于雅正。所谓"变化无端，而归于温柔敦厚。"（《明十二家诗选》）"出于自然，归于大雅，乃足观也。"（《李于田诗集序》）他对"雅"的解释是"正也、常也、古也、斐也"（《穆仲裕诗序》）。诗之雅正来自人之道德高下，"诗也者，兴之所为也，兴生于情，人皆有之，惟愚人无兴，俗人无兴。天下惟俗人多，俗人之兴在乎轩冕财贿，而不可以发之于诗"（《三溪先生诗序》）。

他强调诗歌本于自然，"北方之士人率不为诗，其为之者多成，何也？北方之人性朴而气劲，朴故其词质，直写其志意，劲故其中之所存勃勃欲吐，不能自隐，诵之者可以知其人品，兴其土俗。故北方之人其性近于诗而不学，学者乃不知诗道，每每失之，夫诗以道性情，犹镜以照面目，假令以镜为不美，而饰之以金玉珠玑，则不可以见面目。求诗之美而骋博斗异，过于涂饰，则不可以见性情"（《苏子哲诗序》）。他也提到"诗自古至唐而止，宋人无诗"。肯定了李梦阳，但反对模拟，"古人在前，患其不似也，而复患其袭也，复患其不袭而离也"（《汪敬仲远游序》）。"代革世沿，各得其性之所近。三百自三百，汉魏自汉魏，唐自唐，明自明耳。"（《冯继之诗序》）

赵南星有诗词六卷，共760余篇。诗歌处处显露出对家国的忧虑和忠诚，四言古诗尤其继承《诗经》现实主义传统，如《日居篇》："日居匿晖，搀抢昼显。木飞于天，华岳为谷。群鬼逐人，谓之祟矣。鸥鸣高岗，谓之瑞矣。西施负薪，瘿瘤□堂，马兰充帷，跰蹄都梁。吁嗟喑咨，孰知攸戾。日余不辰，孰生此世？"以反常的自然现象象征明代腐朽的朝政和社会，心中的忧伤和不满是溢于言表的。还有《市虎行》写虎狼食人，大夫不救；《忧雨》写"我有嘉禾，委于途泥"的怨愤等等。他还有深切地关心民生的作品，如《城西行》以纪实笔触写逃难的一家，妻子因饥饿不能赶路，竟要自尽；《忧旱》描绘"山中失清景，原田望如扫"的夸张现实；《淫霖歌》（甲辰七月）写"癸未以来常苦旱，乾坤景物已全非"；"今年六月忽大雨，共道丰年欣在睹。谁知天漏不可塞，淙淙才罢复溇溇"；《苦雪行》："水涝田家禾未妆，出门泥泞深成沟。野雀群飞无可啄，纷入场中声啾啾"。还有作品更进一步，写到了官逼民反，《嗟嗟行》（癸卯九月作柏乡事）的写作背景就是某县役抓一男子时欲对其妻不轨，男子愤而杀之：

> 隐居恨不入深山，耳中时闻民生苦。诛求彻骨仍不怜，城市纷纷尽豺虎。男儿无钱被捉溺，闺中妇女俱无主。人生廉耻未能绝，横遭凌辱那不怒！天昏地塌可奈何，把刀断头谢官府。大车栏栏竟锱铢，共咎昏椓为世荼。乃知古来叛乱事，土崩岂尽朝廷驱？嗟嗟斯人魂有无，能向鬼神诉非辜。白日昭昭犹杀人，杳茫福祸良多诬。

在政治斗争中，赵南星被迫下野，政治压力减轻，作者能在园林中享受闲居的乐趣。如《有感》中所言："已随鸥鹭隐，能避马牛呼。世态原如是，前贤未必无。竹扉深闭雪，山酒仰歌乌。从此交游绝，幽居道不孤。"但赵南星心底并没有从政治中完全解脱，屡有怀念阮籍的想法即是证明，如

《过尉氏有怀阮嗣宗》等。在仕与隐的矛盾中，是不得不隐，欲语还休，如《园居杂诗》十二首其二中所写：

> 宿昔狂且愚，许身良不清。努力竭区区，志欲宇宙平。薄劣乖始愿，褐来樊柴荆。多病愧疲曳，不能事躬耕。苟免饥寒累，怀古虑无成。志士良不闲，富贵非所营。悠悠林壑间，何足矜空名。

可以看出，他重视气节，并以此自励。在《古怀》中也表现出类似的情感，"策杖登西山，言将采其薇。邂逅两君子，伯夷与叔齐。平生仰斯人，何幸睹容辉。握手清林中，论心向翠微。俯瞰东海滨，营丘尽蒿黎。忠孝良可珍，侯王何足为"。如《明诗纪事》中陈田说："忠毅三历铨曹，一为太宰，激浊扬清，凛不可犯。可谓姜桂之性，老而愈辣。诗亦风骨耸峻。"

赵南星一生都在与奸臣贼子斗争，诗歌常表现出一种对周围压力的反抗，这种感情的表达，如姚希孟《棘门集》所言，"步武少陵，淋漓沈痛语，使人欲泣欲啸，欲缩地而谈，欲排阊而诉。易水击筑之音，于今再见"。

诗歌中所描写的外界环境常有象征意义，如《杂诗》三首其一中写道："秋风凋百草，原野何荒凉。禽兽纵横驰，饥鸟鸣且翔。四望多古坟，萧萧荫白杨。"在荒凉的秋景中感怀人生的短暂和时间的逝去。结尾"修名苦不立，死亦何足伤？"是屈原式的自白。还有《秋夜》："鸿雁声寒秋夜深，步檐搔首客孤吟。落梅折柳谁家笛，带月敲霜几处砧。岁晚南行游子恨，时危北望小臣心。江山萧飒皆愁思，历乱无劳写素琴。"笛声、捣衣声的描写舍弃了闺怨传统，反衬臣子之心。《秋怀八首》《秋夜闻砧》《新秋》等情感与此相似。如王士禛《蚕尾续文》称赵南星诗："颇有法度，而又能自见其才思。"

还有一位英雄诗人孙承宗，《列朝诗集小传》中记载其为人：

> 铁面剑眉，须髯戟张，声如鼓钟，殷动墙壁，方严果毅，巍如断山，开诚坦中，谈笑风发，望而知其为伟人长德。……公长北方，游学都下，钟崆峒戴斗之气，负燕赵歌之节，作为文章，伸纸属笔，蛟龙屈蟠，江河竞注，奏疏书檄，摇笔数千言，灏漾演延，幕下书记，多鸿生魁士，莫得而窥其涯涘也。为诗不问声病，不事粉泽，卓荦沈塞，元气郁盘，说者以为高阳之诗，信矣。

孙承宗，字稚绳，高阳（今属河北保定）人。三十余岁时曾仗剑游于塞下，访问老将退卒，晓畅边事。万历三十二年进士第二，授编修。明熹宗即位后，以左庶子充日讲官，甚得皇帝欣赏，自己也常以汉末诸葛、唐朝裴度自比。清兵逼广宁，拜兵部尚书兼东阁大学士等职。孙承宗督理蓟辽诸军务之时，定军制、建营舍、练火器、治军储、汰逃将、恤难民，又修缮宁远城，军威大振。但因为人正直，不依附炙手可热的阉党，受到排挤而乞归乡里。崇祯年间，因后金进攻而诏起原官，驻守通州，调集诸将，因督战有功，加太傅，辞而不受，引疾致仕。十一年，清兵攻打高阳时率家拒守，城陷自尽，终年七十六岁。南明时追赠太傅，谥文正。

其著作甚丰，有《高阳集》，包括诗歌九卷，词一卷，散文九卷。《千顷堂书目》云其有《督师事宜》十八卷，《东便门纪事》一卷，《督师全书》十卷，《前督师纪略》十六卷，《后督师纪略》十卷，《抚裔志》十卷，《历官旧记》四卷，《车营百八扣》一卷。

孙承宗首先是一个政治家、军事家，余事为诗人，正因如此，他没有柔靡于文辞，而以抒发性情为要。在《郑思成悦偃斋文集》中他讲到要把人生失意化之为诗文，与"发愤著书""不平则鸣"相通，文中称郑思成"以数十年之蕴藉，抒其毅然不阿之气，自抚其范，其不袭古人之语也，若其不附今人之行也。予观易下随人春秋袭且于役，诚耻之耳。夫人耻附，文耻袭，附者傍要人而不敢孤立一意，修行者尚谨之，袭者接往迹而不敢妄措一武，乃修辞者甘心焉"。"人耻附，文耻袭"是将文学创作上升到人格情操的高度来要求，文学不能因循守旧，在《春秋房同门稿序》更进一步："夫文体害于庸，而好奇不害于奇也"，肯定创新的重要。

《高阳集》中有《喜尤大将军论兵》《拟兵自辽泽入满将军自请》《宁城阅城》《闻杨文弱备兵关内二首》《平川营示诸将》《闻袁自如被逮》等多首和军事战争相关诗作，从不同侧面勾绘出作者长期的将领生活。其新题乐府如《凌云行》《濡阳行》《文安行》等继承杜甫乐府诗作的现实主义传统，如《满野行》所写的满目疮痍和动荡社会："满野下豺狼，何地不荆棘。尽室办兵食，何人不逼仄。雾露空为朦，荧眜天为惑。绮罗照舆台，而谁忧社稷？组练护扉墙，而谁念邦域？百人共漏舟，乃日防浩溁。三老泣扣弦，衣袽祈补塞。"《雄令行》则表现了朝廷官员在社会中扮演的角色，"怪尔贪婪吏，政虎赋方蛇。营橐不营城，置置复置筊"，他们让饱经战乱的百姓生活雪上加霜。而《偶作》中"上天自好生，杀机轻岂动"和《杂咏》其五中"狡狡主事嘉，跳身为鬼雄。审辑东海滨，而兴三屯戎"的句子都对战事不断的怨恨。

孙承宗也用诗歌表达志向、激励军士，如《将进酒》，序曰："幕中宋程两君作将进酒偶置案头遂效之以免诸将。"

> 君不见骏狼隙驹去复回，六千三万相竞推。生不成名致身早，安取累然丈夫七尺哉。将军之胆之印都如斗，黄金可销骨可朽。倚天有剑崆峒长，狐短鲸长须授首。月抱关西孽鸟惊，旗枭克汉获匪丑。青茅白马还，公等与君但饮黄龙酒。滇黔捷，胡不闻，月羽日羽浑纠纷。跰驰霎驾一御之，雨如豨勇谋如云，为我着筹狼烽息，天下谁人不识君。鲲亦垂天飞，鸟亦惊人鸣。麒麟高阁久拂拭，君今谁是第一行。

孙承宗仕途较为顺利，但也偶有受诬波折之时，此类诗歌常以咏物写景方式委婉写之，《初入丹白园八首》其四："从来羞狗监，宁背泣牛衣。自是天难问，何妨世与违。青虫看对舞，白鸟见孤飞。莫怪投深树，南枝不可依。"连用典故，写自己失意，又以"青虫"喻小人，以"白鸟"喻君子。还有小诗《放舟》写道："江上逢渔父，沧州深处过。风波非不险，人世更风波。"自然环境哪里比得了官场风波的险恶？陈田感慨道："有此伟才，旋用旋罢，国欲不亡，不可得矣！"（《明诗纪事》）还有组诗《三十五忠》咏赵南星、高攀龙、左光斗等人，《静志居诗话》记载："先生自任天下之重，尽瘁师中。司马之檄方驰，乐羊之箧已满。见危授命，无愧全人。集中三十五忠诗，盖亦有感于党祸而作。……东林之君子已得十八九焉。先生之言曰：'起三十五人于九京，未必人人大有勋烈，而有勋烈者，必此三十五人。痛惜人才之至矣。'"对乱世忠臣的赞颂，实际也是自己政治态度的表达。

承宗诗歌语言浅近质朴，用典自然，不求雕琢，实取唐人风神。《效钱起江行》题目标举学唐，《锦川十二咏》模仿王维的《辋川集》，如陈田《明诗纪事》之按语，"公近体绝句，摹仿唐人，特有风调"。其他如表现瞬时感受的两首作品，《如淀》："渡口官河狭，风波不肯前。远滩急倦鸟，野宿傍渔船。枕簟饶秋意，笙箫破暝烟。停杯一以望，孤棹月清圆。"《渔家》："青衫何处湿琵琶，醉眼谁看过客槎。明月也嫌萧鼓闹，尽攒清影伴卢花。"幽清的环境，如水的心情，诗人从中得到了暂时的放松。近体中的对偶句工整合律，且构思奇巧。如"傍水溪声静，环桥月影深"（《野寺》）。"云霞香结袖，星月静随人"（《暮抵弘济桥别同游诸君子》，）"蓬声急夜雨，灯影乱鸣泉"（《舟中六首》其二）等句。

孙承宗有词四十九首，写心写意，抒发自己的政治理想和描绘征战生涯，极富豪情。《明诗综》言其《高阳集》"古风近体均高步于作者之林，而不泥于古人。集中词作豪气英风，近乎稼轩"。如《水龙吟》：

> 平章三十年来，几人合是真豪杰。甘泉烽火，临淮部曲，骨惊心拆。一老龙钟，九扉鱼钥，单车狐撺。念河山百二，玉镡罢手，都付于，中流辑。快得熊罴就列，更双龙，陆离光揭。一朝推毂，万古快瞻，百年殊绝。玄菟新陴，卢龙旧塞，贺兰雄堞。看群公撑柱，乾坤矢力，了心头血。

首句风神极似辛弃疾"渡江天马南来，几人真是经纶手？"情感表达也极其相近。承宗之时为国家危亡之秋，作者几乎只手撑天，这种悲壮和孤独与辛弃疾在南宋时的处境何其相似！正是情感上的共同点才有了相近的词风。另外如《沁园春·秋思》：

> 匹马东来，掩泪新亭，江山笑予。看诸峰罗列，霜描白发，大嬴环绕，云渐征衣。化鹤应回，凤凰何处，惟有明月倚戟枝。凝望眼，叹人民城郭，何是何非？是谁夺却燕支？算麟阁云台须有时。问一行直抵，黄龙痛饮，何如合坐，绿野弹棋？独上高楼，风烟欲净，遥见白云随钓矶。天恩远，念玉关人老，日汝其归。

词中使用"新亭对泣"和"黄龙痛饮"两个典故写自己的志向，也用如画的风景写出了词人对匹马奋斗生活的一丝疲倦，转而向往山林的隐逸和钓叟的悠闲。与此情绪相近的还有《朝中措》："一缑长剑倚晴空，生事笑谈中。王谢堂前飞燕，春来还逐东风。等闲尊酒孤航，二客折臂三公，且向清平行乐，谁论天下英雄。"无论是题材内容或者是"以文为词"的语言，承宗都继承辛派词人。虽然也有《生查子·秋思》《卜算子·孤鸿》等情绪低落的篇目，但"百二河山曾入梦"的豪情，在明代倚红偎翠的词人中，则尽显英烈之气！

孙承宗以股肱之臣的身份写诗填词，虽用力不多，但却以英风豪气卓立于明后文坛。

官至工部尚书兼东阁大学士入参机务的范景文，亦将目光放之"逃亡屋"，如《乙卯十九首有引》[①]"就目中所见，稍为疏次得十九首。盖字皆是泪，几于歌不成声矣"。直陈明末衰败，可谓"诗史"笔触。试看其中几首：

> 万历乙卯天行酷，齐城八百付荼毒。虐魃驱将火云飞，烧尽荒原无半菽。（其一）
>
> 羊豕杀尽继以犊，木皮草根聊充腹。掘得饥鼠带毛啖，爨底无薪煮不熟。（其三）
>
> 荷锄携釜出门泣，欲行不行空踯躅。本以逃死去其乡，此去生死那可卜。（其六）
>
> 嬴妻冲风行且哭，偕毙不如将去鬻。市价斗米值千金，一妻难籴一升谷。（其七）
>
> 中贫人赈数升谷，持去连糠和苜蓿。一勺分作两日餐，食尽还愁生计促。（其八）

天旱无收，百姓吃树皮嚼草根，到处流离漂泊却看不到出路，物价飞涨，朝廷所谓的赈济只是杯水车薪。诗歌如实写作，是士人良知的体现。与此相应的还有以景物的荒凉烘托当时悲惨生活的《行荒》："行荒尽日见孤村，室内无人昼掩门。无数寒鸦啼断树，凄风苦雨又黄昏。"《丁巳再饥四首》（其三）中作者曾不无讽刺地写道"岂无贤宰牧，缓颊说如伤。点铁原无术，催科自有方。计穷生胜死，众弱聚能强。比岁殚群盗，将无元气戕"。正如《明诗综》中引陈皇士语云："范公诗古直豪迈，棱棱露爽。遇国步艰难，故多凄戾之辞。"

范景文《文忠集》中 270 余首诗歌，写景抒怀之作为数不少。《归》写于退隐之时，"素衣生怕染京尘，乞得江湖老此身。无用将从樗栎伍，有家愿与鹭鸥邻。陶潜避世非为菊，张翰思吴岂在莼。夜月几回劳北望，

---

① 此组诗仅存 11 首。

关心国事涕沾巾"。虽有了身退之后的自由，但忠君报国之心依然不减。其他如写自己修书请兵，"谈笑凭将吞贼垒，缄书飞去代龙韬"（《壬戌中秋酌月方罢，城西忽报寇警。当夜移书请兵，于时引烛挥毫，与杯酒共为淋漓一段，意气不觉自雄，偶忆其事，诗以记之》）。病中所作"虽行泽畔还忧国，每步星前仰问天"（《病起》），都可见这位明末重臣的拳拳之心。

《明诗纪事》陈田称其"作诗不主张派别，秀颖清新；秉钺中原，筦枢江左，轻装缓带，可想见风流人豪"。首先当指抒写现实生活和心境的篇目。如《泊舟书所见》："蒹葭已自见秋容，何事舟横浅水中。滞橹停摇频问雨，破帆斜挂懒呼风。波间试水喧艄子，篷下铺蓑睡柁公。爨罢吴娘无个事，滩头闲采蓼花红。"写百姓自给自足的生活。《舟行》："簿领埋头苦，舟行快不艰。倚窗听细浪，卷幔看晴山。稻黍逢人问，烟云信手删。醉余时一卧，梦境共鸥闲。"又是难得的忙里偷闲。

综合而言，范景文诗歌不重典故，不事雕琢，竣挺而不失平易，所谓"发扬而不厉，新警而不佻"（《静志居诗话》）。《列朝诗集小传》中记载："梦章秀羸文弱，身不胜衣，啜茶品香，论诗顾曲，每以江左风流自命。一旦持大议、抗大节，丰采屹然，与高阳、定兴并峙，崆峒戴斗，为之生色，岂偶然哉！"

刘荣嗣，字敬仲，号简斋先生，曲周（今属河北邯郸）人，万历四十四年进士，授户部主事，掌管银库。"品望识略负一时之选，而绝不肯随俗。"（《简斋先生集》序）东北边事紧急，与鹿善继矫发金花银获咎，后历吏部郎中，迁工部尚书总理河道。据《山东通志》记载，天启时修正河道，原预算五十余万两，荣嗣仅支银二十八万两，而功亦成，其节用爱人可见一斑。虽欲求有功于当世，但工部非其所长，终为嫉者所诬，下狱而卒。

刘荣嗣著有《半舫斋集》《延阁诗草》《曹风鲁吟》《膳夫吟》《秋水谣》《剑映》等稿，后合为《简斋先生集》。《四库禁毁书丛刊》中有《简斋先生集》包括诗十一卷、文四卷。

刘荣嗣有不少诗序，表达出作者对诗歌的种种见解。《宋安雅制义序》对复古提出反对意见，"常怪言文者习称左马，言诗者古则汉魏，律必开元大历也。征独不肖即肖矣。我为左马汉唐，谁复作我？衣冠鞋履反今为古，耳目口鼻与人写照，不亦难乎？间阅名画法书临木其极佳者，曰是可乱真，真亦何利？有此乱也，乱真之人亦才矣。竭精敝神毕竟不可为真，则与其伪彼何如真我？冷暖自知，悲欢独畅，纵使令名不逮古人，然当吾世而有不逮古人之我，我亦可以无愧矣。况乎坟典不能没左马汉魏，不能没李唐，则左马李唐实亦有以自存，原不借古人为重耳"。他受到明末主情思潮影响，在《五言律祖小引》中说："人生而七情备，五音出各有诗也。绘词琢句流荡披靡，至于失本情而庚元音反无诗也。"在《王亦房诗序》中也倡导"诗莫贵于真"，针对旁人所提倡的创新的观点，他认为"汉魏之脱三百篇而出，人则谓新；六朝唐宋诸人之递相脱而出，人则谓新。而余苐谓真也。各写其身之所经意，之所会而已。所经与会有万变，则万变而出之有历年，则历年出之境一。而人异人同，而事异事类，而情异各随其异，各随其真，尚有套袭涂抹可供人厌弃者乎？是真则未有不新者也"。荣嗣认为诗歌源于生活，不能凭空造情，"寄兴而已"（《聂澹心诗序》）。在《吴于达诗序》中，他对文学创作的与作家和生活的关系以友人吴于达为例进行了说明，他提出："今经生白首帖括，困顿八比中，不遑其他，一行作史，仅取薄书期会之余力，寄兴偶尝，其何能善？"

诗集共有诗歌千余首，近体占八成。序称刘荣嗣之诗"非寻常流连、花月、寄托、酒茗、赠送、酬答之繁制也"；"高健苍浑，神似少陵，议者以为诗穷而后工，而不知皆先生忠爱之恻，所溢涌澎湃而出者"。有些诗中真切地反映了当时的民生疾苦，如《殣者》并序：

> 余乞假归，良乡以南皆大雪，比渡滹沱则有冻而死者，楚兵其一焉。居人生之以火，余暂止问慰，怆然悲之，因约其口中语于韵。时辛酉十一月之六日也。

> 三尺千里雪，其气结层冰。淡影难为暖，风微树不胜。呼吸冰在腹，袂薄伤左肱。我本江汉士，经历殊未曾。力尽失后旅，心死怨前旌。掷此一身已，供彼鸟雀争。奈何蒙君顾，异乡感再生。苦莫此行役，复当事远征。我闻浑河上，八月冬令并。雨雪将无甚，念之心预惊。何日收劲敌，功成不敢矜。但愿明主心，照知小人情。

再如《流民》写农民们"春夏遭长旱，秋蝗遍川亩。食尽租税急，啼号鬻儿女。六亲不相保，躯命贱如土"。另有七绝《流民三首》，其一："西风吹雨莫烟稠，抱女携儿古渡头。辛苦逢人说不听，平川收与泪痕流。"其二："戴釜携筐不裹粮，和衣籍草宿苍茫。家缘磬竭惟身在，孤梦谁能到故乡。"明代的土地兼并带来种种恶果，在诗中多有再现。

也有诗歌写当时的政事，《书事》十首的序言中明确表明是为魏忠贤等阉党的失败而作，作者写道："不省高天大，几忘上帝尊。淫祠填水陆，横敛到鸡豚。道路看重足，羁囚有短魂。时清无议论，缄口对朝恩。"（其四）还有《送岳明府之泰》其三："浮云生太虚，坐使白日暗。为霖复为雹，仰视谁能判。荣华乍消歇，虎狼纷相瞰。众人岂复堪，君子行患难。"以景物起兴，对朋友的贬谪表示同情和忧虑。诸如此类的还有《闻警》八首、《妖变告郡邑大夫》二首、《戊午四月敌破抚顺翌日出战全军覆没大将死焉作诗纪之》二首等。

战乱使得明末士人充满忧国之心，却缺少太多热情，就刘荣嗣整体诗歌中的情调而言，不是接近杜甫在颠沛流离之后的"沉郁顿挫"，而是如大历十才子的"气骨顿衰"。如《邢州有赠》中的："百岁浑如梦，飘飘逐断萍"；《送别》四首其二中的："砧声断续火西流，瘦影萧萧不耐秋"；《咏怀》四首其二中的"身虽丘壑应回首，北阙浮云正黯然"；《感慨》中的"露白风高天地秋，一尊感慨几搔头"等。诗歌能够从细节处烘托自己的情感，以萧条的景物衬托自己的心情，这恐怕也是陈田所说"诗格不耸高，而忧时伤怀，有萧瑟兰成之感"（《明诗纪事》）的原因。如《乙亥除夕》二首其一："残灯挑尽尚无眠，铃柝声中起暮烟。静念生平茫失据，不知今夕是何年。那堪老至逢奇险，赢得身闲似病禅。况复四方多寇盗，寸衷耿耿百忧煎。"虽然是除夕之夜，但残灯、暮烟带给自己的依然是煎熬。诗歌《九日》："每逢秋色倍伤心，露重霜严秋复深。数节圃中亦重九，登高何处寄孤吟。人同菊瘦闲丛棘，梦逐鸿飞绕故林。吹帽风还欺短发，几茎残雪不胜簪。"也是有感于节序变迁，让人想到深秋时节，消瘦的诗人捻须慢吟的形象。五律中颇多动辄十几首的组诗，《辟寒杂咏》十二首，《续辟寒》十四首，情感相似，都写人世沧桑和官场的无奈。

刘荣嗣的绝句清丽浅近，深受白居易影响，率意而成，一行一吟皆成篇章。如《舟中》二首其二写行船所感："雾断山如画，烟销水似空。满舟载明月，飘飘任好风。"

刘荣嗣有词一卷，多抒发个人情致，而非传统之"艳科"，实有曲化倾向。如《感皇恩·叹息》和《江神子·无题》写年老体衰，《钗头凤·忆旧》写功名虚幻，后者如下："天生惯，无拘绊，秋光春色随缘玩。村醪薄，安闲酌，花奴歌舞，友朋酬酢，乐！乐！乐！诗书府，功名径，无端误入浮华梦。青楼幕，红香阁，许多愁闷，片时欢谑，错！错！错！"还有"性耻蝇营，舌羞莺巧，胸中不落时宜藁"（《踏莎行·送丁退庵》）；"叹息旧时风流欢笑，只道人生百岁好。而今衰病变作凄凉烦恼"（《感皇恩·叹息》）这种看破功名、参透人生的想法继承的是元曲的叹世基调，传统词的意味淡化了。

刘荣嗣虽不见于各家文学史，但作品丰富，是了解当时文人心态的一个典型人物。集中序言写道："先生没后，河朔之诗大振，滹沱、巨鹿、燕山、瀛海、高阳、藁城之间作者林立，顾推崇首烈必自先生。盖先生好贤下士，而又力以风雅之道倡示来兹，故至今天下士无论识与不识，闻先生名、谈先生事、读先生诗，无不慷慨泣下。"可见其当时在北直隶一带的影响。

申佳允，字孔嘉，永年（今属河北邯郸）人。崇祯四年进士，授仪封知县，以才调杞县，治行卓异，擢为吏部文选主事。上"备边"五策，进考功员外郎，佐京察大学士薛国观。因事牵累，左迁南京国子博士，久之迁大理评事，进大仆丞阅马。崇祯十七年李自成破居庸关，遗子涵光书信曰："行已曰义，顺数曰命。义不可背也，命不可违也。天下事莫不坏于贪生而畏死。死于疾、死于利、死于刑戮、于房帏、于门战，均死也，死数者不死君父，盖亦不善用死矣。今日之事君父之事死，义也，犹命也。我则行之。"京师陷落，投井而亡，卒年四十二岁。后受赠太仆少卿，谥节愍，清谥端愍。其子申涵光亦文才出众，见清代部分。

申佳允有《训子》诗："勿骄贵而气，勿纵放而言。清贫念尔祖，忠厚乃吾门。十寒则一暴，舌亡则操存。宁拙勿为巧，过朴不厌浑。斯语置座右，奉为金石尊。"虽是教导子弟之语，也是自己为人的准则。

《畿辅丛书》中收《申端愍公文集》两卷，只有十六篇文章，均为应用性的文字，如《读史摘要序》《临洺驿马政记》等。《四库全书》收《申忠愍诗集》六卷，为其子申涵光所编。《丛书集成初编》中收《畿辅丛书》本《浩气吟》八卷，前六卷与《四库全书》基本相同，后多两卷。《四库全书总目提要》云："人称其诗作仰慕李梦阳、何景明，但颇不相似。多直抒胸臆，虽有明末纤仄之习，然凛然刚正之气使人肃然起敬。"其中原因在于，北直隶在明清易代之际为兵家战场，这里的风云变幻让百姓深受其苦，也使文人时染凛然刚正之气。

申佳允的诗作，忧国忧民之情溢于言表，诗歌再现明末衰败和百姓艰辛。如《忧旱》：

> 河伯怒未已，旱魃骄益炽。山川何涤涤，千里几赤地。仰瞻云汉忧，能无监门泪。竭兹斋祷心，敕罢屠酤肆。怨尤省厥躬，精白感天意。一雨霹雳生，再雨优渥遂。大有卜今年，小民戴灵赐。声欢动千雷，忧隐中如刺。人曰旱之终，予谓涝伊始。旱涝巧循环，相因复相视。亢阳满则除，阴霖芽且孳。寄语河上翁，莫以泄沓戏。

诗人真实描绘反常天气给人民带来的灾难，其中的"忧隐中如刺"，是由衷地对百姓生活担心。还有《赈饥》写战乱和赋税带给百姓的双重灾难，《感事》四首写频仍的战乱造成的凄惨景象。甚至在《怀归》其十七，想象有朝一日归隐田园时，也想到"放浪浮鸥屿，艰危悟鹿蕉。旱蝗千里赤，三径已萧条"的惨痛。《除夕》写佳节守岁，依然不忘国忧："长安烽火炽，愁问岁华新。正是勤王日，谁为破贼人。乍惊离乱地，回忆太平身。愿得春音捷，安居不厌贫。"还有《寓清河闻警》《闻捷》《渡河阅兵》等军旅题材，如前者："甘陵一夜客心惊，闻报中州近苦兵。共道圣明方应运，如何盗贼敢横行。千军满地骷髅血，百里连天鼙鼓声。肉食寻常矜胜算，问谁今日请长缨。"千军、百里之句怎不让人触目惊心！四库馆臣所谓让人肃然起敬者，当指的是此类。

除此之外，集中也有不少酬唱赠答、写景咏物之作，组诗居多，如《怀李聪峦随宦新甫》八首中其七："一望云烟渺，蛩声四壁秋。有怀频问月，无兴强登楼。水隔三秋恨，星分两地愁。相思浑不寐，欲泛剡溪舟。"绘写渺茫的云烟，孤独的虫鸣，带来无数离愁别绪，情由景生，景中蕴情。他也在组诗《怀归》三十首中沉静地描绘山村田园，寄托内心依托。如其十"锄茅结草屋，逶迤滏阳隈。树树岚光合，村村寒日开。雨声凌野塔，月气射丛台。非市非山际，横襟一举杯"。有开有合，有看有听，在家乡的村落田野间寻得内心的安静。

《畿辅丛书》的一卷咏史诗，为《四库全书》所未收，所咏史实时间跨度自春秋战国到唐宋，所论不出讽谏帝王、称颂豪杰、批判腐朽，以七绝为体，系列成篇。虽有警示世人之效，但未能多出新意。

集中各体兼擅，以七言古诗能将节奏感和顿挫感与诗歌的内容相融合，气韵丰沛、生动感人。如缅怀河北乡贤前辈的《杨椒山先生祠》：

> 十载公车过上谷，成仁祠下霜风肃。拜像拟招忠愍魂，拂碑欲食分宜肉。父子阁老焰薰天，满朝那复羞奴颜。十罪五奸鸣伏马，诛凶一疏日星悬。天地昏霾神鬼泣，浩气丹心血化碧。含笑龙逢地下游，英灵缥缈直声奕。吁嗟乎！虿市冰山顷刻形，苹蘩俎豆千秋荣。分宜当日心已死，忠愍今日气犹生。

自容城杨继盛忠谏而逝，写诗悼念者不计其数，申佳允此作四句一换韵，大笔挥写其不畏强暴浩气长存，也有自勉自励之意。《将进酒》用乐府古题抒发暂时放纵的怀抱："君不见健儿骑马捷追风，纵横十万屯卢龙。又不见渔阳将领燕姬妾，骷髅半带豺狼血。洺干还是太平春，咲尔何为愁不辍。宽解胃肠惟醉眠，羞涩囊中探数钱。且酌且歌且自舞，醉来白眼欲问天。高阳徒，曲秀才，呼我共追陪，秉烛熬长夜，狂呼大叫声如雷，百斗颓然复一斛。星淡虫飞晨光开，卧倒如泥醉欲死。强起顾酒心不灰，一日余生一日醉。酩酊傲杀醒眼辈，不必玉薤并罗浮，浊者浇脐清沁肺，一片月，十里荷。携壶处处醉颜酡，那问人世有干戈。"挥洒飘逸，气势豪放，也为不可多得的佳作。

申佳允的绝句深得唐人神髓，讲究言有尽而意无穷，在诗人笔下，景物清丽，境界悠远。兹录两首：

> 江头欸乃声，惊散寒云影。渔竿挂夕阳，月照芙蓉冷。（《秋江晚唱用解大绅韵》）

> 三载惭无赫赫名，去时赢得士民情。相思一夜并州梦，月色秋声满故城。（《迁杞别仪封父老口占》）

读者感受，如作者诗中所言"尺素悬斋头，如坐春风里"（《王祁连先生书荐相士》），颇见情韵风神之长。

化用前人诗句在申佳允诗中较为突出，如《赠郭子》四首其一："万金烽火信，一夜故园心。"化用杜甫《春望》《秋兴八首》之意，还有《偶怀》："渺渺予怀天际阔，藕花十里梦中还。"《闻广文贾襄一被劾》："道已将穷文未丧，世皆欲杀我犹怜"等，用前人诗句都能如盐入水，不留痕迹。

张镜心，字用晦（一说湛虚），磁州（今河北邯郸磁县）人，天启二年进士。知萧县时曾有善政。崇祯十年，任两广总督，崇祯十三年，官至兵部尚书左副都御史。一生博览群书，有《易经增注》十卷，墨守宋儒之说，还有《平蛮纪事》八卷。另据《千顷堂书目》还有《驭交记》十八卷，皆不传。《云隐堂集》三十卷行世，能分见诗集与文集。

张镜心总结明代文学演进规律时说："国初武功大定，士用矜奋，氤氲郁勃，昂然元气；成宏之际，风会开朗，沉雄伟丽，琅琅乎治世之音焉；泊乎晚季，人矜膏沐一变而为纤巧靡嫩之文，士竞幽奇，再变而为冷僻险拘之习，此无论卑者博影镂空，缓节驰肉，高者亦凄清削厉，有披吐剥落之象焉！呜呼，此大雅沦亡理道不张，而国家神气之所以不振也。"因此他要求写作"明体适用为宇宙有用之文章"，"舍是而探幽斗靡，即杨雄草元、相如称赋，于世道曾无纤毫裨益"（《江西乡试录后序》）。

《云隐堂文录》十卷，为子张冲所编。《敬陈七要以襄盛治疏》提出门户之见、繁多赋税、地方巧立名目、地方官权重、冗官、贿赂、言路闭塞等，为当时的七大政治弊端，可谓一针见血！其他如《敬陈中兴十二事疏》《请慎战守以固根本疏》等篇也都是针对社会现实而发，内容充实，但艺术价值不高，整体成就有限。

《云隐堂诗集》有诗歌 140 余首。其子张潗评价父亲"生平吟咏皆有感而发"。张镜心身为朝廷委员，政治变故、家国大事等社会问题在他的诗作中都有反映。如《国变八首》其二："鼎湖龙驭杳，血泪洒扉扉。当轴人何往，中原事以非。英灵千古吊，宫阙□重围。更道前星殒，伤心帝室微。"作于天启七年，写熹宗驾崩后官员茫然无顾，不知何去何从的状态，唯感自然深切。

张镜心生于明末战乱之际，诗歌笔调沉着，感情凝重，无时无刻不忘家国，曾经以《九哀》《续九哀》的组诗形式对范景文、金铉几位精忠报国人物作出评论，寄托感怀。诗人也颇有家国责任感，如《行在五首》其二中的"封侯何足道，留取画麒麟"。言明自己并不看重权与利，而是追求成为苏武一样名垂后世的忠臣。也有诗歌抒写闲居的悠闲快乐，如《园居三首》其一中描写的"日出众鸟峙，高卧啸层轩"。但张镜心追求的是吏隐，是"行现而神藏，无欲自云足"。正因如此，不能够逃避现实，否则"是心未能了，深山为炎熬"（其三）。

张镜心诗作追求古意，并非有明一代流行的唐风，语言如情感般凝重，用字朴拙。或用传统的比兴手法，如《寄倪鸿宾》之四中"昂昂陌上松，植根非不固。所惜临修衢，屡为匠石顾"。为朋友鸣不平，对其蒙受朝廷权力倾轧不幸深表同情。或以景言情，如《秋怀十首》，如序所云，乃有感于"出入近禁，回翔南北十有四载"而作，其二："建业宫云袅袅重，六朝松影上罘罳。仙曹事简宾朋盛，古殿烟封剑履迟。草石久埋江总宅，俎樽空忆谢安棋。江山踪迹俱流水，萧瑟秋风起暮思。"表现盛衰之感，低沉哀婉。

第五节　明代后期鹿善继等人的性情吟咏

明代后期，以鹿善继为代表的河北诗人，把诗歌作为抒写性情、交际应酬的手段，留下许多诗作，因为没有精力去雕章琢句，这类诗作常有粗率之病。

鹿善继，字伯顺，号乾岳，定兴（今属河北保定）人，是孙承宗的得力部下。祖久征为万历中进士，授息县知县，以爱民敢言著称，父正苦节自砺，急人之难，倾其家而不惜，称鹿太公。鹿善继生于万历三年，自幼以祖、父为师。万历四十一年进士，与东林党人左光斗、魏大中、周顺昌相友善，后授户部主事。辽左战时，军饷告急，鹿善继称："与其请不发之帑，何如留未进之金。"随机行事，反被降级调外。光宗立，复官。从孙承宗视榆关，多有建树，"承宗倚之若左右手"，在关四年，累晋员外郎郎中，承宗谢事，善继亦告归。又先后筹募资金营救被阉党谋害的忠良魏学洢、左光明和周顺昌。崇祯元年，逆党被诛，善继起尚宝卿迁太常少卿，管光禄丞事，后再请归。九年七月清兵攻定兴，与城内官员俱守而终，其父言曰："嗟乎！吾儿素以身许国，今果死，夫复何憾事！"赠大理寺卿，谥忠节。

鹿善继有诗集《无欲斋诗钞》一卷，《四库全书存目丛书》收入。《四库全书总目提要》称鹿善继"成仁取义大节凛然，诗笔亦有遒劲之气，而不耐苦吟，未免失之粗率"。其诗歌有相当部分作于应酬之需，成篇轻率，不能含蓄，没有做到诗人自己提出的"诗中有史"（《回徐恒山书》）。而所谓"遒劲之气"，主要体现于七古的一气贯穿，或者一韵到底，如《雪中集舒啸亭壁画风竹移梅相映赋此》：

> 燕云一夜朔风吼，朝来雪片大如手。主人好客列华筵，满斟玉碗葡萄酒。郢调曾传白雪高，乾坤今日任吾曹。樽前不用红一点，最爱寒梅韵致骚。仙标自与凡种别，胜友相期同傲雪。何须回首忆潇湘，壁间画竹更奇绝。翩翩此物迥不同，数尺干霄意自雄。每笑刚肠成绕指，请观劲节当疾风。竹梅掩映争潇洒，天工人巧供清话。既道亭亭竹如生，又言冷冷梅如画。对景能令磊块消，相逢意气目粗豪。淋漓逸兴忘宾主，狂搜佳句费推敲。

写朋友聚会、赏画饮酒的豪情，前人诗句信手而用，如李光地在《榕村集》中的评价："忠节鹿公诗，如操笔直吐者，而宛转曲至，使读之者若亲见闻其义形之色、愤慨之声，深情远概，足以敦浇振懦于无穷。"

中年的出塞戍守经历也成就了鹿善继的边塞诗，如《出塞二首》《中右所不寐》，后者中"边城朔气欲谁何，宿鸟寒枝惊绕多。独有素心看冷月，愿从壮士挽天河"的句子，遒劲有力。

鹿善继多用较为随意的古体，且以日常诗歌口语入诗，随意性较大，不免减弱了诗歌应有的节奏和韵律，也就是有所谓"粗率"之病。长篇诗歌中作者常使用顶针修辞，但多用于诗歌前几句，更凸显后半部分结构松散。在相对篇幅较短的近体诗中这种弊病较少。如缅怀凭吊前贤的《谒杨忠愍祠》中"想见埋轮意，犹闻请剑声"；还有《吊文文山二首》其一中"绝顶凌空何所御，丹心便是冷然风"的句子，都潇洒而有风神。深警不足之病使得《无欲斋诗钞》有类型化倾向，多读则易厌。孙奇逢在《北海亭序》中称鹿善继畏他人称自己为诗人文人，也可见他的努力方向并不在文学。

鹿善继之子鹿化麟，字石卿，天启元年举乡试第一，虽文誉早起，"然仕进之念淡"（孙奇逢《〈北海亭集〉序》），不受朝廷征召。在父亲殉节后，曾为父请命，后受谤而终。鹿化麟虽生于明季，并未沾染明代流行的复古风气，而是追求明心本色之论。在《樾舫集序》中，提出当世作者皆"以天然之本色为佳，从气格摹拟者师法虽高，渐成恶道，抵掌之敖、捧心之施为人笑柄"，反之，称赞友人箕生之诗"本色自高，无一字寄人篱落者也"。

有《北海亭集》，存诗210余首，以近体为主，应酬、唱和、送别等应景作品较多。出色的篇章则是因情而发的作品，如七律《黄金台》："独上高台感慨深，台荒何处觅黄金。当年市骏排云出，今日冤龙入夜吟。半亩蒿莱余伯气，一川风雨淡秋阴。土人指点归萧寺，长啸空山叩剑镡。"感慨古事，黯淡之景衬低徊之情。《过女弟墓》："每经此地一沾巾，十八年来梦里人。说到存亡知绪苦，情阙骨肉感愁新。松楸自黯鸰原泪，环佩空疑鹤表神。□问阿兄今老大，元亭未浣敝貂尘。"在深切的追忆之中，传凄清悲苦之情，亦有动人之处。

熟练的写作技巧造就了较多的诗歌，但在古诗和七律这些需要气势支撑的体裁中难免显得浮于表面。这一点鹿氏父子是相似的。鹿化麟的绝句表现片刻情思，挥笔而就，都风调宛然。如：

　　春破夏来秋又残，谁怜客子滞长安。明朝归去桑干远，马首西风白露寒。（《将返家园留别知己》其二）

　　昔年春雪驻征骖，星聚江干岁复三。今日新春还雪色，思君已在大江南。（《新春送止生如闽十绝句》其十）

前者写离别后的寂寞，后者写别后的相思。其他如"日暮渔人歌欸乃，尚余鸥鸟点寒汀。"（《雨后观鱼》）"疏竹不知人去后，漫摇清影上空窗。"（《过友人书斋不遇》）

鹿化麟还有词作七首，皆为交际唱和之作，如《西江月·暮春即事简杜君异》："斗帐晓眠初起，余香独黪春衣，银骢玉勒踏芳菲，恰好艳阳天气。漫向同人招赏，今朝载酒为谁？天桃枝上已纷靡，更问海棠开未？"写春意阑珊之景，化用易安词意，表惜春之情。总体上看，鹿化麟之词并非传统豪放或婉约，更近似于宋女词人李清照。化用前人之句是鹿化麟作品的常用手法,如《东风齐着力·赠杜集美》"非关中酒,半是怜花"化用李清照"非干病酒,不是悲秋"(《凤凰台上忆吹箫》),《鹧鸪天·夏日》中"斜风细雨寻常事,新与元真结社来"化用张志和"斜风细雨不须归"(《渔歌子》),《南乡子·许太始举子》中"今日桑弧期不浅,英游,生子当如孙仲谋!"直接用辛弃疾词句。鹿化麟有胆气,讲气节,又颇有才气,只可怜英年早逝。

此际诗坛率意成篇的还有余继登,其《淡然轩集》中诗歌以应酬交往之作占十之七八,此外多是拟古,不能像其奏疏一样落于实际。整体平正淳实,被四库馆臣称为没有"万历佻薄之习"。其中,五言古诗《送邢小槐户部》是模拟乐府和汉魏文人诗作,较有特色的优秀作品:

> 寒蝉吟落叶,凉秋忽已徂。鸿雁纷南飞,游子怀故庐。如何我故人,严装方戒涂。忆昔结殷勤,与子两相于。披心见情愫,慷慨意有余。何以喻绸缪,譬彼双飞凫。天风起苹末,同心而异趋。一凫厉羽翰,翱翔向天隅。一凫悲其群,翘首相鸣呼。岂无盈樽酒,迟子以须臾。对之不能饮,涕下沾我裾。会合知有时,奈此音徽疏。千里若比邻,斯言安得如。愿言加餐食,努力恢良图。上以报天子,下以慰离居。

诗人用比兴手法起笔,反复用古诗词语表现朋友情谊,自然准确且超拔俊逸。颇有滋味者,又如《独酌》:"花下倒新簝,明月来相对。醉忘花影重,却疑月影碎。"写景清新,心境悠闲。但如《短歌行》《长歌行》《李夫人》等便只是拟古,或为练笔之作,难以读出寄兴。七言古诗借鉴民歌情调和句法。如《短歌送廉庵之狄道》,不断转韵,三、五、七言交错使用,形成节奏和顿挫感,也凸显朋友的豪气。大多七古都有这种特点,也如鹿善继一样,这是一种故作潇洒的心理使然。一气直下的写法在律诗的严整中也有体现,如《夏日病中得家信》二首其二:"日日说归去,蹉跎直至今。宦情谙始淡,乡思病逾深。不羡桓生马,宁须疏傅金。一樽堪自适,花下可长吟。"中间四句既遵守律诗要求,又以意义的承接形成流动感。

董复亨,字符仲(元仲),元城人(治今河北邯郸大名县)。"自少善古文辞,其为举子业亦以古文辞"(张铨《繁露园序》),万历二十年进士，官至吏部郎中，转布政司参政，未上任而卒。知章丘县，曾修《章丘县志》三十四卷，《四库全书存目丛书》有《繁露园集》二十二卷，其中文十七卷，诗五卷。

董复亨的文序中多次谈到对于诗歌的看法，与其散文固守儒家道德相比，他对诗歌的评价更注重文人个性天才，肯定严羽对于宋诗的批评，而向往唐诗。他在《张平仲诗序》中提到："凡为诗不必由门入，由门入犹落第二义也。青莲锦心绣口，既多仙气，长吉神工鬼斧，亦罕人造。别才别趣，此两人者实三唐之冠。"《叙李若蒙稿》中也强调文学的天才性，肯定李白、苏轼。对于"诗必盛唐"这一明代流行观点，他肯定了对前代文学遗产的继承，但认为不能亦步亦趋地模仿，而要写出自己的个性特征，这是对单纯模拟习气的客观批判。尤其体现于《程中权诗序》一文中：

> 凡学求似耳，弗似弗是，虽然似之而亦弗是也。夫学又各自有真也，真者，人之精神血脉也。似者，人之面目皮肤也，学之而似是，舍己之精神血脉，而借人之面目、袭人之皮肤也。乌呼！真弗真弗是矣，而诗道更甚三百篇者。三百篇，诗人各自写其精神血脉之所注响也。汉魏似三百篇乎？六朝似汉魏乎？唐似六朝乎？即唐人中青莲、拾遗、长吉、乐天、文房、子厚各相似乎？不似也。不似所以为真诗。近之为诗者，学三百似三百，学汉魏似汉魏，学唐诸家似唐诸家，夫似曷尝非诗？然而非诗之真也。无论学步效颦，只益之丑，即优孟为叔敖、胡宽营新丰似矣。然是真叔敖，不是真新丰。不故曰弗似弗是似之而又弗是也。

董复亨的诗歌中常抒发仕途感触，纵观诗人一生，并无大的波澜，所以多是委身下吏的烦恼。如《出都门感怀四首》其二："我有一片心，郁郁未获吐。忽而委道旁，心灰口自杜。经年赋初衣，秋风才得主。一笑出门去，凭人话市虎。家园酒十千，半酣挥玉尘。"虽然对自己的处境有所不满，但终究没有怨天尤人，也可以见道德力量对文人的束缚。董复亨偶有归隐之意，如《咏怀十首奉答刘世伯先辈》其四："生被浮名误，怜兹千古身。一从分赤县，竟日逐红尘。爱客虚常左，买山甘故贫。不如归去好，龙性总难驯。"其余几首诗回答归去的原因不是"国是不堪问，言之伤肺肝"（其八），也不是"豺虎当关横，龙蛇遘岁屯"（《即事》），而是

"阅世双眼白，逢人眉半低"（其三）的末宦烦恼。

董复亨诗歌 240 余首，题材多为朋友往来之作。七言古诗多类岑参，以歌行名篇，频频转韵。如《繁露园歌送景时熙文学归阳丘兼寄张允升先辈》《黄鹤楼歌留别邓汝高窦燕云二年丈》等，很有气势。五古深于感情，语言朴实无华，如《怀陈汝威社文》："昔年辞故里，落日云山紫。今年忆故人，西风吹易水。把酒对黄花，低徊频坐起。道路阻且修，谁与共酌此。岂无新所权，念旧不能已。碣石宫月凉，北雁忽南徙。脉脉平生心，聊复托双鲤。"

董复亨诗多用熟典，善化用前人诗句，流利清新。如《次倪尔淡年兄春日写怀十二首》其三中："莫问峨眉山月好，主恩未许鉴湖归。"用李白《峨眉山月歌》语；《清源即事四首》其三中："船头日出还高卧，真个乾坤一腐儒。"用杜甫《江汉》句。《送祁念东督学关中四首》："南省仙郎辞凤关，西秦才子想龙门。凭君一片冰壶镜，照彻黄河万里源。"最后对友人高洁品质的赞颂，化用王昌龄诗意。这些句子都实践了作者提出的"似而弗是"的创作追求。

路振飞，字见白，别字皓月，曲周（今属河北邯郸）人。天启五年进士，除泾阳知县，不畏权势，敢与阉党斗争。后擢四川道御史、官漕运总督、右副佥都御史。唐王聿键建国福建，应召入闽，有匡复之功，拜吏部尚书、大学士。直言进谏不改当初，不为朝所容，顺治四年去世。所著诗文遭乱多散佚，有《路文贞公集》存世。①

路振飞的集中仅有诗歌十二首，已不能完整体现作者的思想和风格。有《吴拙孩招登五老峰不赴以诗来和之》中"五老峰头饶异境，中原何处寄双眸"对明朝廷命运的忧叹，也有《对花》中类似宋王荆公体的"试看海棠殊绝处，精神全在半开中"精巧的咏物之句，总体情调较为悲凉，似乎有难言之隐。最为突出的是《正命歌四章》组诗，如其二：

死了罢了怎么了，义手临歧心自悄。上天生我意如何，掘阅蜉蝣朝暮老。天倾地坼付谁修？流泪风颓付谁矫？况当戎马纵横时，士女仳离朝廷小。集中义急恢巢力，那容收拾回头早。总然疾首厌尘氛，

---

① 陈支平主编：《台湾文献汇刊》第一辑，厦门大学出版社、九州岛出版社 2004 年版。

也愧此生太草草，尺寸光阴无价宝。

整组诗似乎参透生死功名，但字里行间却是无力回天的无奈。另外《明诗综》中存《除夕》诗一首，其中"匡济术渺然，进退两无致"；"鸡鸣又一年，岁月悲空弃"之语，如谭梁生所云："柄国酬知之日，乃作此垂首丧气之语，足见不昧心人。"

纪坤，字厚斋，献县（今属河北沧州）人，约明思宗崇祯中前后在世，诸生，少有经世志，不遇于时。曾经科考但无果，逃于禅。纪坤自伤文章无用，如牡丹华而不实，名所居室为花王阁。曾自编诗集为六卷，多毁于兵，存《花王阁胜稿》一卷，诗歌110余首，为子钰搜集。《畿辅丛书》收有此集。纪坤曾经努力求取功名，在崇祯三年时就已三举不第，六年下第时曾作诗自解："桐柳不中梁，人生宜自量。"（《崇祯癸酉下第还里后作四首》其二）作者的为人资料记载较少，但从所遗作品来看，人生后期已和政治疏远，闲散之气较重。

部分诗歌写到明末现实，如《悯旱行》《闻河南流寇将窥畿辅移家郡城》等；但感情较为冷漠，这可能和屡次受挫而对朝廷心灰意冷有关。写得最好的是写景作品，色彩明丽，声调悠扬。如《醉歌》：

> 十里五里桃李花，东家蝴蝶飞西家。春风引我信步起，青鞋蹋遍溪边沙。欣然一往忘远近，黄公垆外垂杨遮。百钱偶尔未挂杖，村翁熟识犹容赊。自斟自酌自吟啸，不知返照蒸红霞。挑菜人归影散乱，骑牛童唱声呕呀。小奴控骞远相觅，兴尽我亦随昏鸦。闲花野草相掩映，短衫破帽时欹斜。痴儿未可瞋太醉，老子此乐真无涯。行过浅水见蝌蚪，爱尔不作官虾蟆。

全诗似乎思绪散乱，但有统一的线索——即"乐"。诗人信步而行，目光所触化而为诗，景色宜人，人物可亲。还有一首《村外闲步偶访孤树上人兰若》也是以"无意""忘机"作为写作的中心闲淡有致。其大多数作品是诗人仕途碰壁后的创作，带有出世之念。史载纪坤晚年笃信禅宗，则此禅更多是一种心理解脱，而非宗教信仰。

王乐善，字存初，霸州（今属河北廊坊）人。万历二十年进士，曾任吏部主事。有《扣角集》《王考功鹦适轩集》《鹦适轩词》。《惜阴堂丛书》中收《鹦适轩词》二首、《好事近·贺郡伯赵公荐河有引》和《帝台春·

贺郡伯钱公荐词有引》。如编者之论"扣角多写自伤不遇之意"（《列朝诗集小传》丁集），但所选二首为普通酬唱之词，可见"明人之陋习"。

值得一提的人物还有诗歌理论家梁桥和藏书家高儒。

梁桥，字公济，号冰川子。真定（今属河北石家庄）人，由选贡生授四川布政司经历。好诗，用世之志不得施展，竭思疲力而著《冰川诗式》。书成于嘉靖年间，分定体、练句、贞韵、审声、研几、综赜六门，"杂录旧说，不着所出"（《四库全书总目提要》）。

《冰川诗式引》中作者自云"尽取古今诸名家若诗法、诗话，上下而历览之，拟议编摩，再历寒暑爰纂为书若干卷，命曰冰川子诗式。""上自古乐府，下及近代诸体，条分缕析，井井具矣。"（顾宪成《泾皋藏稿》卷十三《冰川诗式题辞》）

《诗原》开篇部分录前人语录，阐述诗之大旨。以为"论诗如论禅，禅道唯在妙悟，诗道亦在妙悟"。"作诗贵不涉理路，不落言筌。""唐人诗主于达性情，故于三百篇为近。""诗贵发乎性情，止乎礼义，古今于此观风焉。"主张以抒发性情为旨，推崇唐代而贬低宋代，和明代中期的复古大潮流相一致。多列举唐诗，以盛唐人居多，但并未排斥中晚唐。其中《定体》一篇探讨各体诗歌的产生、源流，颇有见解的。如论五言绝句，以为五言始于苏李或枚乘，五绝始自汉魏乐府；绝句之意即是截句，截律诗之句，句绝而意不绝。又如总结七绝的特点是"句少而意专，辞属赋比兴者，其旨深，其味长，可以兴，可以观焉"。另外，提出五律的标准是"贵沉静，贵深远，贵细嫩，要深稳语重"。写作五律"先须澄静此心，如春江无风，湛绿千里，万象森列，皆有温厚平远之意，就其中择取事情极明莹者而用之，务要涵养宽平，不可迫切"。七律的标准是"贵声响，贵雄浑，贵铿锵，贵伟健，贵高远"。写作的方法是"须真情推发到奇绝处用之，以声律为窍，物象为骨，意格为髓，起承转合，联属流动"。谈及其他各体诗歌的发展也符合诗歌创作实际，如论七言古诗"至盛唐作者始盛"，五言排律"唐初作者绝少，开元后杜少陵独步当时"。

高儒，字子醇，号百川子，涿州（今属河北保定）人，武弁。有《百川书志》二十卷。是书为著录高儒私人藏书之目录。根据书目自序，此书大体成于嘉靖十九年。全书分为四部，列93门，著录图书2100余种。其卷六史部的野史、外史与小史三门论及元明小说与戏曲，野史门著录《三国演义》时称此书"据正史，采小说，证文辞，通好尚，非俗非虚，易观易人。非史氏苍古之文，去瞀传诙谐之气。陈叙百年，该括万事"。小史门著录了瞿佑《剪灯新话》等十二种文言小说，并评论《娇红记》等六种作品云："皆本《莺莺传》而作，语带烟花，气含脂粉，凿穴穿墙之期，越礼伤身之事，不为庄人所取，但备一体，为解睡之具耳。"该书有《续修四库全书》本。

第二章

明代河北散文创作

第一节　马中锡及明代前期散文创作

明前期北直隶的散文作家屈指可数，仍是前章所述李延兴、石瑶、马中锡、孙绪等人，而以马中锡名声最高，成就也最大。

马中锡，字天禄，别号东田，故城（今属河北衡水市）人。祖籍大都，明初迁至故城。祖父马显官至都察院右副都御史，父马伟曾为长史，因直言得罪，少年中锡为父申冤而得免。成化十年乡试第一，第二年中进士，授刑科给事中。为官刚直不阿，清廉公正。万贵妃之弟万通与太监汪直骄横，上疏斥之；公主侵畿内田，责之勘还于民。历任陕西督学副使、大理右少卿、右副都御史，后引疾归田。武宗时马中锡巡抚辽东，屯田于军，正德元年为兵部侍郎，因弹劾太监刘瑾党人，被捕下狱，削职为民。刘瑾被诛，抚大同。正德六年为右都御史提督军务，奉命讨伐刘六、刘七起义，因不习兵法，主张招抚，与朝廷意见相左；因起义军过故城不犯马宅而诽谤大起，正德七年，被弹劾为纵贼，屈死狱中。后御史卢雍追讼其冤，乃复官赐祭。

作者自云："文章小技，乃仆之素业。"（《答周总兵书》）《明史·艺文志》记其有奏疏三卷、《东田集》六卷。今《畿辅丛书》存有《东田文集》，含文集三卷、诗集三卷。

固守忠君报国等儒家之道，在马中锡一生的作为和诗文创作中都体现明显，如《河间府学宫乐器碑记》曾提出恢复古礼乐传统。所作赠序的对象多为中下级官吏，勉励诸人各尽其责，恪守为官之道，为社稷解忧，也是"君君臣臣"式的表白。

马中锡的散文包括奏疏、序、书简、碑志、杂著等。内容上关注现实，尤其是当时已经威胁到明代存亡的宦官政治。他在《修人事以回天变封事》一文中，首先提出"臣言官也，以言为职，乃不敢言，所职何事？下负所学，上浮朝廷；明则人非，幽则鬼责。……十数年抑郁之怀乃今幸得一吐，死且无憾。方今弊政，如破屋然，床床皆漏；如痘婴然，历历皆疮。……其最大且急者，曰近幸干纪也，曰大臣不职也，曰爵赏太滥也，曰工役过烦也，曰进献无厌也，曰流亡未复也"。这些列举虽然借天变之因提出，带有迷信色彩，但确是一针见血，点出了明代中期社会政治的种种弊端。文章又明言朝中奸佞，"近年以来，如汪直、梁方、韦兴、陈喜辈不可枚举，往往缮写经典，布满寺观，进奉金玉，遍索闾阎，内耗府库之财，外夺军民之利"，将生死置之度外。其他论及大臣们或"老懦无为"，或"清论不惬"；赏赐过滥造成祈祷者得美官，进奉者射厚利，方士惑天听，伶人亵天威等等。若帝王为元首，当前"大臣不职，则股肱痿痹矣；谏官缄默，则耳目涂塞矣；京师不戢，则腹心疚疾矣；藩省荒歉，则躯干削弱矣"，形势已至危亡之秋，进而提出的解决办法："皇上听言必行，事天以实，疏斥群小，勤礼贤臣，则政治之得失，究前代之兴亡，以圣贤之经代方书，以文学之臣代方士。"其他文章如《退小人以安天下封事》《纠劾宦官尚铭封事》《纠劾宦官党恶封事》等也均针对宦官政治而发，条理清晰，语言简明，气韵贯通，极富逻辑性。如《鸣冤疏》针对御史诬陷自己"久驻山东拥兵不进，名曰提督军务，其实自保身家"，首先说明自己离京至今所立战功，杀敌数目；又针对诬陷言辞提出对方自相抵牾，漫无伦序，"既曰信贼诳惑，则臣无疑贼之心矣，既不疑贼，何用拥兵以自卫。既曰拥兵不进，贼当感臣活命之恩，终无害臣之意矣，臣又何用自保身家，既自保身家，是犹忌贼之袭臣也，何以为信贼诳惑。"可谓以子之矛攻子之盾，颇中肯綮，亦见其文之特色。

马中锡所作多赠序文，结构上常先引古人言论，后结合具体现实说明。较有现实意义是《赠张用河尹襄陵序》和《赠王义官序》。前文评论为官之道："循吏传，太史阁笔久矣。吏不循其概有三：志富贵者不肯循，急功名者不暇循，不学无术者不能循。以三者律之今之吏，无怪史笔之阁也。"后文讽刺追求富贵者"蜥蜴之虫豸，吓鸥之腐鼠，不足以为喻也。上以攘窃君之有，下以侵渔民之利，被刑祸于生前，罹贬削于既没。"赠序行文手法也富于变化。例如在《赠张司训序》中用比喻："庸讵知教人之术，曾不出御是车之外乎？盖士之材犹良骥，而教人之术犹御车。和鸾节奏，系执辔者之淑慝，艺业身心，在范围者之邪正。"《赠张天秩驿宰还代州序》中进行对比论证："夫国家用君子则治，用小人则乱。盖小人以喜怒为是非，君子以是非为喜怒。喜怒为是非，则是其所非，非其所是。利口足以覆邦家，而小人道长矣。是非为喜怒，则喜其可喜，怒其可怒，颦笑足以示劝惩，而君子道长矣。"《赠张巡司序》告知对方巡司之责在于弭盗，而今之盗未易弭。遂有近似于《读司马法》的一段对比议论："昔之盗以贪，今则殷富者，亦或为之矣。昔之盗以愚，今则号为士人，亦窜身其中矣。昔之盗畏法，今则玩而易矣。"

《望云轩序》是文集中笔调闲婉、语言优美出色的一篇，文章由轩名而引发"云"，进而从不同人望云的感受，言明查氏乃重孝道。如其中：

> 夫云，无富贵心而望之，则饭蔬饮水，而尤其浮；感世故而望之，则白衣苍狗，而憎其变；息交绝游、倦而归者望之，则喜其卷舒之无心；身在市朝、心在庭闱而望之，则深感于大行之孤飞。今构轩以寄迹，而题额以望云，将轻其浮，遂憎其态耶？抑即其无心与孤飞者，而兴感耶？

马中锡书简多作于贬官闲居期间，心境较当政时变化较大。《简刘大司马时雍》中说自己"行事乖刺，速怨招尤，致人馋谤，几丧名节，幸归田里，得保余生"。所谓疾风知劲草，马中锡对友情有了更深刻的理解。"顷罹患难，旧游无相顾者，既为编氓，亦无一人通一言一字者。独元溥夸险一致，始终不渝。"(《简陈元溥》)《简李汝弼侍御》中表面摆脱了烦扰的宦海，但字句中不乏失意深沉的情绪："谢病以来，孟湾旧业外，置得薄田二三顷，见有茅屋数间，前后杂树数百株，别号东田以此。入首夏，斋酒时往择繁阴，席地以坐，与一二客，小杯徐酌，商晴较雨。兴阑，饮犊卫流，听莺官柳，放浪移时，寻复旧所，再呼余沥，尽饮乃罢。

不取衣冠文字之辈，往往皆村翁社友，此无拘束，彼无计较。"

马中锡最为著名的作品是杂著中的据古代传说创作的寓言故事——《中山狼传》（也有人提出此文体裁为文言小说）。故事写赵简子在中山国打猎，追击一只受伤的狼。狼请求过路的东郭先生救援，东郭先生言道："私汝狼以犯世卿，忤权贵，祸且不测，敢望报乎？然墨之道，'兼爱'为本，吾终当有以活汝，脱有祸，固所不辞也。"在花言巧语骗过赵简子后，狼却反过头来想吃掉救命恩人，无奈之下东郭先生与狼相约，求三老问之，以定生死。但狼问老木、老牸，其均以自身遭遇言可吃东郭应死，最后终于遇到一位老丈：

> 丈人闻之，欷歔再三，以杖叩狼曰："汝误矣！夫人有恩而背之，不祥莫大焉。儒谓受人恩而不忍背者，其为子必孝；又谓虎狼知父子。今汝背恩如是，则并父子亦无矣！"乃厉声曰："狼速去！不然，将杖杀汝！"狼曰："丈人知其一，未知其二，请诉之，愿丈人垂听！初，先生救我时，束缚我足，闭我囊中，压以诗书，我鞠躬不敢息，又蔓词以说简子，其意盖将死我于囊而独窃其利也。是安可不咥？"丈人顾先生曰："果如是，羿亦有罪焉。"先生不平，具状其囊狼怜惜之意。狼亦巧辩不已以求胜。丈人曰："是皆不足以执信也。试再囊之，吾观其状，果困苦否。"狼欣然从之，信足先生。先生复缚置囊中，肩举驴上，而狼未知之也。丈人附耳谓先生曰："有匕首否？"先生曰："有。"于是出匕。丈人目先生使引匕刺狼。先生曰："不害狼乎？"丈人笑曰："禽兽负恩如是，而犹不忍杀。子固仁者，然愚亦甚矣。从井以救人，解衣以活友，于彼计则得，其如就死地何？先生其此类乎！仁陷于愚，固君子之所不与也。"言已大笑，先生亦笑，遂举手助先生操刃共殪狼，弃道上而去。

故事中东郭先生以"兼爱"之心救狼，险被狼所害，讽刺了东郭先生的愚蠢，批评中山狼的忘恩负义。相传此作是讽刺李梦阳负康海搭救之恩，若为此，则为正德五年、六年作。考察马中锡生平，尤其是贬官后朋友的离去，也是有感而发。当然，文章在客观上已经超越了当时的特殊场景，告诉人们对如狼般的恶人不可讲丝毫仁慈之心或抱任何幻想。"子系中山狼，得志便猖狂"，成为人们日常生活中对忘恩负义小人的讽刺。另外，《里妇寓言》亦有寓意，讲汉武帝时汲黯事，似有生死由命的成分，其事已不可考，或为政治失意、自我慰藉之作。

元明易代之际的李延兴入明不仕，其散文与诗歌相比，更接近其本身经历，不离避世隐居。《钓鱼翁诗序》反映在战乱中人们对社会的失望和冷漠，"爵禄不入其心"，追求生活的自适和逍遥。《曲河轩记》主要表现对隐居生活的向往，"先生读书之隙，与二三同志葛巾野服，流憩水上，饮酒以乐，不知暑景之西，其萧闲旷逸之趣，虽庞公之鹿门，杜陵之韦曲，李愿之盘谷，不是过也"。《雪舫斋记》虽为应酬而作，亦体现自我的真情和向往，"山林之清寂，不若江湖之夷旷，浮游之险远，不若端居之闲适，而雪舫名斋侯独何取于是哉？"内中深言有隐者内心的慨叹。《柳居后记》表现的是有道则仕，无道则隐的传统儒家思想，也算是对自己不仕的诠释。

《一山文集》中有较多下层人物的传记。如《刘义士传》记贫民刘士安在战乱中救助百姓，安顿乡民；《清白生传》写任子勉"嗜欲不萌"；《李樇翁传》中的李好问是个"端慎老成人"，"能不以贫贱移其志，而顺受其命之正，虽老于樵牧无怨悔焉"；《栖霞子传》中的陈士文特立独行，"当其在畎亩时若将终身，虽千驷万钟弗顾也。及其登宦途尹大郡，慨然以为己任而不辞，行其道也"。这种赞许，固然有端正世风的目的，但不仕两代的隐者对道德操守的推崇，是不言自明的。还有系列文章《李慎言字说》《愚溪说》《近野说》《石林说》《淡然说》等，均选取朋友的字号为题，然后借题发挥，谈及人生、社会志向。如《耕云说》中："古之人遭叔季之世时不偶，道不行，托迹耕稼，以栖息山泽者多，若伊尹耕莘、严光耕富春、诸葛亮耕南阳之数子，虽阅世滋久，而高风大节播霄壤，照册书，犹一日也。孙君德恒，以名族负通才，治剧郡，有佳政。当兹四海淆乱，操济世之具，以利天下也，则宜今焉。退藏林莽，韬英敛华，下同田野之甿何耶？盖道不行，时不偶，则隐居以求其志焉耳。故自号曰耕云，志乎古也。"与传记的写作目的一致。

《喜雨赋》是《一山文集》的首篇赋作，艺术水准较高。据序言所言"辛亥"和文中对隐居的描写，应作于洪武四年。隐者卧云子（即作者）投身太行之旁、滹水之畔，"步明月而歌窈窕，临逝波而咏沧浪。迹绝于城市，心息乎纷攘"，无奈"赤日如焚，旱气旁午。牛喘欲颓，龙卧不起。粟田半焦，麦实成秕"。赋作叙写百姓求雨之后，"浪奔平皋之云，河走长桥之虹。泻天瓢于八极，散银竹于千峰"；但并未像传统赋作用大量笔墨铺陈滂沱大雨，而是着眼于"喜"，"于是华者实，槁者活，疾者瘳，忧者乐。三农得是雨而澄明，两仪得是雨而开廓。太和得是雨而流行，沴气得是雨而销铄。彼棠溪之金美则美矣，而惠不若是雨之溥。垂棘之璧贵则贵矣，而恩不若是雨之渥。飞潜动植皆为之圉舒，耆耋幼稚皆为之欣跃。信天下之至宝，非一物独得。而沾濡诚宇内之奇珍，非一人独得。以囊括天降斯雨，岂人所作？人被斯泽，非天曷托？彼有备百礼以祷于鬼神者，孰若精一心以求于冥漠也"。结构上颇似苏轼《喜雨亭记》，与民同乐的情感贯穿始终。

李延兴对开启明初北方文风具有重要影响。黎公颖《一山文集序》记："先生为中州大儒，家学之传渊源有自，经史子集无不贯举。其词义如河流滂沛，不待疏决而无壅窒。如庖丁解牛，不待鼓刀自得肯綮之妙。其作为文章，法度森严，无冗长之语。温润者又如玉产于蓝田，粹然不见其瑕疵。莹洁者又如珠孕于合浦，粲然不睹其谄媚也。春容典重者，又如金钟大镛之在东，序动中律吕曒然不闻其乱杂之声也。"他以儒学立身，但并未像儒生白首太玄，易代的经历使其以平民眼光审视社会，倾吐心声，增强了其作品的现实内容和艺术魅力。

身份地位所决定，吏部尚书兼文渊阁大学士入参机务石珤的散文与李延兴注重道德情操大异其趣。石珤的文章很能体现士大夫的生活和情趣，以记体文章最有代表性。

《游南溪记》记述朋友三人的一次游览过程：

> 出宣武门，迤逦西南行五六里，市井渐远，原野延袤，道旁古阜，累累隆起，侧立或颓而仆，若断若续。麓有庐洼，有畦，红披绿纷，高瞰卑仰。有麦数百区，长风曼衍，若巡崩岸观波澜。盖元之外罗城也。……从者屡报，雨将至方。舍舟命骑巡归涂，则云已四合，雨骤下如注，雷电击平野，归者相先后不能及，潆潦奔道左。人马行波涛中，冠冕衣履尽沾湿。比及城则已将下钥矣。

此段笔调闲散，描写细腻，可与柳宗元游记媲美，其后有近乎宋人的议论：

> 呜呼！君子之学，不以藏修废游息，亦有善谋者或于邑，或于野，则山水泉石之赏，自古以然。晋唐而下风流日胜，不能无以宴游隳公务者，故君子病焉。自余前岁冬再入京，且将二载。始得与诸君一集，亦已辽阔之甚宜乎？未尽之兴不能无憾于风雨也，虽然抑于是而知所未至焉。盖乐之在人不惟人不可极。虽造物者亦若靳惜之，不欲其无继也。夫惟圣人为能忧不伤，乐不淫。故忧乐一致，与物和同。下焉者，情因物迁，鲜克内顾，苟不知节，不至于沉湎怨戚者鲜矣。故君子不可以不慎游哉？

《午风亭记》的写法与此相近，也是先以诗意之笔写动人之景："四外环植桃李，诸木间以花卉翁然而秀，灼然而葩，低昂相顾，若坐若起。有竹数丛，翛然而立，又若神仙幽士，高视远想，得意而徜徉者。亭稍北为小池，上横木为桥，引井水自渠而入，可蓄可泄。宗易之言曰：自吾亭之落成也，适五六月之会，天长日舒，群象嬉悦。予时时往登之，清阴旁交，远风徐来，襟畅韵达，恍然不知朱夏之炎，亭午之毒也。因以午风名之，不亦可乎？"而后再讲制礼作乐之理。

两篇文章的文笔省净，写景之句反映了文人的高雅情趣，写法上承苏轼小品，下启本朝的小品创作。还有《宜安城记》，短小精悍，融考证、议论于一体，其中虽有怀古之意，但对自己建立功业的激励渴望顿跃然纸上：

> 宜安，汉旧县也。汉以前为赵地，考之《史记》：李牧拔宜安走秦将桓齮者是也。《括地志》云：在藁城县西南二十五里，今其地有宜安社、宜安村，故知此地为旧（址）无疑；但其城化为陵阺桑田，不可复识矣！于乎春秋战国之世，燕赵之郊正当用兵之冲，生民涂炭，旦不谋夕，天下虽有圣贤，不在王者之位。故廉、蔺、李、赵保障攻守于国最为有功。今虽千百载，父老犹往往指阜曰："此牧冢"，指丘曰："此廉将军台"。是否虽未可知，然功德在人，没世不忘之意。此亦可以观矣。

石珤强调纵笔直书，不为无用之语。在《送刘进士奉使序》中他提出"为文章不拘拘剪剪，沛然吐其辞而放之。若汉廷诸臣议论，虽人尽其说，文采焕发，然诛则诛、贬则贬，自有扰而能毅，杂而不乱者，亦可谓精矣。其论古今贤否得失及策当世之务，善操事柄，守之不移。某是某非，此可予、彼可夺，虽未必尽合于中，然麾之进退如臂使指，不为畏首畏尾，支离浮游之言，盖以其所精者而达之他文故能如是。噫！作文之法当如是矣"。如此主张首先体现于其议论之文，《媒说》虚构"里媒"和"大媒氏"，后者对前者传授经验："吾为媒三十年矣，被选入官亦复十年。吾誉枯杨使为春华，吾毁白台使为嫫母，吾言一出彼各心醉。彼执一端，我当其会收两家之欢，得三倍之惠。卒有乖迕，吾委诸其邻；其邻不受，吾委诸其亲；其亲不受，委诸他人。彼自交恶而吾洁其身。"结尾处直接对搬弄是非、圆滑处世的人物突出批评，"以吾观今之仕者，何止一大媒氏哉？而顾偃然自以为得计，亦甚矣"。可谓"不为畏首畏尾、支离浮游之言"。其赠序文数量较多，《送刘都事致仕序》论正确的仕隐之道，《送张节判还莒州序》批评世人"狙巧善避，遇肤则噬，遇腊肺则吐"，均有一定意义，其他则多都是应酬往来之作。

人物传记中《张岳州传》记载成化间张举，为官清廉公正，得罪权贵而得祸。其去世后，"具检其箧，惟俸钱数两，及衣衾而已"。联系石珤离职时的清贫，正体现了作者的政治理想。其他《刘按察传》中的刘俊、《卫太守传》中的卫瑛都是清廉官吏，也可见作者之好恶。

石珤的赋数量较多，题材涉及抒怀、咏物、登临等，多是有感而发。《登封龙山赋》写自己登高望远，抒发他对家乡土地满怀深情，对故土人民的强烈热爱与悲慨。"其东则古之大陆"，"其南则汉之巨鹿、鄗中"，"其西则战国之陉山"，"其北则古之中山、曲阳"，先从不同方位，分别铺陈论写；后文再进一步抒情引发："嗟乎！燕赵之地，先王封建井田之地也。燕赵之民，先王耕食凿饮之民也。燕赵之俗，先王礼义忠厚之俗也。奈何世治则有，世乱则走，晋既东去，宋亦南狩。或割地以求成，或退兵而鼍守。""此固有家国者之远谋，然亦士君子之宜忧。"使作者具有深深的家国之感，有国家兴亡、匹夫有责之意。《经丘赋》为有感于陶渊明"崎岖经丘"之语而作，有"伊振世之豪杰兮，徒名存而骨朽。宜达人之大观兮，递托情于杯酒"之语，实际体现了作者宦海沉浮后的矛盾心理。

马中锡的同乡孙绪，幼时学习古文，即奉父命读东田文章，受到马中锡“悯时痛俗，体物尽性”（《东田文集序》）的影响。他批评当时所谓心学一派，“窃见今之学者，索然于养，伥然无所得，词不能达意，然必欲以一二词尽衷曲，故词滞，言不能悉事，又必欲以一二言备始末，故事晦。乃曰：文不贵多，言贵简肃”。还批评其“道贵无言，不贵有言”的观点。“士之为学，冀以用世。而人君之求士亦将以为世用，使士皆若而人，率天下于喑哑吃讷、痴聋蒙瞽，昭代之盛孰与鸣？设有大变故、大疑议，相率低眉默默，孰与详评定国事？”从而明确了文学为政治服务的主张。孙绪重视文学对于人的教化作用，“诵隐逸之篇，则志在泉石。咏宫体之诗，则志存奁匣。文见于外，心动于内”（《无用闲谈》）。

孙绪，字诚甫，自号沙溪。弘治十二年进士，授户部主事，后弃职，起为文选郎，为人廉政，不畏权贵，不贪金银。火筛入侵，为参谋，画策多中的。后转礼部郎中，不附中官张雄，被诬夺职。嘉靖初，起太仆寺卿，旋致仕，家居事母尽孝，杜门著述。《四库全书》有《沙溪集》二十三卷。包括文八卷、赋一卷、杂著一卷、笔记《无用闲谈》六卷、诗歌七卷。

在《古今仕学辨送胡生南归》中作者屡言：“古之君子，其学也将以用世；今之君子，其学也将以罔世。志在用世，故其学也为己，而其仕也为人。志在罔世，故其学也为人，而其仕也为己。”孙绪终生以报国相许，其思想以儒家为主，又辅之以佛道，如其在《故城县重修护国寺记》中提到：“民之訹于祸福也，如水之趋下，善恶之说不足以胜之。夫善恶不足以胜，则吾道以多畏而难行，而释氏则专谈祸福以畏人者，故藉之以导天下。”表现出较大的灵活性。由此也可以理解其文集中出现较多的寺庙道观记的原因。

孙绪为文沉着，有健气，理性多于感性，感情抒发有节制。《送马嘉贞应试南还序》中写妹壻马嘉贞“天分警拔”，“同业者终岁效之竟莫能及，人以是奇嘉贞，嘉贞亦以是自奇也”。声名日高，科举却不利，作者以“突然之勇，生于血气之粗；偷安之习，乘于志气之微”警之，且以自己经历和古人事迹说明正确对待人生得失：

余早年屡困场屋，每被黜，情思黯黯。窃窥一时同黜者，孤灯聚首，惨无人色，程日于仓卒，屈指若不及。数日后，游访贽谒，语笑哑哑，前日之情略无芥蒂焉。间有秉持少异者，众中常愀然不乐，与之言亦不对，若有忧思。然至抵家室，对妻孥亦既舒畅矣。久近虽不同，其粗于血气、微于志气一也。而况嗜欲乱其真，博杂挠其识，不急之务、无益之谈妨其功力。则今日之志，亦安用哉？昔者孟郊落第，有食荠亦苦、强歌无欢之句。一时君子怜其情，而鄙其量。夫郊诚可非也，然卒能占高第，享盛名于无穷，不犹愈于一被摈弃即落魄狂纵、万事决裂，如李山甫、温飞卿等乎。老而弥笃，仆而愈力。正今日所未易得者，而顾未可轻议也。凡人之失利，孰非郊之情哉？顾充而守之，有愧郊耳。嘉贞勉之！

其他文章中，《宁盗说》针对当时严重社会问题提出自己的解决办法。"且盗何为而起乎？饥寒切身，罹法亡命，呼啸于党类以逋逃，冀得于旦夕之苟活，而今之盗则非以是也。殷富子姓，豢养骄骏，肥马华裾任意游侠，骋力势则动辄杀人压乡间，则刚狠武断而群不逞者，又从而慕效之怂恿而夸奖之，是昔之盗也以贫，今之盗也以富；昔之盗也以畏法，今之盗也以玩法。无惑乎盗之日炽也。"既有古今对比，也说明了当时社会令人惊心的动荡。当然提出的办法显得颇为幼稚：居然是让当政者节俭少欲，以此带动百官进而影响百姓，达到对小人道义上的孤立，而使其幡然悔悟。

此外，《送王莲幕致仕序》写王有章"气和而貌恭，有干济才，又能韬晦不用。平居遇事，若不敢尽言，至意所欲为，即万夫莫夺。所欲不为者，一握为言不恤也"。在故城为官五年，"皆爱而悦之。嘉靖乙酉秋，风夜起，浩然有家山之思。晨起束带，诣县堂持公移一纸，恳乞退休，治装买舟，遍诣学宫师友及缙绅耆旧，言别"。作者论曰："夫君子之仕也，行吾志也，志得则行，志拂则止。簪绂耒耜，随遇而安，故无往不自得，顾世有不尽然者。平居弦诵，曰吾无宦情，曰吾休官去，清风高致足以驾当世空士类。傲睨偃蹇邈不可即。听其言，挹其容，使人不寒而栗。一入仕版，蚤乞闲身，逍遥林下，何寥寥也。腼颜忍辱，旅退旅进，甚者伛偻跛鳖、齿发脱落，犹瞋目强项示可用，不肯去。既去矣，且恋恋，且望望，欲何为者？谓其前所言者，非诬人，与吾不信也。"所道无不是由衷之语。

还有《山西界河口巡检李君思齐墓志铭》，写朋友故去，开篇云："嘉靖丁未春，余卧病村，墟林深地，僻累月无过客。六月十一日忽思齐来问讯。余心甚喜，相与歌曲，觞咏于卷帙铅椠间。窃窥其饮食步履与少壮者不异，风度神采英然，倚屏执书翻阅终日不倦，留数日去。濒去意眷眷不忍别曰：兄他日当思我！七月四日得报曰：思齐昨夜死矣！呜呼！孰知此来乃与余诀，而此语遂成谶邪！其偶然邪？其预有知邪？悲夫！"然后才进入传统的写作程序，其构思、句式都有模仿韩昌黎《祭十二郎文》之处。

第二节　杨继盛及明代中期散文创作

嘉靖为明朝政治的转折关键时期，此时社会矛盾纷纷显露，杨继盛和周世选等皆以奏疏直言进谏而成就文名。

杨继盛与杨最、杨爵并称为"嘉靖三杨"。《杨忠愍集》中散文27篇，历来为人所重视的就是《请罢马市疏》和《请诛贼臣疏》二篇，被评价为"披肝沥胆，忼直之气如生"（《四库全书总目提要》）。

马市始于明初，原为边境贸易而设，后屡有废设。嘉靖二十九年，俺答进攻古北口，又从黄榆沟直逼东直门，诸将不敢战，时任大将军的仇鸾畏惧敌人，力主开马市以缓和形势，杨继盛极谏国耻未雪，议和则示弱，乃有《请罢马市疏》。文章奏言开马市之"十不可"与"五谬"。前者大略是：俺答蹂躏我疆土百姓，为天下大仇，下诏北伐而为天下共知，忽变更为和靖政策，失信于天下。另外，示弱则使边镇将帅安于享乐、弛懈兵事，并助长部分人的投敌心理。更为重要的是，平日盗贼慑于国威不敢放肆，如知朝廷畏怯，必然引发敌人对我垂涎之心，成抱薪救火之势。后者则对主降派的理由逐条反驳。文章分析政治形势逻辑清楚，丝丝入扣，条条在理，也使皇帝颇为动心，但无奈仇鸾官高势大，左右政局，最终入狱被贬。后俺答果然毁约入侵，皇帝方以继盛之言为是，悔之莫及。

严嵩自嘉靖二十一年入阁，至四十一年罢相，对国政毫无建树，"惟一意媚上，窃权罔利"（《明史》卷三〇八《严嵩传》）。臣工弹劾不断，

但世宗不为所动。严嵩曾拉拢杨继盛，但其反上《请诛贼臣赋》，参严嵩
十条大罪，言出忠臣之所共想：

　　高皇帝罢丞相，设立殿阁之臣，备顾问视制草而已，嵩乃俨然以
丞相自居。凡府部题覆，先面白而后草奏。百官请命，奔走直房如
市。无丞相名，而有丞相权。天下知有嵩，不知有陛下。是坏祖宗之
成法。大罪一也。陛下用一人，嵩曰"我荐也"；斥一人，曰"此非
我所亲，故罢之"。陛下宥一人，嵩曰"我救也"；罚一人，曰"此得
罪于我，故报之"。伺陛下喜怒以恣威福。群臣感嵩甚于感陛下，畏
嵩甚于畏陛下。是窃君上之大权。大罪二也。陛下有善政，嵩必令世
蕃告人曰："主上不及此，我议而成之。"又以所进揭帖刊刻行世，名
曰《嘉靖疏议》，欲天下以陛下之善尽归于嵩。是掩君上之治功。大
罪三也。陛下令嵩司票拟，盖其职也。嵩何取而令子世蕃代拟？又何
取而约诸义子赵文华辈群聚而代拟？题疏方上，天语已传。如沈炼劾
嵩疏，陛下以命吕本，本即潜送世蕃所，令其拟上。是嵩以臣而窃君
之权，世蕃复以子而盗父之柄，故京师有"大丞相、小丞相"之谣。
是纵奸子之僭窃。大罪四也。严效忠、严鹄，乳臭子耳，未尝一涉行
伍。嵩先令效忠冒两广功，授锦衣所镇抚矣。效忠以病告，鹄袭兄
职。又冒琼州功，擢千户。以故总督欧阳必进躐掌工部，总兵陈圭几
统后府，巡按黄如桂亦骤亚太仆。既藉私党以官其子孙，又因子孙以
拔其私党。是冒朝廷之军功。大罪五也。逆鸾先已下狱论罪，贿世蕃
三千金，荐为大将。鸾冒擒哈舟丹儿功，世蕃亦得增秩。嵩父子自夸
能荐鸾矣，及知陛下有疑鸾心，复互相排诋，以泯前迹。鸾勾贼，而
嵩、世蕃复勾鸾。是引背逆之奸臣。大罪六也。前俺答深入，击其惰
归，此一大机也。兵部尚书丁汝夔问计于嵩，嵩戒无战。及汝夔逮
治，嵩复以论救绐之。汝夔临死大呼曰：嵩误我。是误国家之军机。
大罪七也。郎中徐学诗劾嵩革任矣，复欲斥其兄中书舍人应丰。给事
历汝进劾嵩谪典史矣，复以考察令吏部削其籍。内外之臣，被中伤者
何可胜计？是专黜陟之大柄。大罪八也。凡文武迁擢，不论可否，但
衡金之多寡而畀之。将弁惟贿嵩，不得不削士腴卒；有司惟贿嵩，不
得不掊克百姓。士卒失所，百姓流离，毒遍海内。臣恐今日之患不在

境外而在域中。是失天下之人心。大罪九也。自嵩用事，风俗大变。贿赂者荐及盗跖，疏拙者黜逮夷、齐。守法度者为迂疏，巧弥缝者为才能。励节介者为矫激，善奔者为练事。自古风俗之坏，未有甚于今日者。盖嵩好利，天下皆尚贪。嵩好谀，天下皆尚谄。源之弗洁，流何以澄？是敝天下之风俗。大罪十也。

文章首尾激情贯穿，一气而下。或者用口语俗言，如"陛下用一人，嵩曰'我荐也'；斥一人，曰'此非我所亲，故罢之'"。或者排比铺陈，如"守法度者为迂疏，巧弥缝者为才能。励节介者为矫激，善奔者为练事。自古风俗之坏，未有甚于今日者"。因为心中有天地正气，化为文章，所谓"气盛则言之短长与声之高下者皆宜"，读此处让人忘情。在《与少司寇吉阳何公疏》中他自己介绍了此文的写作背景时也提到，也有人劝告他安于现状、待机而动，但自己偏向虎山行，生前富贵和死后功名的相较，前者微不足道。

杨继盛的散文体现了浓重的儒家思想。如《望云思亲图引》提及忠孝不能两全，强调忠君的重要；《刘司狱承恩图引》谈到"君恩若雨露"，要对帝王忠心，儒生登仕就不再属于自己；《送张龙翁老先生拜相序》用唐宋赠序的手法生发成文，言及张龙翁拜相众人皆以为朝廷得人，而本人却以为有无穷之忧，经过思考方悟出："盖天下之事每成于忧而败于喜。夫喜则纵纵，则视天下之事皆易也，而忽心生忧则畏畏，视天下事皆难也，而慎心生慎忽之间天下之治乱攸系甚矣，人臣不可一念之不忧也。"

杨继盛文章不多，除去往来应酬之作，多从生活小事出发加以议论，娓娓道来，立论有据，行文严谨。此外《赴义前一夕遗嘱》为临刑时所作，从容面对妻子子女，嘱托夫人正面人生，告知儿子需从小立志。只用当时口语，而心在文中，情在笔下，无愧妙文。

周世选也以奏疏名世，他任礼科给事中时，"曾条陈时务七事，侃直无所忌避止，庄皇帝驰马禁中，疏留四日不下，众虑不测，竟得俞旨，咸叹服"（《南大司马卫阳周公传》）。据其文集推定，应为《酌陈时政以效愚忠疏》一文，文章中提出"重师儒以责教化之实"，"修太学以隆作养之地"，"惩侵赖以饬催征之法"，"昭惩戒以除剥削之弊"，"严责成以弭祸乱之源"，"明职掌以正风宪之体"，"兴水利以裕东南之财"等七项建议。

世选在下层为官，了解百姓生活，故有针对性和实效性，字里行间有对国家和君主的耿耿忠心。

周世选强调个人道德修养对文学的决定性，《新建二贤祠记》中："盖闻山川灵秀之气毓为人才，所谓人才者，非必附凤攀龙，都津陟要，而高风大节足以师表百师。"这是较为传统的儒家创作观。认为文学创作要有补于世，"皆切时无之要"，"无当于世用，虽工奚裨？"（《宋金斋文集序》）《整袪亲军积弊以严法守疏》《开辟荒田疏》《条议救济灾民疏》《海防十议疏》等，虽写于不同任上，皆不为空言，语言简洁有力。如《四镇议》之《议保定》："夫保定，内拱神京，外控三关，称卫繁要地，故重兵屯焉。隐然虎踞，所以壮畿辅而坚保障也，但腹心内地承平既久，目不睹旌旗之色，耳不闻金鼓之声，将狃于玩愒。军安于愉惰，一旦卒然有警，自卫且不遑而况驱之使战哉？"三言两语便托出京畿守卫松懈现状。

同为高官，文章与政治较为疏离的是王好问和宋诺，二人都更注重道德修养，作品也很有些道学气，风格祥正平和。

王好问在《黄凤严先生文集序》中说："古人之学尚行，而后言文，何事哉？然而道非言不显，言非道不经，道在而文在兹矣，言何可废乎？孟子曰：游于圣人之门者难为言。噫！非言之难也，中道之难也。由是而观则知：文之诡于道者皆谣辞，道之诡于圣门者皆邪说矣。是故董生之学不优于荀卿，而正谊之旨炳然与日星并明，昌黎子之文不当于扬雄，而博爱之言沛乎与河海同流，斯其为正道之羽翼，人文之标的，而大有功于圣门也。"此类主张是对宋代古文家文道观的继承。

王好问《春煦轩集》中60余篇文章中除去一些应酬性篇目，以楼台亭记和赠序为多。《登书楼记》写作者登楼，"楼只一楹，虽规制不广，而窗轩四豁，疏畅高洁"。而后想到"古今人无论贤不肖，凡别帝京、远亲旧，未有不慨叹离索，茫然若失"，"夫豪杰之士则不然，感遇聚散虽不可齐，然而刚大激烈之不可夺，进而用时，退而自喜，进退有余裕也。远而忧君，进而忧民，远近无异情也"。后以"远近去就，所遇不一，而直大之节始终不渝"自警。语言省净，较少景物描写，而以议论支撑。《湛然亭记》以叙事方式自叙出"吾之能有今日之乐，亦吾心之湛虚者，无所执循，得以游于伦物之中，而忝乎造物之妙也"。文内颇见作者自得其乐之情。还有谈为官的《勤政堂记》，立意与宋初王禹偁《待漏院记》相似，先云"以勤政名堂不知其伊始，约以风有位而儆惰官也"，再叙"一官弗勤则一事废，一事不治则一官旷"的理由，后言"一官之勤惰而百司之兴替系之，一事之勤惰而庶事之通塞系之"，警醒之意了然。

再如《新新亭记》短小而意丰：

> 新新亭，不知作者，始盖博士燕息所居也。修竹浮郁交翠，而方池淳可鉴可濯，亦幽胜也。齐安王子以制科来官，因旧而修治之，以其事白余曰："亭何以新名？"曰："未之闻也。"既而曰："日新又新，传之释新民也，意或取诸是乎？"余曰："然旨哉！非闻道者何足以及此。夫古之君子存此心于未发，而察一念于方萌，循省涤濯，惟恐其败度而污德也。故已新而益新，缉熙光明无少回懑，足以基化而倡教仁育义正之用，行而内圣外王之学备矣。使一念而差千里，斯谬一事而败万事，斯裂不可得而救也。是故君子慎之，虽虽然，穷理者宜诣其精，析义者必至于尽，吾德当新也；苟事而喜新则害德矣，吾民当新也。而法欲求新则害政矣。推此心也，凡旧章之当率，哲训之当遵，先民之当程者，率宜虑其始制而究其曲，防利害非远不轻，趋避俾上下相安，事绪不挠而临之。以吾心之精白，以救其弊，而补其偏。如二气之运，变化无方而恁其常也，如四时之行，代谢不穷而不失其序也，如华岳之镇殿而不可动，移沧海之容受而无所沸溢也。含太始，包天象，达常变，亘古今，皆此心之新者。"

文章有理有据，娓娓而谈，但不免坐而论道，略乏感染力。

宋诺《金斋集》文章共八十余篇，包括序、记、祭文、奏疏等。其中的优秀篇章多以事言理，以小见大。如《静谷轩记》主要说大夫李公修建了环城最盛的花园，"其中花径莲塘，天光云影"，右有古溪竹坞，左有珍楼秘宇、广殿长廊，"各欣欣向荣也"，李公云："乐不可极。"作者则并未对此有他大兴趣，而对受到主人冷落的旁边的静谷轩则情有独钟："君子守自然之天真以会，夫在物之趣。吾常有以自乐，而不拘于物之是，需忘己观物，忘物求道。曷常役役于声色臭味以自失其真乎？陶潜采菊以适情，西门佩韦以戒暴，古之人有行之者矣。"其所论近乎老庄求静守雌之论，虽"望名"生义，却教导人们以平常心看待生活，对待自己不要有过多欲求。

杂著类的《胜贫文》也表达了类似的思想。文章首先提出"贫"在人生中的影响之大："天之高也，能亢之，使不足于雨露；地之厚也，能斥之，使不足于滋长；虞舜之玄德足以妻二女也，使之鳏而在下；太公之膂扬足以候东土也，使之佣而不售；仲尼以万世为玉，岂不赡于养者，使之绝粮于陈；孟子之辞十万，岂不丰于财者，使之饥饿不能出门户。"无论天地或贤与不肖，都受到贫的制约，这是作者对人生命运和历史考察的结果。作者总结其原因，不当的推为天地贤者为"有形之物"，而受到"贫"这种"不物之物"的支配。其解决之道却又是老庄之学。"惟动也，故吉凶之所由生也，贫得而乘焉，若静以守之，不涉于形，则两忘无事，与贫为敌矣。"考察宋诺一生，他追求功名并未停止，"平生颇有争名志，深愧忘机水畔鸥"（《次杨鹿野韵》）。所以，这种想法只是宋诺的内心的自我调节。

此外，还有诗歌能卓然而立的刘乾，但《鸡土集》中的120余篇散文大多平淡无奇。《焚乙未苦心稿记》曾记载作者烧掉了过去的手稿，原因是"艰深之未尽去，辞气之未尽粹，其说理处犹不痛快也"。说明其追求语言通俗，说理透彻的创作。《易庵十论序》也谈道："余之论文必喜沉着痛快，而归于雄浑。每言心出理而流变，气载心以挥霍。此其至妙也。及其自作则不能如其言，观此十论可以见矣。"在《白龙山人稿后跋》又说："文章以气为主，而系之于所养。然不该洽则易竭。故又在于学，学有渊源矣。然天机不熟，则亦未至于混成，故作之者又必久，其力而后大有得也。"但《鸡土集》也并没有实现作者的艺术目的。如四库馆臣评价："其论荒唐不经。"

刘乾散文涉及多种内容，也有序记、碑志、铭考多种形式。如《养吾亭记》谈天地万物生养之道，《演武亭记》写军事与国家的重要，《社学记》写学校对百姓的熏陶作用，《阴阳学记》讲阴阳之学等。写法上常动辄谈"易"，如《豫轩记》写道："豫者，乐也。乐生于静，若雷之出于地，奋者为真为大。"又如《唐川会约序》："天地者，吾之所从来也；万物者，吾之所同来也，人能以其身置之万物之间，以当万物之一。"作者所奢谈的学养，在文章中体现为文字上对古书易理的引用，失之狭矣！

《四库提要》言其"好读古书，为文有秦汉气，议论英发，喜谈兵事"。但学秦汉仅得皮毛。又有《游仙梦》《记梦》等篇，为梦境的完全记录，荒诞不经，意境、笔法都与诗歌相去甚远。

刘乾的赋作较为出色，多写寺庙，常从某物引发作者对理趣之评论。《焦山寺赋》对于生死的评论，可以与诗歌对读理解，从中可见其道家思想。具体行文中，刘乾描写景色，细致精微，深得赋法神韵。以《甘露寺赋》为代表：先讲甘露寺位于北固山之背，中央有精舍盘踞，"刘子与客携酒乃登翠微而望八荒"，看到"泰山若砺，黄河若带，云中诸山若鞭龙驱虎"。"客神惊而色变，予举酒而一笑"，客曰："斜阳草树，寻常陌巷，耕夫牧竖，风雨之余，往往得乎断剑而拆戟。盖昔孙刘曾讲兵于此，而今已陈迹。方玄德之困于吴也，孙仲谋欲以酒色残之，而备不堕其计。然而受挫于吴者，亦多矣。想是抑郁沉愤之极，龙文虎气凝结于此地，今虽数千年，而犹能见其灵异者邪？"刘子曰："有是哉！吾闻地道卑而上，行五精之气以随以从。盖地形如肺，云出无心而太虚无碍也。故得尽其变化之良能，山云草莽，水云鱼鳞，旱云烟火，雨云水波，非烟非雾，如缯如布，赤鸟夹日，舟蛇在后，而此云之犹龙也。皆偶然之故耳，又安足怖哉？客笑而起，云亦飞去。"

《重校易庵先生鸡土集序》对散文评价颇高："先生于学术无所不窥，于理无所不洞，是儒宗也，而讵词人也耶？先生为文赋，其所研理处，如老纳谈禅，天花落而石头点也；其叙缀处，如泛大江，风恬浪息，皓月当天，水空明而鱼龙稳卧也；其变化处如神龙游雾，入出不可测也；其岩险处若巨灵开黄河之流，飞涛激射，万雷怒号，观者目不及瞬，耳不及掩也。至其古诗、歌行、近体，不规规于法，而意到笔随，遇境必穷，有证必切，未尝不朗朗□表。"

另外，苏志皋的文章中序多为迎来送往之作，《抱罕园记》《赐金堂记》等文也较平淡，《驳谢叠山》一文以对刘禹锡《杨柳枝词》的不同解读，得出后世不能重蹈隋炀帝荒淫误国之解，较有新意。

第三节 明代后期赵南星等人的经世之文

万历年间开始出现文学解放思潮，以徐渭为先导，公安三袁为主潮，竟陵派为修正。在文学的走向上有了各种各样的争论和尝试，河北作家参与这种理论分争者寥寥，多固守传统创作道路。赵南星则少有的提出对燕赵文学的看法。崇祯及以后的南明主要是挽救崩溃王朝的志士和落魄遗民活动的时期，河北是明清冲突的集中爆发地，很多忠臣义士，如鹿善继等，他们心念故国、血荐轩辕，将亲身经历付诸诗文，成为明代河北文学的结束。另外，受到明末小品兴盛风气所致，范景文等人的游记习作也颇为可观。

燕赵文学的特点讨论者稀少，赵南星在《赠一峰张广文赝奖序》曾提出："夫燕赵之间，质朴少文，所受于天地也。欲变而文尤欲变大江以南而质也。夫大江以南，万山错互，溪壑郁桡，人生其间，安得不文？冀州之地，楼阁恒岱，太行为恒，嵩高有阅，中为庭除，四望无邱垤焉。斯其为人也，不为质朴为文乎？其于文也，不为明白洞畅，直敷心腹乎？晏粲日久，古教渐减，人之才识机力，尽用之于邪侈，其衣食器用，言语文章，无非邪侈也者。华离险棘之词塞天下，荡心骇目，而燕赵之人稍为所怵诱而效之，而质朴之风，渐不可复矣。故燕赵之文盛，世道衰之征也。"《正心会选文序》针对现实中文章写作颇多不合经义或远于时制的现象，提出"离于常则为怪，怪则为妖，衣服之怪，识微之君子忧之，况生于心而害政事者哉？夫燕赵之人，自古少文，其文率正大明白如其人，今亦虽俗为邪僻，不类燕赵之产矣"。虽其论也有偏颇之处，却是少有的河北人对自己地域文学的表述。

东林领袖赵南星《味檗斋文集》有散文十五卷，他是燕赵大地上与魏徵齐名的净臣，其奏疏颇为引人注目。明代帝王不学无术者居多，赵南星提出："臣等虽焦心苦思，不如皇上之一念足以孚格苍穹；臣等虽敝吻燥舌，不如皇上之一言足以鼓舞四海；臣等虽鞠躬殚力，不如皇上之一举动足以维新宇宙。"（《覆陈侍御整顿纲疏》）而作为当时最为急切的工作就是"必勤于听证，而后可以定国；必慎于用人，而后可以振纪纲"（《覆新建张相公定国是振纪纲疏》）。直接指向当时皇帝任由宦官权臣弄权的现实，要求最高统治者提高自身修养。当时天灾人祸造成百姓痛苦不堪，"十年九旱，无分南北，间或不旱，即有水灾，小民穷窘，逃移无地，弱者就毙，强者为盗"（《请朝讲疏》）。作者在《敬循职掌剖露良心疏》中系统提到"救时之务，除四害为急"。"一曰干进之害"；"二曰倾危之害"；"三曰守令之害"；"四曰乡官之害"。另外赵南星还提出了减轻赋税、慎用刑罚等顺应社会的措施。除了奏疏，在其他文体中，他也屡次谈及社会问题，念念不忘国事。如《与秦记傅按台》论及人民贫困对于国家的影响，《送胡清宇老先生令介休序》《送邑大夫环翁金公之吉安序》谈爱护百姓的重要性等。

赵南星宣扬理学，"天下之物，莫不有理。理虽散在万物，实管于人之一心。人心、物理相为流通，理有未穷，知必有弊。欲致知者，又在即事即物，穷其所当然之则，与其所以然之故，而物无不格可也"（《刻圣学启关臆说序》）。反对王守仁心学，当时"世道大变，士皆喜为异说，欲高出前辈之上，且浸淫于佛、老之说"，"从朱子之格物"，"守先儒之旧"（《四库全书总目提要》）。他注重对后学的教化，在《真定修学记》《重修恒阳书院记》中均要求注重道德的熏陶。

还有《遗笔》一卷为史论，他针对汉唐史实加以评论，词锋犀利。如《曹操》开篇提出"自古以来，乱臣贼子，时时有之，然未有如曹操之恶者"，在举其少年时即劫妇人杀无辜，后挟天子令诸侯，"假仁义以行之，天下皆知其假也"。"篡弑之贼，皆称禅代，曹操始作俑者也。"是对明代政治上危机的洞察。其他《唐太宗》等文章虽立论新颖，颇多翻案之论，但书生气较重。

他把中"明白洞畅，直敷心腹"（《赠一峰张广文膺奖序》）也作为自己文章的追求，所以，他的议论文章大多篇幅不长，三言两语直入主题，文笔简洁有力，正气凛然。

记体文记事、物者很少，人物传记多为贤人节妇，其他行状、墓志铭多应酬、礼节性写作。明代短篇笑话集有很多，赵南星有《笑赞》一卷，每篇后有作者评论。如序中所言"为之解颐，此孤居无闷之一助也。然亦可以谈名理，可以通世故，染翰舒文者能知其解，其为机锋之助良非浅鲜"。

鹿善继之为人，上节已有详细介绍，清孙奇逢《日谱》记曰："伯顺先生平有三变，为诸生时，有嗜书之癖，饭不呼之常不应；初登第，一介必严，万人必往，故到处能循职掌，人人惊为破格；事榆关三年，功名之念已灰，生死之关亦破，每以朝闻夕死为谈柄，故能从容就义而神不乱。"

善继少小好学，读王守仁《传习录》，乃慨然有为圣贤之志。又与高攀龙、左光斗等交，得程朱之传。曾与诸生论经义，众人皆服。又与容城孙奇逢以学行相砥砺，从游者众多。据《明儒学案》："人问其何所授受，曰：即谓得之于阳明可也。先生与孙奇逢为友，定交杨忠愍祠下，皆慨然有杀身不悔之志。尝寄周忠介诗云：寰中第二非吾事，好向椒山句里寻。"《千顷堂书目》载有《鹿太常文选》四卷，惜不能见，《畿辅丛书》有《认真草》文集十六卷。

《认真草》为鹿善继六十岁（崇祯七年）时手辑，高阳孙承宗命名，原有三十六卷，但有他人之文窜入，经裁汰并补入六十岁之后作品《三归草》，《畿辅丛书》仍称《认真草十五种》。孙奇逢云："《认真草》，壮岁文字，以节见；《三归草》，多晚年见道语。"十六卷文字的命名，或以事，或以官，或以时，如《金花始末》《农曹草》《待放草》。作者自言："随地随时，各有其事，无文以志之，则精神亦恍惚而不可据，故借此言语，以寄其行事，不欲使人名我为文人也。"

《认真草》中皆为应用文，以书信最多，其次为序、疏，多是公事交往之作。鹿善继有传统儒家士人报国许国的理想，《赠耿峻坊举秀才第一序》中提出，"国家待士盖不薄矣"，"民业有四，士居其首，其名芳，其术尊，其处恬，其味淡，即陋巷环堵，二线天下之忧，即矩步雅歌，而习大人之事"。故散文中，言私情者少，谈公事者多。文章叙述详尽，语气中肯，如《金花始末》各篇文章，将给自己带来贬官之祸的私发金花银之事交代得十分清楚。首篇《酌留金花呈堂》中提到，金花银虽应进贡大内，但军情紧急，"用兵之局，未知以何时结，措饷之路，则业以此时穷"，"此时欲扔进大内，则部议终成画饼；欲径解太仓，则俞旨艰若拔山"。如果再加赋税，"又惴惴有内变之忧"，干脆先充当军饷，"与其既入而复请，不若未进而权留”，"况圣上即爱金玉，未尝不爱山河"，充分显示出区分缓急的认识和灵活处理的能力。再如《粤东盐法》谈如何"化私成公，因利为利"，分别从行部引、严考成等十几个方面提出措施，考虑周全。《陈治体疏》更是作者针对明代特务政治，对临朝帝王提出"论治者贵识体"，"体也者，尚简不尚烦，烦则亵而生扰；治明不治幽，幽则隐而售奸"。希望皇帝耳目清明，细辨忠奸，不能单纯从言语取人，而应察之有据，"勿好小查，务持大体，永塞告密之门，以杜暗窃之渐"。

作者的耿耿忠心在日常书信也有体现。如《答满愫丹书》："吾人生天地间，第一等愿，要报国家，而报国家，又全在安危存亡之际，台兄前守宁远，凭城以战，挫敌人累胜之威，后救锦州，身先士卒，矢石相薄，折敌人长驱之势。台兄之功在社稷，其自高皇帝而下，实式临之，固不枉孙师相推毂一场。而不佞亦得从交游之末，借光不浅，即赏未酬功，而此段功劳，自在天地，遏之而愈扬，虽善妒者喙长三尺，只足为大英雄洗发精神耳。"

余继登，字世用，号云衢，交河（今属河北沧州市）人，七八岁时父母双亡，万历五年进士，改庶吉士授检讨，进修撰，不久进右中允充日讲官。据《千顷堂书目》记载其有《通鉴进讲录》五十卷。历任詹事掌翰林院、礼部右侍郎，二十六年以左侍郎摄部事。神宗时，灾异屡见，余继登上疏极称一切诛求开采之害民者，未被采纳。后擢本部尚书，又请神宗躬郊庙、册元子、停矿税、撤中使。疏累上而不能成行，郁郁成疾。每言及此便流涕曰："大礼不举，吾礼官死不瞑目。"疾满三月，连章乞休不许，停俸亦不许，郁郁成疾，卒于官。赠太子少保，谥文恪。

《明史》本传曰："继登朴直慎密，寡言笑，当大事言议侃侃。居家廉约学士，曾朝节尝过其里，蓬蒿满径，及病革视之，拥粗布衾羊毳覆足而已。幼子应诸生试，夫人请为一言终不可。"有《典故纪闻》十八卷，杂记自洪武迄于隆庆故事，"多属空谈，大抵皆记注实录润色之词，亦颇及琐屑杂事，不尽关乎政要"。友人冯琦选刻其诗文为《淡然轩集》八卷，今存于《四库全书》。包括奏疏二卷，序记三卷，志铭及杂文二卷，诗一卷。

余继登奏疏"语皆切中时弊"（《四库全书总目提要》）。神宗时，朝廷上下迷信盛行，余继登借言灾异，把自己所见闻的百姓艰辛呈于皇帝，希望一改日益败坏之世风。如《陕西山异疏》："夫山者高而在上，地者卑而在下山。忽崩而成沟地，忽起而成山，陵谷变迁，高卑易位是阴乘阳邪，干正下叛上之象，推理度势，必将有草野奸雄乘民之怨，斩木揭竿，起而与国家为难者。""民命危如累卵，世变纷如乱丝，东师未起，疮痍西蜀复遭锋镝，都城之奸细潜伏，畿辅之盗贼公行，识者寒心，忠言逆耳，中外太隔，上下不交，此人气不和之极矣。"作者引汉董仲舒之言，"国家将有失道之败，天乃先出灾害以谴告之，不知自省，又出怪异以警惧之，尚不知变，而伤败乃至"。虽是迷信之言，但他对百姓的关注和利民措施的提出，客观上却有利于当时社会的稳定。

播州杨应龙带兵起义，继登上《止矿税疏》，认为必有蜀地之民助之："盖蜀之民苦极矣！采木则有砍伐之苦、拽运之苦，采矿则有供给之苦、赔累之苦，榷税则有搜括之苦、攘夺之苦，皇上以为不忍加派于民，而姑取之于地也；不知人固爱财，地亦爱宝，矿砂不足不得不求足于民，故岁进之矿银什七皆小民之脂膏，而差官之私橐不与焉，此势之必至者也。皇上以为不忍加派于民，而姑取之商贾也，不知商贾不通，则财货不流，物价沸腾则百姓困敝，京师且然，何况遐方，此又势之必至者也。"隐约说明官逼民反的现实。而后提出："然无米而炊难望疗饥，徒手而搏难以赴斗，此亦圣明之所洞见也。夫兵非天降，饷非神输，皆民力之所为也。为今之计，莫若收拾我之人心，解散贼之党舆，停止四川之矿税，取回原遣之官民，使开山凿石之辈尽为称干比戈之徒，赔矿给税之余悉佐秣马厉兵之费，宽我无知之众，赦其胁从之诛，则群情慰悦，士气欢腾。"

还有因雷击太庙大树而上《覆雷火疏》，请帝躬郊祀庙享、册立元子、停矿税、撤中使，其中"海内萧条，民穷彻骨，椎骨吸髓，何能久堪"之语直指时弊。

余继登行文平正周详，尤其体现于议论文，讲述道理不急不躁，严谨明晰。如《奉赠梦翁李老先生荣晋南少司马序》中言畿辅治理之难处：

> 蓟保晋三镇为京师屏蔽。自欵市至今，独蓟镇犹苦未宁耳。晋不被兵，保镇益无患，无患遂无备，无备遂无兵，公意敢可猝来而兵不可猝整备，不可猝办。故始至镇，即简将练卒、补乘饬具、节约浮

冗、修理亭障、经营于久废之余，而振起其积弱之势，此公之难也。赵魏六郡，民鲜盖藏暵旱，艰食不难，转徙为盗，纵之则乱，急之则愈乱，公为谕诸长吏，察疾苦、省劳役、发仓廪、勤赈恤，不惊不扰，徐为措画，而崔苻无警，田里皆安，此又公之难也。中使衔命开采，戒令勿扰，公禁之不得，抗章攻之不得，引身避之又不得，力难坐制其横，势难坐视其横，一操一纵，其道委蛇不令喜，不令怒，卒使我无其迹，而民受其惠，此又公之难也。

层层剥茧，历史原因、百姓原因、政治阻碍逐一说出，也深切体会到腐败社会做好官的难处。另外《策问》中以史为鉴、理论和实际相结合进行论证，指出改革的方法，也颇让人信服。《明诗纪事》陈田评曰："世用文章朴直，切于时用，奏疏尤其所长。"世用《淡然轩集》，冯用锡序而刻之，称其文如"孤峰断崖，居然千仞"，又如"玄珠璞玉，不假雕饰，而磊落遒上之气，时溢豪者主楮"。其文章从内容出发，不重辞藻，在作者一身正气的支配下，虽不张扬但却切中时弊，明史冯琦传称："时士大夫多崇释氏，教士子作文每窃其绪，言鄙弃传注。前尚书余继登奏请禁约，则所学之根柢可知也。"（《四库全书总目提要》）

史可法，字宪之，号道邻，大兴（今北京大兴区）人，躯小貌寝但胸有大志，好经世方略。崇祯元年进士，历西安府推官、副使、佥都御史巡抚安庆等地，"持身廉，接士信，杂处行伍间，与下同劳苦，以故得士死力"。李自成陷京师后，可法迎福王，被拜为大学士，死守扬州抗击清兵，知势不可为，寄书母曰："儿宦十八年，辛苦备尝，不能报效毫末，徒远离膝下，定省之礼尽缺，不忠不孝，诚无颜立天地间，今扬州不守，儿以身共之矣。望母委之大数，勿过悲伤，儿在九泉且得瞑目。"（据《畿辅通志》）城陷自刎不死，命义子杀己，葬衣冠于梅花岭，后谥号中正。《畿辅丛书》有《史忠正公集》四卷，其中诗歌只存三首。

于敏中《御制书明臣史可法复书睿亲王事》中评史可法，"揭大义而示正理，引春秋之法，斥偏安之非，旨正辞严"。文集中《祭二陵毕上疏》上疏皇帝，"愿慎终如始，处深宫广厦，则思东北诸陵魂魄之未安；享玉食大庖，则思东北诸陵麦饭之无展；膺图受禄，则念先帝之集木驭朽，何以忽觌危亡；早朝晏罢，则念先帝之克勤克俭，何以卒隳大业。"《请出师讨贼疏》对朝廷中安于现状的心态不满，以历史上的东晋、南宋王朝为例，不图统一必遭灭顶之灾，而当今之时"敌必难图"，"兵骄饷诎，文恬武嬉"，意要讨贼者日少为前所未有之耻，愿皇上为少康、光武，收复失地，一雪国耻。《论人才疏》则云危急关头切不可看重名分等末节，而应以实用为先，大胆起用人才。《请尊上权化水火疏》直陈文武百官贪钱怕死的罪状，请求皇帝整饬吏治。这些都是心忧社稷的救国之策。

史可法论事重历史之鉴，如《论从逆法宜从重疏》以汉文帝、唐高宗为证，论"纲纪立则朝廷尊，法纪张则乱臣惧"，从逆大罪，不可轻恕。《复摄政睿亲王书》，列举史上"莽移汉鼎，光武中兴；丕废山阳，昭烈践祚；怀愍亡国，晋元嗣基；徽钦蒙尘，宋高缵统"的事实，证明所拥立皇帝的正统性不容置疑。

其他文章，如《乞闲咏序》从"闲"字生出议论，提出幽人贞士之闲与大人元老之闲不同，前者为真悠闲，后者如"闲"，则国家危矣。《祭左忠毅公文》祭奠左良玉，忠臣辞世，"甚而通邑之知与不知，莫不哭师之忠而被谤、直而收诬，一时天地且为师感泣，山岳且为师崩颓，风云且为师变色"。二人同为砥柱中流之臣，志同道合，作者深情回忆道："师之于法，固不第文字之知己也。又因法贫甚，而管之宦邸中，每遇公余即悬榻以俟，相与抵掌时事，辩论古今，不啻家人父子之欢。"文章既言家国之大，又念朋友之谊，伤心惋惜之至。文集有书信两卷，多作于行旅间，写军情战事，有话则长无话则短，语言朴实洁净。其中又有家书十四篇，读之可见英雄柔情，如《家书四》中写道：

> 初闻在天津住，日夜焦愁，腊月二十五日，汪思成到，方才放心。我在外身体安泰，流贼三次杀败，今已远去，不须挂念。惟夫人是一苦命人，别离五个月，未知身体安否，太爷病体未瘥，太太又常多病，我别无倚靠，全赖着夫人，须百凡小心，尽心奉侍姑舅之道，度量要宽大些，不可时时愁苦。上天不负好心人，日后受用正无限量。

琐碎事，日常语，句句真切。

金铉，字伯玉，其先武进人，后籍顺天之大兴（今北京大兴区）。少小即有大志，以圣贤自期，十八岁乡试第一，崇祯元年进士。不习为吏，官扬州教授,阐发濂洛正学,转国子博士,升工部主事,后与中官张彝宪争,引疾归家,杜门谢客。十七年春起为兵部主事,巡视皇城。三十五岁兵败,烽火逼近京师,金铉告母曰:"母可且逃匿,儿受国恩义当死。"其母时年八十余,呵曰:"尔受国恩,我不受国恩乎?庀下井是我死所也。"得知皇帝驾崩消息,金铉投金水河自尽,母亲亦投井。赠太仆少卿,谥号忠节。《畿辅丛书》有《金忠洁集》六卷,其中诗歌一卷带有明显以学识为诗色彩,形象性不足。

金铉于经学用力最深,集中《易说》和《读春秋笔记》两篇谈读《易经》《春秋》感受,皆为语录体。《观上斋纪程》杂论各种事物,包括动静、虚实、格物等关系的辨析、四书五经的阅读理解方法和所蕴含的治国平天下的道理等,都强调道统文统,为人修养为先。一些书信也多是和朋友间讨论哲学问题,如《与友人辨格物书》《与友人辨无善无恶书》《与友人辨理气合一书》等。论、辨、策、说、解等各种文章都是以儒家思想为旨归。在《文雅序》中,作者说明了此中原因:"文章尚于六经,非身心是图,则家国天下是究,舍是二者而欲求圣人一辞不可得。岂圣人不欲天地之光华哉!盖圣人非立意为文者也,行成德充,翕则自强,而辟则载物,不得已而笔之书。诚以诏后之学者有所取衷,而不致叹于迷途之远也。乃后之学者则异矣,不循其本而徒欲矜藻绘之言。荣华观者之耳目,求于自性物情,裨益毫发,而不可得,先民云文所以载道。呜呼!其所载者何道哉?夫道者则身心家国天下之道是也。"

金铉奏疏不多,多直接针对宦官专权这一明代顽疾,《请罢内臣公署疏》就在户、工二部建立总理太监公署这一劳民伤财、虚设冗职,加以制止,"内臣果能抑体皇上之意,精心洁己,使两部历来钱谷之数稽核一清,便可据实以报皇上,其责亦已尽矣,何必建署而后可哉?"《纠内臣檄谒疏》则直接批评当权宦官张彝宪,也给自己带来贬官的结果。

其他济世之文的写作者还有:

孙承宗,散文成就相对诗词逊色不少,《高阳集》文章创作包括奏疏、序、碑志、传记、尺牍等多种,以应酬之作为多。部分文章中体现了以民为本思想,如《束鹿县新建滹沱河祠记》写束鹿县久受滹沱河水灾之害,洪水至时,"父老相率请令君就高阜。令君曰:小民越在泥淖,而吾高阜以居乎？"地方官袁令君积极修缮水堤，与民同苦，终得安宁，被百姓奉若神明。文章结尾作者感叹："昔汉武沉璧拯石，而咎河伯不仁。王弇州过郡曾曰：河伯不仁，长吏佐之。嗟乎！余不敢谓天下有不仁，而吏岂其神而不仁？今余郡有仁吏，神终烦我长笺乎？传称与溺人，宁溺渊然则不仁甚于水也。余愿吏吾土者为仁吏，土即溺不溺矣。"为官者以仁义为先，则人可胜天。另如《重修横堤记》也写水灾，观点相近。

承宗散文语言惜字如金，简短有力，而情感深挚，尤其尺牍为代表。《答毕白杨》言思乡与报国的矛盾权衡："鸟倦飞而知还，吾辈人也，独无倦乎？还乎？审时酌势中有所不忍耳。以壮猷真品梦绕乡邦，谁复有念魏阙者？津门为辽海命脉，哪得不心悸？百凡倚台衡为重愿。"寥寥几笔，生动再现出"燕然未勒归无计"的白发将军形象。

路振飞，文章存九篇，其中最著名的是《唐内侍张承业传》，写唐臣张承业与朱温的斗争，他联合李克用，助李存勖即位，为晋王之左右手，重要事皆委派之，而终以复唐为任。"王乃置酒库中，令子继岌为承业舞，指钱欲赐之承业曰：'此钱所以养战士也。'承业不敢以为礼，王不悦，语侵之，承业曰：'仆为子孙计，惜此库钱所以佐王成霸业也。不然，王自取用之，仆用何为？'王怒索剑，承业挽王衣泣曰：'仆受先王顾命，若以惜库钱物死于王手下，见先王无愧矣。'"在传记结尾，作者饱含深情写道："天下文武将士，朝唐暮梁，倏又晋汉，如逆旅小儿之候过客。承业独欲藉河东之甲兵，恢复唐朝之社稷，坚持大义，至死不移，生为唐官，死为唐鬼。死时唐亡已十七年矣。天祐年号仍存者，承业存之。史书曰唐特进河东监军使张承业卒，许其为唐之一人也，故可以传，借以诛冯道辈，又不可以不传。"本文正如太仓王子春所言："古文文章无无为而作，公之传张内侍也，有深意焉。明素阉竖横炽，公或甲申前逆料其反而事人，不顾廉耻，故有慨乎言之否？则甲申后用以指斥人臣不忠者。"

另有《时事十大弊疏》剖析当时明朝政治上民愈穷而赋愈急、有事急而无事缓、严于小宽于大、有明旨而无奉行等十大隐患，《劾首辅周延儒疏》作于崇祯四年，痛斥周延儒权奸误国，其中"安有奸邪小人而能平章协和奏绩雍熙者乎？跛鳖固不能千里也。""安有奸邪小人而不招权纳贿嫉贤妒能者乎？青蝇固不肯弃血也。"批判腐败之权臣。

马从聘,字起莘,灵寿(今属河北石家庄)人,万历十七年进士,官至右佥都御史,巡抚延绥,崇祯十一年灵寿城被攻破,同三子殉难,谥号介愍,清赐谥忠节。有《四礼辑》一卷,为江西道御史时自编《兰台奏疏》,共三卷。其中文章多为御史时针对朝廷吏治而作,不作空言,如《恳请停遣中官以维盐法疏》《祈究处贪官疏》等。也有如《拟崇实学、务实政、核实功疏》这样的文章,从宏观角度托出改革弊端的途径,文中指出明代士风不正、吏治不清、边患危急的现实,提出务"实"的改革措施,虽有书生之见,未触及根本,但也是当时可行的一条途径。

第四节 明代后期范景文等人的写景纪事之文

范景文,字梦章,一字质公,号思仁,吴桥(今属河北沧州)人。万历四十一年进士,授东昌推官,以名节自励,署其门曰"不受嘱不受馈",时人谓之"二不公"。历文选员外郎,天启间为文选郎中。泰昌时,群贤登进,景文出力为多。他与阉党魏忠贤为同乡却不攀附,也不依附东林党人,《明史》本传记其尝言:"天地人才当为天地惜之,朝廷名器当为朝廷守之,天下万世是非公论,当与天下万世共之",一时传为名言。崇祯初,召为太常少卿。二年,擢右佥都御史巡抚河南。京师戒严,率所部八千人勤王,抵涿州,四方援兵多剽掠,独河南军无所犯。三年,擢兵部添注左侍郎,练兵通州。后拜兵部尚书,参赞机务。又迁工部尚书,兼东阁大学士仍参机务,值李自成率义军破京城,以义不受辱而投井亡,临终言曰:"身为大臣不能灭贼雪耻,死有余恨。"时年四十岁,谥号文贞。

范景文著述颇丰,有诗文集《味元堂疏稿》《思仁堂存稿》《玉静阁存稿》《且园存稿》《澜园存稿》《餐冰斋诗稿》等,《四库全书》有合编的《范文忠集》十二卷。集中所载奏议多切中时弊,兴利除弊之议。另《明史·艺文志》载其有《昭代武功录》十卷,《大臣谱》十卷,《南枢志》一百七十卷,《师律》十二卷。

《文忠集》中奏疏包括摄铨稿、副铨稿、典铨稿、抚豫稿、出镇稿、出镇稿、南枢稿、谳牍,附东昌存稿,共四卷。前三稿内容集中于本职所属，畅言重视人才、建官立制者，如《催起废疏》；提出不计前嫌，任用人才，如《起原任户部主事鹿善继疏》《恤用建储被废诸臣缘繇疏》《救吏科给事中周朝瑞免降疏》等。所作奏疏中尊上奉承在所难免，但亦有一针见血的批评，如《总催考选疏》："欲禁其言，先锢其人，皇上以为言可禁乎哉？防川而溃，日后之决裂必多，欲挫其人，先惜其官，以为人可挫乎哉？守株而待，正气之屈抑必甚。"当时的实际情况是"今天下仕路混浊极矣，图职业之念不胜其图荣进之念，爱名节之心不胜其爱富贵之心，举国若狂，嗜进如骛"。"巧营者一岁数迁，拙守者几年不调。顾天下中人多耳，此实教之使竞，而欲其淡漠寡营讵可得乎？"如《矢心入告严杜请托疏》所言，作者的写作目的是"思澄清铨序，有以上裨圣治万一，则臣区区私愿也"。其他《抚豫》诸稿多针对朝廷或地方具体问题分析利弊、提出解决措施。如《直陈除害安民诸欵疏》言说中州百姓深受加耗、苛罚、私派、健讼、假盗、窝访之害；《贺韩霈霖学博擢令栢乡序》大篇幅谈"仕而优则学，学而优则仕"的重要，引《论语·先进》中孔子与诸弟子言志一段，和《庄子·养生主》庖丁解牛一段，议论为官和加强学养相互促进。"今观集中摄铨副铨诸稿所载奏议，大抵剀切详明，切中时弊，而抚豫出镇等稿所载诸疏于兴利除害之方，规画不遗余力。"（《四库全书总目提要》）

"孤臣空洒泪，天步遂如斯。妖蚀三光暗，心盟九庙知。翠华迷草路，淮水涨烟澌。故国千年恨，忠魂绕玉墀。"（《甲申殉难绝笔》）为国家操劳一世却依然不能让腐朽的明王朝起死回生，明知其不可为而为之，可悲可叹！

范景文集中的游记是很见文采的美文，能够代表此时期北直隶散文的最高艺术成就，即使在明末小品林中也应有一席之位。《游南园记》记述作者与朋友登山而见美景异事，不但笔致生动，景色宜人，作者沉稳的性格也在文中得到了一时放纵和平复。如其中的观人纵马的一段神来之笔：

于时人马相得，据鞍生风，蹄蹴电飞，着眼俱失，急于雾中。细辨之，见马上起舞，或翻或卧，或折或踞，或坐或歌，或抱或脱，或跃而立，或顿而侧。时手撒辔，时脚蹾鞯，时身离镫，以为势拖将堕矣，而盘旋益熟。观者无不咋舌，而神色恬然自若也。……至绝顶，四望落照衔山，归鸟隐没，回见城郭，炊烟万缕，与暝色相乱，茅屋高下在乍有乍无间。仲昌曰：此米家得意笔，何从摄来？因大呼叫决。余以此间，大致半在雨中月下为胜……其氤氲莫状，微茫莫辨无雨之淋泠，而有其寒晕，无月之凄凉，而有其淡幽。盖天留之以与闲人，而人不能取者也。故凡登临者，晴不如阴，昼不如夜，冬夏不如秋，而今可谓兼之。所取不亦奢乎？急呼酒来，把杯问天，从人告酒竭。余兴未尽，俟于月下雨中，再续此游也。

《西郭雪游记》记自己雪中之游，畅快之情与飘洒之雪相适相宜：

阁前环以平池，池冰将解，为雪花所荡，冷光洞彻，作玻璃琉璃光。池外则古堤层层，叠嶂复岭，不啻玉嵌玲珑矣。今年岁前立春，柳色毿毿，新黄欲绽，忽为琼蕊妆缀，正如小蛮初学舞时，纤腰乍弯，婀娜轻盈，粉颊皓裳，素艳撩人，真是天地尤物。若以秾桃繁李配之，未免脂腻气，不其辱哉！于时静对良久，人境俱寂。因命童子取阶上净雪，溶铛中泡洞山茶，啜之尽一二瓯。一派清思往来心目间，俨然坐冰壶而饮，沆瀣不觉，喉吻皆润，骨体欲仙。此中恍若有会，急需一人与之语，而不可得，遥望前林，苍松翠柏中隐露绛红色，巧为点染，天然一幅好画，熟视乃被毡策蹇而来者，至则仲昌李生也。取酒嚼梅花二卮，同踏雪祭风，台下寒不可禁，乃归。

琼天玉地中，柳色可人，恰如美人起舞，与同道朋友饮酒咀梅，文人的雅致渗透于字里行间，为晚明小品的美文。

刘荣嗣文章存100余篇，以奏疏、书信较多，内容多与所治公事相关，未尝关涉政治斗争，如《流寇逼近凤阳疏》《覆勘黄河疏》《挽黄已成堤工应筑等疏》等，平平无奇。

《简斋先生集》中以书信成就较高，部分书札篇幅短小，笔随意动，挥洒为文，情感真挚。如《与薛千仞》："捧诵佳刻，恍然而晤，此业真足千秋矣！仁兄更何憾于怀才未遇耶？试看常纱帽一事无成，身后所传将在何物？"所谓文章千古事，得失寸心知。再如《与侯六真年兄》："当此日月重朗，天地清明之时，犹有蒙气未消，阴邪未去，岂不闷哉？……正需年兄出收扫荡之功耳。弟虽外吏，望此不啻饥渴，何日命驾应召，道出寿张，把臂十日，从谈天下事，一泻胸中郁结也。"写渴望与朋友共同出战、平定叛乱的急切心情。在与朋友书信往来中，作者常以如诗般语言写聚散离合、人生情谊，如"人生如梦，聚散如萍，回首追欢，杳不可续，只增感慨"（《答张念堂大金吾》）。"记在都中时，时时过从年兄乞画竹，至今悬之斋头，觉风来成韵，云过生姿，恍然睹年兄颜色而聆声。"（《答徐瞻愚吏部》）

文集中有山水游记一篇——《西山纪游》，以个人游览过程为线索写今邯郸山水，条理明晰，快笔勾勒，是为佳作。如开篇：

> 天启乙丑三月廿有八日，微雨欲歇，小步郊园。藤叶初茂，尚有晚花一二枝。午刻登舆西行，晚宿临洺，雨犹淅淅有声。晨兴则霁色满林，微见远山如眉。

然后涉洺河，至曹生洞，观书院，文中又写道：

> 过继城，两山渐狭，中有流水汩汩而来，地高下者皆灌溉及之，溯水而行，南山之阴，拔地直起。于画家皴法则大斧劈，染法则淡墨加浅赭色。峰纹之秀，气脉之活，嵌带之灵，种种非思议所到。转一步，赞叹一步，顾瞻一步。公子在前揖而入、而坐、而茶，都不得出一语。坐向山脚，青翠扑几上，流水阑外作潺湲响。唐有诗曰：一水护田将绿绕，两山排闼送青来。词人笔底真如写照。

游记虽篇幅较长，但一步一景，如绘如画，不会让人厌倦，无怪乎作者"登舆而还，觉山水皆如旧识，比来时有情，愈恋恋不舍"。

还有董复亨的《繁露园集》，李维桢在《董元仲集序》中说："元仲折其衷而矫其偏，不拘挛以为格，不奔放以为雄，不儇薄以为逸，不撾拾以为富，不杜撰以为新，不隐绝以为奇，不窅凿以为巧，不隐僻以为深，不艳冶以为色，不妖浮以为声。"认为董复亨有合众家之长之功，所评甚高。

在《委巷录序》中董复亨说："尝读李汉序昌黎文，至于日光玉洁，虎豹蔚，蛟龙翔，而要之曰，卒泽于仁义道德淳如也，盖再三叹谓知言。夫为文而不泽于仁义道德，总才盈一石、学饶二酉，亦词人之豪止耳，非大雅君子所为不朽也。"《骈异堂记》也提到类似的看法："凡儒者着论要归于道，其常而不必于立异，然人间世亦自有非常可喜可愕之事，如齐谐、虞初所云，宁宜存而不论。"可见，董复亨所重视的是文章内容，"儒家之道”是其行文的旨归。其自身创作却将这一问题简单化了，仁义道德只表现为了符号化的几句圣人言语，作品不能关涉现实社会，只留下辞藻上的艳丽。正如张铨在文集序中所言“其文剽掇辞藻”，并举《广武郡理胡怀南治最承恩序》为例：“读之其沈词怫悦，如游鱼衔钩而出重渊之深，其浮藻联翩，若翰鸟婴缴而坠曾云之峻，其涵绵邈而吐滂沛，又若风飞猋竖，若芳蕤馥而青条森也。”确如“割裂文赋以入散体”。

《繁露园集》中有文章一百二十余篇，以序、记为多，往往是迎奉交际之作，局限于作者周围人事。《送于褒甫归试白下序》《尹鼎衡归楚诗序》等水平较高，试看前者：

> 余甚畏褒甫，褒甫亦甚向往余，每有撰述辄示余评，余读之未尝不心折曰：“可人，可人！”陈玄素时向余言褒甫为文如游鱼坠深渊，翰鸟飞层云，恢之弥广，按之愈深；其为人拔新领异，如孙子荆称其土地人物，嵯峨□渫，磊砢而英多，风流轶宕，司马长卿、李青莲而后恐未易一、二屈指耳。余谓玄素知言，于是褒甫将俶装待举于乡，而余约二三兄弟赋诗送之漳水之上。是时，柳色如黛，鸟声似讯，遏云振木，逸兴飞越，不知苏李河梁之别，曹吴南皮之宴，曾有此光景不。勉旃褒甫，秋月之夕，余登铜台望东南，有紫云赤霞翩翩垂天下者，此褒甫得意时也，余将露袒狂叫，三举大白遥次褒甫。

送别友人，亲切祝福，辞藻飞扬，文采华美。《并玉序》更是标准的骈文，如其中的“南国佳人字莫愁，争餐秀色；西园公子名无忌，愿接芳尘。玉骨冰肌，锦心绣口。伊娄河上，间来鹦鹉之奇；甘露寺旁，幻出夫容之丽。”此类文字，置之南朝亦不逊色。

另外，早逝的鹿化麟存有序、书等近50篇文章，文少豪放之语，多写对功名疏远、向往清幽闲适的生活状态；文笔简洁，娓娓而谈，文风从容，无论内容和文风均与其父相差甚多。如《永思录序》中回忆孙启泰：

> 忆束发时，适外舅家取道北城村西，瞻望北原，松槚郁然。时值新春，残雪在地，更见数椽茅屋错落在南隅，掩映如画，知为孙启泰先生依墓庐居也。徐控马谒之，结篱为垣，编席为扉，斗室三五间，长枕大被，茶灶笔床，盖兄若弟寝食诵读于斯，先生揖余尘款语，竟日疏食菜羹乐有余饱，私叹人生何必远慕三代，如此境味于尘世几见

哉？先生庐局前后六载，乡人士闻风向往，其联袂问视者，或以月至，或以日至。……武陵渔人缘溪入桃花源，初不自知其所至，既见村落，人物饮食笑语，恍然知非汉魏间，从此再寻，遂迷其志处，徒令千古下高尚之士有无穷之感。先生之庐虽脱尘埃而宿白云，然一时远近之群得游憩其间，以聆其风范，回首今二十余年矣。

作者素笔白描，勾勒孙启泰居所，以景衬人，显示其主人品性的高洁和作者的敬意，简练的笔触与晚明小品的整体倾向一致。再如《草堂兰谱序》的开篇论及兰花品质："夫兰，幽香也。树于中谷无人自芳，去世芬远，独于道韵亲。故高隐之士结以为佩，而气谊相倾者亦以是快，同襟则风流元赏此物此志也。尝叹天地之开闭无常，贤人之隐见有数，惟此一断幽香相吹于风尘之外，无论时诎时信，而皆有以堪所为作世界筋骨耳！"也充满文人自赏之意。

鹿化麟的往来书信也充满诗意，如《答卫本阳》："上元后别兄，忽又重阳后矣！恨别鸟惊，感时花溅，每把酒东篱，而遥望关山落月，情何可言！惟仁兄横槊大业早树，目前足慰千里外。李寰，故人耳，远承手教，如见芝眉，至以大丈夫宝弓骏马之资分，为孺子毛锥之用，谊云厚矣！何以堪云？"文章风格有竟陵雅意，却并不孤峭晦涩。

第三章

明代河北的散曲和杂剧

　　散曲一脉，本是河北文学的骄傲，但至明代，散曲衰落是不争的事实。尤其随着昆曲在社会上的盛行，北曲似乎逐步淡出了人们的视野，但明后期，赵南星和薛论道横空而出，为这一时期河北文学涂抹了浓墨重彩的一笔，尤其薛论道以特有的边塞军旅题材刷新了曲史，使人耳目一新。

　　薛论道，字谈德，号莲溪居士，定兴（今属河北保定）人。因少小有疾，跛一足，又善文学，被人称为刖先生。他用兵有道，神堂谷有敌来袭，献策退敌十万之众，升为指挥金事；曾遭忌免职，不久复起用，以神枢参将加副将，从军三十年，终因受猜忌，失意而终。

　　薛论道有散曲集《林石逸兴》十卷，收一千首散曲，自言"或忠于君，或孝于亲，或忧勤于礼法之中，或放浪于形骸之外"，也说明千首散曲内容的复杂，其中历来以军旅边塞题材和"叹世曲"评价较高。

　　散曲自元兴起后，一直成为文人愤世或玩世的手段，虽然军旅边塞题材在诗歌和词中曾经辉煌一时，但散曲作者没有此种体验。从军经历使得薛论道把自己的边塞见闻、北国风光写入散曲。试看他的《南商调·山坡羊》（塞上即事）：

　　　　玉门迢骓蹄奔绽，铁衣寒征袍磨烂。将军战马岁岁流血汗。功名纸上闲，秋颜镜里残，烽烟历尽壮志逐云散，酒郡无缘青丝带雪还。

　　　　知还，一身得苟安；求安，余生得瓦全。

战马铁蹄、白发将军，这种意象已经久违，却在薛论道的散曲中出现了，带有散曲传统特点的，恐怕是"壮志逐云散""青丝带雪还"的悲凉情绪。这种情绪还体现于对亡者的凭吊：

拥旌麾鳞鳞队队，度胡天昏昏昧昧，战场一吊多少征人泪！英魂归未归？黄泉谁是谁？森森白骨塞月常常会，冢冢债堆朔风日日吹。云迷，惊沙带雪飞；风催，人随战角悲。《南商调·山坡羊》（吊战场）

凛凛寒风，森森白骨，多少英雄豪杰命丧疆场！曲作以眼光的凄迷和号角的悲吟来衬托凭吊者的心境。类似的还有《南商调·黄莺儿》（塞上重阳）四首之四："转盼又重阳，为功名纸半张，投醪投笔成悒怏。风也断肠，雨也断肠，山河也似添惆怅，自彷徨，自彷徨，玉门回首，两鬓尽胡霜。"《北仙吕·桂枝香》（宿将自悲）四首将爱国激情点燃，如其四："匈奴未灭，壮怀激烈，空劳宵旰忧贤。那见虏庭喋血。任胡尘乱飞，污辱郊社，堂堂中国，谁是豪杰？萧萧白发常扼腕，滚滚青衫弄巧舌。"虽然是曲，却是在化用陆游、岳飞词抒发明代爱国将士的心愿。《忠将》《智将》《勇将》《儒将》以组曲形式称赞边关将领，"手不释卷拟三策，缓带轻裘雄万夫"。不单纯是书生意气，且很有军事才能的自负。《北双调·水仙子》（寄征衣）写思妇对戍卒的相思，"剪刀动心先怵，针线拈泪已残，寄一年一损愁颜"。从另一个侧面表现战争给百姓生活带来的影响。

薛论道一生论兵颇有所得，但为人所忌，不能完全施展才能。在曲中他把这种壮志难遂和仕途不公的不满加以表现。如《北中吕·朝天子》（不平）四首之二："清廉的命穷，贪图的运通，方正的行不动。眼前车马闹哄哄，几曾见真栋梁，得意鸥鸶，失时鸾凤。大家捱胡撕弄，认不的蚰龙，辨不出紫红，说起来人心动。"朝廷中不分是非、不辨黑白的现实让人失望，正因如此，也有了些许悔意，在《南仙吕入双调·步步娇》（抒怀）四首之一中："三十年卷破长江浪，身老才何壮。四海一空囊，而今可谓羲皇上。不得柱石臣，且做诗坛将。"《北双调·水仙子》（思归）："中年已过觉辛酸，蒲柳行藏当字宽。龙争虎斗由他乱，且抽头袖手观，再休提走马金銮。狮蛮带行常断，紫罗襕包祸端，总不如藜杖藤冠。"还有《南仙吕入双调·玉抱肚》（官悟）四首之三："官家成败，古和今谁能预猜，麒麟阁博得功名，未央宫不论黑白，多多少少栋梁材，几个渊明归去来。"这种牢骚有对于元散曲的愤世、叹世抒情传统的继承，但更多的是源于生活、有感而发。

他的咏物曲，也值得注意，如《南商调·山坡羊》中的《扇》《镜》《剑》《马》，咏物的同时有比兴寓意。如《马》篇："他本是天生骐骥，如之何终于伏枥。一驰千里踏碎单于地，太行躐做泥，盐车其可羁。孤竹失道虽老夷吾异，冀北空群当年伯乐奇。常凄，生平知遇稀；一嘶，声名山斗齐。"联想薛论道一生的遭遇，声名远播而无人赏识，和不遇伯乐的千里马何其相似？

薛论道在散曲中也流露出较为浓重的消极情绪，《北仙吕·桂枝香》（四不如）为代表的道家退守思想。如四首之四"功不如罢，名不如下，富不如无是无非，贵不如无惊无怕。知足的早归，无穷造化。屈原湘水，贾谊长沙，脱得咸阳市，青门好种瓜"。有道家出世，也有自身遭遇的失望。《南仙吕入双调·玉抱肚》（无不可）写无牵无挂、无成无败、无灾无祸等无可无不可的生活态度，《南商调·山坡羊》（未遇）写自己对功名的追求和向往，四首之一"风云，遮隔的日月昏；枫宸，恨无缘见圣君"。和《北中吕·朝天子》（守拙）四首之二："张仪鼓唇，苏秦掉文，总不如严光遁。"实际代表了薛论道的矛盾心态，积极入世而仕途不顺，向往清高但理想未遂。

《林石逸兴》篇中，作者还直接描绘了明代社会现状，尤其是下层社会民众，对社会不良现象提出批评、劝诫，有不少"叹世曲"和"劝世曲"。《南仙吕入双调·朝元歌》（盐商）：

> 花乡酒乡，处处随心赏。兰堂画堂，夜夜声歌响。五鼎不谈，三公不讲，受用些芙蓉锦帐、粉黛红状。江湖哪知廊庙忙，舞女弄衣裳，三枚两谎，真个是人间天上。

写财富集中的盐商的奢侈生活，作者对此深表不解，相对应的《北双调·沉醉东风》（灾荒）："兵之困九边若此，民之疲四海不支。文共武无二心，家与国同一视，更何忧风雨不时。天理人心仔细思，不关情岂为臣子。"则拷问天下，表现出对百姓的关切和对朝廷的担忧。《北双调·水仙子》中《狐假虎威》《卖狗悬羊》《见兔放鹰》《指鹿为马》以组曲形式，借成语讽刺社会上部分人的恶劣品质；《北双调·沉醉东风》（题钱）十二首写人们对金钱的态度和曲家对金钱的痛恨；《北仙吕·桂枝香》两篇《嘲客商》《嘲老儒》，实际上是对两种职业的辛苦的感叹；《南商调·山坡羊》

中有《忠》《孝》《廉》《节》四首教导人们的道德追求，《酒》《色》《财》《气》写四种对人道德造成冲击的欲望。还有《南商调·黄莺儿》（斗鸡）："芥羽一毛轻，倚豪雄起斗争，撄冠披发不恤命。且立且行，且战且鸣，倾心抵死搏一胜。纵然赢，锦衣零乱，金距血腥腥。"似写游戏，实喻社会，讥讽钩心斗角的世人，确是对熙熙攘攘为名利奔走的人的另一幅写照。

歌妓题材在曲中较为常见，《林石逸兴》中也表现得较多，对此作者态度较为矛盾，如《北中吕朝天子》中《妓游》《美妓》《老风流》等对歌妓的美貌、技艺津津乐道，但在《南仙吕入双调·朝元歌》（妓叹）四首写妓女生活的困境，恶劣的社会环境阻止其从良改过。其一中讲道："烟花光景，说起来名头不正。"《南商调·山坡羊》（戒嫖风）针对此不良现象提出批评。《南商调·黄莺儿》中的《撞入烟花》《识破烟花》，《南仙吕入双调·玉抱肚》（烟花）八首是系列的劝世曲，告知良家子弟勿为烟花所困。

在《林石逸兴》序中，薛论道曾说自己的写作"或忠于君，或孝于亲，或忧勤于礼法之中，或放浪于形骸之外，皆可以上鸣国家治平之盛，而亦可以发林壑游览之情"。实际表现了济世和娱情两种倾向，恰好印证了散曲内容中出世与入世、叹世与劝世的矛盾交错。

薛论道散曲中表现出一种豪侠之气，有曾经从军的主体因素，也有边塞军旅题材特征。《北仙吕·桂枝香》（三韩道中）："风沙荡荡，兵戈攘攘。黄云白草连天，汉塞胡尘接壤。顾遐荒目中，胡营房帐。风烟滚滚，碧海茫茫。万里为君使，穷途一剑长。"曲中的风沙汉塞、胡营房帐均来自生活体验，"万里为君使，穷途一剑长"，功名支配行动，豪情不让古人。《北双调沉醉东风》（时不遇）："一声长叹，气冲霄汉，谁怜两鬓成斑。自笑一生虚幻，把壮志消磨，谁识小范。丹心自许，宝剑空寒。顿辔流榆塞，无能渡玉关。文章豪放，襟怀惆揽，经天纬地规模。倒海拔山气象，时不遇奈何，不逢萧相。朝奔吴楚，暮渡潇湘。壮志三尺短，一心万里长。"在表现自我情怀时也是凸显出豪情万丈顿成空的失意英雄形象。如同辛弃疾以英雄之词傲立词坛一般，薛论道将士散曲也应得到应有重视。

薛论道的散曲语言自然、朴实、劲健,代表作即为边塞题材和怀古咏史的作品。但在写不同内容时,也有不同的语言风格。比如写男女相思的细腻深沉,讽刺小人的活泼辛辣,写景的清新明丽。如《南商调·山坡羊》(春景):"默默轻寒消尽,软软和风成阵。山明水秀举目天光近。庭阶起绿痕,园林结绣纹,莺声燕语句句合成韵,万紫千红家家总是春。王孙,穿花寻旧津,游人,沿门借酒樽。"感受细腻,声色动人,近似词作。《北双调·水仙子》(卖狗悬羊):"从来浊妇惯撇清,又爱吃鱼又道腥。说来心口全不应,貌衣冠行市井,且只图屋润身荣。张布被诚何意,饭脱粟岂本情,尽都是钓鱼沽名。"比喻通俗辛辣,毫不留情,颇得元曲余韵。

小令在表现某种事物时常被篇幅局限,但薛论道成功地运用了"重头"形式,写作系列组曲,扩大了表现范围。一般为四首一组,有的多达八首、十首、十二首。如《北双调·沉醉东风》中《闺怨》十二首,《妓怨》二十首等。这种形式的好处是可以全方位地表现情感,成功之作如《南仙吕·傍状台》(寒食):

> 佳节正清明,柳烟榆火满山城。荒郊外花事少,途路里梦魂惊。一天云雾浮还散,千古山川白又青。半风半雨,半阴半晴,可怜人物总关情。

> 人物总关情,家家户户扫先茔。山前面穴未掩,岭背后冢新成。纸灰片片蝴蝶舞,啼血纷纷杜宇声。春容寂寞,白骨凋零,几番回首默伤情。

> 回首默伤情,北邙山下漫凭陵。多一半无人扫,少一半有人耕。将军废冢狐狸垒,宰相荒丘牛马行。淮阴韩信,渭水子陵,遗风千古草青青。

> 千古草青青,贤愚何用浪传名。三生梦一片纸,十大功万年坑。区区尽历生前苦,碌碌徒劳死后荣。今今古古,杳杳冥冥,九泉谁去辨浊清。

既可以单独理解,也可以层层递进。第一首以朦胧之景烘托作者心境;第二首写清明扫墓,感叹生死;第三首更进一步,无论生前宰相、将军,死后都是一抔黄土;最后一首看破红尘,人生如梦。以顶针修辞关联四篇,组成一个整体。当然,作者也有相当数量的作品,似乎为凑数而写,不免重复啰唆。

另外，还有一种形式是以不同题目组成系列，如《南商调·山坡羊》中《琴》《棋》《书》《画》写文人雅致情趣；《渔》《樵》《耕》《牧》绘悠闲生活画卷。《南商调·黄莺儿》的《富贵不淫》《贫贱不移》《威武不屈》三首则用孟子之语为题，咏士人品节。有共同的主题，不同的小标题点明不同的侧面。还有《北中吕·朝天子》中的《宰相五更寒》《将军夜过关》《日出僧未起》《名利不如闲》四首曲的题目甚至可以组成一首叹世诗。

当然，由时代和个人思想作决定，《林石逸兴》中也难免有庸俗之作和凑数篇章，但综合来看，在南曲和雅之风盛行的明后期，薛论道是将燕赵古风在曲中又一次发扬光大了。

赵南星有《芳茹园乐府》一卷，包括小令五十二首和套数八篇，大部分写于罢官居家的三十年间，多愤慨不平之气，风格以豪健泼辣为主。钱谦益称其以《打枣竿》小曲戏侮小人，集中虽不见此篇目，但讽刺奸邪小人、模仿时尚小曲的作品确实很多。

如《北正宫·醉太平》："青青的面色，矮矮的身材，摇头蓦步两边筛。有甚的计策，战钦钦阁部争先拜，闹攘攘官吏随心卖，齐臻臻弩箭霎时来，也叫做名扬四海。"用漫画手法勾勒卖官鬻爵的朝廷大员的丑恶嘴脸。再如"说官词休助凶徒霸，买庄田须用公平价，且休提五湖四海有声明，只求个三街六巷无人骂"。提出地方官僚为非作歹、兼并土地的社会问题，怨声载道。"没势时乔趋势，有权时很弄权。闻风绰影苏苏颤，驮金辇玉纷纷献，为奴作裨团团转。"（《北仙吕·寄生草》）讽刺趋炎附势的小人。正如尤侗所说："高邑赵侪鹤冢宰，一代正人也。予于梁宗伯处见其所填歌，乃杂取村谣里谚，耍弄打诨，以泄其肮脏不平之气。"作者也写自己这为官之人也要忍受种种不公之事，套数《得魏中丞》中"你只要逞雄威学姓包，也须索问青红白和皂。他是个头一等大贤人，就合你论爵位也不小，呀，明欺着林下无权势。"（《雁儿落带得胜令》）《慰张巩昌罢官》也点出官场之道："从来谗口乱真实，辜负了誓丹心半世清名美也。只因逢着卷舌一点官星退。他只道猫儿都吃腥，是鸦儿一样黑。"（《油葫芦》）在套数《收江南》（东园偶成）中慨叹："俺如今才知道世事呵，不过是细松纹挣下些良田大厦,是能臣骗的个封妻荫子,是奇勋磕坏了我们,磕坏了我们,端的是伤了时务,损了人民。"在曲中参破了功名,是继承元曲叹世的传统,也是坎坷仕途折磨文人的牢骚。

除了这些慷慨激烈、指斥现实的作品,还有传统题材,向往山林的隐逸,如《北双调·折桂令》(汝宁寄冯解元):"忆当年落魄山中,潇洒襟怀,散淡才情。芍药风边,梧桐月下,任意纵横。"《南仙吕桂枝香》(忆故人)表现艳情相思:"少年情兴,风流才性,见做了紫阁名卿,那里管青楼薄命。想当初会你,又好似一场春梦,心中恍惚又分明。再见知无分,相思送此生。"也有些及时行乐、男欢女爱的散曲。

赵南星的散曲虽偶有前代故人故事,但所用不多,常借鉴民间小调的语言,丰富而有活力。如《喜连声》中"我的冤家,我的冤家,打了个转身儿阻隔天涯,急得我挝着耳挠着腮无处摸,气得我咬着牙恨着齿把鹦哥骂。"形象化地写出了鸟叫声惊醒少妇的欢会之梦时,女子的嗔怪和埋怨。

元代的大都(北京)和真定(正定)曾是北方杂剧的演出创作中心,进入明代后,戏剧虽并未像元朝一般繁盛,但在民间戏曲演出的传统并未失去。如明武宗曾"取河间诸府乐户精技业者,送教坊承应。于是有司遣官押送诸伶人,日以百计"(毛奇龄《明武宗外纪》)。束鹿一带"俗喜俳优,正月八日后淫祠设会,高搭戏场,遍于闾里,以多为胜。弦腔板腔,魁锣桀鼓,恒声闻十里外,或至漏下三鼓,男女杂沓,犹拥不去"(《古今图书集成·职方典》卷七十二《保定风俗考》)。都说明在明代民间戏曲的演出之盛。还有白洋淀附近流传的河西调,河间府流行的哈哈调,涿州、新城流行的横歧调和上四调小戏等。①

有作品流传的戏剧家只有刘君锡,燕山人(今天津蓟县),约明太祖洪武初前后在世,工隐语,为燕南独步。现存杂剧《庞居士误救来生债》,另有《石梦卿三丧不举》《贤大夫疏广东门宴》两篇不传。

《庞居士误救来生债》大致情节为:庞蕴心善崇佛,借钱给朋友李孝先,因其生意失败无法偿还而忧思成病,庞蕴便免其债务,并且听到自家牛马说话,它们居然都是前生欠自己钱财无法偿还,转而变为牲畜报答。

---

① 参见张岗:《河北通史》(明代卷),河北人民出版社 2000 年版。

庞蕴由此看到金钱对人的异化,听从神仙点化,遍烧债券,把万贯家财沉入海底,自己过起清贫却是心情恬淡的生活。后来终于一家人都成仙得道,却原来皆是上界仙佛转世。

该杂剧带有严重的神仙道化倾向,如写居士的一家四口分别是"宾陀罗尊者""执幡罗刹女""善才童子""自在观音菩萨"的转世,因行善终归天界;写李孝先和曾信实分别是注禄神和增福神的转世等。但部分细节的安排是颇为生活化的,如写到庞居士行善将一锭银子给与穷孩子磨博士,想让他"落一觉好睡"。结果反倒是"放在水缸里,梦见水来淹我;揣在怀里,梦见人抢我的;埋在灶窝里,梦见火来烧我;埋在门限儿底下,梦见人来钯我的,拿刀来砍我,枪来扎我。一个银子整整害了我一夜不曾得睡"。最后落得无福消受。

剧作第二折通过神仙化身曾信实与庞居士的对话,点出金钱对纯净的人际关系的损害,有一定现实意义。如其中的唱段:

> 【六幺序】这钱呵,无过是乾坤象,熔铸的字体匀。这钱呵何足云云。这钱呵使作的仁者无仁,恩者无恩,费千百才头的居邻。这钱呵动佳人行意郎君俊,糊突尽九烈三真。这钱呵将嫡亲的昆仲绝了情分,这钱呵也买不的山丘零落,养不的画屋生春。

另外涿州高茂卿有杂剧《翠红乡儿女两团圆》,不传。

第四章

明代客籍作家在河北的创作

　　明代前期，有不少客籍作家曾在北直隶宦游或偶过，他们为燕赵大地的风土所熏陶，为历史上的慷慨人物所感动，写下了不少流连篇章和感怀诗文，本章简要加以介绍。

　　明成祖朱棣在燕王府邸（现北京）时，曾经不少曲家"宠遇甚厚"，"恩赉常及"（《录鬼簿续编》）。贾仲明，号云水散人，山东淄川人，聪颖好学，擅长乐府隐语，明成祖朱棣为燕王时颇受宠遇，所著杂剧在当时影响较大。共有杂剧十七种，现存五种，即《升仙梦》、《金童玉女》（一作《金安寿》）、《玉梳记》（一作《对玉梳》）、《菩萨蛮》（一作《萧淑兰》）和《玉壶春》。前两种属神仙道化戏，后两种描写男女青年的爱情故事。后者全称《萧淑兰情寄菩萨蛮》，女主角萧淑兰在恋爱中主动追求书生张世杰，较有特点。同时也肯定男主角张世杰一言一行都不逾越封建礼教的规范，因而造成了作品思想倾向上的矛盾。贾仲明的杂剧也反映出元末明初杂剧在形式上革新的状况，如《升仙梦》中采取正末、正旦对唱，音乐上运用南北合套等。《太和正音谱》云："贾仲名之词如锦帷琼筵。"

　　另外还有杨讷，字景贤，号汝斋，生卒年不详。《录鬼簿》称他"善琵琶，好戏谑，乐府出人头地"。有剧作十八种，现存《马丹阳度脱刘行首》和《西游记》两种。其中的《西游记》写唐僧西天取经故事，其中唐僧收孙悟空、女儿国、火焰山等情节，以及孙悟空诙谐、敢为的性格已经较为突出，直接影响到长篇神魔小说《西游记》的创作。

　　汤式，字舜民，号菊庄，浙江宁波人，或云象山人。补本县吏，然非其志，落魄江湖。所制戏曲、套数、小令极多，语皆工巧。有散曲集《笔花集》，杂剧《风月瑞仙亭》《娇红记》皆不传。

当然，大部分还是一些诗文作者。首先是刘绍，字子宪，以字行，自号纬萧野人，建昌新城（今属江西）人。洪武初官翰林应奉。诗载《元音遗响》，该诗集收胡布、张达、刘绍三人诗歌作品，汇编者认为其为元遗民，但刘绍入明仍仕。陈田认为"明初江右诗家，首推刘子高，如子宪者，正可雁行。子宪五言，风骨劲特，盖与胡、张同乡曲，雅志复古"。《明诗纪事》选诗十八首，其中吟咏河北诗歌颇多，如《涿州》《真定城》《滹沱河》等。《涿州》一诗："……寒冬百卉腓，驱马践严霜。晨过涿鹿城，惊飙怳沙场。息徒用税驾，遐眺临空荒。群山从西来，千里横青苍。倚剑事悲咤，令人忆轩皇。蚩尤今则无，战伐何茫茫。落日箫鼓发，连营旌旆扬。吾行竟何之，流止嗟殊方。"塞北苍凉，神游远古，历史沧桑和黄昏朦胧相互对应，颇见悲壮之气。再如《邺下述怀》："残垒宿归云，鸦鸣满长洲。惊风日夕起，倒卷漳河流。借问客游子，蓬飞几时休。沙尘暗长淮，风雨迷旧丘。献业不得意，征车曾少留。此邦古名都，控带绵西州。井灶列万家，甲兵当戎搜。以守足固御，以攻代先谋。在昔雄武人，凭城逞英猷。蚁封曹瞒冢，尘灭高欢楼。陈迹竟已矣，登临眇予愁。"也是一首怀古之作，曹操昔日雄武，今日尘灭，可得苏轼《赤壁赋》感慨之韵。

民族英雄于谦，字廷益，钱塘（今属浙江）人，与河北渊源很深。宣德四年，他以御史之职巡视长芦夹带私盐，不避权贵，悉置之法，河道为之一清。正统十四年，"土木之变"发生于河北怀来东。于谦为兵部尚书，作为砥柱中流，带头拥立景宗。也先大犯紫荆关，于谦守京师激战五日。后守真定、保定、涿州、易州诸府。景泰八年，"夺门之变"上演，英宗复辟，以"欺侮朝廷，迎立外藩"的罪名将于谦弃市。后谥号忠肃。《四库全书》有《于忠肃集》十三卷，包括奏议十卷，诗一卷，序、赋等一卷，附录一卷。

于谦作为社稷重臣，诗歌多寄兴之作；曾总督全国军务，奏议文章多于当时国家防务相关，切中时弊，不为空言。于谦一生中最光辉的时刻在河北，但遗憾的是他在土木之变后所存留诗歌较少。其《阅武》："圣主当天致太平，守臣阅武向边城。一川花美旌旗影，八面风传鼓角声。羽镞穿云夸电疾，戈矛暎日斗霜明。三军锐气能如此，会缚戎王献玉京。"颇有英风豪气，其风骨与燕赵古风相通。

文征明之祖文洪，字功大，号希素，长洲（今属江苏）人，约明英宗天顺中前后在世，成化元年举人，曾官涞水（今属河北保定）教谕。有《涞水集》二卷，《括囊诗稿》和遗文七篇。

他的诗歌内容上多涉及南国景物，朱彝尊评有"恬淡之致"。有河北境内创作痕迹的是一首《过易水》："马头沙草入秋枯，易水萧萧恨有余。烈士声名在天地，伯图消歇有丘墟。千年吕政辜难逭，当日燕丹计亦疏。不尽书生怀古意，西风斜日倍唏嘘。"历史兴衰，英雄已去，在前人典故中暗含自己的失意，凄婉苍凉。其他风格类似的还有《北行道中述怀》《言怀》，都是身为末宦对官场的厌倦和对闲适生活的向往。

散曲家冯惟敏，字汝行，号海浮，青州临朐（今属山东）人。惟敏自幼才华出众，但"屡上南宫不第，结茇冶水上居焉。放舟上下，浩歌自适，望之如神仙中人"（《临朐县志》）。嘉靖四十一年，冯惟敏在隐居二十多年后进京，授直隶涞水知县，"奉公守法"，"忘身许国"，但为权势不容。嘉靖四十四年被贬为镇江教授，隆庆三年任保定通判，曾"陈郡利害十六事"，未有结果。隆庆五年，擢鲁王府审理而未赴任。次年致仕归乡再次隐居，终老一生。

惟敏诗文雅丽，尤其散曲被认为代表了明代的最高成就。元散曲多叹世、隐逸之作，冯惟敏散曲则涉及政治、社会、军事、民俗等诸多方面，揭露腐败的社会和批判丑恶官场是他较有开拓性的题材。冯惟敏一生为官十年，半在河北，失意的仕途让他对社会有了深刻的认识，从某种程度上也成就了他的散曲成就。"起初时也作了个乔知县，只想把经纶大展"（《辞署县印》），"也曾宰制专城压势豪，性儿又乔，一心待锄奸剔蠹惜民膏。谁承望忘身许国非时调，奉公守法成虚套，没天儿惹了一场，平地里闪了一交"（《改官谢恩》），这些句子都有辛酸在其中。冯曲豪放泼辣，是曲中苏辛，如《朝天子解官至舍》："老妖精爱钱，小猢狲弄权，不认的生人面，痴心莫使出头船，风浪登时变，扭曲为直，胡褒乱贬，望君门天样远。""论形容合不着公卿相，看丰标也没有掐搜样，量衙门又省了交盘帐，告尊官便准了归休状。广开方便门，大展包容量，换春衣直走到东山上。"［《正宫塞鸿秋》（乞休）］曲中用自嘲的方式写自己不合于官场，被迫归隐，怨愤之情溢于言表。

"嘉靖之季，以诗鸣者有后七子，李、王为之冠，与前七子隔绝数十年而此唱彼和，声应气求，若出一轨。海内称诗者，不奉李、王之教，则若夷狄之不遵正朔；而得其一顾为幸，奔走其门，接裾联袂，绪论所及，嘘枯吹生。"（陈田《明诗纪事》）后七子的两个领袖人物李攀龙和王世贞都曾在北直隶为官。

李攀龙，字于麟，历城（今属山东济南市）人。嘉靖三十二年，李攀龙四十岁，出守顺德（今河北邢台）知府，有善政，案牍山积，顷刻剖决，吏卒经目，辄记忆不忘，号为神明人。为百姓减轻赋税，教诸生以诗歌、古文词，傅来鹏、朱正色等出其门，多所成就。有《沧溟集》三十卷，另编有《古今诗删》《唐诗选》等。

李攀龙自进士及第，已形成"文自西汉以下，诗自天宝以下"皆不可取的复古思想。嘉靖三十年，后七子齐聚京师，出守顺德前夕，与谢榛交恶。顺德为官期间，谢榛在京师散布李攀龙治理不力的谣言，作者写《戏为绝谢茂秦书》进行回击。在职期间迎来送往，和诗友有很多作品，如《内丘县学田记》《枣强县刘村新建三官庙记》《与殷检讨正甫书》《送大参罗公虞臣之山西序》《送河南按察副使王公元美自大名之任浙江左参政序》等。

沈德潜评价李攀龙："历下诗，元美诸家推奖过盛，而受之掊击，讙呼叫呶，几至身无完肤，皆党同伐私之见也。分而观之，古乐府及五言古体，临摹太过，痕迹宛然；七言律及七言绝句，高华矜贵，脱弃凡庸。去短取长，不存意见，历下之真面目出矣。"（《明诗别裁集》）点出七言律绝为其擅长诗体，刚健有力、峻洁高华为审美特征。作者为人性格孤傲，在政治上失意时，这种特征更是明显。出守顺德，是他所遭受的一次政治打击。北方风土的荒凉、心境的孤独对他作品风格的形成起到了促进作用。

如描写北方景色的《真定大悲阁》："高阁峻嶒倚素秋，西山寒影挂城头。坐来大陆当窗尽，不断滹沱入槛流。下界苍茫元气合，诸天缥缈白云愁。使君趋省无多暇，暂尔登临作壮游。"气势磅礴而感慨悲凉，类似的还有登临诗《与元美登郡楼二首其一得秋字》："开轩万里坐高秋，把酒漳河正北流。自爱青山供使者，谁堪华发滞邢州。浮云不尽萧条色，落日遥临睥睨愁。上国风尘还倚剑，中原我辈更登楼。"又如《席上鼓饮歌送元美五首》其二："落日衔杯蓟北秋，片心堪赠有吴钩。青山明月长相忆，白草寒云迥自愁。"诗人笔下多苍茫雄浑的秋景，"壮士悲秋"，也很能说明其当时落魄的处境。另如《赵州道中》："独往何为者，栖栖意不欢。寒帷秋雨过，伏轼夏云残。潦水阴相积，蒹葭晚自寒。大夫方跋涉，天步属艰难。"写自己的寂寞，而这种感受不但来自雨后云残的自然景物，更是被贬出守的政治失意。还有很多怀念友人的诗歌，如《怀元美》《怀明卿》《怀子相》等系列诗篇，深于真情。这类诗歌虽然在模拟汉唐，但因为已经融入了自我真实感受，所以并没有拟古镣铐的局限。

王世贞，字符美，号凤洲，又号弇州山人，太仓（今属江苏）人。主盟文坛二十余年，严嵩专权时，杨继盛入狱，王世贞曾主张营救，被借故杀父且贬官，曾于隆庆年间任大名（今属河北邯郸）兵备。

《历黄榆马岭记》是王世贞游顺德府西北黄榆岭、马岭时所作，"余宿堡四鼓乘月起，拟之黄榆。行五十余里，类多大涧、杂石、低昂土山。余甚厌之，以其胜不能当龙泉半"。荒山野岭，作者以为无甚可观，但转眼柳暗花明，山高水险，"悬壁千仞中，忽有泉注而下为柱，得日若琼，得空若琉璃，无所得若白银下飞瀑。绝陉左崖，鸟道千折而上为关，石奇秀万状。余足数蹭，气拂逆，然时时心语，龙泉胜乃不能当此半"。与李攀龙的《登黄榆马岭太行绝顶》八首之一"河势中原折，山形上党来。白云横塞断，寒峡倚天开"同为描写邢台的名作，另外还有《忠孝祠碑》纪念田弘正父子忠孝，《止戈楼铭》反对战争，到卢龙时凭吊古人有《吊夷齐赋》等。

王世贞在后七子中观点显得较为灵活，才情较高。在河北所写的诗歌有《过邯郸吕翁祠》，以叙事方式，表达对于尘世的看法，"我从明日挂冠去，蝴蝶由他知不知。"标举逍遥。《月夜发大名谢茂秦顾季狂追会卫河舟中作》则极为洒脱："月拥层城万堞开，天垂极浦片帆来。如霞独赏长康语，似练还惊谢朓才。拂袖中原堪落拓，曳裾公等重徘徊。亦知为侠轻分手，明夜谁同酒一杯。"《登邯郸丛台有感作丛台行》有感于古事：

邯郸丛台已非旧，请说邯郸旧时有。吴家倩女茗乍荣，和氏连城月初剖。台上奏伎邯郸姬，台下拔刃邯郸儿。衔将恩去身俱贱，报得雠来主不知。君莫谓平原好公子，三千去后应无几。堂中客傍信陵门，军前士死长平垒。丛台不尽更檀台，回首豪华安在哉？自是鲁连东海蹈，千秋白日耸蓬莱。

丛台为邯郸标志，作者神游古今，以咏史形式写自己的心境。

唐宋派的归有光，字熙甫，昆山（今江苏）人，嘉靖四十四年进士，授长兴知县，嘉靖末调任顺德府通判，隆庆四年引为南京太仆。有《震川文集》三十卷、《别集》十卷。在归有光的文集中有任顺德通判的作品，颇多爱护文物文字。如《跋广平宋文贞公碑》："右广平宋文贞公碑颜鲁公书，在今沙河县之东北康陵，丁丑之年太末方思道为沙河令，碑已断没，出之土中镕二百斤铁，贯而续之。今方公所为修复封，树皆无存矣。惟此碑屹立于风霜烈日之中，恐亦不能久也。欧阳文忠公以谓鲁公真迹，今世在者得其零落之余。犹足以为宝。今此碑剥蚀犹少，况以广平之重，使欧公得之其为珍赏当倍他书矣。"《顺德龙兴观唐刻道德经幢记》："余知邢州，龙兴观已废，仅存半亩之宫。先有尼居之。前太守徐衍祚改为社学，而石台尚存，隐于屋后，人少知之者。千年之物，莫知爱惜，计亦不能久矣。"行文有致，古朴典雅。还有同属唐宋派的茅坤，字顺甫，归安（今浙江）人，嘉靖十七年进士，曾任大名兵备副史。曾编选《唐宋八大家文钞》而闻名，嘉靖中由礼部郎谪广平判，文名显著，尝佐陈给事棐修大名志，辨析精详。

除了这几位文坛名宿，还有一位民族英雄——戚继光，字符敬，山东登州卫人，平倭有功，当时推为良将。隆庆元年戚继光被调北京，二年，总理蓟、昌、保练兵事务，万历十一年，张居正病逝，戚继光被迫调离，万历十五年去世。有《止止堂集》五卷，在蓟时有《练兵实纪》。

嘉靖中期后，蒙古部族常进犯我国北部边疆，隆庆至万历年间戚继光在北直隶一带保卫了京都和北部的安全。在此期间，他把自己在从军时创作的诗文作品汇集，并以书房命名为《止止堂集》，包括《横槊稿》和《愚愚稿》两部分，共五卷。王世贞《弇州山人续稿》记载："少保师旅之什，发扬蹈厉；燕间之章，清婉调畅。"又如郭朝宾在《止止堂集序》

中所言,作者"秉鹰扬之气,抱死绥之志,其在师中,凡誓戒、祭告、奏凯、悼亡、纪行、赠答,则因事抒思,搦管成章,故其文闳壮可追乎古,其声慷慨自合乎律也"。他的诗文都与自己的军事生涯相关。

在蓟北防卫期间,戚继光诗文主要有两类内容。一、表达杀敌报国的英雄志向。从南到北,戚继光始终没有忘记自己的理想,虽然他屡有"明朝不是镜中人"的紧迫感,常在诗中提及"二毛"的现状,但"君恩仍未报,不敢濯尘缨"(《圣水泉》)。这种壮心不已的精神一直体现在诗歌中。如《己巳除日,署中乏薪,得毛字》:"试看腊向天涯尽,独有边愁恋二毛。列塞云连青海色,双弧春隐赤鱼毲。晨炊烟断家谋拙,旅病魂惊国事劳。西望蓟门通御气,孤臣不惜敝征袍。"字句亢健,近燕赵古音,这种风骨的形成既与作者性格、身份相关,也有燕地之民风熏陶的因素。类似的句子还有"秋回战气为山色,醉倚崆峒看洗兵"(《宪大夫履斋》);"短剑萧森心尚壮,君恩回首几时酬"(《塞外观音岩》)等。二、对朝廷中渐起的小人谗言的反击以及对这种仕途生活的些许厌倦。戚继光坐镇北方十六年之久,对朝廷中小人搬弄是非和权谋之争洞若观火。他在《读〈孤愤集〉》中写道:"独夜秉青藜,往迹何历历。有恨拂龙泉,生不与时适。古来兴废事,掩卷三太息。呜呼少保冤,九州岛目所击。书空徒咨嗟,谁为□天笑。不知后世人,视今何如昔?义士莫向江南行,尸祝家家正寒食。"道出了对古往今来忠臣义士的共鸣。作者也会说"那知芳草忆王孙"(《春郊行》),"羡君能诵考盘诗"(《赠前婺川令毛公迁舍》),但作为一直坚持在前线战斗的一员虎将,"万里犹投笔,千年羡请缨"(《集滦上赋诗》)才是他一生未改的追求。当然,从纯文学的角度看戚继光的诗作的话,难免觉得意境远而不深,有些重复。

《明诗纪事》记载:少保坐镇蓟门,边陲晏然者十六年。虽训练有方,而辅臣倚任拥护之力为多。讫江陵既殁,当国者用给事中张鼎思言,不宜于北,遽改广东,悒悒不得志以卒,而长城坐坏矣。部将连江陈第《送戚都护归田诗》云:"辕门遗爱满幽燕,不见胡尘十六年。谁把旌麾移岭表,黄童白叟哭天边。"正说明了北直隶人民对他的怀念。

除了这些作家外,我们也可以看到他乡之人路过河北,感叹于燕赵名胜,钦慕悲歌古人而作的诗文。如姚汝循,字叙卿,江宁(今江苏)人,嘉靖三十五年进士，罢官后游燕、赵、楚、蜀，有《浪游集》六卷，惜未传。单篇诗作如高叔嗣的《登真定大悲阁》、林文俊的《将抵昌平》、王叔承的《赵州柏林寺观双壁画水歌》、李奎的《游燕稿》、李应征的《盘山》、程大中的《过白沟河》等。试看如下两首：

> 城上高楼凌紫清，山城气候早凉生。居庸南去蟠三晋，天寿西来奠七陵。秋兴又穷湖海望，帝乡独系古今情。登楼不道非吾土，何处林端萧瑟声。（林春泽《早秋登昌平城楼》）

> 滹沱水决年复年，城北一望皆平川。田荒不闻免租税，卖儿鬻女偿官钱。百家今无十家在，老翁腊月衣无绵。编草为船渡行客，破履深入层冰间。索钱买饼不充腹，终委沟壑何人怜？北地凋残此为最，来往况复多辎轩。我来正逢贵者至，横须供张何喧喧！辛勤为民省百费，路旁但称曾令贤。曾令名德字曰宣。（顾梦圭《献县行》）

或者有苍凉之景，或者写惨败之象，从不同角度描绘出他们眼中的北直隶，也让我们看到在明朝这个腐朽没落的王朝统治下，河北人民的苦难生活和不屈的生活勇气。

除上文所述外，还有很多诗文作家，因为各种原因，已经不能完全窥探作品的原貌，故列如下：白钺，南宫（今属河北邢台）人，成化进士，有《怡情稿》。刘恺，新安（今属河北保定）人，弘治进士，有《西皋集》。胡瓒，永年（今属河北邯郸）人，弘治六年进士，有《紫山诗稿》《巡边录》。邹森，蔚州（今属河北张家口蔚县）人，号渐斋，嘉靖十年举人，有《观心约》。樊深，河间（今属河北沧州）人，嘉靖十一年进士，有《河间府志》《西田语略》等。张成教，邯郸（今属河北邯郸）人，嘉靖三十一年进士，有《张洺南文集》《邯郸县志》。张维，霸州（今属河北廊坊）人。隆庆二年，选神庙东宫伴读。历干清宫管事，御马监太监。有诗集《苍雪斋稿》。王嘉谟，直隶豹韬卫人（今属北京），万历十四年进士，有《蓟丘集》。张懋忠，肥乡（今属河北邯郸）人。万历十七年武进士有元声、式道、城阴、河东、疢除、朴石、旅食、庚草、雪谈、索米、艾变、北道、交变、益睡、放言、楚音、皇仁、存柳等集。石九奏，冀州（今属河北衡水）人，万历二十年进士，有《半园集》。米万钟，顺天宛平（今属北京）人。万历二十三年进士，作《湛园杂咏》，还有《北征吟》

一卷,《石史》十六卷,及《篆隶订伪》。陈世宝,巨鹿(今属河北邢台)人,约明神宗万历中前后在世,有《古今寓言》十二卷。傅梅,邢台(今属河北邢台)人,万历二十九年举人,有《嵩书》十二卷、《简翁诗集》。成基命,大名(今属河北邯郸)人,有《云石堂集》二十四卷。李嵩,枣强(今属河北衡水)人,天启二年进士,有《按晋疏草》四册,《白雪堂诗》一卷。韩畕,大兴(今属北京大兴区)人。有《天樵子集》。梁以柟、梁以樟兄弟,大兴(今属北京大兴区)人,分别有《澹轩遗诗》和《印否集》。宫伟镠,静海(今属天津)人。崇祯癸未进士。有《采山外纪》《入燕集》。于奕正,宛平(今属北京)诸生,有《朴草》。刘文照,宛平(今属北京)人,有《揽穗堂偶存》。

纵观明代二百余年,河北文学的发展在嘉靖、万历以及明末形成创作高峰。当然,无论所谓高峰或低谷期的诗文作者、散曲家,都不能和前代后世的一流名家媲美,但我们分明能从他们诗文或是散曲中读出燕赵大地"慷慨悲歌"的传统。北直隶特殊的地域条件造就了其文学发展的独特的政治性强的特色,这在明代尤其明显。

在马中锡、薛论道这些文学家的笔下,在杨继盛、赵南星、孙承宗这些名臣的奏章中,在石珤、刘荣嗣、范景文等等这些本不被人所知的文学家的作品里,都变奏着这一时代的乐章,在忧国忧民的现实主义精神引领下的明代北直隶文学,实为河北文学传承中不可或缺的一环。

第二编　清代河北文学

绪　论

　　顺治元年，即明崇祯十七年（1644），李自成农民起义军推翻了统治中国几达三百年之久的朱明王朝，建立了大顺政权。明宁远总兵吴三桂勾引清兵入关，打着为明朝复仇的旗号，双方合力扑灭了农民起义的烈火。从此，满洲贵族入主中原，定鼎北京，开始了对全国的长期统治。从清朝建立（1644），到辛亥革命（1911）清朝被推翻的历史，习惯上以鸦片战争（1840）为界，分为清初至清中叶时期和晚清（近代）时期。而清初至清中叶的历史又大致可以分为两个时期：顺治、康熙、雍正三朝为前期，乾隆、嘉庆至道光二十年（1840）前为中期。

　　清初至清中叶前期，统治者凭借强大的军事力量，消灭、平定了各地的抗清势力和叛乱势力，实现了全国的统一。此时期，民族矛盾和阶级矛盾交织在一起，斗争异常激烈。满洲贵族入关不久，即颁布"薙发令"，强迫汉族人民剃发蓄辫，改从满族服制。广大汉族人民纷纷组织义军，奋起反抗，涌现出大批可歌可泣的英雄人物，做出了许多"江阴守城"那样的历史壮举。清朝统治者极力进行镇压，大肆杀戮不肯屈服的汉族人民，制造了"扬州十日""嘉定三屠"等惨绝人寰的大屠杀事件。清兵铁蹄所至，烧杀掳掠，给黎民百姓带来了深重的灾难。到顺治十八年（1661），南明弘光、隆武、永历等几个小朝廷先后都为清兵所灭，郑成功退守台湾，轰轰烈烈的抗清复明运动终于被镇压下去了。康熙十二年（1673）以后，清廷又相继削平耿精忠、尚之信、吴三桂的"三藩之乱"，并派兵攻下郑成功之子郑克塽占领的台湾，接下去平定西北准噶尔部的噶尔丹叛乱，统一了全中国。历经丧乱的清初社会，渐渐地得到休养生息，生产恢复，经济发展，出现了"盛世"的局面。

清初至清中叶中期，统治者大力推行"文治武功"。为了强化封建专制，维护封建统治秩序，清朝统治者一方面大兴"文字狱"，对具有反清意识的汉族知识分子实行严酷的高压。另一方面，承认儒学的正统地位，大力倡导理学，以加强思想统治。同时，通过科举取士，开设"博学鸿词科"，借以笼络士人，使之为其所用。乾隆时期，在文化方面，继康熙时期敕撰《古今图书集成》之后，集中人力纂修《四库全书》，一方面整理历代文献，另一方面借机销毁于清廷有碍的书籍。与此同时，又大力提倡理学，宣扬封建道德，自清初以来的"文字狱"也变本加厉，愈演愈烈，密布文网，钳制舆论，加强思想文化统治。在军事方面，先后平定青海、西藏、新疆、四川大小金川等地的叛乱，巩固了多民族的国家。由于社会的相对安定，生产力继续不断发展，明末清初一度被破坏的资本主义萌芽也重新活跃起来，清朝达到鼎盛阶段。自此以后，逐渐走上了下坡路。随着封建统治的加强和延续，土地兼并、租税剥削日益严重，广大劳动人民生活贫困，社会矛盾越来越突出。从乾隆末年一直到嘉道年间，接连爆发了湘黔苗民起义、台湾高山族起义、川楚陕流民大起义和冀鲁豫农民起义，给了统治阶级以沉重的打击。同时，英国不断输入鸦片，大量白银外流，清政府派林则徐到广东禁烟。道光二十年（1840），第一次鸦片战争爆发，英帝国主义的大炮轰开了古老中国的大门，中国进入半殖民地半封建的近代社会，开始了历史的新纪元。

清代河北诗歌正是在上述社会历史文化的背景下产生和发展的，而这样的历史文化背景又对清代河北诗歌的发展产生了深刻的影响。

河北乃畿辅重地，位首善之区，在地理、政治、文化等方面有着特殊重要的地位，道光年间曾在畿辅任按察使、知府等官二十三年之久的陶樑对此说得很明白：

> 国朝创业辽沈，整旅入关，武功耆定，六治兴起，畿辅为辇毂近地，较之前汉乃左冯翊右扶风，此其沐浴于圣化而以仰承圣意，鼓吹休明者，尤非他省之可跂及。①

---

① （清）陶樑《国朝畿辅诗传》"序"与"凡例"，道光十九年（1839）红豆树馆刻本。本书所用《国朝畿辅诗传》如无特别说明，均指此版本，以下不再一一注明。

在地域和文化方面别具特色的河北大地，在清代产生了大量的诗歌作者和杰出的诗作。热心于河北诗歌收集、整理、出版的陶樑，在河北诗人、诗作的整理方面投入了大量的时间、精力，并不辞收集辛劳、集中精力收集保存河北诗人诗作：

> 采风问俗职在史官，余备员畿辅二十余年，每车辙所经，即留心搜访嗣闻，焦明府旭高，孝廉继珩，家有旧本，因各出所藏，互为考证。复驰书各府州县，广文中同志者，详加采辑，元城汤训导堃，安肃苏教谕元翼尤力肩其事。

在陶樑和许多热心河北诗人、诗作保存、整理的热心人士的共同努力下，《国（清）朝畿辅诗传》终于在 1893 年刊刻问世了，其中收录顺治丙戌（1646）至道光丁酉（1837）年间的 875 名诗人的诗作，编为 60 卷，可见河北诗歌创作成就之一斑。陶樑在《国（清）朝畿辅诗传》的《凡例》中说，此书征引书目共百十余种，利用作家诗歌专集、选集共五百余种，所选诗歌不仅仅以清词丽句见长，其思想价值更非一般：

> 声音之道与政通，教化之行自近始，畿辅为首善之区，我朝定鼎以来，重熙累洽垂二百年，文治聿兴，人才蔚起，和其声以鸣盛者指不胜屈，历来诗集选本或兼乘前代，或仅例时贤，或旁及他省，或限于郡邑，未为赅备，兹选自顺治丙戌迄道光丁酉共得八百七十五家，汇成六十卷，略仿昭明文选之例，生者不录，冀以表彰前哲，阐发幽光，不敢稍蹈标榜之习也。

> 清庙明堂三百篇以冠雅颂与变风变雅，体制多殊，我国家文治武功曲礼明备，载笔诸臣，鸿章巨制，雍容揄扬，足备一朝掌故，又如忠义节烈之事，垂之歌咏，足以翊名教而植纲常，有关世道人心，尤非浅鲜，亟应乘辑以广流传，盖不独以清词丽句见长，总期有备实用。

陶樑《国朝畿辅诗传》所选诗人诗作的时间段与通常所说的清初至清中叶（1644—1840）基本重合，鸦片战争之后的诗人诗作一概未选。仅清初至清中叶，陶樑就选取 875 位河北作家的诗作，编为 60 卷，如果再加上晚清时期的河北作家，终清一代河北作家不下于一千余家，由此可见河北诗歌作家之众多，诗歌作品之量大。不仅如此，终清一代河北作家的诗作诗歌创作之质量也属上乘。从现存清代河北作家的诗作的内容来看，其中有反映重大历史事件的诗作，有表现丰富社会内容，揭示官场黑暗、描摹人民真实生活的状况，关心民瘼的诗作，有表现爱国主义，歌咏祖国大好河山、反对帝国主义入侵的诗作；有呼唤革新、改良，推翻帝制、建立共和的诗作等等，不一而足。概而言之，可以说是内容广泛，思想深刻，是我们认识和了解清代社会的重要资料，是我们继承和发扬中华民族优秀文化遗产的宝库。同时，其中许多诗作在诗歌艺术方面给我们以多方面的美的享受，其中有风格美、意境美、语言美、格律美等，其美学风貌多姿多彩、丰富多样，它不但给我们提供了美的享受，也是我们进行艺术创新的经验宝库。换言之，河北清代诗歌创作是我们国家优秀民族文化遗产的一个重要组成部分，值得我们珍视、研究与发扬光大。

我们还可以从创作的分期和创作的种类两个视角观照清代河北诗歌创作。

从创作分期来看，清代河北诗歌创作可以分为三个时期：顺康雍时期、乾隆以降至鸦片战争时期、晚清时期。其中前两个时期属于通常所说的清初至清中叶时期。这三个时期的河北诗歌创作各有鲜明的特色。顺康雍时期，河北诗歌创作的一个显著特色是家族诗人创作格外耀眼，如永年申氏家族、正定梁氏家族、任丘边氏家族。这些家族诗人创作均有一位成就突出的代表人物，如永年申氏家族诗人的代表申涵光，正定梁氏家族诗人的代表梁清标，任丘边氏家族诗人的代表边连宝。这些代表人物的诗歌创作在河北省乃至全国来说均属上乘，有较高成就和较大影响。而且他们分别代表了三类阶层的诗人的创作特色，如申涵光是带有遗民倾向的清初诗人的代表；梁清标是清初馆阁重臣诗人的代表；边连宝是康雍时期怀才不遇、功名不遂、穷愁潦倒的下层失意文人的代表。与此相联系，他们的诗歌创作形成了三种鲜明的特色。上述三位代表诗人及其家族诗人和与他们交往密切的是人实际上形成了三个作家群，这三个作家群构成了顺康雍时期河北诗歌创作的主干。在这个主干之外，一些中小诗人如李霨、谷应泰、张榕端、王植、崔旭、马之骕、井镜、张霔等，则构成了众多的枝叶，他们与上述构成主干的诗人一起，组成了顺康雍时期河北诗歌创作的参天大树。乾隆以降至鸦片战争时期的河北诗歌创作的显著特色是知名文人兼上层官员的诗人创作成就高，其代表人物是翁方纲、纪昀、舒位等，他们的诗歌创作特色鲜明、成就较高，在全国产生了较大的影响，在整个清代诗坛上均占有一定的地位。除此之外，还有一些中下层文人、官员也是这一时期河北诗歌创作的主将，如朱筠、朱珪、成怀祖、王太岳、李棠、马兆鳌等，这些群星环绕在上述几位耀眼的明星周围，再加上此时期的颇有成绩的八旗子弟诗人，共同组成了此时期群星璀璨的河北诗歌创作的美丽星空。晚清的河北诗歌创作虽然整体上呈现出较为沉闷的局面，但也有几位诗人的创作较有特色和成就，如张之洞、边浴礼、张佩纶等，他们的诗歌创作为河北晚清诗坛增加了一些亮色。

从创作种类来看，清代河北诗歌创作囊括了诗、词、曲等几大类别，种类比较齐全，其中诗、词成就更高一些。清代河北词的创作亦颇有可观之处。清代河北词的创作大致可分为两个时期：清初至清中叶时期和晚清时期，其中，前一个时期创作成就更高一些，清初至清中叶河北词坛出现了一位耀眼的明星——纳兰性德，他不仅在河北词坛，而且在全国词坛上都是一位重要作家，在他之外，还有几位作家的词作成就亦有可观之处，如梁清标、申涵光、梁允植、米汉雯等的词作，女词人顾春及一些京畿八旗子弟的词作均有一定成就。晚清时期，河北词坛的主调是末世悲怆，此时期边浴礼、张之洞、陈良玉、徐士銮、张佩纶、张云骧等河北词人的词作，以其丰富的内容、多样的风格为晚清河北词坛涂上了多彩的色调，形成了这一时期河北词坛独特的风貌。

第一章

顺康雍时期的河北诗歌

第一节　"河朔诗派"及其河北籍友人诗歌创作

一、"河朔诗派"主将申涵光及其诗歌创作

（一）"河朔诗派"简介

"河朔诗派"是清初以申涵光为领袖，"畿南三才子"（亦称"广平三君"）——申涵光、殷岳、张盖为核心，刘逢源、赵湛为羽翼，秉承"河朔词义贞刚，重乎气质"（《隋书·文学传》）的创作传统、活跃于燕赵大地、有着较鲜明创作特色的诗歌流派。

清初，与申涵光同时代人邓汉仪（1617—1689）曾言："今天下之诗，莫盛于河朔，而凫盟以布衣为之长。"① 作为一个诗派的名称，"河朔诗派"由康熙朝曾红极一时的诗人王士禛，在其晚年的诗学著作《渔洋诗话》中首次明确地提出："申凫盟涵光称诗广平，开河朔诗派，其友鸡泽殷岳伯岩、永年张盖覆舆、曲周刘逢源津逮、邯郸赵湛秋水，皆逸民也。"② 后来杨际昌在《国朝诗话》中提到："永年申和孟涵光，节愍公佳允子。与逸

---

① （清）申涵光：《聪山集·聪山集序》，《畿辅丛书》第 368 册。
② （清）王士禛：《渔洋诗话》下卷，（清）王夫之等撰：《清诗话》上册，中华书局 1963年版，第 204 页。

民殷岳、张盖、刘逢源友，开河朔诗派。"①

　　"河朔诗派"发起与进行创作活动的时间段大约为顺治五年（1648）至康熙十六年（1677）间的近三十年时间内。"河朔诗派"的兴起是以申涵光、殷岳、张盖密切的交往和频繁的诗歌唱和而被时人呼为"广平三君"为标志的。《大清畿辅先哲传》载："（甲申）三月，京师破，佳允（应为佳胤，申涵光之父）殉国难。涵光痛绝复苏，因渡江而南谒陈子龙、夏允彝、徐石麟诸名宿，为父志传。归里，事亲课弟，足迹绝城市。日与殷岳及同里张盖相往来酬和，人号'广平三君'。"②魏裔介《申凫盟先生传》载："端愍公殉难"，"（申涵光）襄事毕，即南赴淮上"，"求先人旧交作志传墓表捧以归"，之后"乡居力耕，课二弟，诵先人遗书，足迹绝于城市。时有同邑人张盖，字命士，岸然高尚以古人自处，与凫盟相善也。诗歌唱和，酒后耳热或相泣。殷子伯岩，则自睢宁弃县令来归，日与之游"。申涵光之侄申涵盼《先伯氏凫盟处士行述》："时殷公伯岩已筮仕睢宁令，先伯氏力劝其弃官归，与同里张命士隐居，栖迟林壑，日相酬和，人号为'广平三君'。"③晚清徐世昌《清儒学案小传》亦有相关记载，"（殷岳）顺治初官睢宁知县，先生（申涵光）招之归，与永年张盖覆舆皆高隐工诗，时称'广平三子'。"④"河朔诗派"首先产生其核心即"广平三君"，其后又有刘逢源、赵湛等诗人加入，再逐渐蔚为大观，由此产生和发展历程来看，"河朔诗派"的兴起应以"广平三君"的组合而成为其标志。上述材料明确指出，"广平三君"并称的出现和使用，定然在殷岳弃官归里之后。殷岳为官和弃官的时间史料有明确记载：《睢宁县志稿》载，殷岳"顺治二年（1645）任县事"⑤，"五年（1648）戊子，时殷

　　① （清）杨际昌：《国朝诗话》，郭绍虞编选，富寿荪校点：《清诗话续编》下，上海古籍出版社1983年版，第1671页。

　　② 《大清畿辅先哲传·师儒传》卷11，第359页。

　　③ 申涵盼：《忠裕堂集》。

　　④ （清）徐世昌撰，周骏富编：《清儒学案小传》，《清代传记丛刊·学林类》第5册，明文书局1985年版，第76页。

　　⑤ （清）姚鸿傑等纂修：《中国地方志集成·江苏府县志辑·睢宁县志稿》第65册，卷12，江苏古籍出版社1991年版，第429页。

子岳弃官归"①。从上引材料可以知道，殷岳弃官归里是在顺治五年即 1648 年，在此之后才可能会有"广平三君"并称的出现和使用，"河朔诗派"之核心才可能会产生，因而可以认定，"河朔诗派"的兴起是在顺治五年即 1648 年。"河朔诗派"的衰落和退出诗坛则是以其领袖人物相继去世为标识的。张盖、殷岳在申涵光去世前离开人世，申涵光逝世于康熙十六年即 1677 年，至此，作为"河朔诗派"领袖和核心的人物"广平三君"均已离开人世，随着"河朔诗派"领袖人物所独具的人格魅力、其在诗坛上逐渐形成的令人瞩目的威望与地位的渐行渐远，作为清初一个重要诗派的"河朔诗派"也便逐渐退出了诗坛。

　　"河朔诗派"有着浓郁的河北地域色彩，乡谊、姻族是维系这一诗派的主要纽带。"广平三君"中，申涵光、张盖属同乡，均为北直隶永年人。殷岳为鸡泽人，申涵光的妹婿、曾经流寓苏州的路泽浓与刘逢源，籍贯均为曲周。赵湛的籍贯有两说，一为永年人，一为邯郸人。这两种说法并不矛盾，《畿辅通志》载，"永年县""曲周县""鸡泽县"，三县在明代均属"广平府"，清代因袭之，"广平府"在今在河北邯郸一带，因此这两种说法实在是一地而两称。②《畿辅通志》载，广平府"永乐元年直隶京师"，清代因循之，因此，广平府乃"畿辅之地"③。"畿辅之地"属于燕赵大地，此地士人性格"自汉以后史传多谓：'习于燕丹荆轲之遗风，慷慨悲歌，尚任侠，矜勇气'，然其性资之质直，尊吏畏法，务耕劝织，则历代所不易也"④。性格质直而淳厚，豪爽而慷慨，重然诺，这些构成了活跃于燕赵大地的士人特有的人文性格。申涵光曾对此有着较自觉的认识："燕赵山川雄广，士生其间，多伉爽明大义，无幽滞纤秾之习。故其音闳以肆，沉郁而悲凉，气使然也。"⑤ 又说："读其诗，嶙峋突兀，天外遥青，

---

　　① 《申凫盟先生年谱》第 6 页。

　　② 赵尔巽：《清史稿·地理志》第 8 册，第 1905 页，"广平府"辖永年、曲周、鸡泽。中华书局 1976 年版。

　　③ （清）唐执玉、李卫等监修，田易等纂：《畿辅通志》卷 14，第 252—253 页，见《四库全书·史部·地理类》，上海古籍出版社 1987 年版，第 504 册。

　　④ 《畿辅通志·风俗》卷 55，第 276 页，《四库全书·史部·地理类》，上海古籍出版社 1987 年版，第 505 册。

　　⑤ 《聪山集·畿辅先贤诗序》。

不为径草盆花，耳目近玩，盖得太行之气为多。""古之以诗传者，其人多清刚而磊落，以石为体，而才致闲发，遇物斐然。"① 他还说："古之诗人，大多禀清刚之德，有光明磊落之概。"② "吾读文衣诗，喜其真，不无故为笑涕，横臆而出，肝胆外露，摧坚洞隙，一息千里。我燕赵人多沉毅英爽，无夸毗之习。"③ 地域性的人文性格会潜移默化地影响到创作主体的文学风尚，清人杨际昌《国朝诗话》中亦言："国初诗，大江以南多尚文，大江以北多尚质。"④ "河朔诗派"诸诗人所作皆为本色语，地域文学传统的深厚积淀加之身逢乱世的遭际，此派的诗风自然呈现出沉郁苍凉的整体特色，其中透出一股"清刚"之气。除此之外，此派诗风"清刚"之气的形成，还与以下两种原因有关。其一，诗歌发展自身的原因。"河朔诗派"继晚明诗歌发展而来，晚明诗歌中，公安派矫"前后七子"末流的肤熟但又流于俚僻，之后竟陵派问世，竟陵派以性灵矫"前后七子"的肤熟，以学古矫公安派的俚僻，其结果正如钱谦益所批评的"以俚率为清真，以僻涩为幽峭。"⑤ "河朔诗派"就是在这种背景下出现的。鉴于竟陵派的不可为法，"河朔诗派"的诗人们推尊何、李却鄙薄钟、谭。申涵光曾说过"空同才力横绝，气压万夫，设前无杜陵，不几有诗来一人乎?"⑥ "近代何、李两大家，越宋元而上，与开元为伍。"⑦ "至何、李诸公专宗盛唐，遂已超宋而上。"⑧ 与此相反，对竟陵派虽也指出其出现有必然性："性情之灵，障于浮藻，激而为性情，势使然耳"，但对其颇为鄙视："竟陵久为海内所诟詈，无足言者。"⑨ 因为清楚地认识到"前后七子"和竟陵派各自均有弊端，所以"河朔诗派"诸诗人没有蹈武"前后七子"的老路，他们主张以杜甫为取法对象，他们学习杜甫，不仅是"音节顿挫，沉郁激昂，

① 《聪山集·逸休居诗引》。
② 《聪山集·青箱堂诗引》。
③ 《聪山集·乔文衣诗引》。
④ 《国朝诗话》，见《清诗话续编》下，上海古籍出版社1983年版，第1709页。
⑤ 《列朝诗集小传》丁中。
⑥ 《聪山集·屺舫诗序》。
⑦ 《聪山集·青箱堂诗序》。
⑧ 《聪山集·青箱堂近诗序》。
⑨ 《聪山诗选》卷一《与张逸人覆舆》。

一以少陵为师",更重要的是,"其所以师少陵者,悲愉啸,无一不曲肖,而非世俗掇拾字句以求形似者所可比也"。① 这样的取法,再加上自觉地意识到"诗以道性情",其诗歌创作便具有了"清刚"的特色。其二,追求理学与诗的统一。申涵光认为:"古人之诗,必有其原,则道焉耳。道者,立人之本,万事所从出,而诗其著焉。……三百篇皆道也。"② 基于此,申涵光甚至认为写诗要"合程、朱、李、杜为一身",他说:"予谓世俗所谓理学与诗,皆非也。褒衣缓步,白发死章句,此士而腐者,汉高所以解冠而溺之耳。而士之以风雅自负者,率佻荡越闲,以绮语饰其陋,本之则亡,诗又可知。三百篇多忠臣孝子之章,至情所激,发而为声,不烦雕绘,而恻然动物,是真理学,即真诗也。即如静修先生绍濂洛之统,高风亮节,为元醇儒。今读其集,古健真削,无愧唐音,不可以证其合乎?……合程、朱、李、杜为一身,匪异人任矣。"③ 此处提出程、朱,其用意是凸显醇儒的高风亮节,身处明清易代之际的诗人提出"合程、朱、李、杜为一身"的主张,其诗自会有一种清刚之气。在申涵光的影响下,"河朔诗派"其他诗人的诗歌创作大多具有一股"清刚"之气。

(二) 申涵光的生平

申涵光(1619—1677),字和孟,一字孚孟,又作符孟,号鳧盟,一号聪山,晚号卧樗老人,"初年亦号箕亭处士"。北直永年(今属河北邯郸永年县)人。申涵光之父申佳胤崇祯中辛未四年(1631)进士,后擢吏部太仆寺丞。甲申之变,"闻上崩,投井死"。"父节愍公尽节后,以理学训其两弟,皆能立身扬名。"仲弟涵煜(字随叔,号鹤盟),康熙丙午(1666)举人,"魏裔介称其诗为涵光劲敌,王士正谓学诗于兄而名亚之"。季弟涵晖(后名涵盼),顺治辛丑(1661)进士,康熙丙午(1666)晋检讨,亦以文学有声,"殷岳、刘逢源诸子视为畏友"。申涵光痛父殉国,后遂绝意仕进。据《申鳧盟先生年谱》,申涵光曾为恩贡生,"(顺治)十八年,初以岁贡如都,途中闻登极诏改为恩贡",自称"才不堪仕宦","投

① 张玉书语,引自《晚晴簃诗汇》卷十四。
② 《聪山集·青箱堂诗序》。
③ 《聪山集·马雯徕诗引》。

牒礼部，以病不能廷试，得允"，终以明诸生的身份而卒，享年 58 岁。申涵光的一生经历大致可分为以下阶段：

1. "甲申（1644）之变"即 35 岁以前，为申涵光一生经历的第一阶段。申涵光天资聪颖，十二岁（崇祯三年，1630），"初为举子业，即通彻文理，人啧啧称异之"；十五岁（崇祯六年，1633），"补邑庠生"；但在此后的近十年中，申涵光却科场蹭蹬，屡试受挫，崇祯九年（1636）、十二年（1639）、十五年（1642），申涵光均"乡试下第"，"早年食饩，究以调高和寡，棘闱屡踬"。对此，申涵光却泰然处之，"夷然不屑"，私下"与诸同志论文订社，载酒豪游，间尝以余力为诗，即有唐人风致"。申涵光二十岁之前，大部分时间属于从父宦游时期。这一段经历培养了他"寡言笑，不喜声色"的性格和儒家"达则兼济"的济世情怀。"少离里闬，寡交识，朴讷未娴揖让"，人以"高亢"视之；"闭门谢客，有以声色尝者，辄斥去"，晚明文人追逐声色犬马之风对申涵光几乎未产生影响。此外，申涵光在屡次外任、因"安静宜民"，以"良吏"著称的父亲申佳胤的影响下，关注现实，以实际行动济世救民，崇祯十一年（1638）"冬乱"，邢、洺二州失守，涵光"宿城头月余，慨捐四百金助公费，又出钱二十万犒士"，"登陴者赖以济"。十六年（1643），城外河水泛滥，"捐八十金，筑南门外路，往来便之"。

2. "甲申（1644）之变"至康熙三年（1664）即 25 岁至 45 岁以前，为申涵光一生经历的第二阶段。甲申二月，避乱西山，同"广平三子"之一的殷岳定生死交。三月，崇祯帝崩，申父闻讯亦殉国难，申涵光"四月闻讣，一痛几绝"。[①] 同年八月，"如江南"，往依妹翁、明御史路振飞，往返于吴门、金陵之间，和其大妹乱后重逢于吴门，"痛哭久之"[②]。此行的一个目的是给父亲立传，"求先人旧交，作志传墓表"（《申凫盟先生传》），使父亲的高风亮节昭传于世。顺治二年（1645），"在吴门以端愍公传志走松江。求陈公子龙、夏公允彝，至嘉兴求徐公石麟，皆许诺，已，

---

① 《先伯氏凫盟处士行述》。
② 以上据《申凫盟先生年谱》，第 4—5 页。

独陈以传至。"① 次年四月，归里。顺治六年（1649），决定自脱诸生籍，欲"从鹿豕游，不复视息人间世"，有归隐之意，因亲友和母亲的阻挠，遂止。

此次经历使申涵光饱尝人世艰辛，诗风亦随之而变。渡江之前，申涵光诗格"体清气弱"，"乱后，申涵光秋夏多乡居赋诗"，"一变隽脱"，且"日归浑厚"②，这一切对提高诗人本人以及其后以其为领袖的"河朔诗派"的知名度产生了重大的影响。

顺治十年（1653），"诏访前朝死难诸臣，举封墓之典"，申父在其列，申涵光遂有"都门之役"③。申涵光此行可谓险阻备尝，"时大霖雨，道无行人者月余"，"从泥淖中徒跣千里赴京师，麻衣经带痛哭都市"，述先人"投井自尽状"。④ 这一举动，使申涵光因其笃于孝行而以布衣之身"名噪长安"，"长安士夫，高才博学，蜚声艺苑者，莫不求识面，愿结邻，巷中之车满矣"⑤。后来和申涵光交情甚笃的一些权重人物，如时称"二魏"的魏裔介、魏象枢便是在此时结识的。

顺治十二年（1655）九月，同殷岳有泰岱之游，览趵突泉，游大明湖诸名胜，为后世称道的《泛舟明湖》就作于此时，并刻《岱吟》。十三年（1656），魏裔介委校《观始集》。十四年（1657），与殷岳同谒当时的理学大儒孙奇逢于中州夏峰山，孙奇逢有相见恨晚之意，申涵光"执弟子礼"，"自幸如游黄虞之世"⑥，"自是始得闻天人性命之旨"⑦，这为申涵光晚年专注于理学提供了契机。十七年（1660），州县举孝行，力辞。康熙二年（1663），应地方长官王显祚之邀赴晋，结识傅山。

此一阶段，可以看作是申涵光一生的巅峰时期。申涵光在此时期积极入世，其交游之广、创作之丰、成就之高、影响之大，是其他时期所不可比拟的。

---

① 《申凫盟先生年谱》，第5页。
② 《申凫盟先生年谱》，第5页。
③ 《申凫盟先生传》。
④ （清）张玉书：《申涵光墓志铭》，《国朝耆献类征初编》第51函，卷399。
⑤ 《申凫盟先生传》。
⑥ 《申凫盟先生年谱》，第8页。
⑦ 《先伯氏凫盟处士行述》。

3. 康熙四年（1665）至康熙十六年（1677）即 46 岁至 58 岁，为申涵光一生经历的第三阶段。康熙五年（1666）秋，"仲弟涵煜举于乡，季弟涵盼晋检讨"，"先人未了事，次第已毕"，"两弟成立，门户有托"，没有了尘事牵挂的申涵光归于内心的澄静，开始了他向往已久的"散襟南园""酌酒听莺""薄醉长啸"的田园生活。曾题斋壁云："学古之志未衰，每日必拥书早起；干世之心久绝，无夕不把酒高歌。"康熙七年（1668），恩诏有访山林隐逸一款，魏裔介属意之，申涵光婉辞之。同年作《荆园小语》一书，"皆阅历有得之书"①。孙夏峰序言："凫盟之苦心积虑，阅历深而动忍熟。《荆园》一编，虽小语实至语也。"② 康熙九年（1670）秋，挚友殷岳病逝于闽，谓"顾我中道失此良朋，益寂寞难娱，老境奈何！"③ 康熙十年（1671），作《答朱锡鬯书》，以"古文之难非诗可比"，"身在草野复亦无诗可作"，阐明不作古文的原因。康熙十三年（1674），诗人自辛丑后不复作诗，此年重拾诗笔，冬，"作七言律诗，共得五十余首"④。康熙十五年，《荆园进语》成，此书"辨及问学修养，语简而赅"⑤。十六年（1677），六月初六日晨，闻客至急归，"甫及厅槛，一仆而卒"⑥。世间之事，不可预料如此，诗人一生就此戛然而止。申涵光以究心理学的生活方式，萧然处世的姿态走完了人生旅途的最后一程。

纵观申涵光的一生，少有济世之志，壮年遭逢变故，家仇国难一身任之，晚年终以究心理学的方式度过余生。在看似遗世的姿态下实则潜藏着一颗"有志不获骋"的心。后人徐嘉论诗绝句言："早教河朔开诗派，晚究苏门性命书"⑦，可视为申涵光人生轨迹的大致概括。

（三）申涵光诗歌创作

申涵光主要著述有：《聪山诗选》八卷、《聪山集》三卷。《荆园进

---

① 《清诗纪事初编》卷 2，第 146 页。
② （清）申涵光：《荆园小语》，《畿辅丛书》第 369 册。
③ 《申凫盟先生年谱》，第 14 页。
④ 《申凫盟先生年谱》，第 16 页。
⑤ 《申凫盟先生年谱》，第 16 页。
⑥ 《申凫盟先生年谱》，第 18 页。
⑦ （清）徐嘉：《论诗绝句五十七首》其十四；《味静斋诗存》卷 4，《味静斋集》第 4 册。

语》《荆园小语》各一卷，皆语录体，均被收入《畿辅丛书》。其《聪山诗选》八卷，由申涵煜、申涵盼编选。初刻于顺治十五年（1658），重刻于康熙二年（1663）。收入《畿辅丛书》的为曲周刘云麓校订的重刻本。《聪山诗选》存诗五百二十余首，多数作于崇祯甲申（1644）至顺治庚子（1660）年间，以律诗为主，兼有五七古体与绝句。其存诗数量虽不及赵湛，但其创作成却雄踞河朔诗派之首。魏裔介曾言："申子凫盟困守菰芦中，而诗名大噪海内，真所谓无胫而走不翼而飞者哉。"① 他的诗"以少陵为宗，而沐浴于高、岑、王、孟"②，从主题内容来看，有表现亲情友情、关心民瘼和山水隐逸三大主题。诗风亦随诗歌题材的不同而呈现多样化的风格。

1. 抒写亲情友情之诗

申涵光的抒情诗，多为寄答、怀人、送别、集饮唱和之作，感情真淳浓郁，语言朴实无华，情思深沉，寄慨遥深，邓汉仪《聪山集·序》称其："哀乐中情，《国风》之赠答也；称引先世，《蓼莪》之微情也。"其咏叹人伦亲情之诗，集中在思父和兄弟姊妹之情的抒发方面。申涵光之父遇"甲申之变"而殉国难，申涵光历尽艰难险阻，为父正名，"蒙特恩谕，祭葬墓田，易名端愍"，③ 其诗抒发追怀崇敬先父之情，如《昔在》：

> 昔在癸未秋，初与燕市别。先公隐闲署，清风洒冰铁。维时疫疠兴，往往衢巷绝。城门隘广柳，鬼声昼呜咽。予病难久羁，欲归忧惴惴。恍惚辞膝下，不谓成永诀。龙去海波枯，山摧良木折。白水明素心，远映灵均节。偷生息陇亩，荷锄安塞劣。重来踰十年，出入非昔辙。旧宅馀颓垣，纵横乱行列。孰是攀髯地，流涕寻碧血。旁皇白日昏，居人难问说。笳鸣牧马归，缁尘带飞雪。孤灯萧寺中，夜半闻啼鸩。④

此诗作于顺治十年（1653），即申涵光为"褒恤先人孝行"，赴燕都之年。

---

① ［清］魏裔介：《兼济堂集》卷4；《畿辅丛书》第304册。
② 魏裔介：《申凫盟先生传》。
③ 张玉书：《申涵光墓志铭》。
④ 引自《聪山诗选》卷1。以下所引用的申涵光的诗作，如未特别标明出处者，皆引自《聪山诗选》，不再一一说明。

诗中"癸未"年，即崇祯十六年（1643），"甲申之变"的前一年。据《申凫盟先生年谱》载：是年"端愍公入都，转太仆寺寺丞，公（申涵光）往省觐。值大疫，端愍公遽命肩舆归"①，申氏父子均未想到，此次离别竟然成为永诀。此年冬，申父已存与国共存亡之念："有行己曰义，顺数曰命，义不可背，命不可违。吾受国重恩，誓以死报，不复顾家。"② 此诗开头几句追忆癸未年京城疫疠兴起的惨象，然后满怀深情地追忆昔日父亲对自己的关爱，并以崇敬之情赞美父亲的殉国之举：把父亲的以身殉国与屈原忠于楚国投江而殁相比并，其拳拳报国之心，其崇高气节，将与屈原一样，昭传后世。申涵光对父亲深深的怀念不尽是出于父子人伦亲情，其中还蕴含着他对父亲高风亮节的认同和礼赞，这样的诗作与单纯地咏叹人伦亲情的诗作相比，其思想蕴含及价值显然要高得多。又如七绝《甲申襄事毕，避乱吴下，有怀先茔》："一抔零落草霜孤，梦到寒原血欲枯。几布乡书皆未达，坟前今已种松无？"（《聪山诗选》卷八）亦表现对父亲刻骨铭心的怀念。诗人虽然避乱吴下，然而怀父之情魂牵梦绕，想到父亲的孤坟衰草，牵挂墓地的修缮祭扫及乡书音信的往来。"梦到寒原血欲枯"，真挚之情，催人泪下。

抒发亲情的诗作，为数最多的是写同辈之间亲情的诗作，亦感人至深。父亲殉国之后，申涵光义不容辞地担负起抚育、培养两个年幼的弟弟的职责。关注两个弟弟的成长，特别是从思想上对两个弟弟进行启示的诗篇在《聪山诗选》中为数颇多。如组诗《家诫示舍弟观仲、随叔》（五古）共二十七首，即属此类。在这组诗中，申涵光以申氏家族曾为仕宦之家的辉煌历史和世代相传的荣辱不惊、忠孝清廉的家风为荣，并以自己为人处世的态度和心得启示两个弟弟，告诫两个弟弟人情险恶，交朋结友要慎之又慎，以免受人暗算。请看《家诫》其十三：

　　松柏挺孤秀，女萝自缠绵。缠绵若可亲，霜雪难为妍。得失相规维，良朋馨所宣。药石岂易投，后事称其贤。便便者谁子？巧笑藏戈铤。寒燠变倏忽，失势无强欢。结交慎厥初，勿为中道捐。

---

① 《申凫盟先生年谱》，第 4 页。
② 《申凫盟先生年谱》，第 4 页。

此诗从择友的角度告诫两个弟弟交友要慎重，其中所蕴含的浓浓的手足之情十分感人。七绝《不得舍弟消息》亦表现了此种感人的手足之情："故里莺花满敝庐，春风不见蓟门书。暂醒午梦愁无奈，津市南头看打鱼。"春风送暖，鸟语花香，诗人远离两个弟弟，天天盼望得到两个弟弟的音讯却每每落空，诗人忧心忡忡，为了排遣心中的愁闷，只好无事找事，去看打鱼，希望借此来暂时忘却内心的愁闷，此处，诗人含蓄地透露出，看过打鱼后，诗人对两个弟弟的关心和想念之情将会更加深沉，如此真挚和深沉的兄弟之情，不仅难能可贵，而且感人至深。

申涵光还有表现与妹妹及妹婿路泽农之间深情厚谊的诗作。申涵光与妹婿路泽农有着非同一般的深厚情谊，《路泽农墓志铭》记载：路泽农"不忘交，唯与舅氏凫盟、观仲、随叔三申公相得欢甚，诗、古文切劘无虚日。"① 路氏一家于顺治二年（1645）避乱，客居苏州洞庭东山。申涵光寄怀路氏一家的诗作多作于路氏一家客居苏州之后，如《寄路甦生兄弟久寓吴门》（七绝）、《清源望路妹婿不至》（七绝）、《送路妹婿南行》（五律）、《妹家久寓太湖，归宁四载，复尔南旋，予病送至清源命弟护往，作诗寄妹婿路三吾徵并乃兄苏生》（七律）等诗，这些诗均表现了对亲人真挚的思念之情，表达了人世间一种美好的情感。《路氏妹江南使来》（五律）：

> 骨肉何繇见，音书隔岁通。雨深扬子驿，霜白赵王宫。旅食怜空橐，乡心逐断蓬。十年慈母恋，泪尽北来鸿。

崇祯十六年（1643）冬，申涵光大妹"适曲周路泽农"②，甲申年，路家为避乱而南下，寄寓吴门。申涵光《怀路氏妹避乱南下》"忆昔避乱初，苍茫举家走。尔实难为别，才为两月妇。"所记便为当时的情景。顺治十一年秋，"迎妹临清"③。此诗当作于"迎妹"前不久，即顺治十一年初秋。此诗对妹妹远离亲人、远离家乡、孤苦无依的处境给予了深深的同情和关心，并表达了对亲人团聚、尽早结束远别生活的隐隐期盼。同样的情

---

① 《路泽农墓志铭》；《国朝耆献类征初编》卷381。
② 《申凫盟先生年谱》，第4页。
③ 《申凫盟先生年谱》，第8页。

感还表现在《寄怀路妹婿吾徵》（七绝）其一："风雨难招客子魂，浮家万里卧江村。姑苏台上应回首，白日寒烟是蓟门。"路泽农兄弟南下之后，"寄其家于苏州之洞庭山中"①，此诗即有对路泽农兄弟的思念之情，又于思念中寄寓殷切美好的祝望。写得含蓄深沉，真挚感人，确如邓汉仪《诗观初集》所评："去右丞何远。"②

其歌咏纯笃友情之诗，聚焦于河朔派诗人的交游唱和。同时也有抒发与著名的遗民诗人如山右傅山、桐城方文、"钟山遗老"纪映钟等人深挚友情的作品。申涵光与许多遗民诗人结下了深厚的情谊，其歌咏友情之作思想情感集中在两个方面：对"君子守贞素"（五古《秋兴》）即保持遗民志节者的高尚节操的赞美；对"故人零落"即亲朋好友离开人世的惋惜与喟叹。不仅情感真纯朴厚，感人至深，其思想性也超过咏叹人伦亲情之作。前者如《怀太原傅青主》（七律）：

> 曾约溪村访钓竿，数年设榻待君欢。乱离苦忆良朋少，衰病应愁远道难。晋国山川容白发，中原天地此黄冠。幸将卷帙传高迹，日向晴窗展画看。

此诗作于康熙甲寅（1674）。康熙二年（1663），申涵光应山西地方长官王显祚之邀赴晋，此行使他结识了傅山，并结下了深厚的友谊。邓汉仪《诗观三集》言："凫盟游太原，王襄璞方伯遮留不得。凫盟曰：'君无留我，今傅青主草堂未筑，君能捐金成之，胜留我矣。'方伯如其言，世以高两公。"③在申涵光的眼里，傅山才是中原一带当之无愧的首屈一指的真遗民，对于傅山这样始终未仕新朝的真遗民真朋友，诗人由衷地对他们的高风亮节倍加称许，此诗便表现了诗人的这种情感，也正因此，才有了如上以实际行动赞助傅山的佳话。又如《寄怀容城孙锺元先生隐居苏门》其一（五律）：

> 结屋依泉树，须眉见古人。衰年仍向学，薄俗自相亲。万死扶钩党，孤忠有逸民。近村成井邑，半是旧比邻。

---

① 《路泽农墓志铭》。
② （清）邓汉仪：《诗观初集》卷3，《四库禁毁书丛刊·集部》，北京出版社1998年版。
③ （清）邓汉仪：《诗观三集》卷1，《四库禁毁书丛刊·集部》，北京出版社1998年版。

孙钟元，即当时的北方大儒孙奇逢。天启年间，孙奇逢"竭家赀"奔走四方，全力营救被魏忠贤陷害入狱的左光斗、周顺昌等人；崇祯九年（1636）"清兵逼容城，帅乡里子弟完城以御"，崇祯十一年（1638）"率子弟门人隐易州五公山，结茅双峰上"，暇日"讲礼兴学，弦歌之声相闻"①。入清后，屡征不就，晚年隐居中州苏门山下。此诗亦表现了对"君子守贞素"（五古《秋兴》）即保持遗民志节者的高尚节操的赞美，诗中所言"字字是夏峰实录"②。

申涵光的有些写友情的诗作，看似写友情，实则是借友情来砥砺志节、相互宽慰、相互勉励，如《与郑子勉、刘竺南、卢公调、杜同德饮南园》（七律）：

郭外风吹杨柳新，与君同醉卧沙茵。时方多忌欢娱少，人自无营笑语真。

隔岸黄鹂呼载酒，满溪春水待垂纶。年来烽火吾徒在，花发重来何厌烦。

此诗情景交融，以景衬情，真切地表现了"时方多忌""年来烽火"岁月中友情的珍贵，如邓汉仪所言："诗不徒纪景物，要须有见道之语，颔联字字刻至，当属必传。"③《寓金陵简诸知己》（五古）"剧谈见古人，心胆藏无地"，"四海尚甲兵，菰芦有吾辈"等诗句，均表现了身处王朝鼎革之际的诗人对弥足珍贵的友情的珍重和欣慰。

又如"我欲乘舟渡江汉，即今高士几人存？"（七绝《寄冀襄阳公冶》其一）；"故人零落行将尽，与子重逢亦偶然"（七绝《殷睢宁伯岩弃官北归》其二）。抒发对"故人零落"即亲朋好友离开人世的惋惜与喟叹之情的诗篇有些甚至写得声泪俱下，如五律《挽张尚书湛虚先生》："遗老如弓剑，吁嗟今渐无。生犹名作累，殁定血先枯。故阙追龙驭，羲冠对鼎湖。晚来益寂寞，百里抚坟哭。"诗中张湛虚，即张镜心，湛虚为其号，河南磁州人。"天启二年（1622）壬戌进士，官至兵部左侍郎，蓟辽总督。入

---

① 《大清畿辅先哲传》，第330—331页。

② 邓汉仪：《诗观初集》卷3，《四库禁毁书丛刊·集部》，北京出版社1998年版，以下引用《诗观初集》均为此版本，不再一一说明。

③ 邓汉仪：《诗观初集》卷3。

清不仕。"① 前人评论此诗"以此挽尚书，字字血泪"，不为无见。②

2. 心系民瘼之诗

"河朔诗派"诗歌创作的一个显著特色是"关心民瘼"，此点在申涵光的诗歌创作中表现得更为突出。清人邓汉仪早就看出了这一点："凫盟抗怀高蹈而关心民瘼如此，孰谓处士不足与语天下事也？"③ 申涵光之所以能够做到这一点，与其自觉地师法杜甫，得杜诗之精髓分不开，张玉书在给申涵光所写的《墓志铭》中对此说得既显豁又准确："自髫龀即嗜为诗，吐纳百氏不名一家，而音节顿挫、沉郁激昂一以少陵为师，其所以师少陵者，悲愉咷啸无一不曲肖而非世俗掇拾字句，以求形似者可比也。"④ 近代学者邓之诚也有类似的解说："涵光学杜，功力最深，一时作手无能及之者。特浑厚不为激楚之音。"⑤ 严迪昌先生指出："诗集中心系民瘼之作如《插稻谣》《哀流民》等都是不可移易时空的'新乐府'式写现实之惨景"⑥，对此给予了很高的评价。请看《哀流民和魏都谏》（七古）：

> 流民自北来，相将向南去。问南去何处，言亦不知处。日暮荒祠，泪下如雨。（一解）饥食草根，草根春不生。单衣曝背，雨雪少晴。（二解）老稚尪羸，喘不及喙。壮男腹虽饥，尚堪负载。早春粮，夕牧马，妪幸哀怜，许宿茅檐下。（三解）主人自外至，长鞭驱走。东家误留旗下人，杀戮流亡，祸及鸡狗。日凄凄，风破肘，流民掩泣，主人摇手。（四解）

魏都谏，即魏裔介。顺治五年（1648），时任"吏科给事中"的魏裔介曾就"逃人法"一事进言："摄政王时，匿逃之法太严"，宜"宽其禁"⑦。此诗反映了清初频发的"逃人"事件，及清廷最初制定的重惩"窝逃者"的逃人法。"清室在关外"，"往往掠汉人为奴"，"入关以后，各旗风习如

① 钱仲联：《清诗纪事·明遗民卷·一》，江苏古籍出版社 1987 年版，第 20—21 页。
② 邓汉仪：《诗观初集》卷 3。
③ 邓汉仪：《诗观初集》卷 3。
④ 《国朝耆献类征初编》卷 399。
⑤ 邓之诚：《清诗纪事初编》卷 2，上海古籍出版社 2004 年版，第 145 页。
⑥ 严迪昌著：《清诗史》，浙江古籍出版社 2002 年版，第 315 页。
⑦ 《大清畿辅先哲传·名臣传》卷 1，第 26 页。

故"，被俘获为奴者，"主遇之虐辄亡去"①。"流民"，即被旗人俘获不堪虐待而逃的汉人。此诗既有对清初"旗下一百零七人"毫无尊严、饥寒交迫、流亡途中挣扎在死亡线上的形象而逼真的写照，又有对清廷残酷无情的逃人法的揭露和批判②。"此乃清初统治者特有的严酷写照，流民连'流'的一线生路也在禁留'旗下人'的法规下被堵绝，岂非惨绝人寰？"（严迪昌《清诗史》）杨钟义言："聂夷中之所不及陈，郑一拂之所不能绘者，诗能曲为写出。"③ 这首关心民瘼的诗，发展了杜甫、白居易"乐府诗"补察时政的特色。

申涵光关心民瘼、具有补察时政特色的诗歌题材多样，涉及明末清初社会生活的许多方面，如《春雪歌》，写大雪飘飞的冬日，因前一年北方遭受严重的涝灾，穷人和富人过的是天壤之别的生活，并以此反映当时尖锐的阶级对立：

> 北风昨夜吹林莽，雪片朝飞大如掌。南园老梅冻不开，饥鸟啄落青苔上。破屋寒多午未餐，拥衾对雪空长叹。去岁雨频禾烂死，冰消委巷生波澜。吴楚井干江底坼，北方翻作蛟龙宅。豪客椎牛昼杀人，弯弓笑入长安陌。长安画阁压氍毹，猎罢高悬金仆姑。歌声入夜华灯暖，不信人间有饿夫。

大涝之后的春雪更凸显了贫富之间的差距以及当时的阶级对立和社会的不合理，诗人关心民瘼、同情下层人民、批判为富不仁的富人的立场和情操令人敬佩。申涵光另一首写雪的诗亦表达了相同的情感，请看《雪》：

> 正愁冬暖麦畦干，忽觉中宵布被寒。晓见柴门拖翠竹，起催童子拂朱栏。谁家歌舞壶觞急？满地征输道路难。愿得年年群盗息，野人生计只盘餐。

申涵光不仅关心家乡人民的生活，他还把关心民瘼的视野扩展到了全

---

① 孟森：《明清史讲义》下册，中华书局1981年版，第402—403页。

② 《世祖实录》第788页，顺治十三年六月谕，"朕念满洲官民人等，攻占勤劳，佐成大业，其家中役使之人，皆获自艰辛，加之收养，谊无可去。乃十余年间，或恋亲戚或被诱引，背逃甚众，隐匿滋多，故特立严法示惩窝逃正犯。照例拟绞，家产尽行籍没，邻佑流徙，有司以上各官，分别处分，以一人之逃匿而株连数家，以无知之奴仆而累及职官，立法如此其严者，皆念尔等数十年劳苦，万不得已而设。"《清实录》第3册，卷102，中华书局1985年版。

③ 《雪桥诗话续集》卷1，第1页。

国，如《淮阳凶荒》：

> 昨岁淮阳雨，秋禾掩碧涛。赤眉连楚塞，白骨乱江皋。转徙春农急，迟回计部劳。惊心魂梦里，仿佛听呼号。

在此诗中，诗人对生活在涝灾、战乱中的南方人民给予了深切的同情和关注，在这里，能够看到杜甫"穷年忧黎元，叹息肠内热"的影子。组诗《燕京即事》描写北地生活习俗与状况。如"郊外香车锦作帱，顺城门下马争飞。独怜贫女无颜色，拾得残蔬首戴归"（其九）。在尊与贱、富与贫的对比中表现了下层人民生活的窘境。而《泛舟明湖》其三，更以其含蕴深远的艺术功力为后人所称道："女墙倒影下寒空，树杪飞桥渡远虹。历下人家十万户，秋来俱在雁声中。""历下"即今山东济南。《诗经·小雅·鸿雁》"鸿雁于飞，哀鸣嗷嗷"①。此诗以诗画结合见称，结句以鸣声凄凉的哀鸿喻清朝政权下居无定所、生活窘迫的历下百姓，写济南人民在秋风中忍饥受寒。全诗含蓄蕴藉，正是"情韵淡宕流转而锋锐潜藏"②。《邯郸行》一诗，在今昔的凋敝与繁华两相对比中展开：

> 西风吹落叶，飒飒邯郸道。邯郸兵火后，人家生白草。我闻邯郸全盛时，朱楼银烛光琉璃。赵女临窗调宝瑟，楼前走马黄金羁。即今富贵皆安在？惟有西山青不改。不见游侠子，白日报仇饮都市，亦不见垆边倡，华裙凤髻明月珰。旧城寥落荆榛里，楼台粉黛皆茫茫。城边过客飞黄土，城上凭临日正午，照眉池畔落寒鸦，不信此地曾歌舞。探骰沙丘去不回，霸图消歇更堪哀。邯郸之人思旧德，至今犹上武灵台。

经历兵燹之后的邯郸，一幅残破不堪的萧瑟之景，昔日繁华的都市变得人烟稀少，庭院杂草丛生，道路黄土飞扬。昔日繁华富庶、和平安祥的生活甚至让人难以相信它曾经存在过。此诗"激烈之中仍见和雅，其词则羽，其音则宫矣"③。诗末追忆治国有方的赵武灵王，在对明主的缅怀中寄予了对现实的批判，"以古事作结烟波万叠，顿挫抑扬皆与古会"④。

---

① 程俊英：《十三经译注·诗经译注》，上海古籍出版社 2004 年版，第 288 页。
② 严迪昌：《清诗史》，浙江古籍出版社 2002 年版，第 314 页。
③ 陈子龙：《陈子龙文集·申长公诗稿序》卷 8，华东师范大学出版社 1988 年版，第 417 页。
④ 《诗观初集》卷 3。

申涵光有时还以自身贫困不幸的生活委婉含蓄地表现对苍生的关怀，如《春旱》《粟尽》等篇以自我真切的生活感受感慨现实，如："储粟瓶将尽，妻孥对不欢。抛书嗟左计，灭烛算明朝。井税新征急，春畦细麦干。愁来羡老杜，尚有一钱看。"这些诗具有极强的认识价值和艺术感染力。

3. 歌咏山水隐逸之诗

申涵光身处易代之际，各种主客观原因促使他于出处、行藏之间最终选择了身隐。"苦隐"要求先有避世之志，申涵光自觉地对"薄俗"主动遗弃，对"野人"身份主动认同："幽偏遗薄俗，昏旦倚天心"（五律《遣兴》其四），"晚年知性僻，薄俗避人高"（五律《身许》）；"碧筒林外酒，独向野人尝"（五律《芙蕖》），"不嫌烟水阔，来就野人居"（五律《白敬舆、卢奉若同过西岩》）。"野人"即普通老百姓，也是申涵光在易代之际对遗民身份的认同，这些诗句说明申涵光在努力身体力行地实践着避世之志。

申涵光避世归隐之后，过着无拘无束的乡居生活。六言绝句《避暑西岩》九章，真实地再现了申涵光远离尘嚣、萧疏放旷的乡居生活，请看其中的四首：

> 帘下科头散帙，雨余赤脚疏泉。鸡犬无声高卧，夕阳满树鸣蝉。
（其一）

> 沙鸟飞鸣水槛，渔舠归系柴门。饱饭莲房菰米，居然北土江村。
（其二）

> 小榻凉生细簟，遥村雨隔疏钟。怪底香风不绝，池塘开满芙蓉。
（其六）

> 墙上雨生短草，阶前云佛长条。独酌欲寻酒伴，何人曳杖溪桥。
（其五）

据申涵盼《西岩避暑图记》：西岩，乃申家"桑麻别业"所在之地，俨然北方的小江南，"家后辟场圃，濒岩筑斗室一颜，曰'箕亭'。亭前插篱种蔬，有泉下通池，池阔八九亩，两岸垂杨拂地，芙蕖荇藻香风袭人，一望秔稻万畦细路微茫，绿云映水皎如明镜"①。这组诗作于"甲申"乱后，由一系列纯自然意象组合而成，使用白描的笔法，让一幅幅静谧安乐、富有乡村特色的画面迅速叠加，透露出一幅萧然自得的隐士之乐，从而与出仕的受人羁縻的不自由生活形成了鲜明的对照，因而也被"风雅林中推为别调"②。表现同样思想感情的还有《泛舟》等篇，也具有山水隐逸的高远情趣。

申涵光的隐逸情怀，还常常以描写自然山水方式表现出来：

> 竹杖寻源入上方，满山楸叶晚苍苍。乱碑零落游人少，一道飞泉下夕阳。（七绝《黄花谷》）

> 微霜昨夜下庭槐，水畔闲登万里台。两岸芦花飞白雪，午桥烟里一舟来。（七绝《溪上》）

诗中描写山水风景，诗中有画。汪琬《说铃》曾言："申和孟五、七言诗，气体极高老。予尤爱其七言绝句，暇日与王六（士禄）讽咏数首，叹谓含蓄凄淡。使置唐人诗选中，未知可与谁比。"③ 杨际昌在《国朝诗话》中评申涵光的七绝，言"七言绝句中，有不烦雕饰，天然如画者"④，都准确地揭示出了申涵光诗作诗画结合的特点。

申涵光坚守的"遗民"身份和其身处易代之际的独特经历，使其歌咏山水隐逸之诗自然比前人同类之作透露了更多的时代气息和沧桑之感，如："多少楼台随雨散，独将茅屋待秋风"（七绝《饮野人草堂醉后泛舟漳浦》），"可惜数朝人事里，春风吹老隔年花"（七绝《南园省梅》），看似写景，实则含蓄地在写人世。更为明显的例子如《己丑生日》：

> 行歌何处问幽栖，滏口孤城郡堞西。渐觉悲歌从俗懒，漫将怀抱向人低。惊猿莫讶频移树，羸马犹能惜障泥。烽火近连冬未雪，每逢喧乐倍凄凄。

此诗昭示人们，虽然避世，但诗人并未忘却世事；诗写隐逸，但其中却透露着时代风云，严迪昌先生在《清诗史》中对上述特点已做了精辟的揭

---

① 《忠裕堂集》。
② 《忠裕堂集》。
③ 《笔记小说大观》第 4 编，第 9 册，第 6192 页。
④ 《清诗话续编》下册，上海古籍出版社 1983 年版，第 1671 页。

示："颔联'从俗懒'是守志，'向人低'是隐迹；颈联'惊猿''羸马'之喻则正写出动荡中的特定境况。""今所见存诗大抵凄怆悲郁，意蕴浑厚，情韵淡宕流转而锋锐潜藏。"① 此诗亦不例外。

二、"河朔诗派"其他诗人的诗歌创作

申涵光而外，"河朔诗派"其他诗人的人与诗也各有可资称道之处：张盖为人狂狷傲岸，诗作用力颇深，"哀愤过情，恒自毁其稿"(《大清畿辅先哲传》)；殷岳"外和而内介"(《殷先生墓志铭》)，始不为诗，后有所作亦止于五言古体；刘逢源、赵湛在当时诗名并重。

(一) 张盖与《柿叶庵诗选》

张盖，字覆舆，一字命士，号箬庵，北直隶永年人，生卒年不详。"甲申后，以次当贡太学不受，自脱诸生籍，幅巾方袍混迹樵牧"，"年六十有六卒"②。作为明遗民，张盖身上更多地体现了晚明文人追求物质享受的人生态度，以及狂狷、特立独行的人格特征。"时游狭邪，携艳妓饮歌竟日"③，追求声色之乐；家"窭贫"，不以贫为介，"竭赀力为服饰，綦履珮玉，飘长带，如贵介甚都"④。张盖对于富贵中人服饰的偏嗜，到了近乎荒诞的地步。明代服饰以"宽衣博带"为主要特征，故若结合明清易代这一大背景来看，张盖于旧朝服饰的坚持，于"故国衣冠"的体认，无疑是以一种无声的语言——"服饰语言"来拒绝强行改易汉人服饰的清廷⑤。后来更是以"弃衣冠，散发林中"无服饰的"服饰语言"来坚守遗民立场⑥。

张盖的"狂"，甲申之前属于"恃才傲物"式的狂。《明代千遗民诗咏》言："命士好作诗，诗成不留稿。作书人不识，自诩米颠草"⑦。张盖

---

① 严迪昌《清诗史》，浙江古籍出版社 2002 年版，第 314 页。
② 《张命士传》；《忠裕堂集》。
③ 《大清畿辅先哲传·高士传》卷 27，北京古籍出版社 1993 年版，第 894 页。
④ 《张覆舆诗引》；《聪山集》卷 2。
⑤ 赵园：《明清之际士大夫研究》，北京大学出版社 1999 年版，第 313 页。
⑥ 刘逢源：《遥寄逸人张命士》有"子弃衣冠，散发中林"语；《积书岩诗集》。
⑦ 张其淦撰，祁正注，周骏富辑：《清代传记丛刊·遗逸类·明代千遗民诗咏》卷 5，第 66 册，台北明文书局 1985 年版，第 186 页。

善草书，"所遇无不尽，或求之乃遂不书。故旧每欲得书，辄匿楮纨不令见。已，自寻得之便索笔急书惟恐夺去，故远近传盖狂士也"①，"书成大叫，辄自赞不虚口。稍忤意，又拉杂烧毁"②。

甲申之后，"悲吟侘傺"自我摧毁，几近"病态式"的狂。"甲申之变"后的最初几年，张盖曾"讲学于漳滏之滨，生徒甚众"③，亦曾有过游幕的经历，"尝游齐、晋、楚、豫间"④。张盖"甲午（1654）忽发狂疾，筑土室自闭"⑤，据申涵光交代：盖游幕时，与"故人仕宦者"相处数年甚欢，"偶一语不合，引锤自击其首，被血满面，因发狂"，归后自筑土室，蜗居其间，"穴而进饮食，岁时一出拜母，虽妻子不见也"⑥。故申涵盼言："先生晦迹类袁闳"，而"发狂自废又绝类近世徐渭"⑦。张盖以生为死、自闭土室的过激行为，自然源于易代的事实对文人心理造成的时代创伤感。采取这种近乎"自虐式的苦行"来坚持自己的遗民立场，历代遗民不乏其人，他们在"以杜交接为与其时其世的'关系'的宣告，为其人归属的宣告"⑧。这种自毁自戕式的过激行为，恰恰折射了遗民内心无法承受之重——难以接受清廷取代朱明的铁定事实。"独行旷莽林薄间，自作手语，时人莫测"，自闭土室"家人窃听之，时闻吟咏声、读五经声、叹息声、泣声"⑨。这些独特的行为语言背后潜藏着遗民主动遗世后必然被世所遗的孤独处境，及在此境遇下仍恋恋不忘过去的尴尬与痛苦。正如朱彝尊在《张处士墓志铭》中所言："或游或处或泣或歌，家室之不恤，而恤其他，彼狂者实邪？"⑩ 狂者非真狂也！沈涛《交翠轩笔记》亦言："人潜听之，时有泣声，盖古之伤心人有托而逃者欤？"⑪

①《张覆舆诗引》。
②《大清畿辅先哲传·高士传》卷27，北京古籍出版社1993年版，第894页。
③《怀张命士老友三首》小引，（清）赵湛：《玉晖堂诗集》卷3。
④（清）朱彝尊：《张处士墓志铭》；《四部丛刊初编·集部·曝书亭集》卷74。
⑤《怀张命士老友三首》小引。
⑥《张覆舆诗引》。
⑦《张命士传》。
⑧赵园：《明清之际士大夫研究》，北京大学出版社1999年版，第317—318页。
⑨《张命士传》。
⑩《张处士墓志铭》。
⑪（清）沈涛撰：《交翠轩笔记》卷2，《聚学轩丛书》第4集，第84—85册。

张盖自囚土室后，"惟同里申涵光、鸡泽殷岳至，则延入土室，谈甚洽"。三人中，申涵光与张盖诗歌唱和在先，申涵光更在张盖卒后"襄其窀穸"①，并"辑其遗诗得百六篇，曰《柿叶庵集》，梓而行之"②。《畿辅丛书》本《柿叶庵诗选》共一卷，存诗八十余首，其中五言诗的成就最高，"有极高古者"③：

> 拂袖扫石华，登危被藤坐。坐久时复卧，卧久时复坐。坐卧总无心，闲云衣上过。（五古《鹅山》）

> 袖携古人书，步向招提路。拂却石上云，坐近岩前树。山雪四边照，澹然无尘虑。归来烟霭中，独与樵夫过。（五古《出村见雪》）

> 沈涛《交翠轩笔记》："余尤爱其'坐卧总无心，闲云衣上过'、'归来烟霭中，独与樵夫过'，标格在右丞、左司之间。"④

《柿叶庵诗选》中，有一些诗作更接近诗人狂狷的个性，"雄放类太白"⑤。《送春行》（七古）在"余春早夏"之际，诗人丝毫没有春光即逝的伤感，而是与众人在开怀畅饮中珍惜有限的春光，体味人生难得的乐趣：

> 众宾起舞踏苔藓，晚向洲中混游衍。不见麻姑散发垂，浑疑海水流清浅。还命酌复徵，歌不胜醉，暮颜酡。水声幽，歌声好，酒徒酩酊歌洲岛。前听折柳后落梅，分明共惜春光老。起看白日忽西斜，停歌罢饮且归家。人生快意不可极，明朝学种青门瓜。

春光有限，人生亦是短暂，及时行乐又何妨？《同赵秋水饮张氏宅》写酒后梦境：

> 一斗之后入醉乡，醉中老态颇轻狂。矫首伸眉望八荒，翻身西到昆仑阳。羽衣仙人开云廊，为余解酒调冰浆。犀理竹席镂金床，谁与同寝费长房。须臾海日生扶桑，怪道浮丘明接引，何为尚在堂西厢？

诗人在想象的梦境里，上天入地，无拘无束，与李白天马行空式的诗笔有几分神似。

---

① 《张处士墓志铭》。
② 《大清畿辅先哲传·高士传》卷27，第894页。
③ 《清诗纪事初编》卷2，第147页。
④ 《交翠轩笔记》卷2。
⑤ 《张命士传》。

此种笔法在绝句中也有所体现：

> 玉盘渍墨可二斗，高丽茧纸冰蚕纹。醉来挥洒兴不尽，欲上青天写白云。（七绝《漫作》）

> 桃花落尽柳花初，重作莲舟水上居。已敕行厨烹野雁，更催渔户打官鱼。（七绝《后湖中乐》）

以上所举，多是诗人因酒助兴而变得雄放不拘。除此之外，一些展现楚中山水的诗篇，也同样体现了张盖"雄放"的诗风。如《卢工部说楚中山水》（五律）"说峡山垂座，谈湖水在襟"，想象自己置身楚国山水的实景；《昭明台呈襄阳诸公》（五律）"楚郡蟠江腹，危楼逼太清。窗通高鸟过，槛俯白云生"。杨钟义《雪桥诗话续集》："覆舆尝南至襄州，有《昭明台》、《孟亭》诸诗，磁州、沁水皆其游屐所经。"①

（二）殷岳与《留耕堂诗集》

殷岳，字伯岩，号宗山，直隶鸡泽人。父太白，曾"仕至陕西按察副使"，后被杨嗣昌所害②。殷岳崇祯三年（1630）举乡试，顺治二年（1645）官睢宁县令③。据申涵盼《殷伯岩仲泓合传》："未及游武夷而客死于闽，年六十有八矣"④，另据《申凫盟先生年谱》载：康熙九年庚戌（1670），"秋，闻殷子岳卒于闽"⑤，由此可以推知，殷岳大约生于明万历三十一年（1603）。有《留耕堂诗集》一卷。

殷岳为人"重交游，趋人之急"⑥。殷岳与申涵光"称莫逆交"，甲申之乱后，殷岳与其弟殷渊密谋为崇祯帝发丧，"举义兵讨贼"。事败后，殷渊被伪令所杀，殷岳闻变而走，"贼追之急"，幸逢申涵光"夜遣精甲，自郡往迎，杀其叛奴张问仁，乃免于难"⑦。殷岳官睢宁令后，因其性直忤

① 杨钟义：《雪桥诗话续集》卷1，第2页。
② 朱彝尊：《殷先生墓志铭》，《四部丛刊初编·集部·曝书亭集》卷74。
③ （清）姚鸿杰等撰修：《中国地方志集成·江苏府县志辑·睢宁县志稿》第65册，卷12，第429页，"顺治二年任县事"。
④ （清）申涵盼：《殷伯岩、仲泓合传》；《忠裕堂集》。
⑤ 《申凫盟先生年谱》，第14页。
⑥ （清）钱林：《文献徵存录》卷10，第417页。
⑦ 《殷伯岩、仲泓合传》。

逆，"涵光遗书劝之归，慨然曰：'我岂以一官易我友哉！'"遂投劾归①。
足见两人交情之深。杨犹龙病危，"岳念非太原傅山不能活，踔千里，昼
夜行水石中，卒携之来"②，好士如命，尚节义可见一斑。性情"外和而内
介"。殷岳与顾炎武相识于康熙初年③，殷岳卒后，顾炎武曾以"堂中延太
守，门外揖王符"来追忆友人，"藻鉴"人物的不同寻常④。

殷岳嗜山水成性，申涵光"泰岱"之游时，殷岳同往，"时方痛腰脊
不可屈伸"，"乘软舆历天门，松声谡谡，万山在下。忽大叫奇绝，弃舆步
登，不知沉疴之在体也。"⑤ 曾单车载爱姬，游塞外，登贺兰山，归后言：
"'小世界不足往来'，以不及遍游海外为恨。"⑥ 赵湛曾言："宗山早岁谢
睢宁令。归，遍游五岳。常嫌中原山水萧索，思泛海游高丽一放奇情。"⑦

《留耕堂诗集》全部为五言古体诗，且多以大型组诗的形式出现。据
申涵光《殷宗山诗序》："宗山素不作诗，予与犹龙强之作，复不耐声偶。
为古诗醇庞渊穆，莽莽然可敌万人。"如《感怀》六十六首，开始追述先
室"勤俭""敦礼让"的历史，继而交代家中变故，重在表明自己在"尘
俗多腻垢"（其二十三）的环境中仍然坚持交友"慎厥初，所求在同志"
（其三十七）的择友观以及"内方而外圆"（其六十四）的个性。殷岳
"言天下事侃侃，常思一得"⑧，《读史》共三十首，诗人结合秦、汉灭亡
的历史教训，来申说统治者应以"礼"、以"德"治天下的主张。兹举
《读史》其三：

> 礼者国之维，民者载舟水。暴秦虎狼威，流血被九轨。
>
> 侈功盖秦皇，一家天下始。猛气陨沙丘，难从一夫起。
>
> 七庙堕飞烟，旦暮殄宗祀。亡秦楚三户，弧矢安足恃。

"维天之以善，后乃报其德"（其二十一），"举善以亲民，强达故不倚"

---

① 《殷先生墓志铭》。
② 《大清畿辅先哲传·师儒传》卷11，第358页。
③ 《清初诗文与士人交游考》第473页。
④ 诗见《挽殷公子岳》；《四部丛刊初编·亭林诗文集》卷4。
⑤ （清）申涵光：《殷宗山诗序》；《聪山集》卷1。
⑥ 《殷伯岩、仲泓合传》。
⑦ 《怀殷宗山老友二首》其二，《玉晖堂诗集》卷3。
⑧ 《殷宗山诗序》。

（其二十八），诗格接近汉、魏古风，故钱林评曰："古郁悲壮，有横槊之风。"①

（三）刘逢源与《积书岩诗集》

刘逢源，字资深，号津逮（《清诗纪事初编》《大清畿辅先哲传》作"字津逮"）。北直隶曲周人，明贡生，入清不仕。著有《积书岩诗集》一卷以及《学迂轩稿》。

"河朔诗派"诗人中，博学者当首推刘逢源。"少好读书，自经史、百家、星数、河洛之学靡不研究，皆能洞其原委。尝手抄二十一史，雠校精审，他书亦数千卷"，负经国治世之韬略，"喜谈兵击剑，耻与流俗为伍"②。申涵光、殷岳视为畏友。然身不逢时，"沧桑之际，播越江、汉、淮海之间"③。江山易主之后，诗人过的是一种辗转不定、漂若浮萍的生活，间以"载酒吟诗"，究以幽栖而老。《咏怀》勾勒出了诗人大致的人生轨迹：

> 少年不自量，意气何峥嵘。思一吐奇怀，历抵汉公卿。中岁事乖违，烽烟暗两京。遂戢飞扬志，殊深林壑情。家贫迫衣食，不敢薄躬耕。颓然一野老，井臼困柴荆。每赴鸡豚社，间寻鸥鹭盟。陋巷甘偃蹇，聊以善自名。④

年少时意气风发，一副舍我其谁的气概；中年世乱无为，为贫困计；晚年终赍志以殁。

刘逢源把"河朔诗派"诗人质直"无夸毘"的个性，演绎得淋漓尽致。借诗浇胸中之块垒，诗歌俨然已成诗人真情的告白、运命的宣言。"'诗言志'，人之心术品行皆寓其中"，"境不必有所以寄兴"，"情颇近真"。⑤ 刘逢源诗歌调子偏于凝重，正如《四库全书总目提要》所言："逢

---

① 《文献徵存录》卷10，第417页。
② 《大清畿辅先哲传·高士传》卷27，第900页。
③ 《清诗纪事初编》卷2，第148页。
④ 徐世昌：《晚晴簃诗汇》卷14，中华书局1990年版，第348页。
⑤ 《漫兴诗·序》；《积书岩诗集》，收入《畿辅丛书》第358册，以下诗作凡未注明出处者，均出于《积书岩诗集》。

源生当明季,崎岖转徙于江、汉、淮海之间,故幽忧之语多而和平之韵鲜焉。"①

《积书岩诗集》存诗二百六十多首,律诗居多而七言律尤著,其中包括分别作于康熙戊申（1668）、丁巳（1677）《前漫兴诗》、《后漫兴诗》各五十首。访友赠答、登临羁旅、乡村幽居构成了《积书岩诗集》的三大题材,悲贫叹老、抒发隐逸情怀作为两大主题贯穿于全部诗篇的始终,诗歌风格也因着主题的不同而互异。

1. 悲贫叹老与激愤凄楚的诗歌风格

鼎革之际,儒生多无用武之地。作为承继着中国传统文化的士人,自身的价值得不到实现,遂易生壮志未酬之感。《七歌》（七古）其二:

> 小人有母在高堂,身虽康强鬓已霜。儿每下第意彷徨,笑语慰儿恐儿伤。无能捧檄一迎养,踽天踏地悲俯仰。呜呼!二歌兮,气已结,寒风卷地冰纹裂。

言语激切酸楚的背后是科场蹭蹬的严酷现实。壮志未酬之忧,于国,是兼济之志的破灭,最直接的表现便是诗人对自身未能继承仕宦家风的自责,"髫年随父抵官舍,抱书每待虚日榭","世阅沧桑灰壮志,摧颓坐见家声坠。呜呼!一歌兮,声恻恻,泪洒松楸应变色",（《七歌》其二）父殁而家声不振,读之似诗人的内心在泣血;于家,那就是诗人不得不面对"生计之忧"的残酷现实。《漫兴诗·序》言"予贫病终老,困委巷中。昔人所谓平生风流得意之事为之都尽",没有丝毫生的喜悦。"壮志随年去,谋生与俗同"（《秋村即事》其八）;"稼穑悲生事,幽怀郁不开"（其十）。喜谈兵论剑的诗人少年怀抱壮志,晚年却要在贫困中挣扎,强烈的现实反差造成的无可奈何而又心有不甘的愤懑不平之气,在《百忧集行》中得到了彻底的宣泄:

> 忆年十五气尚粗,把臂高阳旧酒徒。棋局花尊费白日,鼎彝百年非故吾。只今倏忽已五十,坐看饥寒逼妻孥。农贾平生两不习,一编自知非良图。卖文大减长门价,数纸不传一青蚨。米盐告尽厨萧索,无计蹢躅空捋须。篱边废畦半草莱,径绝棋履卧寒樗。东邻老叟富珠

---

① （清）永瑢:《四库全书总目提要》集部35,卷182,中华书局1965年版,第1650页。

玉，每日花间倒玉壶。愤懑无从告天地，放言著论效潜夫。瓣香礼佛
无他祝，但愿生生世世免为儒！

《百忧集行》下有副题曰："子美有《百忧集行》，五十所作。予年适五十
矣，百忧煎人，更甚子美，遂复拟之。"诗人在今与昔、贫与富的对比中，
揭示出儒士谋生手段的单一，发出"但愿生生世世免为儒"的决绝宣言。
此无异于自己对自己原来"士"身份的否定，情绪激愤已至极点，"悲愤
苍凉，声出金石"①。诗人面对无法改变的事实，只能自寻精神上的一丝慰
藉，而此时委身山阿、躬耕园田的陶渊明更易引起诗人情感上的共鸣，
"畸人不偶世，素性癖林泉。本无经济术，坎壈亦何言"，"白发盈满镜，
形随大化迁。余生如过鸟，岁暮增慨然！"（《岁暮有感和陶》）阅尽了人
世间沧桑，随缘任运、返璞归真，"牢落壮心消歇尽，爱听童稚咏《沧
浪》"②。

2. 隐逸情怀与静谧孤寂、超脱豪迈的诗风

刘逢源在"隐逸生活的实践"与"隐逸的企羡"中抒发自己的隐逸情
怀③。"隐逸生活的实践"不啻是超越现实之外的别一种生存方式。诗人壮
心消歇，不问世事，唯有在清贫的村居生活中体验那分少有的自适与
悠闲：

子云尘外宅，花底出炊烟。旋摘檐前果，还烹雨后泉。

鸡豚侵虎落，鸥鹭上渔船。战伐何曾见，桃源又一天。（五律
《访友》）

"出""旋""还""侵""上"，流畅自然地进行时，一派怡然自得之
趣。万物好似独立于时代而存在，世事与我何干？诗人笔下的隐居生活，
呈现出静谧悠远的情调且夹杂着孤寂的情愫：

茶煮竹根泉，涛声发天籁。素瓷未及倾，香透茶瓶外。（五绝
《煮茶》）

寂历空山鹿豕踪，石梁苔滑仗孤筇。岸花零落随流去，秋到西南

---

① 《清诗纪事初编》卷2，第148页。
② 《和秋水韵》；《晚晴簃诗汇》卷14。
③ 张德健：《明代山人文学研究》，湖南人民出版社2005年版，第177页。

第几峰。(七绝《山行》)

> 溪光明落日，淡性与秋宜。丛菊薰幽径，寒匏挂短篱。泉声争赴
> 壑，叶影半辞枝。邻叟闲相慰，浮生莫浪悲。(五律《溪光》)

听涛品茗，在人与物化中体验生的乐趣。《山行》更以"秋到西南第几峰"发问的口吻发出"无可奈何花落去"(晏殊语)式的感叹，于静穆空寂之外平添了几分悠长的余韵。徐世昌《晚晴簃诗汇》言："诗功力颇深，品格在大历之间"①。"大历诗风"出现在"安史之乱"后，战乱毁掉了"士人青年时期意气风发的生活，带来希望幻灭的黯淡现实"，诗人们"颇多生不逢时之感，热切的仕进欲望为消极避世的隐逸情怀所取代，诗中颇多无奈的叹息和冷落寂寞的情调"，"平心静气的孤寂、冷漠和散淡弥漫于整个诗坛"②。"邻叟闲相慰"实际是诗人的自我安慰，少抱大志而终身碌碌无为，他人一句"浮生莫浪悲"出口何其之易，诗人亲口言之又何其之难！

《积书岩诗集》通过对历代遗民人格、行为事迹的赞颂来表达诗人对"隐逸的企羡"。集末共录二十首咏遗民诗，如题目所云："余辑《遗民史》四卷，近五百余叶。偶拈数人，聊以寄意"，于遗民身上汲取精神力量，兹录两首：

> 博带雍容七尺身，遨游郡国擅人伦。如何下士惊相慕？只做先生
> 折角巾。(《郭泰》)

> 高隐昔传魔镜客，奇踪今见补锅人。若将姓字留天地，虽作巢父
> 亦外臣。(《补锅匠》)

前一首咏东汉人郭泰。郭泰，字林宗，"善谈论，美音制"，曾游洛阳与河南尹李膺友善，名震京师，"后归乡里，衣冠诸儒送至河上，车数千两。林宗唯与李膺同舟而济，众宾望之，以为神仙焉"③。"折角巾"即"林宗巾"，郭泰曾遇雨而折巾一角，时人效之。后一首咏不知名的隐士，意谓隐不留名，隐要隐得彻底，一副超脱豪迈的气概。正是"望轻原不系苍

---

① 《晚晴簃诗汇》卷14。
② 袁行霈：《中国文学史》，高等教育出版社2003年版，第319—320页。
③ [南朝宋]范晔：《后汉书》卷68，中华书局1965年版，第2225页。

生，敢谓幽居不用名"（《漫兴诗》其一），邓汉仪谓"谦得好"，"只是胸中大有把握"。摒弃兼济之志后，其内心不为所累的解脱与释放，以局外人的眼光再去看世事，诗人投去的是一种鄙夷不屑的目光，"但知饮啄同山鸟，故狎公卿尽海鸥"（《漫兴诗》三十三），"倦游后勘破世情言"①。

综观刘逢源的诗歌创作，生不逢时、偃蹇不遇的悲愤之情贯穿全部诗篇的始终。"瓶花鼎篆闲无事，读罢陶诗看楚骚"（《轻舠》）；"两岸蓼花晴放棹，一龛蕉雨夜谈兵。床头龙剑时时吼，五岳胸中似未平"②。诗人始终未在隐居生活中销蚀他的悲愤不平之气，于平静的海面下潜藏着惊涛骇浪式的涌动。

（四）赵湛与《玉晖堂诗集》

赵湛，字秋水，号石鸥，北直隶永年人③。明诸生，入清未仕。著有《玉晖堂诗集》五卷。赵湛性情豪放，"岸然自命，不治家人生产，日陶情于诗酒之间"；又喜游历，"湛故雅游，周览天下名山巨川，所至士大夫争倒屣以迎"④。《文献徵存录》曾载："（湛）尝至京师，平生故人无在者，后生目笑之，意不自聊。士正（王士禛）闻之，与之饮酒赋诗，始知耆旧也。明日诣之者高轩相望于道矣。"⑤ 实为"士大夫争倒屣以迎"的前奏。作有五古《省心吟》十二首，属诗人见志之作。前有小引，言："余行年花甲已过，每悔少岁困于贫贱，碌碌尘沙者盖廿有八载。虽于诗书中间有探讨，然不获。与夏峰先生讲明性命道德之旨，白首冒冒视吾道若隔云雾，甚可叹也！"⑥ 可知，赵湛早岁迫于贫困，为生计而奔波，"老妻裙不

① 《诗观二集》卷7。
② 《秋日漫兴》；《晚晴簃诗汇》卷14。
③ 关于赵湛的籍贯各种史料记载不一：一说为"邯郸人"，如《渔洋诗话》卷下谓"邯郸赵湛秋水"，《清代传记丛刊·遗逸类·小腆纪传》谓"邯郸人"，《大清畿辅诗传》谓"邯郸人"，《清诗纪事初编》谓"邯郸人"，《文献徵存录》谓"邯郸人"；一说为"永年人"，如朱彝尊《曝书亭集·重游晋祠褉饮题名》谓"永年赵湛秋水"，《国朝畿辅诗传》卷十一谓"永年人"；《晚晴簃诗汇》谓"永年人"。赵湛实为永年人，而非邯郸人，王渔洋乃误记。赵湛自己在《怀张命士老友》诗的小引中说：张盖"予同里人"，张盖为永年人，即此可证。
④ 《大清畿辅先哲传·高士传》卷27，第900页。
⑤ 《文献徵存录》卷10。
⑥ 《玉晖堂诗集》卷1；《畿辅丛书》第359册。

定,稚子充糟糠。苦被八口累,奔迫道阻长"[1]。晚年究心理学,"笃信紫阳"[2]。"诸子既殁,惟秋水无恙"[3],赵湛是"河朔诗派"诗人中在世时间最长的一位,其诗与刘逢源齐名而又自具特色。

赵湛凭借一首不完整的《登太行诗》闻名一时,王士禛在其《渔洋诗话》中称赞道:"余丙子(1696)再使秦、蜀,于褒城驿见其《登太行》诗一篇,信是奇作,惜不记忆其全矣。'太行高万仞,绝磴霾云间。雪压雁门塞,冰齐熊耳山。"花病鹤《十朝诗话》对此也有记载:"初,阮亭过褒城县署,于斋壁见秋水《登太行山》诗云云,叹为超诣。"太行山高耸巍峨的气势,冰天雪地的北国风光于一首诗中尽显。

在"河朔诗派"诗人中,赵湛的存世诗篇最多。《玉晖堂诗集》以羁旅行役、赠答宴游两类题材为主,而寄答、宴饮、游历又多是诗人久客生活的一部分。赵湛大半生过得是"百年踪迹半尘沙"(卷四《申凫盟晨走,小童送牡丹兼致新咏二首》其二)式的颠沛不定的生活,故游子思乡自然成了羁旅题材的主题之一:

> 日短舟宵进,荒堤片月寒。长风号乱水,仄岸响迥澜。
>
> 水宿开船少,冬残作客难。故园小儿女,日夜望归鞍。(《舟夜发》)
>
> 飒飒西风兴寂寥,疏灯自照影萧萧。天高塞雁冲寒雨,夜半江船趁早潮。
>
> 老滞关山逢世难,愁推枕簟坐秋宵。故园兄弟看明月,碧酒朱阑望正遥。(《瓜舟旅寓夜雨》其二)

在孤灯残月的秋宵里,思乡心切的诗人越发显得形单影只、孤独寂寥。萧瑟凄冷的基调弥漫诗间。愈近晚年,混迹尘沙半生的诗人对这种凄苦飘摇的生活产生的倦怠情绪越发强烈:

> 洺漳别去几经旬,岁晚江干白发人。节序尚余三日腊,风尘又见一年春。

---

① 《晓登关山望六合,有怀黄逊庵明府》;《玉晖堂诗集》卷1。
② 《大清畿辅先哲传·高士传》卷27,第900页。
③ 《渔洋诗话》卷下,《清诗话》上册,第204页。

沈云酿雪寒仍剧，细柳新花色未匀。回首半生浑作客，乡思不复更沾巾。

赵湛在诗中往往将自己风尘仆仆的羁旅生涯，置于喧嚣瑰丽的春景之中，亮丽的景色也丝毫不能唤起诗人快乐的神经。如："久客他乡倍忆家，他乡又复泛孤槎。镜中双鬓星星雪，楼外澄溪岸岸花。吴市笙歌喧子夜，潼南云水隔天涯。可怜老去归无计，常对芳樽起叹嗟。"（《久客》）倦游，成了赵湛羁旅行役诗作的另一主题。

赵湛诗中还有许多表现各地风土人情的作品。《带山铺》《泾县道中杂咏》等表现江南农村世外桃源般的景象，怡然自得的生活状态。如"断壑藏村坞，迥溪渡蓼湾。""就竹编篱落，疏泉到野厨。溪儿喧浅濑，浣女晒平芜。""采茶篮影并，春米杵音齐。"魏裔介评此风俗之诗"萧然冲适不可攀跻，正如武陵桃源逶迤而入，而霞红水绿别开异境，非人间所有"①。其他如《留别吴中山水》《游吴门舟中杂咏》《清明词十首》等，以组诗形式再现吴地风土人情，也别具一格：

姑苏城外木兰舟，寒食家家上虎丘。两岸柳烟牵桂楫，一湾春水带花流。（其一）

楼船箫鼓动中流，夹岸争看老串头。演罢竹枝谁顾曲？昆腔自昔说苏州。（其二）（《清明词十首》）

魏裔介赞许其意境"平旷高远"，音韵流利回旋，具有"清圆朗润"之美。

附：路泽农

路泽农，字吾徵，一字安卿，直隶曲周人。泽农之父卒于顺治己丑（1649）四月，泽农"时年十七"，以此来推，路泽农生年当在崇祯六年（1633）。卒于康熙二十四年（1685）。路泽农乃"都察院右佥都御史"、漕运总督路振飞第三子，申涵光妹婿。著有《宜轩诗》《草堂杂著》《琴谱》等。其《游西山》诗："削壁悬空外，孤筇入断云。峰垂红树接，石乱碧流分。衰足行多歇，天风定亦闻。几时携素侣，终日坐秋雯。"②颔联以"艳雅"胜。

---

① 《大清畿辅先哲传·高士传》卷27，第900页。
② 《国朝畿辅诗传》卷十六。

三、永年申氏家族其他诗人的诗歌创作

申氏家族素来以诗闻名，李逢光在《杜诗指掌序》中说："申氏本以诗世其家"①，明末清初更是永年申氏家族诗歌发展的巅峰。以申佳允为先河，以申涵光为中心，以受申涵光奖引的胞弟为辅翼，以族子侄孙为后续的申氏家族诗人十分引人注目。正如计东所说："当代论人物，三申洵伟人。"② 其实，除"三申"而外，申氏家族其他一些诗人的创作成就也很杰出，也应该予以充分肯定和阐扬。

（一）殉国忠烈申佳允

申佳允③（1602—1644），字井眉，一字孔嘉，号素园，一号浚源，谥节愍（弘光所予），一谥端愍（为清廷所予），天启举人，崇祯四年（1631）进士，除仪封知县，改杞县擢吏部主事迁员外，降南国子博士，历大理评事，诏赠太仆寺少卿。甲申之变"闻上崩，投井死"。申佳允是一位忧国忧民的节义名臣，明亡之时，"公六品官，以巡视马政出都，苟徘徊观变，可以免祸，顾闻难而入，赴死而归，何其烈哉！"④ 申佳允甘愿以死报国，表现出慷慨殉国的气节与道义。故马世俊称"公以文章起家，以节义报国，公于是乎不朽也。"⑤ 有《申忠愍诗集》传世。《畿辅丛书》本八卷，比四库本多出两卷。

朱彝尊《静志居诗话》评"其诗娟秀，不嚣浮，近刘半舫一派。"⑥ 其诗歌创作特色之一是组诗数量庞大。无论抒情还是写景，申佳允都喜欢用组诗来展现。如《怀李聪峦随官新甫》（八首）、《哭郑蕙圃》（八首）、《怀归》（三十首）、《春兴》（八首）、《秋兴集古》（八首）、《搏云吟》

---

① （清）夏诒钰续纂修：《永年县志》，清光绪三年（1877）刻本，第40卷，"艺文"。
② （清）计东：《改亭诗文集、诗集》，清乾隆十三年计滨刻本，第3卷。
③ 本名申佳胤清，人刻书多作佳允，盖避世宗讳盖避世宗讳，本书皆用申佳允，特此声明。
④ （清）归庄：《书申节愍公传后》《归庄集》，上海古籍出版社1984年版，第4卷，第297页。
⑤ （清）马世俊：《祭田记》，文渊阁《四库全书》影印本，台湾商务印书馆1983年版，第99卷。
⑥ （清）朱彝尊著：《静志居诗话》（下），人民文学出版社1990年版，第20卷，第619页。文中刘半舫指刘荣嗣，字敬仲，号简斋，别号半舫。曲周县西四夫人寨村人。著有《半舫集》《简斋集》等十余部诗文集，与钱谦益齐名。

（十二首）、《雍邱八景》（八首）、《平干十二景》（十二首）、《咏史诗》
（九十五首）。

就题材内容看，申佳允的诗歌真实地记录了他所处的那个乱离的时代，表现出忧国忧民的宽广胸怀，如："行行须郑重，兵气满山岑。"（《赠郭子》其一）"洪流天堑折，防渡胜防城。楼橹寒涛断，旗帆落日横。此中大泽险，到处野狐鸣。莫但愁河北，三湘亦弄兵。"（《感事》其三）"掩袂长歌双鬓老，丝丝泪雨湿筌篌。"（《春兴》其四）悲慨自身"萧萧忧国霜花老"，体现出忧国忧民的博大胸怀。面对乱离，他把批判的矛头指向了昏庸的统治者，如《寓清河闻警》：

> 甘陵一夜客心惊，闻报中州近苦兵。共道圣明方应运，如何盗贼
> 敢横行？
>
> 千军满地骷髅血，百里连天鼙鼓声。肉食寻常矜胜算，问谁今日
> 请长缨？

在悲慨明末兵乱的同时，充满了对骄奢淫逸、昏庸无能的统治者的鄙视和愤恨，是代人民立言的难得佳作。作为一代名臣，申佳允富有政治才干和正义感，他直言敢谏，不计利害。对于威胁朝政的各地农民起义，他坚决站在统治者一方，劝其尽快收兵，积极地投入生产，"愿将贼退谈耕事"①，同时他又敢于斥责当权者，"匍匐问蠲租"②，为民请愿，充满凛凛正气。

申佳允的诗歌还表现了人生的出处矛盾。他关注现实，忧患民生，但面对无奈的乱离之世，只能自我麻醉，逃避现实。如《将进酒》："一日余生一日醉，酩酊傲杀醒眼辈……携壶处处醉颜酡，那问人世有干戈。"想以逃避现实、置身局外的归隐方式解决思想矛盾，却最终慷慨赴死，以节义殉国，成为一代忠烈名臣。

（二）申涵煜的诗歌创作

申涵煜（1628—1694），字观仲，号鹤盟。申涵煜屡试不中，有遗世

---

① （清）申佳胤：《高阳晚渡》、《申端愍公文集》，《丛书集成初编》本，中华书局1985年版，第4卷，第28页。

② （清）申佳胤：《申端愍公文集》《感事》（其四），《丛书集成初编》本，中华书局1985年版，第3卷，第16页。

之思。"（涵光）与弟涵煜并以诗文名世。"有《敏庵诗钞》《敏庵诗集》《江航草》等诗集传世，藏于国图善本库。申涵煜不仅是诗人而且以书画闻名，"书法大令（王羲之），时游戏写兰竹，似赵子固（赵孟坚，字子固）"，"申涵煜诗用唐法，尤工五言、近体"。《忠裕堂诗集序》："性耽吟咏，亦其得于哲兄之讲论为多，每见其清思独运，下笔惊人，而清水芙蕖，绝去雕饰，即其里居诸作，萧然高寄，渐近自然。盖其讲于忠孝之旨者熟，而得于温柔敦厚之教者深，宜其言之和平肆行，有如是欤！夫诗者性情之发，性情既正，其足以传世而行后无疑也。"

诗人兼书画家的申涵煜，其诗歌含蓄秀逸，写景诗最多，往往能将写景抒情与叙事结合完美，如：《发丹阳暮抵闾门》："三日枫桥路，高帆一日回。偶因风力好，遂使客愁开。双橹摇江月，千峰度酒杯。夜来经虎埠，灯火照楼台。"情景交融、清新自然，有唐诗风韵。

（三）申涵盼的诗歌创作

申涵盼（1638—1682），字随叔，号鸥盟，顺治十八年进士，授翰林院检讨，充国史馆纂修官。著有《西斋诗文集》、《史籁》、《定舫诗草》、《忠裕堂文集》三卷、《忠裕堂诗集》十卷和《申随叔乐府》。

申涵盼的诗歌以乐府见长，但多模仿之作。"仿李西涯乐府，为咏史诗百余首，奇变激宕，具有史法，可与西涯并驱。""申定舫检讨，史籁七十首，盖仿西涯乐府而作。言远旨赅，论言语隽，宋荔裳作叙，极推之，谓刻画妙在不尽，祝西崖尚觉过之，不独音节之妙也。"① 金闿潘耒次耕父题《申随叔先生鸥盟集》又序曰"作者多相沿袭大篇，俊朗高华，天骨独秀，而渊源铙吹，出入鲍、李，卓然自成一家，洗前人之陋。"②

申涵盼是一个既有创作才情又有理性思辨的诗人，笔锋犀利，"短劲有骨力"，如《野田黄雀行》：

孔雀死于尾，鹦鹉死于舌，雀无羽毛奇，弋者宜不屑，陌头挟弹儿，弹其双翼折，食我田中苗，自遗口腹孽，黄雀计何拙，田中苗

① （清）张文贞：《敕授文林郎翰林院检讨申君墓志铭》，《张文贞集》，文渊阁《四库全书》影印本，台湾商务印书馆1983年版，第11卷，第647—648页。
② （清）申续曾：《申随叔先生鸥盟集》，清道光二十七年（1847）刻本。

尽，农夫血力不能搏，兔如辅辅上鹰，贪彼稻梁非明哲。①

申涵盼的怀古诗，名为怀古，实为咏怀，而且颇具河北地域特色，如《黄金台》一诗：

> 昭王拥彗已尘埃，碣石宫前尽草莱。伏枥有心防虎视，按图何地索龙媒。
>
> 空闻易水千金价，早见咸阳万骑来，满目霜笳悲马角，黄云落日照荒台。②

此诗所写的黄金台，体现了河北地区的人文风貌。燕昭王是一位有作为的国君，曾筑黄金台招贤纳士，礼遇郭隗、乐毅等贤才。所筑黄金台成为重视人才和爱惜人才的代名词，对古今的人才观都有重要启示。宋元明清时期，黄金台现象的文化积淀愈加丰厚，其影响历久不衰。此诗怀古与咏怀紧密结合，慨叹燕昭王一去不复返，寄托政治抱负难以实现的悲凉无奈之感，吊古伤今抒怀融为一体，抒发自己壮志难酬的苦闷与不平。

申涵盼的亲情诗也颇感人，有表现兄弟手足之情的，如《怀家兄凫盟》：

> 高柳秋深度雁行，枫青霜白忆元方。阿兄久爱苏门啸，小弟犹怜供奉狂。
>
> 令节独看今夜月，清光应照迟山堂。何时掉臂归田去，合被南园午梦长。

申涵盼中进士后曾任国史院检讨，除去康熙元年至三年丁母忧和十一年的养归故里外，在外地约八年之久，其间写了多首亲情诗。此诗借"合被南园"表达兄弟之间，亲密无间，手足情深，写得感情真挚。又如《迟大兄不至》《除夕》等篇，抒发亲情与乡恋，善于从小处着眼，"一封书信""一声爆竹"都会触发诗人对长兄的眷顾与思念，把兄弟手足之情，表现得淋漓尽致。其《病中得家书》也写出了这种感觉："太行遥望白云深，鸿雁南来寄好音。春日弟兄应自健，天涯游子独关心。客途梦绕常千里，

---

① （清）邓汉仪：《诗观三集》，《四库全书存目丛书集》影印本，齐鲁书社1997年版，第2卷，第572页。

② （清）申涵盼：《忠裕堂诗集》，道光二十七年广平（1847）刻本，第4卷。

病里书真抵万金。三径未荒松菊在，此生何事负园林①"。化用陶杜诗句表达天涯羁旅、思乡念亲的无限情意。其乐府诗《雉朝飞操》以雌雄应和、形影不离的雉鸟起兴，反衬自己暮年丧偶之悲凉，表达了比翼齐飞、苦乐共享的美好爱情理想。

（四）申颋的诗歌创作

申颋（1652—1686?），为涵煜子，佳允长孙。字敬立，副榜贡生。②博学能诗，兼攻书画，是申氏家族中家学与家风的集大成者。诗集《耐俗轩诗钞》（五卷），收入《四库全书存目丛书》，另有《畿辅丛书》本《耐俗轩新乐府》，是以乐府形式写成的清言，又名《忍些好八十章》，劝人凡事学会忍耐，为诗化的人生格言。

申颋继承了申氏"忧国忧民"之家风，具有很强的淑世情怀。他关心时事，积极入仕。曾言"吾有忧天泪"（《宁元著侍御过访小园》）③，讽刺朝中奸臣"有愧头上冠"，"吾欲诉凤凰，不以尔为臣"（《感物诗》第五十首）。另一方面，他又不愿与朝廷合作，恃才傲物，常怀生不逢时之叹。"凤凰不出世，必逢舜与文，始肯一来游。"（《凤凰咏》）"良骥逸草间，雄视轻九州。长年不一嘶，抱德日悠悠。"以抱德修身、涵养品格为人生理想。由于奸佞当道，申氏成员只能退避家园，把所有的希望与理想都放在家庭教育上。"努力忠孝业，读书课儿孙。持以报先公，余事安足论。"（《宁汉章昆仲招游南园抚今追昔慨然赋赠》）铭示子孙，继承祖业，崇德持家，不以封官受爵为尚。"所谓继家声，未必在朱紫。但当崇令德，庶称名家子。"④（《遣意》）"虽乏爵禄荣，读书守我儒。"（《漫书》）以读书守儒相尚，保持家族良好的家风传统。

申颋的诗歌以《耐俗轩诗钞》为代表，皆五言古体诗作。其诗"多托意寓言之作，而其运思取径。又出入于黄庭坚、苏轼之间，颇为拔俗。然

---

① （清）申涵盼：《忠裕堂诗集》，清道光二十七年（1847）广平申续曾刻本，第 5 卷。
② 申涵盼：《鸥盟已史》《清初名儒年谱 14》记载：顺治九年（1652）二月十二日辰时仲兄（申涵煜）长了颋生，北京图书馆出版社，本社影印室辑　陈祖武先生选。
③ 申颋：《耐俗轩诗钞》，《四库全书存目丛书》影印本，齐鲁书社 1997 年版，第 435 页。文中所引申颋诗皆出自此本。
④ 申颋：《耐俗轩诗钞》，《四库全书存目丛书》影印本，齐鲁书社 1997 年版，第 438 页。

其间或有纵笔一往，伤于快纵者；或有故以波峭取姿，掩抑示意，伤于纤佻者；或有太涉理语，伤于实相者。瑕瑜互见，尚未能一一超诣也。"①

申颋诗歌继承了申涵盼寓言题材的古体诗传统，数量多，几近其诗的一半。艺术表现上比申涵盼的诗使用的喻体更为宽泛，有动物、植物甚或某些自然现象；内容也有所拓展，涉及隐喻时事，抨击时弊，奉劝世人，托物言志等。黄彭年《耐俗轩诗钞序》称其："感物则体察精，遣意则寄托远。"②

寓言古诗外，申颋给人留下深刻印象的是他反映清初社会现实的诗，如《哀流民》：

> 朔风吹枯蓬，数里闻号呼。行行见流民，狼狈纷路衢。面上多尘土，身上无完襦。逢人跪告诉，欲与泪连珠。岂不怀乡土，恐惧急征输。频年逢旱魃，原野尽焦枯。即欲鬻男女，无人能养奴。盗贼食生人，官司笞瘦肤。性命无由保，何暇念田庐。弃绝祖父坟，扶持兼妻孥。所过州与县，贫苦略无殊。年荒禁令严，不许入城郭。各村慎隄防，不许栖檐庑，白日食草根，黑夜卧榛芜，老稚不耐苦，沿途死沟渠。到此十余一，充肠半粟无。自然死不免，或可缓斯须。言久气力绝，伏地但欷吁。令我摧肺肝，欲去更踟蹰。所愧书生囊，能得几青蚨。人各给数文，聊为一食需。食已还复饥，更将之何都。乐土知无地，流离徙崎岖。不见吾乡民，亦多远逃逋。圣人握至治，备荒足仓储。赈饥行天仁，诏下万汇苏。请为歌帝德，相劝返乡间。

作者心系百姓，为流民而呐喊控诉，真切形象地反映了清初大量流民的悲惨生活，颇具认识价值。

申颋还有些诗，能结合河北的人文地理来咏史怀古。此类诗不仅思想内涵深刻，而且具有鲜明的燕赵地域文化色彩。如《毛琢高风》：

> 毛公爽豁士，所向无危疑。奇才不在众，得一足以威。泛爱失斯人，变起空筹咨。公若不自荐，养士徒而为。自荐岂忘惭，功名贵乘

① （清）永瑢等：《四库全书总目·耐俗轩诗钞提要》，中华书局1965年版，第183卷，第1654页。

② 黄彭年：《耐俗轩诗钞·序》《耐俗轩诗钞》，《四库全书存目丛书》影印本，齐鲁书社1997年版，第424页。

时。可怜碌碌者，空随秋草萎。公名留天壤，公塚长在兹。长堤绕西南，其北面城池。其东车马道，其中长蒿藜。芦荻烟冥冥，古木叫枭鸱。至今来英风，沙声飒踏吹。逝者不可作，凭吊想威仪。不信脱颖后，更无再见奇。得非史遗失，千载谁能追。含叹苦莫伸，频为浇酒卮。昨走邯郸中，曾谒平原祠。相如及李牧，亦尚有坟基。精灵俨未散，炯炯回霜曦。幽显理虽隔，诚感若可期。我欲邀公魂，共往结心知。聪紫青不改，漳滏流如斯。谁谓燕赵间，今乏英雄姿。独立荆榛久，四顾使心悲。

诗人行旅邯郸途中，拜谒平原君，瞻仰蔺相如、李牧及毛遂之墓，对千载奇人自荐奇才赵国平原君食客毛遂的英雄壮举表现出深深的敬仰，诗人一方面激赏毛遂自荐勇于担当的士人精神，一方面感慨千载之后，其墓"芦荻烟冥冥，古木叫枭鸱"的悲凉。诗人"我欲邀公魂，共往结心知"，引毛遂为同调，表现出特立独行的英雄气度。诗人深深为河朔大地、桑梓故乡产生毛遂式的人物而骄傲。"谁谓燕赵间，今乏英雄姿。"对燕赵大地英雄辈出充满了自信与期许。字里行间浸透着诗人对河北、对家乡的深深热爱。全诗叙议结合，史论结合，咏史咏古，兼有咏怀。由此可见燕赵文化对诗人情感心理与人格的潜移默化地塑造，同类的诗还有《聪山耸翠》，通过追怀赵国名将马服君赵奢的历史功绩，表达对乡贤的激赏与对自身志不获骋的慨叹，在自愧自责中，表现出儒家的见贤思齐修养与兼善天下的社会责任感。

第二节　正定梁氏家族及其河北籍友人诗歌创作

一、正定梁氏家族杰出代表梁清标及其诗歌创作

（一）梁清标的生平与著述

梁清标（1620—1691），字玉立，号苍岩，又号蕉林、棠村，别号冶

溪渔隐，直隶真定（今河北正定）人。其"先世山西蔚州人"①，始祖梁聚"洪武初由蔚州徙真定"②，"六传至高祖梦龙"③ 梦龙，字乾吉，号鸣泉，明嘉靖癸丑进士，曾官兵部尚书。"祖维基，历官广东南雄府知府，祖妣王氏。本生祖讳维本，官礼科都给事中加一级。"④ 可知梁清标的本生祖为梁维本，其父过继给梁维基为子。梁维基历任中宪大夫、广东南雄知府。梁维本，天启举人，任中书舍人等职。

梁清标同辈多人，与叔伯兄弟有梁清宽、梁清远并称，时号"三梁"⑤。梁清标于崇祯六年（1633）补诸生，崇祯十六年（1643）中进士，授翰林院庶吉士。1644 年三月李自成攻入北京，"以长班报名被执，授原官。"五月以原官仕清，寻授编修，累迁侍讲学士。顺治六年（1649）授翰林宏文院编修。丁父忧。顺治九年（1652）六月，升国史院侍讲学士，充武闱会试主考。又三年升詹事府詹事，兼秘书院侍读学士、升秘书院学士、礼部左侍郎等职，曾奉命往畿辅赈灾。顺治十一年（1654）九月补吏部右侍郎，迁吏部左侍郎，丁母忧，后迁兵都尚书。顺治十六年（1659）夏，世祖下诏征郑成功，选随征大臣十一人，有梁清标，未果行。被劾"遂锄三级"。后奉旨留任，又充殿试读卷官。康熙元年（1662），复职。康熙三年（1664），再充殿试读卷官，调补礼部尚书。清康熙六年（1667），任会试主考。三月，京察解任革职。清康熙八年（1669），特旨以尚书起用，改补刑部尚书，调户部尚书。曾往广东"奉玺书檄南国诸藩"，后又曾"奉上谕举博学鸿词"。康熙二十三年（1684），以户部尚书衔管兵部尚书事。康熙二十七年（1688）二月，奉特旨升保和殿大学士，兼兵部尚书。"奉勒监修三朝国史、政治、典训、平定三逆方略、大清会典、一统志、明史总裁官。"是年，湖北巡抚张开贡娄事觉，清标曾保举为布政使，部议革职，得旨降三级留任。康熙三十年（1691）六月底，患

① 《苍岩梁公墓志》，蔚州原属山西，清雍正六年划归直隶。
② 《正定梁氏宗谱》。
③高邑赵南星尝作《雕桥庄记》，清初诗人吴伟业有《雕桥庄歌》，见《正定县志》，《吴梅村编年诗笺注》。
③ 《苍岩梁公墓志》。
④ 《真定苍岩梁公墓志铭》碑文，河北正定文管所藏。
⑤ 见汪懋麟：《百尺梧桐阁集》卷五《梁侍郎传》。

脾泻病。八月初一去世，享年七十二岁。

梁清标一生勤敏好学，著作颇丰，主要有《蕉林诗集》18 卷，存诗作 2163 首。另有《蕉林近稿》一卷、《棠村词》一卷、《棠村随笔》、《棠村乐府》、《棠村奏草》、《蕉林诗钞》等。康熙二十七年（1688）奉旨监修《三朝国史》《政治》《典训》《大清会典》《大清一统志》等。刻有《秋碧堂帖》。梁清标喜收藏典籍字画，积书多近十万卷，所藏历代书法、名画尤为珍贵。有"收藏甲天下"之誉。

（二）梁清标诗歌的题材内容

梁清标现存诗歌两千余首，体裁多样，内容丰富，有一定的思想、艺术价值。以往学者因梁清标被列入《贰臣传》，再加上其入清后位高权重，身居馆阁，所交往者大都是五品以上大员，与普通民众交往甚少，诗中正面反映下层民众生活与情感的作品甚少，因此对其诗歌成就评价较低。如《晚清移诗汇》作者对梁清标有较高的评价，但其《诗话》又认为"其诗作于明季者，意多感讽。至顺治朝，则音节春容"。评价也不高。

事实上，梁清标是清顺治、康熙朝的重臣。历任兵、礼、刑、户部尚书，被授予保和殿大学士，官至正一品长达四十余年，对清初政权的建立和巩固，对国家的方针、大政的制订，人才的选拔，社会的安定，形势的稳定等都做出了重要贡献。魏裔介《蕉林诗集序》说："受世祖皇帝付托，久任枢密，奇谋大略，多其擘画，海内颂为伟人，中外倚以安危。"① 从某种意义上说，梁清标的文治武功本身就是内涵丰富的文与诗，而其所创作的文与诗，只是他的用政绩写就的文与诗的冰山一角而已，内涵丰富，有较高的认识价值和审美价值，应该给予充分的肯定。

梁清标学生汪懋麟《蕉林诗集序》说："初由翰林侍从历官吏部侍郎，领兵、礼、刑、户四部尚书，事功业垂数十年，伟然矣。当其在史馆也，有撰述、记载、谟诰之文。及领部事，进贤退不肖，征伐、制作、明刑、定赋，出入周官之书，厘为成宪之章奏，播之天下，可师可法。则先生之治教政令，即先生所为文。先生所为文，无一不洽于治教政令，故其得于

---

① 《蕉林诗集》，第 2 页。

心发而被之事，罔不善也；被于事引而书之策，罔不善也。二帝三王之书，政也，而文在焉；诗三百十一篇，文也，而故在焉。是故古之君子积其学施于事，无意为文，而文为天下之极。彼陋者，无所积适焉、否焉、泥焉、流焉、逆于心悖于事而犹日孜孜为文，穿蠹藻绘，虽欲善，乌得而善乎？"① 对梁清标给予很高评价。梁清标另一学生方象瑛《蕉林诗集序》也有同样的评价：

> 夫诗，所以言志也。志在庙廷，其诗必庄以肃。志在四野，其诗必静以深。志在天下国家，其诗必渊厚广博。是故古之大臣，入侍清华，出领机务，其忠君爱国之意，往往见于篇章，持之忠厚，发之和平，非必与一时诗人较工拙也。盖所谓诗人者，非有庙廷田野之异其趋，天下国家之烦其虑也，故其志易竟而其诗易工。若夫名卿臣公，其人既系天下之重轻，其诗遂移易天下之风气。何者？欢愉之日志易荒，而拂情之来志难定也。先生之由禁近而领度支也，朝野依重三十余年矣。时海内承平，侍臣皆优游暇豫，使稍自荒逸，亦何事不可自娱？而先生体国经野外，时时赋诗以见志，盖以诗为教，视惜阴运甓加勤焉。丁未以后，则沉升之境殊矣，先生单车就道无戚容。特诏起田间，亦无喜色。夫进退之际，改其常度者多矣。一觞一咏，不忘君夫，此其志宁易窥乎？且今天下亦甚烦司农矣，窥丛于疆，卒繁于伍，日费数千百万之金钱，致勤宵旰，当其任者，非仰屋嗟咨，即急末而忘其本耳。经营劳瘁之馀，谁复诗词赠答宴然若无事如先生者哉？然则治乱何尝，惟大臣之志足以定之，志定而治成。其像先见于声歌，而非仅于诗寄之也。今试读其诗，掌邦礼以前，庄以肃者，其颂之遗乎？归田诸什，气静而思深，得于雅乎？兵农礼乐之大，（"大"字疑为"文"字——笔者注。）宴劳登眺之章，渊厚广博者，十五国风之正声乎？即以追美风人之志乎，系愧焉？②

方象瑛所论，证之《蕉林诗集》应属公允之论。

综观《蕉林诗集》，虽然赠答酬唱之作数量颇多，但还是有一些诗直

---

① 《蕉林诗集》，载《四库全书存目丛书·集部二〇四》，第10页。
② 《蕉林诗集》，载《四库全书存目丛书·集部二〇四》，第11、12页。

接或间接地反映了明末清初的时事，特别是一些重大事件，反映了那个时代特有的社会生活和一部分人的思想感情，具有一定的认识价值和史料价值。同时，有些诗反映了梁清标特定时代特有的思想感情，如夫妻之情、亲情友情、爱民之情、忧国之思等，也有相当高的认识价值和审美价值。此外，他的写景咏物诗，也能给人以美感。凡此种种，应该引起学界足够的重视与评价。总体上说，梁清标诗思想内涵丰富，表现为以下五个方面。

1. 记录明清易代之际重大历史事件，抒发人世盛衰之感，是梁清标诗歌重要题材内容

梁清标中进士第二年，明朝在李自成攻入北京之后灭亡。明清易代，给士人心中蒙上了巨大的阴影，梁清标虽然转仕清廷，但易代兴衰的变故，在他心中留下了一种淡淡的空幻意识和无奈的伤感。如《铜雀台歌》《邯郸行》《李园行》等。请看《铜雀台歌》：

> 清秋走马孤城隈，白波滚滚漳水来。中流笳鼓风飒飒，尘中不见铜雀台。前驱遥指寒烟处，三台连接临漳路。冰井凄凉散晓霞，翠飞金凤随流去。复道虹桥不可寻，丹青零落征鸿度。魏武当年意气雄，袁刘指顾云烟空。筑台巨丽冠河朔，欲极人巧穷天工。朱楼帘卷琅玕色，飞栏香生罗绮风。美人朝倚栏杆曲，娇歌艳舞颜如玉。河流半染胭脂红，太行低映云环绿。已道千年乐未央，那知转眼成悲伤。穗帐虚垂列钟鼓，分香卖履徒彷徨。临江横槊气安在，桑田三现为沧海。空台落日孤兔多，西陵松柏霜皮改。君不见，汉家陵阙佳气无，老瞒疑冢供樵苏。华林园废鸣蛙歌，欺人孤儿何其愚。临漳水，望故都，繁华看顿尽，行道争嗟吁。石虎宫中鸲鹆呼，区区铜台奚为乎？①

秋登铜雀台，怀古伤今，流露出盛衰无定、往事忽如烟云的伤感情绪和空幻意识。"已道千年乐未央，那知转眼成悲伤"的叹喟与清初士人共有的时代情绪是一脉相通的。不仅登临游览历史遗迹有此叹喟，即使面对当时的华宅名园巨变时也常有此感叹。如《李园行》：

> 西直门外清泉流，李园巨丽甲皇州。苑内潺湲疏碧沼，天际窈窕

---

① 见《蕉林诗集》，第40页。

开朱楼。锦堂绣幕列钟鼎，曲房密室鸣箜篌。戚畹生当全盛世，张筵招客多贵游。十五妖姬伺后阁，千金腰袅罗前头。珠履称觞金凿落，牙樯载酒木兰舟。胜赏四时欢不改，花落花开春常在。已分风月为主人，岂料桑田变沧海。予来系马门前树，寂寂池塘锁烟雾。不见当年歌舞人，春雨秋霜自朝暮。画栋鼓斜落燕巢，芰荷零乱眠鸥鹭。殷勤但见白发翁，自言少小居园中。主人华贵拥金穴，为园巨万泥沙同。奇石移来俨幽壑，飞桥天矫如长虹。芙蕖香满槐庭月，水阁凉生杨柳风。行乐几时宾客散，往事欻忽云烟空。池不种荷惟种稻，年年输税归王宫。吁嗟老翁何愚蒙，盛衰自昔犹转蓬。君不见，石家金谷谁为主，丞相平泉亦尘土。李君昔何雄，慷慨相看泪如雨。[①]

"往事欻忽云烟空""盛衰自昔犹转蓬""慷慨相看泪如雨"的感喟，饱含着经历了明清易代变故时诗人复杂深广的情感内涵，是我们了解明末清初汉族文人思想情感的一种难得的形象材料，具有一定的认识价值。

梁清标的现实诗还全面地反映了清初康熙平定"三藩之乱"的历史事件。

康熙帝继位之初面临撤藩、河务、漕运三大难题。围绕撤藩之事，朝臣意见相左，大多数人持迁就姑息态度。只有明珠、莫洛、梁清标、米思翰等人支持撤藩。1673 年，尚可喜上书请求归老辽东，由其子尚之信承袭王爵，康熙帝以此为契机，果断下令撤藩。1674 年 1 月，三藩叛乱，吴三桂据西南，靖南王耿精忠据广西、福建，与尚之信所据广州连成一气。康熙帝利用多种谋略，以柔化政策分化"三藩"势力，同时采取多种奖罚之策督促清军全力进剿，经过两年激战，1676 年大体平定"三藩"之乱。

梁清标作为康熙帝倚重大臣，参与了这一重大事件。1673 年，梁清标被康熙帝委以重任，"奉玺书掣南国诸藩"，前往广东迁移尚可喜全家归还辽东。1674 年 4 月，被召回复命。此次南国之行，梁清标为国家的安定做出了不小贡献。在往返途中，梁清标写下了二十多首诗，如五古有《发雄州》《空城吟》，五律有《安庆道中》《舟过彭泽》《过临江》《抵南安》《将抵南海》《抵京寓》，七古有《对月》，七律有《奉使去都》《赵郡怀

---

① 见《蕉林诗集》，第 26 页。

古》《邺中怀古》《渡漳河》《渡黄河》《宿临淮》《定远怀古》《拜左忠毅公祠》《舟过浔阳》《度大庾岭》《至南雄》《初至羊城》《登北城望粤秀山》《舟发羊城》等。这些诗，或写沿途风光，或记旅途见闻，或述跋山涉水之艰辛，或发登临怀古之幽情，或缅怀历史人物以寄仰慕之情，有着丰富的思想内涵。其中，有些诗反映了经过清初战乱人民的生活现状和思想感情，如《至南雄》"战后人家今几在，十围榕树喜犹存"，《初至羊城》"扶杖南州诸父老，早知圣主厌观兵"，《归舟漫兴》"十载江湖销战役，戈船此日又移军"等等，最集中反映"三藩"乱难的是七古《对月》：

> 卷湘帘，秋月白，去年曾照南征客。清影频依瘴海边，金波又动长安陌。犹忆乘槎天汉流，西风飒飒大江秋。黑云起处江豚舞，白浪翻时鼋鼍游。暮雪两登滕王阁，春晴独上海山楼。那知世事嗟翻覆，归来烽火连川陆。歌舞场空振鼓鼙，草花零落多逃屋。浔阳江头战马嘶，郁孤台畔苍生哭。此夕燕山对月明，江天回首不胜情。已看王剪重推毂，又见中军自请缨。转饷屡烦萧相计，捷书新奏伏波营。韩滉刘晏不可作，至尊殿上犹民瘼。书生白首策全疏，署尾系为縻好爵。安得时清问故丘，父老相将饱藜藿。

此诗写于他被召回到京后，是对"三藩之乱"给国家人民带来的危害和灾难的回顾，有对苍生的深深同情，有对"三藩"罪行的痛恨，有对自身使命的理解，有对途中艰难困苦的记述……所谓"江天回首不胜情"，感慨良多。其《空城吟》与此相类，表现了"三藩"叛乱给国家和人民带来的灾难，都有"诗史"般价值意义。此外，梁清标的《挽督闽范侍郎抗节殉难》歌颂名将范承谟英勇抵抗耿精忠叛军，"孤臣独蹈危机日，信史终书尽节年"。赞美其为国殉难的英雄壮举。

2. 表现人民苦难，抒发诚挚的爱民之情

梁清标作为康熙朝台阁重臣，虽然位处上层，交游达官贵士，似乎与下层人民接触很少，其诗作也多是唱和赠答，咏史题画，关心民生之作较少。而事实上，通览《蕉林诗集》，我们发现梁清标关心民瘼、同情人民疾苦的诗作，不仅数量可观，如《落日行》《岁暮行》《舟子行》《挽船曲》《上滩行》《赠王安之观察》《民夫谣》《驿率谣》等，而且感人至深。

如《喜雨》诗"每忧横敛多逃屋，几欲披蓑问钓矶"①。《立秋》之二"四方水旱多封事，乡里音书叹寂寥"。诗人对各地频发的旱涝灾害及受灾群众牵挂忧虑，表现出深沉的爱民情结。这种爱民情怀，有时还在送别、唱和诗中充露出来，如《刘安东备兵建南》诗叮嘱刘安东"行部君应勤问俗，十年民力困诛求"。《大店晓行，用何子受韵》感叹战乱后人民生活的清苦。《挽船曲》《舟子行》《上滩行》等名篇更是正面、直接、详细地描写人民生活的艰辛痛苦、尽情表现他关心民瘼的慈悲情怀，大有杜甫"穷年忧黎元，叹息肠内热"的意味。如《挽船曲》：

> 宁为管道尘，勿为官道人，尘土践踏有时歇，人民力尽还戍身。长安昨日兵符下，舳舻千里如云屯。官司催夫牵缆去，扶老携儿啼满路。村村逃避鸡犬空，长河日黑涛声怒。纤夫追提动数千，行旅裹足无人烟。穷搜急比势如火，那知人夫不用用金钱。健儿露刃过虓虎，鞭箠叱咤惊风雨。得钱放去复重催，县官金尽谁为主。穷民袒臂身无粮，挽船数日犹空肠。霜飙烈日任吹炙，皮穿骨折委道旁。前船夫多死，后船夫又续。眼见骨肉离，安能辞楚毒。呼天不敢祈生还，但愿将身葬鱼腹。可怜河畔风凄凄，中夜磷飞新鬼哭。

此诗细致地描述了饱经战乱、官府压榨下的纤夫的苦难生活，其中有对战争及官吏的谴责与不满，也有对挣扎在死亡线上的以纤夫为代表的广大劳苦民众的同情与关爱，读来令人动容。《上滩行》以长篇七言歌行体表现战乱中身处穷乡僻壤的贫苦百姓原本已食不果腹，还要被官府抓去充当"滩夫"，诗人以"三叹息"，表达对穷苦百姓的深深的同情。《里中水患》表现遭遇水患后"千家闻夜哭，十里叹巢居"的悲惨境遇。《落日行》：

> 落日城头画角吹，羽林襄甲收南陲。点兵秣马无停刻，今严霜雪生旌麾。师行粮从谋最急，况复诸军并深入。长蛇当道瘴疠多，如云飞挽何由集。司农仰屋空太息，路旁行人争走匿。军书傍午风雷同，县官捧檄无人色。田夫闭门吏夜呼，逋税敲朴无完肤。往时水旱苦谷贵，今年倾囊不能完官租。谷贱伤农古所叹，鬻儿卖女死道途。君不见，前年楼船下闽海，村村烟灭空庐在。又不见，状波将军度洞庭，

---

① 见《蕉林诗集》，第 111 页。

桑麻鸡犬五时宁。百战苦为封侯计，万家祁寒夜流涕。①
表现战乱给人民带来的深重灾难，希望早日结束战乱，使人民过上安定幸福、远离战争的生活。其《岁暮行》也是如此。面对"张皇六师奉天讨，五溪六诏烽烟红"的无休止征战，表达诗人"安得扫除兵不战，四方销甲催春农。男耕女织云日丽，弦歌群颂神武功"的美好愿望，反映了当时人民的理想愿望。这类诗作应该给予充分的肯定，而不能因其被列入《贰臣传》而视而不见或见而不论。

3. 表现清正廉洁忠贞爱国的为官理想

梁清标的咏史怀古之作或赠答唱和之诗中，有许多直接或间接表现为官理想的内容。作为清廷的台阁重臣，梁清标为官崇尚清正、廉洁、忠贞的品格。他以这样的从政品格咏史怀古，对古代忠臣烈士表现出无限的激赏与赞扬，如《过椒山先生墓》：

> 曾读遗书叹直臣，遥阡极望更沾巾。一身生死留天地，两疏淋漓泣鬼神。
>
> 鸟集墓门名不忝，鹤归华表恨如新，行行立马秋风急，杯酒何年荐满蘋。②

椒山先生即明代著名文人杨继盛，容城（今河北保定）人。杨继盛忠贞爱国，敢于向皇帝直言进谏，因弹劾权相严嵩，被杖下狱三载，后惨遭杀害。杨继盛的奏疏披肝沥胆，伉直犀利，坦露了一颗忠君爱国的赤诚之心，其中《请罢马市疏》《请诛贼臣疏》在杨继盛慷慨就义后广为流传，影响深远。梁清标此诗起句便有无限感慨："曾读遗书叹直臣"，对杨继盛的为官与品格表现出极大的敬佩和仰慕，以"一身生死留天地，两疏淋漓泣鬼神"诗句进一步赞扬杨继盛与邪恶势力斗争的无畏勇气与对国家人民的赤胆忠心，感天地，泣鬼神。诗作后半对忠臣惨遭迫害而死、未能为国家大展才华而遗憾不平，对杨继盛表现出无限的悼念追慕之情。这类诗很多，如《慰常法次黄门言事被放》："长安羸马见黄门，屡疏撄磷叫帝阍。每读谏书堪痛哭，若言讨贼敢深论。中朝赖此申名义，廉吏何能庇子孙。

---

① 见《蕉林诗集》，第27、28、27页。
② 见《蕉林诗集》，第112页。

持汝空囊华麓老，包容强项视君恩。"对直言敢谏，为国家利益不惜触怒皇帝被流放他乡在所不辞的忠臣常法次表示安慰，对常法次一心为国矢志不渝的精神给予赞颂和鼓励，从中可以看出梁清标的为官从政的理想。

李吉津因给皇帝上书言事触怒皇帝而被贬出塞，李吉津离京赴边前，梁清标写了四首七律《赠李吉津出塞》，对李吉津好言相慰：

> 上书何事去金门，漠漠荒程堕旅魂。鹏鸟莫教悲贾谊，青蝇独许吊虞翻。
>
> 影随鸿雁天涯落，沙起龙城海气昏。漫向东风愁逐客，须知不死是君恩。（其一）

诗中用贾谊贬长沙王太傅时因不祥鹏鸟飞集其舍而悲伤早逝和虞翻犯颜谏诤被遣交州而能收徒讲学自励自强两个典故，叮嘱李吉津千万不要像贾谊那样因失意而悲伤过度乃至轻生，而要像虞翻那样奋发自强，讲学不倦。诗人一方面褒扬李吉津的忠贞正直，公而忘私，苟利国家，生死以之的高贵品质；另一方面又在精神上给以真诚的抚慰支持，劝慰李吉津正确对待政治冷遇，善处逆境。其第四首：

> 生别妻孥出塞门，严城哀角动黄昏。文章自昔憎时命，痛哭终当感至尊。
>
> 汉吏多持廷尉法，中朝谁举鲍生幡。此行学道君宜进，不必投诗吊屈原。

如此感慨劝慰，鼓励其学道精进。后来经过十年漫长的等待，李吉津终于遇赦归家，闻此喜讯，梁清标写了两首七律表达他由衷的欣喜。其一曰："十年窜逐塞笳哀，共喜金鸡肆赦回。泪尽天涯双鬓改，生还故国玉门开。诗书漫卷疑归梦，风木新伤泣夜台。计日麻衣随旅雁，穷秋白首入关来。"对李吉津历经磨难，冤狱昭雪，生还故国表现出无比的喜悦之情。

梁清标的为官理想，有时还在送别唱和之类的诗中表现出来。如《送乔肖寰予告还解州》其二："二倾曾无田负郭，五株独种柳依城"，赞美乔肖寰的清正廉洁，寄托梁清标的从政为官的理想。这类诗歌在《蕉林诗集》里为数颇多，如《送刘潜柱给谏还江宁》："良友似君同调少，才人自昔左迁多"（其一），"西风去国问垂纶，短褐行吟叹逐臣"，"当遇懒残煨芋食，空囊不复怨官贫"，《送金又恤刑河南》："好为平反清案牍，莫教梁狱见飞霜"等等,在对逐臣遣士的同情劝慰与鼓励之中寄托了诗人的理想,成为《蕉林诗集》独具特色的思想内涵。

4. 抒发真挚深厚的亲情与友情

梁清标还有许多抒发真挚深厚的亲情与友情的诗作,这些诗让我们看到那些严肃的台阁重臣和蔼平易、多情善感、丰富复杂的内心世界。

梁清标的亲情诗,首先是表现对妻子儿女的关怀与思念。他一生南北宦游,羁旅行役,孤身在外,独居旅舍,思亲念家,因思成梦,借梦抒情。如《旅梦》:"梦中家岫碧于簪,儿女团圆话正酣。津吏唤人斜月落,不知身在古淮南。"借梦归乡,写梦中团聚的情景。《嘉儿入国学,为诗示之》:"总角恩加汝,青衫国子生。朝廷真不薄,儿辈莫徒荣。早识金根字,何须玉尘名。孤寒良可念,垂白困柴荆。"语重心长,谆谆嘱告刚刚入国学的长子梁允嘉刻苦学习,不务虚名,体现出慈父的关切与勉励,饱含着温暖的父爱。后来允嘉不幸英年早逝。梁清标悲不自胜,又作《嘉儿生日,展其小像,为诗哭之》,抒发悲悼之情。

梁清标亲情诗许多是以悼亡诗的形式出现的。不仅悲悼长子允嘉,还有《哭殇女》:

> 客兴萧然因丧女,招魂漠漠对孤檠。中年触感偏多泪,我辈缠绵固有情。
>
> 寒籁交传风叶响,昏窗疑作笑啼声。新来渐悟虚空学,愁鬓何堪一夜生。

"我辈缠绵固有情",梁清标是一个感情丰富又命途多舛的人,丧妻亡子乃至女儿夭殇都给他带来沉重的精神打击,造成巨大的心灵创伤,以至于"愁鬓何堪一夜生"。他的悼亡诗写得最多的是怀念嫡妻王夫人的。其《悼亡》八首:

> 秋水为神王作胎,扫眉人是谪仙才。画图重认春风面,石上惊魂尔再来。
>
> 世上朝荣叹舜华,扶桑旭日已西斜。夙因未了梁鸿案,势作他生并蒂花。
>
> 一笑春风恰五年,玉虚宫里旧因缘。试吟落叶哀蝉句,何处秋光不可怜。

　　暗淡秋风已数旬，穗帏空照月华新。海棠零落无颜色，一似深闺病里人。

　　玉镜台闲散彩云，空箱犹叠石榴裙。长安砧杵家家急，刀尺声中讵忍闻？

　　十五盈盈始嫁时，催妆有句写乌丝。于今蚕茧书哀怨，说与泉台那得知。

　　低垂银蒜冷鲛绡，秋雨秋风梦路遥。湘管乍停京兆笔，香奁螺黛影萧萧。

　　凝妆调瑟伴清幽，暂到人间二十秋。寒雁一声黄叶下，思乡不见罢登楼。

或追怀妻子王氏音容笑貌，或赞许妻子谪仙诗才，或对比生前去后两种境况，无论落叶哀蝉，还是月夜秋风，不管是生前旧物，还是片断生活记忆，都引发诗人对亡妻无限的悲悼之情，睹物思人，伤心泪下，一句"凤因未了梁鸿案，誓作他生并蒂花"，写出了夫妻情深、生死相恋的真挚爱情。其《题内子小像》"画上呼名事有无，看时泪眼已模糊"，《哭王安之内兄》："夜台兄妹应相遇，一梦人间五十年"，小注："兼悼亡室"可见诗人触物思人，由泪眼模糊转而涕泪滂沱，"感今悼昔倍凄然"。

　　梁清标的悼亡诗善写生死隔绝、音容宛在的情景，抒发对亡妻的刻骨相思、沉痛凄婉。从中可见梁清林既受了唐代元稹悼亡诗的影响，又有宋代苏轼悼亡词的启迪。苏轼写有《江城子·十年生死两茫茫》追悼王弗，梁清标则有《满江红·悼亡》，从中可以看出梁氏悼亡诗的承继与发展。

　　梁清标的亲情诗，有些还表现兄弟子侄乃至血缘亲戚之间深厚的人伦之情。如《雨中同家兄昭性、犹子承笃夜话》："树树香飘叶叶风，联床共话思无穷。家乡秋老芙蓉堕，人在燕山夜雨中。"表现兄弟子侄夜雨联床共话家乡的亲切温馨的场面，涌动着浓浓的亲情。《送舅氏归里》写秋宵别舅的依依深情与美好祝愿。"一樽燕市泪，千里渭阳情"，不仅对仗工稳，而且感情浓郁，从中可见其骨肉情长。另外的《朴庵舅氏自临洮归里，赋四绝志喜》也饱含浓浓亲情：

　　潺湲洮水送归人，喜见家山事事新。塞上不知行路险，只今犹畏说西秦。

花发蕉林夜坐迟，相看各讶鬓如丝。匆匆未尽张灯话，宵柝声残月落时。

饱历风霜囊屡空，归来且莫怅途穷。画图不假黄金力，纵有峨眉未敢工。

冉冉岁华关塞老，悠悠歧路渭阳思。玉门生入高堂健，飞将何须怨数奇。[①]

其中包含久别的欣慰，说不尽的知心话，贬谪的悲伤与归来的欣喜相交织，从中透中浓浓的亲情挚爱。

除了吟咏亲情，梁清标的诗中还有大量表现友情的作品。梁清标立朝为官，迎来送往，赠答唱和，《蕉林诗集》中以"送""赠""挽"等领起的诗题占了相当大的比重，这类诗大多是表现梁清标与友人深厚真挚的友情。或祝贺朋友升迁，满含期许与劝勉。或慰朋友被贬，或悲友人落第，表达对遭遇冤屈恶运友人的信任理解、劝慰和鼓励，使身处逆境的朋友体会友情的温暖、坚信冤案终将昭雪，误解终将解除，增强生活的勇气和与逆境做斗争的信心。如《送王望如司理衡阳》：

几岁飘零楚大夫，重看佐郡傍江湖。狱兴忽满中山箧，事白终还含浦珠。

黛色九疑云影暗，雄风千载月明孤。平反他日如相见，锦字衡阳雁有无。

对身处冤案中的王望如充满同情与鼓励，其中"事白终还合浦珠""平反他日如相见，锦字衡阳雁有无"等句，不仅是对友人的安慰，更增加身处逆境的希望与力量，增加他与邪恶势力作斗争的勇气。又如《送丘曙戒中允左迁琼州别驾》对贬谪琼州的丘曙戒充满期许，"年少贾生非久弃，不须作赋吊清湘。"表达了对友人的劝慰与信任。

梁清标的友情诗，透露了他的一些交游情况。从其友情诗我们可以看出梁清标与清初诗坛、文坛上一些台阁名臣、知名作家有较密切的交往，包括同年王崇简、纪光甫，诗人魏裔介、魏象枢、施闰章、宋琬、龚鼎孳等，梁清标都有诗歌唱和与往来。

---

① 见《蕉林诗集》，第49、217页。

梁清标崇祯十六年（1643）中进士，同科台阁重臣者颇多："崇祯癸未一榜，结有明全代之局……任于本朝者有五相：陈名夏、张端、成克巩、杜立德、梁清标；六尚书：王崇简、张玄锡、胡统虞、白胤谦、姚文然、朱鼎延。"① 王崇简，直隶宛平人，曾官至礼部尚书，和梁清标既是同门，又是同年，友情甚笃。《蕉林诗集》有多首二人赠答唱和之诗。纪光甫，与梁清标同门，官至比部，二人多有交谊。如《赠同门纪光甫比邻赍诏浙西》：

> 北风卷旌班马鸣，送君早发邯郸城。骊驹一曲劝君酒，悠悠歧路若为情。舍人装束轻如羽，驿路霜飞日色苦。画帘寒动浙江潮，锦帆暮落西陵雨。我闻东南患水荒，闾阎白昼横豺狼。天子恩波逮幽隐，父老扶杖涕淋浪。纪君纪君西曹号，平允清誉满堂皇。此行咨诹应周详，疾苦一一题封章。侧身东望云树矗，有人抱膝东山麓。蒹葭苍苍白露晞，那复足音到空谷。吾师高卧岁月长，春涛滚滚生钱塘。试命黄头渡江去，程门雪色方微茫。②

纪光甫赍诏浙西，奔赴王命，梁清标赠诗送行，叮嘱、规劝、期望，深情的话语中散发着浓浓的友情。《蕉林诗集》中还有多首与李吉津、张嗣留、胡韬颖等赠答唱和之作，皆为友情诗。他与文坛名家赠和唱答之诗也很多，如《寄魏贞庵相国》《送施愚山少参南归游嵩山》《送宋荔裳观察之蜀中》《途中闻龚芝麓宗伯凶问，为诗哭之》等，都记录了梁清标与诗坛同人的交谊。

梁清标的友情诗，有些是以挽诗的形式出现，如《哭张晦先宪副》六首、《哭张仲若制府》等，不一一赘述。

此外，梁清标还有大量登临游赏、写景纪游之作，表现对自然美景和祖国壮丽山河的热爱与赞美之情，如《观素练泉》《遵化感怀》《登大佛阁》《昌平野望》《盘山》《渡黄河》等。其怀古咏史之作，如《赵郡怀古》《邺中怀古》《王虞姬墓》《拜左忠毅公祠》等，在追怀燕赵名贤与遗迹中抒发荣辱兴亡之慨，寄托了诗人的生活理想与人生思考。其题画诗也

---

① 见（清）钮琇：《觚剩》卷四"燕觚"条。
② 见《蕉林诗集》，第19、22页。

有一定史料价值。

需要特别说明的是，梁清标有多首诗涉及戏曲演出和剧作情况，如《夏夜马觐扬侍郎招饮观剧》、《刘庄即事次念东韵》（是日演《黄粱梦》，追忆昔时同雪堂、淇瞻集此园观《秋江》剧，不胜聚散存亡之感）、《刘园观陈伶演〈秋江〉次雪堂韵》（七绝十首）、《冬夜观伎演〈牡丹亭〉剧》（七绝四首）等，对研究戏曲史具有一定的史料价值，弥足珍贵。

（三）梁清标诗歌创作的美学特色

梁清标的诗歌有着浓郁的地域色彩，善于使事用典，自然贴切，而体裁多样，长于七律。

梁清标诗歌的地域色彩集中体现在他写河北和广东自然与人文景观的诗作中。梁清标是河北正定人，他对家乡情有独钟，写有相当数量表现河北地域文化的诗歌。如《宿顺义县》《过卢沟》《过定州》《发真定》《赵州桥》《邯郸行》《丛台怀古》《宿磁州》《秋忆赵郡风物成杂咏三十首》等。如《昌平野望》：

> 居庸遥接翠层层，南拥神京属股肱。鸿雁乱云横紫塞，锦貂走马臂黄鹰。
>
> 貔貅列戍三千骑，风雨前朝十二陵。万寿山中悬片月，年年自照旧觚棱。

抓住昌平境内最著名的长城居庸关、万寿山等表现京畿关塞的自然地理特征，突出其神京屏翰的形胜之势，给人以一种雄壮美。《过顺德感怀》（郡故赵国，有婴、臼、豫让遗迹。沙河县，北宋文贞公墓在焉，余少时曾过此）：

> 名城犹忆少年游，此日寒烟朔雁秋。桑柘依然怜故宛，河山无恙壮邢州。
>
> 一身生死孤儿在，千古艰难国士酬。唐相丰碑遥可望，西风萧瑟起松楸。

诗人在西风萧瑟、秋雁北飞的苍茫境界中，追怀古燕赵之地游侠尚武风尚，凭悼赵氏孤儿、刺客豫让、宋白等历史名人，表达桑柘依旧，河山无恙而人事已非的悲慨之情，悼古伤今，有无限的沧桑感。同时也写出了河北燕赵地域文化特色。

梁清标少时曾在广东南雄一带生活多年，后又奉使广州，一生与广东有不解之缘，其《初至羊城》《登北城望粤秀山》《舟发羊城》《岭南立春》《至南雄》《重游南雄郡属》《度大庾岭》《滩路喜晴》等写出了南国大地浓郁的亚热带气息。如《登北城望粤秀山》（其一）：

> 茫茫蜃气入烟萝，飞盖初停白玉珂。千顷珠光春水涨，丰山红映木棉多。
>
> 日高幢影翻楼观，风起营门动海螺。北指越王台尚在，雄图寂寞竟如何？

"蜃气""春水""木棉""海螺"等独特的南国自然景物凸显了广州的地域特色，而结句的"北指越王台尚在"却又追怀真定（今正定）人南越王赵佗雄霸南越的丰功伟绩。《滩路喜晴》：

> 半挂蒲帆日未斜，轻风柔橹画无哗。海域饱食桃榔面，虎落晴开枳壳花。
>
> 舟子下滩真绝技，征夫过岭似还家。经旬雾合江村雨，乍喜蜂喧入碧纱。

诗中"蒲帆""桃榔面""枳壳花"等皆为南国特产，舟子绝技，征夫脚力以及经旬不散的海雾等使人如置身南国江村，充满南国的异域情调。

此外，梁清标南北游宦所写纪行诗，如《渡淇水》《安庆道中》《舟过彭泽》《登天门山》《采石矶》《皖城偶感》《咏鞋山》等，状河山之异与风物之美，把山水诗与风情诗结合起来，也很有特色，此不一一列举。

再看他的使事用典。梁清标勤敏好学，学养深厚，著述丰宏，曾主持修纂多部大型史籍要典，又是当时著名藏书家和书画家。学问赡博，为诗作赋，对历史人物与史实典故，信手拈来，自然贴切用于诗中，不仅丰富了诗歌的思想内涵，而且使诗作典雅含蓄，增强了诗歌的厚度与美感。如《挽门人张礼存》："王恭鹤氅如仙侣，卫玠羊车号璧人。"门人张礼存才高无命、英年早逝，为了表现张礼存仪表不凡和风流文采，诗中连用"王恭鹤氅"与"卫玠羊车"两个典来形容。其中王恭鹤氅之典出自《晋书·王恭传》："（王恭）尝被鹤氅裘，涉雪而行，孟昶窥见之，叹曰：'此真神仙中人也！'"后用为衣着不俗之典实。"卫玠羊车"之典说晋人卫玠风姿秀异，有玉人之称。好谈玄理，官至太子洗马。后避乱移家建业，人闻其名，围观如墙，不久遂卒，时人有看杀卫玠之谓。用此二典，以王恭、卫玠故事来形容张礼存的风流不凡，对其早逝深致痛惜之情。《赠郝雪海》：

> 平生湖海气难驯，握手相看涕泪新。贾谊吊湘同逐客，王尊入蜀是忠臣。
>
> 孤踪漂泊辽阳鹤，席帽逡巡京洛尘。谁解左骖归石父，十年渐老玉关人。

此诗是说郝雪海是个清官忠臣，但忠而见谤，被贬十年，忙于俗物，有志莫伸而无人营救。梁清标深感遗憾和焦急，他期盼正义君子能解救久谪思归的郝雪海。诗中表达的此种情思大多借典故出之。如王尊之典：王尊，汉涿郡人，少孤牧羊，后师事郡文学，迁虢令，擢安定太守，捕诛豪强张辅等，威震郡中。被劾免，后迁益州刺史，东郡太守，是当时著名忠臣。"王尊入蜀是忠臣"一句，借王尊强调郝雪海是一位忠贞爱民的好官。"辽阳鹤"之典出自《搜神后记》："丁令威本辽东人，学道于灵虚山，后化鹤归辽，集城门华表柱。时有少年举弓欲射之。鹤乃飞，徘徊空中而言曰：'有鸟有鸟丁令威，去家千年今始归，城郭如旧人民非，何不学仙冢垒垒。'遂高上冲天。"此处用此典意在说明郝雪海像丁令威那样有家难回、飘荡在外。"京洛尘"则是化用陆机《为顾彦先赠妇》诗"京洛多风尘，素衣化为缁"句，以"京洛尘"喻指郝雪海被俗物缠身，为尘俗之事整日奔波。结句"谁解左骖归石父"典出《史记·管晏列传》："越石父贤，在缧绁中，晏子出，遭之途，解左骖赎之，载归。"此处用此典，意味梁清标殷切期盼有像晏子那样的有正义感且惜才人解救落难中的郝雪海。"十年渐老玉关人"，典出《后汉书·班超传》："班超戍守西域，凡三十一年。年老思归，上和帝书云：'臣不敢望到酒泉郡，但愿出入玉门关'"，后以"玉关人老"借指久戍思归之情。此处意味一次又一次希望的破灭，使郝雪海期盼平反还朝的热情逐渐冷却下来了，甚至会走向绝望。自然贴切的用典使梁清标诗歌抒情含蓄委婉，增加了情感含量。《赠平子远次贞庵相同韵》："春雪霏霏上短裘，酒泸客散偶迟留。当时谁问冯欢铗，哀鬓仍登王粲楼。故国心尝悬焠火，醉乡名自此通侯。穷交漫下羁人泪，泌水衡阳门有旧丘。"诗中连用"冯欢弹铗""玉粲登楼""通侯""衡泌"等典故，对空有才能，以身许国、自许甚高却怀才不遇、有志莫伸、沉沦下层的平子远的深切同情。博学多识使梁清标诗歌用典不仅繁密，而且自由灵活，自然贴切，从中可以见出清代诗歌的学者诗特点。

梁清标诗，体裁多样，长于七律。《蕉林诗集》存诗五古 24 首、七古 76 首、五律 568 首、七律 951 首、五绝 44 首，六绝 21 首、七绝 531 首，可谓兼备众体。从数量上看，七律首几乎占其诗作的一半。质量上，七律诗题材丰富，内容多样，思想深刻，风格凝重，韵律严整，用典自然贴切、用词准确，语汇丰富，在清代河北诗人中具有代表性。此不多述。

二、正定梁氏家族其他诗人及其河北籍友人诗歌创作

（一）梁清宽

梁清宽（生卒年不详），字敷五，直隶正定人，梁清标之长兄。顺治三年（1646）进士，历官翰林院编修、江南主试官、吏部侍郎等。著有《啸云楼诗集》（4 卷）。

梁清宽曾经官位显达，但在经历了多年的宦海升沉后归隐田园，过着乡居生活。这种经历使他视功名富贵如过眼烟云，而对归隐后自娱自乐无拘无束的生活却倍感珍贵，并给以真诚的赞美。如《睡起》："睡起浑无赖，穷愁百事阑。云窥虚牖静，风入小窗寒。拙宦馀三径，浮名悔一官。早知农圃好，长啸向烟峦。"对"拙宦""浮名"等毫不留恋，向往清静的田园生活。又如《题梦园》：

鼓子城隅锦沙陌，小筑薜萝有幽客。白云峰下碧溪头，寂寞杨公高谈宅。

半山半市尽避喧，一诗一酒一卷石。松风拂檐石床静，竹篱短垣追陶令。

绿荫绕屋藕苗衣，清吟长啸世无竞。逸踪愿作鹿裘人，支颐冷眼向簪绅。

闲把道书寻丹诀，绝胜长安涴缁尘。山中镇日数棋局，那知仕路已翻新。

惟此清风樛木阁，今古醉倒残花卧。湘浦有时蕉叶代，笺题湖光

鸟语纷。

　　捐组归来不用买，山钱披襟烟月常。作主吾将为先生，颂冥鸿之孤高且。

　　愿书左徒之离骚，朝搴木兰夕宿莽。英雄咄嗟笑逢蒿，倦来枕上日高睡。

　　悲歌慷慨震之涛，君不见功成已从赤松翔。五湖早有大夫航，世上浮名真秕糠，蒹葭伊人天一方。

同样的思想，其《赠千丈》也有集中的表现。梁清宽辞去功名富贵，向往归隐田园的生活，于是，他对道教徒遗世修炼的生活也做了充分的肯定，而且还怀有欣羡之情，从而表现了他的一种生活理想。也正因此，梁清宽有些小诗，把归隐乡居生活写得十分美好，如《春日过伯堂别墅》：

　　偶过西郊日，海棠红欲燃。里门仍故榜，茅屋枕寒泉。

　　小饮花堪醉，慵游草借眼。山中饶乐事，归路眺晴烟。

《野望》：

　　芳草垂杨岸，茅茨数十家。小桥环绿水，远岫映红霞。

　　人坐花迎笑，开樽酒任赊。夕阳烟景碧，渔艇出蒹葭。

两诗通过红欲燃的海棠花、茅屋寒泉、小桥流水、远山红霞、夕阳烟霭、渔艇蒹葭等田园美景的描绘，把"山中饶乐事"之乐落在实处，清丽隽永，饶有诗味，是山水田园诗在清代的继承和拓展。

　　梁清宽诗中还有许多抒发乡恋情感的作品，思乡念远，感情真挚。如《保宁书怀》：

　　驱马王程岁渐移，迢遥犹未卜归期。黄午峡口寻遗老，青草池边觅白碑。

　　雁杳无情应有恨，客愁抱病转多思。乡关欲到浑难寐，岁月瞻云夜漏迟。

羁旅外出，乡音杳无，又抱病旅途，思念家乡，牵挂亲人，辗转难眠，浓浓乡情，令人动容。

　　梁清宽的怀古诗，意境苍凉，写出了易代鼎革带给清初知识分子特有的历史沧桑感和空幻意识，如《成都故宫感情》：

　　离离细草遍荒台，寂寞西风动客哀。鸳瓦朱宫迷旧址，玉钿翠屝委苍苔。

　　　　巡檐冻雨听如咽，极目愁云扫不开。把洒依阑情漏永，桃灯无意
尽余杯。

《咸阳怀古和贾司马韵》：

　　　　荒城岚气接秋高，淡月疏云动客愁。异代兴衰同逐鹿，千年勋业
等浮鸥。

　　　　图王犹自传姜尚，策国谁能继马周。渭水秦关多胜迹，驱车几度
问前丘。

（二）梁清远

梁清远（1608—1684），字迩之，号葵石，直隶正定（今河北正定）
人。梁清标之弟。顺治三年（1646）进士，历官刑部主事、吏部侍郎、光
禄寺少卿、通政司参议等，以疾致仕。有《祓园诗集》四卷，《文集》
四卷。

梁清远中进士后，历任高官，饱尝宦海风波之苦，对宦途险恶，升沉
不定有切身体会，因而产生了远离官场、向往归隐的强烈愿望，他的诗词
多反映这种归隐思想，如《夏日闲居》：

　　　　拙宦自寥落，闭门车马稀。石窗迎旭日，淡淡发清辉。

　　　　鬓发不思栉，炉香渐满衣。背人读道书，心清无尘机。

　　　　人生亦旦暮，胡为苦奔疲？曹务虽多端，暂辍聊自嬉。

　　　　瓶荷度鲜飙，思我山居时。山居有幽致，安得愿无违。

对宦海沉浮现实及人生境遇产生了厌倦之心，产生向往归隐山居的生活，
是诗人人生体验的写照。其《秋怀》诗：

　　　　浑浑斜日照金台，何处啼乌带影来。太液乱流衣带绕，西山晚翠
画屏开。

　　　　中原豺虎增郊垒，四野归鸿恋草莱。极目关河无限思，漫歌《五
噫》有余哀。

诗中描写秋天日暮之景、啼乌影来、归鸿故巢等种种意象，暗示了自己企
盼归隐的情思。梁鸿"五噫"之典，强化脱离宦海、回归故园的意旨，表
现的仍然是摆脱官场羁绊、回归自由生活的愿望。另一首《题施长也太守

园亭》："解绶于今是谪仙，为园竹石自萧然。十年宦况唯茅屋，半世闲情在简编。拥褐一帘芳草润，弹琴双树午阴圆。自疑闲客同情味，那得如君有静缘。"题写同乡友人的园亭，也表现这种理想。

梁清远还有一些自然写景诗，如他与梁清标（号苍岩）同游城南，作《同苍岩公游城南》：

> 清流贯云木，水际有人家。颓径侵芳草，疏篱捐落花。
>
> 天晴霞散影，野静雁依沙。景物看如此，行吟日已斜。

梁清远正面反映社会重大题材或社会矛盾的诗极少，他的诗在写景叙事中表现生活体验与人生思考，充满人世沧桑与游宦况味。

（三）梁允植

梁允植（生卒年不详），字承笃，号治湄，斋名青藤古屋，直隶真定（今河北正定）人。梁清宽之子，梁清标之侄。钱塘知县，后迁至袁州府同知并摄知县事，终至福建延平知府。有《藤坞诗集》（9卷）存世。

梁允植的诗有怀古、山水、乡恋等题材主题。其怀古诗，往往借缅怀歌颂古人，表达对强烈的现实感怀。如《凤凰山怀古》：

> 凤凰山下草莽莽，危岩石激溪流响。宋家宫殿此山隈，薄暮秋风曾俯仰。
>
> 当日中原尚可图，何事偏安傍海隅。李纲建策终迁谪，宗泽渡河徒大呼。
>
> 朱仙桥头曾转战，风波亭前磷火现。矫诏班师白日昏，谁遣金牌十一面。
>
> 区区江汉仅图存，凤凰山下敞金门。北阙楼台开紫极，西湖歌吹起黄昏。
>
> 屡见潜龙飞朱邸，国是纷纷难偻指。禁锢岂为真小人，秉钧谁作伪君子。
>
> 小康百有四十年，王侯春画散轻烟。一夕江涛北风起，又见沧海变桑田。
>
> 海上楼船怜世杰，蠢蠢孤忠悬日月。正气犹传丞相歌，秀夫空自挥丹血。

山头麋鹿尧宫墙，苑柳鸦啼台草荒。我来披棘寻遗址，一片寒烟下夕阳。

通过凤凰山怀古，咏叹南宋历史，赞美爱国忠臣，揭露误国奸佞的丑恶嘴脸。

梁允植的诗，往往善于从生活中的普通事件发掘体悟生活哲理，渗透着诗人的人生经验和感悟，题材虽小，却内涵深刻，如《除草》由锄草小事生发开去，表达"去恶须务尽，勿使潜萌蘖。古来锄奸人，刚断称明哲。除草虽细微，可以施衍继"。

梁允植的山水诗有特色的是他任职杭州福建时所写南方山川景物。如《金山寺》：

山寺江心立，孤危不可升。树摇波底月，云护定中僧。

塔影连帆影，渔灯绕佛灯。醉游奚虑险，新设石栏层。

《隋堤步月》：

隋苑繁华半已非，隋堤烟月自清晖。紫箫团扇曾同照，锦缆牙樯何处归。

浸水一天星影动，风摇两岸获花肥。堪怜廿四桥边柳，惟有惊鸟向夜飞。

梁允植还有一些乡恋诗歌，见其词创作部分，此不详论。

（四）魏裔介

魏裔介（1616—1686），字石生，一称昆林，号贞庵，直隶柏乡人。顺治三年（1646）进士，历官太子太傅，保和殿大学士兼吏部尚书。谥文毅。清初著名河北诗人，有《屿舫诗集》和《兼济堂集》二十卷。《四库全书总目提要》说："《兼济堂集》有乐府、古今体诗三卷，魏裔介主朝颇著风节，其所陈奏，多关国家大体，诗文醇雅，亦不失为儒者之言，虽不以词章名一世，而以介于国初作者之间，固无忝焉。"《清朝畿辅诗传》选魏裔介诗多达46题56首，可见魏裔介诗歌创作成就在当时人心目中的地位。

魏裔介的诗题材领域宽广，思想内涵与价值意义较高。他的一些诗表现清初战乱与灾荒，反映民不聊生的现实，如写流民的《投河叹》，其小序云："甲午（1654）春，流民南走如蚁，有夫妇至滹沱河欲渡，舟子索值，无以应，遂并其子女赴河死，余闻而衰亡，作《投河叹》。"

> 望望弃故里，躄躃度层阿。积宝愁未尽，寒雨漫长坡。岂不念乡间，命也婴祸罗。行期计匝月，遥望见滹沱。滹沱何澎湃，春风增白波。对此心怵惕，四顾空延伫，饥夫前致词，亦欲渡此河。离乡日已远，无食一身多。况今褴褛妇，黄口一肩驼。但获渡济去，冥报岂有他？舟子瞠且祝，笑为船上歌。饥夫语饥妇，我当葬蛟鼍。尔挟怀中雏，丐食行逶迤。饥妇更无语，长号赴奔诃。饥夫投其雏，捐命同飞蛾。是时天地黯，惨色起嵯峨。饥民岸林立，哽咽共跌蹉。哀哉今之民，而不如鸳鹅。

此首诗歌不仅形象地表现了流民的悲惨遭遇，为我们留下了一幅真实宝贵的历史画卷。而且从中可见作者同情民生、关心民瘼的博爱胸怀和民本立场。又如《自安定门旋由水关南望德腾门述目所见》："晓巉映朝暾，人家野水村。楼残遗堞立，寺废古铜存。解冻春云漾，呼鹰猎马驯。士戈息数载，犹有哭声吞。"自注："安定、德胜城楼俱为流寇焚，尚未修复。"其《秧歌行》表现安徽凤阳花鼓戏民的悲惨境遇，在反映清初民俗中对百姓的艰辛生活寄予深切的同情。这些都是古典诗歌现实精神在清诗中的弘扬与光大。

魏裔介的怀古诗，也常常在对历史的咏叹中表现对现实的感慨。如《过定州观雪浪石》："不有坡公识，谁知雪浪名。鸿濛归片碣，江汉入涛声。胜迹金元变，奇怀涕泪横。地经百战后，瓦砾满山城。"把怀古与现实交融起来，体现其忧国忧民的博大胸怀。

魏裔介的抒情诗有的表现拯时救世的功业理想，如"闻说西南烽火急，忧时直欲请长缨""高隐从来思济世，殷勤嘱我作良臣"。[①] 步入仕途后，他以济世救民的良臣要求自己，而当现实受阻、理想不得实现之时，他虽然也有"虚名煎膏火，途穷见车覆。忧来每无方，颠毛种种秃"[②] 的苦闷，却能够保持"慎敬""贵德"的品格，修养人格境界，向往归隐生

---

① 《小亭新成，犹龙晚过纳凉，即和前韵》《和纪伯紫》。
② 《春日感怀五首》（其一）。

活。其诗中表现田园隐逸生活乐趣的作品很多，如《古风》：

　　农家有真乐，归田始得知。一犁耕初雨，五月织新丝。

　　墙头梨枣熟，鸟雀莫令窥。圃内蔬菜长，灌溉不失期。

　　秋成但得半，岂复愁朝饥。虽曰官租急，幸免戍边重。

　　晚黍况已茂，新酿月可期。入门唤妇子，客至速成炊。

诗中以牧歌式田园生活农家乐事反衬官场的黑暗腐朽，朴素真淳，如读陶渊明的田园诗歌。其他如《送友人白青玉归》、《赠殷伯岩》、《春日感怀五首》（其三）等也都是表达诗人厌倦官场向往归隐的情感心理。

　　魏裔介与梁清标、杨履吉、申涵光、郝雪海、黄录园、宫宗衮、白方玉、李伯潜、吴伟业、周茗柯、李邰林、姜定庵、龚芝麓、陆咸一、叶眉初、李胜之等人的关系密切，相互唱和赠答，也写了许多友情诗，此不一一详述。

　　（五）魏象枢

　　魏象枢（1617—1687），字环溪，号庸斋，晚称寒松老人，蔚州人，顺治三年（1646）进士，官至刑部尚书，谥号敏果。著有《寒松堂集》《矩斋杂记》《蠖斋诗话》《学余堂集》。魏象枢是清初著名藏书家。《四库提要·寒松堂集》说："象枢平生立朝端劲，为人望所归，讲学亦醇正笃实，无空谈标榜之习。文章朴实亦如其为人。"沈德潜《清诗别裁集》也说："公为本朝直臣第一，弹劾必匪人，如余司仁、刘显贵、程汝璞是也。荐引必正人，如汤文正斌，陆清故陇其二公主也。任都御史时，特命巡查畿辅，攘除尤见风力。归田后出数千卷，外无长物。尝笑曰：'尚书门第，秀才家风。'又可想见其清节矣。"《晚清簃诗汇》："沈归愚称敏果为本朝直臣第一，荐举必正人，弹劾必宵小。清节冠世，时称'尚书门第，秀才家风'。诗直抒胸臆，不假雕琢。"

　　魏象枢的诗大多直抒胸臆，不假雕饰，抒发真情实感。他敢于如实地表现社会现实。如《剥榆歌》写出了遭受天灾兵燹之祸的底层劳动人民极端悲惨的生活实情，并对人民的痛苦生活寄予深深的同情，读来催人下泪。请看原诗：

　　黄沙日暮榆关路，烟火尽绝泥塞户。路旁老翁携稚儿，手持短剑剥榆树。我问剥榆何所为，老翁倚马哽咽悲。去岁死蝗前死寇，数十村落无孑遗。苍苍不恤侬衰老，独留余生伴荒草。三日两日乏再馕，不剥榆皮那能饱。榆皮疗我饥，那惜榆无衣。我腹纵不果，宁教我儿肥。嗟呼！此榆赡我父若子，日食其皮皮有几。今朝有榆且剥榆，榆尽同来树下死。老翁说罢我心摧，回视君门真万里。

基于真诚爱民的博大胸怀，魏象枢常常勉励同僚做清官、为循吏，关心民生，为民做主。《我友篇》："向侬不喜亦不悲，但言魏子乖时宜。天王明圣谁能欺，勉哉勉哉慰老慈。闻君言，执君手，吾愧诤臣识诤友，世上文章轻敝帚，今古几人三不朽。秋老天高此君偶，我辈对之差不丑，肝肠如雪胆如斗。"以胆如斗的"诤臣"自许自勉。《循吏篇》中，魏象枢写道：

相见曾云嚼菜根，俯首雪涕就我言。幼服庭训矢清白，踌躇反虑辱师门。近日蒙恩殊不少，召入太和瞻天表。尾附诸臣赐宴归，金盘玉碗香缭绕。异等忝厕分荣名，何以副之心怦怦。男儿学史女学妇，得无一指临苍生。愧予难悉作吏若，为叹今人不如古。古人爱身今爱官，此身一失官何补。以尔索性甘清贫，满眼疮疾系尔身，荣辱得失天所主，安肯攫民媚他人。民乎民乎尽残喘，频年水旱多展转。功令初严匿逃家，生怕吏人惊鸡犬，枣壤况复接二东，迩来大盗势难穷。铃柝夜闻城市肃，狐鼠乘隙不敢讧。谚云：贾人有牛庖人割，用刚用柔吾自掇。宁望循声满恒阳，传中犹记真衣钵，初志如山不可夺。

从诗中忧国爱民，以循吏自勉的表白可见魏象枢的人品、官品。他的一生清正勤慎，以国事为重，六十多岁仍然不稍懈怠，《丁巳元日侍班侯驾雪中口占》：

骨瘦筋衰六十翁，班行独自缀群公。无才只觉君恩重，揣分安能国计充。

民力艰难愁鬓里，天心仁爱雪花中。朝家自有真刘晏，早济三军奏捷功。

此诗表现了作者鞠躬尽瘁积极奉献的人生追求。他的《送汤荆岘学士巡抚下江》："秀才任天下，仁者体万物。物逸而我劳，分内不遑惜。昔日侍讲筵，天子重经术。今日守封疆，帝心特简出。江南风甚嚣，江南民甚绌。维风道先倡，爱民蠹先黜。吾性秉真刚，无欲谁能屈。但得百姓欢，安问权要怫。余也愧衰残，十弊口难述。临歧赠一言，怀抱慎忧郁。"以忧患爱民之心劝勉南巡学士，透出一片诚挚纯真的心灵。

魏象枢还有些亲情乡恋之诗，直抒胸臆，真诚感人。如《见母》："十年离故土，今日傍庭萱。嘻笑偏多泪，风霜不忍言。几番忧仕路，八口赖家园。解得高堂意，投簪亦圣恩。"表现见到阔别十年的慈母后悲喜交集的内心情感，"嘻笑偏多泪，风霜不忍言"真实细腻地写出了游宦士子的人生体验，能引起强烈的情感共鸣。《抵蔚》："依旧天涯子，家乡只暂过。一官劳日月，双泪出关河。市井黄尘暗，亲朋白发多。不才应瓠落，强仕复如何。"诗中充满了忧国与思家的激烈矛盾与冲突，表现了诗人对家山故园与亲朋故旧的深深眷恋与热爱，展现了魏象枢多情善感的情感世界，是魏象枢诗歌思想内容的又一重要方面。

王士禛《池北偶谈》记赏魏象枢 1681 年的一篇诗作："康熙辛酉二月，上谒孝陵，诸公卿三品已上皆从，多赋诗纪事，蔚州魏公环溪一诗极令人感动，诗曰：'蓟门西望望皇畿，共侍銮舆展谒归，礼罢陵门云自合，梦回寝殿泪频挥。老臣将去填沟壑，何日重来拜翠微。廿载承恩无寸礼，钟鸣漏尽尚依依。'予谓五六句最沁人心脾。"这是诗坛领袖对其诗歌的高度评价。

第三节　任丘边氏家族及其河北籍友人诗歌创作

一、任丘边氏家族杰出代表边连宝及其诗歌创作

（一）边连宝的家世、生平、思想、著作

边连宝（1700—1773），字赵珍，后改字肇珍，号随园，晚号茗禅居士，直隶任丘（今河北省任丘市）人。清代中叶著名学者、文学家、诗人。

任丘边氏家族为世家望族，据《任丘边氏族谱》记载，边氏远祖可追溯到元末之汉兴公，汉兴公一生隐逸，其子孙始入仕途，书香代递，孝友传家。至边连宝，已历十四世。自明以后，累代科举不断，故顺天乡试有

"无边不开榜"之说。①

边连宝曾祖边攀，天启七年举人，安庆知府。与史可法为同年友，常以性命经济之学相期许。虽隔越山河，而尺素砥砺无间远近。入清后，朝廷屡召，不仕。祖父边之铉，拔贡生，授山西汾州府通判，升福建福州府同知，改山西河东盐运使司运判。其父边汝元，字善长，号渔山，又号桂岩啸客。工诗文。以杜甫为宗，清苍雄健，与庞垲相埒，著有《桂岩草堂诗集》八卷、《文集》二卷②。又擅戏曲，著有《傲妻儿》《鞭督邮》《羊裘调》等杂剧。边汝元少随父宦游，十上棘闱而不售。年逾六旬，犹口率诸儿挑灯夜诵，寒暑不辍。他把自己一生没有实现的梦想，全部寄托在了儿辈的身上。边连宝之兄边中宝，雍正癸卯拔贡，乾隆戊午举人，著有《竹岩诗草》四卷、《竹岩纪年略》一卷。

边连宝六岁入乡塾，读书勤苦。十六岁时，父亲去世，家境艰难。康熙五十八年（1718），边连宝补博士弟子员，从此走上坎坷的科举之路。雍正十三年（1735）乙卯科试，声名震动诸公，朝试署名第一。乾隆元年（1736），学使钱陈群荐应博学鸿词，召试不中。此后屡试失意，究其落第之因，在于他坚持作古文，而不作时文（八股文）。戈涛《随园征士生传》载："初，从事举子业，以古文为时文，学临川、两大，又好桐城方望溪先生稿，目为国朝独出。有谓不利科举者，辄斥之。"③ 在以八股文取士的时代，不习八股，而爱好古文，还对劝说者进行斥责，这足以说明边连宝不随流俗的倔傲性格，考场失利也属自然。

约乾隆十二年（1747），边中宝再试失利，遂自绝科举之路，虽有学使举荐，亦不动心。乾隆十四年（1749），朝廷征经学之儒，钱陈群再举之。当时举荐的三十九人中非笃老疾病不应者独边连宝一人。这次举荐实际是朝廷为饱学之士所开方便之门。但边连宝已看淡功名，自言"非恶富贵而逃之，自度不堪其劳耳"④。此后，便以授馆为业，专力于诗文创作和

---

① 钱仲联：《清诗纪事》，江苏古籍出版社 1965 年版。
② 邓之诚：《清诗纪事初编》（上海古籍出版社 1984 年版）收录清初 80 年 623 位诗人的诗作，其中有任丘作者庞垲、边汝元。
③ 戈涛：《献县志》卷十，乾隆二十六年刻本。
④ 《大清畿辅先哲传》卷十一，清刻本。

杜诗注释。

乾隆十六年（1761），边连宝充任丘县桂岩书院山长兼摄志书馆事，撰修县志。两年后又开始四处漂泊的授馆生涯，往来于任丘、雄县、献县、安新等地，边连宝六十八岁左右结束授馆生涯归乡家居，与戈涛、蒋士铨及九兄竹岩诗酒唱酬。乾隆三十六年（1771），边连宝九兄之子边延抡为两淮都转运史，邀请七十二岁的边连宝与九兄于秋末往扬州游历江南。边连宝自谓"生平足迹未出千里之外……年逾古稀，老病侵寻，不谓翻作壮游也"。两位古稀老人，"穷大江南北名胜，使舆画舫中二老歌吟弗辍，旗亭僧壁传写殆遍"。① 一年之中，作诗150余首，二人"都为《南游埙篪集》一卷，一时传为佳话"②，今存《随园诗草》之第八卷即此。

这次壮游，边连宝已是龙钟老态，自言"裹帽防头冷，升车倩人扶。严霜点须鬓，一色总无殊"（《二十里铺早发》）。行前有诗云："金焦真到手，便拟了浮生。"南游一载，归后便大病不起，前诗竟成谶语。又越一载，于乾隆三十八年（1773）秋卒，年七十四。其"（卒）前一夕，尚作诗，有'衔杯直到盖棺后，搜句不忘属纩时'句。又《口占寄别竹岩》有'百年终有限，一面已无期'句，逸情至性可概也。"边连宝就这样在吟唱声中走完了一生。

边连宝的思想基本在先秦儒学界内，这除了从其著述中可以看出，还有一事也很能说明问题。乾隆十四年（1749），朝廷征召经学之儒，学使钱陈群举荐边连宝应试，他断然拒绝。朋友戈涛劝他应试说："君不尝应博学鸿词乎？"他说："然。博学鸿辞，唐之科目，犹科举也。今特诏求如汉伏胜、董仲舒其人者，吾乌可以斯未能信之学，矫诬干上，以倖取哉？"（《随园征士生传》③）可见边连宝认为清代经学是属于汉儒伏胜、董仲舒体系的经学，而非先秦儒学，是"未能信之学"，因此不忍心"矫诬干上"，以取功名。可见边连宝的思想是越过汉儒而直承先秦儒学的。

他虽晚号茗禅居士，却心未入禅，蒋士铨《随园征士边君传》说他

---

① 蒋仕铨：《忠雅堂文集》卷四，清刻本。
② 徐世昌：《晚晴簃诗汇》卷六十八，中华书局1956年版。
③ 戈涛：《献县志》卷十，乾隆二十六年刻本。

"随身一茶铛，晚号茗禅居士。空斋晏坐，宛然一老僧，然不好释氏书。"①
他的诗中虽也有参禅悟空的句子，但也仅仅是用以解脱心灵的重压，并非
进入禅境。《四库提要·随园诗草》称："附录一卷，曰'禅家公案颂'，
则其晚耽禅悦，读《指月录》所作云。"②边连宝于"禅家公案颂"题下
所写的序文说"冬夜岑寂无聊，因取《指月录》读之。偶有所会，辄书二
十四字以当偈子，又时缀数语以畅其旨。其中颇有与吾儒相发者，非敢推
儒入墨，亦非附墨于儒，聊志一时心得云尔。"③可知，边氏是于"无聊"
之际阅读《指月录》的，而且他所关注的是禅家"与吾儒相发"的思想。
他一生固守的是先秦儒学的思想境界。

边连宝性嗜酒，天真直率。性格耿介孤傲，持身不苟，不依阿流俗，
倜傥不羁，不为利禄而屈己信仰，偶遇俗辈，"竟日对，可不交一言"
（《随同征士生传》）。纪晓岚《岁暮怀人各成一咏·任丘边征君连宝》描
绘其精神风貌："老狂边季子，壮志孤烟高。得名三十载，门户犹蓬蒿。
长啸坐弹琴，王侯不敢招。想象败絮中，风雪空箪瓢。"④为人和易端凝，
尤重孝友。晚年旷达，视生死如常事，是清代文坛上一位独具个性的
作者。

边连宝在清代文学史与学术史中都具有重要地位，与纪晓岚、刘炳、
戈岱、李中简、边继祖、戈涛并称"瀛州七子"或"河间七子"，又与江
南才子袁枚并称"南北两随园"。边连宝长袁枚十六岁，雍正十年时就以
"随园"名其诗集《随园诗稿》，较袁枚名"随园"早十六年，二人之诗
皆盛于乾隆朝。李銮宣诗云："一时南北两随园，各有澜从舌本翻。瀛海
诗人工乐府，仓山仙吏富词源。使才毕竟由天授，学占谁能见道原。寄语
骚坛后来者，莫教此事独推袁。"⑤（《道初任丘县，向邑令索得边随园诗
集，携至高阳旅舍，挑灯展诵，率成二律题集后》其二）张维屏《国朝诗

① 蒋士铨：《忠雅堂集》卷四，萃文堂刻本，咸丰元年刻。
② （清）永瑢等：《四库全书总目》，中华书局 1965 年版。
③ 边连宝：《随园诗草》附一卷，乾隆乙未年刻本。
④ （清）纪昀：《纪文达遗集·诗集》卷九，小嫏嬛山馆刻本，道光三十年刻。
⑤ 李銮宣：《坚白石斋诗集》，嘉庆二十四年刊。

人征略》云："边随园固不为袁随园所掩也。"①（卷二十七引《听松庐诗话》）边连宝自幼从父学诗，一生吟咏不辍，为雍乾间北方著名诗人，现存诗三千余首。杭世骏《词科掌录》称其"研辨经史，笃学不倦，北方学者未能或之先也"②（卷十六）。蒋士铨对边连宝的人品诗义甚为服膺，其《随园征士边君传》云："君虽以韦布老，而文词斑然耀于世，安可谓之不幸哉。呜呼！"《随园诗草序》评其诗："脱绝町畦，戛然独造。才识邃衍，气力宏放，不名一家。而其言有物，诚有合乎风骚之旨。"③ 陶樑《畿辅诗传》共收自顺治至道光畿辅诗人 875 家，诗 60 卷，其中边连宝诗达一卷之多。诗歌创作外，边连宝的诗论也自成一家。他继承申涵光、庞垲及其父边汝元的诗歌理论，论诗以杜甫为宗。主性情，重学问，又不废抒写性灵。反对王士禛"神韵说"，为赵执信后对之抨击尤力者。然边连宝终身未仕，于诗未尝标榜风气，其交游唱和限于畿辅河间一带，嘉道之后，其诗歌与诗学遂不为人知，边随园之名被袁随园所掩。

边连宝一生著述颇丰，乾隆二十五年刊《任丘县志·撰著》载边连宝著作有《评管子腋》二卷、《无言正味集》六卷、《杜律启蒙》十二卷、《评选苏诗》十卷、《古文》四卷、《随园诗草》十六卷、《病余草》八卷，共七种。乾隆三十五年刊《任丘边氏族谱·撰著》在此七种之外又有《三字无双谱乐府》一卷。乾隆四十年蒋士铨撰《随园微士边君传》云："所著《古体文》《随园诗》《病余草》《续草》《绝笔草》各若干卷；其评选手定者则有《五言正味集》《杜律启蒙》《管子腋》《考订苏诗诗注》等帙。"④ 光绪二十二年边恩颖辑《吾丘边氏文集·姓氏考》载边连宝著作又有《南游埙篪集》二卷和《评选〈世说新语〉》十卷两种。⑤

（二）边连宝诗歌的题材内容

边连宝写诗从不抄袭模拟，他凭借对生活的独特认识和感受，追求新颖独创。其《论诗》（之二）说"懒向陈人拾旧唾，直从灵府发奇光"，

① 张维屏：《国朝诗人徵略》，道光二十二年刊本。
② 杭士骏：《词科掌录》，乾隆道占堂刊本。
③ 边连宝：《随园诗草》，乾隆四十年刊本。
④ 蒋士铨：《忠雅堂文集》卷四，嘉庆二十一年刊本。
⑤ 参阅韩胜《清代诗人边连宝著述考》，《河北大学学报》2005 年第 2 期。

强调写诗要有真性情,要创新。《病馀长语》评苏轼诗说:"东坡五言不规模汉人,七言不规模唐人,故能独出机杼,自成一家。可谓言必已出矣,然非野狐禅之谓也。亦非佶屈聱牙,句读欲学《盘庚》书者。盖言必已出,不必定如樊绍述也。"① 他的诗歌抒写独特的命运遭际与情感体验,言之有物,有感而发,"合乎风骚之旨",绝不做无病呻吟之语,有着丰富的社会内容和认识价值。

1. "向但赋无衣,今更忧艰食。"——嗟贫叹苦,全面反映自身难得温饱的处境

边连宝曾祖官至安庆太守,祖父作过福州司马,其家境应该还是不错的。然自祖父解职后,其家道开始中落。边汝元布衣终生,且"饮酒赋诗,不预户外事",尝有句云:"八口曾无三日米,百年胜有一床书。"其时,边汝元家庭生活已到了贫困的边缘。边汝元去世后,边家生活每况愈下。

边连宝嗟贫叹苦的诗,真实、形象、生动地表现了封建时代一个不得志的知识分子的生活处境。每每寒冬将来之际,薪炭衣裘毫无着落,他每每感叹"薪炭自充寅日市,衣裘半在子钱家"(《风霜》),"西风起处晚砧发,愁释生衣换熟衣"(《感秋》)。时节移易,边连宝在为一家人的冬衣薪炭而犯愁作难。寒冬腊月,为了取暖,天晴日子,他以晒太阳的方式享受阳光。而夕阳西下,诗人天真地幻想长绳系日,那"斜阳惆怅极,何处觅长绳"(《负暄》),不为时间而为取暖。这丝毫没有诗意的悲叹却时时写入诗中,一件皮衣,陪他十九年,补了又补,残破不堪,"见者都葫芦,百端恣凄垢",以至令家人补绽时,"翠眉顿双皱"。更要命的还不是穿不暖,而是吃不饱。举家食粥,幼女不能不咽,他悲叹地写道:"老子怒且悲,涕泪应声滴。汝父吃此四十年,汝祖半生无此吃。"(《麦粥》)由此诗我们看到了生活于康乾盛世中不得志知识分子的贫寒和辛酸。也更理解了《儒林外史》中许许多多举子的真实生活境遇。《酬孟邵两学博铜米炭》:"老夫高卧朝墉起,家人报道无炊米。披衣强起筹朝餐,四壁萧条凉似水。

---

① 刘崇德编:《边随园集》第五册,中华书局 2007 年版,第 1680 页。本文引用《边随园集》均为此本,下不再注。

由来炭亦告匮乏，寒肌噤瘁生粟子。"典型地反映了缺衣少炭的艰辛生活。而遇上灾年，其状况就更苦不堪言了。《促织》诗"向但赋无衣，今更忧艰食"。雹灾加蝗害，毫无收成的边连宝面对秋蟀凄鸣，愁怀难释，"再拜谢鸣蜇，慎勿相促迫。尔但促我发，织成千丈白。尔但促我肠，织成不解结。于尔亦已勤，于我更何益。诗罢侧耳听，四壁声已寂"。诗人低徊的倾诉与哀怨，感动了蟋蟀，为之罢唱。

边连宝晚年，老妻去世，孤独凄凉，贫病交加，年老多病，《头衔》诗"七旬马齿行填壑，廿载蛇瘢不受砭。栗起寒肌思薄酒，棱生布被欠无盐"。疾痛、思酒与多年没有拆洗的布被概括了他晚年凄苦的境况。其《无酒叹》："但见长瓶终日卧，何曾槁面暂时红。可怜炯炯鲺鱼眼，每夜愁中与病中。"《即事书怀》云："平生到手唯诗句，至死难盈是酒囊。"极端贫困的诗人戒掉了人生唯一的饮酒嗜好。《叙饮》诗细致表现了子妇纺绩所获不足沽酒终于戒酒的自责与无奈，从中可见边连宝作为失意士子的贫寒境遇与善感善良的心。

2. "著书可作等身观，十二秋闱一第难"——落第举子复杂心态与潦倒境遇的展露

边氏是任丘"累代科第不断"的望族，通过科举进入仕途，实现经邦济世的人生理想，博取功名富贵，是这个家族的传统和希望。边连宝父亲边汝元皓首穷经，希冀有所作为，但十入棘闱而不售，志不获骋，晚年把一生梦想，寄托儿辈身上，年逾六旬，犹率诸儿挑灯夜读，寒暑不辍。终于赍志而殁。在这种家境背景中成长的边连宝，猎取功名的迫切心情是可想而知的。自康熙五十八年（1719）中秀才，补博士弟子员后，接连参加举人乡试，十败棘闱。直到乾隆九年（1744）乡试再次落第，令他心灰意冷，此后便主动放弃了科举之途，"甲子后，决然舍去，专力诗古文词"。以至于乾隆十四年（1749），朝廷征经学之儒，49岁的边连宝被钱陈群举荐，但边连宝以老病为理由辞谢不应。纵观边连宝的科举生涯，他经历了对科举的迷恋、热望到失望、悲愤、愧悔、绝望的心路历程。边连宝的诗形象地记录了一个落第举子的整个心路历程，表现了他们悲惨辛酸，穷困潦倒的生活境遇，让我们体味到封建士子与落第文人的生存状态与精神风貌，具有极高的认识价值。

边连宝《边随园集》中收录了大量的落第诗。从中可以看出，边连宝从 20 岁中秀才，直至 48 岁彻底放弃科举之路，近三十年中连续科举 12 次。其中 35 岁以前，他在科场屡败屡战，拼搏挣扎，虽然心情极为沉痛、悲伤，甚至是愤激，但对科试的前景仍然心存幻想。为了家庭与祖先的期望，为了功名，他还要坚持再考，期待考中的一天。如他 33 岁写的《即事言怀》：

> 壬子九月叶满萁，鸡栖于坿日就暝。月出东方光照棂，有菊数种塞我庭。绿叶葳蕤扬缥青，红黄粉白满畦町。点点罗列宿与星，烛之以月影亭亭。维时边子新被屏，怛然悲吒心不宁。砭割情如刀剑刑，镇日不出门画局。微缠刻苦似拘囹，孺人怜我瘦且伶。殷勤置酒满罍瓶，盛之以盏注以瓴。月照入盏光泠泠，风摇菊影送微馨。一盃一盃手不停，颓然既醉卧寒厅。孺人我歌尔其聆，嗟我徒为万物灵。今乃以心役于形，维今三十有三龄。终岁飘泊似梗萍，方凿员枘不相丁。金钟大镛撞以逢，而我绝非逐臭腥。先人遗我以一经，至今廿载负嘱叮，思之那得不泪零。浇之以酒暂昏冥，但恐酒罢还惺惺。安得闲钱勤买酽，渍肠染胃不复醒。①

诗人再遭落第打击，心如刀绞，羞愧交加，不敢见人，形同囚犯。虽然有母亲的宽慰，但一想到"先人遗我以一经，至今廿载负嘱叮，思之那得不泪零"，自己便陷入了深深的痛苦之中，有负先人期望，愧疚难当，甚至有一种负罪感。但从诗意可以看出，边连宝在愧疚的背后仍然有一种不甘不弃不服输的勇气，他不轻言放弃，而要挣扎奋起，直到成功的一天。

35 至 41 岁，是他科场生涯的第二阶段。其间他一次又一次地品味落第的苦酒与辛酸，由热望到失望。38 岁的科考，已是边连宝的第七次考试，却因考卷被污成为废卷而落第，他写了组诗《闱中污卷被贴，遣闷之作》：

> 牢落文场二十春，于今又作放归人。半函鹘眼濡毫细，一片乌丝点墨新。壁垒何堪观项羽，裘金久已困苏秦。故园明月如相约，镜水桥边把钓纶。

> 砖门高揭榜居先，拭泪相看意黯然。直是出门辄有碍，那堪苦海

---

① 引自《边随园集》，第 52 页。

竟无边。李三脚下仍多恨，王十前头更可怜。拱手龙门作大别，从今不著祖生鞭。

棘闱七上已频频，病眼模糊渐不真。贱子廿年甘屈蠖，老娘卅载倒绷人。腕中漫道曾无鬼，笔底方知信有神。何必圣朝无弃物，自今萧散作闲民。

永夜迢迢揽敝裘，萧然独对一轮秋。翻身大海应无望，撒手悬崖不自由。神鬼岂于人有恨，文章信与命为仇。可怜此日深闺裹，夫婿还期居上头。①

七应科试皆失利落第，所谓"牢落文场二十春，于今又作放归人"，伤心无奈的边连宝归因于出门有碍的命薄或鬼神不佑。接连的打击，让他心灰意冷，激愤地说出"拱手龙门作大别，从今不著祖生鞭"，"自今萧散作闲民"等告别科场的话。但从他后来又参加了多次科试看，这些誓言退出科场的表白，实则是屡遭科场重重打击后的激愤之言，而在内心深处与骨子里，仍然是心存幻想，对未来充满希望。同年所写《题落卷》中"纵横墨点洒珠玑，落落晨星天外稀"，依然有"笔底方知信有神"的自信与自负。

边连宝屡试失利的根本原因在于他所崇尚的古文与时兴的八股文格格不入。因此这次失利后，学使钱陈群认为他"以古文为时文"的努力"不利科举者"，于是婉言劝告说："为我语边君：家贫亲老，务为举世不好之文以夸末俗，何所见之浅也。愿其稍自贬损，以勿负所生且以副余望也！"边连宝闻听感慨赋诗："潦倒文场二十秋，星星华发占人头。儒因太腐遭时忌。文岂过高与命仇。返哺虽辞鸟鹊责，衔芦须作雁鸿谋。先生药石堪铭座，莫遣临流引箜篌。"② 表达接受钱陈群的劝诚，不孚众望，早遂夙愿的决心。然而三年后，41 岁的边连宝依然饮恨而归，他苦闷无奈，难以释怀，写了一组《落第后戏为俳谐体遣闷十首》，饱蘸着失意后痛楚悲酸的泪水，以自嘲自讽的笔调对十败科场的历程作了全面的总结，屈辱辛酸，悲不自胜：

低眉短气又今秋，十败棘闱老不羞。一日三餐何日了，三年一辱

---

① 《边随园集》第 82、83 页。
② 《边随园集》第 76 页。

底年休。株边待兔犹堪待，木上求鱼那得求。此味真同茹蘗苦，听侬检点说从头。

槐花六月著新黄，举子囊空分外忙。欲向豪家投左券，那容穷鬼上华堂。金钗拔去妻眉敛，白镪携来我气扬。扑被蹇驴潇洒甚，吟鞭袅袅入斜阳。

携筐负凳手持筹，解带被襟候大搜。未卜何年脱苦海，恍如昨日渡芦沟。朱冠皂隶频呼叱，黑帽酸丁莫逗遛。低首无言归号去，毡衫蓝缕破羊裘。

面对功名的诱惑，诗人痛感"青云有路望迢迢，碧落仙人不可招"，他以自嘲的口吻"闲中笑对同人说，坐此今经整九旬"。自注："一场三日，三场九日，十科通计九旬也。"经历如此长久的磨难与挣扎，"当日红颜作后殿，于今白发领前班"。更可悲的是明知"他日玉堂知妄想，此生地狱是前因"，而自己还"低眉短气"，衣衫褴褛仍追求不已。于是诗人迷惘地追问："未卜何年脱苦海"，"三年一辱底年休"？这组诗，虽然含有戏谑自嘲的口吻，却极其形象生动地表现了科场举子汲汲功名的辛酸与悲楚，因此诗人结语说："十首新吟非浪谑，君看字字泪痕斑。"对读吴敬梓《儒林外史》的相关描写我们对封建科举以及边连宝的科场梦魇会有更深的理解与体会。

44 至 47 岁是边连宝科考生涯的第三阶段。由失望到绝望，最终告别了科举之路。经历了"十败棘闱"的磨难与打击，虽然对科举已经绝望，但封建时代科举是文士博取功名、显亲扬名、实现理想的唯一正途。要仕进就不得不走进科场，所以 1744 年 44 岁的边连宝再入考场，此次他功败垂成，其"文已定第三名，以后场不至，垂得而失"。① 虽然仍是遗憾，但也让他多少有些自豪。学使钱陈群在表达遗憾的同时，对边连宝考场之文倍加赞扬，鼓励有加。又激起边连宝的拼搏之心。因此边连宝 1747 年第十二次参加科试，结果铩羽而归。边连宝作《戏题》："著书可作等身观，十二秋闱一第难。三世轮回如不谬，着侬底许问冥官。"② 以质问天地的戏笔

---

① 《病馀长语》卷二，见《边随园集》，第 1499 页。
② 《边随园集》，第 604 页。

表白对科场的绝望。他答赠钱陈群的诗"腾骧他日知无策，宠辱于今渐不惊。敬报吴师商出处，沧浪可许濯尘缨"①，表明此时边连宝对仕进再无任何幻想，因而心情也趋平静。约作于 1747 年的《代书答芥舟》说："昨者我下第，慷慨悲填胸。当筵情激切，泪下何淙淙。"在母亲和友人的开导抚慰之下，绝意科场的边连宝心境渐趋平静，"我闻我母语，中心乐融融。数缄报我友，庶以明我衷"。从此，边连宝痛下决心，彻底与科场决裂，再不受功名利禄诱惑与折磨了。

虽然与奋斗了三十多年的科场彻底决裂了，但是十二次科考在边连宝的内心深入留下了难以平复的伤痛。1749 年当钱陈群再次举荐边连宝参加朝廷的征经学之儒考试时，边连宝虽然婉言谢绝，却也表现出"感恩头至地，抚己泪盈巾"的悲伤，自言"惟馀双泪眼，遥向九方倾"，向着恩师尽情挥洒饱含遗憾、愧疚、委屈、痛苦、不平与决绝等复杂情感的热泪。这种复杂的伤痛情感已在他内心深深地扎下了根，以至于他年届花甲祝贺中表兄弟高方什中举写《贺方什得解兼以自吊》时还"贺君不觉手加额，抚己难禁泪满腮"。诗人借祝贺之意表达"自吊"之情，有着自慰自怜、自责自怨、自憾自解、自嘲自惭的复杂情感。可以说，"抚己难禁泪满腮"与"抚己泪盈巾"已凝成一种刻骨铭心的情结，成为千百年来文人士子徘徊科举边缘难以抚平的心灵伤痛。从这个意义上说，边连宝的落第诗，让我们形象地感知了一个多次落第的下层文士抑郁寡欢、贫困潦倒的生活以及他们饱受精神折磨、痛苦不堪的心灵世界，是士子科举史程的诗化呈现，具有很高的认识价值和史料价值。

3."我今不乐欲何为，乐在庭除乐莫支。"——亲情、友情的真情流露

边连宝是一位心灵丰富、感情细腻的作者，他有一颗善良而美好的赤子之心，珍重亲情友情，属于典型的性情中人。他的一生写了大量的亲情诗、友情诗。这些诗在《边随园集》中占了相当大的比例，涉及父子情、父女情、母子情、爷孙情、夫妻伉俪情、兄弟手足情等等，内涵丰富，真挚感人，真实地记录了诗人多愁善感、善良体贴的情感世界。

---

① 《钱少司寇夫子典诗西江路，出任邑见贻佳什，阙焉未答。落第后敬报长句》。

　　边连宝十六岁时父亲便去世了，其抒发父子之情的诗中回忆先父之作仅有《诗草录毕长歌咏之》几首，更多的是表现自身对独子廷徵的关爱之情，《龙驹》《清明日携小子龙驹闲步至子牙河》《示儿》《示廷徵》《再示廷徵》《勉示廷徵二首》等篇表现诗人作为父亲对儿子从生活到学业等全方位的关心与爱护。长诗《龙驹》描画了天真可爱的幼年龙驹形象，表现了一个父亲对幼子的疼爱与希冀：

　　　　儿子小字字龙驹，两岁不足一岁馀。诞生之年在戊午。于驹有取龙却无。我舆阿母俱辰相，以龙名驹资轩渠。眉目如画发漆黑，朱唇贝齿白雪肤。认人才能辨疏戚，识字将欲指之乎。足踏平地可十步，手据食案周四隅。狼借羹饭供挥攉，随手饾饤獭祭鱼。时将食物饷所爱，宛如反哺慈乌雏。却非一概滥施与，阿姊且后矧所疏。老子当此颇怡悦，口含所饷捋髭须。细究根株推物理，喜心翻倒成嗟吁。孟称性善辟食色，判若背膺出两途。我于二子均有取，于孟非毁告非誉。因然堕地思乳食，合下贪痴为权与。厥后两三四五岁，稍稍知爱父母躯。自兹以往十七八，血气郁蒸思偶居。洁身乱伦不可训，虽有神圣难蠲除。譬之性犹一物耳，外食内色相苞苴。食最先发性乃见，色又从后相追趋。伸此抑彼葆厥性，其拢顾不在我与。却忆昔年五六岁，随先君子教村书。时方总角离褕襦，提携必与父母俱。日授《论语》两三页，更说古事相涵濡。陆绩之橘子路米，口讲指画示以圗。我时闻之颇心动，欲以古人为楷模。犹忆村有宋姓者，具食延父兼及吾。暗窃傅任置怀袖，旸唉惟恐旁人狙。归来一揖献吾母，陆绩怀橘同此无。吾父顾之色然喜，与我今日喜不殊。至今三十有馀载，恍惚如梦难追摹。我父地下骨已化，我母龙锺须杖扶。砚田舌耕不足养，况复嗷嗷有妻孥。思此令人心骨折，泪滴纸上如连珠。老子无状不足学，驹也他年尚念诸。

　　《示廷徵》以地之生树的精彩比喻向廷徵传授写作技艺，要"慧以植其根，学以勤灌注"。认为"恃慧而废学，究竟成蔫烟"，作诗不仅凭天赋，还要积累学问，所谓"铢累复寸积，久之成奇富。积厚光自流，人式金玉度"。诗中还以自身赋诗为学的体会——"老子少年时，颇擅聪颖书。欧然不自足，向学趋若鹜。勤劬四十年，一帜乃敢竖"来教育廷徵，刻苦学习，提高写诗技艺。对儿子期许有加。

边连宝十六岁丧父，由寡母抚养成人，其母子深情常常见于诗中。他33岁写的《饮酒》诗序说："余自六岁受书，迄今凡二十有七年。种学绩文，以承先人之遗业。其行义虽不敢妄希古人，然亦颇不大背于道。而家贫，亲老食指嗷嗷，曾不得邀升斗之禄，以养所生而饱其孥。中怀郁郁，谁能遣此耶？聊借酒杯，用浇块垒。斟酌之下，抒为歌诗。"① 如："云中南去雁，嗷嗷鸣且飞。鸣声感我耳，中心怆以悲。人生有真乐，膝下日瞻依。嗟余少失怙，弱丧无所归。有母近七十，筋力日以衰。相去五百里，定省愿复违。"表达赡养老母的美好愿望。其《奉寄老母》《家信》《遣人起居老母》等篇表现对母亲的牵挂之情。《断缄操三章》是读人们赞美维扬李孝廉老母的《断缄吟》诗卷后有感而赋之作。诗人以带"兮"字的长篇骚体诗形式，歌咏赞美母亲一生含辛茹苦的伟大品格。

鸳鸯双飞兮雄翼折，母将雏兮形影只。朝不飧兮夕不殆，土锉不温兮炊烟绝。北风飒飒兮吹芦壁，（其家以芦席为壁，见本传）霜霰挟风兮侵肌骨。为他人兮作衣裳，一点冬釭兮青如漆。十指僵兮如悬槌，欲屈伸兮难可得。以缕穿针兮挽作籍，万转千迴兮不能结。阿儿据案兮方晤咿，母子相看兮泪成血。

霜风刮手兮手容战，握针不牢兮针屡断。一针断兮续一针，二十年兮满箧衍。或有末兮而无孔，或有鼻兮而无颖。鼻孔颖末或俱全，中央断绝兮如断梗。母德难量兮抵海深，试启箧兮际此针。母之在兮针糊儿口，母之殁兮针刺儿心。针之积兮累千盈万，肠随针兮寸寸断。

我之生兮生不逢辰，小人有母兮实同李君。田无寸兮宅无尺，食指百兮徒实有繁。父以舌为锄犁兮，母以指饮饔飧。我父之在犹如此，我父之亡可知矣。痛定思痛奚痛何堪，鲜民之生兮不如死。侧闻晴山兮耐贫苦，孑然壁立兮寡所附。即此便是断针心，高才捷足兮复何取。馀亦稍稍兮砥廉隅，与君形隔兮通肺腑。愿与君兮晚节更勉

① 此序及以下所引诗均见《边随园集》，第44、45页。

斿，庶以报兮地下之二母①

这首诗，一喉而二歌，一笔写两人，明歌李孝廉老母胡孺人，暗赞自己母亲"韩太宜人"，盛赞"母德难量"恩深似海的伟大母爱，写得情真意切，悲婉无限。

抒发夫妻恩爱之情是边连宝亲情诗又一重要内容。边连宝结发之妻郭氏 1732 年病逝，边连宝写了《悼亡》组诗，悲挽怀念亡妻：

> 十龄幼女著麻衣，早起焚香入穗帷。哭罢慈亲还下拜，教人泪下不能挥。（其一）

> 病中检点嫁时箱，屑屑平分姊妹行。遗我一双金钏好，代侬献与老姑嫜。（其三）

> 米盐琐琐为谁忙，粗布衣裳浅淡妆。沧海巫山成底事，哭君端只为糟糠。（其四）

> 凄风吹雨湿铭旌，薤露声残恨未平。营葬营斋都莫办，凭将血泪报卿卿。（其六）②

诗作以满含血泪的语词，抒发痛失贤惠善良、节俭勤劳的爱妻的凄惨心情。后来边连宝续娶李氏。李氏非常贤淑，一人承担了全部繁重的家务，上侍老母，下育两个未成年的幼女，克勤克俭，相濡以沫，边连宝视之为家门之福。所谓"妇以顺为德，君诚吾家福"。为此他写下了《赠内》《秋日携内子赴馆》《秋闱后寄内》《赠内二首》《腊月十三日寿内子》《戏赠老妻》《赠老妻》《戊寅除夕戏示老妻》等多首诗表达对爱妻的赞赏与感激之情。如《腊月十三日寿内子》："不羡筜珈世外荣，年年庑下赁春声。长吟小酌为卿寿，缟袂青裙过此生。度岁预尝葱尾酒，钉盘只有胶牙饧。华筵未必能胜此，儿女团圆共一罃。"③ 这些诗塑造了一位不慕荣利、甘居贫贱、孝敬老人、遵从礼法、相夫教子、勤劳持家的贤妻良母形象。遗憾的是年仅 47 岁的贤内助 1759 年不幸去世。边连宝沉浸在悲痛之中，直到李氏去世的第六年，边连宝写下了一组名为感旧实为悼亡的《月下感

---

① 见《边随园集》，第 627、628 页。
② 见《边随园集》，第 33、34 页。
③ 见《边随园集》，第 384 页。

旧乙酉六月十二日》诗，表达对亡妻的忆念和深情：

> 月映孤帏老病身，泪痕转逐月痕新。只今一片凄清影，曾照神仙会里人。每遇兹宵忆笤筵，人间天上阙婵娟。檀奴岂不悲遗挂，争奈魂销已六年（余向无悼亡诗）。绣窗曾读李翱诗，月下披风共品题。失却状头真细事，知音合得敷行啼。

> 赠诗曾为写斋纨，画箧时开掩泪看。记得向侬小生受，丛铃杂佩响珊珊。忆昔为文唐祭初，全倾肝肺作鲛珠。喃喃絮语四千字，曾彻重泉听得无。月色应难彻九泉，墓门宿草已芊芊。最怜夜近三秋永，尔作长眠我不眠。颜色依稀月照梁，是耶非也费端详。谩言此夕成虚梦，三十年来梦一场。清光漱艳照离魂，触迕愁人又此番。妄念年来都铲尽，惟馀一发是情根。①

李氏不仅勤劳持家，而且粗通文墨，能为短诗小词。共同的爱好，不仅丰富了夫妻间的生活情趣，也更加深了两人的知音情感。边连宝在其《病余长语》叙记李氏为家业放弃诗词写作，并录了李氏的《如梦令·暮春》《浣溪沙·夏景》《清平乐·题画》等词作以为纪念。如《浣溪沙·夏景》："冉冉薰风透碧窗，小园芳径蝶飞忙。罗帷宝枕梦初长。雨后簟纹浑去暑，静中茗椀倍生香。闲敲棋子送斜阳。"抓住薰风、蝴蝶、夏雨、茗茶、围棋等意象写夏景的宁静与闲暇，清新婉丽，词中有画。边连宝为此作《和夏景原韵》表达对妻子的敬佩与欣赏。

边连宝诗作中还有相当多的述及兄弟手足之情的诗作，其中写及九兄的诗有30余首，写及八兄的有约10首。边连宝的九兄边中宝一生大部分时间在外为官，异地而居，因而边连宝写及九兄的诗大部分是怀念、送别、盼归等题材的诗。代表性的有《怀九兄》（七言）、《题九兄任学署壁》、《怀九兄》（五言）、《人日登城怀九兄》、《春日怀九兄》、《送九兄分训涿州》、《九兄告休归自遵化喜赋四首》、《病中怀八兄、九兄》、《九兄初度日过连馆赋此为寿》、《怀九兄徐州》、《庚寅中秋，同九兄玩月，因忆李、郭二子去年在座者》、《寄九兄》等篇，或牵挂惦记，"音书久不达，兄病近如何？"或慰问开导，如《送九兄分训涿州》；或抒兄弟团聚之乐，

① 见《边随园集》，第550、551页。

如《九兄初度日过连馆赋此为寿》。从中可见其兄弟情深及边连宝的为人品格。如《怀九兄》用多个典故表达对薄宦荒城却积极进取的九兄的思念,《春日怀九兄》"春水茫茫欲拍堤,萋萋芳草绿将齐。千林残雪鹦声滥,万里开云雁影低。宦海有波同塞马,灵一无染笑醯鸡。清明欲近人归也,好共携壶过柳溪。"① 对春水春草而怀人,开导哥哥笑对遭弹归里的政治挫折。特别是《送九兄分训涿州》《九兄初度日过连馆赋此为寿》两篇,以七言大篇的形式,为兄鸣不平,表达团聚之乐,写得气势磅礴,淋漓酣畅。

边连宝写及八兄的作品,代表性有《除夕同八兄守岁》《病中怀八兄、九兄》《寄呈八兄四首》《奉怀八兄》等篇。写兄弟间分离之苦与团圆之乐。此外,边连宝的亲情诗,还写及父女情、爷孙情、叔侄情等等。如:"小女八岁方倚牀,大女十九如我长。弄笔时翻母绣谱,支颐闲詠父诗章。菜根和饭浑能煮,麦屑为羹不敢尝。但得如斯亦可念,左芬谢韫太荒唐。"② 刻画天真可爱的女儿形象,如在目前。其《示女》《得孙》等篇抒天伦之乐,也别具情趣。但总的说,这些诗从数量到质量,略逊于前几类亲情诗,故不赘述。

边连宝还写了大量的友情诗。这些诗集中表现他与戈涛、戴通乾、张晴岚、檀维藩、刘司州、方倚鹤、李立轩等的相知与友情。边连宝布衣终生,性格拘简,而取友甚严,戈涛《随园征士生传》记其"性狷简,不能依阿流俗,有不可持断断,非其所与,竟日对,可不交一言"。③ 其《取友》诗说:"取友如拣金,必先汰其沙。""义利稍分明,足可为吾徒。"写有《朋游箴》散文诫示子弟慎交友人。他的友情诗,主要表现与这些挚友的知音知己之情。其中写得最多的是与戈涛的友情。戈涛,字芥舟,号蘧园。边连宝曾在戈家当塾师,与戈涛为忘年交。边连宝抒发两人友情的诗约有60首。一是抒写与戈涛鱼水相谐、情同莫逆的忘年交谊的欣慰与满足,如《同芥舟过夏调元村居》《赠芥舟》《和芥舟西郊寻菊》《芥舟过

---

① 见《边随园集》,第132页。
② 引自《杂兴(并序)》组诗。见《边随园集》,第134页。
③ 见《边随园集》,第1883页。

访》等。二是抒写朋友间伤别念远、天涯比邻的深厚情谊,如《月下怀芥舟》《西斋月下忆芥舟》《寄芥舟》《春野闲览寄怀芥舟》等。三是惺惺相惜,精神上关心支持、抚慰鼓励之作。如《送芥舟之伊阳》《怀芥舟》《秋晚寄芥舟》《赠芥舟》等篇。这些诗大多写得情真意切,如《芥舟过访》表现友人相会的兴奋与激动心情:

> 黄昏忽传高轩过,当关报道河间戈。倒曳屣履袜不结,出门谛视欣无讹。精神顿豁积闷释,洒如四体离沉疴。粲然一笑携手入,寒温礼数捐烦苛。高呼稚子解巾带,衣沾雾露泥污靴。铺床拂席置羹饭,浊酒稍稍资颜酡。快谈不觉天欲曙,星斗磊落城乌吒。清晨饭罢告欲去,脱轴取辖投寒波。却暖昨夜所馀酒,一杯相属听我歌。丈夫在世稀会面,来日苦少去苦多。君应早晚入仕宦,不比老丑终岩阿。只今一岁才一晤,奚论他日岐关河。安得与君如蜚驱,出则联步居同窠。疾病老死不相终弃,朝嘲暮詠纷遮罗。坐令万物受雕刻,搜剔盖载穷羲娥。呜乎!人生得此死无恨,何必清朝赓倚那。①

而《次昌黎县齐有怀韵寄呈戈芥舟》《以诗代柬答于南溟兼呈芥舟》等以长篇巨帙倾诉心中的牢骚、失意、不平与悲愤,同时对戈涛寄以甚高的期许。从中可见二人亲密无间的友情。

边连宝的《赠戴通乾广文》、《寄怀通乾先生》(其一)、《寄晴岚》、《怀张晴岚》、《酬檀维藩》、《怀檀维藩》、《赠刘司州》等诗篇,表现与戴通乾、张晴岚、檀维藩、刘司州等人的深挚友情,或倾诉知己之心,或替友人作不平之鸣,体现出友人间的体贴关心与真挚交谊。篇幅所限,不再一一详论。

边连宝诗歌题材丰富,他还有50多首题画诗,如《为啸谷题袁治画松》《题仇实文甲第图》《为高喻旃题琴鹤图》《题郑板桥兰竹图》《为坦居侄题赵成穆指头画》等,或借题画抒发感慨、咏怀寄兴,或赞赏品评画境画技,多有可观之处。其田园山水诗,除歌咏任丘一带乡村自然风光外,还有一些描写河北地方景物的诗也有浓郁的地域特色,如《任邑六景》《赵北口竹枝廿首》《和九兄盘山十六石咏》等,均表现了农乡自然

---

① 见《边随园集》,第263页。

景物的特色和边连宝对乡梓的深情。另外，边连宝还有一些反映生活情趣的品茶诗、戏题诗等，从中可见边连宝的身心修养与幽默诙谐乐观放达的生活情趣。

（三）边连宝诗的美学特色

从美学特色上看，边连宝的诗独具面目，颇具个性。戈涛《随园诗草戈叙》说："余尝论随园诗，以韩、孟为宗，七言歌行兼有青莲、玉川子。今更读之，以为不然。随园之诗，自成为随园已矣。""今读随园诗，纵横排（阖）闯，不可方物，而各有一随园者存。即其晚年，深造自得，其刚果之气不能自没于冲夷淡寂中。此随园之真也。其骨近韩，其神近孟，其气近李，其情思近卢。惟其近之，是以似而有之。至谓某篇学某某篇，则断断无有。"① 由戈涛之论可见，边连宝的诗广泛吸收前人创作经验，已形成了独特的美学风格。故蒋士铨《随园诗草蒋序》说："今观其诗，脱绝町畦，戛然独造。才识邃衍，气力宏放，不名一家，而其言有物，诚有合乎风、骚之旨。"② 边连宝生活的康乾时代，诗派林立，以"格调说""神韵说""性灵说""肌理说"等相标榜，颇具声势，很多诗人先后加入其中，借重流派而抬高自己。边连宝却未受此风影响，"脱绝町畦，戛然独造""不名一家"，以自己的创作，独树一帜。概而言之，其美学特色体现在以下四个方面：

1. 清矫冷峭的风格

清人徐世昌对边连宝诗歌创作的风格做了较为准确的概括，他说："随园诗以清矫胜"③，又说其"诗以冷峭为主"④。这种风格主要体现在诗歌的取材造境、建立属于自己的独特意象群、独特的个性才情等方面。

在取材造境方面，边连宝的诗不论描写秋冬的凛冽萧飒，还是刻画夏日的酷暑难耐，大都与作者抑郁悲愤的心境相吻合，透露出一种清矫冷峭的美学特色。"从取材造境看，诗多作于秋冬，取萧条清寒之景，抒苦寂

---

① 见《边随园集》，第 1875、1876 页。
② 见《边随园集》，第 1877 页。
③ 见徐世昌《晚晴簃诗汇》卷七十五。
④ 见徐世昌《晚晴簃诗汇》。

愁闷之情，造境严冷，是清矫冷峭诗风形成的主要原因。从节令气候看，诗人偏爱秋冬。他的诗中很少有花团锦簇的烂漫春色，夏天在他也多为霆霆苦热。而秋天之高旷，秋景之淡泊，秋月之清冷，秋木之萧瑟，秋水之澄碧，甚至冬天的凄枯孤寂，都成为诗人抑郁愁苦心境的寄托，于是无不可以入诗了。历来诗人多喜秋天，而且多悲秋之情结。万物凋零的死之征兆，常引发诗人的身世之感，使他们敏感而多痛苦，而痛苦又磨砺着那敏感的神经。对于诗人敏感而又纤细的心灵来说，痛苦并不是奢侈品，而唯有痛苦，才能深化诗情，净化心灵。边连宝自己也说'诗思逢秋健'（《诗思》）。"①

从建立属于自己的独特意象群来看，边连宝的诗也很有特色，请看下面的一些诗句：啼鸟哑哑催病叟，新月胧胧挂寒树。（《日落》）川摇秋练白，鸦点暮痕青。（《年华》）夕露侯蛩吟砌晚，斜阳秋草闭门深。（《初秋咏怀》）孤灯昏挂壁，斜月冷侵门（《冬夜》）风传凉笛惊秋梦，月散高槐踏夜冰。（《新秋夜起》）半明半灭壁灯暗，乍断乍续檐蛩吟。（《秋夜苦雨》）鼠黠欺灯晕，鸡寒惊月芒。（《冬夜》）诸如此类的诗句在边连宝的诗作中大量而频繁地出现，因其中出现了大量清冷寒峭的意象，所以给人以清矫冷峭的美感。

不独写自然景观如此，即使写生活意象也往往如此。其《饮酒》："垒块殊难遣，樽罍强自宽。戟喉村酒辣，沁齿老葅酸。鸳瓦霜应遍，泥炉火亦寒。杜陵邀酹汝。吾道果艰难。""诗人借酒以自宽，但劣质的村酒辛辣刺喉，久渍的咸菜酸透牙齿，屋外霜落遍瓦，屋内微弱的炉火挡不住寒气。'辣酒''酸葅''瓦霜''寒炉'，几个意象，有触觉，有味觉，都给人强烈的不舒适感。贫寒凄冷的境地令人不寒而栗，难怪诗人不禁想起了有过同样经历的杜甫。"②

清寒凄冷的生活意象的大量运用给诗作带来的美学特色自然是清矫冷峭。

从独特的个性才情来看，边连宝"为人修干，朗眉宇，有髭无须。性

---

① 引自张金明、颉斌《论北随园边连宝其人其诗》，载《深圳大学学报》2007 年第 2 期。
② 引自张金明、颉斌《论北随园边连宝其人其诗》，载《深圳大学学报》2007 年第 2 期。

狷简，不能依阿流俗。有不可持多断断，非其所与，竟日对，可不交一言。香树先生谓为多山林之气"①。"读释子书而气若与近……方四十，头童如髡。一日趺坐书斋中，闭目垂首，予自外窥之，兀如入定老僧。因叹息，殆所谓宿根非邪?"② 由引可见，边连宝性格之中更多的是狷介、孤傲、耿直，甚至还有几分孤僻，有几分隐士远离世俗的清高。边连宝的这种个性才情潜移默化地影响着其诗歌创作，使其诗歌在美感上呈现出一种清矫冷峭的特色。

边连宝诗歌的主导风格是清矫冷峭，但由于其诗作量多，创作过程漫长，其诗还呈现出多样化的风格特色，如有的诗豪放奔放，有的诗温婉储蓄，有些诗浅俗直白，等等。多样化风格是边连福诗歌创作成就的重要标志。

2. 率真任情，独抒性灵

边连宝的诗大都写得率真任情，真切而有味，是他个人心灵感受的真诚呈现，是他亲身所历、所感的如实记录，其中蕴含着他的诸多人生哲理感悟和对世态炎凉的种种体味，其中抒写自己屡困场屋、怀才不遇、贫贱若寒的人生体验与愤懑不平之气的篇章尤为感人。边连宝的诗，没有明清时期那种只耽溺于雕琢文句卖弄辞藻的华美靡丽、平庸无聊之诗风，更非"盛世"的点缀品，而是他内心世界的忠实表达，抒写的是他切实的生活感受和性情遭际，具有坚实的社会现实内容。他一生远离仕宦之途，穷愁抑郁，与那些春风得意、青云直上者的诗有明显的区别，其诗常常是发胸中之郁积，吟世间之真情，读之使人想见其为人，这恰恰也体现了边连宝诗歌创作上的一大特色，即率真任情，独抒性灵。

边连宝能够做到这一点，是与他进步的诗学主张分不开的。边连宝推崇晚明公安派，认同公安派"独抒性灵，不拘格套"的进步文学主张，这在"格调派""神韵派""肌理派"先后充斥诗坛的时代尤为难能可贵。边连宝《病馀长语》卷六说：

> 王、李而后，一变而为袁公安，再变而为钟竟陵。竟陵从鬼窟蛇

---

① 戈涛：《随园征土生传》。
② 见《边随园集》，第 1883、1884 页。

穴中寻觅活计，断断不可为训。至公安一派，虽未为风雅之极则，然皆从一点性灵中疏瀹披剔而出，自未可厚非。乃论者欲与竟陵同类而共讥之，且谓竟陵之谬兆自公安，不知两家分道扬镳，各不相涉。以竟陵之狱府于公安，可乎？本朝沈归愚德潜撰《古诗源》《唐诗别裁》二书，并平正有准则。至《明诗别裁》，则极贬公安、竟陵而力扶王李。余谓竟陵可贬，而公安必不可贬，王、李更必不可扶也。①

除了推崇公安派外，边连宝还强调诗歌创作不能一味模拟，而要创新，其《病馀长语》卷十说："作诗不可袭旧，能于古人旧作中翻进一层更妙。"②"赋诗作画必欲模拟古人而求其形似，皆儿章之见耳。"③ 反对模拟，提倡创新，推崇真情实感、独抒性灵，使边连宝的诗呈现出率真任情，真切而有味的美学特色，边连宝在《病馀长语》卷六中不无自负地说："芥舟论余诗风三段，大同小异，前后互发。其中不无称许过当之词，余所深愧。独后段所谓'随园之诗，自成其为随园而已'，又'曰各有一随园者存，'则非知余之深者不能道也。故余酬芥舟有云：'敬取一语敢拜受，行间字里皆随园。'"④ 率真任情，独抒性灵，边连宝的诗歌才形成了"行间字里皆随园"的特色。

3. 以文为诗，喜用赋法

边连宝善于以文为诗，用铺陈排比的赋法，纵横驰骋、笔酣墨饱、气势丰沛、酣畅淋漓。其《病馀长语》卷十说："诗中用文章语尤难。用得妙，觉成分外奇崛；用得不妙，便成笑柄。"⑤ 这里的"文章语"既指铺叙手法，亦指虚词的运用。他的长诗，尤其是古体诗，往往以文为诗，喜用赋法，善于铺叙排比，兼用虚词，达到纵横排闼的艺术效果。他的名篇《即事言怀》《赠刘司州》《夜为臭虫所苦，戏作长句遣闷》《放歌行》《有不识我者一首》《寄晴岚》《家信》《凄恻吟》等，都或多或少地体现了这一特点。请看《题李芳园田居课经图》：

---

① 见《边随园集》，第 1575 页。
② 见《边随园集》，第 1639 页。
③ 见《边随园集》，第 1651 页。
④ 见《边随园集》，第 1575 页。
⑤ 见《边随园集》，第 1639 页。

田居而课经者，乃生人之至乐也。芳园今始遂其初，余乃终始之无渝。吁磋乎，余岂终始之无渝，余盖所谓恒其德贞而夫子凶者也。讵若芳园名成业树，奉身以退乃始翱翔于经训与畜畲。茅屋数椽茨不除，绕屋老树森扶疏。……我是识字耕田夫，东坡自道兼赠吾。舍己耘人四十载，经不课子但课徒。田居无田可耕者，课经徒为口之糊，噫嘻乎吁哉！余盖所谓恒其德贞而夫子凶者也，得不健羡于此图！①

以气运文，融李白的以气使词和韩诗的纵横恣肆于一体，体现出以文为诗的特点。又如《赠戴通乾广文次昌黎〈赠崔评年〉韵》：“作诗赠君苦不敏，寸衷如缕撼难尽。晤君两度已十年，苍茫身世殊堪轸。忆昔识君丁未冬，朔云浩荡风凄紧。蒙君惠我宝剑行，陆瓤儿虎水截蜃。我时亦有赠君篇，蒲牢声襄号蚯蚓。掉斧班门我大愚、投琼报李君微哂。君时行李正困乏，长篇磊落吓俗尹。峒裹鹅毛御腊氓，坐令章甫缝掖窘。蜣螂夺粪易苏丸，参差无怪相矛盾。自兹以别两茫茫，我埋轮击君结靷。已闻献璞黜卞和，更见妩能刖孙膑。”②

4. 用典宏富贴切

边连宝精通经史子集，学养深厚、腹笥极宽、才华熠煜、功力非凡，其诗往往大量用典，文笔古奥，多为典雅之作。边连宝诗歌的用典驰骋典籍，不但宏富，而且大都极为贴切，毫不生硬，不但读来倍感典雅，而且收词约义丰、含蓄隽永之效，体现了鲜明的人文特色。如古体《放歌行》：

星河牢落青天高，长吟击节悲且豪。丈夫会应有变化，安得郁郁困蓬蒿。君不见宁戚饭牛人不识，短布单衣无颜色。叩角悲歌气慨慷，一朝奋起相齐国。当其夜半饭牛时，安知大臣在牛侧。又不见，淮阴尺蠖方局踏，脉遭枭獍恶少年。胯下甘心受污辱，乞食漂母尤堪怜。谓当早晚填沟壑，龙骧万里忽高骞。汉王萧相皆拱手，煌煌金印大如斗。熊罴百万供指挥，灭齐下赵如拉朽。我亦湖海一壮夫，昂藏七尺非侏儒，若不致身青云上，羽翼文治戏厩趋，便应挥手谢人事、骑鲸长啸游蓬壶。胡为不仙亦不贵，坐效阮借哭穷途。空挟文丰五千

---

① 见《边随园集》，第 628、629 页。
② 见《边随园集》，第 90 页。

卷，日为人作笔墨奴。劝君且进一杯酒，世上区区亦何有。阖间城外虎气腾，延平津上龙精吼。人间岂少冗贱官，蛇行匍匐牛马走。终当一语结深知，坐取公卿如唾手。①

律作如《呈钱容齐明府　时宫保尚书李公卫总督直隶，钱以卓異候陞州牧》：

> 风云会合古稀逢，坐见功名上景钟。隐雾十年初变豹，立阻三载假登龙。盐车才鲁逢孙伯，焦尾无端失蔡邕。元晏先生今已去，赋成惟有瓿堪封。

> 报最还居最上头，寇公去矣那能留。甘棠他日思明宰，竹马何方迓细侯。嵩岳降神原有谓，苍生被泽盍无由。愚氓不解维皇意，遮道攀辕未肯休。②

经史典事，信手拈来，不仅典雅富丽，也增加了情感含量，体现其用典宏富、贴切自然的特点。

边连宝诗歌诗体兼备，形式多样，特别是古体长篇之作，气势纵横，体现了清诗的创新精神，篇幅所限，不再详论。

二、任丘边氏家族其他诗人及其河北籍友人诗歌创作

（一）边汝元

边汝元（1653—1715），字善长，号渔山，又号桂岩啸客，边连宝之父。工诗文，诗以杜甫为宗，清苍雄健，与庞垲相埒。著有《桂岩草堂诗集》八卷、《渔山诗草》二卷、《文集》二卷等。

边汝元有些诗表现了隐居之乐，如《陶征君潜田居》：

> 东风扇微和，四序已及春，衣食关造化，畴能坐自臻。
> 黾勉力耕作，未敢后四邻。日暮荷锄归，犬吠隔荒榛。
> 稚子解侯门，招呼然柴薪，入室相慰劳，斗酒杂烹鲜。
> 寡欲愿易足，乐此百年身。

边汝元有些诗则表现了怀才不遇的苦闷，如《古意》：

---

① 见《边随园集》，第159页。
② 见《边随园集》，第71页。

盛事不复再，落落黄金台。昭王逝不返，郭隗安在哉？

骏骨犹堪市，所弃惟驽骀。世无九方皋，岂曰无龙媒？

谁阴未遇时，恶少轻相悔。锁尾一王孙，枵腹而褴褛。

泥伏鳅为徒，云腾龙为伍，异哉胯下夫，目中无项羽。

渊明高尚士，薄祝五斗米，彭泽岂不荣，弃元如脱履。

品以真而高，诗以谵而旨。千载和陶篇，优孟徒尔尔。

天书诞而妄，於事属乌有，嗟哉王子明，美珠钳其口。

相业冠古今，抚衷不无怩。君子凛大防，冥冥不敢苟。

边汝元还有一些诗，抒发男女爱情，亦写得深情缠绵，如《古别离》：

妾持玻璃杯，泪滴杯中醾。贱妾一片心，吸入君怀腹。

君持素罗巾，试妾泪痕斑，贱妾一片心，藏君衣带间。

君骑青骢马，妾心锦鞯下。愿将头上丝，系君四马蹄。

君乘木兰舟，妾心锦帆头，愿将贱妾身，化作石尤风。

以乐府的形式写男女坚贞如一的爱情与美好愿望，别具特色。

（二）边中宝

边中宝（1697—?），字识珍，一字适畛，号竹岩，乾隆戊午（1738）中举，一生四任学官，1727 年授任县儒学训导，1735 年调顺天府学训导，1739 年遭弹劾归乡。1746 年补涿州学训导，1753 年改遵化州学学正，1763 年告归。[1] 边中宝的诗"和平温厚，类其为人"。如《归里后咏怀》，写兄弟情亦颇真挚动人：

吾家连理枝，恰符燕桂数。伯仲早云徂，三人相依附。飘梗过半生，频年不一遇。垂老更相怜，郁陶凭谁诉。游子从外来，惊愕频谛顾。喜极翻成悲，相看俱迟暮。有酒即我醑，无酒即我酤。鹤发老弟兄，悦爱胜童孺。目前致足乐，莫任韶光赴。珍重此残年，连床话情愫。

倦鸟归旧林，飞翔适性天。零星儿老友，策杖相往还。言笑无厌时，文酒追古欢。有时乘兴出，随意探林泉。或阿陵城下，或吾丘台

---

① 参见边连宝撰《竹岩老人生传》，见《边随园集》，第896—899 页。

边。徙倚以徜徉，心远况地偏。偶然逢野叟，席地话同田。神貌两俱古，真趣谁怀传。自反出与处，幸无罹尤愆。泊然何所营，长此乐余年。

边中宝的《劝学诗》，写得富含哲理，给学人以启迪：

> 我宁甘其拙，人自逞其巧。巧为世所争，拙乃身之宝。恂恂里巷间，朴讷亦自好。神凝志不纷，性天常自保。大木枝曲拳，斤斧弗来扰。七窍凿甫成，混沌已就槁。

> 日月有薄蚀，金石有亏缺。令名德之舆，弈世无歇绝。高节轶尘伦，圣哲足颉颃。阘然庸众伍，草木同摧折。没世疾无称，此语殊痛切。姱修不及时，秋风鸣鶗鴂。

（三）戈涛

戈涛（1716—1768），字芥舟，号蓬园，直隶任丘人。戈涛16岁中秀才，20岁中举，35岁中进士。一生宦游南北，最后病逝于福建乡试考官任满北旋的途中。有《坳堂诗集》十卷。李忠简《戈涛传》称其"晚年锐意著述，古文疏宕有奇气"，且诗名特盛，陶樑《红豆树馆诗话》："乾隆中，畿辅诗人盛于河间一郡，而必以芥舟先生为巨擘。"与边连宝、李忠简交游，"以文章道义相切劘"。其论诗切戒绮语、理语、剽窃语、靡弱语，所作格律峻整，气力磅礴，又转益多师，于高、岑、李、杜、王、孟、韩苏诸家均"登其堂而哜其胾"。

戈涛游历所到，多以诗记之，集中多山水诗。如《怀化驿宿陈秀才书斋留题》：

> 乱山啮马蹄，我行困烦暑。暮抵怀仕塘，息驾得林墅。
> 薜萝覆迳深，莓苔皴石古。方池水清浅，游鳞粲可数。
> 后尔成嘉赏，穆然感贤主。解带披清风，汲泉泼新乳。
> 已充行役劳，忽念塞芳侣。弥弥芷江滨，秋风纫蘅杜。

写湖南风景，颇有地域特色。又如《荆门行》："朝辞南阳暮入楚，一叶径渡沧浪清。"《入滇歌》则饶有意兴地描写了北地才人眼中的西南异域风光：

> 娥娜坡袤双髻鬟，石虬尾掉江沧烟。一声长啸万山顶，此身真落

天南端。

　　玉虚九阙呼吸接，天风泠泠吹昼寒。回首下视云漫漫，海色灭尽黔山中。

对于河北各地的描写亦常见诸戈涛诗中，《过正定》："涿鹿风云气，常山虎豹形。邦几拱千里，锁钥壮重扃。地迥回沙麓，天青入井陉。滹沱仍古渡，烟草没莘亭。"描写了燕赵故地的江山形胜。又《赵州道中》以清新的笔调描绘山野风情："绿芜斜径带裙腰，麦陇烟深雊雉骄。山色浴蓝初过雨，柳荫批幄乍闻蜩。"其感怀诗多出尘之想，兼叙友情，《雨夜》："淇水经前渡，苏门忆昔游。十年弹指事，伏枕梦悠悠。"又《秋山独眺图为晓岚题》："秋声落窗北，对此怀林邱。何当策孤筇，归作名山游。"其寄赠怀人诗则情感真挚，为友情而再三咏叹，《过雄县怀边征君》："青云满知己，白发老征君。贫病还如昔，音书久不闻。"人物翛然物外的志趣与知己的体贴和牵挂，语淡情深。《送高元石归蜀》："达者意自释，所悲归路遥。凄凄风雪夜，犹过卢沟桥。此去十年别，重来双鬓凋。"临别难舍之情和关怀慰问之谊，溢于言表。

第二章

乾隆以降至鸦片战争时期的河北诗歌

乾隆以降至鸦片战争时期的河北诗坛人才辈出，既有具全国性影响的名家，亦有以诗名于乡邦地域的英彦。其中乾隆间名家有翁方纲、纪昀、朱珪等，陶樑《红豆树馆诗话》曰："乾隆中，畿辅前辈以宏奖风流为己任，首推朱文正、纪文达两相国。而覃溪先生鼎峙其间。几欲狎主齐盟，互执牛耳。通籍以后屡持文柄，英才硕彦，拾拔无遗。"乾嘉之际则有"江左三君"之一舒位。而满洲入关之后接受汉化，宗室乃至八旗子弟多能诗者，恒仁、敦敏兄弟、永𤩽、铁保和法式善乃其中之佼佼者。清代中叶之河北诗坛即主要由这些创作个体组成，风格各异，具有丰富多变的面相。

第一节　翁方纲的肌理诗说及其诗歌

翁方纲（1733—1818），字正三，号覃溪，一号宝苏、苏斋。直隶大兴（今属北京）人。乾隆十七年（1752）进士，改庶吉士，散馆授编修。先后典江西、湖北、顺天乡试，督广东、江西、山东学政。嘉庆初任鸿胪寺卿，官至内阁学士。研究经、史、文、金石谱录、书法，冠绝一时。尤善隶书，与刘墉、梁同书、王文治齐名，并称"翁、刘、梁、王"。亦有以其与刘墉、成亲王永瑆、铁保齐名，称"翁刘成铁"。藏书颇富，所居京师前门外保安寺街，家中图书文籍，插架琳琅。藏书楼有"小蓬莱阁"，乾隆三十三年（1768）因购得苏东坡手迹《嵩阳帖》、宋椠《施注苏诗》，遂将书楼改名"宝苏斋"。另有"三万卷斋""三汉画斋""石墨楼"等,均是其收藏图书、文物的室名。《自题三万卷诗》:"笑论插架邺侯签,已愧湖州目录兼""汉碑草草传洪迈,宋椠寥寥拜子瞻"。藏书印有"苏斋墨缘""苏斋真鉴""秘阁校理""内阁学士内部侍读学士翰林侍读学士"等。金石学著作有《两汉金石记》,剖析毫芒,考证精确。所作诗文,自诸经注疏,以及史传、考订、金石、文字,皆贯彻于诗文中。后人称他能"以学为诗"。著作有《苏诗补注》《米元年谱》《石洲诗话》《汉石经残字考》《兰亭考》《粤东金石略》《经义考补正》《小石帆亭著录》《复初斋全集》《礼经目次》等。

翁方纲论诗的著作有《石洲诗话》及诸多论序文字,阐发"肌理说"。"肌理"二字源于杜甫《丽人行》"肌理细腻骨肉匀",翁氏借以论诗,实际上是对王士禛神韵说和沈德潜格调说的调和与修正,他说:"今人误执神韵,似涉空言,是以鄙人之见,欲以肌理之说实之,其实肌理亦即神韵也。"(《神韵论上》)"诗之坏于格调也,自明李、何辈误之也。李、何、王、李之徒,泥于格调而伪体出焉。非格调之病也,泥格调者病之也。"(《格调论上》)又说:"其实格调即神韵也。"(《神韵论上》)翁方纲用"肌理"说重构"神韵""格调"的内涵,以使复古诗论重整旗鼓,与袁枚的"性灵"说相抗衡。其所倡言"肌理",约有二端:一则以儒学经籍为基础的"义理"和学问,一则词章的"文理"。如云:"士生今日,经籍之光,盈溢于世宙,为学必以考证为准,为诗必以肌理为准。"(《志言集序》)"义理之理,即文理之理,即肌理之理也。"在他看来,宋、金、元诗接唐人之脉而稍变其音。而明人仅沿袭格调,并无一人具有真才实学,唯清朝经学发达,可以用经术为诗。显然,肌理说乃是在乾嘉朴学盛张的背景下提出的,《粤东三子诗序》:"士生今日,宜博精经史考订,而后其诗大醇。"但翁方纲力求持汉宋之平,强调考据与义理兼修,认为需要在汉儒朴拙考证经史的基础上,如宋儒进一步阐发经义,从而合考据学与程朱理学为一体。

在"诗法"上,翁方纲主张求儒复古,《诗法论》割裂引用杜甫诗句"法自儒家有",将之发挥为"大而始终条理,细而一字之虚实单双,一音之低昂尺寸,其前后接榫,乘承转换,开合正变,必求诸古人也"。故他的复古，乃是走向崇宋一途，特别推崇江西诗派的黄庭坚，他认为，"宋诗妙境在实处"（《石洲诗话》卷四）。王昶《蒲褐山房诗话》认为他"诗宗江西派，出入山谷、诚斋间"，而他之主张，又与宋代江西派大不相同，他更加偏重于以学问为诗的一面，所谓："史家文苑接儒林，上下分明鉴古今。一代词章配经术，不然何处觅元音？"（《书空同集后十六首》）《石洲诗话》卷四亦云：

> 宋人之学，全在研理日精，观书日富，因而论事日密。如熙宁、元祐一切用人行政，往往有史传所不及载，而于诸公酬答议论之章，略见其概。至如茶马、盐法、河渠、市货，一一皆可推析。南渡而后，如武林之遗事，汴氏之旧闻，故老名臣之言行，学术、师承之绪论、渊源，莫不借诗以资考据。而其言之是非得失，与其声之贞淫正变，亦从可互按焉。

此处赞美宋诗，乃在强调诗歌的考证作用和史学价值，把诗与"经术"、史料混为一谈。断章取义、以偏概全地评论宋人，目的全在证明自己以"研理日精，观书日富"为诗歌根本的观点。故可以看到他实际走上了摒弃文学抒情的诗歌道路，他虽以宋诗为标榜，却对宋代梅尧臣、杨万里，乃至江西诗派均有非议。他说："宋人精诣，全在刻抉入里，而皆从各自读书学古中来。"（《石洲诗话》卷四）对此陆庭枢感叹道："吾友覃溪纯乎以学为诗者欤？自诸经传疏，以及史传之考订，金石文字之爬疏，皆贯彻洋溢于其诗。"（《复初斋诗集序》）

至于诗法的技术细节层面，翁方纲也提出了不少主张。他主张讲究声律，王昶说他"尝仿赵秋谷《声调谱》，取唐宋大家古诗，审其音节，刊示学者"（《蒲褐山房诗话》）。具体说来，他要求诗歌声响要洪亮，唱出盛世元音，而不能细弱如靡靡之音。又论句法云："五字七字之句法，至要至难。句法要整齐，又要变化，全在字之虚实单双，断无处处整齐之理。能知变化，方能整齐也。"又提出结语"有用尖笔者，有用圆笔者"，即"就本事近结"，或"离本事远结"（《退庵随笔》"学诗"）。虽然他有时也提出学古需变通之论，如《格调论》云："凡所以求古者，师其意也。师其意，则其迹不必求肖之也。"《唐人律诗论》亦云："日与古人相切劚，日以古作者自期，而后无一字袭古也。夫惟无一字袭古，而后渐渐期于师

古也。"但是他更倾向于在不同层面模拟古作,《诗法论》以为诗法之本"必求诸古人":

> 大而始终条理,细而一字之虚实单双,一音之低昂尺黍,其前后接榫,乘承转换,开合正变,必求诸古人也,乃知其悉准绳墨规矩,悉校诸六律五声,而我不得丝毫以己意与焉。

如此细致地揣摩古人诗作,并在条理音律方面亦步亦趋,要求学诗者如此,必将陷于支离破碎、难以牵合的境地,故甚至翁氏"自作亦不能尽合"。

据《复初斋诗集》,翁方纲作诗共二千八百余首,而其门生吴嵩梁所云,则多至五六千首(《石溪舫诗话》),说明其传世之作已经汰择。至于诗歌的内容,陶樑认为"大概体分两种,金石碑版之作,偏旁点画,剖析入微,折衷至当;品题书画之作,宗法时代,辨订精严"(《红豆树馆诗话》),这两种基本上占据了其作品的绝大部分,但翁氏也写了一些与自己的见闻和日常生活相关的诗作。所以我们主要分三类来说明翁氏诗歌。

首先是金石碑版之作,皆为把经史、金石的考据勘研写进诗中的"学问诗"。多以七言古诗出之,诗前有序或题注,诗句中又有夹注;而序、注本身也是经史或金石的考据勘研文字,故其诗几乎可以作为学术文章来读,往往写得佶屈聱牙,毫无诗味。《南昌学宫摹刻汉石经残字歌》:

> 表里隶书果征实,章句异同兼综贯。
> 洪释篇行记聘礼,今我诸经俨陈灿。
> 《春秋》严颜《诗》盉毛,只少义爻象与彖。
> 书云孝于复友于,鼠食黍苗三岁宦。
> 近人板本据娄机,追想饶州简初汗。
> 鄱阳石泐五百年,中郎听远焦桐爨。
> 岂惟西江补典故,龙光紫气卿云缦。
> 方今圣人崇实学,六籍中天森炳焕。
> 群言壹禀醇乎醇,如日方升旦复旦。
> 诸生切磋函雅故,不独雕琢工文翰。

另外《成化七年二铜爵歌》《汉建昭雁足灯款拓本为述庵先生赋并序》等亦复如此。时人洪亮吉批评他说:"最喜客谈金石例,略嫌公少性情诗。"（《北江诗话》卷一）以韵语做考证，连篇累牍皆学问，袁枚讥讽为"错把抄书当作诗"（《仿元遗山论诗绝句》）。

其次是品题书画之作，此类多酸腐之言，并具"以文为诗"的作风，钱锺书《谈艺录》认为此皆恶诗，为"虞廷赓歌之变相"。如《曾宾谷西溪渔隐图三首》之一"渔隐何如梵隐乎？志难写处写于图"，散文句法，无甚意蕴。《题黄仲则江上愁心图》虽稍有意趣，却落入歌颂升平的俗套："秋水娟娟隔，美人谁目成。蘼芜香自结，杜若碧无情。弭櫂延贮，乘云翩上征。玉箫何处起，天阔乱山横……阻风眠饭话，心事有谁知？廿载诗狂后，三更酒渴时。读书今得路，奉母喜伸眉。莫信骚人辈，烟江叠嶂词。"

第三类是记述作者的生活行踪、世态见闻或写山水景物的诗。这类作品多半缺乏生活气息和真情实感，如《纪连州山水六百四十字》《天开岩》《受翠楼》《十月十五日游惠州西湖》《青玉峡》等。其中近体诗，偶有佳构，如《高昭德中丞招同裴漫士司农钱稼轩司空集云龙山登放鹤亭四首》其二：

> 客路旬经雨，林峦翠倚空。
> 不知秋暑气，直与岱淮通。
> 旧梦千涡沫，思寻百步洪。
> 大河西落日，穿漏一山红。

写景生动轻灵，饶有意趣。又如《韩庄闸二首》其一"秋浸空明月一湾，数椽茅屋枕江关。微山湖水如磨镜，照出江南江北山"，其二"门外居然万里流，人家一带似维舟。山光湖气相吞吐，并作浓云拥渡头"，亦清空可人。《淮上寄内》则写得情真意切：

> 昔年曾和长卿诗，正是淮南落叶时。
> 驿舍宛然寻旧梦，候虫似与话前期。
> 城阴漠漠人来少，水气昏昏雁去迟。
> 海岱回看又千里，暮云阁帘雨如丝。

思念之情以景语出之，意脉婉转，意象烘托亦颇具神韵。可惜此类作品在《复初斋诗集》中数量颇少，可见其诗受到王士禛神韵说影响的痕迹。

历来论者多从文学性角度对翁方纲诗提出批评，刘声木认为翁氏诗

"穷源溯流，以多为贵，渺不知其命意所在。而爬罗梳剔，佶屈聱牙，似诗非诗，似文非文，似注疏非注疏，似类典而非类典"，又云："是有文而无情，天下安用此无情之文哉？"（《苌楚斋随笔》卷一）而肯定赞美者亦多，陶樑云："其学问既博，而才力又足以副之，故能洋溢纵横，别开生面，不可谓非当代一大家也。"（《晚晴簃诗汇》卷八二引）张维屏也认为："复初斋集中诗，几于言言征实，使阅者如入宝山，心摇目眩。盖必先有先生之学，然后有先生之诗。世有空疏白腹之人，于先生之学未曾窥及涯涘，而轻诋先生之诗，是则妄矣。"（《国朝诗人征略》卷三四）缪荃孙甚至认为翁方纲在学力和雅正方面超越了袁枚和张问陶，《重刻复初斋诗集序》："正可以见学力之富，不必随园之纤佻，船山之轻肆，而后谓之性情也。"总的来说，从诗歌的抒情性和形象性而言，翁方纲诗多无足取者；而从以学为诗、以诗承载经史之义的角度看，其诗则特色鲜明，独成一派。南社诗人高旭以为"欲为诗世界大人物，其必兼渔洋所拈之神韵二字，覃溪所拈之肌理二字而有之"[①]，即指出翁氏虽偏执于一端，于诗艺之发明亦有大益处。

翁方纲的诗论和创作对清代中后期诗坛产生了广泛而深远的影响。当时即有围绕他而形成的"肌理诗派"，如谢启昆、张埙、张廷济、梁章钜、凌廷堪、阮元等，翁氏自云"门下诗弟子百十辈"，可见其声势之浩大。即便秀水诗派宗主钱载，也受到翁氏的直接影响。嘉庆间的京师诗坛，学肌理诗派者甚众，李详《药裹慵谈》卷二云："京师贵人改为学苏，或兼考据，近师覃溪。"直到道咸间的程恩泽、郑珍、何绍基，其写作学人之诗并开创宋诗派，也是部分吸收了肌理说。清末兴起的同光体，其代表诗人沈曾植、陈衍、陈三立等，受肌理说触发之处亦多。翁方纲子翁树培也是肌理诗派中人物，树培字宜泉，乾隆丁未进士，历官刑部员外郎，有《翁比部遗诗》。其诗亦多以金石书画为题材，如《南唐官砚歌》《题揭钵图》《题法时帆诗龛向往图》等。但也有部分山水游历之作能即景抒怀，《四月十九日重登小黑山》："远山如带拱神州，两月重来话昨游。人在上方临下界，时当初夏似深秋。葱茏树色千寻合，罨霭岚光四面浮。山圃桃

---

① 高旭：《愿无尽庐诗话》，载《太平洋报》1912年4月9日。

花开正好，可容借榻暂淹留。"将山的高远、清凉、树色、花香写得形象
生动。

第二节 抒写性灵、酝酿深厚的纪昀诗

纪昀（1724—1805），字晓岚，一字春帆，晚号石云，道号观弈道人。
河北献县人。乾隆十九年进士，累官至礼部尚书、协办大学士。嘉庆帝御
赐碑文称其"敏而好学可为文，授之以政无不达"，故卒后谥号"文达"。
以学识为乾隆皇帝赏识。乾隆三十三年（1768），因坐卢见曾盐务案，谪
乌鲁木齐佐助军务。后召还，任《四库全书馆》总纂官十余年，自云"余
于癸巳受诏校秘书，殚十年之力始勒总目二百卷，进呈乙览"（《纪文达公
遗集》卷八）。故自作挽联曰："浮沉宦海如鸥鸟，生死书丛似蠹鱼。"纂
定《四库全书总目提要》及《四库全书简明目录》，晚年著文言笔记小说
《阅微草堂笔记》，能诗文，其孙纪树馨在他死后编成《纪文达公遗集》。
所作诗歌出入各家，不主一端，以温柔敦厚为旨趣，而真性情流注期间，
阮元《纪文达公遗集序》："直而不伉，婉而不佻，抒写性灵，酝酿深厚，
未尝规模前人，罔不与古相合。盖公鉴于文家得失深矣。"洪亮吉《北江
诗话》评价清朝诗云："近时九列中诗，以钱宗伯载为第一。纪尚书昀次
之。宗伯以古体胜，尚书以近体胜。"其说虽不免以偏概全，而纪昀以诗
歌见称当世，当无疑问。

纪昀论诗见解融通，合神韵、格调、肌理诸派之长。纪昀《文心雕
龙·原道》眉批："齐梁文藻，日兢雕华，标自然以为宗，是彦和吃紧为
人处。"可见其以"自然"为论诗之重要旨趣，与神韵诗说相通。乾隆中
叶，纪昀费十年之功评阅批示《瀛奎律髓》若干遍。该书乃唐宋律诗之大
型选本，编者方回乃宋末元初的江西派诗人，从纪昀反复研读这一举动可
知其颇为倾心江西诗派。这一取向与肌理诗说又较为接近。纪昀也花了大
量精力评读李商隐诗。《李义山诗辑评》辑入纪昀蓝笔评语，对约近五百
首李商隐诗作出评论。对义山诗的构思、情境、章法等方面有深刻见解，
如关于无题诗的寄托问题，纪昀说："无题诸诗有确有寄托者，'来是空言

去绝踪'之类是也；有戏为艳体者，'近知名阿侯'之类是也；有实有本事者，'昨夜星辰昨夜风'之类是也；有失去本题而后人题曰'无题'者，如'万里风波一叶舟'之类是也；有与无题诗相连失去本题语合为一者，如此'幽人不倦赏'是也。宜分别观之，不必概为穿凿。其摘诗中二字为题者，亦无题之类，亦有此数种。"论述精辟，成为共识。在创作上他也深受义山影响："余初学诗《玉溪集》入，后颇涉猎于苏黄，于江西宗派亦略窥涯澳。"（《曹宗丞逸事》）乾隆十五年内府刊行御选《唐宋诗醇》四十七卷，这一体现乾隆文治精神的大型选本，对纪昀影响很大。其所撰写《御选唐宋诗醇提要》赞美"温柔敦厚"的选诗宗旨，并批评"宋人惟不解温柔敦厚之义，故意言并尽，流而为钝根"，且认为王士禛"不究兴观群怨之原，故光景流连，变而为虚响"，以"李白、杜甫、白居易、韩愈、苏轼、陆游"六家为"共识风雅之正轨"（《四库总目提要》卷一九〇）。应该说纪昀论诗的基本精神乃是认同"温柔敦厚"之说的，而《纪文达公诗集》卷十五、十六的"馆课存稿"，皆为翰苑诗作，最能"仰体圣意"，更是这一诗学主张的具体实践。

《纪文达公遗集》诗集凡十六卷，其中卷一、二、三、四为"恭和圣制"，共 193 首；卷五为"丙子春帖子、二巡江浙恭纪"，共 30 首；卷六为"西域入朝、大阅礼成恭纪"，共 30 首；卷七为"御试土尔扈特归顺等"，共 25 首；卷八为"千叟宴等"，共 34 首；卷九、十、十一、十二、十三为"题诗赠别交游吊古抒情等"，共 339 首；卷十四为"乌鲁木齐杂诗"，共 160 首；卷十五、十六为"馆课存稿"，共 167 首。总的来说，卷九至卷十四等六卷是纪昀诗较有艺术价值的，其余十卷诗歌则多为应制酬酢之作，虽对其获得诗名不无益处，而思想和艺术方面则乏善可陈。

十二岁时，纪昀随父至北京，纪容舒延请戴遂堂为师，教其子学诗作文。戴氏颇有诗才，以杜甫为宗，兼学汉魏，有《庆芝堂诗集》，同时畿辅诗人戈涛、李中简等也曾以之为师。另外，乾隆元年至六年，钱陈群为顺天学政时，对畿辅学子多所扶持，如边连宝、李中简、戈涛等皆受到提携。钱氏久居馆阁，诗作思想迂腐，却为乾隆特加礼遇，纪昀诗歌亦受其影响。纪昀考中顺天丁卯科"解元"之后，其诗笔所到，日渐成熟。如《即日》二首：

　　村落围流水，人家半夕阳。

　　残霞明灭处，隐隐下牛羊。（其一）

　　芳草入平林，一线盘盘路。

　　遥闻牧苗声，缥渺舞寻处。（其二）

写乡野风情，清新恬淡，境界空灵自然，颇有王维五言诗的风味。但此时所作，尚有模仿前贤而未能浑化之病，如《雁》：

　　摇落西风木叶黄，嗷嗷鸿雁忆衡阳。

　　身微未敢冲霜雪，飞急何关趁稻粱。

　　回首云天犹怅望，无端踪迹似炎凉。

　　潇湘岸上逢归燕，亦别卢家玳瑁梁。

这首咏物诗以秋景起兴，写雁南飞之状，微有寄托人生兴衰和归隐之志，却不够深婉，运笔径直。学习义山章法和词采处，也显得稚嫩，尾联"逢燕"语亦略有浅显和老套之嫌。

　　乾隆二十五年，纪昀充任会试同考官，与同僚多所唱酬。他说："庚辰会试，钱箨石前辈以蓝笔画牡丹，遍赠同事，遂递相题咏。"（《阅微草堂笔记》）边继祖、朱珪、张若澄等皆参与其事，纪昀所作题画诗：

　　深浇春水细培沙，养出人间富贵花。

　　好是艳阳三四月，余香风送到邻家。

以培育花比喻提携人才，以牡丹盛放比拟春闱及第，贴切而笔法流丽。同年正月，纪昀献《平定回部凯歌》十二章给乾隆帝，隶事用典皆称工巧：

　　秋雁连天西海头，六军回马唱《凉州》。

　　擒王破阵须臾事，谁赋金闺上翠楼。（其三）

　　勒石燕然莫更论，且看走马定坚昆。

　　重杨绿到其摩寺，宁止春光度玉门。（其九）

因是"凯歌"，故情调欢快昂扬，充满自豪的情绪。用典皆是熟典，以唐代边塞诗名篇与如今的盛世大捷相对照。《凉州词》或抒发乡思，或寄托豪情，如王之涣、王翰等皆有名作。"谁赋金闺上翠楼"蕴含王昌龄的两首名作，而反其意用之。《从军行》其一："更吹羌笛关山月，无那金闺万里愁"，《闺怨》"春日凝妆上翠楼"的少妇"悔教夫婿觅封侯"，而纪昀以"金闺"与"翠楼"并置，以"谁赋"两字，写出破敌不过"须臾"，何须愁绪满怀？"其九"则说东汉窦宪"勒石燕然"之功绩不足与平定回部相比，末句反王之涣"春风不度玉门关"之意，国家疆域之广阔，春风所到，岂止玉门关？

乾隆二十七年，纪昀被任命为福建提学使。赴任途中尽览江南风物，诗兴勃发，写下《南行杂咏》纪行抒怀，共101首诗，其中颇多佳作。有具谐趣者，如《琉璃河》：

> 琉璃河上挂斜晖，瑟瑟寒流一线微。
>
> 洲渚都教鸿雁占，鸳鸯何处浴红衣。

调侃南宋范成大使金诗（1170）记琉璃河中多鸳鸯，时过境迁，此时却鸳鸯难见而鸿雁成群，不胜今昔之慨。船行到常州，碰上湖南巡抚的官船，写诗讽刺，感怀深沉，《舟泊常州闻湖南抚军将至》：

> 薄暮萧然且赋诗，冷官风味本如斯。
>
> 租来淮上船三板，沽得兰陵酒数卮。
>
> 寒犬争偎新拨火，啼鸦乱拣最高枝。
>
> 一川暝色推蓬望，隐隐笳箫送画旗。

身为学官，租简陋小船萧然赴任，与气势显赫的巡抚官船相比，正兴起冷官之叹。以"推蓬"远眺中的"画旗"结句，则隐寓落拓不遇之感。《南行杂咏》中诗"皆直抒胸臆，不事雕琢，而天姿超迈"（《畿辅诗传》卷四二），以清丽之笔，即景抒情之名篇首推《富春至严陵山水甚佳》：

> 沿山无数好山迎，才出杭州眼便明。
>
> 两岸濛濛空翠合，琉璃镜里一帆行。（其一）
>
> 浓似春云淡似烟，参差绿到大江边。
>
> 斜阳流水推篷坐，翠色随人欲上船。（其二）
>
> 烟水萧疏总画图，若非米老定倪迂。
>
> 何须更说江山好，破屋荒林亦自殊。（其三）

青山绿水，尽洁净如洗，船行其间，如在琉璃镜里一般，写景高妙，意境浑成。"翠色随人"则以拟人手法写空翠逼人之感，同时表现作者的喜爱和怡悦。身在画图般的江南山水之中，不觉生发赞美之情，江山之好似不必说，就连"破屋荒林"也是独有风韵。抒写性灵，自然含蓄，显示纪昀诗学神韵而自出机杼的艺术功力。

乾隆三十三年，纪昀以罪谪戍乌鲁木齐，两年后始赐还，加上路途遥远，此行实际近三年。新疆之行使纪昀眼界大开，从而也开拓了其诗歌创作的表现范围。《乌鲁木齐杂诗》160首展现了丰富的边陲风俗画卷，充溢着文学情趣，且具有重要的民俗学和历史学价值，钱大昕赞之曰："读之声调流美，出入三唐，而叙次风土人物历史可见，无郁嵂愁苦之音，有春容浑脱之趣。"（《乌鲁木齐杂诗跋》）描绘塞外风情，纪昀皆用七绝，却无局促浅直之弊，而笔端感情充沛，情景相得，又兼学识博赡，堪称边塞诗史上的奇葩。新疆本土文人出仕中原王朝者在历史上并不鲜见，却很少创作大规模反映新疆风貌的汉语诗歌。纪昀这一组诗可以说填补了这一空白，钱大昕指出："独怪元之盛时，畏吾（即维吾尔）人仕于中朝者最多，若廉善甫父子、贯酸斋、偰玉立兄弟，并以文学称，而于……风土，未能见诸记述。"（《乌鲁木齐杂诗跋》）《乌鲁木齐杂诗》内容丰富，吴蔼宸分之为风土（23首）、典制（10首）、民俗（38首）、物产（67首）、游览（17首）、神异（5首）等六类（《历代西域诗钞》），涉及市镇建筑、地形气候、农事习俗、水利灌溉、典章制度、歌舞婚嫁、茶艺饮食、民族相处、瓜果花卉、矿产冶炼、水产狩猎等西域生活的各方面。另外，很多诗附有小注，补充说明诗意，亦为用心结撰之笔。

《乌鲁木齐杂诗》写于乾隆三十六年春纪昀返京途中，在自巴里坤至哈密行程间写成，其间融合了在新疆两年的生活体验。以饱学博通之才，了解西域风土人情，接触西陲山川风貌，感受边塞今昔变迁。《乌鲁木齐杂诗自序》："昔柳宗元有言：'思报国恩，唯有文章。'余虽罪废之余，尝叨预永明之著作，歌咏休明，乃其旧职。今亲履边塞，纂缀见闻，将欲俾寰海内外咸知圣天子威德郅隆。"说明纪昀有意识地全面采写西域风俗，而非信笔娱情，因此组诗的整体性很强。

首先，他对西域军事经济等诸多方面加以描述。乾隆中期治疆安边之业初具规模，所谓"神武奠定以来，休养生聚，仅十余年，而民物之蕃衍丰赡至于如此，此实一统之极盛"（纪昀《乌鲁木齐杂诗自序》），清廷调派重兵长期驻防西域，仅乌鲁木齐驻军就逾万人。诗云："惊飙相戒避三泉，人马轻如一叶旋。记得移营千戍卒，阳风港汉似江船。"写满营旗兵移驻伊犁途中，在北疆奇台三泉与狂风搏斗。又云："藁砧不拟赋刀环，岁岁携家出玉关。海燕双栖春梦稳，何人重唱望夫山。"记甘肃营兵携带家眷长途跋涉出关赴边。又写边塞哨："戍楼四面列高峰，半扼荒途半扼冲。惟有山南风雪后，许教移帐度残冬。"戍楼地势之险要和环境之恶劣，于此可见。对乌鲁木齐市镇之繁华，纪昀有生动描述："到处歌楼到处花，塞垣此地擅繁华"，"廛肆鳞鳞两面分，门前官柳绿如云"，"山城到处有弦歌，锦帙牙签市上多"。塞外边城繁荣如此，纪昀颇感意外，《寄从弟旭东》："来此乌鲁木齐，泉甘土沃，仿佛南省之苏杭。……瞥睹津梁交叉，花木清幽，余几疑为梦境。"

其次，全面记叙新疆的风土人情，包括气候景观、物产技艺、民族关系等均有描写，赞美新疆物产富饶、风光瑰丽和民族友好。写物产如写青盐"分明青玉净无瑕"，写炼铁"温泉东畔火莹莹，扑面山风铁血腥"。写景观如写天山博格达峰黑龙潭"乱山倒影碧沉沉，十里龙湫万丈深"，写水磨沟温泉"界破山光一片青，温暾流水碧泠泠"，写博格达峰顶日出"晓日明霞一片开"，写红柳"依依红柳满滩沙，颜色何曾似绛霞"。《杂诗》也表现民族友好和平关系，如"吐蕃部落久相亲，卖果时时到市闉。恰似春深梁上燕，自来自去不关人"，自注："吐鲁蕃久已内属，与土人无异，往来贸易，不复稽防。"可以想象边地汉族和维吾尔族民众间彼此相亲、自由贸易、互通有无的良好关系。

最后，纪昀以诗表达了对边疆历史舆地的关切，并注意考订文物。如"断壁苔花十里长，至今形势控西羌。北庭故堞人犹识，赖有残碑记大唐"，自注："吉木萨东北二十里，有故城，周三十里，街市、谯楼及城外敌楼十五处，制度皆如中国。城中一寺，亦极雄阔，石佛半没土中，尚高数尺。瓦径尺余，尚有完者。"纪昀往吉木萨勘田，考察了唐代北庭都护府城遗址，以诗为记。诗中洋溢自豪之情，体现强烈的民族自信心。他在吐鲁番哈拉火卓石壁发现"古火州"三字，反复考证："古迹微茫半莫求，龙沙舆记定难收。如何千尺青崖上，残字分明认火州。"据钱大昕《乌鲁木齐杂诗后记》述，纪昀考定为元人所刻字，证之以《元史·亦都护传》及虞文靖《高昌王世勋碑》，其论断精核。对历史舆地做学术考证，不完全是个人癖好，其中满含爱国精神，对于新疆属于中国找到确凿的证据。应该说，历史意识的渗入使得《乌鲁木齐杂诗》显得更加厚重。

《乌鲁木齐杂诗》在题材和内容上开拓了古代边塞诗的表现领域。从内容的广泛而全面而言，《杂诗》超迈了此前的边塞诗。《杂诗》中有些描写边塞风情的，有的诗人或有所作，而以组诗的形式系统表现边塞，可谓前无古人。而且，写矿产、物产、市镇建筑以及边地新变等题材可以说是纪昀的首创。这些新内容的加入，昭示《杂诗》在边塞诗史上具有重要的价值。另外，在陈旧题材的表现方面，《杂诗》的入笔角度也有新意。历来写西域风光，前人多突出苍凉凄清、奇异雄浑之美，如唐人边塞诗。纪昀则表现其清新美丽。写及自然景物，《杂诗》多有青山、翠柳、花红、瀑布、禾麦之景，少见冰天雪地、狂风大漠。写人文景观，《杂诗》多写热闹的市井、繁华的商肆，而并不集中在孤城、古塞、戍营、危楼。写气候也较少描摹夸张边地严寒，反而多如"万家烟火暖云蒸，销尽天山太古冰。腊雪清晨题牍背，红丝砚水不曾凝"，表现其温暖和煦，自注："向来气候极寒，数载以来，渐同内地，人气盛也。"这与创作心态直接相关，前人写边塞多强调边地之苦，乃是没有以边地为疆域之内的意识，故凸显异域与中原的差异；而纪昀以自信和乐观的态度，持新疆乃是国家的一部分的观念，因此倾向于写出西陲与中原的相同之处。

《乌鲁木齐杂诗》最主要的艺术特色是纪实性。纪昀亲历边地，诗中所述皆为耳闻目睹之情景。述行程、写见闻、记习俗、录风情，均是摹写实事实景，务求精确细致。如写边塞山川，不再笼统泛述瀚海、大漠等名称，而标明山峰河流名字；写城市边塞，摹写具体细腻，深入街道市集、佛寺楼台，历历分明，与前人诗多虚写轮台、楼兰而不指实迥异。这种风格一方面受到乾嘉朴学的学风影响，也与纪昀作为学者型的诗人这一身份相关。另外，《杂诗》以组诗方式全面表现边塞，扩展了诗歌表现容量，又由于绝句轻灵小巧，便于广泛摄取素材以叙事抒情，记实而不质木，清新而不空洞。这些诗按内容题材分类，井然有序，有条不紊，使人无纷杂难观之感。以细腻诗笔写塞外风物，此后王芑孙、洪亮吉、施补华诸人亦有所作，而总体成就皆略逊纪昀一筹。

纪昀自新疆遇赦返京后，以献诗重获赏识，复职为编修。嗣后"圣眷"渐隆，作诗亦多"颂圣"之什，山水清音与边塞咏唱渐少。纪昀《郭茗山诗集序》云："盖志者，性情之所之，亦即人品学问之所见。富贵之场不能为幽冷之句，躁竞之士不能为恬淡之词。强而为之必不工，即工亦终有毫厘差。"总的来说，纪昀的诗除应制颂圣外，多能吐露真实性情，又以"温柔敦厚"之旨出之，贯之以博通的学养，故体现出"酝酿深厚"的美学风貌，堪称乾隆间河北诗坛的大家。

第三节　朱筠、朱珪与乾隆时期的河北诗坛

一、朱筠、朱珪兄弟的诗歌

朱筠（1729—1781），字美叔，号竹君，一号笥河。大兴人。乾隆十九年进士。官翰林院侍读学士，改编修。有《笥河诗集》二十卷。据其弟朱珪所撰《竹君先生墓志》，朱筠"生而神慧"，十三岁通五经，王昶《蒲褐山房诗话》高度评价他"兼综经史，精求古义，家积书数万卷，金石碑板亦数千通"。曾参与《四库全书》的编纂，独具只眼，从翰林院库贮明《永乐大典》中辑出五百余部世所不传的珍贵典籍，有功学术。勤于作诗，有古今诗数千首。诗集刊于嘉庆癸亥，乃朱珪亲自雠订而成，其《笥河诗集跋》称朱筠诗风"龙翔虎跃，虽恢奇万状，而无一字一韵不归于妥帖"。虽学问涵养深厚，而诗歌主张近于袁枚性灵一脉，以为"诗以道性情，性情厚者，诗浅而意深；性情薄者词深而意浅"（《随园诗话》引）。集中诗歌多有纵览河山之什，从景物咏叹之中生发怀古之幽思。如《涿州道中·华阳台》：

> 城隅西北华阳台，镇日犹吹燕国灰。
>
> 名马骨存金饼掷，美人手好玉盘来。
>
> 苦心竟就函头计，恨事空余生角哀。
>
> 易水萧萧风莫渡，问谁置酒罚深杯。

感怀荆轲刺秦之史事，壮士之志竟未得申，空余后人扼腕之恨。面对旅行之风景，有时不免生出隐逸情怀，如《半城》：

> 半城当岭尽，卓午转村窝。
>
> 山势收东国，沙痕走大河。

> 田铺新雨足，目迥卷云多。
>
> 三日清江近，扁舟欲放歌。

朱筠作诗多如此类，或即景抒情，或即史写怀，以外物之触发为切入点，胸中性情与此遇合，适性成篇。也正因如此，其诗章法略显平淡，艺术风格亦无特出之处。所以虽然与翁方纲同为馆阁诗人，乾隆四十年并称"北方之雄"，但朱筠的诗坛地位并不够高，仅得到"讲经学，不长诗文"（《筱园诗话》）的评价。不过其写景亦颇入清新之境，如《柳山》："客从石壁出，滩到柳山平。草蛔叫阴切，厓花香晚清。"山形水势的描绘中回荡着蛔声花香，与凡俗的喧嚣污浊绝不相侔，从中透出悠然的林泉情致。

朱筠弟朱珪（1731—1806）亦属馆阁诗人之代表。珪字石君，号南厓，晚号盘陀老人。大兴人。乾隆十三年进士。历官体仁阁大学士，赠太傅，谥文正，祀贤良。有《知足斋集》十二卷。朱珪爱才下士，喜提携后进，武进黄仲则就曾以文学见知，其他文章经济之士，多有得公奖掖而成名者，时人多以"出石君先生门下"为荣。长于经术之学，兼通汉宋。其诗文集由其弟子阮元选订，并撰《知足斋集序》予以揄扬："师之诗，闳中肆外，才力之大，无所不举，且直吐胸臆，真情至性，勃勃动人。"在馆阁诗人当中，朱珪才名较显，应制之诗颇得时望，陶樑《红豆树馆诗话》评为"摛华埏藻，实大声宏，飒飒呼朱弦清庙之音"。

通观《知足斋集》中诸作，内容多集中于赠答游历、感物怀人等方面。游历写景之作如《涌泉寺》《喝水岩》《仙霞岭》《西阳岭》《江郎石》《石门》，均能在写景之中坦现自己的胸臆，如《滕王阁》：

> 江山何浩旷，今古共登临。
>
> 尊酒聚冠盖，风云助啸吟。
>
> 刻程将凤驾，揽胜及分阴。
>
> 来往劳津渡，凭阑一洗心。

在滕王阁上远望浩旷的风景，自然联想昔日王勃登临到此，山河风云催动文思，写下名垂千古的美文。自己虽宦海沉浮，舟车劳顿，对此好景，也得涤荡胸怀之妙意。朱珪赠答之作多声律工稳，分寸感强，不乏袒露真情的感人诗篇，如《寄湖南苑叔度学使》：

> 衡云右望接苍梧，槎使文光射乌弩。

> 一纸手书频珍重，七年情话久萦纡。
>
> 只今戒律心愈细，忆昔论兵胆尚粗。
>
> 问讯飞鸿消息捷，悬河早晚近巴巫。

其中颔联不仅真情流注，对多年不见的老友的挂念之情跃然纸上，而且对仗工巧熨帖，堪称佳句。《知足斋集》中歌咏节令之诗数量不少，由于身居清要之职，且宦途较为平稳，故多有富贵福泽之气，如《除夕》有句云："对床风雨真难得，过隙居诸肯暂留。画地那堪民命重，贪天莫报主恩稠。"另外，《除夕检点诗草》一诗值得重视，此诗集中表现朱珪作诗主张，并自叙其作诗历程：

> 作诗贵精不贵多，三百星宿光义娥。
>
> 汉初俎豆十九首，三曹竞爽词骈罗。
>
> 步兵《咏怀》八十一，渊明醉语尤醇和。
>
> 六朝鲍谢事雕纂，杜李崛起鸣龙鼍。
>
> 昌黎全诗三百八，已骇变怪雄山河。
>
> 后来才大号苏海，万斛泉涌惟东坡。
>
> 香山剑南极烂漫，谁挽下濑滔滔波。
>
> 偏师仄径争擅巧，琐碎虫鸟奚足科。
>
> 我幼学吟不自惜，信手撇掷轻虒赢。
>
> 六十年前惊一咉，宦游荒落行蹉跎。
>
> 零篇假钞或乾没，断句火化神传哦。
>
> 皖江四载偶擩笔，使仆写稿随差讹。
>
> 转粤携来一书史，有作即录嗟缕俶。
>
> 今年四百赢七十，虽多奚用孰切磋。
>
> 劳劳案牍靡凤夜，余力得此亦自诃。
>
> 飞鸿刻爪亥纪日，谁其作者翁盘陀。

以古来名家之作为学诗对象，不专主一家，阮元以为"未尝求肖于流派，而实于少陵、昌黎为尤近"（《知足斋集跋》），陶樑则以为朱珪诗"感物怀人，模山范水，长篇险韵，皆真意流行，铮然别开生面"。朱珪以重臣之位，结交当世诗坛士子，故名望甚隆，虽陶樑"谈艺者已奉为金科玉条"之说未免过甚其词，而在乾隆时期的畿辅诗人当中，他确是后学所宗仰的对象。

二、乾隆时期的河北诗坛

乾隆时期河北诗坛诗人辈出，其中诗名较显者如成怀祖、王太岳、李棠、马兆鳌、李忠简等，皆一时俊彦。诗歌风貌亦姿态各异，或清远蕴藉，或慷慨沉郁，与翁方纲、纪昀等名家共同组成了河北诗歌史上的阶段性景观。

成怀祖，字尚义，号北樵，大名人。乾隆六年拨贡生。官陕西邠州州判。有《关西橐草》四卷。《大名县志》载其官邠州政绩，颇为总督刘文正公统勋所重。汪师韩《关西橐草序》以为其可称河朔诗坛首屈一指的人物："北樵诗骨峻而学邃，风清而节和。一扫割缀浮飘之习。复焉绝尘，庶几雄视河朔矣。"但他志在经世，不过个性简淡，不慕荣进，故官场失意。诗歌乃其余事，晚年始为之，陶樑《红豆树馆诗话》："晚始为诗，追踪唐贤，稜稜露爽，不拾过庭余沈。"其诗五律颇有晚唐风韵，精于炼句，抒发幽独情绪，意境峭拔。《对月》："吏闲真似隐，寒柝静宵分。明月空廊得，哀鸿独夜闻。风吹松作雨，山纵火烧云。幽境谁知者？孤吟写断纹。"身为冗官，与壮志不侔，心境凄凉，与幽境交感，发为穷士之叹。对于这种生活他深感厌倦，《归鸟》："归鸟寒梅树，劳人泪满裾。孤踪千里外，一梦十余年。日与病相约，交因贫渐疏。怀乡惊岁晚，风雪暗吾庐。"宦游千里，碌碌无成，乡思萌发，归意萦怀，中间两联工整精巧，锤炼而至自然之境，颇具姚贾之风神。其七律则壮阔多姿，沉郁雄浑。《长安怀古》："依然北斗挂城边，奕局长安忆往年。英武飞腾天上策，郎当哀怨陇头弦。兵归中尉空惆怅，衅起诸藩几变迁。太息昭陵余六马，苍茫断石卧秋烟。"面对历史，唐朝的兴衰令人感叹，当时人事纷杂，而现在哪怕是帝王陵墓，也衰败不堪。此诗娓娓写来，极具沧桑变换之思。怀想古贤事迹，他也写得精辟而深沉，如《拜范文正公祠》："两宫调剂朝廷泪，二辅焦劳父子心。遗像当年通绝塞，灵祠终古对寒岑。"而表达倦于宦途之诗也写得情致跌宕，如《出关》："千里西风雨担书，青山白发感何如？关开晓月霜飞远，河卷惊涛梦醒初。鸡肋不堪回客味，鸿泥今许觅吾庐。归来矫首柴门晚，过眼烟云倚仗余。"怀祖绝句亦颇有特色，如《送陈竹泉南旋》："二月风光上柳条，片帆斜挂雨潇潇。行人板渚闻莺处，春到扬州第几桥？"婀娜的绿柳，潇潇的春雨，清脆的莺啼，撷取江南春景中最具特色的部分，清新可人。

王太岳，字基平，号芥子，定兴人。乾隆七年进士。官国子监司业。有《清虚山房集》二十四卷。其诗学魏晋，王昶《王公行状》："公以弱冠入词林，海内推其文学，诗文自魏晋迄于唐之杜韩，皆拟其形容而契其意旨。"又云"先生诗宗魏晋，下及唐人，醇古淡泊，可称高格"（王昶《蒲褐山房诗话》）。因此五言古诗乃其当行之作，陶樑《红豆树馆诗话》："诗五古最工，取法初唐近体，亦清苍拔俗。"其咏史诗虽识见不免迂腐，却清简有法，《读史》："汉祖戮功臣，本图磐石安。岂知祸所伏，近在萧墙间。牝鸡一思晨，翰音遂登天。炎刘几化吕，抔土殊未干。……由来盖世气，半消儿女前，李唐武后祸，亦兆贞观年。文皇岂不伟，贻谋何懵然。千古同一慨，覆车无后先。《关雎》谨妃匹，信为王化端。"写自己的经历和胸襟也颇具古淡之风，遣词命意皆有拟魏晋古诗的痕迹，《黛流村新营所在》："昔予点朝簪，本自沧州吏。一辞京洛尘，适会田园志。卜筑代岩栖，嘉招惭远志。……林间结架小，郊扉昼常闭。浇灌发阳翘，荒钼豁蒙翳。剪彼恶木阴，畅此芳菲意。非惟娱徂年，兼得闲外视。支杖听风篁，披襟纳山翠。片雨洗青天，寥寥元古思。"对于世运迁改之认识，亦多旷达之论，然声名之想时时吐露，《杂兴》六首其一："四运各有极，今古相推排。圣杰与曚愚，千秋共蒿莱。英爽故不没，声光弥九垓。"太岳亦不乏七言诗作，且有气韵生动之作，《将归》："又逐东风倦马还，征衫重理汗犹斑。梦留碧草春波外，心尽孤云落照间。到处有情惟燕语，一生多愧是鸥间。却看野寺僧归晚，松月无人自上关。"落尽繁华，抛却世事的经营，忽然觉得之前的生活甚无聊赖，而一身轻松与孤云落照、碧草春波为伍，自然而纯粹，乃是最堪珍惜的境界。

李棠，字召林，号竹溪。河间人。乾隆七年进士。官广东惠州府知府，有《思树轩诗稿》四卷。早年与戈涛等结成香泉诗社，但作品多已散失。后在江南为官，与袁枚相交游，诗风近于性灵派。陶樑《红豆树馆诗话》："与袁简斋太史交最契，时相唱和，今《思树轩集》即简斋太史评定本也。简斋论诗专主性灵，先生亦沿其流派，故多谐畅微婉之音。"袁枚称赞其诗甚有特色："同年李竹溪性诚恳,诗独清超。"(《随园诗话》)以诚恳之品性,将真情贯注于诗篇,出以清新超迈之风格。与袁枚交游之诗即可体现其诗风,《与袁简斋马荫千同年衙斋小集》:"剪烛低徊伤往事,深谈聚散悟前因。明朝会访袁安宅,可似当年卧雪贫?"又《和简斋送别原韵》:"君是传人应不朽,我将归老定如何?可堪白首仍为客,便对青山大放歌。"对于宦游之厌倦,对友情的珍视,统统熔铸于向同类知己的倾诉。《秋日怀简斋却寄》:"白发渐添秋色老,黄花开遍故人疏。岁寒共保松筠节,两地何分吏隐殊?"保持个人节操,居官清廉,与世无争,以这种吏隐的情怀共勉。《甲午秋日再过白门住随园》四首则写了随园主人的清高形象,以及挚友难分的感怀,其一有句"有身真矍铄,此会忍蹉跎。未觉童心减,只余霜鬓多",久别重逢,故人依旧;其二"蝉抱风前叶,荷生雨后香。山中幽兴极,的的为诗忙",隐居惬意,诗性颇浓;其三"闲中销岁月,梦里散星辰",对忘怀世情的生活十分羡慕;其四"已是秋风候,难留野鹤心。老知离别重,凉怯水云深",有聚必有散,而随着年龄的增长,这种离别也许就是相见无期,故更能体会离别之"重"。淡淡写来,将人之普遍性的情感表现得温馨而亲切。其《家书》所云"急开翻恼缄封密,朗诵频教句读差",更是难得的好句,将得到家书的喜悦和急切心情写得极为生动。其写景之诗多写得清新喜人,《桐城道中》:"桥危争涉水,寺远不闻钟。沙路平如掌,苍松曲似龙。"又《重过桐城》:"树从云里失,人自雨中来。吴楚江山合,乾坤图画开。"皆以平淡之笔绘出眼见之景,对仗工整却似不经锤炼。写时令之诗则多灌入自身的人生感遇,如《立秋》:"衰年肺病秋先觉,没世名心老渐无。贫景自甘心淡泊,午窗未减睡功夫。"自甘逍遥、安贫乐道的思想在他的诗中多所表达,诗歌成为他自娱遣兴的载体。《感怀》:"罢官便有闲人集,才老旋生后辈嫌。相逢马上摇头客,得句知他胜得官。"另外李棠写自己家乡之诗也颇值一提,《天津》:"小春时节过天津,故国风花入眼新。喜听乡音重入耳,愁教海气乍侵人。穷年驿路腰橐重,百里家山梦蝶频。"浓浓的乡思,清新的笔调,表达着对于故土深深的眷恋。可以说,在乾隆间盛行的性灵诗派的创作队伍中,李棠算得上是较有成就的一个。

马兆鳌,字来云。号醒流。东光人。乾隆七年进士。官江苏靖江县知县。有《醒流集》。多写隐逸情趣，风格清淡。《清江访朱晴谷同年不值》："秋蕊当风红欲坠，芭蕉淋雨绿初齐。主人避客向何处，满地清阴鸟乱啼。"羁旅诗则写得深情刻露，如《都门夜雨有感》："淋漓滴尽羁人泪，博得披衣听到明。"

刘炳，字殿虎，号啸谷。任丘人。乾隆七年进士。历官江西九江府知府。有《啸谷诗草》四卷。《任丘县志》："炳少勤学，潜心究讨。壬戌成进士。入词林，所为诗赋，华赡博洽，为同馆所推重。"善咏物、题画诗。《题边随园征君茗蝉图》："独霸文坛四十年，唐之老杜宋坡仙。鸿词未就经学罢，静坐蒲园号茗蝉。"赞誉边连宝文学功业，淡泊功名，题画而重在写人物。

温如玉，字尹亭，抚宁人。乾隆十年进士。历官刑科给事中。有《静渊斋诗存》。王庭绍："先生诗和平恬雅，不事叫嚣，一归醇粹。"（《静渊斋诗存序》）长于五七言古体诗歌，不平之鸣隐现其中。《赠茅心友用昌黎孟先生韵》以"良马无逸足，志士多苦心"感慨茅氏之不遇，但又抚慰他："无适信浩荡，所遇多浮沉。君才岂量斗，君直不枉寻。"人世每每如此，所谓"苍松郁涧底，云上张高森"，可是年华渐老，也就难免牢骚和感痛："人事虽代谢，险遇尤参差。忽其风木警，痛此日月侵。"

丁时显，字名扬，号鹏抟。天津人。乾隆十年进士。有《青蜺居士集》。可惜其考中进士之后即卒于京邸，梅成栋《津门诗抄》："少负隽才，捷南宫后卒。"金芥舟《哭丁名扬舅氏》："人间金榜后，天上玉楼成。"诗古体学韩愈，近体学刘长卿。《园林杂兴》其一："阶下无闲草，床头有药经。松枯留琥珀，石老破空青。"其二："禽移别院树，犬吠隔离灯。疏影平分竹，古香多在藤。"写幽独情感和闲居的惬意，工巧而清新。《秋月词》则简古朴拙："爱月步庭前，冷风响修竹。竹方如我长，竹影高于屋。"似不经意脱口而出，未经雕琢而饶有意趣。

李忠简，字廉衣，号子静。一号文园。任丘人。乾隆十三年进士。官侍讲学士，改编修。有《嘉树山房集》十八卷。孙星衍《嘉树山房集序》："先生在词馆，与同里朱笥河先生兄弟，及纪晓岚大宗伯齐名，相切劘。一时文誉冠海内。然杜门著述，未尝标榜。声气交于戈侍御涛，以古道相勖……他日列文苑以传不朽，所谓有用之文。"是其文名颇著，与当时文坛大家交游甚厚，纪昀《岁暮怀人》："廉衣振高节，神龙谁得控。傲物本无心，真气自惊众。别我日以疏，昨宵犹入梦。古道良足希，一官非所重。"陆耀："《嘉树山房诗》于滇、于楚、于齐鲁、皇华原隰历志士风。令人如身游其境，而目击其状。至如咏怀古风诸什，温柔敦厚，原本忠孝，益叹先生志趣之正，与学养之粹。"（《嘉树山房集序》）其诗取法多家，陶樑《红豆树馆诗话》以其为"能不为俗囿，多师以为师者"。《咏怀》六首其六："白露月明下，空庭何溥溥。开轩望北斗，垂光接檐端。揽之不可及，精力何由殚。弱植无特操，霜雪何以残。茫然试矫首，零泪如桑干。"气体高古，有魏晋余韵。《滹沱早发》："风急衣生棱，霜重马垂耳。我生劳行役，访古滹沱水。朝日破雾出，长桥排雁齿。"写旅途所见所感，生动而真切。其近体诗多清新遒上，《雨发东泽湖驿》："石径无泥湿不妨，趁行雨色送微凉。新松似女娟娟静，晚稻如花漠漠香。藻镜只申前路约，江湖偏触少年狂。秋怀忽落长沙外，九面横峰转碧湘。"且多有佳句，如《重宿龙泉精舍题壁》："一夜秋声生竹树，只疑门对浙江潮。"陶樑即择其佳句若干加以论列："近体佳句如'平原秋色里，独树晚风前''谷暖草冬绿，云深山昼昏''香花随腊鼓，雨雪入春犁''石峭全擎屋，云低只傍船''将愁一水曲，裹梦万山深'……"并以"卓然大雅"赞美之。

另有一些诗人虽成就不够显著，也都写出了各具特点的诗作。苏鹤成，字语年，号野汀。交河人，乾隆二年进士。有《野汀诗稿三卷》，以笃孝闻名（陈鸿举《苏公墓志》），其五言诗风致宛转清淡，如《惜春》："惜春芳序晚，岑寂淡幽情。病补休资药，非才敢近名。云归三径暖，花落一村晴。望尽林皋外，乘风社燕轻。"

纪晋，字企瞻，文安人。乾隆三年举人。官江南甘泉县知县。有《宝树轩诗》二卷。甘泉为扬州附郭县，水陆之冲，号为难治。曾有治水之政，为人所阻未果，后堤防毁坏，部议落职。遂卒，年五十二。为诗清新灵动，多有感而发，如《秋夜》："翳翳轻阴拂院墙，夜深襟袖觉微凉。绿窗隔树月来晚，清露满阶花气香。"综合视觉、触觉、味觉之感受，将秋夜庭院之景烘托得十分真切。

田志苍，字东山，号春晓。大兴人。乾隆六年举人。官甘肃敦煌知县。有《翩羽堂诗草》。为人磊落有奇志，但偃塞于当道，发而为诗，多不平之气。《道中口占》："落落四方志。空为汗漫游。驱车惭下泽，跨鹤鄙扬州。野陌横耕耧，荒村间戍楼。西风潇洒意，吹老一林秋。"空富文才而不为世用的感叹以萧飒的秋景出之。《睡起》则表达了落魄无成的悲凉："除却诗魔更睡魔，残书秃管奈人何？纵教狂不因穷减，可禁愁偏为病多。卖赋相如文自富，闲居潘岳鬓先皤。曲成四顾谁当和，入望云山供浩歌。"对自身处境的审视，闲处江湖的愤懑，以及坚持品性的表白，一齐交织在其充满焦虑感的诗句之中。

张珑，字智珠，号平林。高阳人。乾隆六年拨贡生。历官云南嵩明州知州。有《平林遗稿》一卷。陶樑《红豆树馆诗话》："平林先生宦甘凉后，宦滇洱，往来黔蜀间。诗多写边缴风土。气韵沉雄，殊有风骨。"其五言《黔蜀道中纪程》组诗颇有特色。其一："石路疲征马，凉飚荡客襟。天空晴日荡，涧古暮云深。红叶千山锦，黄橙一树金。寒衣惊岁晚，处处急清碪。"写景自然，将山间秋景之氤氲斑斓表现得灵动可爱，耀眼的阳光、深沉的云朵、满目的红黄，而出以工整的对句，巧妙而似不经雕琢。其八则表达了对大一统的国家形势的赞美和自豪："割据终何益？跳梁总是痴。公孙空跃马，孟昶自降旗。"张珑对杜甫十分倾慕，对其诗歌成就不吝赞誉之词，《题工部草堂》："法律拈时细，精神到处真。六朝徒绮丽，风雅振斯人。"江山形胜不仅催动诗兴，而且也抒发着他的自信和豪情，《川江放舟》："昔说瞿塘路，今经滟滪堆。水由三峡泻，山是五丁开。巨浪连云落，灵源到海回。风涛休畏险，自有济川才。"风物的奇胜，胸襟的开阔，大开大合的笔法，使得诗歌骨力遒劲，令人动容。

吴肇元，字会照，号百药。大兴人。乾隆十六年进士。历官至翰林院侍读，有《桐华书屋诗稿》十卷。其生平似颇萧瑟，《岁暮杂诗》六首其五："十岁事诗书，十五惊四座。二十事微名，三十等闲过。未遇国士知，已受王孙饿。"其六亦有"生平念萧瑟，感之非一端"等语。其诗基调多凄恻，感怀人生的悲凉和对故乡的眷恋。《闻雁》："忽下两行泪，遥闻一雁声。还家孤客梦，别路故人情。月白烟宵迥，星残古塞横。嗷嗷每清夜，独立感生平。"又如《送春》："无可奈何乡梦断，不堪回首夕阳沉。东皇此夜知谁主，聊倚花前缱绻吟。"长期寓居他乡，使得他常感觉自己像孤独的大雁，满胸哀切，《秋夜》："此身何意随流水，万里西风雁正哀。"其怀古之诗则感慨苍凉，《蓟门怀古》："铜马长埋塞外寒，慕容纵迹久凋残。中原可复忧方甚，蒲地无才宴已阑。寂寞西风留碣石，苍茫斜日冷桑干。如何割据英雄业，异代萧条此独看。"

张模，字元礼，号晴溪。宛平人。乾隆十七年进士。有《贯经堂诗抄》。精于金石学，陶樑《红豆树馆诗话》称其"务为根底之学，生平精鉴古商周彝器"，与翁方纲交游，翁氏有《铁琴歌为张晴溪作》云："张兄征我赋铁琴，遍检巾箱无故实。"但诗风与肌理派不同，其诗琅然清闳，不失雅音，尤长于五言，赠答山水之诗甚有特色，《初至广州》以清新之语写异域之景："八月羊城路，天炎尚著纱。已过丹荔子，犹见素心花。"

于豹文，字虹亭，天津人，乾隆十七年进士，有《南冈诗草》。梅成栋《津门诗抄》："先生身短貌陋，天才警敏，借人书一览即归之，终身成诵。"然天妒英才，壬申会闱登上选后病殁。于巨树评其诗"慷慨郁陶，苍凉萧槭，一归于性情之正。"（《南冈诗草序》）豹文胸有大志，系心事功，然人生失意，将一腔心事付诸诗歌。《古悲歌》先言壮怀激烈："人言乡井好，而我谓不然。结发事远征，万里共一天。"因而"丈夫骋长步，宁为妻子牵"，但长期坐幕，无由建功："所嗟乏贵托，卫霍多攀缘。封侯困百战，幕府谁见怜。坐令飞将军，俯首斯养前。"颓然无奈，苍凉慨叹："何如归南山，射猎秋草边。功名勿复道，吾年今已全。"《杂感》六首慨叹时光之易逝，时时自勉，其一云："羲和无停御，长绳安可系。冉冉百年中，修短随所际。尔精苟内摇，金石有时敝。达观幸及壮，不朽用自励。"《感怀》则表达了英雄空老的寂寥："四十年来事，凄然暮雨中。飞腾惭去鸟，萧瑟近衰翁。"要之，他的诗皆真实性情的挥洒，故磊落慷慨之骨气盈荡其间。

纪淑曾，字衣梦，号秋槎。文安人。晋子。乾隆十八年举人。历官湖南盐法道。有《汉皋集》。陶樑谓其诗"清远蕴藉，独标灵响，盖得潇湘云水之气"（《红豆树馆诗话》）。山水游历怀古之诗甚多，如《石洞》《宿听诗阁》《巴山峡泛舟》《黄陂道中》皆各有特色。《彝陵怀古》："土带秦时色，江流汉代声。西南留险隘，天地兆兵争。幸际重熙日，登临感亦生。"面对古战场遗址，虽处大一统的时代，不免感慨系之。其寄赠酬答之诗亦多，《寄轩杂咏》："去年三月半，相送暮江亭。离思随芳草，春波满绿汀。鬓从今日白，门对数峰青。南北迢迢路，关心两叶萍。"清新的语言，蕴藉的情思，离情感人。颈联对仗精工，句意精警，颇见艺术功力。

多士宗，字小山，阜城人。乾隆十八年拔贡生。纪昀《宿阜城怀多小山诗》以李商隐比之："此邦称沃土，之子独高名。……蹉跎侣陈阮，惆怅玉溪生。"其诗以清灵蕴藉为主，《江声晚泊》中间两联："林疏斜漏月，雾重远沉山。长铗三年客，扁舟万里还。"幕食漂泊之情，和清淡悠远之景色，使诗歌具情景相生的妙境。

第四节　乾嘉之际畿辅诗坛巨子舒位

舒位（1765—1815），字立人，号铁云，小字犀禅。直隶大兴（今北京大兴区）人。父舒翼宦游南国，长期旅居，曾官广西永福县丞，河池知州。故舒位出身于吴门，活动的地域也多在南方，虽号称北地才子，实际上所浸润的乃是南方文化，其《题湘漓合稿后即呈霭若观察》有云："莫讶悲歌燕赵士，生来吴语自称侬。"舒位少有才名，十四岁赋《铜柱》即传诵安南。然二十四岁时父亲客死江西弋阳，伯父舒希忠被弹劾，舒家在大兴的田产被抄没，遂使舒位生活陷入困顿。又连蹇于科场，乾隆五十三年（1788）始得中恩科举人，此后"九上春宫"不第。因此一生落魄漂流，居无定所，甚而幕游四方，寄人篱下。人生的窘迫，越发衬显出其文学的光彩，所谓"容易三间茅屋底，太平世界苦吟身"（《初侨禾中汪翠亭甥倩与甥女兰岩俱至于其迴棹后作诗寄怀》），其诗才深受当时名流俊彦的推赏。乾隆三大家之一的赵翼与之订为忘年交，说他"岂惟畏友，兼藉师资"，国子监祭酒法式善将他与王昙、孙原湘并举，以"晄彼幽兰花，无言开满院"（《三君咏》）誉之。舒位著作甚丰，诗作二千余篇，刊为《瓶水斋诗集》十七卷，《瓶水斋诗别集》二卷，另有《乾嘉诗坛点将录》《瓶水斋杂俎》《瓶水斋诗话》以及戏曲集《瓶笙馆修箫谱》等。

舒位对于乾隆诗坛各流派尤其倾心性灵派，而自成一家。陈文述《舒铁云传》："乾隆、嘉庆之际，诗人相望，归愚守宗法，随园言性灵，学之者众，未有能尽其才者。君独以奇博创获，横绝一世。"从交游来看，舒位与性灵派关系密切，其《乾嘉诗坛点将录》以袁枚为及时雨宋江，目性灵派为当时诗坛枢纽之意甚为鲜明。其诗学观也有与性灵诗说相契合之处，主张诗歌重在表达真性情。《答孟楷论诗三首》："古诗多歌谣，性情之所寓。有时天籁鸣，适与人事遇。"诗歌创作之初起，即在于性情，而为人所欣赏的诗歌亦在于真性情之灌注，《与守斋论诗三首》："性情各有真，片语不能强。非心所欲言，虽奇亦不赏。"强调性情仅是舒位诗学观的一面，他同时还重视诗人的道德品格和才学。他欣赏文天祥"即论文章已奇绝，况有忠孝相扶持"（《宋文丞相论语题文歌》），《瓶水斋诗话》又云："大抵诗家晚节矫然者，其诗必传，传者多佳，如晋陶潜及金之元好问、元之杨维桢皆是也。"以此与真性情之说结合，即诗歌必须体现高洁之性情。对性情的强调，容易走向俚俗浅滑之弊，比如明代公安派和乾嘉之性灵派，末流往往如此。舒位主张以才学充盈于诗，所谓"胸中千万卷，始得一两篇"，而且没有学识，难以达到较高层次，"然非读书多，不能鞭入里"，唯有博通经史，"纵以五千年，衡以九万里"，方能"铸出真性情，凿成大道理"（《与瓯北先生论诗并奉题见贻续诗抄后》）。《瓶水斋诗集编目小序》："读万卷书，未能破之，行万里路，仅得过之。"即表明自身创作宗旨。但是舒位同时指出，论诗重学问不必蹈入考据为诗之窠臼，《与守斋论诗三首》："考据与应酬，皆非我辈语。"此外，舒位对于诗歌的艺术技巧也提出了一些看法，他强调语言典雅和体裁纯正，即"言尤择其雅，体必裁其伪"（《与守斋论诗三首》）；也关注构思与灵感的产生，如《瓶水斋诗话》云："文章本天成，妙手偶得之。执此意以求此种诗，便可领会，否则痴矣。"

　　写景感怀诗是舒位诗歌中成就显著者。在幕游漂泊之中，舒位常以诗笔描绘所到之处的风景，并抒发怀古之幽思，将自己的身世之感打并其中。如写燕赵风物之诗，《清苑》写出北地的荒寒："马头风猎猎，鸦背日荒荒"；《新乐》描写清远皎洁之雪景："城空晴扫雪，山远淡疑云。"写南方的城镇则多清新雅洁，如《丹阳》："春雨落江湖，扁舟欲画图。波平帆影重，山远墨痕粗。岸草微垂绿，林禽暗自呼。停桡问前路，乡语听函胡。"构图颇有水墨山水画的效果，对仗工巧，将旅途所见自然呈现。而当所描绘之景与其身世结合，慨叹之意即蕴含其中，《江都》写到杜牧之落魄，不禁感怀："莫看人富贵，我亦一浮云。"舒位此类诗作多与怀古之情结合，故下笔所到，往往学识贯注，悲壮苍劲，如《曲阜拜圣人林下》三首其三：

> 读书容易废书难，初志萧条晚节寒。
> 半部功名输吏牍，一堂岁月误儒冠。
> 身非兕虎琴三弄，道在虫鱼铗再弹。
> 为是绝粮仍负米，饱尝粗粝百年餐。

拜孔林类题材之诗甚多，此诗为佼佼者，林昌彝《海天琴思录》赞为"别开生面，以悲慨苍凉之笔，寓身世遭逢之感，可谓前无古人，后无来者"。《赵味辛司马权知兖州置酒少陵台》则感叹杜甫"稷契空相许"的人生悲剧，寄寓自己沦落不遇的牢骚。

舒位曾幕游贵州两年余（1797—1799），以"见闻所及"撰为诗歌，描绘黔地风俗，数量近两百首，其中还有融合见闻和"杂撰"资料的《黔苗竹枝词》一卷。《峒人》写峒人采茅花为絮、夫妇出入必偕的风俗："撷得茅花冷过冬，比肩人似鸟雌雄。此间定是多情地，开出相思草一丛。"《蛮人》描绘蛮人佩刀及衣着风俗："草衣男子花裙女，花太短时草太长。"以汉人礼俗观黔地少数民族习俗，舒位每出以"不雅观""轻薄"之辞，但有规模地展现当地的异域风情，可称乾嘉诗坛别具特色的篇章，亦有相当的民俗史料价值。纯以山水为描绘对象的旅黔诗章，则多写得清新上口，如《施秉道中》其二："栀子开花四面风，山坳蝴蝶草根虫。无人解赠同心者，乱插红藤笠子中。"栀子洁白秋香，却无人欣赏，反而是红色的藤花被采摘佩戴。《沙坪》："涧声喧古瀑，柳影卧朝阳。隔坞凉风至，时闻橘柚香。"声、色、嗅、触等感觉综合呈现，情景交融，自然而高妙。客居他乡的游子也会时时怀想知交故友，思乡的主题与人生落魄之感相融，诗中顿时出现沉重和伤感的情境，《小除日在兴义作家书附寄女床山人》："霭霭慈云春一朵，蒙蒙零雨话三年。相逢莫讶囊羞涩，诗价腾昂压两肩。"《寄怀他山》其一："我是江南红豆，逢人便说相思。"对于久居而已经熟稔的他乡，也是难以割舍，如《图宁关纪别》："侵晓离亭唱鹧鸪，雨丝风片最模糊。一肩书剑从来惯，满眼关山半眼无。昨夜酒樽犹北海，明年春水又西湖。倩谁解说相思苦，写个天涯送别图。"漂游的经历、难以施展抱负的激愤和别离之际的伤感互相扭结，深沉而且苍凉。

作为具有政治抱负的士子，舒位关切时弊，系心民生，对于吏治腐败深表愤恨。《题钱舜举锦灰堆横卷》指出"好官无过多得财"，因此集中多有讽刺贪墨之吏丑恶嘴脸的作品。《卢沟桥行》喜剧性地描画桥吏索要过路钱的无耻行径，"公虽无税私有然"，过路举子给二百铜钱，则怒容满面；"增之一分"，马上"笑口开"，让车过桥。《杭州关记事》写关吏检查过往船只，公然勒索钱物。他们"开箱倒箧靡无为"，给钱者"青铜白银无不可"，否则"青山白水应笑我"。给钱数额少，就呼聚豪奴准备动武，故篇末感叹"见奴见吏如见鬼"。因对吏治腐败有清醒认识，故对百姓起义深表同情，《纪事诗六首》认为"谁驱民作贼？乃以吏为师"，《却寄陈笠帆中丞》亦有"莠民固丧心，残吏尤汗背"之句。

舒位好学不倦，"于经史百家无不究，而一发于诗"①，因此在《瓶水斋诗集》中有大量的论诗品艺和咏史评书之作。论诗之作集中体现其诗学主张，见解精辟，如《答孟楷论诗三首》认为读书与作诗关系密切："岂有未读书，便可耽佳句？"又云："苟非卷轴气，不结文字缘。"《杂兴六首》以诗法与兵法比较："作诗如用兵，虚实极其致"；《与瓯北先生论诗并奉题见贻续抄后》关注作诗与改诗的问题："作诗如酿酒，滋味熟则醇。改诗如煎茶，火候过难匀。"以绝句论诗，始于唐代杜甫《戏为六绝句》；以绝句论词，始于清代厉鹗《论词绝句十二首》；以绝句论曲，舒位《论曲绝句十四首并示子苭孝廉》可能是首出之作。凡笛乐音色，服装道具、歌舞演唱、演剧排场、曲律名家皆在论曲绝句中得以评论，如云"协律终怜魏良辅，定弦定让陆君旸"，又云"玉茗花开别样情，功名表在纳书楹"等，均具卓见。另外《与仲瞿论画十五首并示云门》为论画组诗，体现其对文艺的多方面的修养和鉴赏水平。

咏史评书之作集中于《春秋咏史乐府》和《读论语诗六十首》。《春秋咏史乐府》共一百四十首，以春秋史事为吟咏对象，综合《左传》《国

① 《清史列传》卷七十二《舒铁云传》。

语》及他书论及春秋的内容，出以己见，堪称咏史诗的别开生面之作。在写作技巧方面，舒位处理得较为灵活，即"长言不足，则他事相形；庄论易倦，则诙谐间出"。《曹刿见》生动描写战争："车转轴，弦发矢。马逸不能止，以刀杀敌如削纸。"篇末则讽刺身居高位者的昏庸："彼哉肉食焉知此？归听铙歌饮酒耳。"《新里行》则表现了深邃的历史洞察："国家之守守在德，不在池深与城厚。新里新，梁国奔。长城长，秦国亡。"《读论语诗》组诗六十首相当全面地评述了《论语》中孔子及孔门的言行，结合历史和现实，常常表达其对世道人心的忧虑。如论及《论语·先进》"四人侍言志"，舒位感叹："岂知治国家，绝少万全术。道为世所轻，才为众所嫉。知亦未必用，用亦未必益。有初鲜克终，盛名难副实。天下本无事，斯人不可出。春风吹春衣，此志偿何日？"不仅道出孔子赍志以殁的悲凉，且融合后世历史和当代现实的经验，体现儒者关怀天下的情怀。

舒位的寄赠交游诗沉郁苍劲，且能突出人物的风神姿态。如《再赠陈矍》写陈矍虽具"手弄梅花过岁寒"的隐士情怀，却是雄心潜伏的落魄文士："半世雄心磨剑具，一等老眼借书看。等临山水年年别，嫁女昏男事事难。"其题画之作亦颇具神韵，描摹生动，议论精辟，如《陈检讨填词图》："万口歌尘一手填，花无聊赖酒无边。人间白发三千丈，袖里乌丝五十弦。"又有"残山剩水还留恋，对影闻声未寂寥"，陈维崧把胸中愁闷填入词中的穷而奋发的形象呼之欲出。《看山读画楼图》既写画景"青天铺纸云泼墨，皴出一山楼外立。已教排闷送来看，更与摇豪写将入"，也议论"君既看山如读画，我亦读画如看山"。《题圆圆小像》感怀史事："岂有佳人难再得，可怜朝士已无多"。其咏物诗或形容物态，或隐寓深意。《茉莉词》"分明玉燕钗头见，花是江南第一香"，《白樱桃诗》"比似白家樊素口，夜深私语淡妆时"，极写花的香色。《落花诗》"空枝袅袅帘前立，小草萋萋陌上熏。末路才人新寡妇，蔡文姬对卓文君"之句，则以残败之落红比拟落魄才人，寓含个人的人生感受。

谭献《重刻瓶水斋集序》认为舒位"天才亮特""诗篇雄峻"，[①] 近人

---

① 舒位：《瓶水斋诗集》附录，上海古籍出版社 1991 年版，第 814 页。

将其归为"性灵派骨干"①。而在艺术风貌上，舒位的诗歌与袁枚、孙原湘等不尽相同。从强调诗歌表现真性情来说，舒位与性灵派基本相同，但诗风却不再是清新空灵，而是雄峻横逸。另外他对于学问的强调，使得其诗有以才学为诗的倾向。他以大量的诗篇来论书说艺，又表现出以议论为诗的倾向。舒位的诗转益多师，并未局限于性灵派的矩范之内，而表现出广阔的取材和丰富的艺术风貌。赵翼称其"于长吉、玉溪、八叉之外别成一家"（《瓶水斋诗集跋》），法式善以为其诗"前无古人，后无来者，非浸淫于三李二杜者不能"（《题瓶水斋诗集后》），谭献则以为"求之高、岑、欧、梅且变化，匪由于拟议也"，即均指出舒位作诗广观博取的诗艺来源。龙铎全面总结道："他人之诗有六义，铁云之诗兼有三长；他人之诗有四声，铁云之诗兼有五音；他人之诗有唐、宋、元、明，铁云之诗则兼有《离骚》、八代也。"（《瓶水斋诗集跋》）因此舒位诗在后世影响甚大，龚自珍在《己亥杂诗》中专门评论曰："诗人《瓶水》与《谟觞》，郁怒清深两擅场。如此高材胜高第，头衔追赠薄三唐。"并特别说明："郁怒横逸，舒铁云《瓶水斋》之诗也。"② 其近体诗情真意切，七古郁怒多姿，奔放瑰异，为乾嘉之际诗坛的巨子，在诗歌史上占据一席之地。

第五节　京畿八旗诗人概说

以满族为主，包括蒙古和汉军所构成的八旗诗人，经历顺康两朝的孕育，有蔚为大观的趋势。由于入关已久，许多旗人对于祖先的发祥地早已陌生，所谓"白山黑水"，或者听诸先人的垂训，或者见诸文献典籍，或者是偶尔亲临其地，短暂勾留。因此，居住和活动的区域在京畿的旗人在地域归属和文化心理上与京畿呈现趋同的态势。袁枚这样描述乾隆诗坛的八旗诗人："近日满洲风雅，远胜汉人，虽司军旅，无不能诗。"（《随园诗话补遗》卷七）因此我们把部分八旗诗人归入河北诗坛加以说明，俾使活跃在河北地域的这一独特诗人集群的贡献凸显出来。

---

① 王英志：《舒位诗歌论略》，《中国韵文学刊》1996 年第 2 期。
② 龚自珍：《龚自珍全集》，王佩诤校，上海古籍出版社 1975 年版，第 520 页。

一、恒仁与敦敏、敦诚兄弟

恒仁（1713—1747），字育万，一字月山，英亲王阿济格四世孙。初袭封辅国公，旋罢。有《月山诗集》四卷。因是权力斗争失败者的后裔，恒仁十二岁时经历袭爵罢夺的打击，从此一生抑郁。在诗歌创作上，他常写幽寂之景而表现及时行乐或尘外之想。如《盘泉》"溪中晾甲石，数丈平且敞。涓涓新溜泻，势若长川漾"，写景如绘，于是"清听涤烦襟，临观聊倚杖"，又想到"清泉石上流，初月波中上。此景不易得，吾将夜中往"。《松树峪》写清幽景致："沃壤春耕雨，孤峰旧闭门。当阶红药放，跃沼紫鳞翻。"于是"更想幽寻去"，喜爱这一脱离尘世之扰的情境。《玉泉禅院》："春风吹不到，白云相与间。偶寻林外约，引我过前山。倚杖看奇石，徘徊殊未还。"造语平淡，襟怀淡泊。

另外，恒仁诗歌多感怀深沉，借物寓意，反映其人生处境之辛酸。他或者客观审视，有所寄托。《蝉》："夏木千章暗，高楼噪夕晖。清音宜远听，莫向近枝飞。"对聒噪热闹的远离，不向"近枝"即不近权力之中心。《感物次薰之韵》写"幽人澹无营，拥书坐茅屋。长日不停吟，短夕犹勤读"，看到"流萤入户飞，栖鸟依枝宿"，品味二者"动定虽异情，游止惬所欲"，但是仍有拂灯蛾"捐躯赴炎燠"，他们"岂欲资气焰，蹈火恐不速"。对外物的咏叹其实乃是冷眼审视世道的感怀。其所咏之物更有自况的意味，因而感情充沛，《风摧庭菊殆尽用少陵茅屋为秋风所破歌韵》：

竹枝摧折救不得，就中芳菊可痛惜。

篱边狼籍无颜色，黄花惨淡叶深黑。

直疑风伯心似铁，粗豪不惜风景裂。

秋深暂知阴用事，姑缓数日亦佳绝。

菊本后凋乃先萎，含情欲诉无由彻。

狂暴之"风"和惨淡之"菊"，深隐其身世遭际。作为被夺爵的皇室后裔，现实的生存定然困窘，情郁于中，发之于辞。又如《枯柳叹》：

闲清堂畔柳枝新，昔年长条低拂尘。

夭桃秾李各斗艳，此树袅袅偏依人。

岂知中路颜色改，根株半死当青春。

> 草堂无色感杜甫，《枯棕》《病柏》同悲辛。
>
> 婆娑生意几略尽，穿穴虫蚁难完神。
>
> 一枝旁抽独娟好，亦有狂絮飞来频。
>
> 人生宁无金城感，过情悲喜伤吾真。
>
> 且把酒杯酹木本，荣枯过眼安足论。

荣华锦绣之日已去，而今"生意略尽""根株半死"，与现在仍"斗艳"的桃李相比，其惨淡可见。家族兴衰之感潜运其间，而结句之故为宽解，也沉郁悲辛。另外，其《和韩秋怀诗》或写景或咏怀，以五言出之，清词丽句，颇有魏晋风致。如写庭院之草"幸逃耘锄厄，托根雨露地"，但好景能延续几时："易发还先萎，常理岂有异。"如表达闲居观书之乐："幽事自可娱，至乐将谁献。优哉复游哉，无求亦无怨。"如表达自己的品性高洁："我心一何洁，清冷如冬凌。我足亦何蹇，痴钝如寒蝇。洁既污莫合，蹇亦捷所憎。"如感伤夭折的才子："秋风感我心，竟夕声悲酸。"如写泛舟游赏之景："鸣蛙喧远岸，游鱼吹细澜。"如咏叹月之盈亏与人生无常："圆亏各有时，晴明焉常保。抚松羡后凋，攀柳知先槁。人生行乐耳，此语吾解道。"纪昀评其诗云："其吐言天拔，如空山寂历，孤鹤长鸣，以为世外幽人，岩栖谷饮，不食人间烟火者。"（法式善《熙朝雅颂集》引）即道出恒仁诗"凄幽冷寂"的风貌。

恒仁的从侄敦敏（1729—1796），字子明，号懋斋，任宗学总管，与曹雪芹相交甚笃。有《懋斋诗钞》传世。其诗风清逸秀润，情韵兼具。敦敏长于写景，情由景生。《晓起望雨》："片云作段飞，宿露沈花圃。微风雨未来，一鸟过前浦。"情境浑成，信笔写来似不经锤炼。又如《舟中即目》："竹篱茅舍掩清谿，几处人家傍柳堤。鸥鸟数声秋又晚，蓼花红过小桥西。"以景抒情，一片浓情，而出之以景语，是其惯常的表现方式。《病中》："静里悟沈浮，门横一榻幽。西风窗外雁，黄叶病中秋。雨忆寒宵梦，钟来薄暮愁。不眠看夜月，又已下帘钩。"因具有难得的史料价值，他与曹雪芹酬唱之诗被红学家所关注。而从文学性而言，也值得注意，《西郊同人游眺兼有所吊》：

> 秋色招人上古墩，西风瑟瑟敞平原。遥山千叠白云径，清磬一声黄叶村。

野水鱼航闲弄笛，竹篱茅肆坐开樽。小园忍泪重回首，斜日荒烟冷墓门。

写秋日萧瑟，对句工巧，而末句略一转折，由怡悦到凄凉悼念也显得自然，以景语作结也使得全诗余韵悠长。《赠曹雪芹》则写出了人物的风神：

碧水青山曲径遐，薜萝门巷足烟霞。寻诗人去留僧壁，卖画钱来付酒家。

燕市狂歌悲遇合，秦淮残梦忆繁华。新愁旧恨知多少，都付酕醄醉眼斜。

首联将简陋居所形容成隐逸高士自怡之处；颔联写出其诗画之才，以及沦落之处境；颈联则今昔比照，昔日的繁华和现今的悲凉齐聚笔端；尾联以曹雪芹睥睨狂放之醉态收束全篇，感慨深沉。

敦敏之弟敦诚（1734—1792），字敬亭，号松堂，有《四松堂文集》。虽身为宗室成员，且在宗人府供职，生计无忧，其诗歌却时时呈现凄冷之面目，法式善《八旗诗话》称其诗"幽眇静觌，如行绝壑中，逢古梅一株，着花不多，而香气郁烈"。如《朝阳洞》表现对幽静的欣赏："隔涧响鸣泉，栖鹊叫古木。石径拾松花，坐煮山泉熟。"《月上村外独步》则写秋月下的孤村："黄云压稻场，紫花香豆圃。篱下独徘徊，竟夕无人语。"《秋雨》描写秋雨中老屋周边的景致："晓起尚溟濛，青烟暗庭竹。悠然步松丘，危峰滑如沐。寒蝉栖濯枝，饥鸟下林木。"淡淡写来，末云："闲久客稀来，小径莓苔绿"，乃是悠然的闲寂情怀。《山月对酒有怀子明》："四更寒吐秋山月，万壑涛生落叶风。遥岭钟沈孤塔外，残灯人语夜厨中。"对句精警，萧瑟阔大之景却与"孤""残"等字搭配，幽单的情绪消解了仅有的豪情。对于田园风光的描写就不再孤清，而是略显亲切，《南村雨中》：

馌妇家家动晚炊，低烟不起绕荆篱。老农贪著春耕雨，湿尽黄牛下陇迟。

春雨中低回的炊烟，湿透的黄牛和勤劳的老农，自然而温馨，是一幅和谐的农村剪影。

与写景抒情之诗不同，敦诚的七言歌行雄浑而隐现磊落不平之气。《佩刀质酒歌》写豪健男儿"身外长物亦何有，弯刀昨夜磨秋霜"，一腔报

国之志，但换来的只是无奈："我今此刀空作佩。"想到"欲耕不值买犍
犊，杀贼何能临边疆"，于是"未若一斗复一斗，令此肝肺生角芒"。敦诚
与曹雪芹亦过从甚密，《寄怀曹雪芹霑》不仅透露了曹氏家世，而且塑造
其落魄却倔傲的形象：

> 少陵昔赠曹将军，曾曰魏武之子孙。君又无乃将军后，于今环堵蓬
> 蒿屯。

> 扬州旧梦久以绝，且著临邛犊鼻裈。爱君诗笔有才气，直追昌谷破
> 篱樊。

> 当时虎门数晨夕，西窗剪烛风雨昏。接羅倒着容君傲，高谈雄辩虱
> 手扪。

> 感时思君不相见，蓟门落日松亭樽。劝君莫弹食客铗，劝君莫扣富
> 儿门。

> 残羹冷炙有德色，不如著书黄叶村。

《立秋前一日大风雨，自朝抵暮不止，石塘水溢，屋瓦苔生，涛拂长松，
蜡翻蕉叶。台上对之，眉宇生快。遂命酒与家人饮，作长歌下之》写风雨
之大："黑风吹海天地青，四野八荒云画暝。洒作人间三日雨，萧飕似带
鱼龙腥。"而面对"石塘水溢鱼入户，老屋地上浮新萍。山妻不嗔水漂麦，
痴儿未至头触屏"的情景，他却是满腔豪兴："急扫苔茵坐横石，旋开家
宴倾酒醽。"而《冻蝶行》则咏叹秋日的蝴蝶，"朔风吹蝶何处来，犹向东
篱觅寒蕊。香须金翅半消磨，欲飞无力可奈何"，旧梦依稀："记得春时红
紫绽，日绕秦楼过汉殿。"此时"南华梦断隔烟水，庭空月暗秋魂孤"，最
终作者安慰道："蝶兮蝶兮暂栖止，尚有梅花堪徙倚。"在诗中，蝶魂与人
意互相交融，隐喻沦落之士的高洁。

二、永奎、永忠及其他

永奎（1729—1790），字嵩山，号神清室主人，礼烈亲王代善五世孙。
著有《神清室诗稿》。以子麟趾袭礼亲王之故，追封礼亲王，实际上他一
生未任实职，足迹不出京畿。集中多赠答次韵之作，游赏赋诗，书写闲情
雅致。《中秋后二日同朣仙、敬亭游带水山庄马氏园分韵得忙字》：

> 田翁恰恰罢农忙，冷宦同游带水庄。万里西风吹落木，一行归雁带

斜阳。

　　泊舟乘兴依烟柳，驱马辞秋入帝乡。忆得二君清梦好，定随明月落湖湘。

时地清楚，末句点题，颔联、颈联写秋景，均作得中规中矩。又《丙戌秋杪，余手酿橘酒。丁亥夏日以惠敬亭，敬亭见酬以诗，因赋此奉答》："半楹晴涵云梦月，一樽香带洞庭霜。五湖多少烟波兴，欲共莼羹一味凉。"由橘酒而想到"烟波"之兴，乃荡开笔墨去写，由实入虚。其田园诗写景清切，恬淡可人。《田园杂兴》：

　　幽人水竹自相宜，茅屋柴扉护短篱。万顷绿莎平似掌，一犁春雨杏花时。

近景中人、茅屋、短篱、竹、水构图高低错落，后两句则写远景，空阔平坦的田园在春雨中苏醒，弥望的绿色夹杂鲜亮的杏花，真是北方田园的绝美画卷。

　　如果说上举永蕙诗尚嫌平淡，其歌行体诗歌则能体现出其个性与经历。《览镜见白髭有感》感叹年华空老，知交零落："室人交遍谪，路人亦讪谑。囊囊黄金空，一钱自羞怍。"《狂歌行》对争权夺利之行径深表疑惑："呜呼大地为高丘，蚁穴纷纷争王侯。侧身欲上九嶷顶，问天何事独留万古愁？"身为宗室成员，见惯宫廷喋血，尔虞我诈，不由得心生厌恶。因此他修身养性，超然于名利。《栟榈道人歌》："贪痴爱欲皆为病，灵台皎洁常如镜。万斛斗粟同一观，外物争教累真性。"诗中"栟榈道人"即永忠，亦宗室成员，以戒欲为主张，体现远离是非的愿望。永蕙的生活态度正如《题松崖披卷图》所言："手把书卷遮俗眼，懒看世事浮云忙。"《除夕感怀兼忆起潜、云汀、柳村诸同人，用东坡韵》则全面表述了自身的生存境遇和心态：

　　双鬓渐生皤，欢情已减半。年华不少留，中宵发浩叹。
　　功业似虚花，诗书余清玩。骨肉欣团聚，朋辈惊萍散。
　　纸窗竹屋间，灯火青荧伴。今岁云暮矣，明朝又新旦。
　　豹变岂敢期，鼠迹喜盈案。风欺梅影颟，雪压松梢乱。
　　平生抱懒癖，常复忘枻盥。争先谢蹻捷，退步希迂缓。
　　羞涩愧空囊，充箧谁朽贯。激烈丈夫勇，睥睨儿女懦。

与俗多参商，处世忘冰炭。庐山胜终南，招隐何须馆。

冬尽剩余寒，春早得轻暖。乐圣一衔杯，对影忽成粲。

总结半生经历，在"读书清玩"中度过，与功名之事远离，即"与俗多参商"，看惯朋辈"萍散"，所幸自己"骨肉欣团聚"。虽然"羞涩愧空囊"，但纸窗竹屋，慵懒生活，亦复心满意足。八旗子弟之诗一再表达谦退、懒散，无欲无求，与入关之初的雄豪莽气已完全不同，永瑢的诗歌正是这种趋势的一个缩影。

永忠（1735—1793），字良辅，又字敬轩，号㮬仙、渠仙、栟榈道人等。恂勤郡王允禵孙，封辅国将军。多才多艺，琴棋书画无所不精，有《延芳室稿》。善于写景，即景抒发宁静淡泊之情。《山晚》："极目但苍莽，不辨城与陴。璧月东南来，渐有清华滋。"造语古雅，自然而写出清幽山景，末句"此时妄想尽，惟吟五字诗"表述与这一景致相融的出尘之想。《山居晚兴》"云岚变态新，烟雨画意足"则有锤炼之美感，山居之愉悦充盈于对美景的捕捉。《早发段家岭》则既有五律的严整，又自然巧妙："烟平春树阔，风细早云凉。鸡犬鸣村远，牛羊牧陇荒。"

永忠另一类诗以议论取胜，而情感内蕴其间。《无题》："过去事已过去了，未来何必预商量。只今只说只今话，一枕黄粱午梦长。"语言直白，机锋百出，令人印象深刻。《重九后一日㮬仙召集静虚堂同嵩山赋》叙议结合，感叹"我辈碌碌牛马走"，于是出以"达观在昔南华庄，梦化蛱蝶恣翱翔"之句。其《因墨香得观〈红楼梦〉小说吊雪芹》以三首绝句评论曹雪芹及《红楼梦》，最为后人所熟知：

传神文笔足千秋，不是情人不泪流。

可恨同时不相识，几回掩卷哭曹侯。（其一）

颦颦宝玉两情痴，儿女闺房笑语私。

三寸柔毫能写尽，欲呼才鬼一中之。（其二）

都来心底复心头，辛苦才人用意搜。

混沌一时七窍凿，争教天不赋穷愁！（其三）

不仅从总体上充分肯定小说感染力，且涉及其中情节，由书及人，感叹深沉，似为曹雪芹而掬同情之泪。这三首诗是《红楼梦》阅读和接受的重要历史材料，也是以绝句品评小说的优秀作品。

另外值得一提的宗室诗人还有永瑢、济哈纳、如松等。永瑢，字文玉，一字益斋，号素菊道人，允祁孙，袭封辅国公，有《清训堂集》。为诗清淡，长于写景，如《西甘涧》："晚霞云半赤，寒岩枫柏丹。古寺余老屋，山僧鬓已斑。"笔致舒缓，色彩秾丽而对比强烈。济哈纳，号清修道人，郑献亲王济尔哈朗五世孙，有《清修室稿》。其诗表达客游思乡之什往往情景相生，《秋晚》"野寺钟声斜照里，荒村烟火小溪头"，写荒寂之景，随之而来的情绪是"客梦今宵应未稳，一轮新月到帘钩"，虽有思乡未眠的愁绪，却表达得含蓄轻灵。《行路》写一路的苦寒："野寺荒鸡啼月影，寒林骢马踏冰声。风尝透骨重裘薄，山不经心熟径生。"末句"何事崎岖嗟蜀道，从来游子自多情"感慨沉郁，苍凉悲辛。如松，号素心道人，睿忠亲王多尔衮五世孙，追封睿恪亲王。有《怡情书室诗钞》。善于描写山水景物，多写旅次所见所感。《石门道上作》："水光冰间断，山翠雪平分。远烧明林麓，寒吹失夕曛。"写正月的雪景，春寒袭人之状，生动贴切，且锤炼精工。《燕郊道中雨后作》"雨停沙溜浅，风定野蝉鸣"、《潞河泛舟》"深柳蝉声鸣断续，蓼花红处识东皋"等亦如此类。

三、铁保和法式善

铁保（1752—1824），字冶亭，号梅庵，满洲正黄旗人。乾隆壬辰（1772）进士，称满洲才子，由郎中迁少詹事，乾隆五十二年（1787）为礼部侍郎。先后九次充任会试、乡试考官，天下士子多出其门。嘉庆四年（1799）调任盛京兵部侍郎兼奉天府尹。八年（1803）任山东巡抚，十年（1805）官至两江总督，加太子少保。十四年（1809）受山阴知县浮冒赈银案牵连而革职，发往新疆。起复后任浙江巡抚、吏部尚书，十九年（1814），又革职发配吉林。二十三年（1818）召回，降洗马。道光元年（1821）赐三品卿衔病休。工书法，当时与翁方纲、刘墉齐名，有《梅庵诗钞》《应制诗》《玉门诗钞》。

铁保论诗强调在性情之"真"的基础上有所新创，《续刻梅庵诗钞自序》："拾前人牙慧，忘自己性情，神奇化为臭腐，非具鲁男子真见者也。故于千百古大家林立之后，欲求一二语翻陈出新，则唯有因天地自然之运，随时随地，语语纪实，以造化之奇变，滋文章之波澜，语不雷同，愈真愈妙。"在感情袒露方面，他诚恳自然，即事抒怀，感慨沉郁。《抒怀》二首写贬谪新疆之感受，其一中间两联："梦依吴越江山外，身到昆仑碣石间。刁斗不闻沙漠静，簿书常简柳衙闲。"不胜清闲寂寞之感。其二：

> 华发萧骚事远游，万三千里此淹留。
>
> 乍依西域日中市，亲见黄河天上流。
>
> 两路回夷分彼界，八城将帅喜同舟。
>
> 半年谪宦超都护，投老涓埃惧莫酬。

将远贬西域所闻所感真实写出，牢骚满腹而顿挫生姿，境界浑阔。又如《春夜》"壮志渐随春夜老，苦吟未许砚冰知"之句亦雄浑慷慨。另外，他的写景诗或隐现雄豪之气，或幽怀空寂，各具特色。雄豪者如《登摄山最高峰》"龙虎气蒸锺阜白，金焦影蘸海门青"、《久雨》"快意溯清流，开襟逆飞瀑"等；幽怀空寂者如《和陈雨人》"等闲不敢探名胜，多恐溪山笑宦游"（其一）、"荷花如锦柳成围，徙倚孤亭恋夕晖"（其二），又如《破寺》：

> 破寺何年建？荒凉四壁存。
>
> 惊沙埋野径，冷日抱颓垣。
>
> 夜黑鸱争树，人稀虎到门。
>
> 更无僧驻锡，灯火息朝昏。

欣赏荒凉的破寺，颓垣野径，写出无比幽寂之景，境界凄冷，颇具晚唐姚贾诗风神韵。

作为将门之后，铁保深受剽悍家风的影响，其诗歌也体现出劲健硬朗的风貌。[①] 吴文溥《南野堂笔记》即以"笔可洞铁"形容其诗。要之，其古风歌行和边塞行吟之作集中体现这一特点。如《草书歌》："洪炉火激迸列缺，晶盘冰滑流珠芒。苍鹰盘云缩爪甲，奇石攫壁春碨碨。"狂放矫健。《古赤铜刀歌》咏唱古宝刀："何人新丰醉贳酒，何人燕市歌送行。遂令三寸露光怪，神彩奕奕声铿鏜。"《蜀镜词》寓含不胜今昔之慨："君王爱镜镜蒙尘，蟾蜍夜蚀悲青磷。化为三赵村边土，愁照宣华苑里人。"边塞题材的诗如《古北口道中》写大漠风情："飞瀑千寻横雪练，平沙十里走星

---

① 铁保之父诚泰乃直隶泰宁镇总兵，其弟玉保官至兵部侍郎。

芒。道逢猎骑归来晚，敕勒声摇满地霜。"大开大合，苍莽雄健。《塞上曲》其三：

> 高原苜蓿饱骅骝，风起龙堆塞草秋。
>
> 陌上健儿同牧马，一声齐唱大头刀。

写草原开阔之景，剽悍之民风，以质朴的语言，将边地豪迈的尚武精神表现得淋漓尽致。

法式善（1753—1813），原名运昌，字开文，号时帆，又号梧门、陶庐，蒙古正黄旗人。乾隆庚子（1780）进士，改庶吉士，授检讨，历官庶子。著有《存素堂集》《梧门诗话》《清秘述闻》《陶庐杂录》等。因久居翰院，又重视钻研文献，勤于学习汉文化，与汉族文人相交甚为相得。其论诗主张"清幽"之美，所作颇有王士禛"神韵"说之情韵，又兼具馆阁文学之闲雅。游历山水、吟赏烟霞之作乃其常涉及的题材，写景生动，多有余味。《黄土坎》"林绿湿敝衣，山声摇醉胆"、《青石梁道中》"野店秋无月，荒山树不烟"、《宝珠洞》"山声石上来，暮色天际写"、《梦禅居士仿香光卷子》"风霜老楮栎，烟翠饱菘韭"等句既有锤炼之美，而有天然凑泊之致。其七绝善于借景抒情，意蕴清灵，典型地体现其诗学审美主张，如《万寿寺》：

> 万竹忽低池上风，水烟吹到寺门空。
>
> 斜阳不管花开未，一角西山各自红。

全诗以景物铺展开来，抒情主体隐藏其中，审视自然界的各种变化，均天然而成，表达了禅意的愉悦。又如《元日过积水潭》：

> 年年骑马踏京尘，谁识风潭自有春。
>
> 岸雪消融溪水活，我来又作看花人。

将初春风景写得清新可爱，而欣喜之情蕴于篇中，有含蓄之美。

因所居之处积水潭乃是李东阳的旧居，法式善即以"后身"自诩。[①] 李氏乃明初著名的馆阁诗人，与法式善身份略同。《存素堂集》中多有写及李东阳者，《西涯诗》咏叹李氏"老臣忧国深，家室心所轻。故宅竟不

[①] 法式善《西涯诗小序》："西涯即今之积水潭，在李文正旧宅西，故名，非别业也。余既辨李广桥之误，因绘西涯卷子，并蒙文正像于帧首。"

保，居人凡几更"，旧宅风景是"微风散稻田，斜月上松石。菜园全荒凉，莲花总幽僻"，于是他"偶然出诗句，幽怀感今昔"，并且衷心喜爱李东阳诗"快读西涯诗，西涯胸中有。文章惊一代，眉寿夸十友"，学习其诗亦有所成："翩然神其来，面目落吾手。"《和胡蕙麓大令访西涯先生墓诗》"仅留诗句传湖海，无复鬻盐计子孙。三百年来谁过问，暮鸦黄叶畏吾村"，表达今昔巨变的沧桑之感。《题西涯先生像后》提到他曾校勘李氏文集，并有撰年谱，搜罗轶事之举。回顾李东阳一生行迹，对其"和平而冲邃"的性情颇为服膺。《题白石翁移竹图后》：

> 前身我是李宾之，立马斜阳日赋诗。
> 今向河桥望烟色，一陂春草几黄鹂。（其一）
> 水流花放自年年，谁有闲情似石田。
> 几笔山光秋到竹，盟鸥射鸭晚凉天。（其二）

以这种风流自赏的姿态写诗，过着优游而不乏情调的生活，是法式善在诗中惯常表现的内容。《由黑龙潭至大觉寺》"烟蓑恐无分，徒抱著书情"、《寄怀王述庵侍郎》"松菊存三迳，图书载几船"即其生活的状态和心境。另外要指出的是，与汉族文士一样，他也常在诗中有"贫""老"之叹，其实乃是套话，不过表现其官隐的心境而已，如《梅花》：

> 但有梅花看，何妨长闭门。
> 地偏车马少，春近雪霜温。
> 老剩书藏簏，贫余酒在樽。
> 说诗三两客，往往坐灯昏。

笔致舒缓，对句工巧自然，将诗酒读书的生活内容当作审美的对象，清淡之人所有的清幽之美，真切动人。应该说，作为旗人，法式善深深契入汉文化的内核，从其诗意诗趣观之，已与汉人之诗难以区分。

第三章

晚清时期的河北诗歌

从道光朝到光绪朝，以迄宣统朝清廷的倾覆，内忧外患丛生，诗歌发展到这一期，也已衰势难挽，无复顺康、乾嘉时期的繁荣景象。与整体的颓势相一致，河北诗坛这一地域性的文学场的向心力也显出疲软之态，凝聚力大不如前。因为时代的激荡，晚近河北诗人笔下也出现悲怆忧愤的吟唱，而总体上远不如东南地域的文人那么激烈，反而显示出保守封闭的征象。张之洞作为一代名臣，虽不乏愤慨时事之情，却限于"忠愤"之"忠"；边浴礼书写其"凋伤"之叹，张佩纶等也有慷慨之音，但限于身份和立场，始终未走上根本性变革之路。他们留下了大量闲情和游赏之作，保持封建官僚的做派。这一时期的京畿八旗诗人中盛昱支持维新，承龄秉持地方官的使命感，写出不少健朗苍劲之作；旗人才女顾太清因为个人悲苦的遭际，写景抒情皆极具感染力。除此之外的宗室诗人则多思想腐朽，依然耽于诗艺的展示，题材单调。总而言之，晚近的河北诗坛整体上是较为沉闷的，这种局面最终要在一场真正的文学革命之后被打破。

第一节　张之洞的诗歌创作

张之洞（1837—1909），晚清洋务派代表人物之一，字孝达，号香涛、香岩，又号壹公、无竞居士，晚自号抱冰。直隶南皮（今河北南皮）人。同治二年（1863）一甲三名进士，后历任翰林院编修、教习、侍读、侍讲学士及内阁学士等职。其间与张佩纶、陈宝琛、吴大澂等人一起，放言高论，纠弹时政，抨击奕訢、李鸿章等洋务派官僚，号为清流，有"四谏""六君子""十朋"之称。光绪七年（1881），授山西巡抚，政治态度为之一变，从事洋务活动，为后期洋务派中坚。光绪十年（1884）春，中法战争前夕，任署理旋又补授两广总督。任内力主抗法，筹饷备械，有积极贡献于战事进展。光绪十五年（1889）调湖广总督，后十八年间，除两度暂署两江总督外，一直久于此任。他建立湖北铁路局、湖北枪炮厂、湖北纺织官局。并开办铁矿、内河船运和电讯事业，力促兴筑芦汉、粤汉、川汉等铁路。在湖广、两江总督任上，张之洞任用有维新思想的士子为幕僚。戊戌变法时期，起先以支持维新活动的面目出现。1898 年 4 月，撰《劝学篇》，提出"旧学为体，新学为用"，维护封建纲常，宣传洋务主张，攻击维新思想。1900 年夏，八国联军进逼京津，清政府对外宣战，乃与两江总督刘坤一、两广总督李鸿章联络东南各省互保。1901 年清政府宣布实行"新政"，设督办政务处，命张之洞以湖广总督兼参预政务大臣。旋与刘坤一联衔合上"江楚会奏变法三折"，提出"兴学育才"办法四条，为"新政"活动之蓝本。1903 年，会同管理学务大臣商办学务，仿照日本学制拟定《奏定学堂章程》（癸卯学制），推行近代教育体制。1907 年调京，任军机大臣，充体仁阁大学士，兼管学部。慈禧太后和光绪帝死后，以顾命重臣晋太子太保。宣统元年（1909）病故，谥文襄。遗著辑为《张文襄公全集》。

张之洞身处晚清末世，内忧外患，虽仕途显达，但作为一个立志报国的封建文士，他感受到了时代的悲凉，笔下时时流露出"忠愤"之音。《哀时》写出当时的危局，并为之忧心忡忡："喦骙金隄高，安知蚁穴危。清晏五十年，养此氓蚩蚩。文吏吾公醉，武卒市人嬉。江南信可哀，河北守者谁？"对文恬武嬉而国运积危的现实，他感叹："泰否乃天道，剥复在人为！"又《读白乐天"以心感人人心归"乐府句》："诚感人心心乃归，君民末世自乖离。岂知人感天方感，泪洒香山讽谕诗。"对末世民心乖违的现状满心悲伤。朝政腐败，民不聊生，最终导致太平天国起义，张之洞写下长篇歌行《铜鼓歌》以记此事。其立场虽然站在维护清廷一边，但表达了对这种局面的反思。首说义军的燎原之势："咸丰四年黔始乱，播州首祸连群苗，列郡扰攘自战守，盘江尺水生波涛。府兵远出连城陷，合围呼啸姝徒骄。"而形容铜鼓之古拙："仿佛篆文不可辨，屡烦画肚终牙聱。土花绀碧沁肌理，雷纹宛转环皋陶。"本以之"良辰会客风日美，水面考击鸣蒲牢。如观溪峒跳明月，宰牛呷酒欢相邀"，一旦乱起，"忽然蛮风卷瘴雨，中有铁马声萧萧。一击再击转激楚，战场万鬼皆啼嗥"，铜鼓成为战争用具。末句感叹："圣人有道四夷服，何用大食日本歌金刀？"讽喻现实之意不言自明。

张之洞对于杜甫甚为服膺，诗歌亦多有得沉郁风调者。《人日游草堂寺》写携酒出游，不觉怆然："无端杜老同心事，四海风尘万里桥。"《杜工部祠》：

> 少乞残杯道已孤，老官检校亦穷途。
> 荣名敢望李供奉，晚遇难齐高达夫。
> 凭仗诗篇垂宇宙，发挥忠爱在江湖。
> 堂堂仆射三持节，那识流传借腐儒。

杜甫满腔"忠爱"，最终只是穷途沦落，不过其诗篇不朽，其道德人品不朽，悼念之中崇仰之意溢于言表。《过芜湖吊袁沤簃》"白叟青矜各私祭，年年万泪咽中江""凫雁江湖老不材，百年世事不胜哀"等句亦感慨苍凉。《中兴一首答樊山》："流转江湖鬓已皤，重来阙下扶铜驼。故人第宅招魂祭，胜地林亭掩泪过。前席颇怜非少壮，小忠犹得效蹉跎。神灵今有中兴主，准拟浯溪石再磨。"人生感遇之悲慨，年华老去之叹息，有沉重之情，而出之以"忠爱"之苦心，对于"同治中兴"所展现的短暂之和谐局面，他为之欢欣鼓舞，希望再接再厉，为国家尽忠。张之洞对"忠"这一道德范畴尤其强调，在清廷腐败的背景下，不免迂阔，但发之于本心，自然淳厚。其《五忠咏》分咏五位忠直之士，写于锺岳"论诗七子杰，破阵万夫雄"，写张鸿远"涣奔时事棘，守道腐儒哀"，写刘宝善"欲求公百辈，为帝守边陲"，或称许，或同情。《东海行》赞美胡铨的大义凛然："城中抗疏胡邦衡，屈膝苟活羞容容。"对屈子崇高品格深为钦佩："皓皓不受浊流滓，《怀沙》《惜誓》将毋同。"最终表达自己的志向："我本海滨士，独衔幽愤希高踪。坐对天池一长啸，枯桑槭槭生天风。"诸如此类，均显露其作为典型传统儒士的仁者情怀。

七言歌行是张之洞诗中写得较多且有特色者，有的以旧题作新篇，更多的是即事名篇，皆能做到文气畅达、苍劲生风。《采桑曲》中采桑女的形象鲜明，景物描写亦称清丽。写景如"紫燕对舞春风柔，风开桑眼青如油"，春景怡人。忙于采桑的少女"蚕瘦叶稀不满筐，那有心情更回眼"，但是心中春思难禁："春日脉脉春云阴，恨无绿绮通春心。路人千百说长短，自惜年华自不禁。"结句以"秋胡妇，忍死不受狂夫金"，表达自尊自重追求平等的爱情的愿望。《登牛首山望终南曲江樊川辋川作歌》即景抒情，"今登牛首望秦岭，南面连横如堵墙。截然平壤起都会，桑乾渭水浑流黄"，写出三秦之地的险要，同时想到"金陵仅栖偏安主，便有陂陀号龙虎。临安湖山最灵秀，低首称臣玩歌舞"，最终落实到"一朝立国有根本"，也即"守国在德亦在险"。《送王壬秋归湘潭》虽有送别之戚戚："游子对酒思故乡，秋士登高悲送远。"同时也写到对时局的忧思："横流能无沧海忧，陆沉差免神州泣。"《五北将歌·广州副都统乌兰泰》歌颂抗敌的将领："桓桓都护须髯紫，平日爱兵如父子。万里征讨毒瘴乡，能结士心得士死。"《金山观东坡玉带歌》感叹苏轼当年的遭遇："世事由来有反覆，故主谪臣殊荣辱。南巡圣藻身后荣，宣仁社饭当年哭。我哀公遇诵公诗，八州遍到拜公祠。"但观"一事堪令古人羡，今是天海澄清时"之句，可知其歌时颂圣的庸俗思想亦时时在诗中体现。

张之洞一生宦游四方，游历观赏，往往形之于诗，故集中模山范水之作甚多。《登采石矶》咏叹南朝旧事，以景语"霜鬓当风忘却冷，危栏烟柳夕阳迟"作结，不胜今昔之慨。《江行望庐山》描写江表名山之形胜："朝见庐山临江湄，青翠腾跃来迎人。暮见庐山忽杳霭，首尾隐若龙登云。从来倔强五岳外，鼓蠡作杯江为带。内蓄百涧包灵奇，外切太虚定澎湃。"远望之下忽有登临之兴，但却避开"临绝顶"之类的套语，而是别出机杼："人爱庐山高，我爱庐山深，欲到深处须抽簪。世无慧远堪结社，且听东林钟磬音。"以近体写景，多锤炼精巧之作，如《九日登天宁寺楼》：

> 过阙当行复暂留，数将新绿到深秋。
>
> 贪看野色时停骑，坐尽斜阳尚倚楼。
>
> 霜菊吐香侵岁晚，西山满眼隔前游。
>
> 廊僧亦有苍茫感，何况当筵尽胜流。

游赏宴饮之怡然，迷恋野趣之情状，皆出以流畅之笔调，风格清丽。以精炼之笔写景之句屡见不鲜，如《九月十九日八旗馆露台登高赋呈节庵伯严诸君》"柳仍婀娜秋生色，荷已离披水吐光"、《正月初二日同杨叔峤登楼望余雪》"山通佳气犹明雪，江泛柔波已漾春"、《秋日同宾客登黄鹄山曾胡祠望远》"三年菜色灾应澹，一树岩香老未舒"等。

以朝廷重臣而耽于著述，张之洞堪称博学广闻，其咏史诗即反映出这一点。《读史绝句二十一首》咏叹历史名人贾谊、司马相如、东方朔、白居易等二十五人，涉及政治、思想、文学诸多方面。如《贾谊》"遭逢圣主落江湘，年少多才岂不祥"、《扬雄》"寂寞猖狂作乱臣，苦搜奇句美亡新"，选取人物典型的遭遇来写，品评兼顾。《陈子昂宋之问》则对初唐诗歌予以评介：

> 文人夸诞骋虚辞，多少缁尘浣素丝。
>
> 伯玉幽贞孤竹吟，延清鲠直老松诗。

肯定陈、宋对于扭转初唐淫靡诗风的成绩，体现其艺术眼光和历史判断。《咏古诗》则以十三首为一组，主要歌咏人物的政治命运，尤其对沦落不遇的臣子深表同情。如《李广》"通侯无命非缘杀，天子怜才不录勋"、《贾谊》"十卷《新书》多泣泪，三年谪宦恋岩廊"、《司马迁》"拟经何幸逃攻击，削札空劳弭谤伤"，皆感慨深沉。

身为封疆大吏，政务繁忙，张之洞撰作更多的是公牍、奏议等，诗歌乃为余事。晚清时代气息部分地体现在他的诗中，哀愤感人，而总体上其吟咏内容和思想倾向于旧的传统。在旧的疆界内驰骋奔突，与晚清诗坛苍茫忧愤力求新创的总体格调较为疏离。而且在揭露和咏叹朝廷腐朽和国家贫弱的合唱声中，由于身份和立场的原因，张之洞笔端却时而流露歌时颂今的音调，可以说是与时代潮流相逆之处。

第二节　晚近时期的河北诗人

一、边浴礼的"凋伤"之叹

边浴礼（1820—1861），字夔友，一字袖石，直隶任丘（今属河北沧州）人。道光甲辰（1844）进士，改庶吉士，授编修，历官河南布政使。博闻宏览，于书无所不读。嗜诗，年方弱冠，所作已数千首。与马寿龄、杨淞、陶樑等友善，倡和频繁。所著有《袖石诗钞》《东郡趋庭集》《健修堂诗录》。

浴礼之诗，激昂排奡，不主故常，七古尤光气逼人，时以才子目之。《明内官监牙牌歌》感慨明朝"兴亡过眼同转毂"，从牙牌入手，见微知著。从"有明珰祸古所无"下笔，历数有明阉祸，当时内监牙牌贵逾兵符："迁阶兑换借失罪，重比列镇麒麟符。"结果是"监军督饷出无数，秉笔掌印繁有徒。飞鱼膝襕曲脚帽，宫庭布满豺狼貙"。宦官乱政，导致"烽烟涨天血流地，九门一夕成榛芜"，当时"重器"牙牌云散："雨淋日炙泥沙污"。他看到前明宫禁遗物，摩挲良久："正书深镌四十四，背刻缪篆斯邕如。纪年列号存两侧，崇祯八禩时非诬。"于是悲从中来："胜朝遗制俨然在，摩挲俯仰增歔欷。昌平风雨莽萧瑟，黄蒿碧藓埋珠襦。"以悲情驾驭诗意，跌宕激昂，有苏轼七古畅快之风。《渡永定河口号》篇首"茫茫桑干河，晓日浴其内。长风鼓洪波，涌作征人泪"，情绪激荡；中间叙渡河之难："层冰当路如断山，冰棱齿齿衔空船。"然而"役夫争先矜利涉，肩脊相摩毂相啮"，役夫之苦，征夫之悲，互相纠缠，而以慷慨之笔调出之，极具感染力。

不仅擅长七古，浴礼的五古亦苍凉哀感，充满忧患情绪，读之令人感喟。《京邸感怀三十二韵》将自己身世之感与国家衰颓气象结合起来，唱出了衰世之音。"身世艰虞里，乾坤惨淡时。不才耽薄禄，冷官滞京师。"品味冷官风味，而"九州几兀臬，千里一疮痍"的现状使他心里颇为矛盾："买山乖夙愿，恋阙耿忧思。"关怀国事使他忧思如焚，想到抑郁当路的前贤："痛哭长沙策，悲歌杜老诗。"《山行》亦写"吴楚未解兵，雍梁困徭戍"的纷乱时局，"野哭耳怯闻，烽烟望增怖"，于是殷切期盼战乱平息："何时阪泉师，一扫蚩尤雾。"《裕州道中》其一对盗贼蜂起深表忧虑，"念此怀悲凄，长风动林巅"，可是"丹忱怅难宣，芳岁倏将晚"，只好希望"宏济之才"解决"兹患"。其二写原本"瓦屋千余家，廛市互分布"的村落，"自遭贼火焚"，变得凄惨败落："垣墙俱赤立，瓦砾塞衢路。斩刘尽鸡豚，逃亡到童孺。居民鸠鹄形，赢老不堪诉。"以致他每次经过都

"感激煎百虑"。

浴礼近体诸作感慨时局，悲歌沉郁，是典型的末世之音。如《望远》：

> 时事忧晁贾，骚心怨景唐。检书过日暮，望远及秋凉。
> 草野谁清讥，兵农泥古方。崇兰饱霜露，耿耿叹凋伤。

身在翰院寻章雕句，而心忧社稷，凄凉之感投射到兰草，其霜露似乎在叹息秋日的"凋伤"，隐寓他对"时事"危急的悲哀。《渡淮口占》亦表达一腔忠愤："薄劣敢矜为政猛，忧虞惟望济时艰。"可叹年华老去："不须看镜谈勋业，一夕清霜瘁旅颜！"《密字》中表达了舍我其谁的使命感："布衣敢运回天手，豸角弥坚报国诚。"但是"八荒仁望"的升平景象毕竟成空，使他忍不住反思，《读史偶成》："西京人物易消磨，虚设贤良孝弟科。误尽宣元两朝事，鼠奸难去虺臣多。"借史咏今，将批判的矛头指向误国的奸小。国运之衰，乃如"棋逢残劫无良著，药付庸医每误投"（《寄杨彦卿》）。浴礼诗写景亦颇有情致，有锤炼精巧者，如《石沟舟夜》："雁声低堕水，鱼气暗摇星。纤月窥林白，深灯向客青。"也有清新可爱者，如《秋晚过十刹海明相国园址》："鸡头池涸谁能记，渌水亭荒不可寻。小立平桥一惆怅，西风凉透白鸥心。"

二、幽欣与慷慨：张佩纶的诗歌

张佩纶（1848—1903），字幼樵，一字绳庵，又字篢斋。直隶（现河北）丰润人。现代著名作家张爱玲之祖父。同治辛未（1871）进士。光绪元年（1875）年，以编修大考擢升侍讲，充日讲起居注官。目睹外患日深，"累疏陈经国大政"，慷慨好论天下事，与张之洞等同为清流主将。后入李鸿章幕。八年（1882）署都察院左副都御史。中法战争初起，主战。受命以三品卿衔会办福建海疆事宜，兼署船政大臣。十年（1884）马尾战败，被褫职遣戍。十四年（1888）获释返京，复入李鸿章幕。二十六年（1900），八国联军侵占北京后，北上以编修佐办议和。和约告成后，旋返南京，称病不出。学问渊博，当时与张之洞并驾，毕生致力于研究《管子》，擅长奏议，著有《涧于集》《涧于日记》。

着意表现"幽欣"之旨趣是张佩纶诗的主要方面。《书陆月湖先生手校宣公奏议后》引经据史，对陆氏在"中兴"之年"抱道辞徵辟"深表赞许，实出其本心。《柳叟招同人复游苇湾用伯潜韵》欣赏“山容幻晓晴，野色炫余泽。清渠静不风，秋意漾水碧”之景，不觉“坐久忘形骸，不觉日将夕”。因此《丙戌重九用东坡丙子重九韵》“斯世同一醉，秋心浩无涯”“尽遣百朋从，随在生幽欣”所勾勒的境界乃其诗反复表达的人生理想。《响水梁》以“水”为喻，主张以“敦厚”之意化解困厄：

百折终归海，徐之浊亦清。

如何微搏激，便作不平鸣？

对于“不平则鸣”做反思，深沉的思绪消融具体的窘迫，老成持重替代了冲动意气。他往往不注重对自然景物的描摹，而刻意烘托出浓郁的文化氛围。如《晚春》：

市尘知避俗，兀坐玩春深。火烬茶香细，书横竹个阴。

惜花生佛意，听雨养诗心。傲吏非真寂，虚空喜足音。

以人文意象“茶”“书”的书写，融以“惜花”“听雨”等文人意趣，写出的是极具书卷气的“幽欣”。《始得伯潜书时筑室石鼓山中以诗寄怀》“一触网罗江水阔，几回书札塞云迷。闲琴独理龙潜听，裂素难投蠹坏题”等句，亦是虚写自然景物，实写人文意象的显例。

作为清流文士，张佩纶在诗中表达出对现实的关切。《塞上秋热用王荆公韵》描述塞上酷热：“大漠骄阳四千里，沙石烂熠如烧灰。使者饮泉渴不择，候吏背血谁矜哀。”同时关心东南涝灾以及边疆之事：“东南更闻厄霖潦，忧勤何日尧眉开。太息年时论边事，疏成殿阁凉风来。”《和东坡石炭》写采煤：“雷斧击崖臀股断，防风骨节颛顼骭。海国机心凿窍开，怒鉴飞车恣畔换。”写煤块之形：“坛升黑玉黝有文，澒积青金焰不散。”写煤火：“土人燃石火风腥，夜气神苗更谁看。”篇末出以讽刺之意：“鹁鸪斑斑胡桃文，贵官烧木论条段。”

《右臂作痛弥月歌以起之》表达了不为世用的悲慨：“三年曲肱枕北风，天生此手竟何用?”只是“茫然四顾一摇手不得，犹且终宵运笔撰说丛”，但节操故我：“我闻强起忽狂笑，士能截腕难偻躬。”于是荡开一笔，感叹“人生何者非遭逢”。豪迈旷达，感慨颇深。

光绪十年（1884）因马尾战败而被革职贬戍的经历影响到张佩纶的诗

歌创作，因之其诗中亦不乏苍凉慷慨之调。《谪居》：

> 清时乘障谪居安，六拍悲笳且罢弹。
> 牛血调能明蒋琬，乌头何惜誓燕丹。
> 短衣离地舆台笑，芒屦循溪父老看。
> 九死孤臣亲齧雪，恩深未觉塞垣寒。

磊落不平之气尽付诗中，悲歌郁怒，而一片忠愤透于纸背。又如《释戍将归寄谢合肥相国》"捐弃明时分所甘，无家何处著茅庵？便凭黄阁筹生计，愿寄沧洲得纵探。冰积峨峨几止北，鸢飞跕跕罢征南"等句亦跌宕生姿。他颇以气节自诩，《过严子陵钓台》即崇仰节操："两言咄咄即谏书，进退确然此高节。"《孝达前辈致海南香雷州葛》以倨傲自期："惊雷飞雹起无端，五月披裘怯夜阑。独有故人知傲骨，葛衣能敌九边寒。"身在苦寒边地，傲骨亦不惧之。《和梦所居庸九日韵》"秋色无南北，人心自浅深"亦表达了宠辱穷达自在人心的观点，身处边远之地而诗思浓郁，枯寂之感也随之淡然："毫枯搜猎兔，弦静下归禽。老守行千里，长城亘百寻。"

三、冯秀莹、徐大镛和罗运崃

冯秀莹，字子哲，一字蕙襟，大兴籍慈谿人。咸丰壬子（1852）举人，历官员外郎。撰有《蕙襟集》。秀莹诗多表现其文人闲雅之趣，从容而淡定，缺乏大开大阖的跌宕之美。其五古娓娓叙来，颇具古雅之美。《题孙铁珊横云书屋集》夹叙夹议，将朋友之情与读诗感受融于一体。秉烛诵诗顿觉"满室烟冥冥，翛然廓尘霭"，赞许孙氏"歌行勇可贾，律绝姿善弄"。于是回忆订交之初情状："忆昔定交因，新声卖花送。款关夜相访，嘤鸣和簧哤。见即超故知，盖倾忱已贡。"相从甚为相得，"刚肠取舍同，胜游追逐共"。相及今日，不胜岁月蹉跎之叹："屈指今十年，转瞬春过梦。衰毛星半皤，窘状月屡空。回首光景非，怦怦此心恫。"舒缓的节奏、亲切的场景、相知的情谊，都在读诗联想中展开，自然而清新。如《凉波》以凉波起兴，抒发岁暮思乡与沧桑的哲思："故乡日云远，谁当共情素。惝恍追昔游，黯然隔重雾。幽忧回难释，中庭思且步。人生如浮云，流宕不得住。胡为自踽踽，三叹复四顾？"其七古则清丽流畅，如《渔父行》："笠侧襄披倦即眠，云乡遥指翠微边。一辞帝阙三千里，两见天弓六百弦。"逍遥自得之态呼之欲出，而"春雨春烟晨荡桨，秋树秋花夕扣舷。采若青穿点额鲤，屑桂红渝缩项鳊"具体形容渔父生活之乐。

秀莹近体诗多清丽婉约，情致盎然。《两弟》抒发对亲人的挂念："两弟平安否，无书渡剑门。家居端我念，生计与谁论。珠桂饥寒色，池塘涕泪痕。愁来谁慰藉，自抱小孤孙。"深情动人。《开关》则具体表现了其生活情状：

> 镇日不开关，于书癖好班。贫犹嫌鹤俸，病始觉松闲。
> 答简慵经岁，寻诗梦入山。晨醒身在簟，颇悔又飞还。

与世事无碍，不求名利，身慵心闲，仅吟咏自娱。在晚清乱世，秀莹似乎并未感到时代的激荡，而是躲进自造的审美世界里，试图过着一种清净的生活。其他如《漫笑》"染新块疾添词癖，改旧衔名署酒颠"、《清波》"龙藏展缔多绮思，凤台戛磬有笙音"等亦是表述其自娱情怀。偶有格调凄伤之作，如《沪州试院不寐偶成次韵》"续命迢遥烦鸟使，当归稠叠负鱼缄。秋霜槲叶愁侵被，春雨桃花泪上衫"，也是局限于对一己命运的关怀。其小诗有情韵者如《春晖》："昨夜一花飞，今朝一骑归。归飞如有约，辛苦是春晖。"写女子相思，轻灵小巧，自然生动。

徐大铺，字序东，号兰生，天津人。道光壬午（1822）举人，官杞县知县。著有《见真吾斋集》。其诗多有表达人生沦落不偶之叹者，如《寄和梅树君先生见怀原韵》"浪迹成何事，羁愁不可闻"、《九日作》"向往岂无心，心雄趾难举"、《偶感》"乃知秽尘粪土中，埋没英才不可数"等。《秋日漫兴》感怀深沉，颇似杜诗的顿挫之美：

> 频年偃蹇走荒山，老去谁知遇更悭。
> 人以苦吟防早睡，天缘好懒与长闲。
> 凉生断角残钟里，秋在层峦叠嶂间。
> 历尽风霜蓦回首，几行乡泪背人潸。

荒寒的意象，颓唐的老境，羁宦思想的哀伤，以精心凝练的字句表述，苍劲有力。落魄无成的牢骚，最终凝聚为对朝廷和现实的极度失望，如《放歌》："三代直道不可留，我今闭户谢交游。无端晚岁投荒壤，霜雪欺人半白头。白头不用伤迟暮，庐山真面独如故。"大镛诗也常表现幽隐的情趣，《病中遣兴作六言诗》述向往田园之志："水田十亩五亩，竹溪三湾两湾。猿鹤不能久待，问君何日买山。"《短歌行》"到此尘缘都解脱，还向琴书讨生活"也诉说同样的情志。《山居漫兴》则形象地描绘了隐居生活：

> 山色空濛里，风寒古木号。云遮残岭断，石激怒泉高。
>
> 到此心如寄，直教影亦韬。闲居何所事，终日读《离骚》。

首二联描绘山居景致，颈联言寄心山水的韬养情怀，但尾联"读《离骚》"则透露出诗人并未将心意完全融入山水，而是胸怀抑郁不平之气。他自言诗学白居易，《和自解原韵》："自学诗来五十载，久将白傅奉为师。一千年后怜同病，病里依然日咏诗。"其诗平易流畅处颇为神似，可谓所言不虚。

罗运崃，字达衡，宁武人。生卒年不详。举人，官湖北知县。有《罗达衡诗》一卷。其山水诗甚有特色，写景如画，而笔法清新畅达，而羁旅幽思隐现其中。《晓发九江入山作》："春去芳未歇，碧草摇清姿。野田何漠漠，群雀鸣相追。"外物无言，而与幽思相契。《自通远驿还南昌留别仲林兼酬赠诗》：

> 云气沈庐岳，相携入道林。漱泉知内热，闻磬识浮音。
>
> 归意风为急，高情谷共深。无言看物外，别酒两悲心。

山水的清寂和同赏幽境的相知，以及别离的悲感，衔接自然。《九江旅夜》则写出羁旅思乡之感："横眠短榻携镫近，漫数疏钟出寺微。独雁唳空悲远道，乱虫狃火笑忘机。"又如《四月十二日范仲林易中实陈伯严偕往庐山晚登泰西船发武昌》："沧海悲欢沈物外，酒杯消息在云间。但愁宿雾犹遮岭，不为羁人一解颜。"亦以羁人之愁统领全篇。《相思桥怀古别伯严仲林中实还南昌》写在"晚烟愁觑故园深"的情绪下，所见所闻尽皆愁苦："云外断鸿谁是客，鬓边流水不成音。"不过运崃之诗似乎更加善于写形摹态。《金轮峰观瀑布》摹写瀑布之形态："浮珠散气作五色，石光日影相荡挨。缥缈天梯挂云穴，银痕倒泻漏屑镉。"光色交加，气势宏大。他集中有若干咏庐山的诗篇，较为有名，陈三立编纂《庐山诗录》即以其为四家之一。《庐山篇》：

　　庐山之高高入天，灵胚欲向鸿濛先。

　　丹崖几换神仙骨，银瀑长流日月涎。

　　荆扬分野转飞鷟，莓苔屐响飘长烟。

　　尊边初识大千界，芥内今知第几年。

　　五洲云螯中原小，况尔孤山一稊杪。

　　气酝杯流压海涛，神行拳石排苍岛。

　　风雨清吟鸾凤音，松楸怒吐蛟龙爪。

　　虚无天外渺三山，巉崿人间尊五老。

　　万峰高下何庄严，涧奔为濑淳为泉。

　　乾坤无形含尺寸，鱼鸟有止交飞潜。

　　野猿自怯层岩峭，驯虎常蹲大石安。

　　竹林泊迹沈辽鹤，石室幽光凝夜蟾。

　　山形睥睨异离合，云霓况复低重帘。

　　沧海有底水可覆，将穷碧落吾心箝。

一气贯注，摇曳多姿，既有宏观视角下的整体呈现，也有微观审视中的山石泉瀑、松竹烟云，将庐山形胜予以生动展现。《观五老峰三叠泉》以"君看三叠更神异，杯勺苞含造化功"总写三叠泉之怪特，而后形容其姿态："水落一叠潭一泓，第三潭更珠态生。湍崩朴战猛霜镝，萍凝不动浮奇青。"《白鹿洞》写古迹斑驳及环境之清幽："洞湿寒莓古，祠荒坏壁低。山光凝地重，松影倚天齐。"均使人既感受文辞之巧，又有亲临观赏之美感。

　　另外值得一提的是胡薇元。胡薇元（1850—1920?），字孝博，号诗舲，别号玉津居士。直隶大兴（今北京大兴区）人，祖籍山阴。著有《天云楼诗》。所作诗颇有顿挫之姿，如《魏城驿》："乌帽疲驴作壮游，五年犹记魏城秋。消磨意气思田里，散落诗词遍酒楼。井底公孙人几辈，隆中诸葛自名流。重来燕子新巢觅，也共春光到益州。"表达长期居官冗杂的不平心声，磊落兀傲。

第三节　晚清时期京畿八旗诗人述略

一、盛昱和承龄

　　盛昱（1850—1899），姓爱新觉罗氏，字伯羲，自号意园，号韵莳。属满洲镶白旗，肃武亲王豪格七世孙。光绪三年（1877）进士，官至国子监祭酒。光绪十四年（1888），慷慨代递康有为变法上书，因此被迫辞官。其为人诚恳平和，崇尚风雅，任祭酒时大治学风，惩游惰，奖勤学之士；喜收藏、精鉴赏，自谓以宋版《礼记》、苏轼《寒食帖》、刁光胤《牡丹图》最精，考订经史及中外舆地皆称精慎。长于书法，精篆籀。著有《郁华阁遗集》《郁华阁金文》《八旗文经》《雪屐寻碑录》等。

　　作为支持变法的宗室子弟，盛昱对朝廷现状颇不满，胸中自有一股郁怒之气。其诗作也呈现慷慨苍劲之貌，《失题》：

　　　　近日秋声不可闻，岐亭难制泪纷纷。
　　　　中朝谁决澶渊策，诸将仍屯灞上军。
　　　　一障何时能畀我，九边今日或须君。
　　　　玉河衰柳休攀折，留著长条绾夕曛。

朝廷昏聩而莫能制敌，束手无良策，日薄西山之状已经显现，悲秋之感和对国事的忧虑互相结合，哀感深蕴。又《和凤孙韵兼呈云门同年并寄鉴堂督部》：

　　　　长安尘士马如飞，兀坐敲诗我辈稀。
　　　　幸有文章通性命，不缘离乱得因依。
　　　　排除党论粗闻道，报答君恩祇有归。
　　　　间架未兴人税缓，糁盆松火乐柴扉。

横遭贬谪的牢骚，心系庙堂的忠愤和社会离乱的感怀，以铿锵的文字表达出来，如老树虬枝，极具苍凉之美。《捉御史》则叙述了权贵仗势欺人的气焰："黄尘薄日长安路，玉勒珊鞭竞驰骛。驺唱之仪不听前，纷纷旗校影缨怒。"车马被阻，肇事奴仆被送官，依旧不依不饶："触忤纷侯罪当死，又向车中捉御史。"对这种"强宗乃尔相凌侵"的行径，盛昱深表愤慨。

盛昱诗还表达了对宁静清淡生活的喜爱。《题所得黄小松历下日记册子》："落落山水缘，坐令俊观隘。明湖晚揩镜，鹊华秋拥黛。"写清幽之景，抒发"天地本一芥"，万事无须过分挂怀的人生境界。《九日与杏侪登塔冈》：

> 象教已无力，巍然塔尚存。登高酬令节，落日满荒原。
>
> 未藉扶筇健，无妨坐石温。江村老博士，相对澹忘言。

诗中不对景物作具体描摹，落日、高塔仅作为模糊的背景存在，人物的感受被清晰地凸显，展现因幽独空寂而有的怡悦之感。

承龄（1814—1865），字子欠，一字尊生，满洲镶黄旗人。道光丙申（1836）恩科进士，由礼部主事历官贵州按察使、布政使，著有《大小雅堂诗集》。徐世昌称其诗"清新雅健"（《晚晴簃诗话》），而徐郙则做了具体说明："君浮沉郎署十余年乃出官黔中。黔中故瘠贫，又盗贼蜂起，筹防守，策军兴，日不暇给。君间关夷险，垂不获济，难阻之余，乃慨然一发于诗。故综全集观之，其意缠绵，其词芬芳。"（《大小雅堂诗集序》）可以说，承龄之诗多健朗慷慨，体现了其深重的悲剧意识。《奢香墓》：

> 间关密计达神京，九驿榛芜自此平。
>
> 能为君王开道路，肯供边吏事功名。
>
> 苍茫箐木余香冢，迢递山邮改故程。
>
> 石柱英姿同飒爽，更从马上请长缨。

咏叹女英雄奢香的事迹，充分肯定她在贵州的军功和政绩，同时也表达自己愿意效其故事，为国家鞠躬尽瘁的志愿。《句当播事甫定喜晤莫邵亭孝廉》：

> 不狼山断阵云开，岂意军中数举杯。
>
> 诗格旧传无已似，儒林今见道真来。
>
> 遗书珍重经烽火，讲舍苍茫辨劫灰。
>
> 朱鹭赓歌须润色，问君何日向燕台。

军中将领的豪情与风雅善诗的才气相融合，辞气苍劲，体现出儒将的风范。《赠黎莼斋茂才》愤慨于"曲儒饰匡济，四野滋戈铤"的现实，感叹自己"学宦两无成，蹉跎欲华颠"的沦落，则体现出一个具有高度责任感的士子的济世情怀。

除健朗慷慨之外，承龄诗歌还有"清新"的一面。《斋居述怀》写闲官的惬意："郎署简趋谒，永昼罢拘束。暂谢车马扰，稍觉形神属。"观察自然的迁变："虚庭冷清飙，芳阶旷遥瞩。疏花改春荣，繁阴敷夏绿。"有所感悟："感兹生意成，悟彼化机促。遐心寄缥缈，深襟讬醞醑。"于是在"惭无沧海略，久索金门粟"的心绪中，追求暂时性的虚静。其写景之什亦复如是，《寓毕节刘氏小园养疾雨霁登眺偶成》：

泉韵汎瑶瑟，城阴罗翠屏。邻渠穿屋过，檐树影山青。

滇蜀仍多事，风尘此暂经。牛车何处宿？怅望好林亭。

泉韵山色，足供怡情，不过在安宁的风景之中仍然心系"滇蜀"多事，可见承龄始终欲有所作为的心态时时激荡，诗境也就很少能真正做到自然淡泊。

二、旗人才女顾春

顾春（1799—1877），本姓西林觉罗，故又称西林春。后改姓顾，字梅仙，又字子春，道号太清，晚号云槎外史。满洲镶蓝旗人。乾隆曾孙贝勒奕绘侧室。现存诗集《天游阁集》。

太清诗歌情满意浓，写与自然的亲近则以情驭景，写和朋友的情谊则真诚缠绵，皆能做到亲切感人。不仅如此，她还超越女性诗人抒情私人化的局限，在诗中融入对国家、社会和人生的认识与思索。

以四十岁为界，太清诗歌的风貌呈现出较为明显的差异。前期诗多写景状物，次韵联句，清新缠绵；后期诗则多自伤身世，系心国事，语含沉痛，悲感苍凉。由于嫁为奕绘侧室之后感情生活极为愉悦，太清早期诗多呈现出欢快的基调。《游仙》以游戏笔墨展开，从容而闲适："挥杯发清兴，弦歌诵诗草。繁星映户牖，明月照两厢。为乐及良时，光景孰云长。"留恋光景之作亦自清新喜人，《清明雪后侍太夫人夫人游西山诸寺》写"云移列岫山无数，雪满丛林树有声"的雪景，末句"晚晴碧涧添新水，归路回看暮霭平"显出欢欣的情调。《东山草堂》："日长帘幕寂，人静鸟声喧。拂座清松影，侵阶碧藓痕。"写山堂幽寂，颇有韵致。即便是感叹衰老之作，也透出轻灵之态，《至日》：

> 衰颜暗向鬓丝催，地渐南游暖渐来。
> 春意待看河畔草，天心已复地中雷。
> 晴窗彩线盘金缕，碧海灵风破玉梅。
> 忽忽浮生三十四，百年行乐几倾杯。

及时行乐的超脱消解了年华老去的哀感，反而透出几分闲雅。另外写节令诗还有《乙未元旦》，立意依然是珍惜时光"节物惊心同逝水，等闲谁敢负韶华"。因此其游赏之兴颇浓，《游潜真洞晚归度梅儿岭口占》："游兴最嫌秋日短，马头明月照人归。"与朋友交往之诗则显得情真意切，《法源寺看海棠》其一："即看诗句好，想见老人颠。绕座飞花雨，成阴荡碧烟。"其二："绿阴随日转，红片任风颠。……题诗寄同好，问讯绮窗前。"共赏风景与寄赠诗篇，诗友契心，其乐融融。《岁暮寄仲兄用东坡和子由苦寒见寄韵》则良言劝慰，关怀备至，"旅食恐不周，多病凋丰颜"，又申明"明哲贵保身，思退慎进前"，告诫他不要追逐名利，为人处世应"乐道毋忧贫，仰不愧于天"。

　　道光戊戌（1838），奕绘病逝，太清被婆婆赶出家门，携两儿两女孤苦度日。两年后，第一次鸦片战争爆发，清廷统治日渐黑暗，国人更要承受丧权辱国之痛。太清诗风为之一变，将个人命运的悲惨与国运的衰颓写的凄清伤感，沉郁低回。《四十初度》：

> 百感中来不自由，思亲此日泪空流。
> 雁行隔岁无消息，诗卷经年富唱酬。
> 过眼韶华成逝水，惊心人事等浮沤。
> 那堪更忆儿时候，陈迹东风有梦不？

人生至此似已寡欢，与夫君的唱酬，那美妙的年华如逝去的流水，只有回忆如同梦幻。用泪水浸成的诗句，悲切之情激荡其间。太清本不想再写诗，但睹物思人，积习难改，"开卷读遗编，痛极不成声。况此衰病身，泪多眼不明"，生活的困顿也让她不胜其苦，"有儿性痴顽，有女年尚婴。斗粟与尺布，有所不能行。陋巷数椽屋，何异空谷情。呜呜儿女啼，哀哀摇心旌"，痛苦不堪时"几欲殉泉下"，却"此身不敢轻"，并剖白道：

"贱妾岂自惜，为君教儿成。"（《自先夫子薨逝后意不为诗，冬窗检点遗稿，卷中诗多唱和，触目感怀，结习难忘，赋数字。非敢有所怨，聊记予生之不幸也，兼示钊初两儿》）弱女子的真情告白，苦怨然而坚韧，读之令人感动。又《己亥生日哭先夫子》：

> 虚室东风冷，幽居泻泪泉。去年同宴乐，此日隔人天。
>
> 生死原如幻，浮休岂望仙。断肠空有恨，难寄到君前。

可谓一字一泪，痛断肝肠。悼亡诗乃诗中一大品类，潘岳、元稹等已成大家，太清既为女性，所写悼亡诗真切缠绵，堪称精品。至于对国事之挂怀，在太清诗中亦斑斑可见，如"一段残碑哀社稷，满山春草牧牛羊"（《游南谷天台寺》）、"盍效昆阳助战争，一为吾皇击群丑"（《过访少如座中，忽值雷电交作，雨雹横飞，闻朝阳城楼竟为雷火所毁。便道往观，归来赋此记之》），慷慨沉郁，凛凛有男子气概。

三、宗室诗人说略

晚清的宗室诗人因生活经验与立场所限，对于时代风潮较为抗拒。反映在诗作中，即表现出与变革动荡的现实较为疏离。他们或咏史，或集句，或歌颂升平，或游赏风景，仅在诗艺上显示出某些创意，而总体上成就不高。

奕志（1821—1850），原名奕约，号西园主人，瑞怀亲王绵忻子。道光八年（1828）袭瑞郡王，著有《乐循理斋诗集》。其诗写景清幽，《池边晚眺》："偶凭孤石坐，间指乱云归。水色清浮簟，山光翠上衣。"寄赠怀人之作则情辞恳切，深沉动人，《秋日怀笠耕先生》："又报霜前朔雁来，怀人望远独登台。萧萧木叶寒风下，漠漠秋山返照开。万里班超头已白，几时博望使重回。关河迢递双鱼杳，极目停云浊酒杯。"秋景之萧飒，友情之深重，使得全诗有悲壮之美。其诗写形摹状之功力亦自不俗，《题双鹰图》："昂首决眦奋雄怒，金铃双系红丝绦。一张铁爪立乔木，一闪霜翅飞清皋。草枯眼疾若流矢，荒原狡兽纷难逃。"将苍鹰倔劲之状貌和精神形容得恰到好处。

奕询，号惜阴主人，又号栖心室主人，惠端亲王绵愉第四子。袭镇国公，著有《偍月斋诗集》。善于咏史和拟古，《苏子卿》赞美苏武的气节：

"一轮寒月照征人，岁月消磨十九春。去时少年今老大，归来麟阁衰颜绘。只身全节何艰难，忍死间关此为最。"《拟古》模仿汉魏五言诗之句法，而追求恬淡之趣旨，其二："幽鸟不择枝，幽花不择地。随处泄天机，自得萧间致。嘹唳偏足听，芬芳不须植。清声尽盈耳，天香正浮鼻。俯仰聊自吟，活泼助诗思。物理贵自然，人为乃其次。"

奕䜣（1832—1898）号乐道主人，道光帝第六子。咸丰辛亥（1851）封恭亲王。著有《赓献集》《岵屺怀音》《乐道堂古近体诗》《萃锦吟》。其写景及咏史诗较有特色。《琉璃河口占》："山尖霭含青霭，林外苍茫罨晓烟。两岸荻花秋瑟瑟，数行雁字点晴天。"写出秋景之苍茫开阔，有赏景之雅意，无悲秋之感慨，体现其优容的人生境遇。《易州道中咏怀古迹五首用杜工部韵》则咏叹兴亡旧事，有苍凉悠远之意。其一："风韵萧萧生易水，云阴漠漠拥燕山。铜驼历劫观兴废，鸿雁忘情自往还。"其二："落木远峦烟黯黯，孤城平野月昏昏。朔风似诉燕丹恨，流水难招侠客魂。"皆能做到即景抒情，情景兼融。至于其诸多集句之作，如《鉴园遣兴集句》《新秋集句》《赠李少荃相国集句十二韵》等，虽有"感时空寂寞，因病纵疏顽""百年夜销半，生事感浮萍""时沽村酒当轩酌，自与烟萝结野情"等句，似感慨幽深，其实更多的是文字游戏，离本人胸襟已隔一层。

奕譞（1840—1891），号朴庵，道光帝第七子，光绪帝生父。同治十一年（1872）晋封醇亲王，著有《九思堂诗稿》、《九思堂诗稿续编》。奕譞文武兼备，以将帅之才自期，其诗亦颇有武人豪壮之风骨。《莳花》从育花想到民生之艰难："除莠培根辨燠寒，护持少惜色香残。区区草木犹如此，无怪民生得所难。"《读史》则辞气慷慨："一呼岂料真移陈，万骑谁教竟渡河。儿辈逡巡原愕眙，中军谈笑故婆娑。"《月夜偶成》即景抒怀：

> 卧听鸟雀啄莓苔，睡起松窗素月来。
> 草际蛩喧转幽寂，花间露重为徘徊。
> 恩深暂辍林泉志，事急方知将帅才。
> 淡淡银河舒倦眼，天狼不见见三台。

幽寂宁静的景物给诗人带来的不是欣慰和怡悦，而是未能建立功业的愁闷。《航海放歌》以奔放的笔调写景:"下视众山皆培塿,疑是银涛千里翻清秋。今复跻天桥,危坐入东海。飘飘心迹真仙宰。沧波万叠涌艨艟,又疑云烟出没笼崴嵬。"《官军攻克金陵诗以志快》亦是一首豪壮的快诗:"蛮触纷纭一炬枯,欣传露布达京都。不因尘海欃枪患,肯发天威霹雳诛。十二年华稽国法,九重筹算盼民苏。"但因其维护清廷的立场,对于太平天国之灭亡深感快意,在今天看来不免属于逆历史潮流的观念。当然,奕䜣诗中也有纯属清幽之调的,如《入门》:"入门无俗事,第一问梅花。为报茶炉畔,才舒铁幹斜。渐为春递信,仍待我归家。亟命开樽酒,相酬萼绿华。"又如《海口夜泊月下望海口占》:"帆影随风轻似鸟,波光映月荡成花",写景轻快,亦颇生动。

第四章

清代河北词坛论略

　　与江南词坛的繁荣相比，清代河北词坛相对凋零。据叶恭绰《清代词学之摄影》统计，有清一代，确知籍贯的词人共 4237 人，其中江苏 2009人，浙江 1248 人，江浙籍词人占据近八成的数量。而占籍河北境内的词人数量较少，其中直隶 58 名，满洲 58 名，顺天府 10 名，共计 126 人。作家虽少，却并不意味着一无可取，反而是河北词人以其独具特色的创作，给词史增添了丰富的区域性景观。清初河北真定出现以梁清标为核心的梁氏词人群，以之为标志，大臣词人占据了这一时期的主流。灵寿人傅燮诇虽官位不显，却在田园词的创作上成就显著。清代满族八旗词人的独创性显得更加突出，康熙朝出现纳兰性德这样的婉约词巨匠，极大地开拓了边塞和悼亡两类词的表现空间。晚清又出现了满洲第一女词人顾春，以其满人的直率纯真，加以女性的敏感多情，造就了独异的倚声风貌。晚近的河北词人如边浴礼等，目睹国家危亡，在词中唱出了凄苦的末世哀吟。清代的河北词史既有与全国词坛发展相一致之处，同时也具有地域性的特色，比如说满汉交流而形成的旗人词家，以及清初河北词家的保守性等等。因此，清代河北词坛不应被忽视，它是清词史中不可或缺的重要的边缘性存在。

第一节　正定梁氏家族与顺康时期的河北词人

一、梁清标与正定梁氏家族词人

梁清标，字玉立，又字棠村，号焦林，又号苍岩，直隶真定（今河北正定）人。明万历四十八年（1620）生，清康熙三十年（1691）卒。明崇祯癸未（1643）进士，官翰林院庶吉士，入清后仍任原官，寻迁翰林院编修。顺治、康熙两朝曾任兵部、礼部、刑部、户部尚书，授保和殿大学士。清初著名收藏家，徐世昌《大清畿辅先哲传》以其"搜藏金石文字、书画、鼎彝之属甲海内"。著有《蕉林诗集》十八卷。所作词被其弟子辑为《棠村词》，共三卷，后被孙默刊入《国朝名家诗余》。

梁清标虽在词的创作方面与吴伟业、龚鼎孳并称，而内容风格却大异其趣。清初士人，出仕二姓者多心怀眷念故国的情绪，词风之中往往掺入悲凉激愤的元素，而在《棠村词》中绝少看到此类作品。与其个人经历和情志相关，梁清标词风格多秾丽从容，内容以闲适酬酢为多，即陈廷焯《白雨斋词话》所说的"词尚秾艳，语必和平"。在闺艳词创作方面，梁清标一方面继承《花间》《草堂》传统，造语俏丽，一方面也体现出意境营造的过人才华。如《卜算子·闺晓》下片："夜雨袅残灯。朝露沾罗袖。怪煞开奁促晓妆，好梦浓如酒。"期盼与知心人鸳鸯相偕，终在梦中如愿，可堪朝露催人早起，而梳妆之时，昨夜那浓烈的感动依然在心中延留。以代言的方式描述女儿家的隐秘心事是其长项，如《柳初新·冬词》：

> 晴研飞雪帘栊护。翠被篆、添香缕。海棠睡足，脸潮微晕，钗落鬓横斜雾。红上琐窗如许。恼侍儿、催人匆遽。　　纤手牵郎且住。怯朝寒、枕傍低语。眉心频蹙，楚腰半减，不尽怨云愁雨。欲起又同偎倚，最难听、鹦哥声絮。

沉溺于情爱之中难分难舍的儿女情态逼真如绘。但总的来说，梁清标闺艳词在创造性方面有所不足，延续的仍是明末靡艳词风的余绪。

闲适词在《棠村词》中数量最多，代表着梁清标创作的主要方面。康熙六年，梁清标解职归里，亲手修葺了蕉林书屋，过着赋诗饮酒，优游泉石的生活，反映在词作中，即是对田园风物的喜爱和宁静淡泊的隐居情怀。如《江城子·书屋新成》下阕："楼头虚敞月溶溶，淡烟笼，远山峰。客至开樽，随分两三钟。恩赐盼居容懒漫，身外事，任天公。"暂时忘却人事的辛劳而享受闲散生活的乐趣，笔下自然流出自我满足的情境。又如《望江南·蕉林》组词，将栖身的书屋写得极富诗意：

> 春昼永，烂熳赏花时。风动紫英双蝶绕，香凝翠幄早莺知。人立夕阳迟。（其二）

> 秋满阁，蹑屐望遥空。赵苑烟花城阙柳，玉屏山色佛楼钟。半在月明中。（其四）

> 朝沆漭，红日照前楹。窗色弄晴来燕子，檐花飞片落棋枰。竹悚沸泉声。（其五）

> 罗浮梦，寒夜醉春杯。高士雪中疏影瘦，美人月下暗香来。东阁几枝开。（其七）

在这里，春日的花香迷醉心魂，秋夜月辉下的烟柳钟声涤去心中的尘垢，清晨窗外的红日和飞舞的燕子伴着清脆的泉声，而冬夜梅花绽放，暗香袭来，仿佛与清瘦的高士或晶莹的美人相对。与闲居适意紧密相连的即是对宦情冷暖的勘破，正因尘俗的纷扰不堪，才使得词人极力凸显退居的美好，《渔家傲·闲居》直接表达"啜茗摊书尘事少"的喜爱，叹息"蚁战蜂园何日了"的纷扰。对于节令的歌咏也多与闲适内容相联系，《喜迁莺·夏日》："小构数椽茅屋，图画琴尊罗列。且白眼，任花开花落，阴晴圆缺。"对闲淡生活的向往则与脱身世事的愿望相关，《念奴娇·秋日》有"回首浮名，惊心世路，回想头堪白"之句，《永遇乐·九日》又有"古今得失，人生聚散，浑似落英无数"的慨叹。

作为收藏家，梁清标对于寓目的书画多有题咏，此类词作体现出两种写作模式。其一为摹写画面情境，但仅停留在较为浅表层次的再现。如《如梦令·题画扇》："一夜西风轻剪，小院幽花初绽。芳沼立蜻蜓，掠水飞来庭畔。盼盼，盼盼，秋到江南深浅。"将画面意象摄入词中，描绘了一幅江南初秋图。另外一种写法则重在从画境中申发主我情志，如《满江红·题柳村渔乐图，用吕居仁韵》：

> 万柳藏村，人家住、白鸥溪曲。但编篱种槿，结茅为屋。门外浅
> 汀清似练，窗前抱膝人如玉。雨才收、荡漾两三舟，冲波绿。堪对
> 酒，陶潜菊。宜啸咏，王猷竹。羡渔翁妇子，何荣何辱。画阁朱门凋
> 谢了，浮家泛宅随时足。只一竿、明月不须钱，烹鱼熟。

上阕集中摹写画中风景，远离闹市的村庄，简陋的居所，在绿波中打鱼的
小船，一切显得安然自得。下阕则尽写作者心中的理想生活，超脱于荣
辱，像古代名士一般，无欲无求，自给自足，啸傲于江湖。此词与在闲适
词中反复表达的隐逸情怀并无不同，体现出词人虽位居清要官职，却始终
难以排遣压抑之感的隐秘心事，这应该是清初汉人官僚面临满人的强势较
为普遍的心理。

梁清远，字迩之，号葵石，直隶真定人。清标兄。生于明万历三十六
年（1608）。清顺治三年（1646）进士，历官刑部主事、吏部侍郎、光禄
寺少卿、通政司参议。以疾致仕。康熙二十三年（1684）卒，有《袚园
集》，附《袚园诗余》一卷。清远有感于宦途辛苦，多有隐逸超脱之想。
《念奴娇·用韵调大宗伯弟赠别之作》以"中朝富贵"不过"总是邯郸一
大梦"，感叹"岂若餐霞煮石，拜表辞官，角巾归第，守我农家业"。《念
奴娇·用韵答大宗伯弟留行之作》："布袍芒履，甘栖遁、自幸身轻如叶。
试问先生何所事，只在溪南崦北。轻棹遨游，蹇驴览涉，一缕云飞白。"
远离丹陛，遨游溪山之间，青山高卧的"闲勋业"方是心中祈望，故"称
疾稽行"，不再在功名路上寻求"海底捞月"的幻梦。

梁允植，字承笃，号冶湄，直隶真定人。为清标之侄。清顺治拔贡，
授钱塘知县。康熙三年（1664）闽变，迁袁州府同知，擢福建延平府知
府，著有《柳村词》，存词58首。在杭州为官时与西陵词人陆进等唱和甚
密，填词颇具婉转流动之致。允植宦游南方，思乡之情往往不能自已，
《行香子·忆柳村》深情忆念"背倚平冈，面覆垂杨"的故乡，那"几湾
荷，几亩稻，几株桑"都令他牵挂，于是"动归思"，仿佛在"树头蝉
噪"和"篱畔花香"中，"看农人收，渔人捕，醉人狂"。《行香子·闻雁
忆家》则对"羁浮名、未有归程"感到伤怀，眼望"迢迢北雁"，觉得人
不如雁，"羡过恒山，度滹水，傍神京"，滹沱河畔的家乡似乎是心灵永远
的栖息地。允植以词表达思乡情怀，多将理想化情境赋予故乡的景物，从

而在对比衬托中突出内心的失落。羁留他乡乃因宦游，思乡最终指向的是对仕途名利的厌倦，《一落索·冬景》面对孤山梅韵，想到的却是"北风吹尽利名心，堪把诉、惟堤柳"。《点绛唇·雨窗不寐》：

> 雨打窗梧，声声滴向愁思透。梦途风溜，一霎惊还骤。辗转中宵，心事浑非旧。可知否，暗消重九，篱畔黄花瘦。

秋雨打在梧叶之上，激起难解的愁思，好梦难留，惊起之后是辗转难眠，多重心事在胸中翻涌。重阳佳节身在异乡的滋味，竟让人如此憔悴，就像那凋残篱畔不堪采掇的菊花。

允植杭州为官，熟稔西湖美景，亦形之于歌咏，组词《长相思·西湖秋景》八首即以白描笔法展现湖山之胜景：

> 枫叶红，柿叶红，谁染丹青峭壁中，霜寒五两风，白云封，碧云封，云锁南屏第几重，长廊薄暮钟。（其一）
>
> 芰叶残，荇叶残，两两凫雏浴急湍，风翻翠翼寒，陟层峦，望层峦，矗矗芙蓉落巨澜，湖山图画看。（其三）
>
> 覆薜萝，转荔萝，竹户谁家子夜歌，残阳玛瑙坡，消烟波，涨烟波，八月湖平漾败荷，鸥飞新雨过。（其五）

秋日五彩斑斓的鲜艳色调，与湖光相映，连绵的山峦好像芙蓉花开放在水中，凫雏戏水，白鸥掠空，黄昏时分古寺的钟声摇荡在烟波之中。词人善于勾勒如绘，造语清新宛转。但《柳村词》中也有雄迈豪放之作，这主要集中于怀古词。《满江红·拜岳鄂王墓，敬和原韵》：

> 电掣金戈，中原恨、荧荧肯歇。忆往哲、睢阳昏浦，未堪拟烈。陵隧几沉京洛草，偏安忍见吴山月。痛艰难、国步是何时，忧思切。青衣酒，阴山雪。陆海沸，东京灭。愤补天无石，皇图竟缺。壁垒朱仙悲鹤唳，风波犴狴啼鹃血。叹当时、矫诏有浮云，迷丹阙。

词人想到当年诸多史事，感喟赤胆忠魂含冤而逝，给后人留下难平的义愤。开阖纵横的辞采，大起大落的情绪，配以铿锵有力的音律，形成激切而具感染力的情境，说明允植虽长于清新宛转之词，却也不乏健笔。另外一首《望海潮·过钱武肃王祠》也写得笔下生风，将"电掣三吴，霜驰百越，妖氛荡尽烽烟"的英豪形象渲染出来。

二、顺康时期的河北词人

傅燮詷，字去异，一字浣岚，号绳庵。直隶灵寿人，荫生，官四川邛州知州。著有《绳庵词》，所编《词觏》对保存清初词学文献颇有贡献。所填词或清丽，或沉雄，多有萧骚峻逸之气。其《望江南·忆家》十首以组词方式吟咏故乡灵寿，清新可爱：

> 家山好，最好是春初。细雨霏微红杏笑，和风淡荡柳条苏。春色满平芜。（其一）
>
> 家山好，最忆是滹沱。罢钓归来明月夜，蒹葭夹岸鹭鸥多。小艇泊烟波。（其四）
>
> 家乡忆，骨肉阻云山。松下敲棋消永日，花时载酒醉芳园。惆怅隔今年。（其九）
>
> 家山忆，最忆是农庄。酿酒须收千斛黍，饲蚕旧种百株桑。争不忆家乡。（其十）

宁静怡人的田园风光，凝结着词人深深的眷恋和热爱，同时抒发了宦游思乡的游子情怀。《菩萨蛮·秋夜》则表达了对故乡刻骨的思念，隐约暗示着对羁宦的厌恶：

> 蛩声彻夜惊秋枕，愁多展侧难成寝。风扰绣衾凉，疏帘月似霜。
>
> 月明更漏永，移过梧桐影。今夜梦何如，多应绕敝庐。

而一旦闲居乡里，过着与名利无关的闲散生活，其词中充满了惬意和满足，《望江南·和宾石宗弟山居乐》就是这样的一组词，试举三例：

> 山居乐，萧散过生平。羹摘紫葵和露煮，田驱黄犊带云耕。拍掌笑蝇营。（其三）
>
> 山居乐，云里结茅庐。闲看山妻经布轴，坐教稚子读农书。除此事无余。（其十）
>
> 山居乐，麋鹿是吾俦。窗底长吟闲抱膝，松根箕踞任科头。人世尽虚舟。（其十二）

傅燮詷写了大量田园词，笔致清新，融合以淡泊之志，表现山水与个性追求的和谐，悠然而无尘俗之想。另外其沉雄豪放之词亦颇有特色，《水调歌头·咏剑》可称咏物佳制：

三尺匣中铁，秋水蘸芙蓉。寸余才出鲛室，光彩射长虹。旧是干将能铸，惟有风胡识得，肯使近凡佣。埋没丰城久，气象动天公。杨子水，䲹鹈血，淬寒锋。古今神物，须知早晚化为龙。七点星纹耀日，两刃霜花凝雪，魑魅自潜踪。百炼纯钢利，绕指谩称雄。

笔法矫健，一气贯注，摹写物形与典故相结合，同时具有暗示性的表意空间，即以宝剑喻人才，显出自信和豪纵的情怀。写自己的闲情意趣亦多有峻逸之调，《满江红·鲁阳署中》：

蕞尔山城，尽容我、酒狂诗癖。终日里、早衙散罢，门庭寂寂。一枕午眠初觉后。满窗树色青如滴。听黄鹂间关两三声，心清逸。梁上燕，双飞急。阶下竹，铺阴密。种绕阑杂卉、烂然红白。几曲瑶琴弹晓霁，数枰棋局消长日。更忘形、快友夜挑灯，谈今昔。

清新的山城风物，秾丽鲜艳的构图，宁静的环境和狂纵的人物形成对比，动和静构成审美的张力，内中深蕴的仍然是对沉沦下僚处境的不平之鸣。

申涵光（1619—1677），字和孟，号凫盟，一号聪山。直隶永年人。明贡生，入清不仕。撰有《聪山集》。存词五首，词中多有抒写隐逸情怀之作，《今词苑》中选录《满江红》中有"卖赋犹嫌身未隐，违时正苦心空热"之句。《三台·避暑西岩》三阕更是表达了对于隐居生活的喜爱之情，其一云："帘下科头散帙，雨余赤脚疏泉。鸡犬无声高卧，夕阳满树鸣蝉。"独卧于寂静清凉的世界之中，忘却俗世的纷扰，夕阳的金晖洒在树丛之上，声声蝉鸣点缀了夏日的黄昏。其二："荻路赊通远圃，茅堂俯对高城。昨晚西山雨黑，夜添枕畔泉声。"居处的简陋无妨内心的喜悦，因夜雨而增添的"泉声"涤荡了心中的尘垢，词人也安然于这"枕边洗耳"的乐趣。其三："小榻凉生细簟，遥村雨隔疏钟。怪底香风不断，池塘开满芙蓉。"夏日的风情不只眼前耳畔的享受，还有嗅觉的盛宴，随着"香风"的引路，赫然在眼的已是艳丽的荷塘！

米汉雯，字紫来，号秀，直隶宛平（今属北京丰台）人。明太仆米万锺之孙，清礼部尚书王崇简之婿，清顺治十八年（1661）进士。历官江西赣州府推官、江西建昌县及河南长葛县知县、典云南乡试、江南主试、内廷供奉，迁侍讲。能诗善画，尤工金石篆刻，时人呼为"小米"。康熙三十一年（1692）仍在世。著有《始存词》。汉雯词风以纤细清新为主，如咏物词《太平时·凤仙花》摹写花朵外形"团娇簇砒蝶如葩，数丛斜"，又形容颜色"钲向玉罂猩血绽，一痕霞"，终以"盼情若赋愿为他，近纤芽"表达喜爱之情。而咏时令之作亦多在色彩外形上着眼，《临江仙·春归》云："问春春去几多遥。将红浮溆口，渲绿上峰腰。"词人由衷而发的田园之思回荡在字里行间，《浪淘沙》："绕砌竹新栽。院绝纤埃。绿枝摇曳鸟群开。有约客同无约雨，共点苍苔。"总的来说，汉雯词意蕴浅直，较少曲折回婉之致。

李昌垣，字长文，直隶宛平（今北京丰台县）人。清顺治三年（1646）举人，次年考中进士。授翰林编修，官至侍读学士。今存词甚少，仅从《倚声初集》中检得五首，而语句清雅，《望江南·夏夜》"曲槛时听蕉雨骤，小塘微度藕风轻。花下逐流萤"将夏夜凉爽宜人的境界描绘得极富诗意。有时词人笔下淌出婉转流动的隐逸情怀，《鹧鸪天·重阳晚眺遇雨》："雨迷村外行人渡，花满溪南处士家。思往事，负年华，梦魂飘泊任天涯。西风吹换江州鬓，独醉东篱数暮鸦。"而这种情怀往往与疲于宦游有关，从而羼入了浓郁的乡思，《南乡子·秋窗独宿》："独拥寒衾疑是客，凄清。露冷桐花月满庭，四壁乱蛩鸣。"孤独感与客游者凌乱的思绪一如秋日的寒蛩的凄鸣，纷乱而且冷清。在传统的古代闺人抒情之作中，昌垣词展示了婉媚和柔情的一面，《菩萨蛮·晓起闻莺》："云深雾满天垂幕，夜来风雨催花落。晓起傍鲂楼，莺声分外柔。"然而风雨催花之后，乃是"绿杨声送处，望断辽西路"，女子依恋不舍的心事便跃然纸上。

魏裔介（1616—1686），字石生，号贞庵，又号昆林，直隶柏乡人。清顺治三年（1646）进士，改庶吉士，授工科给事中，历官至保和殿大学士兼礼部尚书，加太子太保，升太子太傅。著有《怀舫词》。所作词豪迈清朗，多寄赠之什。《八声甘州·和乔文衣雪中遣怀》上片雪中感叹："叹息人间诸事，转眼便成非。"下片叙交谊和别情："奈江南江北，握手与君稀。瘗今朝、斋斋两鬓，念尚平、初愿久相违。"磊落不平之气隐现其间。《临江仙·寄田渊》亦有"一自云庐归梦切，愁余短鬓蓬生"（其一）之愁苦，而对友人的怀想亦自动人："赋草词笺留架上，思君有梦徒形。清尊良夜记云亭。知音人去后，山水共谁听？"（其二）裔介之子魏阊亦能填词，阊字亮采，号苍霞，康熙中以父荫补刑部员外郎，出守建昌，以功补荆州知州，擢陕西临洮道，著有《玉树轩诗草》。蒋景祁《瑶华集》选其《木兰花》一首，抒惜春之情而无哀痛之语，颇有闲雅之格调，下片云："花飞不定，几尺落红迷曲径。漫放尊空。一晌春光夕照中。"

另有两位馆阁词人也值得一提。王崇简，字敬哉，顺天宛平（今属北京丰台）人。明崇祯十六年（1643）进士。入清官至礼部尚书。著有《青缃堂集》，附词若干。词作集中于赠酬题画，如《减字木兰花》以白描手法叙写画意："峰回路转。烟火霏微村巷远。一抹沙尖，鸡犬声中出酒帘。"王熙，字字雍，号慕斋，一号瞿庵，顺天宛平（今属北京丰台）人。顺治四年进士。官至保和殿大学士。撰有《宝翰堂集》。词风沿袭晚明余绪，善弄闺情艳笔。如《小重山》云："斗帐香浓怯影单。珠帘闲不卷，小窗寒，钿蝉银甲罢双弹。无聊甚，独自倚阑干。墙角杏花残。韶光余几许，渐阑珊。夜来微雨湿轻纨。因谁瘦，暗觉绣裙宽。"将孤处幽闺的女性之寂寞心事写得委婉动人。

第二节　纳兰性德及其《饮水词》

纳兰性德（1655—1685），原名成德，避皇太子胤礽（小名保成）之讳，改为性德，字容若，号楞伽山人。顺治十一年生，其友高士奇《疏香词》提及"腊月十二日，成容若生日"，可知生于冬日，故小名"冬郎"。性德为满族人，隶属满洲正黄旗。然而先祖乃蒙古族人，姓土默特，灭纳兰部后易姓。性德之父明珠，累官至大学士、太傅，是康熙前期权相。性德十八岁举顺天乡试，二十二岁应殿试，赐进士出身，授官三等侍卫，不久晋升为一等。有词集《饮水词》（初名《侧帽集》）行世，获时人激赏。康熙二十四年五月病逝，享年三十一岁。纳兰性德为人情感细腻，聪颖过人，学习汉文化颇得其间。虽出身名门，宦途顺利，却无意于功名，倾慕通脱无挂碍的生活。爱妻卢氏亡故后，益发厌倦尘俗。与汉人士子相交甚厚，与顾贞观等为挚友，甚至狂猖如姜宸英者也与之深交。可以说在京华词坛，纳兰性德凭借相国公子的身份，以及富艳独出的才华，成为枢纽和核心。而且他本人也有建立词坛事业的打算，可惜天不假年，顾贞观《答秋田书》："吾友容若，其门第才华直越晏小山而上之，欲尽招海内词人，毕出其奇远。方骎骎渐有应者而天夺之年，未几辄风流云散。"

王国维《人间词话》认为："纳兰容若以自然之眼观物，以自然之舌言情。此由初入中原，未染汉人习气，故能真切如此。"以"真切"论纳兰词自无问题，而"未染汉人习气"之说似属片面。纳兰明确表示推尊李后主词，《渌水亭杂识》："花间之词，如古玉器，贵重而不适用；宋词适用而少贵重。李后主兼有其美，更绕烟水迷离之致。"主动向李煜学习，且才情气质亦略似之，词风亦颇近之。陈维崧论纳兰词"得南唐二主之遗"，周之琦则以"李重光后身"（《词评》）目之，况周颐云："寒酸语不可作，即愁苦之音，亦以华贵出之，《饮水词》人所以为重光后身也。"（《蕙风词话》续编卷一）杨芳灿《纳兰词序》详细阐述纳兰词的风格和面貌：

> 倚声之学，为国朝为盛，文人才子，磊落间起。词坛月旦，咸推朱、陈二家为最。同时能与之角力者，其惟成容若先生乎？……其词则哀怨骚屑，类憔悴失职者之所为。……寄思无端，抑郁不释，韵淡疑仙，思幽近鬼。……常谓《桃叶》、《团扇》，艳而不悲；《防露》、《桑间》，悲而不雅。词殆兼之，洵极诣矣。……今其词俱在，骚情古调，侠肠俊骨，隐隐奕奕，流露于毫楮间，斯岂他人所能摹拟乎？

此处揭示纳兰词的两种主要类型和风格。具体说来，"哀怨骚屑，类憔悴失职者之所为"的词即指他的边塞词；而"寄思无端，抑郁不释，韵淡疑仙，思幽近鬼"则指他的悼亡词。这两种词代表纳兰词的成就和特色，其兴发感动令人不忍释卷，以至于况周颐誉之为"国初第一词人"。（《蕙风词话》）另外，纳兰写有部分超迈豪放之作，亦颇可观。

一、情中有思的边塞词

边塞词在宋代并不多见，至清代始蔚成大观，纳兰词即其中之佼佼者。不同于一般的征戍思乡的悲情苦调，他乃是以满族武士和贵家公子的身份表达厌弃征伐和名利的感情，因此不仅具体细致，而且颇有深度。在他的笔下，边地苦寒荒凉，气候恶劣，一派肃杀苍茫的景象，由此申发出来的是凄清苍凉的风调和羁宦他乡的抑郁。纳兰边塞词极大地开拓了词的表现疆域，而且体现出独具的特色。

首先，纳兰边塞词表达了对社会历史的情感性思考。其边塞词笼罩着一层悲哀的情调，是人所共知的事实，这并不是说他的边塞词都如此，比如《浪淘沙·望海》：

> 蜃阙半模糊，踏浪惊呼。任将蠡测笑江湖。沐日光华还浴月，我欲乘桴。钓得六鳌无，竿拂珊瑚。桑田清浅问麻姑。水气浮天天接水，那是蓬壶。

此为在山海关眺望大海的情形，一种豪迈之情夹杂着浓重的惊喜，在纳兰词中堪称别调，颇似李清照写《渔家傲》（天连云涛接海雾）之于其整体风格。但悲哀却是纳兰的基调，只是这种悲哀往往蕴含着他的思考。纳兰本属叶赫那拉氏，在部族战争中，被爱新觉罗部所灭。他来到东北，足迹所至，经过明清战场，大概会经过他部族当年的领地。尽管到他这一代，已经完全融入爱新觉罗氏，而以其善感，对王朝的兴废，人事的变迁，不能没有触动。所以，来到当年"龙战"之地，他只感到霸业易休，即使跃马横戈，也终将英雄老去，一切成空，《南乡子》云：

> 何处淬吴钩，一片城荒枕碧流。曾是当年龙战地，飕飕。塞草霜风地满秋。　　霸业等闲休，跃马横戈总白头。莫把韶华轻换了，封侯。多少英雄只废丘！

何况他还曾经过原是自己部族所在地小兀喇，想起世事变迁，有不能说，不忍说者。《浣溪沙·小兀喇》：

> 桦屋鱼衣柳作城，蛟龙鳞动浪花腥，飞扬应逐海东青。　　犹记当年军垒迹，不知何处梵种声，莫将兴废话分明。

这种兴亡之感，不比一般，实在是无法也不用"话分明"。既然自古无不亡之国，当然，即使如秦始皇当年声威赫赫，建造万里长城，以为江山永固，千秋万代，亦不过过眼云烟。纳兰往东北走，经过古长城，《一络索》记载其感受：

> 野火拂云微绿，西风夜哭。苍茫雁翅列秋空，忆写向、屏山曲。　　山海几经翻覆，女墙斜矗。看来费尽祖龙心，毕竟为、谁家筑？

末句问得茫然，所谓"今古河山无定据"，这其中有不可解者。于是，他把这一切归为天命："古戍饥乌集，荒城野雉飞。何年劫火剩残灰。试看

英雄碧血，满龙堆。玉帐空分垒，金笳已罢吹。东风回首尽成非。不道兴亡命也，岂人为。"（《南歌子·古戍》）

纳兰边塞词多悲哀情调，一方面因其天性如此，一方面也是他对人类社会的观察所致。其特出之处在于，其善感的心性使得这些描写被推上一个极端。纳兰以词为载体对历史的思考，即使其中表现出浓重的虚无意识，仍然非常值得注意，因为在词这一文体中基本上绝无仅有，乃是他对词体所做出的巨大贡献，增强了抒情的厚重性。至于其中的人生体悟，是其天生才性所致，难以勉强。

其次，纳兰边塞词体现了情与景的矛盾性统一。王国维《人间词话》评价纳兰性德说："'明月照积雪'、'大江日夜流'、'中天悬明月'、'长河落日圆'，此种境界，可谓千古壮观。求之于词，唯纳兰容若塞上之作，如《长相思》之'夜深千帐灯'，《如梦令》之'万帐穹庐人醉，星影摇摇欲坠'差近之。"王国维引的两首词一首是《长相思》：

> 山一程，水一程，身向榆关那畔行，夜深千帐灯。风一更，雪一更，聒碎乡心梦不成，故园无此声。

另一首是《如梦令》：

> 万帐穹庐人醉，星影摇摇欲坠。归梦隔狼河，又被河声搅碎，还睡，还睡，解到醒来无味。

给我们呈现的皆是视野宏阔的风景，"千帐灯""万帐穹庐"，"风雪"和"河声"显出边地的苍莽，也有雄浑的气势。但是阔大的境界却和琐细的归心放在 起，有其不协调处。试以王国维所举诸作来比较，谢朓《暂使下都夜发新林至京邑赠西府同僚》、谢灵运《岁暮》、杜甫的《后出塞》五首之二、王维《使至塞上》，前两首虽然也写愁，但通篇有苍莽之气，浑然一体，后两首则或写军容，或写塞景，格调统一。纳兰将雄壮之景和缠绵之情并置，也即将一对矛盾纳入词中，使得作品显出一定的张力感。其感情固然可以理解为是由于上述写悲所致，但也因此赋予小令以顿挫之感，情与景一并顿挫，在不和谐中又体现出和谐来。

因此，从唐代边塞诗之后的传统来看，纳兰边塞词缺少雄浑的阳刚之美，但他在这一整体传统中，以其独创性占有一席之地。而就边塞词而言，那就更加是无人能出其右。在边塞词史上，清初的有关作品达到顶峰。此前唐代《敦煌曲子词》已经开始萌芽，宋代边塞词正式形成，出现了一些著名的作家作品。但是由于词体观念尚未更新，使得参与者不够多，境界不够开阔，于是给后人留下很多空间。金、元、明三代，词学衰微，边塞词的作家寥寥。但明末以来，边塞词又有兴起的迹象。这一方面体现了时代的现实需求，另一方面也和顺康时期词学复兴的趋势相吻合。清初边塞词的队伍广泛，皇帝扈从、边塞官员、游边之士、戍边之人等等皆有所作。普遍性创作群体的出现，反映社会上对这一题材的关注。从主题来看，清初的边塞词主要体现在建功立业的雄心，边塞愁苦的抒写，君恩未遍的哀怨，塞上风物的描写，以及对战争的刻画。基本上与文学史上对边塞文学的规定类似，但清人自有其符合时代特色的表达。纳兰性德是清初边塞词创作中最有成就的词人，其作品不仅多，而且有深度，尤其是表达对战争的反思，以及所表现出来的深沉悲哀，堪称边塞文学史上难得的佳作。

二、哀感缠绵的悼亡词

纳兰性德是一个极重感情的人，梁佩兰以"黄金如土，惟义是赴。见才必怜，见贤必慕，生平至性，固结于君亲，举以待人，无事不真"（张任政《纳兰性德年谱自序》引）等语形容之，纳兰亦以"自是天上痴情种"（《采桑子》）自命。援救吴兆骞一事可见其为人。顾贞观之友吴兆骞因科场案遣戍宁古塔，羁留二十三年。纳兰见顾贞观所作两首代书之作《金缕曲》，有"行路悠悠谁慰藉，母老家贫子幼"和"薄命长辞知己别，问人生，到此凄凉否"等句令他感动。于是费尽周折，历经五年，终于使吴兆骞生还而回。其情之真切集中地体现在爱情词尤其是悼亡词之中，即陈维崧所谓"哀感顽艳"之作。

纳兰创作了大量的爱情词，而其中最具特色的是悼亡词。张任政总结纳兰词说："先生弱冠时，已赋悼亡，缱绻哀感之作，居词集之半，声泪俱随，令人不忍卒读。"（《纳兰性德年谱》）据徐乾学所说，纳兰配两广总督卢兴祖之女，然"先君卒"。（《通议大夫一等侍卫进士纳兰君墓志铭》）而据叶舒崇所撰卢氏墓志，卢氏十八岁归纳兰，伉俪情深，三载而殁。"抗情尘表，则视若浮云；抚操闺中，则志存流水，于其殁也，悼亡之吟不少，知己之恨尤多。"① 现存《饮水词》中，题目中有"悼亡"的有七首，而实际上表达悼念追思的词则多达三四十首，占全部词作的十分之一左右。从词史上看，悼亡最早且哀思感人的是苏轼《江城子》（十年生死两茫茫），此后贺铸《鹧鸪天》（重过阊门万事非）亦称名作，而多是偶尔为之，纳兰是历代词人中悼亡之作数量最多者。

丧妻之前，纳兰写爱情虽也有悲伤情调，但总体上还是保持其风流闲雅的姿态，表达类型化的相思苦恨。《玉楼春·拟古决绝词》：

> 人生若只如初见，何事秋风悲画扇。等闲变却故人心，却道故人心易变。骊山语罢清宵半，夜雨霖铃终不怨。何如薄幸锦衣郎，比翼连枝当日愿。

以女子口吻谴责负心之人，借用汉唐典故抒发"闺怨"。而丧妻之后，承受巨大的心灵伤痛，而笔下的情感也变为凄咽吞吐。心里无比失落，"人间何处问多情"？（《浣溪沙》）甚至想着黄泉相见："只应碧落重相见。那是今生。可奈今生，刚作愁时又忆卿。"（《采桑子》）于是"人间无味"的凄恻时常萦回笔端，由悼亡而触发厌世颓废的心绪。总的来说，纳兰以小令悼亡多写得曲折层深，真切沉痛；而以长调悼亡则多白描而少雕饰，纯任自然，低回缠绵。令词如《南乡子·为亡妇题照》：

> 泪咽却无声。只向从前悔薄情。凭仗丹青重省识，盈盈。一片伤心画不成。别语忒分明。午夜鹣鹣梦早醒。卿自早醒侬自梦，更更。泣尽风檐夜雨铃。

雅善丹青的他欲画图重想爱妻容颜，却伤心难成；午夜醒来，突然觉得现实是多么无趣，自己梦处于这无欢的尘海，而逝去反而是解脱。难忘而难眠，雨铃声浸透了他的怨苦，一夜到天明。谭献评其悼亡词"势纵语咽，凄淡无聊"（《箧中词》附评），可谓得之。《蝶恋花》四首是纳兰悼亡名篇，兹录其二：

> 辛苦最怜天上月。一昔如环，昔昔都成玦。若似月轮终皎洁。不辞冰雪为卿热。无那尘缘容易绝。燕子依然，软踏帘钩说。唱罢秋坟

---

① 周笃文、冯统：《纳兰成德妻卢氏墓志考略》，载《词学》第四辑，华东师范大学出版社1986年版。

愁未歇。春丛认取双栖蝶。（其一）

　　萧瑟兰成看老去。为怕多情，不作怜花句。阁泪倚花愁不语。暗香飘尽知何处。重到旧时明月路。袖口香寒，心比秋莲苦。休说生生花里住。惜花人去花无主。（其四）

痴到深处，情不能自已，甚至愿意捂热冰冷的月轮；花香居然透着寒意，秋的肃杀与心中之苦连成一片。睹物伤情是其常用的展开模式，而皆能浑化自然。与苏轼一样，纳兰也善于通过梦境抒发哀思，《山花子》：

　　欲话心情梦已阑，镜中依约见春山。方悔从前真草草，等闲看。
　　环佩只应归月下，钿钗何意寄人间。多少滴残红蜡泪，几时干。

梦见亡妻，醒来唯见遗物，于是无限哀伤。运笔如行云流水，任感情在笔端倾泻。

　　以长调悼亡乃纳兰极具创造性之处，而无穷哀思借更长的篇幅来传达，就更显具体和细腻。一般认为自度曲《青衫湿遍》是其首篇悼亡作品：

　　青衫湿遍，凭伊慰我，忍便相忘。半月前头扶病，剪刀声、犹在银缸。忆生来、小胆怯空房。到而今、独伴梨花影，冷冥冥、尽意凄凉。愿指魂兮识路，教寻梦也回廊。
　　咫尺玉钩斜路，一般消受，蔓草残阳。判把长眠滴醒，和清泪、搅入椒浆。怕幽泉、还为我神伤。道书生薄命宜将息，再休耽、怨粉愁香。料得重圆密誓，难禁寸裂柔肠。

多用短句，音节急促，以细碎呜咽之声表凄苦之情。词人似与亡妻相对倾诉，叙生前死后之情状，读之令人心碎。有时纳兰以序交代缘起，《沁园春》："丁巳重阳前三日，梦亡妇淡妆素服，执手哽咽，语多不复能记。但临别有云：'衔恨愿为天上月，年年犹得向郎圆。'妇素未工诗，不知何以得此也？觉后感赋。"卢氏卒于康熙丁巳（1677）五月三十日，至此已三月有余，因梦而有词：

　　瞬息浮生，薄命如斯，低徊怎忘。记绣榻闲时，并吹红雨；雕阑曲处，同倚斜阳。梦好难留，诗残莫续，赢得更深哭一场。遗容在，只灵飙一转，未许端详。重寻碧落茫茫。料短发、朝来定有霜。便人间天上，尘缘未断；春花秋叶，触绪还伤。欲结绸缪，翻惊摇落，减尽苟衣昨日香。真无奈,倩声声邻笛,谱出回肠。

好梦短暂,就如生前之相亲相爱,梦醒来,人去后,不过赢得深夜"哭一场"。欲重寻觅,而碧落茫茫,面对天人两隔的惨淡生涯,只能徒然"无奈"罢了。三年以后,纳兰又赋长调悼念亡妻,时间的流逝并未消淡其悲切,反而因长久的沉淀,痴怀凝结,《金缕曲·亡妇忌日有感》:

> 此恨何时已?滴空阶、寒更雨歇,葬花天气。三载悠悠魂梦杳,是梦久应醒矣。料也觉,人间无味。不及夜台尘土隔,冷清清、一片埋愁地。钗钿约,竟抛弃。重泉若有双鱼寄。好知他、年来苦乐,与谁相倚?我自终宵成转侧,忍听湘弦重理。待结个、他生知己。还怕两人俱薄命,再缘悭、剩月零风里。清泪尽,纸灰起。

以独白的语气,如泣如诉,想结为"他生知己",却恐怕"缘悭",内心竟转添凄凉!正是因愁怀郁结无法开释,才造成如顾贞观所说的"有一种凄惋处,令人不能卒读"(光绪六年榆园丛刻本《纳兰词》引)的感染力。

三、超迈豪放的纳兰词·附论岳端词

纳兰最擅小令,堪称清代令词之冠冕。作为纯情词人,其词以情取胜。但内容比较单薄,基本上局限在个人抒情的范围,爱情、友情、乡情等。我们注意到,作为婉约名家,融浓重的感伤情绪于清新婉丽之中,是纳兰的艺术个性。但其部分词有超迈豪放之风,尤其是与顾贞观和姜宸英互相寄赠诸作,得徐釚"词皆嵚崎磊落,不啻坡老、稼轩"(《词苑丛谈》)的高度评价。如《金缕曲·赠顾梁汾》:

> 德也狂生耳。偶然间、缁尘京国,乌衣门第。有酒惟浇赵州土,谁会成生此意?不信道、竟成知己。青眼高歌俱未老,向樽前、拭尽英雄泪。君不见,月如水。共君此夜须沉醉。且由他、蛾眉谣诼,古今同忌。身世悠悠何足问,冷笑置之而已。寻思起、从头翻悔。一日心期千劫在,后身缘、恐结他生里。然诺重,君须记。

古文的章法和句法,对于格律的不拘和随意,情绪的豪放和洒脱,深沉的牢骚,使得全词顿挫苍凉,振起百倍精神。另外一首《金缕曲·简梁汾》下阕:"羡杀软红尘里客,一味醉生梦死。歌与哭、任猜何意。绝塞生还吴季子,算眼前、此外皆闲事。知我者,梁汾耳。"记载他珍重朋友情谊,

义骨侠肠援助吴兆骞的故事。辞气纵横，潇洒而超逸。他赠姜宸英的《金缕曲·慰西溟》亦称气韵沉雄的佳作：

> 何事添凄咽？但由他、天公簸弄，莫教磨涅。失意每多如意少，终古几人称屈。须知道、福因才折。独卧藜床看北斗，背高城、玉笛吹成血。听谯鼓，二更彻。丈夫未肯因人热，且乘闲、五湖料理，扁舟一叶。泪似秋霖挥不尽，洒向野田黄蝶。须不羡、承明班列。马迹车尘忙未了，任西风、吹冷长安月。又萧寺，花如雪。

姜宸英落选"鸿博"，抱才而不得伸展，纳兰勉励安慰，同情和牢骚尽情挥洒，殊有清狂之致。在哀感顽艳之外，纳兰词的豪放使我们看到他胸襟气度的另一面，体现出多样而丰富的才华。

康熙词坛的另外一位旗人才子岳端（或作蕴端）填词亦颇有成绩。岳端，字兼山，一字正子，号红兰室主人，又号玉池生。清宗室，固山贝子，安和郡王岳乐之子，康熙甲子（1684）封多罗勤郡王，著有《桃坂诗馀》。岳端艳情词轻灵小巧，《相见欢·本意》："年来何处相逢，梦常通。此夜的真相见、烛光中。怕睡着，无知觉，眼如盲。枕上端详莲脸、达晨钟。"

其咏物词能将物态与人情结合，如《凤凰台上忆吹箫·春雪》写"早起开帘处，春雪盈阶"，登楼远看见"平野内、树树皆梅"，比喻生动可爱。写风景虽不乏留恋光景之作，如《唐多令·癸未首夏，登通州放眼亭》："还独自开窗。云山引兴长。俯流水、竟似潇湘。满目风光吟未已，知他日，梦难忘。"却也有以幽苦之心熔铸景物者，如《忆秦娥·山居》：

> 中元节，墓田丙舍人凄绝。人凄绝，浓云遮去，青山素月。梦回抚枕伤离别，此时幽怨凭谁说。凭谁说，酸风苦雨，一灯明灭。

另外岳端作有多首题画之作，《锦堂春·题灯画梅花》下阕"兔颖勾成玉蕊，麝煤空出冰轮"，形容画梅亦颇有意兴，炼句雅致。

第三节　顾春与晚清京畿八旗词人

顾春（1799—1877），本姓西林觉罗，故又称西林春。后改姓顾，字梅仙，又字子春，道号太清，晚号云槎外史。满洲镶蓝旗人。顾春诗词书画兼工，现存诗集《天游阁集》、词集《子春集》和《东海渔歌》。王鹏运高度评价顾春词，称满族词人"男纳兰性德，女太清春"。关于顾春的身世，原有争议。孙静庵《栖霞阁野乘》："太清姓顾，吴门人。"郭则沄《清词玉屑》："太清春，吴人，侍太素为侧室。"徐珂《近词丛话》则说："太清西林春，姓顾氏，苏州人。"吴人之说乃为讹传，郭则沄据敦礼臣《哭砚》诗《序》及自注，认为"或称江南顾氏，皆非也。"① 后张璋、启功等考证得出，顾春乃鄂昌之孙女，鄂昌因胡中藻案牵连，以所写《塞上吟》语含怨望被赐死。② 则顾春实为罪人之后，为掩人耳目，改姓为顾。

顾春于道光甲申（1824）嫁乾隆帝曾孙贝子奕绘为侧室，这一人生遭遇对其词作影响甚大。奕绘（1799—1838），字子章，道号太素，又号幻园居士。著有《明善堂集》，收入诗集《流水编》、词集《南谷樵唱》。夫妇二人因兴趣相同，又颇具才性，经常诗词酬唱，使得顾春进入文学创作的高峰状态。徐世昌《晚晴簃诗汇》注奕绘诗云："侧室顾春太清，雅善诗词，尝相酬唱，极闺门之乐。"③ 据张璋考证，顾春开始填词约始于36岁，④ 其学词利用奕绘的藏书，以唐宋名家为典范，在词体格律的学习方面，则使用了《钦定词谱》。据日本学者清水茂所见，日本京都大学文学部庋藏内府原刊原装本《词谱》，有"明善堂"印章，可见奕绘藏有此部普通士人难得一见的词谱，对于顾春学词应该起到明显的促进作用。⑤

顾春四十岁之前填词执着于闺阁视角，以不同于汉族女性的性格，真挚爽朗，写出对自然山水景物和人情世态的独特感悟。四十岁时，奕绘病逝，不仅失去情投意合的郎君，亦且陷入生活的困顿。她被婆婆驱赶出

---

① 郭则沄《知寒轩谈荟》引敦礼臣《哭砚》诗《序》："余家有罗纹砚二……一署太清道人，则外祖母为西林夫人也。"自注："外祖母姓西林觉罗，鄂文端公之族人，幼育于姑母顾氏家，故又姓顾。"
② 参见张璋《八旗有才女，西林一枝花——记清代满族女文学家顾太清》，载《文学遗产》1996 年第 3 期。
③ 徐世昌：《晚晴簃诗汇》卷 188。
④ 参见张璋《顾太清、奕绘生平事迹辑录》，载张璋编校《顾太清奕绘诗词合集》附录五，上海古籍出版社 1998 年版。
⑤ ［日］清水茂《〈钦定词谱〉解题》，载《清水茂汉学论集》，蔡毅译，中华书局 2003 年版，第 563 页。

门，无依无靠地带着所生两幼子和两幼女过活，卖钗购屋，甚至养猪自给。① 1840 年鸦片战争爆发，国事日非。因此四十岁之后，顾春面对国事家事均陷入窘境之境况，故词作带上浓重的哀伤色调。

写景词是顾春词中颇有特色的，善于勾画点染，营造出轻灵精巧的意境。《早春怨·春夜》：

> 杨柳风斜，黄昏人静，睡稳栖鸦。短烛烧残，长更坐静，小篆添些。红楼不避窗纱，被一缕、春痕暗遮。澹澹轻烟，溶溶院落，月在梨花。

上片写出时间的流逝，恬静的晚风在柳条上拂过，在书斋中静默相守，不觉夜渐渐深了。下片写月夜春景，从楼上俯瞰洁净的院落，春色贻荡，在乳色的月光中，飘动淡淡的轻烟，梨花已经融进月色之中，吹来的是悠远的香气。主人公安详恬淡的心境与春夜怡人的景色相互交融，意境浑成，堪称佳作。另如《浪淘沙·登香山望昆明湖》，写形状貌，亦颇见功力："碧瓦指离宫，楼阁玲珑，遥看草色有无中。最是一年春好处，烟柳空濛。"而当心态转变，顾春词中的景物就失去平和的色彩，而哀伤的情调却别有风致。如《霜叶飞·和周邦彦片玉词》：

> 萋萋芳草，疏林外，月华初上林表。断桥流水暮烟昏，正夜凉人悄。有沙际、寒蛩自绕。星星三五流萤小。见白露横空，那更对、孤灯如豆，清影相照。昨夜梦里分明，远随征雁，迢递千里难到。西风吹过几重山，恨故人怀抱。想篱落、黄花开了。尊前谁唱凄凉调。应念我，凝情处，听雨听风，恨添多少。

秋日萧条的背景之中，疏林、断桥、寒蛩、孤灯、清影，一切都显得那样清冷，稀疏的星和凉冷的月，让寂寞的人如何消受？下片先从梦说起，但梦里也是难言的失望，难以抵达的他方，故人的怀抱何在？菊花开，人却无心理会，听到传来的是悲哀的曲调。景物的描绘突出了主人公内心的憔悴，最后结语点出"恨"这一情绪，凝成那许多的凄凉。在传统的"悲秋"题材上，顾春综合运用符号化的意象，营造孤独寂寞的情境，将自己

---

① 顾春《天游阁诗集》有诗题名颇记此事：《七月七日先夫子弃世，十月廿八日奉堂上命携钊、初两儿，叔文以文两女，移居邸外，无所栖迟，卖以金凤钗购得住宅一区，赋诗以记之》。

的人生之悲浸入其中，达到深沉郁结的抒情效果。

顾春擅长绘画，其题画词的不仅创作数量较多，而且达到了遗形取神、形神交融的艺术境界。如《醉翁操·题云林湖月沁琴图》：

> 悠然，长天，澄渊。渺湖烟，无边。清辉灿灿兮婵娟，有美人兮飞仙。悄无言。攘袖促鸣弦，照垂杨、素蝉影偏。羡君志在，流水高山。问君此际，心共山间水间。云自行而天宽，月自明而露溥。新声和且圆，清徽徐徐弹。法曲散人间，月明风静秋夜寒。

此词描绘了一幅闺阁小照，主人公是其一生密友许云林。以古文笔法行文，女子月下湖边操琴的清雅风致写得生动逼真，从而在节奏、形式上也达到了古意高远的境界。词虽以为云林画像为重点，却没有在写外形上多费笔墨，而以长天、澄湖、月辉的视觉场景烘托，描绘在意念当中的琴声，以此写出云林的神采。末句颇有"曲中人不见，江上数峰青"的余韵，人物高洁的品行和幽美的形貌在这样皎洁的场景和悠然的琴声中散发开来，渐渐融为一体。与此相类似的还有顾春为沈湘佩所题的词，《看花回·题湘佩妹梅林觅句小照》：

> 忽见横枝近水开，香逐风来。惜花人在花深处，倚律筠、几度徘徊。前身明月是，应伴寒梅。冰作精神玉作胎，天付奇才。怕教风信催春老，捻花枝、妙句新裁。暗香疏影里，立尽苍苔。

以梅花为衬景，写女子形象前代已有作例，多是写梅边落寞的幽怨心事。而顾春重点突出的是沈湘佩"捻花枝、妙句新裁"的才女形象，踏雪填词，观梅得句，才华、品性和美貌与梅花叼以浑成一体，在外形和精神上深深契合。顾春与同时才女来往密切，曾结成诗社，才女切磋，一时胜况，沈湘佩记下此事："己亥秋，余与太清、屏山、云林、伯芳结'秋江吟社'。"[①] 应该说，与诗友同道互相唱和赠答，不仅使顾春词有创作的诱因，而且有助于提高词艺。

在传统的咏物词创作方面，顾春体现出与词坛流行风尚别样的风貌。咏物词经南宋之后，渐渐形成以物为寄寓情志的对象，以"寄托"为倡的

---

① 张璋：《顾太清、奕绘生平事迹辑录》，载张璋编校《顾太清奕绘诗词合集》附录五，上海古籍出版社 1998 年版。

的写作模式。与之不同的是，顾春以关注物象本身，将主我感情投射并力求与物融合的方式吟咏。如《定风波·水仙》：

> 翠带纤纤云气凝，玉盘金露泻玉精。最是夜深人入定，相映，满窗凉月照娉婷。雪霁江天香正好，飘渺。凌波难记佩环声。一枕游仙轻似絮，无据。梦魂空绕数峰青。

上片写水仙的外形，以美人比拟之。似乎是娉婷的仙女，翠带在云雾间飘动；夜间无人之时，月色照到清盈的身体上，映出无比优美的图案。下片由形写到气味，渺渺的香气，似乎隐约听到环佩声响，进入到游仙的世界，人与花幻化叠合，在离合之间，忽然发现，眼前花还是花，只是那遇仙的感动还在脑海里延伸。顾春在当时以这种方式写咏物词，应该说有新人耳目之处。但是我们也不能过分强调所谓以满族人写词质朴本色的方面，现实的情况应该是，她主要取法北宋时期咏物词的书写姿态，以复古的方式写出与词坛风气不同的咏物之作。当然，个性偏于率直的民族心理有可能影响其师法的对象，从而导致词风的与众不同。

　　作为女性词人，顾春也不是一味的秀美婉转，其悯时伤世之词便体现了宽广的胸襟和悲悯的情怀。在诗歌中，顾春直接表达了其对于时世的感叹，《秋日感怀兼忆湘佩、少如诸姊妹用杜工部〈秋兴八首〉韵》："今古真同一局棋，万方多难不胜悲。长征解甲知何日？久戍休兵定几时？捷奏肤功须及早，驰传羽檄莫教迟。桂薪珠米生民困，共享升平是所思。"另一首"最是关心非为己，何时丰稔遍皇州"之句也直接表达了对于国民安定富足的期盼。这种情怀写入词中，表现得相对要隐晦一些，这类词作多写于四十岁之后，故多与作者本人的不幸遭遇相联系。《意难忘·哭云林妹》："相把袂，语悲伤，说离乱兵荒。叹年来，惊惊恐恐，无限凄惶。"直接描述战争和乱世给其现实生活和内心造成的伤害。在此境况之下，顾春词多次表达了愤懑和悲凉的情境，《江城子·题〈日酣川静野云高〉石画》竟有"悲浊世，续《离骚》"的感叹。《画屏秋色·屏山邀看菊》则说"年来心绪不定"，《雪狮儿·雪窗漫成》自伤"半生潦倒"，于是"拼一醉，消除怀抱"，但是一腔心事郁结于心，只好"凭谁告，托向美人芳草"。韶华老去和国势渐衰，给词人心里留下的恨意，在《惜春郎·送春》中有象征性的表述："几度留春留不得，拟痛饮今夕。茸落花作个青心，也算是怜春色。"

在思想上，顾春受到道家影响极深，其室名"天游阁"即从《庄子·外物》中取得，因此有词专门表达虚静淡泊的人生信念。《浪淘沙·偶成》：

> 人生竟无休，驿马耕牛。道人眉上不生愁。闲把丹书窗下坐，此外何求？光景去悠悠，岁月难留。百年同作土馒头。打叠身心安稳处，顺水行舟。

上片对汲汲以求的人生态度予以批判，如"驿马耕牛"被驱使，为烦愁所苦，何如入道抛却苦恼，无求即是无苦。下片从人生短暂写起，既然时光匆匆，大家都要归于空无，不如顺应自然演化之道，以安稳的身心去迎接一切。从"百年"一句可以看出，入道仅是顾春人生信念的选择，而非祈求长生不老。《鹊桥仙》说得明白："神仙之说本虚无，便是有，也应年老。"《踏莎行·遣闷》则言："但求无事是安居，成仙成佛何须慕。"出于对道家思想的深入体悟，顾春写出被况周颐誉为"具大彻悟"的《鹧鸪天》：

> 夜半读经玉漏迟，生机妙在本无奇。世间莫恋花香好，花到香浓是谢时。蜂酿蜜，蚕吐丝，功成安得没人知。恒沙有数劫无数，万物皆吾大导师。

此词尚有小序："冬夜听夫子论道，不觉漏下三矣。盆中残梅香发，有悟赋此。"与夫君研读道家经典，痴迷以至于忘记时间，夜半时分更因花香而得悟。关乎人生乃至宇宙之哲理，其实就在日常力物之中，顾春因自己的慧根，得到如此质朴的感悟，因此得以做出如同佛家偈子似的词作。不过，以词而专谈玄理，以议论为词，终非正体，顾春此类作品尚未落入枯燥无味的恶道，反而显得轻巧可读，也算得别出精神了。

顾春词在艺术上特色鲜明，既具女性词人擅长的感性书写，又兼有士大夫词的体格和境界。首先是深细锐敏、婉转多姿的词境。叶嘉莹评价顾春词"感觉锐敏，用笔深细，往往能在日常景物情事中，写出常人之所未见，出人意外，入人意中"。① 如《醉桃源·题墨栀团扇寄云姜》：

　　　花肥叶大两三枝，香浮白玉卮。轻罗团扇写冰姿，何劳腻粉施。

　　新雨后，好风吹，闲阶月上时。碧天如水影迟迟，清芬晚更宜。

写墨栀的形态，兼写其色与香，清新之气息已闻；下片再写以如此之团扇
于月下、新雨送凉之后使用，清芬怡人之状。从不同侧面着笔，写出物象
之形与神，且追求情境的整体效果，不使人感到突兀。又如《十六字令》
写听古玉笛之声："听，黄鹤楼中三两声。仙人去，天地有余青。"在简短
的篇幅之中，突出闻声之后的古逸之境，亦写出笛声消散之后的想象延
留，敏锐地抓住了物象的主要特征。《金缕曲·咏白海棠》写月下海棠的
风姿："墙角绿阴栏外影，印上芸窗冰簟。隔一片、清阴黯淡。"观看海棠
者的视点与所居住的环境叠合，花树在特定的场景里展现其特定的光影形
态，显得如梦如幻。其次是轻灵恬淡、虚静传神的体格。这一方面与顾春
参道的哲学信念有关，更与其学词主要取法北宋相联。如《沁园春·桃花
源次夫子韵》上阕："一夜东风，吹醒桃花，春到人间。趁月朗风柔，扁
舟一棹，绿波渺渺，花影珊珊。洞里有天，天涯有路，风月莺花终古闲。
惜春去，怕桃花结子，冷落神仙。"东风吹醒万物，词人寻觅桃花源，一
切显得多么欢快。而下阕却以"有人面，依稀似旧年"引入伊人已无踪迹
的感伤，"日暮天寒，露滋风损，开落无心谁与传。认不出，似婷婷倩女，
素魄娟妍"诸句，则将花与人重叠，人品淡泊与花性清幽互相生发，虚静
处出以缠绵情意。又如《惜秋华·题竹轩王孙祥林小照》写人物风神：
"三径菊花，东篱露黄开遍。遥山淡染青螺，爱野色、行寻步缓。消遣。
惜秋光，好把寒香偷剪。"画中人的怡然自得，爱赏秋景却又了无挂怀。
最后，顾春词情愫挚烈朴实，感怀深沉。这一点从上举《霜叶飞·和周邦
彦片玉词》以及悯时伤世之词即可看出。如《浪淘沙慢·久不接云姜信，
用柳耆卿韵》末阕："最无端，寒来暑往，天天使人疏隔。问何时，共倚
阑干曲，坐西窗剪烛。千言与万语，叨叨不尽，说从前相思。"纯然发自
肺腑，虽细碎繁杂，却自有感人的力量。况周颐评此词："朴实言情，宋

---

　　① 叶嘉莹：《徐灿词新释辑评序》，载《徐灿词新释辑评》，中国书店出版社 2003 年版，第
4 页。

人法乳，非鲜艳之笔、藻缋之工所能梦见。"①

顾春之夫奕绘（1799—1838），精通填词，撰有《南谷樵唱》，初有词集《写春精舍词》，是其追求顾春时所写。其艳情词写得婉约曲折，如《念奴娇》："十分怜爱，带七分羞涩，三分犹豫。彤管琼琚留信物，难说无凭无据。眼角传言，眉头寄恨，约略花间过。见人佯避，背人携手私语。谁料苦意甜情，酸离辣别，空负琴心许。十二碧峰何处是，化作彩云飞去。璧返秦庭，珠还合浦，缥缈神仙侣。相思寝寐，梦为蝴蝶相聚。"上阕叙两情相悦之情状，历历如绘；下阕抒别后相思之情，情感真挚，颇具感染力。而写个人志愿和生活品位，就显得清逸潇洒，如《高山流水·南谷清风阁落成》：

> 山楼四面敞清风，俯深林，户牖玲珑。雨后凭栏，直望尽海云东。栏干外、影接垂虹。夕阳转，满壑松涛浩浩，花露濛濛，拥邺侯书架，老我此楼中。从容。启云窗高朗，微凉夜、秋纬横空。襟袖拂星河，鸡三唱、晓日通红。同志者二三良友，侍立青童。问茫茫宇宙，屈指几豪雄。

承龄《冰蚕词》收词57首，词风沉郁苍凉，在晚清八旗词人中成就较高。其长调多将身世之感融入咏史、咏物等题材之中，如《水龙吟·水车》：

> 几回听水听风，客游怎么车轮转。关河冷落，数声鸭轧，人家近远。一道驱烟，乱流翻月，为谁催趱。问何如且住。抽刀断水，难祝取，回肠暖。梦星轻雷乍辗，又树杪、绕云飞倦。只当日抱瓮原非，空独立，溪山晚。

咏叹水车的命运，同时将他的羁宦深愁化入其中，表现了对自身沦落不偶的悲慨。当然，承龄也有部分清新流畅的词作，这主要是他的小令。如《南乡子》五首具有民歌风味，爽朗明快，其二："山路滑，晚烟低，牛毛细雨子规啼。一笑相逢伴借问，双红晕，笠子倚风花压鬓。"写乡野恋情，纯真自然；又如其三："坡上去，送郎行。踏歌声应《竹枝》声。岁岁年年坡对面，长相见。不似人心朝暮变。"朗朗上口，质朴清新。这是承龄在贵州为官时所作，受黔中风情感染而情不自禁，天然而不经雕饰，反映

---

① 张璋：《奕绘顾太清诗词合集》，上海古籍出版社1998年版，第244页。

他善于向民间学习的才性。

另外还有为数众多的旗人留下了词集或词作，如奕志、宝廷、英瑞、宗山、盛昱、志锐、震均、继昌、斌桐等，皆各有特点，构成了晚近京畿词坛的多样化图景。

第四节　边浴礼与嘉庆以降之河北词人

嘉庆以降的河北词坛除八旗词人之外，还活跃着为数众多的汉族词人。乾嘉之际的舒位尚停留传统题材中寄寓身世感怀，而随着政局的恶化，清廷的腐败，列强的入侵，民众起义的频发，边浴礼、张之洞在词中就表现了凄苦的末世哀鸣。末世悲怆虽然是晚清词坛的主要基调，但仍然有人满足于自我的闲适和风流，以遗民自居的胡薇元便是一个典型。另外如徐大铺、绩懋、张葆谦、陈良玉、樊景升、刘书年、钱瑗、徐士銮、陶景羲、王增年、张佩纶、赵国华、崔永安、张云骧、张景昌、魏熊等河北词人，多撰有词集，或豪放，或清旷，或婉曲，或郁结，风格不一，与上述词人一起形成了晚清河北词坛的整体面貌。

舒位的《瓶尾词》不失名家风范。其咏物诸作皆能体物入微，又能荡开笔墨，以情融入物中，情韵悠长。《疏影·落叶》"一叶秋声，飞入谁家。知他好梦难又"，以"落叶"为依托，出之以秋愁和别情。《清平乐·微云》更是咏物与别情交融的佳作：

> 微云不语，向晚孤飞去。灯火高城知几许？记得画桡停处。满天鸿雁归秋，罗衣织薄须愁。忽作横空一抹，和烟遮断红楼。

缥缈的微云和浓酽的别离相思交融，剪影式的场景展示今昔感受。《蕙兰芳引·秋草送别》叙别情曲尽其致：

> 斜日短亭，马蹄绿、踏翻秋色。一路天涯，难系远人去迹。野梅官柳，当此际、尽无消息。向汉宫吴苑，只有黏天霜白。斜忆裙腰，单怜袍袖。别恨遥隔。况八月西园，黄蝶欲飞不得。咸阳道上，衰兰送客。归去来、休负暖风薰陌。

情景交叠，别情中有相思离恨，而身世之感亦寄寓其中。可以说，舒位的词涉及的题材大都较为传统，其意象择取也有类型化的倾向，而造境浑然，清丽典雅，体现其深湛的艺术功力。

边浴礼（1820—1861），字夔友，一字袖石，直隶任丘人。道光甲辰（1844）进士，改庶吉士，授编修，历官河南布政使，撰有《空青馆词》三卷。浴礼词多哀怨凄恻，而内蕴深沉。咏怀史迹，往往与现实中乱世相联系，如《金明池·本意》：

> 城柳啼鸦，汀沙宿雁，凤舳龙旗何处？想当日、雕青恶少，草草把河山付与。尽平生、志在燕云。便募取、十万黄头劲旅。看铁甲呼风，金笳激浪，池面鱼龙争怒。世上英雄本无主。恁好个家居，有人偷据。陈桥变，将军袍换，韩通死，忠魂血污。算古来，清史茫茫。只寡妇孤儿，兴亡难数。剩碧瓮烟昏，荒湾月白。依旧寒波东去。

荒寒颓败的意象，一方面与吟咏宋朝旧事对应，显然这仅是表层意蕴。其深层乃是表达对国家内忧外患丛生的时局的忧虑，"恁好个家居，有人偷据"直指列强环伺的现实困境，但面对危亡竟无人可以挽救，无奈之下发出"兴亡难数"之叹。在这样一种无限伤感的情绪下，浴礼词总是出以凄清的基调，如《忆旧游·秋寺》"暮烟如水，凉透僧衣""剩虫语空阶，青荧灯火独掩扉"等句，景物惨淡孤幽；《石州慢·初寒》"唧唧阴虫，哀音啼遍阑干角。瘦影一灯红，伴愁人萧索""憔悴怯添衣，渐纤腰如削"等句，愁苦袭人。即便是写传统的闺情相思，也是深愁入骨。如《清平乐》：

> 征鸿过去，抛下愁无数。静夜水沉香一缕，听尽乱蛩疏雨。旧家庭院红楼。画帘不卷深秋。如此凄凉天气，可曾笼上琼簪。

秋天节气之寒，与抒情主体心中之凄苦形成同构，而相思被淡化处理，仅成为若有若无的可能性指向，而"凄凉"体验被凸显出来。袒露心境乃是浴礼词所侧重的，意象、词情皆围绕"凄苦"来进行。《洞仙歌》写"半空疏雨，点点声声洒窗户"，衬托心情之破碎："离情浇欲碎。如此深宵，不省淋浪甚时住。天远雁书沉。数尽莲筹，比往日、江湖凄苦。"

张之洞填词数量虽不多，却不乏佳作。如《摸鱼儿·邺城怀古》就是一首雄健沉郁的咏史词：

> 控中原、北方门户。袁曹旧日疆土。死狐敢啮生天子，衮衮都如呓语。谁足数。强道是，慕容拓跋如龙虎。战争辛苦。让偬偬追欢，

> 无愁高纬，消受闲歌舞。荒台下，立马苍茫吊古，一条漳水如故。银枪铁错销沉尽，春草连天风雨，堪激楚。可恨是、英雄不共山川住，霸才无主。剩定韵才人，赋诗公子，想象留题处。

感慨兴亡故事，心曲激扬。对于英雄的呼唤，似别有怀抱。词中写"慕容拓跋"等进占中原的少数民族似影射外国列强，而"旧日疆土"也就隐含着丧权辱国的深意。此词体现了张之洞作为一个清流文人的家国情怀，应予以肯定。

胡薇元（1850—1920?），字孝博，号诗舲，别号玉津居士。直隶大兴人，祖籍山阴。工诗，善书，与宋育仁、方旭、赵熙诸人结词社。光绪丁丑（1877），胡薇元以顺天府籍登进士。辛亥革命中，被拘禁二十多日，为清廷守臣节。放归后潜回蜀中，以清遗民自居。撰有《铁笛词》《天云楼词》《天倪阁词》各一卷，所著《岁寒堂词话》多具卓见，被收入《词话丛编》。词风清新婉约，或抒发客游思乡的旅愁，或寄赠怀人，兼叙交谊。如《踏莎行》：

> 锁院重临，苔笺再擘，雨中不辨青山色。孤云更比客心闲，划开一角亭阴直。乡梦西湖，旅愁蜀国。杜鹃枝上分明说。丁东井上品茶人，放翁也是江南客。

其中的愁绪并不沉重，淡然写来，且以客游为风雅，完全是封建文士的风流自赏的做派。另一首《踏莎行》所说的"江南词客增身价，阿谁消得此缠绵"即是这一心态的直接表达。因其祖籍为山阴，与陆游同里，故每以"江南词客"自诩。《海天阔处·人日草堂怀宗室紫蕙将军》亦表达了附庸风雅的情趣："锦水春风，年年此地，玉骢频住。说堂成背郭，缘江路熟，是杜老、吟哦处。"

第五章

清代河北戏曲创作

第一节　顺康雍时期河北戏曲创作

顺康雍时期河北戏曲创作虽然不够繁荣，没有出现一流作家作品，但绝不是一片空白，还是有一些二、三流的作家作品出现，显示了一定的创作实绩。从形式上来看，既有传奇作品，又有杂剧作品，品种较为齐全，其中传奇成就稍微高一些，杂剧创作无论是量还是质，都显得略逊传奇创作。

一、顺康雍时期河北作家的传奇创作

（一）刘键邦与传奇《合剑记》

刘键邦，字号未详，真定（今河北正定）人，明末诸生。《曲海总目提要》卷11著录刘键邦撰有传奇作品《合剑记》。现存清初刻本，中国社会科学院文学研究所图书室藏《古本戏曲丛刊五集》据之影印，题《合剑记传奇》，未署撰者。首载署"南宫生员李调元题"之五古诗一首。凡2卷32出。

《合剑记》叙明末辽左杏山人彭士弘，字仁寰，妻王氏，妾高氏，有二子。由举人授真定南宫知县，因偕侄可谦，访友人吴三桂。吴时任辽阳总镇，以雌雄二剑名腾空、画影者，赠士弘。士弘自佩其一，而以腾空付可谦，令其留杏山，以为他日救援计。士弘莅任，即谳狱。有王义者，因

恶霸赵申殴死其父王炳,怀刃思报仇,为赵冤陷,坐罪入狱。士弘为王义雪冤,义感其恩,欲以死报。会闯王将刘方亮围南宫,典史司化金迎降。士弘托王义,携其妻妾及二子,先缒城以去,暂栖王义姑家。士弘就擒,取印击方亮,因自撞碑而死。王义复潜入城,收士弘骨殖,偷葬于南亭之后。及归,复北上寻可谦,以画影剑易腾空,归报。中途闻赵申出狱啸聚,王义乃纠义兵。适逢赵申擒高氏等,义至,杀赵报仇。可谦往说吴三桂,使请兵北朝,进攻闯王。因相偕泣诉于北朝兵营,乞得劲旅。吴三桂乃起兵抗闯王,杀刘方亮。可谦先携方亮头,至南宫祭士弘,且迎高氏等归杏山。南宫民为士弘建忠孝节义祠。士弘升任真定城隍,清朝为赐号忠烈侯,可谦授堂邑县令。

《曲海总目提要》云:"崇祯末年,闯贼李自成之将刘方亮攻南宫,士弘抗节。时键邦为诸生,目而其事,为作此记。与《南宫县志》大略相符,非造作者。……其情节视《县志》详悉,大抵多真。独所谓两剑齐鸣,不过扭作关目,殆非实事。可谦杀刘方亮,亦是趁笔取快。士弘为城隍神,《县志》未载,恐亦臆揣。……典史司化金,富平人,崇祯十七年任,本朝顺治三年去任。"按,《提要》所叙版本,为"士弘侄可谦为堂邑知县,刊板行世者也",与现存刻本不甚相同。其云二剑一名龙泉,一名昆吾;又云:"可谦随大将请兵破闯,王义亦纠乡兵杀土贼,两人遇于战场,初不相识,交锋甚锐,两剑齐鸣,始知为龙泉、昆吾,遂偕谒士弘妻妾";又典史名司化金,凡此皆与现存刻本稍异。二本当稍有先后,待考。剧中所叙吴三桂请兵北朝,系由彭可谦苦劝,亦系增饰,与史不符。

此剧当作于清顺治年间。作者自述作意云:"灯下闲谈史传,皆能恣口讥评。一朝雪浪劈头倾,谁把柁牙拿定?乃信忠肝义胆,乾坤正气生成。若将忠义换功名,难免排场丑靓。"(第一出《表略》[西江月])卷末收场诗又云:"新词按谱问谁填,不是歌仙即剑仙。描写人情如镜澈,琢磨音律是珠圆。但经入耳心皆动,凡在当筵泪欲涟。乐府能为风教助,秒编宜付祝融然。"

(二)孙郁与《漱玉堂三种传奇》

孙郁,字天雄,号雪崖,别署苏门啸侣、雪崖主人、雪崖啸侣。魏博

（今河北大名）人。生卒年不详。清康熙三年（1664）进士。十二年（1673），任浙江桐乡知县，半年即为事罢去。所为诗文，树帜中原，声名藉甚。词曲流传江左，吴儿竞歌之。所撰传奇三种：《绣帏灯》《双鱼佩》《天宝曲史》，合集为《漱玉堂三种传奇》。① 现存清康熙十四年（1675）稿本，原北京图书馆藏，《古本戏曲丛刊三集》据之影印。

《绣帏灯》剧本。上卷署"魏博孙郁雪崖父手著"，下卷署"天雄孙郁雪崖父著"，目录署"雪崖主人编订"。首载署"康熙旃蒙单阏之岁（乙卯，十四年）如月之望汪森拜题"之《漱玉堂三种传奇序》。凡 2 卷 20 出。

《绣帏灯》一剧叙常山人穆弘，字子大，年将半百，尚无子嗣。妻淳于氏，狠毒奇妒，性惯降夫，设下如意棒、相思枷、连环锁三般刑具。其邻费直，字隐公，退仕在家，断弦新续，以术治新妇康氏妒病。且登坛传道，广扶阳教。穆弘受隐公心法，反遭淳于氏笞打。众生公讨之，逼弘写休书。邻媪田二妈讲和，为弘娶一妾，名荀雅娘。及三朝，淳于氏将雅娘妆奁夺走，反锁于屋内，复将穆弘锁于院中度夜。次日，淳于氏拷打穆弘与雅娘，众生往救，反遭泼粪。穆弘乃假称上京应试，潜往拜隐公为师，暂住费家园中。隐公遣田媪，以八十金买得雅娘，送与穆弘团圆。又命穆弘伪作遗书，遣仆穆勒报讣。淳于氏深悔无子，复思改嫁，托田媪为媒。田殆称有一霍爷续弦，淳于氏即盗运家私，先权居田家。是夜，备受隐公妻康氏讥辱。次日，田媪使人迎淳于氏至费家园中，不辞而去。忽见穆弘，历数其七可杀。淳于氏羞惭自缢，魂游冥界，遍观众妒鬼受苦情状。及还阳，淳于氏痛改前非，一家和睦。

剧以费隐公如佛灯烛照绣帏，故名《绣帏灯》。本事出清李渔《无声戏》第七回《妒妻守有夫之寡，懦夫还不死之魂》，大率据小说敷衍。按，《无声戏》刻于清顺治十二年（1655），剧当作于是年之后。据孙佑《双鱼佩传奇叙》，此剧作于《双鱼佩》传奇之前，即康熙九年（1670）三月以

---

① （1）清汪森：《漱玉堂三种传奇序》，《漱玉堂三种传奇》卷首；（2）清松涛：《天宝曲史序》，《天宝曲史》传奇卷首；（3）赵景深、张增元《方志著录元明清曲家传略》第 219 页所录诸方志。

前。作者自述作意云："偌大乾坤谁作祟？阴阳二字不可易。何事南风久不昌，阴刚阳柔失其位。……从今抹倒怕婆经，要为男儿扶赤帜。疗炉何必煮仓庚，只须培养魄与气。量沙减灶有奇兵，相时审机须神智。大家点起绣帏灯，个中妍媸君须记。急水滩头早着篙，莫教旁人单出力。笠翁稗史天下闻，无声戏作有声戏。"（第一出《谈概》[古意]）

《双鱼佩》署"魏博雪崖啸侣手著""沙麓芹溪居士评较"。首载署"康熙辛亥（十年，1671）暑月东明卧雪弟佑顿首拜题"之《双鱼佩传奇叙》，署"康熙九年庚戌（1670）三月十二日天雄孙郁雪崖父凌晨自识于漱玉堂之东轩"之《凡例记略》。凡2卷24出。

《双鱼佩》一剧叙苏州人柳应龙，字云襄，故廉访之子，饱学多才，寓居表亲奚家。奚家必文、必学兄弟，轻薄尖酸。因见应龙痴书，伺其参拜文昌帝君，戏拟题目，藏于殿中香炉内。应龙得题，以为神佑。奚家之邻乃太平府庠教授花士标，有女想容，才色双绝。二奚求亲，均被拒。应龙尝偶瞥想容，心往神驰。二奚戏寄想容假书，约应龙私会。应龙秉持德行，作书回绝之。时值花朝，应龙游玄墓山，偶遇想容，不得通语，归来遂抱沉疴。氤氲使者摄其魂灵入想容梦中。二人共题一词，互赠玉鱼佩，以订终身。月老复摄南京名妓乔衣云魂灵，与应龙相识。及赴江南秋闱，试题竟俱如二奚戏拟者。试毕，二奚邀应龙游旧院，适逢衣云，应龙遂与之合卺。应龙中解元，托奚必文为媒，往花家下聘。旋上京应试，临行，赠衣云以玉鱼佩。二奚又作假书，诳衣云母女至花府。想容见衣云，相亲相慕，拜为姊妹。应龙中状元，授翰林，奉旨归娶。婚夕，想容乔索玉鱼佩，应龙窘甚。次日，想容复告应龙，已另娶一妾。及见面，方知即为衣云，当夜重谐旧好。

《双鱼佩》一剧事无所本，人物情节均为撰出。作者《凡例记略》云："兹编始于己酉初秋，仅得六折而止。越明年，庚戌二月朔，乃重握管，至三月望前而成。"按，己酉为康熙八年（1669），庚戌为康熙九年（1670）。又自述作意云："细嚼宫商闲究考，伉俪功名，未许人颠倒。莫把心机空费了，算来不似天工巧。"（第一出《标旨》[蝶恋花]）孙佑《双鱼佩传奇叙》评云："雪崖谈空说有，如左右手放光，令渠不可思议。此中机缘，孰为转轮法王，使婚者宦者，不令贪嗔痴汉希求如意，而顾种于獉獉狉狉之福田真操，冰雪沃臂，划然震醒，无着双脚处，是两花点名，无量大普提也。"《凡例记略》又云：是剧于《南词新谱》，"尊奉之严如金科玉律，一字不敢擅为那移也"。"兹编于本色之中，稍施文彩，亦犹陶匏瓦缶，不可行于挽近也。"

《天宝曲史》署"苏门啸侣填词""芹溪居士较订"。首载署"康熙辛亥（十年，1671）中秋后三日同社松涛氏书于隐柳斋"之《天宝曲史序》，署"东明卧雪弟佑谨题之《天宝曲史叙》"，署"康熙癸丑（十二年，1673）首秋中浣西泠年弟沈珩书于慈仁兰若"之《题词》，署"吴江赵沄题于天雄书院之东寮"之《天宝曲史序》，署"桐水治下门人朱口口百拜题"之《题词》，及署"大清康熙十年岁次辛亥八月十八日魏博孙郁雪崖主人自识于桂轩之西阁"之《天宝曲史凡例》。凡2卷28出。

《天宝曲史》剧取唐明皇李隆基与梅妃江采萍、杨妃玉环故事，合为一记，演天宝间遗事。作者《天宝曲史凡例》云："是集俱遵正史，稍参外传，编次成帙，并不敢窃附臆见，期存曲史本意云尔。"剧中以天宝史实为背景，直写明皇秽事，杨国忠奸情，梅、杨二妃争风吃醋。松涛《天宝曲史序》评云："天宝至今千年矣，其帝妃秘戏，宫寺微言，雪崖皆以三寸不律，一一拈出。然则有曲史可以补正史之未备矣。"沈珩《题词》评云："雪崖《天宝曲史》一书，在少陵当日，犹有所讳，而不敢尽者，雪崖直谱其事，以为人主色荒昵恶者戒。前此未有《曲史》，则读诗史者，亦未尽错综而得其解也。有诗史，《曲史》其可少乎？"赵沄《天宝曲史序》抉发其"风人之遗意"云："唐诗曰：'薛王沉醉寿王醒'，《移宫》之后，不将寿王情绪细写数阙，非为渎伦者讳乎？《暗缔》之后，不入洗儿狂荡之态，非为宫闱存大体乎？凝碧池头奏管弦，但写雷海青之激烈，不入王摩诘，非为才人惜名节乎？华萼之宴，则备其友爱。仓皇幸蜀，口口安父老之词，缠绵恺恻，如见其悔悟罪己之心。……雪崖殆所谓善善长、恶恶短者乎？"既为实录，又为尊者讳，是此剧之特色。

《天宝曲史凡例》云："是编自五月朔捉管，至中秋望日而成，天宝诸君子坐喉间不去者，几过百日，措思之苦，虽汗流浃背，未尝辍也。"《凡例》署"大清康熙十年岁次辛亥（1671）"，则此剧脱稿于是年中秋，在三种传奇中为最后出。赵沄《天宝曲史序》评云："人人本色，事事天然。……至于《私媾》、《遭遣》二折，直从家常事中揣摩拟议而出，情景逼真，神色俱见。"松涛《天宝曲史序》评云："一再读之，有声有色，有情有志。欢则艳骨，悲则销魂，扬则色飞，怖则神夺。极才致而赏激名流，通俗情则娱快妇竖。技至此乎！"沈珩《题词》评云："雪崖古近诗，横厉苍凉，挥绰合今古，虎视河朔间，一时操觚家共相推毂。其为传奇，则温严凄婉，感人顽艳，而夭矫之骨自存。昔人论乐府贵皦洁径厉，诗余贵含蓄秾纤，此集兼工并优。"

（三）曹寅与传奇《续琵琶》

曹寅（1658—1712），字子清，又字幼清，号荔轩、楝亭，别署雪樵、柳山居士、柳山聱叟、西堂扫花行者、棉花道人等。先世为汉族，祖籍河北丰润，迁居辽阳（今辽宁沈阳市）。后入汉军正白旗籍。生于清顺治十五年（1658），卒于康熙五十一年（1712）。官通政使、江宁织造，兼巡视两淮盐政。工诗词，当代文学名流，皆相交往。性嗜学，校刊古籍甚精，奉命纂编《全唐诗》《佩文韵府》。著有《楝亭诗文集》。《红楼梦》小说作者曹雪芹，即其孙。所著杂剧《北红拂记》《太平乐事》，传奇《续琵琶》，皆存。①

《续琵琶》现存旧抄本，怀宁曹氏旧藏，今归北京图书馆，《古本戏曲丛刊五集》据之影印。题《续琵琶》，未署撰者。凡2卷，上卷20出，下卷至34出，下缺，全剧或为40出。

关于《续琵琶》的作者，现有两种说法，一种持否定的意见，如府宪展在其《今传本〈续琵琶〉不是曹寅所撰》一文所谈观点。② 一种为肯定的意见，如郭英德先生所说：按，清刘廷玑《在园杂志》卷3云："（曹寅）复撰《后琵琶》一种，用证前《琵琶》之不经，故题云：'琵琶不是那琵琶'，以便观者着眼。大意以蔡文姬之配偶为离合，备写中郎之应征

① 参见（1）《清史稿》卷485本传；（2）《清史列传》卷71本传；（3）（清）韩菼《织造曹使君寿序》，《有怀堂文稿》卷6；（4）（清）王树楠《祭曹子清先生文》，《陶庐文集》卷1；（5）（清）张维屏《国朝诗人征略初编》卷20；（6）（清）李斗《扬州画舫录》卷2；（7）《昭代名人尺牍小传》卷12；（8）《八旗文经》卷57《作者考》甲；（9）赵景深、张增元：《方志著录明清曲家传略》第246—247页所录诸方志。
② 见《中国古代戏曲论集》，中国展望出版社1986年版。

而出，惊伤董死，并文姬被掳，作《胡笳十八拍》，及曹孟德追念中郎，义敦友道，命曹彰以兵临塞外，胁赎而归。旁及铜爵大宴，祢衡击鼓，仍以文姬原配团圆，皆真实典故，驾出《中郎女》之上。乃用外扮曹孟德，不涂墨，说者以银台同姓，故为遮饰。"现存抄本情节与刘氏所言完全相符，如第一出《开场》［西江月］词云："千古是非谁定？人情颠倒堪嗟。琵琶不是这琵琶，到底有关风化。"与刘说相较，仅"那"与"这"一字相差。刘廷玑与曹寅年事相仿，并同时在江南做官，关系密切，所记应属可靠。是则《续琵琶》当即《后琵琶》，为曹寅所撰。①

从有关材料来看。郭英德先生所说较为可信，故本文从其说。

《续琵琶》叙东汉末陈留人蔡邕，字伯喈，官拜议郎，纂修汉史。因见宦官擅权，弃职归隐。有女琰，字文姬，性耽文墨。一日，其门生董祀拜访，告知太师董卓命陈留太守征聘蔡邕，邕装疯以辞之。卓复严令赴征，邕无奈，遂赴京，以汉书未完稿付托文姬。董卓议废少主，立陈留王，激怒群臣。曹操、袁绍与各路诸侯歃血为盟，合兵讨卓。关羽力斩华雄，复与刘备、张飞大战吕布。董卓挟献帝迁都长安，孙权于东都偶得传国玉玺，私匿之，诸侯各怀异心，盟解。王允等与吕布谋，于董卓篡立之际杀之。蔡邕叹卓之死，被王允执之下狱。董祀往探，邕作血书，以文姬与祀为配。邕被吊死，陈尸朝门。祀面谏王允，得收其尸。王允刚愎自用，激变李傕、郭汜。傕、汜请匈奴出兵为援。直逼阙下，杀王允，挟持献帝。文姬为匈奴所掠，左贤王慕其才貌，立为阏支。曹操闻变，起兵勤土，诛李傕、郭汜，迎献帝于许都。操进丞相，封魏公。董祀收蔡邕骨归陈留，闻文姬被掠，乃葬师守墓，后随王粲入朝。文姬思汉，作《胡笳十八拍》琵琶曲。左贤王酣饮游猎，乌桓王乘虚而入，杀之。文姬急作书，致汉丞相求援。时曹操适举铜台大宴，得书，即命曹彰率兵往救，以董祀为参军，持节迎归文姬。文姬归汉，往陈留祭父，董祀亦奉命往吊。王粲赍诏至，召文姬入朝纂史。

剧中蔡琰、董祀事，本《列女传》，稍加缘饰。蔡邕事，略本《后汉书》卷 60 下本传。其余汉末史实，则多本于《三国志通俗演义》小说，

---

① 见郭英德著《明清传奇综录》，河北教育出版社 1997 年版，第 799 页。

且有袭用明王济《连环记》传奇者，如第八出《报子》目下，不著一文，径注以"用《连环》内的《问探》"一语。清尤侗《吊琵琶》杂剧第四折，写蔡琰吊祭昭君墓，曹寅传奇第二十一、二十二出写文姬入塞时祭奠昭君，似由此发想全剧结构松懈拖沓，主旨不明。曲文明白浅显，不避俚俗。祁彪佳在其所著《远山堂曲品》中著录了此剧，且评论说："此记以蔡琰结局，遂称《续琵琶记》。白俱学究语，曲亦如食生物不化，是何等手笔，乃敢续《琵琶》乎？"① 祁彪佳所议，所显过于苛责。

（四）岳端与传奇《扬州梦》

岳端（1670—1704），一作蕴端，又作袁端，字兼山，一字正子，号玉池生，别署十八郎、红兰主人。清宗室，多罗安郡王岳乐子。生于清康熙九年（1670），卒于康熙四十三年（1704）。康熙二十三年（1684）封多罗郡王，二十九年（1690）降为固山贝子，三十七年（1698）四月缘事革爵。工画，潇洒纵逸，类八大山人。能诗，著有《玉池生稿》《红兰集》《蓼汀集》等。好度曲，尝集吴中曲家，编撰《南词定律》，世称善本。所撰传奇《扬州梦》，今存。②

《扬州梦》现存清康熙四十年（1701）刻本，北京图书馆藏，《古本戏曲丛刊五集》据之影印。首封题"玉池生填词""启贤堂藏板"。目录后署"长白玉池生填词"，"长洲鹤栖堂老人尤侗鉴定"，"无锡朱襄、吴江顾卓、新安俞澜同校"。首载署"康熙己卯（三十八年，1699）冬十月长洲鹤栖老人尤侗谨序"之《序》，署"钱塘洪昇题"之《序》。末载署"康熙辛巳（四十年）春三月既望无锡朱襄拜题"之跋语。凡2卷24出。

剧叙唐朝长安人杜子春，偕妻韦氏，移居杭州。家资巨万，挥金如土。及家破，无以自存，欲归长安求亲戚资助。路遇一老者，乃老君所化，出银五万两赠之。子春归扬州，挥霍如故，不二年罄尽无余。遂再往长安，遍求亲戚，无一人肯资助。方走投无路，复遇老者，又取十万金赠之，并约以三年后至云台峰相见。子春归扬州，游宴豪赌，未及三年银

---

① 见《中国古代戏曲论著集成》（六），中国戏曲出版社1959年版，第90页。
② 参见（1）《清史稿》卷484本传；（2）（清）李浚之：《清画家诗史》乙下；（3）《中国美术家人名词典》。

尽，径往寻云台峰。其妻韦氏，被债主逐出家，适遇麻姑化身道姑点化，悟而得度，往谒老君，得赴蓬莱。子春遇山魈木客指路，三见老者。老者欲赠银百万，子春力却之，愿相从修行。老者命其守丹灶，戒以不得出声。顷之，有魔王率甲兵至，摄韦氏，鞭捶油烹，子春若不闻，因并烹子春。冥司转轮王审理汉代扬雄、王戎二案，韦氏往告子春之酷，王遂拘其魂，使转生宋州单父县县丞王劝家为女，哑而貌美。及长，嫁与进士卢珪，生一子。卢抱子强王氏言，不答，卢怒而扑死其子，子春不觉失声大叫，而药灶火骤发。老者出，言子春六情虽亡，爱根未绝，遂逐之。子春投水自尽，因见老君现身，言其前身本关门尹喜，以爱缘未断，堕入人间。老君当堂说法，并引韦氏至，与子春夫妻双修。

剧以杜子春在扬州挥霍破家，后遇老君得道，觉人世恍如梦幻，故名《扬州梦》，与清嵇永仁《扬州梦》传奇写杜牧事，名同而事异。本事出《太平广记》卷 16《杜子春》，大率据实，唯以子春所遇老者为老君，并增饰麻姑度韦氏事，终以子春夫妻双修作结，与原传稍异。明冯梦龙《醒世恒言》卷 37 有《杜子春三入长安》小说。清康熙间胡介祉有《广陵仙》传奇，已佚，《曲海总目提要》卷 23 著录，谓："据杜子春三入长安事，增饰成编。子春侨居广陵，获成仙果，故曰《广陵仙》也。与《扬州梦记》各别。事本《太平广记》，后人演为小说，此两记又从小说中翻换而成，不尽合于本传也。……按剧中云，子春父官太宰，妻父韦平章，与《广记》全不合，介祉父为尚书，恐即借以自寓。其中间说白，颇悔少年时荡费家资，疑非无因而发也。"清雪川樵者编、西泠钓徒校之《锦上花》传奇，演屈志隆访仙得宝，既富且贵，饵丹上升，譬如锦上添花，乃暗用杜子春事。原剧已佚，《曲海总目提要》卷 40 著录。清三原双生有《扬州鹤》传奇，亦演杜子春事，现存清刻本，详见本书卷六。

此剧作于清康熙三十七年（1698），刻于康熙四十年（1701）。洪昇《序云》："前岁，门人沈用济自都下归，盛称玉池生所撰《扬州梦》院本，词工律细，擅长旗亭。今年庚辰（康熙三十九年）夏五月，吴中顾卓来，持此本见示。"朱襄康熙辛巳（四十年）跋亦云："其成后三年，吾友顾砚山（按，即顾卓）携其稿归吴门，将镂版行世。"康熙三十七年，岳端缘事革爵，故作此以厌恶世情冷暖，向往得道飞升。其自述作意云：

"转瞬时光频换，回头富贵成空。追思往事便朦胧，谁说至人无梦？昔是关门令尹，今逢老子犹龙。笑挥利剑断尘蒙，重逢丹台碧洞。"（第一出《标引》［西江月］）尤侗《序》评云："若将函谷之游，幻作扬州之梦，事虽恍惚，意实深长。盖聚人世酒色财气之业，造成生死轮回；亦举吾身喜怒哀乐之缘，变出悲欢离合。笑炎凉之丑态，险同牛鬼蛇神；指利欲之迷途，酷似刀山剑树。田园妻子，总落虚空；口舌形骸，终归魔障。惟能知白守黑，方可抱素还丹。一杯收袖里之乾坤，半局了壶中之日月。此固神仙文字，岂止优孟衣冠。嗟乎，沧海扬尘，三迁顷刻；邯郸伏枕，一觉何时？作者其有忧乎？读之可以悟矣。"朱襄跋语亦云："《扬州梦》者，红兰主人谈道之作也。"查为仁《莲坡诗话》载："宗室红兰主人岳端，尝自制《扬州梦》传奇，遍招日下诸名流赏之。有少年王生善集唐，即席诗成。结句云：'十年一觉扬州梦，唱出君王自制词。'主人大喜，以黄金十四铤白玉卮三奉酒为寿，曰'一字一金也'。生受酒，以金分给梨园，曰'同沾君惠'。"

除去上文介绍的传奇作品外，这一时期河北作家传奇作品还有魏荔彤的《封禅记》、戴寅的《黑貂裘》等，大都散佚，不再详述。

二、顺康雍时期河北作家的杂剧创作

顺、康、雍时期河北作家的杂剧创作显得比较冷清，远不如同时期传奇创作兴盛。作家作品的量均较少，据现有资料可知，仅有任丘作家边汝元的杂剧集《桂岩啸客杂剧》（包括《鞭督邮》《傲妻儿》两种和见于记载而剧本未见的《羊裘钓》一种）。曹寅的《北红拂记》《太平乐事》两种杂剧。

（一）边汝元与《桂岩啸客杂剧》

边汝元（1653—1715），字善长，号渔善，别署桂岩啸客，河北任丘人。诸生，曾任顺天府儒学训导，为人和易端凝，待人斩斩不苟，友善至笃，终身无闲言，乡里喻为古朴君子，好积书，十赴棘闱不中，遂绝意进取，授徒糊口。《任丘县志》云其康熙三十一年（1692）馆于京师，后归里与同邑名士结"还真社"，"饮酒赋诗，不预外事"。工诗，善书画。有

《桂岩草堂诗古文》《渔山诗草》等，其杂剧《桂岩啸客杂剧》包括《鞭督邮》《傲妻儿》两种。镜河钓叟《杂剧序》云："噫！啸客老矣，一生攻苦，皓首无成，不得已以词曲小技自鸣，而囊橐萧然，不能自办，大可叹耶！"另有《羊裘钓》杂剧，原本未见。《鞭督邮》卷首序文："桂岩啸客戊午岁曾制《羊裘钓》杂剧，久已刊行。"①

《鞭督邮》现存版本有两种：（一）清钞本。有封面，标曰：杂剧二种，题云：[鞭督邮]，[傲妻儿]。"桂岩啸客编"首有钱陈群撰边渔山墓志铭，镜河钓叟序，康熙五十五年（1716）作者自序，标名云：[鞭督邮]。署题云："桂岩啸客编"，末有镜河钓叟总评，中国科学院图书馆藏。（二）旧本。序文标名、署题、总评，均同前本，傅惜华藏。

《鞭督邮》为二折短剧，据《三国演义》第二回《张翼德怒鞭督邮》改编。写刘备任平原县令时，督邮百般刁难，勒令书办诬供刘备有贪污罪状，百姓保举刘备，督邮不予接见。张飞乘酒醉怒鞭督邮，刘备于是弃官离去。作者写此故事意在抨击贪官，剧成之后自己"鼓掌称快"，边汝元在此剧剧本之前的自序中说："辛卯八月乡试，余以耄而且贫，块处牖下。噫！诸公方角胜一战。而余顾作壁上观乎？高诵魏武'老骥伏枥'之歌，悒悒者久之。偶取翼德鞭督邮事演成杂剧二折。剧成，鼓掌称快，颇属狂妄。"今人周妙中在《清代戏曲史》中对此剧的创作成就也多有肯定："剧本虽然简短，而文字关目都很可观，剧情也确实令人拍手称快。"②

《傲妻儿》现存版本有两种：（一）清康熙间稿本，封面标曰：傲妻儿，"桂岩啸客编"，旁注：渔山杂剧三种：《羊裘钓》《鞭督邮》《傲妻儿》。首有：康熙五十年（1711）作者题序。标名云：傲妻儿杂剧。署题云"桂岩啸客编"，末有作者自记，镜河钓叟，懒云评语。按此书首尾，均有作者图章，傅惜华藏。（二）清抄本。首有：康熙五十年（1711）作者自序。标名云：傲妻儿。署题云"桂岩啸客鞭"，末有作者自纪及镜河钓叟点评，中国科学院图书馆藏。

《傲妻儿》共四折，故事本自《金瓶梅》"西门庆捐金助朋友，常峙

---

① 参见《大清畿辅先哲传》卷十九及赵景深、张增元所录方志。
② 周妙中：《清代戏曲史》，中州古籍出版社1987年版，第157页。

节得钞傲妻儿"一回，写常峙节归家傲妻儿的故事。子弟书与大鼓均有《得钞傲妻》，题材类似。杂剧作于康熙五十年（1711），卷首自序云："北门交谪，学士不免；河东狮子，吼可畏也。孰敢傲之？峙节真须眉哉！然峙节之傲，傲之以财，实傲之以所得于西门之财，则其傲也固宜……寒冬无事，偶取《金瓶梅》一则，谱成杂剧四折。观者以余为揣摩世情可也，其以余为现身说法可也，其以余为茶前酒后，藉以消遣睡魔，姑妄言之而妄听之亦可。"

（二）曹寅与《太平乐事》《北红拂记》

曹寅（1658—1712），字子清，又字幼清，号楝亭、荔轩，又号雪樵、柳山居士、棉花道人等。先世为汉族，后入汉军正白旗籍。原籍丰润，后迁辽阳。康熙二十九年（1690）任江南织造，后兼两淮盐政等要职。工诗词曲，交结当代名流。曾奉旨编《全唐诗》《佩文韵府》等。有《楝亭诗钞》等。戏曲有传奇《表忠记》《后琵琶》《虎口余生》等三种，杂剧有《太平乐事》和《北红拂记》。曹寅自云："作曲多效昌龄，比于临川之学董解元也。"①

《太平乐事》一剧，被《今乐考证》著录。存清康熙四十八年（1709）自刻本，《今乐府选》收入。卷首有洪昇序，朱彝尊评语等。全剧共十出，包括《开场》（以〔满庭芳〕唱元宵夜景，为传奇体制）、《灯赋》、《山水清音》、《太平有象》、《风花雪月》）、《龙袖骄民》、《货郎担》、《日本灯词》、《卖痴呆》、《丰登大庆》。每折场面极为活跃欢快，表现了康熙盛世的歌舞升平景象。应属于承应戏一类，可能为康熙南巡而作，从不同角度表现了盛世的祥和与繁荣景象。洪昇、朱彝尊都不同程度地对比此剧的优长做了肯定，洪昇序言云："其传神写景。文思涣然，诙谐笑语，奕奕生动。比之吴昌龄《村姑演说》，尤错落有古致，而序次风华，即《紫钗元夕》数折，无以过之。至于《日本灯词》，谱人蛮语，怪怪奇奇，古所未有。"朱彝尊评语："意匠经营，穷工极致。聚沙为龠，鞭石成桥，

① 参见《清史稿》卷四九○；《清史列传》卷七一；《国朝诗人征略初编》卷二十；王树楠《祭曹子清先生文》；李斗《扬州画舫录》卷二，周汝昌《曹寅年表》及赵景深、张增元所录方志。

未足喻其变幻。"

《北红拂记》十折,存康熙刻本。《北红拂记》本事见唐代杜光庭《虬髯客传》。明代凌濛初有《北红拂》杂剧。尤侗对《北红拂记》颇为赞赏,其题《北红拂记》云:"唐人小说传卫公、红拂、虬髯客故事,吾吴张伯起新婚,伴房一月而成《红拂记》,风流自许。浙中凌濛初成更为北剧,笔墨排奡,颇欲睥睨前人,但一事分为三记,有叠床架屋之病。荔轩复取而合之,大约撮其所长,决其所短,又添'徐洪客采药'一折,得史家附传之法。"①

第二节　乾隆以降河北戏曲创作

从乾隆年间开始,传奇(雅部)逐渐衰落,地方戏(花部)逐渐兴盛。河北戏曲创作的发展态势亦复如此。乾隆以降,尤其是乾隆中叶以后,河北作家的传奇与杂剧创作也逐渐沉寂,著名作家作品屈指可数。比较而言,传奇成就更高一些,主要有乾隆前期董榕的《芝龛记》和张应楸的《鸳鸯帕》,在当时传奇创作领域均有一定的影响。杂剧创作以大翻山人的《避债台》、舒位的《瓶笙馆修箫铺》、褚龙祥的《襄阳狱》为代表,在清代中后期剧坛占有一定地位。

一、乾隆以降河北作家的传奇创作

(一)张应楸与《鸳鸯帕》

张应楸,字松岩。玉田(今属河北)人。清雍正十年(1732)举人,后屡试不第。乾隆三十年(1765),任四川筠连知县,兼摄高县,调屏山。所至皆有善政。后告归,课诸孙,寄情诗赋,寿八十。有《佩兰诗集》。所著传奇《鸳鸯帕》,今存。②

《鸳鸯帕》共2卷34出,现存清乾隆辛未(十六年,1751)佩兰堂刻

---

① 见焦循《剧说》卷四,引自《中国古典戏曲论著集成》(八),中国戏剧出版社1959年版,第172、173页。

② 参见赵景深、张增元《方志著录元明清曲家传略》第298页所录诸方志。

本，北京图书馆藏。里封题《鸳鸯帕》，署"乾隆辛未秋镌""古燕董鹤
林参定""佩兰堂藏板"。首载署"辛未中秋日古燕姻晚董光熹鹤林拜手敬
书"之《序》，署"乾隆己巳（十四年，1749）嘉平月天放散人郝鉴题"
之《鸳鸯帕弁言》，署"丰润鹤林董光熹再题"之《金陵秋日展读〈鸳鸯
帕传奇〉赠松岩先生作》七绝 4 首。郝鉴《鸳鸯帕弁言》署"乾隆己
巳"，己巳为乾隆十四年（1749），剧当作于是年之前。

《鸳鸯帕》一剧叙唐朝武陵人钟景期，字琴仙，占籍长安。父母双亡，
奉师命赴试，场后有感，吟诗书帕上。有葛太古字天民者，为典试官。其
女明霞，工于吟咏，尝题感怀诗于帕上。一日景期误入葛府后园，窥见明
霞，拾其遗帕，亦落己帕，归则和诗题帕上。明霞婢红于拾景期之帕，明
霞读而私称之。景期复入园中，遇红于索帕，乃面还明霞。忽报葛公归
府，景期惊而逾墙遁走，误入虢国夫人府中。夫人讯之，自称名金童。夫
人爱其貌，羁而私焉。钦授葛公范阳节度，郭子仪朔方节度。葛临赴任，
托李白代觅佳婿。虢国夫人出朝归，言有状元钟景期场后失踪，金童泣诉
即景期，乃别夫人，赴琼林宴。李白遂为明霞执柯。会回纥勾结仆固怀恩
作乱，诏命李白赴葛公处监军，鱼朝恩赴朔方，景期赴河北署节度使。明
霞偕乳母、红于，乘舟赴范阳寻父，途遇风浪，舟覆。明霞为渔婆所救，
欲为其子说亲。媒媪询知为葛公之女，潜送入郭子仪府中。乳母与红于脱
难，遇景期，伪称即小姐，景期乃送归葛府。葛公以为明霞丧身，遂认红
于为义女，与景期定姻。时回纥投诚，郭子仪上表，奏称愿将侍姬明霞，
送景期为妻，圣旨赐婚。明霞、红于同归景期，各取所题诗帕，认定
天缘。

《鸳鸯帕》本事出古吴素庵主人《锦香亭》小说，现存清初写刻本。
删去原书韦碧秋、雷天然二女事，独以一线贯穿之。作者自述作意云：
"大抵姻缘无幸会，检书月老连成对。个中玄妙人不识。"（第一出《发
端》［秦楼梦］）

在《鸳鸯帕》之后，同题材的传奇还有徐昆的《碧天霞》（约成于
1766 年）、石琰的《锦香亭》（约成于 1771 年），此二剧的写作均可能受
到了张应楸《鸳鸯帕》的影响。

(二) 永恩与《漪园四种》

永恩（？—1797），清宗室，姓爱新觉罗，字惠周，号兰亭主人。生年未详，卒于嘉庆二年（1797）。康修亲王崇安之子，袭封康亲王。乾隆四十三年（1778），复其祖礼烈亲王爵号，改称礼亲王。死后谥恭。为人平易，崇尚俭约。好读书，擅长诗文词曲，著有《诚正堂稿》《律吕元音》《金错腔鲜》等。撰传奇四种：《五虎记》《四友记》《三世记》《双兔记》，合称《漪园四种》，现存清乾隆间家刻本，北京图书馆藏。里封题"兰亭主人鉴定""漪园四种"，版心署"礼亲王宝""兰亭主人"。另有杂剧《度蓝关》，亦存。①

《漪园四种》之一为《五虎记》。卷首载署"乾隆四十一年岁次丙申（1776）六月中浣门下士程荫栋拜手敬撰并书"之《五虎记引》，署"桐城姚鼐梦谷"之《五虎记题辞》。凡 2 卷 46 出。

《五虎记》演义隋唐兴废故事。隋末秦王李世民，兴师东郑，平王世充。世充手下将秦琼、罗士信、程咬金，相议投世民。适徐世珏至河南，士信先投之。次日交战，秦、程亦降。乃收兵拜阙，三将皆受赏。世民妃长孙氏劳军，颁征衣，军士得宫人韩氏诗于袍中，遂令韩氏嫁之。世民出师定阳，命秦琼取介休。琼与介休守将尉迟恭大战，以撒手锏败之，尉迟退守介休。世民围城，说尉迟降，副将寻相亦随降。未几，寻相谋反，尉迟坐其罪。世民释之，送以锦衣，令遁去。世民率兵征洛，单骑往窥城池，为守将单雄信追袭。幸尉迟恭突出，救世民，偕归。秦琼与单雄信大战，未分胜负。尉迟恭赤手冲营，夺雄信之槊与马。世民复与救兵窦律德战，败擒之。王世充兵败，单雄信投降。世民令杀单，秦琼等哭救之，不允，遂赴刑场生祭之。时有宫人韩氏，题诗红叶，为进士李茵拾之。世民乃放宫人三千出宫，李茵适娶韩氏。世民即位为唐太宗，大封功臣。

《五虎记》所写李茵事源于孙光宪《北梦琐言》，其情节与明王骥德《题红记》、祝央生《红叶记》情节稍异。《五虎记》所写五虎将，指秦琼、程咬金、尉迟恭、王君廓、段志玄，皆隋唐之际人。本事出清阙名

---

① 参见（1）永恩《诚正堂稿》，清乾隆十九年（1754）家刻本；（2）永恩《蔂漪园怀古集》，清乾隆间刻本。

《说唐演义全传》小说，据之铺叙，稍作剪裁。穿插红叶题诗与宫女思乡二事，皆非唐太宗时事，不过聊作点缀，以免单调。

作者自述作意云："从来兴邦烈士，应知勇猛难寻。攻城略地定乾坤，那个离了战阵？衔杯场上闲看，看他英勇莫伦。唐家五虎果超群，写来且惊众论。"（第一出《缘起》[西江月]）全剧结构紊杂，词曲平板，殆非佳作。

《漪园四种》之二为《四友记》，全剧凡 2 卷 55 出。剧情叙宋朝西洛人陈世英，偕仆青麟，赴洛阳，谒其叔太守陈全忠。一日月下吟诗弹琴，梦上天宫，与丹桂仙子结缘。而丹桂已投胎为洛阳褚氏女，封十三姨将世英诗简吹与之。世英游春，遇晁补之兄弟与名妓李师师。榴花仙子应封十三姨之命，下凡名阿措，聚会于陈园中，欲惑乱世英。世英乃仿崔元徽事，作宝幡立于院东，以避风厄。世英与晁氏兄弟泛舟，桃花仙往诱之，世英拔剑逐桃花。因请靖虚天师做法事，送姚花仙往青石山长眉大仙处。荷花仙复扰之，世英又请天师作法，驱之，亦送与长眉大仙。封十三姨又遣菊花仙下凡，仍逐之。继而梅仙下凡，得飞廉等神相助，天师擒诸神，复逐梅仙。其间世英梦为苏东坡转世，春与春梦婆谈因果，夏与朝云同游，秋与儋州女子惜别，冬与松神相会。于是世英托晁氏兄弟执柯，与褚公议姻，遂定婚事。天帝令李天王捉封十三姨，交长眉大仙判断公案，幽禁封姨于黄泉之下。世英遂与褚女成婚。及赴试，中状元。

本事出元阙名《张天师断风花雪月》杂剧与吴昌龄《花间四友东坡梦》杂剧。前者存脉望馆抄本，未署撰者；《元曲选》抄本，题"吴昌龄"作，注云："一作《辰钩月》。"吴昌龄有《张天师夜祭辰钩月》杂剧，已佚，《录鬼簿》著录，似为《风花雪月》之蓝本，《元曲选》误合为一。明朱有燉有《张天师明断辰钩月》杂剧，现存明宣德间原刻本，则为《风花雪月》之改编本。《花间四友东坡梦》现存《元曲选》本。永恩当合《元曲选》中二剧为一本，以《风花雪月》为实，以《东坡梦》为虚，交错成文。作者自述作意云："自来骚客少年场，雪月风花为上。四时之内，八节之中，自有雄才气壮。解意难忘，恐真实莫变，流落他方。蜗牛一角，隐得金针在内藏。"（第一出《标目》[齐天乐]）

《漪园四种》之三为《三世记》，凡 2 卷 41 出。剧情叙明末济宁人邵士梅，字峄晖，州学案首。尝梦与妻馆陶董氏相见，言有三世为夫妇之约。未几赴考，中举人，授栖霞教谕。因访南村高姓，其先人果有名高东海者，为邵生前身。有董士徒者，曾授副将，告休居馆陶。邵生告假，赴馆陶访其友县令陆宬。过洛神庙，适见董氏女驰马试剑，心动之。至则倩陆宬作伐，与董氏成婚。三年后，邵生再试春闱，中状元，而董氏卒。邵生与友人黄麟同授黄门给事，诏命二人往监黄得功军务，征张献忠，凯旋。邵生除荆南道，寻江滨王姓女，遇之。适大别山狐精，化秀才，作法欲骗娶王氏。王母捧诰封，告于枣阳县令苏慎。邓州陈老神仙作法，以神鹰击狐精死。会陆宬升任襄阳太守，邵生复求其主婚，遂与王氏三世再圆。

本事出清王士禛《池北偶谈》卷 24《邵进士三世姻缘》，略云："同年济宁邵士梅，字峄晖，顺治辛卯举人，登己亥进士。自记前身为栖霞人，姓高名东海。又其妻某氏死时，自言：'当三世为夫妇，再世当生馆陶董家，所居滨河河曲第三家。君异时官罢后，独寓萧寺翻经时，访我于此。'后谒选得登州府教授。一日檄署栖霞教谕，暇日访东海故居，已不存。求得其孙某，为置田宅。已而迁吴江知县，谢病归，殊无聊赖。有同年知馆陶县，因访之，馆于萧寺。寺有藏经一部，寂寥中取阅之。忽忆妻语，遂沿河觅之，果得董姓者于河曲第三家，家有女未字。邵告以故，且求县宰，须臾娶焉。后十余年，董病且死，与邵诀曰：'此去当生襄阳王氏，所居滨江，门前有二柳树。君几年后访我于此，与君当再合，生二子。'邵记其言。康熙己未，在京师时，屡为于及同年傅侍御肜臣（宬）、潘吏部陈伏（飔）言之。"剧中所叙，大略本此，而三世姻缘，叙次稍见紊乱。复移时代于明末，增出征讨张献忠事。狐精作祟，亦系添饰。以陆宬始终主持婚姻，则较之《四种》他作，结构稍见整饰。

作者自述作意云："人世经常各异，有奇有变何妨。从来怪事尽寻常，人生多似梦，梦里即荒唐。莫言三世无由，传自贻上渔洋。闲歌一曲乐回肠，花间风送露，月照曲栏旁。"（第一出《标目》［满庭芳］）

《漪园四种》之《双兔记》，凡 2 卷 40 出。剧情叙北魏时曲逆人王青云，字司训，幼聘定同县千户花弧字桑之之女木兰为妻，母贾氏。时黑山大王豹子皮称乱，闹贺兰。何如古奉可汗令，传檄河北调兵。征西元帅辛平，命花千户为总领。木兰以父老，弟咬儿、妹木楠幼，乃易名花弧，代父行。兵至古北口，与黑山大王交锋，先锋牛和等兵败死难。幸花木兰率军至，战败黑山大王，授副将。黑山大王之妹豹千金，思慕木兰，密遣人知会之，暗约于黑山。木兰乃向辛平献策，将计就计，大败敌兵，擒豹子皮等。功成归朝，辛升宰相，木兰授尚书郎。时从军已十二年，木兰辞归，与青云成婚，合家团圆。

本事出明徐谓《四声猿》中之《雌木兰替父从军》杂剧，现存明万历间刻本等。增饰先锋牛和、黑山大王妹豹千金等，杂凑成篇。木兰事出《木兰辞》，收入宋郭茂倩《乐府诗集》，据云最初著录于陈智匠《古今乐录》。《木兰辞》云：“雄兔脚扑朔，雌兔眼迷离。双兔傍地走，安能辨我是雄雌？”剧本此，故名《双兔记》。

作者自述作意云：“大易无限文章，变爻返覆阴阳。是男是女有何妨，只要名节纲常。对兹一番奇事，方知孝义难忘。作成《双兔》警优场，特表木兰名望。”（第一出《标目》［西江月］）

（三）张云骧与《芙蓉碣》

张云骧，清戏曲作家。字南湖，直隶文安（今河北文安）人。光绪元年拔贡，官至内阁中书。有《冰壶词》刊于世，又现存抄本《浩然堂文》2卷，《铁笛楼诗》6卷。著有传奇《芙蓉碣》和杂剧《桃花源》。传奇《芙蓉碣》，今存光绪九年（1883）刊本，凡2卷14出。写芙蓉花仙被贬下凡为东安县李莺姑，许配朱天霞，李兄嗜赌成性，趁其母去世之际谎称朱天霞已死，将莺姑许配一富豪，莺姑不从，与婢女双双投水而死。题材来自高寄泉《蝶阶外史》。张云骧感而作此剧。剧中关目较之高作有所增饰。

（四）王增年与《暗香媒》

王增年，字逸兰，天津人。生卒年不详，道光咸丰年间在世。工诗文，著有《妙莲花室诗草》《妙莲花室诗宗》。清代戏曲作家，于咸丰元年（1851）著传奇《暗香媒》，载《小说月报》第四卷十号至十二号，民国三年（1914）一月至三月刊。作者曾听友人述一真实故事，与《聊斋》中《婴宁》故事类似，因有所感，构思此剧：“不本欲直指其人及取《婴宁》

本传纬,以已意经亡,并稍设神道,以合关目。"(《自序》) 全剧共 20 出。主要演少女宁姑与书生王子服的爱情故事。

二、乾隆以降河北作家的杂剧创作

(一) 大翮山人与《避债台》

大翮山人,姓名不详,号樵香,别署大翮山房主人。延庆(今属北京)人,约乾隆、嘉庆年间在世,工诗,亦能作曲,著杂剧《避债台》。《避债台》现存清嘉庆间刻巾箱本。首有嘉庆二十三年(1818)作者自序,嘉庆二十四年(1819)琴想居士许月南序,木末居士题词。标名云《避债台》,署题云:"大翮山房填词,琴南想居士题平。"有眉评。每折亦有评语。剧凡四折。演书生南阳君琼不达世事,家无长物,连年负债累累,遂效周王登台避债故事,往城南各高台躲避,均为债主追至。最后,逃往大翮山小嫏嬛洞天潜身,被五穷鬼揶揄,得钟馗为其捉鬼。又有四商人寻亲讨债,又被钟馗显形斥退。此剧作者借剧以抒发怀抱,南阳生即作者影托。其自序谓:丁丑嘉庆二十二年,岁暮家居,为债所困,忽忽不乐,遂作此作。作者笔力颇健,曲辞、宾白均畅达。然关目仅以避债一事串联,无贯穿始终的情节,戏剧性不强,实为案头之书,非场上之曲。

(二) 永恩与《度蓝关》

永恩生平已见前文传奇部分。其《度蓝关》杂剧,今存乾隆刊本,附刻于《漪园四种曲》之后。取材于《旧唐书》中韩愈传及有关传说。写韩愈被贬官潮州,路遇韩湘子后名登仙籍。剧作表现了作者浓重的厌倦人世、躲避现实、成仙得道、飞升仙界的出世思想和种种人生感慨。

(三) 金连凯与《业海扁舟》

金连凯,满洲人,宗室,姓爱新觉罗,字乐斋,号悟梦子,别署莲池居士,吉善居士。嘉庆、道光时在世。金连凯生平痛恶梨园,认为演戏是孽海深渊,败坏世风,因此著《灵台小补》《梨园粗论》及诗文、对联等,历述演戏之害。又著杂剧《业海扁舟》1 种,今存清道光年间朱墨二色精抄本。首有题词,未署姓氏。道光十三年(1833)作者自序、淳顺识语、题诗、题词,及作者题词、题诗等。一名《警世保婴法曲》,又名《济世保婴法曲》。卷末有作者续题诗。后附《讷登偈选》。今国家图书馆、中国戏曲学院、上海图书馆存。《业海扁舟》写梨园艺人以演戏为业，必得恶报，应当是及早回头，脱离孽海，同登彼案。此剧意旨与作者所著《灵台小补》《梨园粗论》相同，实为陈腐烂调。

（四）褚龙祥与《襄阳狱》《寻闹》《降雕》

褚龙祥（1802—1852年后）字麟字，别号系葛散人，河北任丘人，著有《希葛斋文稿》（存稿本），嗜戏曲曲艺，作有《襄阳狱》《寻闹》《降雕》等短剧十余种及《改正〈好逑传〉》鼓词等，傅惜华原藏有作者咸丰年间希葛斋稿本，今未见。《襄阳狱》原有清咸丰间希葛斋稿本，标名《襄阳狱》，署题云"任丘褚龙祥麟字"，今不见。《寻闹》原有清咸丰间希葛斋稿本，标名云《寻闹》，题云"戈腔《金瓶梅》"，署题云"希葛散人编"，尾注云："壬子九月立冬前一日甘五编，十二月朔月滕清"，今未见。《降雕》原有清咸丰年间，希葛斋稿本，标名云《降雕》。下注云"封神演义"，后附集曲牌名诗一首。今未见。

此外，乾隆以降，河北作家的杂剧创作尚有静斋居士（天津人）的《四愁吟乐府》，包括《吊湘》《送穷》《绝交》《论钱》四种。原中国戏曲学院藏有嘉庆年间刻本，今未见。张云骥有《桃花源》，清宗室佑善有《鉴花亭》，皆难找见，故不一一详述。

第三节　董榕与《之奁记》

董榕（1711—1760），字念青，号恒岩、定岩、谦山、渔山，别署繁露楼居士。丰润（今属河北）人。清雍正十三年（1735）拔贡，廷试第一，历任巩县、孟津、济原、新野、夏邑知县，陈州通判，郑州、许州知州，浙江金华、江西南昌、九江知府，升吉南赣宁道，所至皆有惠政。后母死丁忧，哀毁过度，扶榇回乡，竟投江身殉。著有《溵阳集》《庚溪集》

《诗意》等。所撰传奇《芝龛记》，今存。①

《芝龛记》在《今乐考证》中被著录。现存清乾隆十七年（1752）原刻本，北京图书馆等藏，首封题《芝龛记》，署"本衙藏板"，正文首页署"繁露楼居士填""海内诸名家评"，首载署"八十一老人黄叔琳序"之《芝龛记序》，署"乾隆辛未（十六年，1751）嘉平析津邵大业书于大梁郡署之一鹤楼"之《序》，《芝龛记引训》，乌程严遂成海珊《明史杂咏·秦总兵良玉》诗，萧山毛奇龄西河《故明特授游击将军道州守备列女沈氏云英墓志铭》，汤聘、丁敬、沈廷芳、蒋士铨等《题词》，及《芝龛记凡例》，末载阙名之《芝龛记跋》；清光绪十五年（1889）董氏重刻本，首增署"光绪丁亥（十三年，1887）冬十二月贵筑石光熙记"之《芝龛记序》，署"光绪十四年（1888）正月毕节路朝霖序"之《芝龛记序》，署"道光壬午（二年，1822）五月廿六日孙象　谨识"之《芝龛记跋》，署"河内范泰恒敬跋"之《芝龛记跋》，署"光绪五年岁次己卯（1879）春三月桃源郭世嶔书于珽波滩上之冷坡巷"之《重刊芝龛记书后》，署"光绪己丑年（十五年，1889）季春月朔元孙耀焜谨识"之《芝龛记跋》，署"光绪己丑季春古虞梓庭吴家楠谨跋于道州官舍之可耐轩"之《跋》，及秦黉、张九钺、宋启传等之《题词》，末载署"长沙刘受爵谨跋于春陵学署"之《跋》。邵大业《芝龛记序》署"乾隆辛未嘉平"，辛未为乾隆十六年（1751），剧当作成于是年。黄叔琳《芝龛记序》云："壬申秋邮近制《芝龛记》院本，属余序。"壬申为乾隆十七年（1752），剧之刻当在是年秋后。据董象《芝龛记跋》，道光壬午（二年，1822），"敬照初刷缮写，倩工补刊，以成善本。"是为道光本。据郭世嶔《重刊芝龛记书后》云："戊寅春，先生元孙厚斋刺史权吾邑……今刺史恐是书久而就湮，重为刊布，以广其传"，《书后》署"光绪五年岁次己卯（1879）"，然则此书尚有光绪五年董氏重刻本。至光绪十四年（1888）石光熙主持之覆刻本，则广传于世，其覆刻缘起，详路朝霖《芝龛记序》。凡6卷60出，首另有《开宗》。

剧叙明万历间忠州人秦良玉，嫁石砫司宣抚马千乘为妻，兄邦屏、弟

---

① 参见（1）徐世昌《大清畿辅先哲传》卷19本传；（2）赵景深、张增元《方志著录元明清曲家传略》第276—279页所引诸方志。

民屏并授武职。良玉与浙人沈至绪之女云贞交契，千乘则与贾万策结义，夫妇相商，欲撮合贾、沈姻缘。会播州杨应龙与妻田雌凤叛乱，遣驸马马田驹说千乘降，被拒。千乘夫妇连败播兵，破金筑等七寨，直取桑木关。李化龙督师助战，终平播乱。钦命督理浙江矿务太监刘成，奉郑贵妃密旨，欲在浙选皇子妃，以扶持皇子。因遣人抢走沈云贞，缚至绪与万策。云贞投江自尽，为曹娥召归仙班。时蜀中亦遭矿监邱乘云之扰，千乘独抚之，受诬鞫审，死于狱中，为仙翁彭幼朔召归仙班。万策被革前程，发解至京，因于空宅。偶见昙阳子、李贽、达观、陈第等讲学，高声呼救，为陈第收归营中。值庚子乡试，万策中武魁，因接至绪同居，终因忧时告归。良玉上书辩夫冤，诏命袭宣抚职。光宗时，良玉领兵征辽，邦屏战死，良玉子马祥麟因功授指挥使。蔺州奢崇明反，袭杀诸官，据渝城，掠各郡。良玉发兵征讨，大获全胜。金都御史朱燮元被困成都，良玉得彭仙翁助，终荡群寇。水西国母奢社辉复叛，民屏战死，魂归仙班。万策奉命援滇，奏凯，移兵援黔，奢社辉兵窘投降。崇祯三年，良玉觐见，对以国策，钦赐御制诗及锦袍。时万乘、至绪、马祥麟同中武魁，列三鼎甲。初，至绪又生一女，名云英，乃云贞再世，是时即与万乘合卺。万乘授大名都司，随大名道卢象升，攻闯王李自成。良玉率兵赴援，败闯兵于勋阳，转战夔州，复败罗汝才。至绪赴道州任，杀人张献忠阵中，被获。沈云英救父出营，至绪创重归天。云英以功授游击将军，代父守道州。闯王军克荆州，万策死难归真。闯军复陷京城，崇祯自缢。良玉与云英于道州旌忠祠内芝龛，祭祀忠魂。既而清朝定鼎，织女设宴万花楼，遣千乘、万策下凡，召取良玉、云英归真。

本事出《明史》卷 270《秦良玉传》，及清毛奇龄《沈云英墓志铭》，大率据实叙写，点缀神鬼之迹。至于马千乘、贾万策、沈至绪诸人事迹，则采诸正史杂传，虚实参半。复举明季万历、天启、崇祯、弘光四朝史事，联贯补缀成文。作者《芝龛记凡例》称：“所有事迹，皆本《明史》及诸名家文集志传，旁采说部，一一根据，并无杜撰。”

作者本意在“修前史，昭特笔，表纯忠奇孝，照耀义娥”，“惟期与伦常有补，风化无颇”（《开宗》［庆清朝］）。《光绪遵化通志》卷 54 称其：“组织明室一代史事，思精藻密，足为龟鉴，当与谷应泰《明史纪事本末》

并传不朽，不得第以传奇目之。"唐英评云："此本虽名传奇，却实是一段有声有色明史，与杨升庵《全史谭词》当并垂不朽。"（第六十出《芝圆》尾评）李调元《雨村曲话》则贬之曰："明季史事，一一根据，可为杰作。但意在一人不遗，未免失之琐碎，演者或病之焉。"杨恩寿《词余丛话》亦云："考据家不可言诗，更不可度曲，论者谓轶《桃花扇》而上，则未所敢知也。"至其排场变化，辞藻华复，则自有人不可及处。黄叔琳《芝龛记序》评云："至排场正变递见，奇险莫测。状戎旅则风云变色，写战斗则草木皆兵。洒螯妇孤臣之泪，满座沾巾；幻鬼神仙佛之观，一堂击节。若夫词令之工，组织编珠，镂肝钵肾，雄杰微婉，谲辩谐谑，无不各肖其人。能使贤奸善恶，一启口而肺肝毕露；边荒军国，一指掌而光景悉陈。汪洋纵恣，行间海立山飞；细腻幽微，字里月明花净。至其穿插回映之巧，比属裁剪之精，又如乱丝就里，万派寻源，妙绪环生，匠心独运。"然仅为案头之作，非为场上之曲，吴梅《顾曲麈谭》云："惟记中善用生僻曲牌，令人难于点拍，歌伶则畏难而避之，所以流传不广云。"

第四节　舒位与《瓶笙馆修箫谱》

舒位（1765—1816），字立人，祖籍直隶大兴（今属北京）人，生长于吴县（今江苏苏州）。出生的前一天晚上，其母沈氏梦见一个僧人折桂花自峨嵋山来，姑小字犀禅。祖大成，康熙壬辰进士，官检讨。父翼，广西河池州知州。舒位14岁随父任居广西永福县，官舍后有铁云山，因而自号铁云山人。乾隆戊申（1788）恩科举人，会试落第，一生坎坷，其家境贫寒，曾以馆幕为生，事母至孝。嘉庆乙亥（1815）十月，母殁，悲痛过度成疾，同年除夕去世，卒年五十。

舒位一生好学不倦，经史古文无不读，尤其"善观仙拂，怪诞，九流，稗官之书，尤工诗"，被喻为以奇博闳恣之才，横绝于世，与蒋士铨、王昙等作家有交往。法式善曾以舒位，王昙及孙原湘为"三君"作《三君咏》，龚自珍则将他与彭兆荪并举，称赞他的诗歌风格"郁怒横远"（乙亥杂诗自注），有诗文集《瓶水斋集》。舒位精通曲律，所作戏曲，人称当行。今存杂剧集《瓶笙馆修箫谱》。另有《圆圆曲》《琵琶赚》《列子御风》《桃花人面》《吴刚修月》《闻鸡起舞》等剧作，皆失传。

《瓶笙馆修箫谱》为杂剧集，流传版本有三：一为清道光间振绮堂精刻本。二为姚（清）编《今乐府选》稿本，杭州图书馆藏。三为民国十九年（1930）陶湘编《百川书屋丛书》据振绮堂原刻本影石印。集中收有《卓女当垆》《樊姬拥髻》《酒阳修月》《博望访星》四种剧作，皆演义历史或传奇故事，并加以虚构，写法新颖。其中《樊姬拥髻》《博望访星》影响较大。

《卓女当垆》演绎司马相如与卓文君的故事，是现存清人杂剧中较好的一个。剧叙蜀郡临邛首富卓王孙女儿卓文君，青年寡居，家宴上偷听到了司马相如的琴声，心有所系，私奔离家与相如成婚，卓王孙轻贫重富，不齿其所为，不肯分与他财产，无奈生计困难，二人"妆龙像龙，妆虎像虎""嫁鸡逐鸡，嫁犬逐犬"男亲涤器，女自当垆，特意在临邛开个小酒馆，一县哄动，急得卓王孙气急败坏，相如老友临邛县令偶得此事，不满卓王孙的为富不仁，下令逮捕他。卓王孙摄于舆论与官威，只好低头将家产一半分与二人。

舒位基本上忠于原著精神，把剧本改编成一出富有情趣的喜剧，卓文君性格鲜明、聪明泼辣、富有主见，在对待狗监杨得意问题上比司马相如有见地。当垆卖酒，智胜其父，杂剧丰富了卓文君的性格，并不仅局限其为爱情的甘心牺牲，更展示了其聪慧明理的一面，重在对其智慧的赞扬。

《樊姬用髻》写后汉时伶元听其妾樊姬夜谈赵飞燕故事，无限感慨，撰写《赵飞燕外传》，曲文抒情性较强。《酉阳修月》取材于段成式《酉阳杂俎》，写唐明皇于杨贵妃谱霓裳曲时损坏月宫，嫦娥吩咐吴刚和月下老人、散花天女等加以修葺的传说故事。《博望访星》写张骞乘槎探黄河源头，遇见牛郎、织女双星的故事，与元王伯成《张骞泛浮槎》杂剧题材相同。

《圆圆曲》依吴伟业《圆圆曲》诗敷演，写陈圆圆与吴三桂故事。《琵琶赚》的写作，据叶廷馆《欧波渔话》记载，舒位曾写仲瞿（昙）下第过谷城召琵琶妓三十二人，祭项羽墓，作此剧。《列子御风》写列御寇御风而行故事。《桃花人面》与孟称舜《桃花人面》题材相同。《吴刚修月》写月宫传说。《闻鸡起舞》叙刘琨、祖逖闻鸡起舞故事。皆未见传本。

第六章

清代河北小说创作（上）

第一节　清初至清中叶河北小说创作概况

清初至清中叶一般是指清朝建立（1644）至鸦片战争爆发（1840）这一时期。从河北小说创作的实际来看，此时期的河北小说创作又可分为两个阶段，前后各约一百年。这两个阶段是：顺康雍三朝（1644—1735）与乾隆至鸦片战争（1736—1840年）。这两个阶段均产生了一些较有成就的作家作品，取得了一定的创作成就，尤其是后一阶段，成就更高一些。下面我们分阶段进行介绍。

一、顺康雍三朝的河北小说创作

这一阶段河北作家所写的小说作品基本上是义言短篇小说，白话短篇或长篇似尚未发现。主要作家作品有：梁维枢的《玉剑尊闻》；王崇简的《谈助》；黄叔琳的《砚北丛录》（已佚）；傅燮词的《史异纂》《有明异丛》（均已佚）；宋起凤的《稗说》等。

（一）梁维枢与《玉剑尊闻》

梁维枢，字慎可，真定（今河北正定）人。生卒年不详，明天启前入举为官，天启中以党论削职。崇祯时重新起用，政迹斐然。后乞养归，卒祀乡贤①。其《玉剑尊闻》十卷，为志人小说集。有顺治十一年（1654）赐麟堂刻本，1927 年藁城魏氏养心斋刻本②。据书前作者引言，知此书成于顺治十一年。除作者小引外，书前还有吴伟业、钱谦益、钱芬序。

《玉剑尊闻》仿《世说新语》体例和门类。多《雅操》一门，而《捷悟》《自新》二门有目无文，故实存三十四门。作者自云："见自元以来数百年间雅言韵事，几同星风，凡有韵闻见，略类《世说新语》者分部书之。"③ 可见书中所记，以明人事迹为主，兼及元代。

该书的内容在一定程度上是作者生活经历的折光投影。梁氏在书成以前，有过四段经历，弱冠以前梁维枢放荡不羁。20 岁以后始发愤读书，中举人，曾任工部主事。天启中因党论被削职家居。崇祯十五年（1642）又被起用。如以弱冠为界，他前期生活比较浪荡，后期则主要埋头政务。这两方面，恰好是书中内容的两大色块。

作者在引言中自称"少为祖父母所爱，父母不忍严督。总角以后。日事蹴踘、驰马、顾曲、近妇人"。这段浪荡生活是他性格自由发展时期，难以忘怀。中年以后它作为一种潜意识印入作者心际。书中若干放浪才子的种种轶事，正是作者追忆这段经历的投影。卷九《唐子畏》条取明人书中关于唐伯虎假扮佣书，拐走主人婢女的记载，表现风流文人放浪不羁的性格特征。从唐寅身上，人们可以看到作者的影子，看出作者追忆弱冠以前经历的心理流向。

在一定意义上说，这种思想仍然是明末浪漫主义、启蒙主义个性解放思想的余波。所以，作者的怀念和追忆，就不能简单地理解为好色，因为这些浪荡生活的描写，是与思想与个性解放的社会内容紧密相连的。如书中《任诞》记："顾文康微时读书山寺，逐得一犬，剥之，求薪不得，走佛殿，揖罗汉曰：'不得已，烦大士。'因斧其像以爨犬。熟即呼群儿环坐，掰而大嚼，为之一饱。"在顾文康面前，寺庙、罗汉不仅失去了往日的尊严，反而成了取笑和烧火的材料。这种对宗教偶像的亵渎，也正是明

---

① 据徐世昌《大清畿辅先哲传》卷一。
② 二本均罕见。1986 年上海古籍出版社将谢国桢藏赐麟堂本影印出版，才改变了本书流传不广的局面。
③ 见书前作者小引。

代中后期思想界以王学左派为代表的尊重个性、尊重情感的启蒙主义新思潮的余波。联系到前面唐寅赚婢的故事,会使人感到这是一个主旨的不同侧面。又如《规箴·汤临川》条:

> 汤临川创为《牡丹亭》,张新建相国语之云:"以君之才辩,挥麈而登皋比,何渠出濂洛关闽下,而逗漏于碧箫红牙队间,将无为青青子衿所笑?"临川曰:"显祖与吾师终日共讲学而人不解也。师讲性,显祖讲情。"张无以应。

汤显祖虽然曾从师于罗汝芳、张新建等理学大师,可他终于摆脱了传统理学中"性"与"理"的束缚,提出"情"的哲理信念。一部《牡丹亭》,正是他的以情胜理哲学思想的形象表述。

故事中汤显祖与其师张位的对话,一针见血地点明了二者的相悖之处。此事原出明陈继儒《批点牡丹亭·题词》,作者取入本书,可见他与汤显祖的相通之处。不仅如此,他还把李贽关于"宇宙内有五大部文章,汉有司马子长《史记》,唐有杜子美集,宋有苏子瞻集,元有施耐庵《水浒传》,明有李献吉集"的惊人妙语采入书中。只有启蒙主义的忠实信徒,才能如此不遗余力地张扬越轨于当时的言行。正因如此,四库馆臣斥这些官行为"狂谬之词",并以此认为书中内容"颇乏持择"①。这固然反映了正统文人的偏见,却也从反面显现出《玉剑尊闻》作者执着于启蒙主义的思想倾向。

作者官工部主事期间,政绩不错。书中另一重要内容,是为官者的故事,表现出作者的社会政治理想。首先是一些官员廉洁自好的言行。如《德行》篇《王琏》条:"王琏作宁波知府,操守廉介。故事,日有堂馔,用鱼肉。琏谓家人曰:'汝不见我食草根时!'命瘗之。人呼为'埋羹太守'。有给事来访,为客居闲。琏不怿曰:'吾意若造请,有利于民也,而厉民耶!'茶至,大呼:'撤去,不必奉!'给事惭退。人又呼'撤茶太守'。"同卷《刘东山》条,写历任广东地方官都将官库羡余钱留为私用。刘东山为方伯时,却将此款作公费支销,毫无所取。在封建社会中,升官是发财的代名词,故得官不发财者则鲜而可贵。从王琏和刘东山的廉洁行

---

① 《四库全书总目提要》卷一百四十三。

为中，可以看到梁维枢对理想官员道德品质方面的设计和要求。

其次，作者还借能干官吏的事迹及其遭遇，表达自己的人生感慨。如《政事·周文襄》条：

> 周文襄有一册，记日行事，纤悉不遗，每日昼夜阴晴风雨，亦必详记。人初不知其故。一日，民有告粮船失风者。文襄诘其失船何日、何时、东风、西风。其人妄对，文襄语其实，诈遂不行。

作者动笔写此书时，正值明末政治腐败，农民起义波澜壮阔，明王朝统治风雨飘摇之际。作者于此时写这样的小说，其拯世救国的"补天"思想是显而易见的。在当时的社会环境中，这种善良的补天愿望，结果当然不可能实现。他们的一腔热血和过人才能往往由于小人中伤、奸臣昏君的打击而付之东流。如《德行》篇《许应逵》条："许应逵为东平守，甚有循政，而为同事所中，得论调去，吏民哭泣不绝。应逵晚至逆旅，谓其仆曰：'为吏无所有，只落得百姓几点眼泪耳！'仆叹曰：'囊中不着一钱，好将眼泪包去，作人事，送亲友。'"为政有声而被削职家居的梁维枢，其遭遇正与文中许应逵相同。故事表现了作者对主人公遭遇产生的共鸣。说明这些人理想与现实冲突在当时社会是具有普遍性的。史载"赵南星被祸，维枢倾身翼之。杨涟银铛，道出正定，维枢往迓之，大言槛车之旁，曰：'公此行垂名竹帛，夫何憾哉！'时逻卒狞立，人咸危之，维枢洒然不顾也"。① 可见他的正直品格和与东林党人的相通之处。

志人小说往往反映出包括作者在内的人们对人的设计和理想，《玉剑尊闻》也是如此。作者以小说向人们宣告自己的人格信念：做人应自由自在，任情所为，不受拘束；为官则要清廉和胜任。这些结论是他对人生品尝之后所得，故而有一定的说服力和贴切感。

书中部分内容为杂采众书，故艺术风格不甚一致，其中不乏佳作。如《假谲》篇记："高皇帝尝欲戮一人，皇太子恳求释之，召袁凯问孰是。凯对曰：'陛下刑之者，法之正；东朝释之者，心之慈。'帝怒，以为凯持两端，下之狱。已而宥之，每临朝见凯曰：'是持两端者。'凯诡得风疾，仆不起。帝曰：'风疾当不仁。'命以钻钻之。凯忍死不为动，放归田里。凯

---

① 见《大清畿辅先哲传》卷一。

归，以铁索锁项，自毁形骸，使家人以炒面搅沙糖，从竹筒出之，状类猪犬下屎，潜布于篱根水涯，匍匐往取食之。帝每念之曰：'东海走却大鳗鲡，何处寻得？'遣使即其家，起为本郡儒学教授，乡饮为大宾，凯瞠目熟视使者，唱《月儿高》一曲，使者复命，以为凯诚风矣，遂置之。"故事以生动的笔触，勾勒出朱元璋的蛮横狠毒嘴脸和阴险猜忌之心，袁凯的战战兢兢而又沉着应变，准确传达出当时文人伴君如伴虎的艰难境地。前叙《许应逮》条，以许临行前吏民的哭泣和主仆二人的对话，形成了一种婉惋悲凉的气氛，表达了作者对此种场面经历的深切感受。

由作者本人作注，是本书的又一特点。其注亦可称丰赡，但注中内容已多为人知，如曹操、李白，妇孺皆知，故《四库全书总目提要》讥其注"尤多肤浅"，当不无道理。

（二）王崇简与《谈助》

王崇简（1602—1675），字敬哉，宛平（今属北京）人。生于明神宗万历三十六年（1602），卒于清圣祖康熙十四年（1675），终年七十四岁。明崇祯十六年（1643）进士。入清，授内翰林国史院庶吉士，累官礼部尚书，加太子太保。崇简谙练典故，居官多所建白，为时议所归。卒，谥文贞。著有《青箱堂文集》及《冬夜笺记》《谈助》等，辑有《畿辅明诗》。

《谈助》一卷，明末清初人王崇简撰。《中国丛书综录》收入小说家类。《谈助》先由作者弟子吴震方刻入《说铃续集》中，继由后人收入《古今说部丛书》《说库》诸丛书中。各本前有吴震方康熙庚寅年（1710）《序》和作者《自序》。

《谈助》杂记朝野人物言行。王崇简《自序》云："尝喜夕坐闲谈，或述古语，或及近事，所闻偶录之，已成帙矣。"所记人物以明代为主，兼及前人。其中以朝内轶闻为多，有的记叙宫中琐事，如叙明光宗出俪语，诸儒臣皆不能对，唯蔡毅中应声而答，且合光宗之意。说明蔡氏机敏，君臣相契。又叙隋文帝独孤后妒夫、妒子、妒君、妒臣，为千古奇妒，又可见其个性。另载崇祯欲食米糖，竟以银三钱，命内臣于市买值银八两者，且笑谓不须八两，则足见帝王巧取豪夺的本相。有的记朝内忠奸事迹，如记于谦临刑前后诸种异状，以见其冤。又言严嵩生辰时群臣趋贺，为高新郑痛加揶揄，颇觉酣畅。他所记名人轶闻，亦间有可取者，如记寇准举进士时拒绝增年令之劝，又听其乳母言其母殁时无一缣，遂终身不畜财产事，以写其忠孝性格。又叙元王文彪见堕泪牛而发现私屠牛者，写其细心办案等，皆属此类。

（三）黄叔琳与《砚北丛录》

黄叔琳（1671—1756），字昆圃，大兴（今属北京市）人。康熙辛未年（1691）进士。累官詹事，以重赴琼林，加侍郎衔。尝以文学政事，受知康熙、雍正、乾隆三朝，世称北平黄先生。除《砚北丛录》外，又有《砚北易抄》《诗经统说》《夏小正传注》《史通训故补注》《文心雕龙辑注》《颜氏家训节录》等（据《碑传集》卷六十九）。

《砚北丛录》无卷数。《四库全书总目》子部小说家类著录。已佚。据《四库全书总目提要》，知其书前有魏兆龙序，称为叔琳巡抚浙江罢官以后所偶录。皆杂采唐宋元明及当时说部，亦益以耳目所闻见。大抵多文人嘲戏之词，如《谐史》《笑林》之类。或注出处，或不注出处，为例不一，亦未分卷帙。盖忧患之中借以遣日自娱而已。

（四）傅燮词与《史异纂》《有明异丛》

傅燮词，字去异，灵寿人。工部尚书傅维麟之子。其《史异纂》16卷。《四库全书总目》子部小说家类著录。已佚。据《四库全书总目提要》，知其书杂纂灾祥怪异之事，分天异、地异、祥异、人异、事异、术异、译异、鬼异、物异、杂异等十门。自上古至元，悉据正史采入。凡外传杂记，皆不收录。其《有明异丛》10卷，《四库全书总目》子部小说家类著录。已佚。据《四库全书总目提要》，知其书记明代怪异之事。所分十类，与作者《史异纂》门目相同，皆从小说中撮钞而成。多为荒诞无稽之谈。如尹蓬头骑鹤飞升；正德中上蔡知县霍恩为流贼所杀，头出白气；及天启丙寅王恭厂灾之类。又往往一事两见，体例略疏。另有实非怪异而载者，如《事异》门内，如胡寿昌毁延平淫祠而绝无妖；任高妻女三人骂贼没水，次日浮出面如生；等等。《术异》门内汪机以药治狂癫，《物异》门内萧县岳飞祠内竹生花，《杂异》门内漳州火药局灾，大石飞去三百步之类，皆事理之常。至如《译异》门内谓黑娄在嘉峪关西，近吐鲁番，其地山川草木禽兽皆黑，男女亦然，则属诡诞之说。

（五）宋起凤与《稗说》

宋起凤，字来仪，号弇山，又号觉庵、紫庭，直隶广平（今属河北）人，生卒年不详。清初由孝廉考授推官，顺治六年（1649），改任山西灵邱令，十六年（1659），升广东罗定知州，政绩甚佳，三年后，因母丧而归，罗定人泣送千余里而别。康熙十八年（1679），清廷举行博学鸿词科考试，大臣郝惟讷向清廷荐举宋起凤，且先后两次遣使促宋应试，然皆为宋婉拒。晚年好游，足迹几遍天下。后寓居富春江，以著述自娱。

宋起凤著述甚丰，经、史、诗、文、笔记小说，无所不备，有《诗说》《灵邱县志》《田畴农语》《稗说》《悬壶观》《春社谭》《伴耕录》《历游草》《塞外吟》《蜗庐草》等，共七十余种，而《稗说》为其文言笔记小说的代表作。

《稗说》四卷，共一百五十余则，为宋起凤寓居富春江期间，于康熙十一年（1672）至十二年（1673）写成，现存手抄本，藏于福建师范大学图书馆。另谢国桢藏一旧抄本，江苏人民出版社据以校点出版，收入《明史资料丛刊》第二辑中。全书内容丰富，主要记明末清初文臣武将、诗翁画客、隐逸奇士、僧道高人等的传闻轶事，兼及明代典章制度、宫殿建筑、园林胜迹、风俗掌故、民间异闻、各地风土人情等。其主要内容概而言之有：

1. 记明末史实。《内外朝仪》曰："故明崇祯初，御马监掌篆中贵马公云程与先君善，马时人值，先公常携予出入禁苑中，得历观前朝后市诸胜。"（以下《稗说》引文，均据福建师大图书馆藏手抄本）由于作者常出入禁中，故得以了解到许多外人所难以知晓的史实，这些史实，既可补正史之不足，又可见作者的历史观点。所记轶事，尤注重"隆替变革之故"（宋起凤《稗说自序》），如卷一《万历疑案》载：万历年间某日，一紫衣男子潜至万历帝前，历数帝之隐事。几日后，帝又于枕上得一书，内皆陈说帝之过失，万听帝目之为"妖书"，下令严加搜捕此紫衣男子。后有司疑此事乃京师大侠皦生光所为，遂将其磔杀弃市。作者对此事评道："当日妖书，故非皦生所为"，可见作者对万历帝的所为，是颇为不满的。

其他如卷一《蕉园》《陶真人》《明崇祯善政》、卷二《魏忠贤盗柄》等，对明武宗、世宗、神宗、熹宗等皇帝的昏庸荒淫，多所揭露，崇祯虽力图挽救颓局，但已回天无力。写及康熙年间的，则全不涉及朝政，可见作者对明代政局的回忆，隐然含有总结明亡教训的用意。卷二较多写及明代战将，如《秦良玉》《黄得功殉节》《戚南塘用兵》等，对他们的军纪严明，奋勇善战，多所赞扬；《刘泽清》《左良玉》等篇，则揭露刘、左等拥兵自重，不服调遣，劫掠民财，骄奢淫逸。《李青山》篇则记李青山兄弟二人本为绿林豪杰，据梁山泊起义以抗击后金，后主动接受招安，却被朝廷杀害，写得慷慨悲壮，流露惋惜之意。卷一《王翠翘》《坚白》《还妇成梁》、卷二《海烈妇》等篇均写妇女，亦甚有特色。王翠翘的故事亦见于他人的作品。坚白则能诗善画，女扮男妆，与士大夫交，并以诗阅人择嫁，甚有独立人格，颇类《儒林外史》中的沈琼枝。《还妇成梁》中的少妇，被舟人劫持，后遇前夫，巧妙地稳住舟人，遍招村人，当众揭露舟人罪恶，将舟人送官法办，而与前夫团圆。海烈妇在落难中，识破旗甲某欲霸占自己的阴谋，以死自卫，非一般节烈所能及，其事后演为白话小说《海烈妇百炼成真》。上述诸女的才智志向，均令人敬佩；而歌颂下层妇女，在小说史上也是值得注意和肯定的。

2. 载明代典章制度。这些典章，涉及内宫等级、明帝祭祖、朝廷殿试等，其中最有史料价值的，莫过于《籍田》所叙述的明帝籍田的仪式。该则云：籍田前，工部先遣官于籍田处搭盖一座"广阔逾里"的棚厂，明帝所耕之田即在棚内。继之，大京兆又预选童子数十人，教以牧歌，又令优人扮为雷电风雨诸神，匿于棚之虚处，至籍田时，京兆进鞭，农官授牛绁，工部官执耒耜，三公各执犁，帝躬耕一垄毕，京兆生报雨作，于是匿于虚处的雷电神放出烟雾，擂动大鼓，作雷电交加状。藏于棚顶的水椟，也立即倾水而下，如春雨时降。雨止，牧童欢歌，老农献上麦穗，此麦穗乃此前于暖窖中培育而得。最后，以麦制饼，赏赐群臣。从此则记述中可以知道，明代已有于温室中种麦的方法，可惜此法当时未在民间广为推广。

3. 志怪传说。书中此类故事，有的与魏晋唐代的志怪小说有某种程度的相似，如《泗州水兽》所叙述的、为夏禹所擒获的、形似白猿的泗州水怪，与唐代李公佐《李汤》中所写的、为夏禹所擒"形若猿猴"的淮涡水怪极为相似，前者几乎是后者的另一传说；有的则是前所未闻的志怪故事，如《李定远度鬼》云，定远县衙后有一地窖，乃宋代包拯为定远令时，纳死囚之魂处。上复石加碑甚固，清初李人龙为定远令，打开此窖，并延请高僧，昼则诵经祷神，夜则洞开城邑四门，为楮舟，载鬼魂以出，而归之于地狱。

4. 记民间异闻。书中此类故事，多能体现"异"的特点，如《谲戏》则说，万历进士来复，令吏为其更衣，"使曳袖，袖甫脱，而一臂坠下，持之则宛然臂也"。而来公却谈笑自若，无他苦，寻又捉臂纳袖中以续之，完好如初。

5. 录僧道故事。书中此类故事，有的写道人的恶作剧、戏弄他人，如《张湾道人》。有的写僧人的种种奇术，如《清凉山》，写一僧有奇特的"澡肠"之术。有的写真人求仙的愚妄之事，如《陶真人》，写嘉靖时陶真人学得点金术，为嘉靖帝征召，宠幸有加，后点金药用尽，陶知难以久留，遂托言某山有神仙药可采，而外出采之。其后，陶不自敛，又招致四方妄人，终以欺罔伏法。

6. 叙文人逸事。这些逸事，或写文人结社赋诗（《黄牡丹状元》）；或介绍清初才女诗作（《近代诗媛》）；或记清初刘雨若善辨古今墨迹之真伪（《奕刘二叟》）；或叙清初王文安作书时，"数令善歌者喎喎座次，而身和之，且和且书"的奇特癖习（《王文安书画》）；或说《金瓶梅》为王世贞所作，说王父为锦衣卫陆炳诬陷而死，陆居云间之西门，《金瓶梅》的西门庆，即指陆炳（《王洲著作》）；等等。这些逸事，对丰富世人的文史知识，显然是不无裨益的。

7. 记风物特产。由于作者足迹遍天下，所以书中有不少各地名胜古迹、风土人情、土特产品的介绍描述。如《应州木塔》载，云中应州木塔高七级，"虽甚风不能撼一椽一屑"，"经年无火患"，盖因"顶际有辟风辟火二珠"；《金陵名园》详记金陵之王导西园、谢灵运之赌墅处、王荆公半山园等名园；《玳瑁》详记海南玳瑁的制作法；《品泉》《品茶》《品酒》诸则分别记天下之名泉、名茶、名酒等。

《稗说》基本上是以朴素、简约的文字叙事写人，此书不以细腻的描写和虚构的情节取胜，而是抓住人物特点，通过简洁而有层次的叙写来突现人物，并渗透作者的爱憎。其文学价值亦有可观之处。如《王翠翘》写明嘉靖时倭患频频，浙督胡宗宪以千金聘吴中名姬王翠翘，欲以之馈赠导倭者徐海，使其归降。翠翘曰："胡公不惜多金买一女子，以挽生灵之困，我又何惜一身酬胡公哉！"徐海得翠翘后，立即归降，胡又于徐归降之日执而杀之。倭患平息后，胡欲为翠翘择配，然为翠翘所拒绝，是夜，翠翘盛服就舟，至江中祭奠徐海，"设奠毕，自为哀调琵琶，奏于江上。月明潮生，江流呜咽，翘大哭，碎琵琶水中，身随潮跃入，雪浪卷之而没"。作者笔下的翠翘颇为感人。她应胡公之请慨然而出，可谓有义；又为徐海哀吊而死，可谓有情。特别是作者对翠翘"祭海投江"一节的描写，文虽不多，却能产生凄凉惨戚的悲剧效果。后来的通俗小说《翠翘传》也深受其影响。再如《戚南塘用兵》写抗倭名将戚继光，并没有全面叙说其业绩，而着重写其斩子。文中先交代其独生子情况，接着写道：

> 偶值边烽，公遣其子与偏将某出御，坐挫军。公得报，陈师武场，调各路偏裨入侍，令军吏执子与将某进，伏幕下。公盛怒，数其罪，令伏法。诸将免胄跽请至再，不听；一军皆博颡乞命，公卒不回，并戮之。刑甫毕，夫人飞骑驰传代请死，已无及矣。众将卒为之股栗，窃相谓曰："公父子乃尔，吾辈不力，当无死所矣。"

仅百余字，而将事件起因、戚的盛怒、将士的求情，以及杀子产生的影响，交代得清清楚楚。戚继光的治军严肃，及大义灭亲的凛然正气，均跃然纸上。围绕斩子，篇中又写他背着夫人纳妾生子，夫人知后，杀妾抚子，并声称"吾为老奴泄宿忿也"，则写出其夫人的泼悍与他的惧内，展示其性格的另一面。其他如《还妇成梁》写夫妇离散，后又破镜重圆，情节曲折动人；《陈孝子》则通过件件琐事，塑造出一个感人的孝子形象；等等。

"进入清代，对于清朝统治者取代明朝天下这一事实，多数文人不愿承认却又不能不承认，抵触，怨恨，怀念故国，便是其基本心态。部分文人则接受笼络，投靠新朝，在春风得意之际，自多感激颂扬之语。这便形成清初轶事类小说两种不同的思想倾向。有的作家虽亦入朝为官，但其内心仍不忘前明，其思想的复杂性不同程度地反映在作品中。由于清统治者的高压政策，即使在遗民文人，其作品也不大敢直书鼎革之变的惨酷，而更多地借回忆前明旧事来寄托，其中也不无痛定思痛之后以不同形式总结明亡教训。"①《稗说》即为入朝为官而内心仍不忘前明的宋起凤所作，其借回忆前明旧事有所寄托、总结明亡教训的特点亦非常突出。

二、乾隆至鸦片战争时期的河北小说创作

乾隆至鸦片战争时期是河北小说创作的黄金时代，既有文言小说，又有白话小说，不仅数量多，而且产生影响较大的名篇佳作。其中文言小说有纪昀的《阅微草堂笔记》、和邦额的《夜谭随录》、尹庆兰的《萤窗异草》、刘寿眉的《春泉闻见录》、蓉江氏的《西湖小史》等。白话小说有李汝珍的《镜花缘》、崔象川的《白圭志》《玉蟾记》等。这些作品我们后面将辟专节予以介绍，这里先简介其他作家的小说作品。

（一）尹庆兰与《萤窗异草》

尹庆兰（1735—1788），字似村，是清朝大臣尹继善之子。虽然家世显赫，但尹庆兰的一生却是默默无闻、较为清贫的。《萤窗异草》署名浩歌子，又作长白浩歌子，作者真实姓名不详，但今人研究者一般认为是尹庆兰。②

《聊斋志异》问世后，社会上出现了一股以之为范本的模拟创作热潮，《萤窗异草》便是其中较具代表性的一部。作者尹庆兰力争在内容和艺术上与《聊斋志异》相接近，刻意模仿，甚至很多故事都是从《聊斋志异》中沿用发展而来的，因此读来颇有《聊斋》之风。

《萤窗异草》在内容上也写的是花妖鬼狐的故事，其中犹以爱情的故事为重点，这些故事在全书中占大多数，并且大都比较成功。如《秦吉了》写的是这样一个哀婉凄恻的故事：四川一个地主家的婢女，在一只秦吉了的帮助下与少年梁绪倾心相爱。后来主人欲娶此婢为妾，他发现梁绪写给婢女的情书后，竟残暴地将这个没有人身自由的少女活埋掉了。秦吉

---

① 见苗壮《笔记小说史》，浙江古籍出版社 1998 年版，第 386、387 页。
② 《八旗艺文志》子部·稗说类《萤窗异草》题下原注："满洲庆兰著。庆兰字似村，庠生，尹文端公子。"

了将此事告知梁生，梁急驰墓地，启坟开棺，将情人救出，寄养在一尼庵中，养息月余，最后与她结成眷属。这篇作品以委婉细腻的笔触，精心塑造了一个不屈从于淫威和暴力，坚强勇敢地与命运抗争的女奴形象。秦吉了能解人语，热心助人，机灵多智，具有人的情感和品德，使人"忘为异类"。《青眉》写美丽的狐女青眉与皮匠竺十八的爱情故事。青眉与蒲松龄笔下的许多异类女性形象一样，在爱情追求上热情大胆，较少受到封建礼法的束缚。为了创造自由幸福的生活，她敢作敢为，任劳任怨，体现了下层劳动女性的美德。这篇作品实际上描写的是普通的市民生活，作者于平实处略示鹊突（如青眉夫妇的几次搬家），使人记起主人公亦人亦狐的身份，同时也使得故事富有波澜，引人入胜，与《聊斋志异》中的《鸦头》一篇有异曲同工之妙。《宜织》叙柳家宝与狐女宜织的恋爱故事，叙事委曲有致，创造了扑朔迷离、朦胧幽深的艺术意境，也是一篇写得相当成功的作品。作者或写狐魅与人的恋爱，或写青年男女冲破爱情生活的种种阻碍自由结合，表达了作者对封建礼教的批判，对婚姻自主的赞同和对理想爱情的追求。这些作品中虽有很多故事是来源于《聊斋志异》或是在其启发下创作出来的，但在情节上有所发展，较《聊斋志异》更曲折委婉，人物形象也更生动丰满，显示出作者较高的文学修养和较强的创造性。但是，由于尹庆兰自身的局限和与蒲松龄不同的身世遭遇，使得《萤窗异草》在整体的思想境界上远不如《聊斋志异》，全书缺乏那种愤世嫉俗的孤愤。尹庆兰没有经历过蒲松龄的那般穷困潦倒，他对贫苦的生活没有亲身的经历，对黑暗的社会缺乏深刻的认识，也看不到贪官污吏对人民的盘剥和压榨，因此不能像蒲松龄那样对整个社会进行无情的揭露和批判，他的笔下除了婚姻爱情的故事，便只有"搜奇记逸"了。"谈虚无胜于言时事"的弱点，使《萤窗异草》在思想性上显得比《聊斋志异》"冗弱"了许多。

从艺术角度来看，《萤窗异草》也属于现实主义与浪漫主义相结合的作品。全书带有一种扑朔迷离、缠绵哀婉的风格，作者采用真幻交织的手段，或将花妖狐魅搬到现实生活中来，或将现实中人引到冥冥境界中去，使现实与非现实，人与非人融于一处，使人真假难辨，以此取得明知其是假，非当其是真的艺术效果。作者的叙事角度也选择得比较得当。故事要写的是狐鬼,却不原原本本地正面描写,作者正面描写的往往都是现实中人,以他们之眼之口之感来表现狐魅们的特异之处。这样写,仿佛书中的现实中人与读者站在同一角度观察这些狐鬼一般,让读者感觉真切可信,这也是这部离奇小说能抓住读者的关键所在。此外,《萤窗异草》对人物形象的塑造也都比较成功,《萤窗异草》尤长于以细致的工笔刻画女性形象。在写法上它追摹《聊斋志异》,但并不是亦步亦趋,摹仿中也有不少艺术上的创新。如《田凤翘》所刻画的女鬼田凤翘的形象,个性鲜明,比之《聊斋志异》中故事情节相似的《聂小倩》中的女主人公,并不给人以雷同之感。《萤窗异草》重视人物语言、动作及细节描写,这些是作者用以刻画人物的重要手段。

另外,全书语言清新流畅、富有感染力。作者模仿蒲松龄,使用的是一种文白结合的文言文,简洁明快,节奏感很强。他还注意求工,书中常有很多对偶或对称的句子,使人读来朗朗上口。总之,《萤窗异草》在文言小说中还是具有较高的艺术价值的。

(二) 刘寿眉与《春泉闻见录》

刘寿眉,其人未详,有笔记小说《春泉闻见录》。台湾王云五主编《续修四库全书提要》据嘉庆庚申家刊本作刘寿眉撰,且谓寿眉字春泉,顺天宝坻(今属天津市)人。或以《春泉闻见录》4卷为刘寿昌撰,未详孰是。现存嘉庆庚申年(1800)迎晖轩刊巾箱本,题渠阳刘寿昌撰。

《春泉闻见录》记刘寿眉所历杂事,凡110则,不标题,但记条数,其间涉江浙者颇多。盖作者父曾宰昆山宁海诸邑,寿眉(昌)皆随侍任所之故。刘氏科名鼎盛,仕宦者多,故书中亦喜言家世旧闻。其卷三第八十二条,记山东王伦之叛颇详,与黄钧宰《金壶七墨》所记互有详略,可征知当时事变始末。其余率皆琐录,无关掌故,文意亦殊涩拙。自序称径理家政,无暇息肩,素性鲁钝,且多疾苦,又不好学,以故更鲜知识,盖自道其实,可称纯朴之士。其甥婿李鼎元序则称其淡泊宁静,好读书,读之不厌之复。盖封长者言不得不如此,亦非贡谀之举。

(三) 蓉江氏与《西湖小史》

《西湖小史》卷首有嘉庆丁丑(二十二年)(1817)李荔云序,言及李与蓉江氏乃少年时"连床三载"之同学好友，李联登科甲，蓉江氏"多困名场"。丁丑之秋，李自浙南还，闻蓉氏著有《西湖小史》，乃才子佳人之作。蓉江氏为河北上谷（今河北张家口）人。

《西湖小史》，清代人情世态小说。四卷十六回。清光绪丙子六经堂重镌袖珍本，题"上谷蓉江氏著，雪庵居士评点"。正文前有"首卷"，与"西湖胜迹总目"。逐一注明书中涉及的广东惠州博罗县的西湖胜迹。正文目录十三回，书中实为十六回。叙明朝奸佞李树当朝，忠良黄建勋、侯树屏、王赆臣遭陷害。黄建勋、王赆臣罢官隐居博罗之西湖，侯树屏潜逃入山修道。侯树屏之子侯春旭与黄建勋之女黄秋娥；侯春旭之友陈秋楂与王赆臣之女王春红两对才子佳人相爱而订婚约，因奸臣李树及小人吴用修的破坏及时局的动乱等原因，不得团聚。后秋楂、春旭先后及第，以秋楂击败倭寇援救朝鲜有功，春旭力主招降博罗起义军首领谢吉有功，取信于朝野，从而清除朝中李树等奸佞，两对才子佳人得以完姻。此时得道之侯树屏亦来一见。侯春旭、陈秋楂以功成身退，上书辞官。春旭又娶杭州西湖之名妓林玉兰为妾，吟诗弹琴，十余年不入城市，后弃家入道。作品涉及朝廷忠奸之斗争，又及作战于朝鲜釜山的援朝平倭之战争等。虽以才子佳人为主干，但着墨于儿女情的描写较简。因头绪较多，结构上有芜杂感。道家仙法颇多。

第二节　纪昀与《阅微草堂笔记》

一、纪昀生平

纪昀（1724—1805），字晓岚，号春帆、石云，别号茶星、三十六亭主人、观奕道人，晚号孤石道人，谥文达，直隶献县（今属河北）人，生于清世宗雍正二年（1724），卒于清仁宗嘉庆十年（1805），乾隆十九年（1754）进士，时年三十一岁。后入翰林院，历充乡试考官，会试同考官，擢侍读学士。乾隆三十三年（1768）因故贬谪乌鲁木齐。乾隆三十八年（1773）召还后，奉旨编纂《四库全书》，任总纂官，并与各分撰官撰写提要，置于进呈各书之前，纂定《四库全书总目提要》。后官至礼部尚书、协办大学士，加太子少保衔，谥文达。纪昀"目逾万卷，胸有千秋"，博学多才，一生精力，集中于纂定《四库全书总目提要》，出其余力为诗文，有《纪文达公遗集》传世。《阅微草堂笔记》自乾隆五十四年（1789）至嘉庆三年（1798）陆续写成，每脱稿一种，即被传抄刻印。嘉庆五年（1800），由其门人盛时彦合刊印行，题总书名为《阅微草堂笔记》。其后翻刻本甚多，现有上海古籍出版社等校点本。

纪家乃是献县颇具威信之望族，家风淳实，累世多以善行为务，康熙三十五年，邑中闹饥荒，昀之曾祖父钰舍粥济人；又有负债难偿的人家，纪钰将他们召来，焚其债券。后来，其孙容舒乡试中举，曾孙昭晓皆中进士，"人咸以为有德之诒自钰始①"。与纪昀有关的神奇传闻和风趣故事也非常多。相传昀幼时即十分聪颖，有特异功能，可见常人之不能见。他生于献县崔庄的对云楼，人称：

> 先是郡为九河入海，故道天雨而汪洋成巨浸。水中夜夜有光怪，公父梦见光入楼中，己而生公，光遂隐。人以为公实此灵物化身也。

昀十六七岁即入名场，三十通籍，仕官四十余年，交游很广，与戴东原、朱筠、卢见曾、卢文弨、秦大士、程晋芳、彭元瑞、刘墉、董邦达、董诰、钱大昕、蒋士铨、邵晋涵、伊秉绶等人皆相契，其文名、才名为时人与后人称颂。在其身后，清仁宗为其拟写御祭文和御赐碑文，称其"禀性渊通，立身淳谨"。刘权之则云："吾师纪文达公，天资超迈，目数行下，掇巍科，入翰苑，当时即有昌黎北斗，永叔洪河之目。"② 阮元盛赞文达公"贯彻儒籍，旁通百家，修率情性，津逮后学③"。清代笔记小说中对他的议论和赞誉更是不少。昭梿云："北方之士，罕以博雅见称于世者，惟晓岚宗伯无书不读，博览一时。所著《四库全书总目》总汇三千年典籍，持论简而明，修辞淡而雅，人争服之。"④ 身受正统儒家经典教育，又长期担任乾隆皇帝的文学侍臣，纪昀文学主导思想便是"持风雅之大原"，"得性

---

① 戈涛：《献县志》。
② 朱珪：《文达纪公墓志铭》，见《知足斋文集》卷五。
③ 《纪文达公遗集·序》。
④ 《啸亭杂录》卷十。

情之正"，然又并不同于宋儒所总结的儒家道德，其学术思想有近汉远宋倾向。其门人盛时彦撰《阅微草堂笔记序》，称公"天性孤直，不喜以心性空谈，标榜门户，亦不喜才人放诞，诗坛酒社，夸名士风流"。昀不满于宋儒的不明训诂，徒以义理相尚，同时，他天性风趣幽默，常常不为宋儒规范所束缚。纪昀反应灵敏，善于奏对，甚得乾隆帝欢心：

> 乾隆某年考试差后，有宣布前列诗句者。台臣秘以告，将兴狱矣。高宗召公问之，公顿首曰："如臣即泄漏者。"问："何故？"曰："书生习气，见佳作必吟哦，或记诵其句，欲访之为伺人手笔，则无意中下免泄漏矣。"天颜大霁，遂寝其事。[①]

又有一次，纪昀正与同僚在朝房等着早朝，等了很久，颇倦，昀与旁人戏言道："老头儿怎么迟迟未来？"话音未落，身后响起脚步声，原来是高宗微服而来，厉声问"老头儿"三字如何解释？昀从容地免冠顿首行礼，说："万寿无疆之谓老，顶天立地之为头，父天母地之为儿。"于是高宗转怒为喜。[②]

纪昀身上既有长期磨练出的世故，又不时流露率真本性，酷爱调侃，语喜滑稽，出口成趣。一日陆耳山学士云："适饮马四眼井，四眼井以何为对？"公曰："即以阁下对可乎？"（即"六耳山"也）两人大笑[③]。

相对而言，纪昀仕途较为平坦，却犹不免受牵坐罪之苦。乾隆三十三年（1768），昀年四十五岁，两淮盐运使卢见曾获罪，皇帝下旨抄家，见曾孙荫文正是纪昀之婿、昀徇私漏言，革职发配乌鲁木齐。几年之后，有王珣遣兄投递字帖案，昀险遭牵扯。不久昀以次子犯罪而牵连，诏降三级。命运之舛使昀亦常苦于仕进与归隐的矛盾，然而篁竹之乐终未促其隐遁，乐观的生活态度，圆融的宇宙哲学，体现了典型中国学者儒释道杂糅的处世方式。他的《壶庐砚铭》透露出对待人生的平常之心："因石之形，琢为此状，虽画壶庐，实非依样，既有壶庐，无妨依样，任吾意而画之，又不知其何状。"[④] 文字通俗平易而有韵味，既显出处世的幽默圆通，又深

---

① 小横香室主人编：《清朝野史大观》卷五，上海中华书局1936年版。
② 《清朝野史大观》卷六。
③ 独逸窝退士撰：《笑笑录》卷五。
④ 《纪文达公遗集》文卷一三。

富人生体悟之精髓。

总纂《四库全书》的过程则集中体现了纪昀持平宽容的学术眼光，他认为文学作品的内容风格随着时代变化发展，在具体品评作家时他十分重视时代风气的影响，力求客观公允，知人论世。如他对李梦阳的评价：

> 梦阳为户部郎中时，疏劾刘瑾，构祸几危，气节本震动一世。又倡言复古，使天下毋读唐以后书。持论甚高，足以竦当代之耳目。故学者翕然从之，文体一变。厥后摹拟剽贼。日就窠臼。

接着纪昀考证了明代自洪武以来的博大之音，成化以后的台阁之风，揭示了梦阳的功劳，又称其"矫枉过直"，持平而论云：

> 其诗才力富健，实足以笼罩一时。而古体必汉魏，近体必盛唐，句拟字摹，食古不化，亦往往有之。①

他既重视诗品、文品与作家人品之间的联系，将儒家温柔敦厚视为文学主要评判标准，又能在一定程度上不受传统偏见的约束，对人品不好而作品特色显著者，亦有公正评价。评价宋代李新的《跨鳌集》时，在指出其操守缺陷的同时，也称"其诗气格开朗，无南渡后呫哗之音"②。

具有博雅学识、独到眼光、浓厚情趣和持平胸襟的纪昀，虽然对小说家言的看法在一定程度上还有传统文人的偏见，却通过创作给文言小说的形式、内容、主旨赋予了新的内涵，充分融入了作者对生活的态度和感悟。他虽说做小说是消遣，但其作品却大不同于前朝志怪之作，且说理独到，语言简要，内容形式皆个性卓然，为时人后人称道模仿，奠定了纪昀在中国文言小说史上的地位，他散见于小说序言和别处的小说理论，既体现了在特定历史时期对小说这种文学体裁的认识，又显出他本人的超前意识。

二、《阅微草堂笔记》

《阅微草堂笔记》为清代笔记小说中影响最大的一部，与《聊斋志异》分庭抗礼。其书包括《滦阳消夏录》六卷、《如是我闻》四卷、《槐西杂

---

① 《四库全书总目》卷171《空同集提要》。
② （清）永瑢等：《四库全书总目提要》，中华书局1965年版，第1343页。

志》四卷、《姑妄听之》四卷、《滦阳续录》六卷，共二十四卷，纪昀撰。

全书共一千一百九十六则，所记或为作者身经目睹，或闻诸亲友同事，亦有仆隶、贩夫等下层民众提供素材者，涉及内容十分广泛。其内容以鬼魂狐怪为最多，又有占算、扶乩、命数、果报、轮回、入冥、感梦、神灵、异人、道术、博物、天文舆地、医方、狱讼、淫佚、遗事、琐语等，上自王公贵族，下至走卒贩夫，文人学士。三教九流，花妖狐魅，无所不及，从不同的侧面反映了清中叶社会面貌。《笔记》征引了大量前人所撰，如《山海经》《列子》《搜神记》《灵鬼志》等小说集里的故事，间或以自己听到想到的与之相比较，又较多叙录时人口述和笔记。写作上也基本继承六朝志怪传统，"尚质黜华，叙述简古"①。然而魏晋作者并非有意创作小说，只是记录异闻，或"发明神道之不诬"②，纪昀则以"有益于劝惩"③为主旨，且将自己的学术思想与治学态度、鬼神观、儒释道三教评议，以及为人之理、文学观，皆融入故事的叙述与议论之中，不铺陈文采，不过多描写细节，而用笔精简，妙语连珠，说理甚为透辟。

其书"虽晚年遣兴之作，而意主劝惩，心存教世"④。盛时彦《阅微草堂笔记序》称："《滦阳消夏录》等五书，俶诡奇谲，无所不载；洸洋恣肆，无所不言，而大旨要归于醇正，欲使人知所劝惩。"纪昀身为达官显宦，所谓"醇正"，难免有浓厚的封建意识，但亦多有可取，就其积极方面言，有如下四点：

书中同情民生疾苦，揭露官场黑暗。作者身为学官，为人正直忠厚，故对官场的种种腐败现象，亦深恶痛绝，不时予以揭露。如《滦阳消夏录》三"某公干仆"，借干仆之口，抨击高爵厚禄的某公营私舞弊，"卖官鬻爵，积金至巨万"，窃弄权柄，"颠倒是非，出入生死"。《滦阳消夏录》六"孙虚船其友"揭露官场之中"奔竞排挤，机械万端"的恶劣风气，趋炎附势之徒反为上司赏鉴。《滦阳消夏录》"北村郑苏仙"揭露一些"自

① 鲁迅：《中国小说史略》，人民文学出版社1973年版，第184页。
② 干宝撰，汪绍楹校注：《搜神记·序》，中华书局1979年版，第2页。
③ 《滦阳消夏录·自序》，见纪昀《纪晓岚文集》（第二册），河北教育出版社1995年版，第1页。
④ 周中孚：《郑堂读书记》，北京图书馆出版社2007年版，第74页。

称所至但饮一杯水，今无愧鬼神"的官吏，实则"处处求自全，某狱某狱，避嫌疑而不言"，"某事某事，畏烦重而不举"，负民负国，同样有罪。这种揭露，有一定深刻性。由于官场黑暗，受害的百姓遇有天灾，更难以为生。《滦阳消夏录》写道"前明崇祯末，河南、山东大旱蝗，草根木皮皆尽，乃以人为粮，官吏弗能禁，妇女幼孩，反接鬻于市，谓之菜人，屠者买去，如刲羊豕"。真令人惨不忍闻。《槐西杂志》二"学使之姬"则为作者督学闽中时所闻，写雍正间一对山东恩爱夫妻，"会岁饥，不能自活"，女被卖给学使为妾，分别时二人抱泣彻夜，相约不死，尚望日后团圆。男讨乞追随至京，投身学使幕友家为仆，一同到福建，后病死。女闻知后，亦跳楼死。书中还一再写到豪绅贵族虐待奴婢的罪行，如《槐西杂志》二"某侍郎夫人"写奴婢的非人境遇：

> 凡买女奴，成卷入门后，必引使长跪，先告戒数百语，谓之教导。教导后，即褫衣反接，挞百鞭，谓之试刑。或转侧，或呼号，挞弥甚。挞至不言不动，格格然如击木石，始谓之知畏，然后驱使。……又余常至一亲串家，丈人行也。入其内室，见门左右悬二鞭，穗皆有血迹，柄皆光泽可鉴。闻其每将就寝，诸婢一一缚于凳，然后覆之以衾，防其私遁或自戕也。

奴婢制度是奴隶制的残余，奴婢们无人身自由，任凭主子驱使宰割。作者在叙述中渗透着对受害者的同情，同时亦揭示了"冤愤莫释"的奴婢必然起而复仇，虐人者没有好下场。

第二，书中揭露礼教的残酷和道学家的虚伪，具有明显的反理学倾向。程朱理学鼓吹"存天理，灭人欲"，把三纲五常等封建伦理道德视为至高无上的"天理"，压抑人们正当愿望。明清统治者将理学作为官方哲学，极力提倡。而自明代中叶以来，进步的思想家、文学家则群起反对。纪昀"天性孤直，不喜以心性空谈，标榜门户"[1]，在学术思想上属于乾隆间兴起的考据学派，故亦对程朱理学多所揭露。作者于《滦阳消夏录》二"河间献王祠"与《姑妄听之》二"魏环极先生"等则中指出，道学与圣贤"固各自一事"，并非孔孟真传，所鼓吹的一套都背离经义，如痴人醉

---

[1] 盛时彦：《阅微草堂笔记·序》，见《纪晓岚文集》，河北教育出版社 1995 年版，第 1 页。

语，聒噪入耳。作者认为，"天下事，情理而已，然情理有时而互妨"。道学家株守"理"而害人，作者则更注重于人情。《滦阳续录》五"某公在郎署时"论道："饮食男女，人生之大欲存焉。干名义，渎伦常，败风俗，皆王法之所必禁也。若痴儿骏女，情有所钟，实非大悖于礼者，似不必苛以深文。"这是一篇写以礼杀人的故事，叙"以气节严正自任"的某公，为家中小奴小婢订婚，二人长大生情，相遇嬉笑，便被认为是"淫奔"非礼，同遭毒打。某公还有意拖延他们的婚期，致二人"同役之际，举足趑趄；无事之时，望影藏匿。跋前疐后，日不聊生，渐郁悒成疾，不半载内，先后死"。双方父母要求合葬，也因"非礼"而遭拒绝。某公以礼教扼杀了这对青年男女的幸福和生命，还至死不悟，弥留之际，尚辩说"于礼不可"。作者对其愚顽愤愤不平，于篇末说："是二人之越礼，实主人有以成之，乃操之已蹙，处之过当，死者之心能甘乎？冤魄为厉，犹以'于礼不可'为词，其斯以为讲学家乎？"《姑妄听之》四"奴子傅显"亦写傅显拘于男女有别之礼，见小儿有坠井危险，不近告其母而远寻其父，致小儿无救，说明理学"昏愦僻谬，贻害无穷"。

纪昀既受正统儒家思想影响，又不拘泥宋儒之学，在《笔记》中他对宋明理学在一定程度上持与统治者不同看法。相对而言，他对节与情、节与孝、节与事理之矛盾的认识很有超前之处，例如《槐西杂志》卷一的一则故事：

沧州医者张作霖言：其乡有少妇，夫死未周岁辄嫁。越两岁，后夫又死，乃誓不再适，竟守志终身。尝问一邻妇病，邻妇忽瞋目作其前夫语曰："尔甘为某守，不为我守何也？"少妇毅然对曰："尔不以结发视我，三年曾无一肝鬲语，我安得为尔守！彼不以再醮轻我，两载之中，恩深义重，我安得不为彼守！尔不自反，乃敢咎人耶？"鬼竟语塞而退。

在《笔记》中纪昀斥责了宋儒理学徒务空名、食古不化、固执一理、横眉立目、好立崖岸、挟持私欲。鲁迅曾论纪昀"处事贵宽，论人欲恕，故于宋儒之苛察，特有违言，书中有触即发，与见了《四库总目提要》中者正等"。①

《笔记》中的某些作品还刻画了道学家近名好胜,言高行卑,口是心非的丑恶嘴脸,暴露其灵魂的卑污和礼教的虚伪。最著名的是《滦阳消夏录》四"两塾师":

> 有两塾师邻村居,皆以道学自任。一日,相邀会讲,生徒侍坐者十余人。方辩论性天,剖析理欲,严词正色,如对圣贤。忽微风飒然,吹片纸落阶下,旋舞不止。生徒拾视之,则二人谋夺一寡妇田,往来密商之札也。

真是满口仁义道德,一肚皮男盗女娼。此非个别偶然现象,而反映了理学本身的虚伪性,哓哓于责人,少用于律己。对这种反理学倾向,鲁迅给予充分的肯定,他认为纪昀"生在乾隆间法纪最严的时代,竟敢借文章以攻击社会上不通的礼法,荒谬的习俗,以当时的眼光看去,真算得很有魄力的一个人"②。

第三,肯定不怕鬼、不信邪的斗争精神。纪昀不甚相信神鬼,书中对和尚道士巫师等骗人伎俩多有揭露。他写的神鬼精怪,往往带有寓言性质,并写有不少不怕鬼的故事。如《滦阳消夏录》一"曹司农族兄";"董文恪公未第时";《滦阳消夏录》六"南皮许南金";《如是我闻》二"姜三莽寻鬼";《槐西杂志》四"客作田不满";《姑妄听之》四"平姐";《滦阳续录》四"老儒涂鬼";《滦阳续录》五"戴东原族兄";"李汇川言"等。"南皮许南金"条写许南金与友读书僧寺,有鬼作祟,出人面于壁中,大如箕,目如烛。其友卟得要死,许则说:"正欲读书,苦烛尽,君宋甚善。"后夜间上厕所,鬼脸又现于地面,许把灯烛放在鬼的头上,并说:"君何处不可往,乃在此间?海上有逐臭之夫,君其是乎?不可辜君来意。"即以秽纸拭其口,怪大呕吐,狂吼数声而没。作者认为,对鬼怪不能畏怕,而要在精神上压倒它,"盖鬼之侮人,恒乘人之畏"("姜三莽寻鬼");"大抵畏则心乱,心乱则神涣,神涣则鬼得乘之。不畏则心定,

---

① 鲁迅:《中国小说史略》,人民文学出版社 1973 年版,第 186 页。
② 鲁迅:《中国小说的历史的变迁》,载鲁迅:《中国小说史略》,人民文学出版社 1973 年版,第 302 页。

心定则神全，神全则沴戾之气不能干"（"曹司农族兄"）。这些故事，无疑是有积极意义的。

第四，书中对唯利是图、忘恩负义、趋炎附势的浇薄世风多有揭露；而对下层人民的聪明智慧，见义勇为和淳朴感情，则热情赞扬。后者如《姑妄听之》二"河中石兽"写打捞坠河石兽，在河的下游水沙土中多次打捞均未得，一老兵根据石重沙轻和水流冲激之力的道理，指出当求之上流，后果于上流寻得，反映实践出真知，非空谈物理者所能及。《滦阳消夏录》一"北村郑苏仙"、《滦阳消夏录》三"轿夫与舟子"、《滦阳消夏录》四"献县史某"、《滦阳消夏录》五"褚寺农家妇姑"、《槐西杂志》一"养赘院"、《姑妄听之》四"角妓玉面狐"等篇，均写下层民众见义勇为、乐于助人的可贵品质，他们或冒生命危险，渡为母治病寻药的轿夫过河；或倾囊解救他人危难，不留姓名，不求报答；或当房墙倾圮之际，自身撑住致被压死，而让他人逃生。对比那些达官贵人、豪绅富户、塾师举子等辈的贪吝龌龊，损人利己，唯利是图，自不能同日而语。其中"角妓玉面狐"尤富戏剧性。它叙写一富户于荒年囤积居奇，不肯粜谷，致乡民无处买米。此妓骗富户说，与鸨母口角，愿脱身嫁他，需千金相赎。富户早垂涎她，急低价卖谷，使灾民得救。事后此妓又推说鸨母不容相赎，富户无凭证，亦无可奈何。作者赞扬说："闻此妓年甫十六七，遽能办此，亦女侠哉！"

前曾引述纪昀非议《聊斋志异》之语，主要在于"一书而兼二体"与"细微曲折，摹绘如生"，写及不可知者。其实，他并不完全否定虚构，《滦阳续录》六"余家二事"言："所见异词，所闻异词，所传闻异词，鲁史且然，况稗官小说。"书中不少条目标明是寓言，都有虚构的成分在。他所强调的"著书者之笔"，其实就是传统的笔记小说写法。作者《姑妄听之序》说："缅昔作者，如王仲任、应仲远，引经据古，博辨宏通；陶渊明、刘敬叔、刘义庆，简淡数言，自然妙远。诚不敢妄拟前修，然大旨不乖于风教。"说明他正是以刘义庆等人的作品为轨范，"尚质黜华，追踪晋宋"的。从发展的眼光看，他的小说观是保守的，但也不能忽视其成就。如果说《聊斋志异》集文言小说之大成，那么《阅微草堂笔记》也集笔记小说之大成，成为其顶峰，故能与《聊斋志异》分庭抗礼，而影响清代中后期的创作。

从《阅微草堂笔记》全书看，纪昀所强调的"著书者之笔"，似无却有的"体例"①，有如下几点：

第一，基于见闻，注重可信性。纪昀延续自晚唐以来笔记小说的作法，明确标示材料来源，或身经，或耳闻，言之凿凿，有意识地限制叙事角度，不作全知式叙述，而以讲故事的客观口气叙事写人。他非议《聊斋志异》摹绘"燕昵之词，媟狎之态"而言"使出自言，似无此理；使出作者代言，则何从而闻见之？"正是基于此。他主张对于不能确知之事，不作主观论断，或明言不知，或提供几种可能，供读者选择。如《滦阳消夏录》一"献县令明晟"写明晟欲雪一冤狱，而怕上司不允，求教于狐。狐言："但当论其冤不冤，不当问其允不允。"并提示当记制府李公之言。接着补叙李公所言身握事权，为国计民生之利害，不当计其成败利钝，而说"不识此狐何以得知也"。又《滦阳消夏录》三"荔姐"写荔姐夜行，借装缢鬼摆脱歹徒的纠缠，歹徒被吓疯。作者最后说："此或由恐怖之余，邪魅乘机而中之，未可知也；或一切幻象，由心而造，未可知也；或明神殛恶，阴夺其魄，亦未可知也。然均可为狂且戒。"他并不像晋宋人那样认为必写实事，而认为大千世界，无奇不有，"理所必无者，事或竟有；然究亦理之所有也，执理者自太固耳。"②不必实有，只要会有，便可诉诸文字，但写来必须有分寸，合乎逻辑，让人感到可信。

第二，叙事简括，不以情节取胜。故事一般都较单纯，即使素材本身曲折复杂者，如《如是我闻》三"连贵与刘登"、《姑妄听之》一"中州李生"等，也只叙其约略梗概。《滦阳续录》四"如愿小传"说："如累牍连篇，动成卷帙，则非著书之体矣。"

第三，"尚质黜华"语言质朴平实，不追求藻绘丽辞。避免过分夸张。如"连贵与刘登"叙二人自幼缔婚，后在逃难中离散，连贵卖身为婢，后嫁圉人刘贵，竟是未婚夫。篇末有段议论："先叔栗甫公曰：'此事稍为点

① 纪昀《滦阳消夏录序》称："昼长无事，追求见闻，忆及即书，都无体例。"《槐西杂志序》又言："其体例则拠之前二书耳。"

② 纪昀：《如是我闻》《献县迁岁二事》，见纪昀：《阅微草堂笔记》，河北教育出版社1995年版。

缀，竟可以入传奇。惜此女蠢若鹿豕，惟知饱食酣眠，不称点缀，可恨也。'边随园征君曰：'秦人不死，信符生之受诬；蜀老犹存，知葛亮之多枉。'史传不免于缘饰，况传奇乎！《西楼记》称穆素晖艳若神仙，呆林塘言其祖幼时及见之，短小而丰肌，一寻常女子耳。然则传奇中所谓佳人，半出虚说。此婢虽粗，傥好事者按谱填词，登场度曲，他日红氍毹上，何尝不莺娇花媚耶？先生所论，犹未免尽信书也。"点染缘饰，在素材基础上进行虚构发挥，这在传奇体小说和传奇戏中习见。笔记体则注重朴实，所以纪昀决不将"蠢若鹿豕"虚饰夸张为"莺娇花媚"。

纪昀严格遵循这些体例，"如叠矩重规，毫厘不失，灼然与才子之笔，分路而扬镳"①，同时又有自己的特长，约略有三：

第一，在叙见闻、重信实的基础上，强化主观色彩。纪昀身为著名学者，以"教世"、劝戒目的作此书，除注意选材外，又突出了篇末议论和作品本身的寓意，不少竟可看作是寓言体。先举《槐西杂志》一"鼠穴"为例：

> 姚安公监督南新仓时，一廒后壁无故圮。掘之，得死鼠近一石，其巨者形几如猫。盖鼠穴壁下，滋生日众，其穴亦日廓，廓至壁下全空，力不任而覆压也。公同事福公海曰："方其坏人之屋，以广己之宅，殆忘其宅之托于屋也耶？"余谓李林甫、杨国忠辈尚不明此理，于鼠乎何尤！

寓言型小说，《聊斋志异》中也有，如《画皮》等篇，但属个别，《阅微草堂笔记》中则所占比重较大。周中孚《郑堂读书记》谓其"实事十九，寓言十一"，实际还要超出。清代寓言式小说大批涌现，纪昀此书起了促进作用。邱炜萲说："《阅微》五种，体例精研，略于叙事，而议论之宏拓平实，自成一家，亦小说之魁矣。"② 议论本非小说之长，但纪昀经多见广、学识渊博、思想开明，其议论均与故事相结合，或穿插在情节的叙述中，或以人物语言出之，或于篇末评论，形式多样，多能强化作品的思想

---

① 盛时彦：《姑妄听之跋》，见纪昀：《纪晓岚文集》，河北教育出版社1995年版，第492页。

② 邱炜萲：《客云庐小说话》卷二，转引自阿英《晚清文学丛钞·小说戏曲研究卷》，中华书局1960年版。

意义，不少处并富哲理意味。如"北村郑苏仙"条写一农家老妇"一生无利己损人心"，死后受到阎罗王的礼遇。篇中评曰："夫利己之心，虽贤士大夫或不免。然利己者必损人，种种机械，因是而生；种种冤愆，因是而造；甚至贻臭万年，流毒四海，皆此一念为害也。此一村妇而能自制其私心，读书讲学之儒，对之多愧色矣，何怪王之加礼乎！"像这样的诛心之论，俯拾皆是。

第二，艺术风格雍容淡雅，天趣盎然。如从曲折跌宕的情节、栩栩如生的形象讲，《阅微草堂笔记》当然不能与《聊斋志异》比，它是以故事所体现的情理、韵味给人以启迪，自有其不同的审美价值。纪昀有很高的文学修养，襟怀淡泊旷远，其创作既有"教世""劝惩"的意图，又有"弄笔遣日"的兴致，故所作既非愤世嫉俗，又不超然物外，而显示其悠然淡雅，情趣盎然。他往往以超然的态度看待周围人事，而对贪鄙粗俗等行为则予嘲弄。如《如是我闻》三"翰林某公"条：

> 同年项君廷模言：昔尝馆翰林某公家，相见辄讲学。一日，其同乡为外吏者有所馈赠，某公自陈平生俭素，雅不需此。见其崖岸高峻，遂逡巡携归。某公送宾之后，徘徊厅事前，怅怅惘惘，若有所失，如是者数刻。家人请进内午餐，大遭诟怒。忽闻有数人吃吃窃笑，视之无迹，寻之声在承尘上，盖狐魅云。

狐魅亦对翰林公的道貌岸然、口是心非，嗤之以鼻。书中还有不少则写到贪财色及寻衅者遭狐鬼戏弄，亦诙谐有趣。

第二，用笔简明白然，语言质朴雅洁。盛时彦赞其"叙述剪裁，贯穿映带，如云容水态，迥出天机"[1]，并非过誉。如《槐西杂志》一"唐打猎"条先叙旌德县虎患严重，当地猎户亦多为虎伤，遂把希望寄托在唐打猎身上。在交代"唐打猎"之称来历后，接写他到来，"至则一老翁，须发皓然，时咯咯作嗽"，携一童子，县令、邑人见状"大失望"，怀疑他未能伏虎。而在众人的失望中，老翁却不受款待，主动提出"先往捕之，赐食未晚也"，颇有关云长温酒斩华雄的气概。作向导的衙役猎户不敢进谷口，老翁不满地笑道："我在，尔尚畏耶？"然后具体描写打虎的场面：

---

① 盛时彦：《姑妄听之跋》，见《纪晓岚文集》，河北教育出版社 1995 年版，第 492 页。

"入谷将半，老翁顾童子曰：'此畜似尚睡，汝呼之醒。'童子作虎啸声。果自林中出，径搏老翁。老翁手一短柄斧，纵八九寸，横半之，奋臂屹立。虎扑至，侧首让之。虎自顶上跃过，已流血仆地，视之，自额下至尾闾，皆触斧裂矣。"最后以老翁之口补叙这过硬本领的由来，作者又加以归结："老翁自言炼臂十年，炼目十年。其目以毛帚扫之不瞬，其臂使壮夫攀之，悬身下缒不能动。《庄子》曰：'习伏众神，巧者不过习者之门。'信夫！"全文仅五百余字，并无过多的铺排渲染，便把这杀虎老英雄的智勇与神奇技艺生动地描绘出来。

鲁迅说："纪昀本长文笔，多见秘书，又襟怀夷旷，故凡测鬼神之情状，发人间之幽微，托狐鬼以抒己见者，隽思妙语，时足解颐；间杂考辨，亦有灼见。叙述多雍容淡雅，天趣盎然，故后来无人能夺其席，固非仅借位高望重以传者矣。"①

当时《阅微草堂笔记》与《聊斋志异》《子不语》并称，"清代的传奇小说凡三大派，《聊斋志异》以遣辞胜，《子不语》以叙事胜，《阅微草堂笔记》以说理胜"②。纪昀不满于《聊斋》多创作性的描写，方以最传统的笔记式写出《阅微草堂笔记》。《笔记》流传非常广泛，后人争相仿效，较为出名的作品有许元仲《三异笔淡》、俞鸿渐《印雪斋随笔》、俞樾《右台仙馆笔记》、许秋瑾《闻见异辞》等，皆未能超越"笔汇"的成就。清末《清稗类钞》作者徐珂称："好小说家言者，首推纪文达公昀。"虽然纪昀的小说创作在某种程度上被时代和阶级所局限，但他在文言小说史上的地位是值得重视的，《阅微草堂笔记》的艺术成就和小说史价值也值得继续研究。

第三节　和邦额与《夜谭随录》

和邦额（1736—1799?），字睦州，又有闶斋、愉园、霁园（主人）、蛾术斋主人等名号。满洲镶黄旗福僧额佐领（驻地在北京内城东城区）

---

① 鲁迅：《中国小说史略》，人民文学出版社 1973 年版，第 184 页。
② 谭正璧：《中国文学史》，上海光明书店 1948 年版。

人，姓氏失考。生于乾隆元年（1736），约卒于乾隆六十年至嘉庆九年间，享年六十五岁左右。他的祖父和明，武进士出身，官至总兵。他17岁前随和明居留西北、东南等地。17岁后因和明病故，回北京入咸安宫八旗子弟官学就读。39岁（1774）时中举。曾官山西乐平县令。他多才多艺，能诗善画，喜与友朋谈狐说鬼，19岁（1754）撰成传奇剧本《湘山月—江风》，受到好评。他的文言小说集《夜谭随录》4卷（或作12卷）约开笔于他30多岁时，自序写于44岁（1779）时，十年后始由雨窗作序付刻。著有《蛾术斋诗稿》（佚）、《湘山月—江风》、《夜谭随录》等，是清代著名的满族文学家、小说家。①

和邦额的祖父和明，雍正元年（1723）武进士及第。乾隆初年，在陕甘两省的绿营兵中任职，家属随军住在陕西宜君县。乾隆十年（1745）擢升甘肃凉州镇永昌协副将（从二品），其后又署理过陕西固原提督靖远协（乌兰）军务。据载，和明"整军有法，待士有恩，工字能诗，雅号儒将"②。铁保辑《熙朝雅颂集》，曾选录其诗十首，颇佳。和明文化素养很高，这对和邦额的成长具有重要意义。乾隆十五年，和明再升闽浙汀州镇总兵（正二品），和邦额跟随祖父沿水路南下，一路上领略山川风物，曾赋诗多首，其中一首云：

　　　　十里嘉陵道，春风一叶舟。行人飞鸟外，去路乱滩头。

　　　　水陆皆天险，江山半客愁。闽中何日到，家远寄凉州。

从这些诗中可以看出，这位少年诗人的抱负和才华是不同凡俗的。乾隆十七年，和明卒于任上，和邦额随父扶榇回京，从此结束了长期的边塞生涯。这一段经历，丰富了和邦额的知识，磨砺了和邦额的心性，在他此后的作品中，留下了不可磨灭的印迹。

回京不久，和邦额便被选入咸安宫（在皇城内）八旗子弟官学读书。十八岁前后，写成了传奇剧本《湘山月—江风》，今有孤写本传世。前有郭焌乾隆十九年、陈鹏程乾隆二十一年、宋弼乾隆二十七年《序言》③，后

---

①　铁保：《熙朝雅颂集》卷九八；《雪桥诗话》余集卷五；《啸亭续录》卷三等。

②　《八旗通志·选举志》《八旗通志·职官志》《甘肃通志·职官志》等。

③　郭焌（1714—1755），字昆甫，湖南长沙人。乾隆九年（1744）举人，官国子助教，著有《罗洋诗草》。见《清诗纪事》乾隆朝卷，江苏古籍出版社1989年版，第5277页。

有恩普乾隆二十三年《跋语》①。对此剧一致给予好评，对作者的才华表示赏赞。特别是湖南名士郭焌，他连文坛重镇方苞都是不屑一见的，却对这位青年人寄予厚望。

乾隆三十九年（1774），他中了顺天举人②。此时回京已二十余年了。他的师友很多，有些人的姓名见于《一江风》和《夜谭随录》两书中。像陈鹏程，在《夜谭随录》中称陈扶青夫子，当是他的老师。恭泰、阿林保、福庆、恩茂先等③，都是他的亲密学友。对他的小说创作产生过重要影响。他还和宗室双丰将军有交往，特别是同宗室诗人永忠的关系尤为密切④，二人经常互相交流作品。和邦额在永忠的《延芬室诗稿》上加了不少批语，称赞永忠的诗是"老树着花无丑枝"。从这些批语中还可以看出，和邦额是推崇唐诗的。这与他在小说创作中，师法唐人传奇也许不无关系。乾隆五十一年，永忠在读了和邦额的诗稿后，写了《书和霁园〈蛾术斋诗稿〉后》七律一首（原有注），照引于下：

> 暂假吟编向夕开，几番抚几诧奇哉。（奇哉：具有如来智慧德相，见内典。）月昏何惜添双烛，心醉非关一覆杯。多艺早推披褐日，成名今识谪仙才。（先生绮岁所填《一江风》传奇，早在舍下。）词源自是如泉涌，想见齐谐滚滚来。（苏文如万斛泉，不择地而出。）

这首诗写到了二人交往及和邦额生平的一些情况。披褐、成名，指和邦额中举前后。永忠早年曾读过《一江风》，现在又读到了《蛾术斋诗稿》，显

---

① 恩普（？—1806），字雨堂、雨园，蒙古镶蓝旗人。乾隆五十五年（1790）进士，嘉庆初，曾官福建学政、礼部侍郎、吏部侍郎等。见《清代指官表》、《清秘述闻续》卷九等。

② 《八旗续志·选举志》。

③ 恭泰（公春），字伯震，号兰岩，满洲镶黄旗人，富察氏，大学士傅恒从孙。乾隆四十三年（1778）进士，乾嘉间曾官内阁学士、广东学政、盛京兵部侍郎等，嘉庆三年（1798）罢。见《熙朝雅颂集》卷九九、《雪桥诗话》余集卷五、《清秘述闻》卷一二、《清代职官表》等。阿林保（？—1809），字雨窗，满洲正白旗人，舒穆禄氏。乾隆三十一年（1766）考取笔帖式，历官知县、知府、盐运使、巡抚等，嘉庆十四年（1809）卒于两江总督任上。见《碑传集》三编卷一三、《清代职官表》等。福庆（？—1819），字仲铨，号兰泉，满洲镶黄旗人。嘉庆间曾官贵州巡抚、礼部尚书、兵部尚书等，著有《志异新编》等。见《志异新编》卷四、《清诗纪事》乾隆朝卷，第7628页。

④ 永忠（1735—1793），字良辅，号渠仙等。康熙皇帝十四子允禵之孙，父弘明，封辅国将军。有《延芬室稿》传世，著名的宗室诗人。《清史稿》卷四八四有传，参见《熙朝雅颂集》卷二五等。

然也读过了早已完稿的《夜谭随录》，因而诗的结句说："词源自是如泉涌，想见齐谐滚滚来。"

和邦额还善画。写本《一江风》传奇中有八幅插图，似是作者自绘。中国历史博物馆今藏有和邦额绘《文姬归汉图》轴，上有乾隆六十年（1795）陈逢尧题《胡笳十八拍》全诗①。《熙朝雅颂集》说他曾官山西乐平（今昔阳）知县，当较可信，但地方志不载，也许是署理吧。乐平县在乾隆六十年撤并，他如真的做过县令，当在此前。

《夜谭随录》传奇志怪小说集，四卷（或作十二卷），一百六十篇。署"霁园主人闲斋氏著　葵园主人兰岩氏评阅"。霁园主人闲斋氏即和邦额。书中不少故事得自作者之友恩茂先，有些篇后评语也是恩先所写。《夜谭随录》是乾隆四十四年（1779）完稿的。主要版本有清乾隆五十四年（1789）和五十六年（1791）刻本、光绪二年（1876）爱日堂刻本（十二卷）、十三年（1887）鸿宝斋石印本、1913 年育文书局石印本、1915 年上海广益书局石印本、1926 年上海梁溪图书馆铅印本、笔记小说大观本、1931 年会文堂新记书局石印本，近人罗宝珩注本题《详注夜谭随录》。乾隆三十一年《聊斋志异》的初刻本青柯亭本问世，在社会上引起了广泛而强烈的反响。从此便在文坛上掀起了一个经久不衰的文言小说创作新高潮。从年代的衔接上便可看出，和邦额是这个新高潮的得风气之先的小说家，他的《夜谭随录》是最早完成的一部《聊斋志异》型的文言小说集。此书着意摹仿《聊斋志异》，多写鬼狐怪异、人妖艳遇、飞仙侠客。有数篇长达五六千言。

《夜谭随录》简端有作者乾隆己亥（1779）《自序》：

> 予今年四十有四矣，未尝遇怪，而每喜与二三友朋于酒觞茶榻间，灭烛谈鬼，坐月说狐，稍涉匪夷，辄为记载。日久成帙，聊以自娱。昔坡公强人说鬼，岂曰用广见闻，抑曰谈虚无胜于言时事也。

可知此书是长期积累而成的，但书成后并没有立即雕版问世。其稿本当不止一部，有一部保存在阿林保手中。乾隆五十三年（1788）阿林保擢升山

---

① 史树青：《有关和邦额、黄小田、君彦的资料》，载《光明日报》1985 年 10 月 22 日《文学遗产》副刊。

东盐运使，次年他即组织力量予以刊行。有《序》说：

> 吾人一生，与二三知己晤对忘形，剧谈不倦，此境未易多得。回忆十年前，春怡斋中，与霁园、兰岩诸君子昕夕过从，或官街听鼓，夜雨联床，瀹茗清谈，至忘寝寐。因各出新奇，以广闻见。而霁园且汇志其所述以成编，额曰《夜谭随录》。若其笔墨之妙，则非指非马，超忽无际，得漆园吏神髓。披阅之下，如接良友殷勤，嘉宾酬酢，把卷怡情，不忍释手。因念霁园之录，兰岩之评，向止缮成卷帙，未镌梨枣，余独以枕秘私之，何如公诸同好，足以资艺林之谈助，文士之赏心；而余与霁园、兰岩诸君子生平交谊。亦藉以永志不谖也。

下题"乾隆己酉九秋雨窗题于春雨山房"。此《序》进一步说明了此书的创作及评点情况，并指明了作者及评者的名字。此书作者与评者之间的关系，颇类似于《红楼梦》的作者曹雪芹与评者脂砚斋之间的关系。扉页题有"本衙藏书"字样，"本衙"指盐运使署，全句意谓据盐运使阿林保所藏稿本刊行。另有一种补刻本则题为"圣经堂藏版"，似初刻本的承刻书坊即是圣经堂。各卷之首题"霁园主人闲斋氏著，松阴山房雨窗氏、葵园主人兰岩氏评，用拙道人兰泉氏参订"，这些人即是和邦额、阿林保、恭泰和福庆。全书十二卷一百四十一题，共含文言小说一百六十篇。其中一百三十四篇有恭泰的篇后总评，差不多各篇都有阿林保的眉评和行间评。在评语中提到了《红楼梦》，可见作者和评者不仅读过《太平广记》《聊斋志异》等书，也读过抄本《红楼梦》，他们的读书条件与宗室文人差不多少。此外，还有恩茂先等六七位满汉文人的篇后评，恩茂先所评较多，他也是作者的重要谈友，提供了不少创作素材。在明清文言小说集中，还没有一部作品在稿本和初刻本中便含有这样多而又有价值的评语，实是小说史上的一件盛事。

《夜谭随录》虽多写虚幻之情事，但也折射出当时的社会生活。故事的场景多在北京，兼及西北、东南地区。对贵族豪绅的残暴、官吏的贪婪谄媚有所揭露。书中还表现了贫苦人民的悲惨遭遇和他们的美好品德，表现出一种鲜明的反封建民主主义精神和爱憎分明的情感力量。第一，作者具有"在道德面前人人平等"的倾向，不以金钱权势论贤愚。他理解人民大众，认为"村翁野老多不失其赤子之心"，因而在作品中一方面为人民的疾苦而呼号，一方面又热情赞美了各族人民的传统美德。像《红姑娘》《米芗老》《三李明》《谭九》《袁翁》等篇就是此类作品。第二，作者把批判的锋芒指向了封建统治集团的阴暗面。不论是帝王将相，还是官绅势要，只要是所行不义，所为不法，都敢于无情的揭露和抨击，以至于痛斥某些人"官品高而人品低"，"兽心人面"，实为"人中妖孽"。像《陆水部》（写皇帝）、《王塾师》（写宗室）、《某王子》、《某太医》、《倩霞》（写王公）、《某太守》（写宰相）、《张五》（写巡抚）、《姚慎之》（写将领）等篇都是此类作品。因此，宗室昭梿在《啸亭续录》卷三《夜谭随录》中说，作者"用意狂谬"，"直为悖逆之词"，无人论劾，"亦侥幸之至矣"。于此可见这位满族作家的政治倾向。第三，作者在描写青年男女自由恋爱、自主婚姻等作品中，塑造了一大批各具性格的"野性少女"的形象，反映了作者崇尚天然、纯洁、侠义、无私等等审美理想。像《碧碧》《香云》《阿风》《梁生》《小惠》《怜姐》《倩儿》《秀姑》等篇，就是这方面的名篇佳作。第四，有时作者也进行理性思考。《人同》篇，从哲学的层面上，对"人性"等问题进行了形象的剖析。《春秋楼》篇，则是探讨创作灵感这一深奥问题的，当是作者的经验之谈。总之，《夜谭随录》能够给人一种积极向上的力量。在小说艺术方面，此书不拘一格，路子较宽。自《太平广记》以来的各类传奇小说以及白话小说，都是作者借鉴的对象。因此，此书既有鲜明的传奇小说特点，又有某些通俗小说的韵味，体现了清代传奇小说的综合性的艺术特色。作者具有较高的艺术表现能力。阿林保评语称，"描摹世情，淋漓尽致"，"光景绘，真乃写生手也"。并非恭维之词。只要读一读《霍筠》《倩儿》《阿风》《碧碧》《小怜》等篇便知。

《夜谭随录》问世后，立即得到各方面的欢迎和重视，可以说妇孺皆知。不仅推动了当时文言小说创作的发展，对此后的文言小说创作也产生了深远影响。袁枚从此书稿本中至少摘录了十二篇收入了他的小说《新齐谐》（1788）。纪昀在《阅微草堂笔记·如是我闻》（1791）等书中也多次引述，但又对和邦额等人的小说笔法表示反对，这从反面说明了《聊斋志异》《夜谭随录》等书在小说史上承前启后的创新意义。此后，又涌现出一批风格与《夜谭随录》相近的作品，较重要的有《挑灯新录》《客窗闲活》《里乘》《聊摄丛谈》等，似乎形成了一个小小的流派。《埋忧集》《浇愁集》等书则大段大段的摹拟此书中的情节模式和细节描写，著名的《夜雨秋灯录》中的《铁锁记》则是据此书中的《米芗老》篇改写而成。这些例证足以说明《夜谭随录》在文言小说创作中的影响之大。

评论界和研究界也对《夜谭随录》做出了相应的反应。乾隆五十六年（1791）徐承烈在《听雨轩笔记·自序》中，将《夜谭随录》《聊斋志异》《新齐谐》三书并举，赞羡不置。次年，悔堂老人在为同书写的《跋语》中又说："蒲柳泉《聊斋志异》一书，即名噪东南，纸为之贵；而接踵而起者，则有山左闲斋之《夜谭随录》、武林袁简斋之《新齐谐》，称说部之奇书，为雅俗所共赏。"赵曾望在笔记《宛言》（1892）中，只推崇《聊斋志异》和《阅微草堂笔记》二书，对其他文言小说一概加以贬抑，唯独不能不承认《夜谭随录》"较诸家为差强"，是"庸中之佼佼，铁中之铮铮"者。邱炜爰是清末小说评论大家，他在《菽园赘小谈》中说："余观满洲人，非无擅长说部之才。乾隆间，有某知县著《夜谭随录》，其笔意纯从《聊斋志异》脱化而出"，是"能语妙一时，而名后世"之作。[1] 中国古代小说史研究的奠基者鲁迅指出：《夜谭随录》"词气亦时失之粗暴，然记朔方景物及市井情形者特可观"[2]。按"粗暴"，指"兽心人面"之类。《续修四库全书总目》称："其书多言鬼狐之事，与蒲松龄之《聊斋志异》之旨趣全同，盖即效《聊斋》而为书者。其笔亦颇流畅，唯涵养未纯，往往流于率易。"又称："唯所记多京师及河朔风物，以耳目切近，叙述描摹，往往得其似，其胜处亦自有不可没者。"（孙楷第执笔）[3] 钱锺书《管锥编》屡屡称引《夜谭随录》，他指出："此书摹拟《聊斋》处，笔致每不失为唐临晋帖。"[4] "唐临晋帖"即乱真之意。这些评论，仁者见仁，智者见智，言简意赅，从不同侧面阐明了《夜谭随录》的思想艺术价值，

---

[1] 《客云庐小说话》卷一，收在《晚清文学丛钞》小说戏曲研究卷。
[2] 鲁迅：《中国小说史略》第22篇，人民文学出版社1973年版。
[3] 孙楷第：《戏曲小说书录解题》，人民文学出版社1990年版，第49页。
[4] 钱锺书：《管锥编增订》，中华书局1986年版，第64页。

是符合实际的。①

第四节　李汝珍与《镜花缘》

一、李汝珍生平

李汝珍（约 1763—1830），字松石，号松石道人，人称北平子，直隶大兴（今北京市大兴区）人。生卒年不祥。有关他的生平材料，所知不多。除《镜花缘》之外，他还著有一本音韵学专著《李氏音鉴》（1810 年刻成）。据此书第三十三自叙云："壬寅之秋，珍随兄佛云，宦游朐阳，受业于凌廷堪仲子夫子，论文之暇，旁及音韵。"此处壬寅为乾隆四十七年（1782）。其兄名汝璜，字佛云，乾隆四十七年（1782）秋，由大兴至海州板浦（今江苏省连云港市），准备接任盐课司大使一职，第二年正式上任。自此，李汝珍随兄寓板浦达二十年之久。李汝珍在家乡大兴似未受学，来板浦后才受业于乾嘉学派的有名人物凌廷堪（1757—1809）。凌氏"淹贯百家，精于三礼、天文、律算、音韵之学"，对李汝珍有很大影响。所以《镜花缘》里有不少处大谈音韵之学。嘉庆四年七月，黄河决口，朝廷允捐资投效河工，已过而立之年的李汝珍曾捐资买了个河南省县丞的空衔，但并未正式到任。李汝珍自幼聪颖，所学涉及多个领域，是个学者型的作家。据石文火奎、余集《音鉴》序所云知李汝珍学养很高，这些在《镜花缘》中都有反映。当然，李汝珍创作《镜花缘》并不仅是卖弄才学。他通过作品中的诸多描写，表现对当时各种黑暗丑恶现象的不满和批评，寄托了自己的社会理想，在一系列问题上表现出了追求民主、自由、博爱的新思想、新观念。

《镜花缘》约在李汝珍三十五岁时开始写作，至嘉庆二十年（1815）

---

① 本文综合参见薛洪勣《传奇小说史》，第六章第五节，浙江古籍出版社 1998 年版；薛洪勣《夜谭随录》，载何满子等主编《明清小说鉴赏》，浙江古籍出版社 1992 年版；薛洪勣《试论和邦额和他的夜谭随录》，载《满族文学研究》1984 年第 1 期；韩锡铎、黄岩柏《阿林保与夜谭随录》，载《满族研究》1987 年第 1 期。后来萧相恺发现了乾隆三十三年序本《霁园杂记》，乃是《夜谭随录》成书前稿本的抄本或这种抄本的过录本。

始完成，历时近二十年。《镜花缘》的创作花费了他巨大的心血。孙吉昌的《镜花缘题词》说他："而乃不得志，形骸将就衰，耕无负郭田，老大仍驱饥。可怜数十载，笔砚空相随，频年甘兀兀，终日惟孳孳。心血用几竭，此身忘困疲。聊以耗壮心，休言作者痴！"他自己也说："消磨了三十年层层心血，才编出这《镜花缘》一百回。"（《镜花缘》第一百回）可见，这部作品并非"以文为戏"，而是倾注了作者大半生心血的发愤之作。

二、《镜花缘》的版本

此书流传甚广，版本颇多，主要有：现存最早版本为清嘉庆二十三年（1817）苏州刻本。继有道光元年（1821）刻本、道光八年（1828）广州芥子园新雕本、道光十年（1830）广州芥子园重刻巾箱本、道光十二年（1832）广州芥子园重刻本、道光二十二年（1842）广东英德堂刻本、道光二十二年厚德堂刻本、咸丰八年（1858）广东佛山连元阁刻本、同治八年（1869）翠筠山房刻本、光绪三年（1877）怀德堂刻本、光绪十四年（1888）上海点石斋石印本、光绪十六年（1890）上海广百宋斋石印本及铅印本、光绪二十一年（1895）上海积山书局石印本、光绪二十三年（1897）上海书局石印本等。新中国成立后，有人民文学出版社1955年4月印张友鹤校注本、通俗文艺出版社1955年10月印周振甫等节编本等。作者原定写二百回，后来只完成了一百回。

三、《镜花缘》的故事情节

全书一百回，前六回相当于"楔子"，写蓬莱山上有一百花仙子，总司天下名花。一次正逢西王母圣诞，百花仙子前往昆仑山赴蟠桃盛会，献"百花酿"为王母祝寿。席间，嫦娥要百花仙子下令百花一齐开放，以助酒兴。百花仙一再推辞，且云司花"系奉上帝之命。若无帝旨，即使世间人王有令，也不敢应命"。数百年后，心月狐下界投胎，是为武则天，篡了唐朝政权，自立为帝，改国号为周。唐室旧臣徐敬业起兵反对，迅即败亡，部属及父兄子女流落四方。一年残冬，武则天饮酒赏雪，乘醉下诏，命百花齐放。适逢百花仙子到麻姑洞府弈棋未归，众花仙无从请示，又怕违了圣旨，只得开花。上帝因百花仙子并未奏闻，"听任部下逞艳于非时之候，献媚于世主之前，致令时序颠倒"，下旨将百花仙子及九十九位花仙一并贬入凡尘。百花仙子降生为岭南河源县秀才唐敖之女，取名小山。

第七回至第四十回写小山十二岁时，唐敖进京赴试，中了探花；不料被人告发当年曾与徐敬业等结拜异姓弟兄，致被革去探花，仍旧降为秀才。唐敖经此打击，意懒心灰，看破红尘，便随其经商之妻舅林之洋到海外漫游。一路上，经过君子国、大人国、劳民国、智佳国、黑齿国、白民国、淑士国、两面国、歧舌国、女儿国等二十余国，见识许多奇风异俗、奇人异事、奇花异草和奇鸟异兽。唐敖收歧舌国女枝兰音为义女，林之洋则收女儿国世子阴若花为义女。后因船遇风暴，来到小蓬莱，唐敖独自上山不归，留诗谢绝世人。

第四十一回至第九十四回写小山得知父亲失踪，立意随林之洋出海寻访。此时武则天已经下诏开科考试才女，林之洋劝她在家备考，小山不从，林之洋只得带她与阴若花及女儿林婉如一起出海。途中遍历艰险，终于到达小蓬莱。小山与若花上山寻找数日，不见唐敖，却从一樵夫手中得到唐敖亲笔信，命小山改名"闺臣"，考中才女，再行相聚。二人继续寻找，在泣红亭中见一石碑，上镌一百名花仙名号及其降生人世后名姓，其中有"司百花仙子第十一名才女'梦中梦'唐闺臣"，"司牡丹花仙子第十二名才女'女中魁'阴若花"。百人名姓之后，又有一段总论，结末图章云："茫茫大荒，事涉荒唐。唐时遇唐，流布遐荒。"闺臣乃将碑文全部抄下，上船回国。

闺臣回国后，与若花、兰音、婉如等一起参加女科考试。放榜时录取一等才女五十名，二等才女四十名，三等才女十名，共计一百名，名次恰如泣红亭中碑文所记。众才女连日欢宴，表演了书、画、琴、棋、医、卜、星相、音韵、算法，还有各种灯谜，诸般酒令，以及双陆、马吊、射鹄、蹴球、斗草、投壶百戏之类。宴罢众人分散，阴若花回女儿国继承王位，兰音等人封为护卫大臣；唐闺臣再去小蓬莱寻父，入山登仙。最后六回是尾声，写此时徐敬业等人之子与剑南节度使文芸联合，起兵反对武则天。才女中章兰英等数十人，因夫妻、姻亲关系，投入军中。在攻打武家军设置的酉水（酒）关、巴刀（色）关、才贝（财）关、无火（气）关时，田秀英等才女先后殉难，终于打破四关，攻至长安城下。朝内张柬之等大臣趁武则天卧病之机，帅领羽林军，诛杀佞臣张易之、张昌宗，迫使武则天归政。中宗复辟后，仍尊武则天为"则天大圣皇帝"。武则天病愈，又复下诏：来岁仍开女试，并命前科众才女重赴"红文宴"。

《镜花缘》全书充满奇思妙想，海外漫游及才女应考两大部分多属虚构，颇具特色。然首尾以武则天秉政、徐敬业起兵、唐中宗复辟等史实为线索，可谓事出有因；武则天下令百花齐放故事，亦本诸尤袤《全唐诗话》："天授二年腊，卿相欲诈称花发，请幸上苑，许可，寻复疑之。先遣使宣诏曰：'明朝游上苑，火速报春知：花须连夜发，莫待晓风吹。'凌晨百花齐放，咸服其异。"所写海外各国，多曾参考《山海经》等古籍，山川名物，则多得海州启发，非同纯然向壁虚想。

四、《镜花缘》评析

李汝珍所生活的时代，中国封建社会已经到了它迟暮的晚期。到嘉庆、道光之际，连一点返照的回光也已暗淡下来，老大帝国，步履蹒跚。在这个人心混混，朝廷无才相、兵营无才将、学校无才士、田野无才农、居宅无才工、工场无才匠、街市无才商的飒飒衰世，却一切都维持着表面上的承平，"文类治世、名类治世、声音笑貌类治世"①。在思想界，统治者为了延长没落王朝的气数，实行极度的文化专制政策，用强制手段扼杀一切新思想的萌生。大批知识分子"避席畏闻文字狱"，只能埋头于考据文字，在浩如烟海的古籍中去讨生活。以多闻博识相夸耀，一时成为弥漫知识界的习尚。不过，另一方面，由于各种社会矛盾的明显化、尖锐化，又不可避免地刺激着人们去进行思考和探索。人们憧憬着一种充满活力、充满生机的生活，希望打开闭关自守的局面，打破令人窒息的政治气氛，向往着变革现实的一切……李汝珍的《镜花缘》，可以说从内容到形式都打上了那个时代的鲜明印记，反映着那个时代的种种特点。

《镜花缘》的内容主要由唐敖、林之洋、多九公三人的海外游历和一百才女应考以及金榜题名后的欢宴活动两大部分组成。这两个部分情节上虽有一定关联，但格调颇不一致，海外游历部分（第七至四十回）是全书

---

① 龚自珍：《龚自珍全集·乙丙之际著议第九》，上海人民出版社 1975 年版，第 6 页。

的主要精华所在。

关于《镜花缘》的思想内容，鲁迅先生在《中国小说史略》中作了这样的概括：

> 作者命笔之由，即见于《泣红亭记》，盖于诸女，悲其销沉，爰托稗官，以传芳烈。书中关于女子之论亦多，故胡适以为"是一部讨论妇女问题的小说，他（作者）对于这个问题的答案，是男女应该受平等的待遇，平等的教育，平等的选举制度"；其于社会制度，亦有不平，每设事端，以寓理想；惜为时势所限，仍多迁拘。①

鲁迅先生所论，精辟地指出了《镜花缘》主要思想内容，那就是：同情妇女，张扬女权。

为几千年来一直处于社会最底层的广大女子扬眉吐气，要求提高女子的社会地位，是《镜花缘》突出的思想内容之一。

《镜花缘》在整体构思上就鲜明地突出了妇女问题这个中心。小说一开始，就写为正统史家所不齿的女皇武则天威权无上，竟可令百花在冰天雪地中同时开放，以此作为全书的序幕；而书中的"奇奇幻幻，悉由群芳被谪以发其端"——众花神被贬下风尘，托生为一百才女在人间活动，正是为了给女子显示才能安排一个广阔的活动空间。在作品的第四十八回，作者更直接借"泣红亭主人"之口，提出了要表彰女性、决不使之"湮没无闻"的创作动机，这明显受到《红楼梦》的影响。李汝珍对于妇女问题的一系列看法，在很大程度上体现了一种明确的自觉意识。他为处在男性为中心的社会里女子所受到的种种人为的戕害鸣冤叫屈，为女子的才能不得施展而愤怒，而悲哀。《镜花缘》全书以众才女为中心，写她们同男子一样读书识字，参加科考，甚至临朝当政，经国济世，胜过男子。如写女儿国："男子反穿衣裙，作为妇人，以治内事；女子反穿靴帽，作为男人，以治外事。"为女子扬眉吐气，伸张了作者男女平等的思想。同时，他还反对封建社会对妇女的压迫，尤其对穿耳、缠足等摧残妇女的社会陋习和畸形心理，做了无情抨击。

林之洋刚到女儿国时还暗自庆幸"幸亏俺生天朝，若生这里，也教俺

---

① 鲁迅：《中国小说史略》，人民文学出版社 1973 年版，第 221 页。

裹脚，那才坑死人哩！"谁知当天下午，他便被选作"王妃"，有幸代表男人们去体会一次穿耳缠足的滋味：被穿耳戴上耳环时，他就大叫"痛杀俺了"，及至缠足，被人"将脚面用力曲作弯弓一般"，用白绫密密缝好，更"只觉脚上，如炭火烧的一般，阵阵疼痛。不觉一阵心酸，放声大哭道："坑死俺了！'"他略作反抗，就被打得"皮绽肉开"。那缠足的"更是不顾死活，用力狠缠"，"今日也缠，明日也缠，并用药水熏洗，未及半月，已将脚面弯曲作两段，十指俱已腐烂，日日鲜血淋漓"，"疼得寸步难移"，"两足就如刀割针刺一般"，弄得他"屡次要寻自尽，无奈众人日夜提防，真是求生不能，求死不得！"

畸形的封建制度，也导致了人的审美趣味的变态。男人对女人小脚的玩赏，是以女子的血泪和残疾为代价的。李汝珍通过君子国宰辅吴之和之口这样质问道：据说缠足"系为美观而设；若不如此，即不为美！试问鼻大者削之使小，额高者削之使平，人必谓之残废之人；何以两足残缺，步履艰难，却又为美？"（第十二回）缠足的陋习在李汝珍死后还保存了一百多年。李汝珍在那个时代对此提出如此大胆的控诉，并以艺术的形式，揭示出在人们习以为常的事情底下的荒唐和残酷，其见识是颇为深刻和进步的。

宋代以来，理学家们津津乐道于"女子无才便是德"，把女子的显露才华视为恶德之一。李汝珍一反这种传统的偏见，在作品中极力表现女子的聪明才智。《镜花缘》开宗明义地指出："今日灵秀，不独钟于男子。"在作者笔下，那一百个才女，有的文才横溢（如史幽探），有的学问渊博（如米兰芬），有的武艺超群（如颜紫绡），有的有经邦济世之志，敢于同男子一样去临朝当政，一展抱负（如枝兰音、亭亭、红红）……在她们身上，不只有"闺气"，还有才气、侠气、丈夫气！

女子既有才能，就同样应该受到社会的重视，让她们的才能得到发挥，这是李汝珍得出的自然结论。正是从这一点出发，他对女皇武则天的干政虽不无贬词，而且描写了徐敬业等人及其后代领导的讨武战争，但并不因人废事，对武后爱惜女才的行为和开女试的"旷典"，仍然赞礼如仪，鲜明地表明了自己的倾向性。在《镜花缘》之前的小说、戏曲作品，一般是个别女子女扮男装、混入男子队里去"题名金榜"；李汝珍的要求高得多了，他认为"天地英华，原不择人而畀"，女子与男子有同样的天赋，假如科举之门只为男子而开，"奚见选举之公"？他向往的是"本色女子"直接参加考试，而且还要形成一种制度，在全国普遍实行。《镜花缘》中的才女们，非但没有把自己装成男子，而且还为女子的身份而自豪，她们成群结队，呼朋引类，去显示女性的才华，去宣告"灵秀不钟于男子"。

科举是封建社会里参政的先声。对于女子参政，李汝珍虽然还有诸多保留，但在小说的许多场合，他还是有条件地认可了女子参政的可能。例如他安排阴若花去做了女儿国的国王，枝兰音、红红、亭亭都做了辅政大臣。作者认为女子"同心协力，各矢忠诚"去参加政治活动，同样可以"日后流芳"，为千古佳话。这是比主张女子参加科举更为大胆的设想。

由于时代等等的局限，《镜花缘》在同情妇女、张扬女权方面尚有一些令人遗憾之处，如书之意旨，尚停留于表彰才女、传其芳烈的层面，描写女子命运，缺乏《红楼梦》那样深厚的悲剧意蕴。

《镜花缘》所表现的主要思想内容之二是：揶揄世态，寄寓理想。

鲁迅先生在《中国小说史略》以为作者"于社会制度，亦有不平，每设事端，以寓理想"。[①] 作品写唐敖等人海外游历，随手点染，对诸多社会陋风恶习进行了讽刺和批判。如写唐敖所见两面国人，其正面是"个个戴浩然巾"，和颜悦色，满面谦恭；而身后却"藏着一张恶脸，鼠眼鹰鼻，满面横肉"，"血盆口一张，伸出一条长舌，喷出一口毒气，霎时阴风惨惨，黑雾漫漫"。多九公说："诸如此类，也是世间难免之事。"讽刺锋芒，直指现实。又如写无肠国"富家"，把人的粪便"收存"起来，"以备仆婢下顿之用"，而且让他们三次四次"吃而再吃"。痛斥剥削者的鄙吝刻薄，入木三分。作者也很厌恶八股时文，鄙薄科举中人。如写白民国的乡村学究，向唐敖等人夸口："我的学问，只要你们在我眼前稍为领略，就够你们终身受用。"但他竟将《孟子》中的"幼吾幼以及人之幼"，读作"切吾切以反人之切"。又如淑士国中人，多喜装腔作势，"一股酸气，直钻头脑"，连酒保也身着儒巾素服，满口"之乎者也"。刻画其酸腐空虚，淋漓尽致。这种种讽刺描写，与《儒林外史》有异曲同工之妙，嬉笑怒

① 鲁迅：《中国小说史略》，人民文学出版社1973年版，第223页。

骂，涉笔成趣，曲尽世相，十分辛辣。因此，郑振铎《清朝的小说》称它是一部"讽刺性很强的小说"。当然，比之《儒林外史》，它夸张变形，荒诞离奇，不如吴敬梓那样态度严肃，讽刺冷峻有力。在批判种种社会恶习的同时，书中也寄托有作者的社会理想。比如写"君子国""大人国"，到处好让不争，官吏清廉，民风淳厚，"毫无小人习气"。在君子国，"耕者让畔，行者让路"，"无论富贵贫贱，举止言谈，莫不恭而有礼"。国中宰相谦恭和蔼，"脱尽仕途习气"；国王也没有架子，有事亲自到宰相家中商议。这个国家严禁送礼行贿等不良风气，"国主向有严谕：臣民如将珠宝进献，除将本物烧毁，并问典刑"。（第十三回）由此可见作者的社会政治理想。对黑齿国的描写则寄托了作者的文化教育及审美理想。"他们的风俗，无论贫富，都以才学高为贵，不读书的为贱。就是女人，也是这样，到了年纪略大，有了才名，才有人求亲；若无才学，就是生在大户人家，也无人同他配婚。因此，他们国中，不论男女，自幼都要读书。"（第十八回）他们所读也非八股应试之书，而是追求真正的文化学术。有趣的是，唐敖起先认为这里的人"黑得过甚，面貌想必丑陋"，但当他领略了此地的良好风气与文化修养之后，不禁感叹说："那种风流儒雅光景，倒像都从这个黑气中透出来的。细细看去，不但面上这股黑气万不可少，并且回想那些脂粉之流，反觉其丑。小弟看来看去，只觉自惭形秽。如今我们杂在众人中，被这书卷秀气四面一衬，只觉面目可憎，俗气逼人。"（第十九回）体现了作者以才为美的审美观念。这些描写虽未免矫饰，但反映了作者的一种憧憬、向往和理想。

《镜花缘》所表现的主要思想内容之三是：炫耀才学，反映时尚。

《镜花缘》第二十三回，假林之洋打诨，说明本书的写作，也有矜才炫学、"随笔游戏"之意。因此在书中，作者采撷前人典籍，杂取旁收，举凡诸子百家、书画琴棋、医卜星相、音韵算法，以及双陆马吊、射鹄蹴球、斗草投壶、灯谜酒令，无一不备。正如鲁迅所说，成为"学术之汇流，文艺之列肆"。① 这反映了一种时代风尚。其中有些描写，"以文为戏"，妙语解颐，饶有情趣；大多则敷衍成文，意味索然。作者似只在通

---

① 鲁迅：《中国小说史略》，人民文学出版社 1973 年版，第 223 页。

过卖弄博学，求得一种精神上的满足，故亦被人视为杂家小说。

概而言之，李汝珍在思想上继承了《红楼梦》《儒林外史》等优秀作品的民主性因素，在某些局部方面，他的看法比之曹雪芹和吴敬梓还有所发展。然而，每个人都是属于他自己的时代的。李汝珍生活在中国传统文化的价值在中国知识分子心目中仍然占着无可怀疑的绝对地位的时代，在没有任何外来文化作为参照的情况下，他对传统中的若干落后、愚昧之处虽有诸多讥讽和抨击，但说到底却不过是把这种落后、愚昧视为脱离了传统文化正思的反常现象，而不可能像"五四"时代的作家那样，感到有必要对中国文化传统本身做一番反省和清算。这个任务将由"五四"时代的作家们来完成，如果硬要让李汝珍在他那个时代来完成此任务，那就未免太苛求和脱离实际了。

从小说美学的角度观照，《镜花缘》也颇有特色，这些特色主要表现在结构布局、亦真亦幻、叙述风格、夸张变形等方面。

先看结构布局。据李汝珍自己说，《镜花缘》原来是计划写二百回的。① 这个计划当然没有完成，但即令这样，《镜花缘》在结构上还是相当完整的。有人把《镜花缘》分为五个部分，虽比较细微，却是比较外在的分法。实际上，从内容上考察，《镜花缘》的中心人物不是多九公，也不是林之洋，而是唐敖、唐闺臣父女。因此，全书主要由两大部分组成：一是以唐敖的海外游历为中心的部分（第七至四十回），一是以唐小山（闺臣）的活动为中心的部分（第四十一至九十四回）。前一部分描绘了近四十个奇异国度，内容涉及社会问题的许多方面，而一路游历又汇聚了"十二名花"；当唐敖入山不返，又通过唐小山寻父、赴试，与众才女的聚会、惜别，串起后一部分的内容。一百才女从合到分，从分到合，安排得自然有序。开头六回是序幕，最后六回写讨武战争，有似尾声。从总体上看，这个布局是可开可合、完整和谐的。

《镜花缘》的结构布局带有《西游记》和《水浒传》结构布局的影子，其前半部继承了《西游记》后八十余回的历险记式的纵贯结构方式；其后半部则与《水浒传》中"洪太尉误走妖魔"的艺术构思相似，

---

① 李汝珍：《镜花缘》第一百回，人民文学出版社 1955 年版。

《镜花缘》前六回中，先让百花仙子被贬人间，自第六回以后，让一百个女子"分组活动"，先是由唐小山父女联络起十二人，再让其他的人一个个地相遇，到赴女试是一个总汇聚，一百人全部出现在"黄榜"上。这种艺术构思，明显地可以看出是受了《水浒传》描写一百单八将艺术手法的影响。

再看亦真亦幻。《镜花缘》作者的想象力十分丰富，书中所写的海外四十几个国家的名称，大都出自《山海经》和《博物志》等古籍，但古籍所载多是只言片语，极其简略。作者即以此为由头生发出去，造出许多奇异的境界。如对君子国的描写，《山海经》"海外东经"所记仅四十个字，说君子国人"衣冠带剑，食兽，使二犬在旁。其人好让不争"，作者即根据"其人好让不争"一句生发开去，敷衍成长达万余字的"礼乐之邦"的故事，借以抒发自己的社会理想。黑齿国见于《山海经》的"海外东经"与"大荒东经"，作者在提炼这一素材时却只吸收了这个国度"为人黑首"这一外貌特点。"女儿国"在《山海经·海外西经》上有记载，但非常简略："女子国，在巫咸北。两女子居，水周之。一曰，居一门中。"而《镜花缘》却铺张扬厉，根据这一点线索虚构出女儿国那样一个女子作为男人"以治外事"的社会，并对这个社会的各种制度和风俗民情展开了广泛的描绘，并借以表现自己同情妇女、张扬女权的思想。《镜花缘》作者一会儿把读者带到天上，观赏那瑶池筵宴、仙童歌舞；一会儿把读者带回人间，体味那悲欢离合、世态人情；一会儿写海外风光、异国情调；一会儿写长安、岭南的政治、科举、虚虚实实，真真假假，表现出了较突出的亦真亦幻的美学特色。这种美学特色在小说艺术史上并不多见。

就叙述风格来说，《镜花缘》笔法诙谐幽默、风趣活泼、轻灵超脱，往往嬉笑怒骂，涉笔成趣。如第十一回描写君子国中做买卖的场景：

说话是，来到闹市，只见有一隶卒在那里买物，手中拿着货物道："老兄如此高价，却讨恁般贱价，教小弟买去，如何能安！务求将价加增，方好遵教。若再过谦，那是有意不肯赏光交易了。"……只听卖货人答道："既承照顾，敢不仰体！但适才妄讨大价，已觉厚颜；不意老兄反说货高价贱，岂不更教小弟惭愧？况敝货并非'言无二价',其中颇有虚头。俗云:'漫天要价,就地还钱。'今老兄不但不减,反要加增,如此克己,只好请到别家交易,小弟实难遵命。"……只听隶卒又说道:"老兄以高货讨贱价,反说小弟克己,岂不失了'忠恕之道?'凡事总安彼此无欺,方为公允。试问那个腹中无算盘;小弟又安能受人之愚哩。"谈之许久,卖货人执意不增。隶卒赌气,照数付价,拿了一半货物。刚要举步,卖货人那里肯依,只说"价多货少",拦住不放。路旁走过两个老翁,作好作歹,从公评定,令隶卒照价拿了八折货物,这才交易而去。

这里描写的是君子国的"好让不争",但过于矫情则显得诙谐、幽默。又如第十六回林之洋与多九公谈论眼生手上的"深目国"人的一段对话:

林之洋道:"……不知深目国眼睛可有近视?若将眼镜戴在手上,倒也好看。请问九公,他们把眼生在手上,是甚缘故?"

多九公道:"据老夫看来,大约他因近来人心不测,非上古可比,正面看人,竟难捉摸,所以把眼生手上,取其四路八方都可察看,易于防范,就如'眼观六路,耳听八方',无非小心谨慎之意。"

这段对话,不但幽默风趣,而且曲状人生世相,带有尖锐的批判锋芒,在幽默中蕴含着讥讽,较好地体现了《镜花缘》叙述风格的美学特色。

《镜花缘》还善于运用夸张变形等手法虚构故事。作者揭示社会的世情实相,往往不作直接的描绘,而是以幻化的形式虚构了大人、结胸、无肠、两面等一系列国度,把社会实相的某一个方面在一个故事里凸显出来:如"两面国"揭露两面派和势利者的丑行;"豕啄国"讽刺"人心不古,撒谎的人太多";"毛民国"的故事则指出了一毛不拔的为富不仁者的罪恶;"宁可湿衣,不可乱步"的跂踵国人,又使人联想到现实生活中的头脑僵化者……使用这种手法,收到了较好的放大效果,作者的批评十分尖锐而又巧妙,给人以很深刻的印象。《镜花缘》作者在写人状物时,善于运用漫画化手法,将现实社会与想象的国度结合起来,加以夸张变形,使之带有象征意味。如长臂国的人"两臂伸出来竟有两丈,比他身子还长",这是因为本国人贪得无厌,见到钱财就伸手,"久而久之,徒然把臂弄得多长,倒象废人一样"。翼民国人"其人身长五尺,头也是五尺",原因是此国人"爱戴高帽子","今日也戴,明日也戴,满头尽是高帽子,所以渐渐地把头弄长了"。此外,结胸国人因为好吃懒做"其胸前高起来一块";穿胸国人由于居心不良,专干坏事,所以心肺俱烂,只好用"狼心狗肺"去补;跂踵国人"过于拘板",其人"一个个身长八尺,身宽也是八尺,竟是一个方人"。所写的这一切都是现实生活中常见的现象,但作者以夸张的手法加以处理,寓讽刺于幽默中,既轻松活泼又寓意深刻,这种方法虽失之于浮泛、单调,但形象鲜明、生动,也较好地表达了作者讽世的创作意图。而所有这一切,表现在美学特色上,便形成了《镜花缘》夸张变形的美学特色。

概而言之,《镜花缘》是广泛借鉴和采纳前人有关作品而创作的一部杂家小说。它既非典型的世情小说,也非典型的神怪小说和讽刺小说。郑振铎称其为"欲于《石头记》外另树一帜者"。在中国古典小说即将转入低谷之际,《镜花缘》确是一部"别开生面"之作。

第五节　崔象川与《白圭志》《玉蟾记》

崔象川,生卒年及生平事迹不详。《白圭志》题"博陵崔象川辑",博陵在今河北蠡县南,据此可知崔象川为河北蠡县人或祖籍为河北蠡县。约清嘉庆、道光年间人。除《白圭志》外,崔象川尚有小说《玉蟾记》六卷五十三回。

《白圭志》现存主要版本有:嘉庆十年(1805)补余轩刊本,题"第八才子书白圭志"。又道光辛丑(1841)补余轩刊本。咸丰九年(1859)右文堂刊本,题"第十才子书白圭志",内封镌"咸丰己未新镌""纪晓岚评第十才子""绣像白土全传""右文堂版"。光绪甲年(1894)崇文书局石印本,改题"第一才女传"。同治元年(1862)文德堂刊本。今人徐红岗、韩锡铎校点本,春风文艺出版社 1985 年 6 月第 1 版。

《白圭志》十六回,约七万二千字,叙述才子张庭瑞与才女杨菊英、刘秀英曲折离奇的恋爱故事。明代江西吉水县富翁张博济困扶危,远近闻名。他家资巨万,却年近四十尚无儿女。一天夜里,他梦见一人厉声叫道："尔本无嗣，上帝察尔功德浩大，今使少微星以接尔后。"此后，妻子何大姑果然生了一子、一女，子名庭瑞，女名兰英。张博有一同姓兄弟张宏江湖归来，过访张博，假作殷勤，张博极为欢喜，二人遂成知己。张博推荐张宏去苏州连襟夏松家做事，并与之同往。归来时宏见博箱内有珍珠手串，价值万镒，遂起不良之心。船行至南康朱子埠，张宏用毒酒害死张博，然后返还张博家报丧。何大姑错认张宏为好人，为报宏恩，让宏主持家事。张博死于非命，夏松夫妇亦横祸降身，其三岁之子意外坠于江中。但其所失之子被辞官还乡的武英收养。英因见婴儿两朵白眉，遂取名奇儿。

光阴荏苒，何大姑之子庭瑞、女儿兰英，张宏之子美玉、武英之子武奇都已长大成人。庭瑞、兰英、美玉三人县、府、学宪三考三中。此时庭瑞与母已识破张宏、美玉父子面目，与其断绝往来。庭瑞为避美玉，离家到外读书，与武奇（字建章）成为文字知己，并将其妹兰英许配武建章。

乡试考试期到，庭瑞租船前往省城赴考。船至吴城，庭瑞夜遇湖南巡抚杨昌之女菊英。两人以琴诗表爱，私订终身，菊英且告诉庭瑞，"到署之日即禀请老爷夫人之命，自有差官来迎相公"。此后，庭瑞、美玉、兰英，建章（即武奇）一齐投考，除美玉因醉嘲考官名落孙山外，庭瑞三人全部考中。省考中试后，庭瑞在家始终未接到菊英相请之信，因京都会考时间已近，便与兰英、建章等雇船进京。会试、殿试结果，三人俱中。张庭瑞状元，张兰英榜眼，武建章探花。皇帝欲招庭瑞为公主璧玉之驸马，庭瑞因为已与菊英订亲而力辞，并向圣上请假回家探省父母，武建章也请假奔丧。

杨菊英与庭瑞在吴城别后，到父亲府衙将私订终身事禀告父母，杨巡抚大怒，要乱棒打死女儿。菊英无奈，只得跳入古井自尽，被老仆王中所救，又碰巧逃到张博之弟昆山家中，并与昆山之子登威、显威结为姐弟。菊英闻听庭瑞中了举人，托人捎信与他，却误落张美玉之手。美玉遂冒名顶替，前来娶亲。这时巡抚夫妇因贼乱已把菊英接回家中。新婚之日，菊英发现新郎不是庭瑞，菊英母遂拘捕美玉。巡抚因事关杨家名声，将其释放。美玉不思悔过，又到苏州买美。在刘伯温之后刘元辉后花园中，与元辉女刘秀英邂逅，二人一见倾心。美玉终因拐诱官宦小姐被捕入狱，后来死于狱中。秀英因父亲要除灭自己，只得女扮男装，离家外逃，因被误认为张庭瑞而来到湖南杨巡抚家中，说破真相后，与杨菊英结拜为生死姐妹。

刘秀英之兄刘忠在京任职，因青年博学，被钦点为福建巡抚。上任途中，行至南康，已在阴间被封为福建王城隍的张博托梦给他，送给他一块刻着张宏害死张博一事的白圭。刘忠依张博神灵的指示捉住张宏，问清真相，杀死张宏以祭张博。将此事修本进京，并解献白圭。皇帝封张博为天下都城隍。此时正当张庭瑞等考中状元之时，知道了父亲的死因，回乡祭祖之后，庭瑞、兰英同赴福建面谢刘忠，并祭父祀，三人结拜为兄弟，刘忠并将自己的妹妹刘秀英许配给张庭瑞为妻。返回故里，圣旨下，封庭瑞为湖南学政，兰英为江南学政。兰英以母老己幼为由辞官家居。张庭瑞即赴湖南，到杨巡抚、叔父张昆山两家访问，皆不得菊英消息。但发现堂弟显敬、显威为世之奇才，遂作书向礼部及皇帝荐贤。

夏菊英不见的原因是，她与刘秀英得知庭瑞考中状元后，女扮男装假托为杨巡抚之子秉乾、秉刚，外出访察知音，到了京师，方知庭瑞已去湖南，于是决计参加科考。皇帝令张昆山二子张显敬，张显威，杨巡抚二子杨秉乾、杨秉刚与自己的女儿璧玉（化名朱璧），御弟的女儿鸾玉（化名朱鸾）一起参加殿试，六人并中。皇帝封显敬、显威为翰林，招秀英、菊英为驸马、郡马。秀英、菊英大惊，逃回湖南投张家。张庭瑞、杨巡抚此时皆知真情，庭瑞请婚，巡抚怕触犯王法不允。杨将二女接回家中后，正值帝选宫女，便将二女送入宫中。选妃大臣却是秀英之兄刘忠。兄妹相认，刘忠将真情禀告皇上，皇帝喜贤爱才，非但不怪罪，而且点二女为翰林，赐二女与状元张庭瑞成婚。改招显敬、显威为驸马、郡马。

庭瑞婚毕回家探母，并为妹妹兰英、表弟武建章办理婚事。夏松夫妻因建章之白眉认出是自己失落多年的儿子，夏氏一家亦由此团聚。

《白圭志》曾被编入"十才子书"中，且被列为"第八才子书"，其主旨自然是宣扬"才子必有佳人相配"的思想。书中，张庭瑞连得才女杨菊英、刘秀英及公主璧玉慕爱，最后奉旨与菊、秀二英完婚，武建章与张兰英完婚，张显敬、张显威与公主璧玉、郡主鸾玉完婚，诸对青年男女的结合，无一不奉"才子佳人"为主旨。然而作者所宣扬的又不仅在此，通过这些才子佳人故事润色朱明王朝的宏业，宣扬封建理学的纲常伦理及因果报应等，是作者更深一层的目的。

在作者的笔下，帝为圣君，臣为贤臣。百官百姓皆以忠孝节义为人生纲常。皇帝治国，不用佞臣，不恋女色，唯才为用，求贤若渴。凡是才子，决不遗贤，可如张庭瑞等由科考选拔，亦可由显威、显敬等由各省学台举荐。即使对如假扮男装考取功名的兰英、秀英、菊英等亦大加褒奖，甚至点为翰林。如张博等义士，皇帝能死而后旌，封为"天下都城隍"，"刊报颁行天下"。诸多事件，实际上都是在宣扬皇帝爱才。皇帝待下如此，臣僚百姓也以忠相报，杨时昌、刘忠等不瞒菊英、秀英女扮男装应考之事，报送皇帝。杨时昌、刘元辉等闻知女儿有私订终身之事，怒欲除灭，庭瑞、菊英虽私订终身，恋而不乱，终身相许，节义相守等事件，直接歌颂的虽是节义，与忠孝也是一脉相承的。作者写张庭瑞、菊英等四对九位青年男女相爱成婚，不仅图貌图才，更图品德高贵，则更突出了这一才子书的创作主旨。张美玉有才有貌而无德，最后惨死于狱中。从反面为这一主旨作了印证。

自始至终贯穿于小说的另一思想是因果报应、善恶报应。作者借皇帝之口、《易》经之语总括他的这一思想："积善之家，必有余庆；积不善之家，必有余殃。"又说："善恶之报，如影随形；近在自己，远及子孙。"小说写张博父子与张宏父子的人生荣辱际遇，主要是为了表达这一思想。张博"最肯济困扶危，恤孤怜贫，积丰年之粟，救凶岁之饥"。虽被张宏以毒酒药死，冤仇却终得申报，且被封为天下都城隍，儿子庭瑞、女儿兰英及两个侄子亦皆金榜题名，享尽天下荣华；张宏外善内奸，图财害命，虽得一时之福乐，却终于被人捉获，被杖械凌迟处死，其子美玉也遭杖毙，表明了"恶有恶报"。

就以上数点而言，《白圭志》实质上是在处处维护朱明王朝的政权及其思想体系，其社会作用亦是显而易见的。

《白圭志》表现出来的一种颇值得重视的思想，是妇女不甘为男子附庸的思想。书中所出现的五个青年女子，都不但面容俏丽、身材婀娜，聪敏过人，且自信"身为女子，志胜男儿"，"才胜十倍"。因此，个个作非凡之举，人人有超男之为。女扮男装参加科考，非榜眼即探花，至低也是进士，令天下须眉不敢侧目，才子常为之折腰。从一国之公主到乡间的民女，有如此之多的少女要与男儿一竟高低，曲折地反映了封建社会末期资本主义萌芽潜生，思想解放运动渐起的社会现实，虽然作者并不一定有自觉的认识。就这一点而言，《白圭志》与《金瓶梅》是有着共同性质的。

《白圭志》艺术上的主要成就是以众多的线索、曲折的情节来表现小说的主旨。主线是写张庭瑞求取功名爱情，但围绕着主线尚有多条副线：张博为张宏残害最后冤仇得申，是其一也，可称为主线的前导线；张美玉爱情上处处与张庭瑞作对，先夺菊英，后夺秀英，是其二也，可称为主线的对照线；此外，还有夏松夫妇失子得子，张兰英女扮男装参加科考，后与武建章缔结良缘，公主郡主女扮男装赴考招婿等线，亦皆遥辅主线，展现主题。而对于每条线索的铺设，作者又赋予曲折的情节。如张庭瑞爱情的获得，历经了吴江订盟、巡抚逐女、老仆营救、盈川留宿、张高收养、美玉骗婚、菊秀结拜、二女出访、庭瑞寻情、报考科举、双招驸马、征为宫女、兄妹相认、皇赐姻缘等十四转折，真可谓"千辛万苦"。仅有七万余字的一部小书，线索情节的繁杂离奇，几乎可以追比《金瓶梅》等名著。可谓用心良苦。书中奇幻之梦境与鬼神的描写，使小说在现实主义的基调之中，表现出较为浓厚的浪漫色彩。只是由于作者不能就重点、就细节进行精细的描绘与刻画，使小说语粗线多，血肉不足，形象略感模糊，情致少动人处，遂减少了作品的可读性，使其不能列于长篇小说的精品之中。

崔象川的《玉蟾记》也是清代人情世态小说。全书四卷五十三回。道光七年绿玉山房刊本，卷端题"通元子黄石著"，"钓鳌子校阅"，"餐霞外史参订"。光绪二十五年石印本改题"绘图十二美女玉蟾缘"，卷端无三人署名，然书首鹈痴的引言亦云为通元子著。孙楷第、郑振铎皆认为是清崔象川所撰。

《玉蟾记》书叙恬淡人对明于少保被奸臣所害不平，述诸通元子，通元子使于少保托生为忠臣之子，名张昆，并授其十二只玉蟾蜍作为聘物。

将夺门事件中陷害少保之首恶十二人俱托生为女子，分受张昆十二玉蜡之聘，同为之妻妾；又使石亨之子石彪及奸臣王振仍托生为奸臣之子，并受杀身之报。张昆后来中文武状元，被封东浙王，为父雪冤。故事利用轮回、果报等封建迷信的手段，宣扬忠臣必受善报、奸臣必受恶报。孙楷第云其"本之《玉蟾蜍》弹词"（《中国通俗小说书目》）。

第七章

清代河北小说创作（下）

第一节　晚清时期河北小说创作概况

晚清时期是指鸦片战争爆发至辛亥革命成功，即 1840—1911 年这段历史。这一时期，中国社会逐渐步入半封建半殖民地社会，中国社会内部各种矛盾逐渐激化，外国列强纷纷入侵，民族危机加重，民族矛盾上升为中国社会的主要矛盾，救亡图存成为时代的最强呼声。阶级矛盾与民族矛盾相交织，造成晚清社会的严重动荡和纷扰不安。这一特殊的历史氛围，决定了救亡与启蒙、反帝与反封建必然成为此时文学的核心主题和首要任务。晚清河北作家的小说创作或多或少地反映和表现了这一特殊历史阶段的核心主题。形式上以白话为主，文言为辅。从量到质文言小说都不及白话小说。文言小说主要有李光庭的《乡言解颐》、汤用中的《翼駉稗编》、徐士銮的《宋艳》、储仁逊的《嚚嚚琐言》、李庆辰的《醉茶志怪》等。白话小说主要有石玉昆的《三侠五义》、何诹的《狮子血》、连梦青的《邻女语》、王倚的《春阿氏》等。除下文专节介绍《嚚嚚琐言》《醉茶志怪》《三侠五义》《邻女语》外，这里对其他几部小说略作介绍。

一、李光庭与《乡言解颐》

李光庭，号朴园，宝坻（今属天津）人。据书前《自识》，则又号"瓮斋老人"。据周作人《书房一角》考证，李光庭尚有《朴园感旧诗》

一卷行世。

《乡言解颐》五卷,清代为李光庭晚年所作。此书有道光三十年(1850)庚戌原刊本及1982年中华书局点校本。李光庭《自识》曰:"追忆七十年间故乡之谣谚歌诵,耳熟能详者,此心甚惬然也。""于是念之于口而笔之于书。其言散而无纪,部之以天、地、人、物,名曰《乡言解颐》。"《乡言解颐》卷一为"天部",卷二为"地部",卷三为"人部",卷四、卷五分别为"物部上""物部下"。举凡天文、地理、人情、物态、百工技艺、商贾市肆,作者皆有记叙,并证以乡言农谚。如"天部""雨"条:"雨者,云之子。见云重,则曰雨要来了,云薄则曰雨要住了。……故当盼雨时则曰背晦爷娘不下雨的天,苦雨则曰老天爷别下了。春雨贵如油,如膏雨也。曰好雨正是当儿,知时节也。夏忌甲子雨,五月连阴六月旱,七月八月吃饱饭。八月初一下一阵,早到来年五月尽。占验也。地欲冻时封地雨,谓可以代雪也。谣曰:下雨了,冒泡儿,老翁戴着草帽儿。下雨了,刮搭搭,小孩醒了吃妈妈。京师谓乳为咂咂,乡人直谓之妈妈。天籁可听也。若冀幸意外者,则怎么雨点儿是的,偏到不了我身上。黠仆之勉强从主者曰暂且避雨,晴了便走。此无赖之尤可恶者也。"所以,是书对于研究民俗,语言的变迁,了解当时的社会风貌,都提供了极有用的资料。可注意的是,有时作者并没有仅参观地予以介绍,而是边叙边议,表达了自己的爱憎。如卷三《婚姻》条,作者在介绍了有关婚姻方面的民俗谚谣后,对于当时索要财礼的陋习予以尖锐批判。《乡言解颐》语言通俗活泼,富于幽默感,基本上作出了作者在《自识》中所追求的"无实则事不足征,无文则行之不远。文实兼备,乃能信今传后,卓然成不朽之著作,足以为立言者程"。

二、徐士銮与《宋艳》

徐士銮(1833—1915)字苑卿,一字沅青。天津人,生于世代书香之家。自幼便"克绳祖武,学古有获"。清咸丰八年(1858)中举,十一年(1862)授职内阁中书,历任典笺、侍读。同治十二年(1873)四月至光绪七年(1881)二月任浙江台州知府。四十九岁"引疾归里""杜门却扫",隐居著述达三十多年。好辑录"乡邦掌故"。《宋艳》一书即辑在这一时期。

1911 年清政府垮台，徐氏"忧心殷殷，文酒酬酢，颓然寡欢"，四年后去世，享年八十三岁。徐士銮当地方官的政绩平平，"作郡未尝有赫赫之名，然亦无堕行"。其主要著述有：《内阁撰拟文字》二编二卷、三编一卷、《古泉丛考》（又名《藏云阁识小录》）四卷、《医方丛话》八卷、《宋艳》十二卷、《蝶访居文钞》一卷、《蝶访居诗钞》五卷、《仙蝶图咏》二卷、《敬乡笔述》八卷。在《宋艳》中，徐氏自称"蝶访"，据传是由于"太常仙蝶曾两至其居"，故称其居室为"蝶访居"，转以室名代笔名。

徐氏的思想比较复杂。如所辑《宋艳》，虽名似艳情故事。而实寓种种道德说教，其中不乏倡导行善仗义、廉洁自爱的内容，指责士林和官场中荒淫腐化的秽行丑闻，但也掺杂一些诸如因果报应、女子祸水、贞节、色空等迷信落后观念，鼓吹程朱理学教条等，均为其思想局限。他是个杂家，小说仅辑评的《宋艳》一种。因不是自己直接创作的作品，内容、风格多有相互矛盾之处。

《宋艳》系清末徐士銮所辑有关宋代婢妾娼妓故事集。主要版本有清光绪间蝶园刊本、20 世纪 20 年代上海进步书局《笔记小说大观》本。书首有杨光仪、徐郙两人序各一篇、辑者自序一篇。还有史梦兰题词绝句六首。《宋艳》主要取材于《宋史》、宋人野史杂记、诗话，也间或转引宋以后的书籍。这是一部专题性的小型类书。内容分三项：一、正文，是摘录的资料，仿照刘义庆《世说新语》的体例，以类相从，共分 12 卷，36 个门类；二、与正文起参证或比较作用的辅助资料，附在正文相应条目之后；三、辑者的评价、议论和考证。第一项顶格刻写，第二项前面空一格刻写，第三项前面空二格刻写，标志明显，极易区分。

徐氏自称他辑录的标准是"可惊可喜之事"（自序）；杨、徐二序则强调此书"义存劝惩"之旨。所谓"可惊可喜"是指具有足以感动读者的艺术性；所谓"义存劝惩"是指具有启示读者的思想性。作品分为 36 门，即按内容的性质分类。如："端方"门，所写男性人物都是不近姬妾的正人君子。如写民族英雄岳飞，不仅忠孝，而且严于操守，不近女色。有人赠送美女给他做侍妾，他拒绝道："主上宵旰，岂大将安乐时耶？"皇帝要为他建筑新住宅，他谢绝道："敌未灭，何以家为？"又写进士杨简，"知温州，移文首罢妓笈，尊贤敬士"。遏抑淫风。此外写残酷虐杀妓女手段以示清正者，如"知隆兴府兼江西转运史"包宏，就曾"沉妖妓于水"。写称赞不近人性的道学家的故事。安吉尉潘方寿寄赠沈枢的一首诗最后两句云："铁石心肠延寿药，不风流处却风流。"可代表辑者的主张。"德义"门多表彰一些在买姬妾过程中发现被卖女子的悲惨身世而良心发现，把已买下的女子无代价地遣还其家，甚至还无私地解囊相助。"耿直"门，写为了保护落难妇女而严明执法、敢于处罚权贵的清官廉吏。《遏绝》则表彰那些"强制人欲"的人物、事迹。如《间隙》写因姬妾而引起的争斗和祸患。《懊恼》《窘辱》《苦累》《患害》等写贪恋女色之害。《诡谲》则写以美人计为伎俩的诈骗行为。《残暴》专写虐待婢妾的残忍事例。《果报》则带有志怪传奇色彩，多写冤死婢妾成为雄鬼为自己复仇，也有公案故事。"奇异"门也是志怪体故事。"驳辨""傅气"两门是对文献记载的史实进行考证的文字。《丛杂》为以上各门所难以包容的其他故事。

总之，此书搜罗繁复，内容丛杂，绝大多数有故事性，具有小说因素。艺术上形形色色，多为简短的故事叙述，细节较少，人物描写也较简略。说它是小说素材的选辑更为贴切。艺术水平参差不齐，而语言多简洁平实。

三、汤用中与《翼駧稗编》

汤用中，字芷卿。生卒年与生平事迹俱不详，道光十九年（1839）尚在世。据蒋瑞藻的《小说考证》引《瓶庵笔记》：汤用中原本是常州人，后寄籍宛平（今北京城西南）。又据《翼駧稗编》道光己酉（即道光二十九年，1849年）新镌本书前周仪颢与洪齮孙序：汤用中"生于鼎族"，并"学剑荒岩，曾师猿叟"，"壮岁挟策倦游，踪迹极乎燕、赵，测交遍于沈、宋。"不得志几二十年，于己亥（1839）"始以乙榜出为醴曹（盐官）"。

《翼駧稗编》八卷，汤用中撰。《翼駧稗编》的主要版本有：道光二十八年（1848）刊巾箱本、道光二十九年（1849）刊本、同治八年刻本、民国间上海卧云山房铅印本、民国五年（1916）铅印本等。《翼駧稗编》是仿《聊斋志异》编写的文言短篇小说集。书名《翼駧稗编》，意谓作者在"仆马蹭蹬，风尘激昂"（见周仪颢序）游历中收集并编写的遗闻旧事。每卷所收小说篇目不等，少则有笔记小说四十篇，多则有七十多篇。小说的题材"记狐鬼事者，十之四五；记前辈遗文轶事者，十之二三"（见《小说考证》）。其余十之一二，则记述所谓的"异闻"。

书中间有武进徐廷华（子楞）的评语，吹捧《翼駉稗编》胜于《聊斋志异》。实际上，无论是思想内容，还是写作技巧，它都无法与《聊斋志异》相抗衡。一个明显的缺点，就是不少作品"他书先有记载"或"与前人不谋而合"（均见《小说考证》）。如卷一的《二李》和《晃彭年》两篇，与《今古奇观·夸妙术丹客提金》（原见《初拍》）相似。卷二的《无头人能搓绳》与《豆棚闲话·党都司》相类似。卷二的《石女生男》与《十二楼》中的《十卺楼》极相似。卷五的《都司讨债》与《拍案惊奇》卷卅五类似。又如卷七的《栗恭勤公佚事》《冒充亲藩》《贤母》等篇，他书乃先有记载。

四、何迥与《狮子血》

何迥的《狮子血》，为晚清小说，又名《支那哥伦波》。全书共十回。光绪乙巳年（1905）上海公益书局印刷，雅大书社发行，铅印本。封面、扉页标《狮子血》，版权页标书名《支那哥伦波，原名狮子血》，目录前标"冒险小说"。

《狮子血》叙山东人查二郎驾海龙船，自任船长，率船员李大郎、倪五、王七、严八等人，自山东登州出海，远航至北冰洋、美洲墨西哥、欧洲西班牙、非洲北部等地探险，查二郎是又一个西班牙航海家哥伦布。他在非洲北部力搏二狮，土人敬服，被奉为酋长，故书名又称《狮子血》。查二郎等人经渤海过卑令海峡，直至丹麦哥里兰岛"夜光国"，在冰山中找到陆地，命名为"海龙岛"，自称"支那哥伦布"。此后绕行地球，直至墨西哥，于角力场勇胜四五十名角力家，使中国武术"耀武扬威"。又至欧洲西班牙，在西班牙表演中国拳法，在斗牛场制服疯牛，救出斗牛士，全场观众惊叹。又至太平洋爪哇岛，适值岛上地震，查二郎等人战胜巨浪，杀死天龙，使地震平息，一岛生灵得救。第五回还插叙查二郎身世。五岁起习武，融汇中国武术的少林、武当两派，独创一派。查二郎等远出探险达两年有余，自第六回起叙其到达非洲北部，与狮子搏斗，率土人征服各个吃人部族，统一各国，成立"合众国"，查二郎与李大郎分任合众国正副统领。他们均分田产，聘请教习，开学堂、办工厂、订章程，整治得"气象一新"。小说结尾，称查二郎"为中国人扬眉吐气"云云。该书值得注意之处在于：小说内容的变革和模仿西方冒险、探险类小说的写法，同时还有模仿西方侦探小说的倒叙写法。查二郎到达太平洋爪哇岛，是第五回的情节。作者将这一惊险高潮提前到第一回详细叙描，打破了传统的结构模式。

五、王倚与《春阿氏》

王倚的《春阿氏》，原署名冷佛，实则为王倚，内务府旗人，除此书外尚著有《未了缘》一书。据此书序又知其曾为《京话日报》记者。

《春阿氏》为晚清人情世态小说，十八回，清末民国年间冷佛著。此书开始以抄本流传，据现存资料所知，此书最早有宣统三年高阳齐如山百舍斋藏钞本，以后有民国三年、五年、十二年铅印本，1987年吉林文史出版社重新整理出版铅印本，松颐校释，1987年6月第1版印行。本版本《春阿氏》将光绪三十二年（1906）五月至八月，北京《京话日报》上的若干则有关春阿氏案情的消息报道，抄作附录。

《春阿氏》以光绪年间北京城内发生的一桩真实案件为素材，写女主人公三蝶儿聪明美丽，和表兄聂玉吉青梅竹马，彼此爱恋，双方父母也为他们定了婚约。后玉吉父母暴亡，家境败落，三蝶儿之母则生嫌弃之心，悍然悔婚，将三蝶儿嫁给官宦文光之子春英，三蝶儿因随夫姓被称为春阿氏。丈夫呆憨，对她非打即骂，两个婆母又横加指责，春阿氏痛苦难言，过着以泪洗面的生活。玉吉知此情后愤愤不平，夜入其家，砍死春英，意欲二人双双逃走。春阿氏极力阻拦不成，遂自浸水缸中，想一死了之，却又被救起。公堂上，春阿氏拒绝供出玉吉之事，承认自己害死丈夫，遂屈死狱中；玉吉也因怕败坏春阿氏名节，不敢自首，郁郁不欢，最后以自杀报春阿氏之情。小说从春英被杀写起，至春阿氏死结束，叙述整个审案过程，其中穿插二婆母与普二通奸事，使案件更为曲折迷离。作品根据实事而写，许多地方真实地描绘出了当时社会种种情形：像官僚的无知腐败、监狱中惨不忍睹的景象等，对认识晚清社会具有一定的意义。作品虽然围绕公案、冤狱展开情节，实则旨在揭露包办婚姻的弊端，春阿氏悲剧的产生，其母亲是真正的罪魁祸首。由于受事实的局限，作品结构散乱，人物性格亦有矛盾之处，不能成为上乘之作，但值得提出的一点是作者以熟练生动的北京方言描写京城生活、旗人风俗，很有特色。

第二节　储仁逊与《嚣嚣琐言》

储仁逊，字拙庵，一字小愚，号卧月子，又号醉梦草庐主人梦梅叟，书斋号莳心堂，行七。生于同治甲戌（1874）二月初四，卒于民国戊辰（1928）十二月。祖籍章武（今河北黄骅市常郭镇），世居天津带河门外。储仁逊为人"亢爽磊落，至性过人，学有本原，尤精医卜堪舆之术。每逢疑难大症，人所茫然不识者，先生恒以单方投之，无不立奏神效，起死回生。当时沽上名医陈雨人，最为折服，以为得自异人传授。设馆沽上，课毕，尝卖卜于金华桥畔。先生甫至，而求卜者已纷集矣。顷刻间即撤座，所得卦金，悉以周恤亲故，不使有余。每为人相地，但以理气象数为据，绝异流俗。持身狷介，毕生布衣布履。好饮酒，间为小诗，渊懿朴茂，溢于言表，不轻与人唱和。有子一，得庭训，学极淹博。十五六时，先生知其学已立身，谓之曰：'士农工贾，汝欲何居？'对以'愿学木工'，先生甚喜，曰：'学足立身，艺足糊口，好自为之，庶可免颠覆之虞。'孙二，一习工，亦精《周易》，殆皆先生灯下所授也。"（据《闻见录》抄本天津日本图书馆 1942 年 10 月题记）

储仁逊很看重天津的地方掌故，且特别关心时政大事。天津图书馆藏他的未刊著作《闻见录》（第一卷题《有闻必录》）十五卷，题记云："此册乃先生手录，秃笔渴笔而丝毫不苟，亦足觇先生之恒其德矣。此谓'有闻必录'，盖皆掌故之学，间附考证，亦必有关世道人心之言。有考索津门文献者，吉光片羽，有足珍焉。"南开大学图书馆和天津图书馆还藏有他的《时论摘要》三卷，卷三自注云："自癸卯年七月缮起。"按癸卯年即光绪二十九年（1903），正是晚清"新政"次第举行之年。所谓"时论摘要"，即摘抄当时报刊上刊载之重要论说，如《论官吏虚夸之害国》《论造就国民为富国之本》《合群以御外侮说》《论中国之前途》《论日本为中国之近患》等，亦有自然科普文摘，如《论黏液体质》《论冰雹》及白话短篇小说《梦里谐谈》（傅痴人）、《天坛记》（孙蔚韬）等。大抵随看随抄，不加分类编次，反映了储仁逊对时政的关注。

储仁逊同时又是一位小说爱好者。南开大学图书馆藏储仁逊所抄通俗小说（"话本"）十五种（详参《中国通俗小说总目提要》），有十二种可能出自储仁逊之手。

储仁逊又有文言小说《嚣嚣琐言》二卷，故亦可算作文言小说家。《嚣嚣琐言》卷一最后一篇《暗云天》，标题下双行书"警俗小说"，乃是储仁逊创作的白话长篇小说。《暗云天》第一章曰"缘起"，第二章曰"落魄"，第三章曰"鬻女"，第五章（按实为第四章）曰"丧亲"，未完。"缘起"谓："小说之为物，除历史小说外，大抵都是无中生有，由人捏造，所描写苦乐悲欢情形，好似天花乱坠。不过，作小说之人所抱宗旨，实因古圣先贤的格言学说，可以劝化中等以上的人，不能警教中等以下的人，所以苦心孤诣，造出一段事实，使人不厌，使人爱读，在那无形中有劝化之意，那就是作小说人唯一的宗旨。"储仁逊虽仍提倡小说的"劝化"作用，但却清醒地看到小说"大抵都是无中生有，由人捏造"的虚构性，这种小说观是颇有时代特色的。

《暗云天》叙士子张世毅，家境艰难，以教馆为业。时当甲午中日战后，张世毅闻中国割地赔款，大为不平，悟得中国被日本欺压，皆为八股所误，遂向主人辞馆，自言所教之八股于国家非徒无益，而又害之，故实不愿再做此无益之事，情愿率妻子到乡间躬同耕种。庚子年闹义和拳，张世毅劝阻村正练拳，遂被杀，田产充公，小女亦被卖与何相国夫人为使女。由此可见，储仁逊既具有爱国激情，于创作三昧颇知一二，文笔亦颇不错。

《嚣嚣琐言》卷一为二百二十九则，卷二仅二则，从性质上看，是储仁逊随笔记述的小说稿本。书中记事起于光绪十四年（1888），迄于宣统辛亥（1911）三月（《奇冤报》）。除少数例外，大都逐年排列，有的还带有实录的口气，如"今庚寅（1890）年甫十七"（《假尸还魂》）。

《嚣嚣琐言》的内容较为芜杂，大多因袭志怪小说的旧套，处于水平线以下，如《磨盘怪》《红衣女》《溺鬼讨替》《尸异》《隔世认夫》《至孝还阳》《棘闱认母》之类。其他如《骗术翻新》《妇女骗局》《设局诬陷二则》《骗术二则》之叙诈骗故事，亦可供人一笑。属于传统型题材而能生发新意的，有《幻梦迫人》。开首云："邯郸一枕，未熟黄粱；南柯一觉，已空槐郡。古人有因梦幻而淡名心，今人反因梦幻而成功名者，一以梦得，一以梦失，此中殆有数焉。"通篇做的是翻案文章。小说写张僖为粤之开平人，十岁失怙，零丁孤苦，无所依倚，随其叔婶至澳门，日作小贩，聊以糊口。叔婶中年乏嗣，抚如己出。张年十六，知慕少艾，与邻王氏女互相爱悦，为其叔窥破，责之曰："王女闻已许字者，逾墙钻穴，国人皆贱，岂可妄为乎！"张心滋不悦，梦寐中与叔争辩，怒持刀弑叔，惊惧而醒。时已四鼓，不知为梦，惧罪乘夜逃抵粤省。时滇督岑宫保到粤募勇，张应召投营，列于行伍。倏忽十载，迭膺赏功，乞假荣旋，拜见其婶，将以谢前事之罪。忽见其叔犹健在，因向叔婶言曰："日前见罪之事，得非梦乎？抑何叔之尚在也？"叔奇其言，张从头细述之。叔曰："无怪尔夜无故而逃，使吾悬揣而不得其故也。"因笑曰："一梦惊惧，竟至十有五年而始醒也。苟非有恶梦迫之，何以有今日也！"

又如《李椿龄》，叙李椿龄、安光知二人订芝兰之好，安家贫，遂托妻子于李而之楚游。李亦锐身自任，并无难辞。安就道旬余，妻向李求贷，李非特不与，且谓："尔家坐食山空，有出无入，天长日久，我何能济无厌之求？请绝妄念，勿再饶舌。"安妻大恚，只好与女作针线生计。三载后，安自荆湘回，辎重颇富，知别后情形，遂与李绝交。李置酒招安饮，擎杯告安曰："余以妇女素性骄惰，若常接济，彼将有所恃无恐，女红自必荒废，余故激怒之，使自食其力。况瓜田李下，易启猜嫌乎？"言讫，命仆持一匣筒出，指谓安曰："此汝家所鬻之物，已代收在此，今当奉还也。"安恍然大悟，称谢再三，由是交友如初。

其中《烟鬼索烟》则在神怪的外壳中，注进了新的内涵：

辛卯岁十月杪，长随沈禄投宿于保阳省城鼓楼东双升店南耳房。安顿已毕，局户而出。二鼓方归，呼店主人为之启户，入室觉阴气逼人，心悸发竖，犹以为孤客胆怯，人情之常，遂不介于怀。脱履登床，取半段枪就灯吸阿芙蓉膏。吞吐间，忽见灯火腾跃者数四，俄而光变为蓝，心知有异。未几，目眩生花，零星乱射，所吐烟恍惚中似有人承之，惊起，夺门出，急呼店主人，为述其状。共趋视之，见鸦片倾溢，满盘有五指印，遂讶为烟鬼。主人初讳之，固诘，始言月前有杨姓客寓此以戒烟病，比家人来视，而气已奄奄，逾时而殁，不便棺殓，装车而去。今殆其鬼为厉耶。

作者以卧月子的名义评道："嗟呼，人当永诀，虽极爱者亦当割爱，惟烟瘾如影随形，抛他不得。既为鬼，犹向生人索烟吸，可知鬼在冥间，亦瘾不可堪矣。烟之为害，大矣哉！"与鸦片有关的还有《刘兆申》，叙刘兆申之父借禁绝洋烟之机，私匿晋客巨箱洋药，晋客既不能控告，又恐适以召祸，竟投河自尽。不数年，刘家计渐起，梦晋客托胎为刘兆申，成人后将家财挥霍荡尽。虽言因果报应，而有时代烙印。在《闻见录》中，储仁逊还直接列数了鸦片于国于民的危害。

因果报应故事而打上时代印记的还有《李富春》。叙李富春在天津大德福机器磨房司账，这是新的生产方式引进后出现的新职业。李富春见机器不快，琢磨放弃砖砌烟囱，改铁桶烟囱，使每日多出麸五百吨，省烟煤一百余吨，这又是具有新观念的新人形象。乡邻李有靠富春引进，常买大德福麸子，短欠麸钱三十余吊，皆富春垫还。一日，富春至机房琢磨机器，左手拇指被机器皮带捉去而逝。李有不仅不还欠钱，反说："富春欠吾钱八九吊，怜尔子幼妻姣，作为罢论。"富春鬼魂附李有体曰："好一个李有！负心昧良，所欠不认，反倒欠尔之钱。我非捉去尔，不可以解愤。"竟将李有捉去而亡。《居心守旧、无地可容》，则借阴间的改革影射晚清的新政，与流行的晚清小说模式如出一辙。开首云："近自圣天子励精图治，诏行新政，阳有督抚承旨，阴归阎摩天子遵行。"阴间阎君会议，以九殿君徽号"平等"，颇有维新之机，故予以全权办理鬼务，又派宗志、权立为帮办参赞。忽报某大员因妒嫉新政，忿而致死，生魂到此，请王发落。帮办曰："若以宗旨论之，应以大员为守旧党魁，严惩其罪。"参赞则以为："然以权力观之，尚不能擅治此员之罪。"于是仍放还阳土。大员既生，家人咸向称贺。大员忽愀然不乐，曰："有甚快活！我因怕见维新的人，怕听维新的话，故才求死；岂知死后第一眼见的就是'平等'，听见的不是'宗旨'，就是'权力'，将来可怎么好！"将守旧派的灵魂，刻画得入木三分。

然而，储仁逊并不能算作改革的真正拥护者。《貌相取咎》堪称一篇出色的寓言，叙一男子，"伛偻曲背，颐隐于脐，肩高于顶，颈附大瘿若瓮，强项不能回顾，身长三尺有咫，掉臂游于津之单街铁桥上，有扬扬自得之意"，有一老翁斥之为人世之妖异，男子闻之，怫然不悦，遮翁而言曰：

> 吾以翁须发苍苍，饱阅人世，或有知者；今动视人为妖，抑何无知乃尔耶？且吾闻之，天壤间所称妖者有五，而状貌不与焉：为臣不忠，为子不孝，嫉贤妒能，暴戾不仁，目无君父，谓之人妖；赏罚不公，是非倒置，贿赂公行，朝野觖望，谓之政妖；奇技淫巧，雕镂精工，悦目荡心，无益于事，谓之物妖；利兵炸炮，火箭水雷，残害生灵，草菅民命，谓之器妖；宗师异教，讥诋圣贤，畔道离经，用夷变夏，立说著书，以祸后世，谓之文妖。五者吾无一焉，谓之为妖，不亦异乎？且吾之为吾，岂愿其之若是哉？即父母之生子，亦岂欲其子之若是哉！是造物者之将以予为此区区也，天之所附，谁能免之。浸假化翁之形以为吾，化吾之形以为翁，翁又将若何也？吾不料翁行年七十，犹有莲心也，翁休矣！

小说的主旨在"人之不可以貌相"，其所痛诋之"人妖""政妖"，亦颇有针对性；但以"奇技淫巧，雕镂精工"为"物妖"，以"利兵炸炮，火箭水雷"为"器妖"，以"畔道离经，用夷变夏"为"文妖"，则表明了储仁逊远远够不上"新人"的标准。

天津为开放口岸，故多海外奇闻，这就构成了《嚣嚣琐言》的另一大特色。如《鼠斗猫》叙游客袁佐自安南抵澳门，以铁丝笼畜一鼠，重约一斤有奇，自言能与猫斗，招澳中畜猫之家笼猫至店约斗，皆败。"鼠不敌猫，人皆知之；乃物反其常，竟有鼠王自大者"，这正是神怪小说所要宣扬的观念。《长游妇》则叙余生由坤甸附轮船赴叻，见一少妇，丰姿绰约，举止可人，然迫视之，便有凛然不可犯之色。迨至宵分，客皆酣睡，妇尚兀坐，双目炯炯如明灯。有人鹭伏而前，捧其皮箧。妇忽返举指向其人，口作粤音，疾斥曰："止！止！"其人即舍箧，呆立如木鸡，双足如被钉牢，难移寸步。生始知妇挟奇术以遨游海角者。迨舟将抵叻，生故揖妇问其何往，妇曰："天空海阔，何地不足栖迟，且梗迹萍踪，难预告也。"语甚冷落而有弦外音。妇之奇，不光在"挟奇术"，而尤在"遨游海角"，而这才是新意之所在。

反映西方观念输入而对传统伦理道德造成冲击的篇章，有《婚姻奇案》，该篇记载：广东顺德霞石乡女子梁保屏，年仅及笄，父母命往未婚夭亡周姓子家为死人妇，不甘独守，约开照相店之陈燧生逃至香港，成为夫妇。乡党疑系仆妇阿三从中引诱，乃将阿三送官讯迫。小说抄摘梁保屏禀华民政务司的全文，中有"自是八年于兹，苦雨凄风，殊无生人乐趣。及稍长，见理愈真，方知男女居室，乃人之大伦，古有明训，何须自寻烦恼，有负天地生成，将必择人而事"之语，反映了青年女子的觉醒。禀文叙述自己与陈燧生自愿结婚的经过道："惟自念堂上老人，素泥风俗，纵有请命，难邀允准，于是以大舜不告而娶之大义相劝，燧生始冒险同到香港，即循英例报注婚姻册，托庇于文明宇下，当官匹配，正大光明。"复反驳"被人诱拐私奔"之说道："自问胸有特识，何庸仆妇代筹，虽阿三曾递书信数次，亦不过供主人驱策没字牌，亦安知其中消息也？"写得正大光明，义正词严。

第三节　李庆辰与《醉茶志怪》

李庆辰，字筱筠，别号醉茶子，天津人，生平家世不详。唯据《醉茶志怪》的零星记载，略可窥知一二。卷一《折狱二则》，记其七世祖李珏，字德珮，曾为太仓州牧；卷二《天官》，记其伯祖寿彭，曾为宜昌太守，其女即作者之郭氏姑。卷一《宅仙》云："昔予家盛时，有仙为守仓廪。"可知李氏先世，曾数代为官宦，有过一段颇长的兴盛时期；然至少到李庆辰父亲一辈，已经开始趋向衰落。卷二又一《宅仙》云"予故居赁居邵姓"，《蓝衣媪》云"予故居赁居夏姓"，将故居分割出赁，似已成了李家经济的主要来源。

李庆辰本人的经历也不顺利，他虽以诸生的身份多次参加乡试，但都没能考中举人。卷二《鬼市》自云："庚午乡试后，与二三友结伴同行。"

此庚午当为同治九年（1870）。设若李庆辰是年为二十五岁，则他当生于道光二十五年（1845），至《醉茶志怪》出版的光绪十八年（1892），约为四十七岁。又《醉茶志怪·卷一·说梦》，记述他于壬辰（1892）春，梦至大观园，遇大观园主人草成代宝玉吊黛玉之文。小说末了议道："然则主人即怡红公子耶？抑曹雪芹耶？吾不得而知之矣。得毋好事多魔，予编志怪，而前辈稗官喜与同好，将书有不尽之意，属予为之续貂耶？"从其时的心态和梦中代撰祭文的捷才看，当尚在精力充沛的盛年。

李庆辰屡困场屋，功名不遂，虽然亦有不少牢骚，但还能以平常之心处之。《醉茶志怪》卷四《狐师》中的宫生，似有作者自况的味道。宫生院试被黜，意颇不平，曰："如某之功名以贿赂得，某之功名以夹带得，某则以关节得，某则文本不佳以侥幸得。我何有其一？不过但凭文耳。"而狐女对曰："此正人之所以胜己也。彼以贿赂，君当自怨无钱；彼以夹带，君当自怨无胆；彼以关节，君当自怨无门径；彼以侥幸，君当自怨无命运。数者并无，然则可凭者，文而已。君平心而论，文果佳乎？"在狐女的指点下，宫生正视了自己文章的疵谬，表示愿意"如敬聆师训"。李庆辰"半生抑郁，累日长愁"，但仍然襟怀旷逸，力学安贫，与这种健康的心态不无关系。为《醉茶志怪》作《序》的杨光仪，称李庆辰为"诗人"，说他"抚时感事，既见之于篇什，而以其余间，复成此书"。据《天津新县志》介绍，李庆辰作诗以盛唐为宗，五律尤近老杜。殁后，子亦病废，家世陵夷，遗稿莫知所在。杨光仪辑《津门诗钞》，存其诗一百一十六首，为《醉茶吟草》二卷。

李庆辰落拓一衿，只好以坐馆为生。卷一《青灵子》云："予昔馆于邑城东赵氏。"而从《狐师》塑造的狐女形象看，李庆辰应是一个颇懂诲人之道的好老师。狐女尝谓宫生曰："读书之道，当取其精而遗其粗。古人所谓观其大略者，非疏忽也，其用心不在寻章摘句耳。今君之案头所陈者，不过讲章一卷，时文数百艺而已，其识见果安在哉？夫博览经史诸子百家，熔化于胸中，固亦大难。第学问长进，不可不阔眼界。今之时艺最足缚人才思，并令人无暇更读他书。然诸书与古诗文，亦不可不着意也。"是符合素质教育规律的。她主张对于朱注，不可过于拘泥，学者"当独具眼力，不可为古人所愚"，更是大有见地之论。

或许是为了寻求出路，青年时期的李庆辰曾到各地游历，卷一《判官》云："予昔游武遂，有刘生能召仙。"这种游历，大大增长了李庆辰的见识，《醉茶志怪·自序》云："再忆昔年游历，悉供今日搜罗"，倒成了日后撰写小说的资本。他写作小说的动因，主要是"借中书君为扫愁帚"，聊以自娱。因为有这样的爱好，于是二三良朋，时来舍中，此谈异说，彼述奇闻。一时显得十分热闹。据书中列名者，有赵介人、马莲溪等，多半是和李庆辰身份相当的塾师之类。等到"风萧雨晦，人静夜凉"之时，"茶烟飞古鼎之香，兰炷吐秋灯之焰。濡毫吮墨，振笔直书。则此中之况味，真有不堪为外人道者也"（《醉茶志怪·自序》）。看来，在小说创作中，他倒是真正找到了乐趣了。

李庆辰在《醉茶志怪》中的《自序》开篇伊始便说："一编《志异》，留仙叟才迥过人；五种传奇，文达公言能传世。"作者对蒲松龄、纪昀颇为心仪，而其书模仿《聊斋志异》的痕迹宛在，如卷四《阿菱》叙王生初见阿菱，问年几何：

> 女云："十四。"生云："小我一岁。"女云："小一岁便如何？"生云："此后好呼唤耳。"女云："谁是尔婢子，辄便呼唤？"生云："称呼耳。"女云："何以相称？得毋夜郎自大耶？"生云："不敢不敢，卿须呼我为郎。"女笑云："我以为兄也。侬最怕狼，不便相呼。"生云："不呼郎呼我为甚？"女掩口云："不呼尔为狼则呼为犬。"生云："无故奚落人，当罚尔。"遽前夺其帕。女笑声嗤嗤，掷帕于地。生急俯拾，而女早拾起。

痴憨之状，宛若婴宁。鲁迅曾说清代后期的文言小说是"狐鬼渐稀，而烟花粉黛之事盛矣"，这一判断，对《醉茶志怪》却是不适用的。

由于作者本人的生活经历，加之受到天津河北一带民间信仰的影响，此书的特点不仅记狐鬼，而且所记诸怪种类极多，还有当世神怪小说很少触及的蛇、蜘蛛、蜥蜴、蜈蚣、青蛙、蛤、金鱼、龟、猬、猕猴、豕、羊、蝶、蜂、鸡、鹅、匏、瓜，甚至无生命的磁鹤、铁叉、宝剑等，直可与干宝、刘义庆相媲美而生动过之。如卷二《豕舞》，叙狐仙召二狡童来作舞，击二童，乃二豕所化；卷三《娇娥》，叙白鹅化成美女与商生交好；卷三《白郎》写白猬为怪，妇不能拒，遂任其轻薄而去，妇后怀孕，而腹中奇痛，如万针攒刺，竟气绝于室。评曰："再生之恩，报之如此，此其所以为妖也。而妇人之仁，往往害事，多半类此。"这些精怪，写得极富情趣。

卷一《卖书叟》，叙蝎虎精化成老叟，与董生相交，情倍莫逆，一夕留宿于董宅，董窥破其为蝎虎，竟乘其睡而斩之，夜梦叟至，责之曰："与尔相好多年，素无冤仇，既窥我隐，绝交可也，乃竟忍心害理如此！"评曰："妖既通灵，不为人害，董生亦忍矣哉！"卷一《斩蛇将》，叙赵某性素恶蛇，见辄杀之，亦遭报复。评曰："蛇虽毒物，苟无害于人，不必杀也。"表达了作者对于处理人与异物关系的态度。

卷四《鼠友》，所叙颇为怪异，长随乙因失业寄寓直隶客店，常吸鸦片以解愁闷，有大鼠如猫，伏床边俯吸烟气，迥不畏人。乙见之间曰："尔亦有瘾耶？"戏喷之，鼠受之以鼻，半晌乃去。一日，乙偶向鼠叹曰："囊罄粮绝，困惫待毙，恐不能与君常吸此昧矣。"鼠闻之，双目灼灼，若有所思，须臾间，口衔洋钱而来，乙欣然检取，出购芙蓉膏就灯烧吸，大肆吞吐，鼠亦酣畅淋漓，饱其所闻而去。次日，复衔洋元而来，乙益喜，喟然曰："知我贫而厚施于我，是我之叔牙也！"自此呼鼠为朋友，人畜相安，不啻莫逆。积半载，乙为旧主召去，已越数百里，忽忆及鼠，失声曰："我友危矣！"星夜赶回客店，遍搜室内，大鼠已气绝体僵矣，乙抱鼠于怀，号泣甚悲，以棺木厚葬之，封树立碑。曰："我困苦欲死，非鼠无以有今日，不图一时疏忽，致令戕其生。鼠非我杀，实由我而死，九泉之下，负此良友，我何以为情哉？"卷一《马生》，写书生马妍君因食鸦片而亡，做了鬼，还贪嗜如故，闻有人吸烟，不觉喉中奇痒难忍，亦来共吸，连冥间的科考也不在乎了。这两则，便很有时代特色。

值得指出的是，小说虽名曰"志怪"，对于鬼神的存在并不表示怀疑，但一些作品如卷一《颠僧》，对于因瘟疫大作，自言能疗奇病类似邪教的颠僧，却进行了辛辣的讽刺："病者甘啖秽土浊浆，以为灵丹；忍受其拍打摩挲，以为施佛力。好事者传其灵异，云死者生，哑者语，跛者履，瞽者视"，更有甚者：

> 水车来往道旁千万计，锣声人声相应，旌旗烂漫如云锦。香烟喷溢，高上青霄。夜则灯火遍野，远近繁杂如密星。华盖彩舆停道左，

皆显贵之妻妾也。僧揭舆帘向美人洒土唾津，或摩面拭颐，笑云：
"愈矣，愈矣。"即令异归。有待半晌不得施治者，即闻轿内嘤嘤娇
啼，泣曰"悔罪"，以为活佛不齿。僧一怒则抱首攒卧，众即跪前哀
祷；喜则为病者拍肩摩顶一二状，则病者自以为幸甚荣甚。僧声价日
高，衣亦华楚，行则人负之。后数百人拥挤相随，恐其或去。妇女粉
汗淋漓，杂众中争曳僧足，云佛足也，摩之可以已灾，脱其履争擘足
垢怀之。已而共碎其履，各持一片归。前面则男妇老弱数百辈，持香
长跪以迎。街巷人口谈耳听，手之指画，神之张皇，无不说僧灵异、
言僧神奇者，且不敢出一亵语，恐有以达佛听而佛加罪也。

写得真是淋漓尽致。谁知这位"我佛"，后来竟因与诸匪徒争钱相殴，兴
讼被执，于是"神异如扫"。

《醉茶志怪》中以社会现实生活为题材的作品，也有较高的价值。如
卷一《云素秋》，叙都中名优云素秋，劣迹斑斑，及齿长，出金指捐豫省
典史，出仕颇有政声。人谓："不图汝迁善至于如是！"素秋回答说："官
场本似戏场，昔日敷粉搓脂，装作美女，则居心以媚人为念，故群相颠
倒；今日升堂放衙，装作官长，则居心以爱民为念，故人皆悦服。彼名之
曰官，而上负君国，下误民生，惟知敛财者，灭我辈之不如矣。"弦外之
音，发人深省。

因所处时代的不同，李庆辰颇知晓若干西方传来的科学常识和伦理观
念，偶尔掺入小说的叙事和议沦中，也颇有些新意。卷一《青灵子》，叙
乩仙青灵子居然与信徒讨论起"自西人论之而始明"的日食问题来，此仙
居然知道"日月对光，中隔一地，亦度数使然耳"的科学道理。但他仍旧
坚持"古史于日食必书，用以警惕人君，使不敢失德"的传统观念。当人
以"西人云：如中国日食之某日，即外国日食之某日。合中外众国观之则
为一日，岂一国之君失德，众国之君皆失德矣？即昔列国之君众矣，又岂
君德之尽有亏乎？"相质问时，仙云："所谓君德者，指中国之天子言。莫
尊于中国之天子，四夷之君，莫能比伦也。"或又曰："自天视之，凡君皆
其子，殊无厚薄之分，岂有异乎？"仙曰："自天视之，虽皆其子，然子中
有长男、次男、少男之分。中国之君，天之冢子也，其所示之象，自应
以中国为断。如南北朝荧惑入南斗，梁武帝跣足下殿以禳之，而终应在

西魏，梁武不胜其惭。虽史册编年以梁为正统，然梁元为魏所杀，后梁为魏所立。是其属国一线之传，得延数年，皆北魏之力。而陈终为北朝混成一统。以时势论，则北朝胜于南朝矣。由此而观，不可知中国君之尊哉？"

又如卷一《卜某》，在叙卜某与华氏、邵氏二女的幻象姻缘后，作者发议论道："夫妇虽曰天伦，终由人合。人生得贤妇，则终身享其福；得悍妇，则终身受其殃。如附骨之疽，欲去不能也。闻西人娶妇共居三年，男女有不如意者，任其离散，迥不强合。所谓有情者为眷属，亦甚便矣。"对于西方的婚姻观念有所肯定；但旋即又叙邑有士人，其妻不妒，尝谓夫曰："俗云妻不如妾，妾不如娼。今始信矣。"士曰："凡妇女如鱼，昔人谓妾如鲥鱼，味美而难得也；娼为豚鱼，味美而有毒也；尼为鳝鱼，嗜之者以为美，否则终身不食也。"妻云："我名何鱼？"曰："咸鱼耳。家常便饭，殊无佳味也。"妻大笑云："我是大咸鱼，于人何所不容？金钗十二，任君置之，吾不禁也。"居然大加赞叹："洒脱无酸意，亦可风矣。"开放的意识与迂腐的论调杂糅在一起，显得可笑而不自知，这是时代的局限，是没有办法的事。

第四节　石玉昆与《三侠五义》

石玉昆（1810？—1871？）。孙楷第《中国通俗小说书目·龙图公案》题记云："玉昆，字振之，天津人，咸同间鬻伎京师，以唱单弦名重一时。后生羡慕，形诸歌咏，因有'编来宋代包公案，成就当时石玉昆'之句。玉昆说唱《龙图公案》，今犹有传抄足本，唱词甚多。"今学者多认为石为道光年间说书人。生卒年代约略可断为嘉庆十五年（1810）至同治十年（1871）。据《老书馆见闻琐记》，他曾作过礼王府"供奉"。另有石氏传人传云：玉昆也曾供职衙门，以此方写出公案与侠义结合得如此完好的作品。清人富察贵庆《知了义斋诗钞》有月山《咏石玉昆》的七言律及序。序曰："石生玉昆，工柳敬亭之技，有盛名者近二十年，而性孤僻，游市肆间，王公招之不至。"诗中又赞曰："大笠飘飘野鹤群"，"为底朱门无履迹"。一个傲然权贵的艺人形象活脱纸上。作为民间艺人，他是才气超群的。石玉昆不但据前人材料编写了《西游记》《岳飞》中某些情节的唱段，而且在继承前人材料、吸收民间传说基础上，创作了整本《包公案》故事，即所谓"石派书"。"石派书"的唱腔是石玉昆自己的创造，它又称"石韵""石韵书"。这种以唱词为主，间插说白的唱腔，后被牌子曲吸收，则直接命名为"石玉昆"。金梯云抄本《子弟书》有《叹石玉昆》一段，专描写他说书情景。石玉昆编制的《龙图公案》（即《包公案》）只是一个唱本。时人听而录之，只存演说部分，删去唱词，题作《龙图耳录》。后又有问竹主人改为长篇章回小说《忠烈侠义传》（《三侠五义》），作者仍冠以石玉昆之名。鲁迅评论《三侠五义》说："值世间方饱于妖异之说，脂粉之谈，而此遂以粗豪脱略见长，于说部中露头角也。"① 也可说是对石玉昆的评价。

《三侠五义》为清代历史演义小说，又名《忠烈侠义传》《七侠五义》，全书一百二十回，约五十九万字。清道咸年间石玉昆在京师说唱《龙图公案》，时人记录下来，成《龙图耳录》，有谢蓝斋抄本。清无名氏又根据《龙图耳录》改编成《忠烈侠义传》，又名《三侠五义》，有清光绪五年北京聚珍堂活字本；不分卷，半叶 10 行，行 12 字，当为最初刊本。首有问竹主人、退思主人及入迷道人三篇序言。现有中华书局、广东人民出版社等排印本。

《三侠五义》前半部以众侠义辅佐包公办案为主要内容，后半部以众侠义辅佐颜查散巡按襄阳为主要内容。

小说梗概是：宋真宗时，刘妃与李妃争宠，在李妃分娩时，买通喜婆尤氏，以剥掉皮的狸猫换去太子，谎报李妃产下妖物，将她打入冷宫。太子幸得宫女寇珠、太监陈林救护，被携出宫去交八千岁狄娘娘抚养。后刘妃窃居皇后之位，但亲子不久夭亡，太子得以入宫受封，一日偶遇李妃，颇觉伤感。刘妃妒意顿生，设计杀害李妃，幸得太监余忠替死，李妃逃得性命，流落民间。太子日后登位，即宋仁宗。

江南庐州府合肥县仓家村内，包员外之妻怀孕，梦见一青脸红发怪物

---

① 鲁迅：《中国小说史略》，人民文学出版社 1973 年版，第 244 页。

由天而落，遂产下第三子。二公子怕三弟分去家财，唆使父亲将其遗弃，幸得大公子夫妇拾回抚养，才得长大成人，七岁时认祖归宗。二公子又几次设谋暗害，均未得逞。入学后，先生知其必非凡人，为其取名包拯，字文正。包拯县试、乡试连捷，决定上京赶考，途中于金龙寺遇险，被巡游到此地的南侠展昭救脱。在隐逸村，被退归林下的吏部李天官招为女婿。此时，仁宗已经即位，国丈庞太师把持朝政，包公因不肯送礼打关节，只以第二十三名中进士，选为定远县知县。任知县时，包公接连审结吴良、皮熊杀人案和张别古乌盆案，名声大振，但触犯上司，受到革职处分，在开封大相国寺闲居。这时，仁宗因闻怨鬼啼哭，梦见包公形象，遂画出图形，令人访求。召见包公之后，将他封为开封府尹，阴阳学士。文士公孙策和绿林好汉王朝、马汉、张龙、赵虎俱来投奔包公，成为包公的得力僚属。

王朝等在投奔包公时，路救赴京上告太师庞吉之子庞昱的陈州百姓，包公得以查知陈州百姓的困苦，直言上书，指责皇帝用人不当，仁宗便加封包公为龙图阁大学士，前往陈州查赈。公孙策利用谐音，将钦赐"御札三道"，制作成"御铡三刀"，分龙、虎、狗三品，大壮包公声威。为逃避罪责，庞昱派项福于途中刺杀包公，被展昭擒获。包公赴陈州查明庞昱罪行，就地将庞昱处死在龙头铡下。返京途中，遇见流落民间的李妃，在狄娘娘帮助下，使仁宗母子相认，更加受到器重。庞吉对包公极为嫉恨，设坛加以魇害，展昭杀掉妖道邢吉，又一次救护了包公，包公遂向仁宗举荐展昭。仁宗见识了展昭的高超技艺，赐其"御猫"之号，并将其封为御前四品带刀护卫，在开封府供职。

展昭受封之后，还乡祭祖，结识双侠丁氏兄弟，并与双侠之妹缔结姻缘。又由双侠介绍，结交五义即五鼠，但只见到卢方、韩彰、徐庆、蒋平四人，得知白玉堂年少气盛，要上东京与其比试。展昭闻讯急忙赶回开封，于途中救了颜查散的仆人颜福。颜查散乃武进县文士，得友人帮助，进京赶考，途中结识白玉堂。在岳父柳员外家，陷于冤狱，书僮雨墨到开封府投状，白玉堂也在府衙飞刀留柬，求得包公为颜查散平反。后颜查散得中进士，在朝为官。

因展昭获"御猫"之称，白玉堂甚感气恼，在东京闯皇宫内苑、闹开封府衙、戏太师庞吉,又盗走包公的三件宝物,逗引展昭前去陷空岛比武。展昭得双侠及蒋平帮助,收服白玉堂。五鼠在包公荐举下,先后受封。庞太师利用武吉祥假冒包公之侄,派人装扮包兴前去传话,企图趁此参倒包公,结果依然枉费心机。

此时洪泽湖发大水,包公举荐颜查散为巡按。前往稽查水灾,兼理河工民情。公孙策、白玉堂为辅,后又得蒋平相助,费时四月余,扫除水盗,平定水土,归朝复命。因襄阳王反迹已露,包公又举荐颜查散巡按襄阳。皇帝加封颜查散为文渊阁大学士,仍命公孙策、白玉堂为辅。

新任杭州太守倪继祖,在任上被襄阳王盟友恶霸马强拘押,幸得北侠欧阳春等救护脱险,但被马强之叔回值库总管马朝贤诬告,连北侠也涉嫌入案。为解救倪太守和北侠,北侠义子小侠艾虎和艾虎的师父黑妖狐智化,与双侠之一丁兆蕙合作,入皇宫盗得九龙珍珠冠,又藏入马强家中,向开封府出首告发,使马氏叔侄一起伏法,倪太守官复原职。北侠、智氏、艾虎等,又一起到襄阳助阵。

襄阳王嫉恨颜查散,派人窃得巡按官印,投入逆水泉中。恰值包公又派展昭和卢方等四人前去相助,蒋平冒险入水,捞回印信。白玉堂则因失印负气,立意独破冲霄楼,盗取襄阳王谋反的罪证盟单,结果陷身铜网阵,被乱刀刺死。蒋平、展昭、智化等合谋,盗得白玉堂骨殖,收伏洞庭水寨首领钟雄,准备日后共破襄阳,捉拿奸王,小说结束。

侠义小说是将"公案传奇"和"朴刀杠棒"结合起来的小说品种,既有清官办案的离奇情节,又有侠客打斗的热闹场面,应和了当时民众的欣赏心理,曾经在晚清盛极一时。鲁迅指出:"当时底小说,有《红楼梦》等专讲柔情,《西游记》一派,又专讲妖怪,人们大概也很觉得厌气了,而《三侠五义》则别开生面,很是新奇,所以流行也就特别快,特别盛。"(《中国小说的历史变迁》)

从思想倾向看,侠义小说都以忠君为归依,侠义之士必定要辅佐一个清官。鲁迅指出:"凡此流著作,虽意在叙勇侠之士,游行村市,安良除暴,为国立功,而必以一名臣大吏为中枢,以总领一切豪俊,其在《三侠五义》者为包拯。"(《中国小说史略》)正因如此,在很长一段时间里,侠义小说大受鞭挞,被看成"用以维护封建统治的旧秩序,巩固封建阶级的内部团结，以对付农民革命"（见北京大学中文系编《中国小说史简编》）的反动作品。

宣扬忠君思想，美化清官作用，确是侠义小说的明显局限，但这种思想倾向，真实地反映了当时一般民众的思想感情，寄托着封建时代大多数人的政治理想。渴望君明官廉，毕竟比安于昏君贪官更近于情理。而且，侠义小说在叙写之中，对于封建皇权统治的腐败和当时社会现实的黑暗，也作了一定程度的揭露。如刘妃为争宠固位采用的卑劣手段，即反映出皇族内部权力角逐的激烈残酷；包公二哥怕少分家产而对亲生兄弟屡次加害，颜查散岳父柳员外为嫌贫爱富几乎将女儿、女婿双双害死，则说明一般地主家庭也往往为争夺私利而致骨肉相残。皇亲国戚、大小豪强的罪恶行径，更令人触目惊心。如国丈庞吉和其子庞昱，皇叔襄阳王及其爪牙，地方恶霸葛登云、马刚、马强等，不仅毫无廉耻道德，任意欺压杀害百姓，甚至置封建礼法于不顾，公然加害朝廷命官。他们如此豪横骄纵，皇帝却每每曲意回护，足见所谓明君，实际也相当昏庸。书中的这些描写，极富现实精神。

清官和侠客的描写，则带有明显的理想色彩。如包公同庞吉父子之间，势位相差悬殊。庞吉位居太师，又是皇帝的岳丈，且为包公座师。但包公一了解到庞吉之子庞昱在陈州的胡作非为，即时上表参奏，闹得手下僚属也为之"担惊"。"原来这个夹片是为陈州放粮，不该信用椒房宠信之人，直说圣上用人不当，一味顶撞言语。"到陈州查明庞昱罪证后，包公毫不顾及自身安危，毅然下令开铡行刑，的确铁面无私。再如书中的侠客义士，具有强烈的社会责任感，到处锄奸铲恶，扶弱济贫，往往救人于危难之中，却丝毫不图恩报。小说对这种人物做了由衷的赞美："真是行侠作义之人，到处随遇而安。非是他务必要拔树搜根，只因见了不平之事，他便放不下，仿佛与自己的事一般，因此才不愧那个'侠'字。"与其把这些人物和事迹当成现实的写照，毋宁是当作理想的寄托。清官的刚正不阿，侠客的热心救人，固然仍是为维护封建统治，但他们所体现的正义性，也不能轻易抹杀。

小说鲜明的思想倾向，写实与传奇并用的笔法，使得人物形象塑造褒贬分明，具有强烈的感情色彩。小说往往令权贵和豪强出乖露丑，让人们在哄笑之中，倾吐愤恨鄙弃之情。如第四十三回写庞吉的寿宴，先是让他和门客怀疑中了河豚之毒，灌下满口满腹臭烘烘的粪汁；后又让他中了白玉堂的计谋，于醉中杀掉两个心爱的小妾，他为泄怒诬告包公，却又因白玉堂偷偷地夹了小纸条，闹得阴谋败露，受到罚俸三年的处罚。对于正面人物，则着意在艰险困境中，突出其高大形象。如包公刚从金龙寺脱险，行李盘缠全都丢失，于无可奈何中来到隐逸村，却依然气度不凡，从容不迫地将自己"上京会试，路途遭劫"的经历和盘说出，又在谈吐中显出直爽忠诚、学问渊博的本色，引起李天官的赞叹，将其招纳为婿。又如欧阳春在众人围斗中刀磕铁弹的惊人绝技、蒋平入逆水泉捞取金印的高超胆艺等，都给读者留下极深的印象。

小说中塑造得最成功的人物，是南侠展昭和锦毛鼠白玉堂。两人都身负绝世惊人之技，具有行侠尚义之心，但性格迥然不同。展昭宽厚精细，白玉堂则促狭阴狠。两人第一次见面，就形成鲜明的对照：同去盗取苗秀的不义之财，展昭只是悄悄地拿走三封银子，还给白玉堂留下三封；白玉堂则为引开苗秀父子，把苗秀之妻双耳割了下来。获"御猫"之称后，展昭为平息白玉堂的怒气，甘愿忍辱退让；白玉堂本来技不如人，却年少气盛，认为"御猫"称号有欺鼠之嫌，非要与展昭较量不可，为此大闹东京，竭力表现自己。全书以展、白二人贯穿首尾，在对比之中刻画人物，将二人形象栩栩如生地勾勒出来。其他人物形象，如包公的刚正、欧阳春的深沉、卢方的忠厚、蒋平的机敏，无不纤毫毕露，鲜明生动。

因该书系由说唱底本整理而来，艺术风格上保留了平话特点。正如鲁迅所说："《三侠五义》及其续书，绘声状物，甚有平话习气。"（《中国小说史略》）

情节安排上，既错落有致，枝节横生，又清晰连贯，首尾完整。全书上半部分以包公与庞吉父子斗争为中心内容，下半部分以颜查散与襄阳王党羽的斗争为中心内容，上、下两部分又都以展昭、白玉堂的活动为推动情节发展的主要线索。包公赴京赶考，得到展昭救助，此为叙事之始；包公派展昭去辅佐颜查散，他与智化等合谋占取了洞庭水寨，此为叙事之终。而展昭的活动，又始终与白玉堂相照应。展昭打算投奔包公时，与白玉堂偶然相逢；展昭获"御猫"之称，白玉堂争胜较技，这一冲突铺陈出大闹东京、大战陷空岛以及蒋平追韩彰等一系列情节；展昭赴襄阳之前，白玉堂早已随颜查散赴任，不幸死于铜网阵中，展昭等正是以夺取白玉堂骨殖为开端，占取了洞庭水寨。

全书以相对独立的一个个案件交叉组织，大关目包含小关目，若干个小故事构成一个大情节，一环紧扣一环，步步引人入胜。这样的结构安排，既曲折，又清晰，的确有其长处，但情节间缺乏有机联系，很容易插入相对独立的内容段落，可任意生发铺陈，拉杂叙述。这既为续书留下充分的余地，成为侠义小说繁盛一时的重要原因；也为后人粗制滥造提供了现成的框架，成为武侠小说流于滥恶而渐次消歇的重要原因。

在表现手法上，小说以第三人称的铺叙为主，又时时以说书人的口吻点拨几句，或状物叙事，或剖情析理，直接与读者交流，使读者恍如在书场听讲，印象格外深刻。

小说语言粗犷诙谐，简练明快，明显具有讲唱文学的特色。如白玉堂陷身铜网阵后，看守此阵的徐敝也因得意忘形而殒命。小说是这样叙写的："小瘟皇徐敝满心得意，吩咐：'拔箭'。血肉狼藉，难以注目。将箭拔完之后，徐敝仰面觑视，不防有人把滑车一拉，铜网往上一起，那把笨刀就落将下来，不歪不斜，正砍在徐敝的头上，把个脑袋平分两半，一张嘴往两下里一咧，一边是'哎'，一边是'呀'，身体往后一倒，也就'呜呼哀哉'了。"这种"粗豪脱略"而又油滑诙谐的语言特点，与小说叙述内容和人物性格互相契合，特别适应市民的趣味。

《三侠五义》在思想倾向与艺术风格上，都保留着讲唱文学的特色，与《儿女英雄传》同为侠义小说中较早问世的、水平较高的作品。侠义小说尽管有种种局限，但在文学史上也有一定的影响，正如鲁迅所说："是侠义小说之在清，正接宋人话本正脉。固平民文学之历七百余年而再兴者也。"（《中国小说史略》）

《三侠五义》问世后，产生极广泛的社会影响，其后有续书《小五义》《续小五义》《英雄大八义》《英雄小八义》《七剑十三侠》等二十余集，虽然大抵千篇一律，但洋洋大观，拥有很多读者。

第五节　连梦青与《邻女语》

连梦青的《邻女语》也是值得提及的晚清谴责小说。原题"忧患馀生著"。忧患馀生即连梦青，北京人，与沈虞希同为天津《日日新闻》主持人方药雨之友。沈尝以朝中事语方，方揭诸报端，触孝钦皇后怒，严究泄漏者，沈被捕，杖毙。株连及梦青，乃孑身遁走至沪，卖文为生，与《老残游记》作者刘鹗相熟，其性孤介。

连梦青的《邻女语》，原稿初载于李伯元主编的《绣像小说》第六期至第二十期（1903—1904 年）。全书共刊出十二回，即告中断，六万余字，是一部未完成的作品。1913 年商务印书馆曾出版单行本，但流行不多，久已绝版。1957 年，上海文化出版社根据《绣像小说》上的初刊，作了标点校注后，重新整理印行。

《邻女语》是一部以晚清"庚子事变"（1900）为题材的谴责小说。小说通过官宦子弟金坚（表字不磨）变卖家产，偕仆北上进行救济为线索，通过对沿途所见所闻的描写，较真实地描写了庚子事变后中国的社会状况：逃官溃兵对百姓的骚扰，赈灾大员的贪婪暴虐，以及袁世凯部下在山东对反帝爱国的义和团进行的残酷屠杀等。作者还通过对一些清末官僚在庚子事变中佚事的描写，揭露清末政治的腐败：军队遇敌而逃，遇民则扰；官员昏聩无能和投敌叛国。对这些罪恶行径，作者一一进行了无情的鞭挞。因"除金不磨所目见的事实外，大都出自各地女性的报告，如听隔板尼姑谈话，隔壁女性悲唱，邻店女东怕赈灾大员的小语等等"①，故名"邻女语"。

阿英认为该书"最优秀的部分"有三方面：一"是写沿路所遇着的逃难的京官，骚扰抢劫的士兵，于一幅逃难图中，活画出清室已达到非覆灭不可的程度"；二是写"山东袁世凯杀义和团，和山西毓贤杀外国教士，和各国在天津放'绿气泡'，可说是'当时异曲同工'的'三绝'，最深

---

① 阿英：《晚清小说史》第四章，商务印书馆 1937 年版，第 71 页。

刻的兽性的暴露"；三是"暴露了赈济官员的黑暗"和"北方民众的痛苦"，"不啻老杜的一篇《石壕吏》"。除此之外，更深层次地去看，《邻女语》的可贵之处乃是对晚清整个统治阶级日益堕落的强烈谴责，所谴责的对象是晚清"政治"。第七回写蒙受屈抑的沈敦和初至张家口戌所时，"抑郁牢骚，想到中国国家政治，不由得悲愤填膺"。十一回写天津守城兵丁悉数死于城上，以诗吊曰："不自内修新政治，幸勿孤注掷山河。"这些都明确地表示了作者的关注在当时的政治。同是谴责晚清政治，与《孽海花》相较，《邻女语》仍不乏鲜明个性：首先，《孽海花》全以现实人物为其原型，故越来越多的学人宁愿称其为"历史小说"，而《邻女语》则以虚构形象居多，即便以现实人物为其原型，也都进行了较大程度的改造（后文有论）；其次，《孽海花》对专制政体的谴责是穿插于其他种种事件，尤其是傅彩云艳事过程中的，显得驳杂，而《邻女语》则集中笔墨专写晚清政治的窳败；再次，《孽海花》关注的是晚清"政治的变动""文化的推移"①，着眼于一个"变"字；《邻女语》关注的是晚清政治窳败、堕落的现实，他要撕破种种谎言织成的面纱，暴露晚清政治的真相，所以《邻女语》对晚清政治窳败的谴责显得更系统、更深刻。在林林总总的晚清谴责小说中，像《邻女语》这样系统而深刻地暴露满清政府各级官吏卑劣形态的作品，实不多见。它呈现给读者的是这样一系列的清朝官吏：

其一，高级统治阶层：苟且无能、贪生怕死、滥杀无辜。小说初始，便愤慨于这一点，因为这是导致国家沦亡、天子蒙尘的直接因素之一："话说北方庚子年，义和团大乱之后，两宫仓促出走，这班在京的文武各官……却无一个为国捐躯，尽他们平日八股上所说'孝悌忠信礼义廉耻'八个字意义，都蚤把这八个字忘了。但见那一班在京的尚书、侍郎、翰林、主事，门口挂的都是'大日本顺民'，车上插的也是'大日本顺民'。一霎时间，京城内外，无论大大小小的人家，都变了外国人民，没有一个不扯外国旗号。只见迎风招展，蓝的、花的、红白相间的，世界上怪怪奇奇的旗子样子都有了，只不见什么正红旗、正白旗、镶黄旗、镶蓝旗，又是什么中国黄色龙旗。"

---

① 曾朴：《修改后要说的几句话》，附于1943年重庆版《孽海花》三十回本。

第十二回更举典型事例如刑部侍郎徐承煜父子：那徐承煜一听说日本兵已入京城，马上与其父徐桐商量要挂出"大日本顺民"旗，"徐老头儿喜道：'此计甚妙……你快快去照办，保全我这条老命罢！'徐承煜道：'要是日本国，可就有用；要不是日本国，遇着英国、法国、德国，他不认得我们中国的字，还是一个白白里，这却如何是好？'徐老头儿道：'你又来了，你怎么也会说这糊涂话？他们外国，那有这么多国名？还不是康有为在日本变了法了，多立名目，想出来骗我们的？你看古书上，那有什么英吉利、法兰西等名字？'徐承煜恍然大悟，遂寻出一条黄布，写了顺民旗子，插在门外，安心等著日本皇帝进京，拿他宣诏，做一位开国元勋。"

就是这么一对丧尽人格、犬彘不如的父子，在洋兵入城前，却恣意逞凶，伙同端王杀了倾向维新变法的吏部侍郎许景澄、太常寺卿袁昶，"又在城外村子，捉了一村大小二百四十口，硬指是教民，不论乳臭小儿，龙钟老妇，一齐都在菜市口杀了，杀得菜市口一直望顺治门大街，都是无罪的死尸。"不唯如此，而且还公然宣称："现在杀个把人，还要什么凭据不成？"（第十二回）

这就是晚清朝廷所倚赖的重臣，一群在洋人面前是鼠，在国人面前是虎的臣工。

其二，中下层官僚：于洋人畏葸、恐惧、望风而逃，于下层百姓便暴虐、凶残、耀武扬威，于政务则昏庸、疲苶、散漫怠堕。前者如奉旨防守居庸关的提督刘光才；中者如山东袁世凯的部属梅统领；后者如东光知县。

且请先看那刘提督："刘提督奉了恩旨，立刻到营理事……一日，正当分布之时，忽然有人报道：'前面已有一队洋兵，打着一队鹰的旗号，吹着喇叭，步伐整齐，一步步逼近关门。'刘提督听了，大惊失色，将要拨队退让。忽然炮队里面在关上镇守的兵丁，有一个不知死活的，趁这当口，要去推回关上大炮，却忘记退出炮弹，毛手毛脚，不料误碰关捩，轰隆一声，俨若山崩地裂，放出一个七升的大炮。这边刘提督大队，不知是自家营里炮机发作，都当作洋兵攻进关来，没死命大家一阵乱跑，一个个从人身上挤过去。顿时，关上关下，逃得一个也没有，仿佛是一片荒地一般。"（第七回）让如此样的提督保家卫国，清朝如何不亡？

再来观梅统领："说起梅统领，便心胆俱裂。不磨又走不多路，已到东光县城地界，只见树林子里面，挂了无数人头。老的、少的；男的，女的；胖的，瘦的；有开眼睛的，有闭眼睛的；有有头发的，有无头发的；有剩着空骷髅的，有陷了眼睛框子的，高高下下，大大小小，都挂在树林子上。没有一株树上没有挂人头，没有一颗人头上没有红布包头，没有一个红布包头上没有'佛'字。不磨问明土人，知道这就是义和团大队拳匪，尽为梅统领所杀，奉了袁抚台的号令，枭首示众。"（第六回）似这般残忍，岂不就是身着补服的流氓？

复请看东光知县：第六回写不磨去东光县衙讨路照，传帖的管家称老爷正在接待钦差。于是不磨独坐花厅"等过八点钟，又是九点钟；过了九点钟，又是十点钟……留神朝里看时，只见一位老爷衣冠整齐，屏息窗下，立著打瞌睡。不磨看了好笑。歇了一会，有一个小号房进来添火，不磨小声顺口问道：'你老爷起来了么？'小茶房说道：'起来了，那不就是吗！'不磨向著小茶房手指看去，果然就是窗下闭眼睛的老爷。小茶房又说道：'钦差大人刚上点心，还没有用饭，老爷没有空功夫来，要停一会才来呢！'……不磨等过十一点钟，又见十二点快到的时光，不觉饥火中烧……好容易又等到那传帖管家走了进来，说道：'咱家主人因在钦差大人那边侍候久了，发了烟瘾，又触起旧病，明天送钦差大人，还不知道能不能够，少爷请改日再来罢！'不磨听说，不觉大怒，拂袖迳出，走回店中。"就这么个"德性"，居然也做着知县。刘鹗读懂了作者塑造这一形象的奥妙，评云："写出一个东光县糊涂昏愦的情景，俨然如画。今之自督抚以下，类同然也。"① 是的，忧患馀生显然是用互文见义法，以一个东光知县之昏愦概众官僚之昏愦，同时，他又是以一徐承煜之苟且偷生概普天下官僚之苟且偷生。

其三，基层胥吏：横行霸道、仗势欺人、祸害百姓。胥吏有如城社之狐鼠，庇荫于城社，却又时时在掏空城社。《邻女语》便是胥吏之恶的形

① 刘鹗：《邻女语评》，原附《绣像小说》之《邻女语》，此据刘德隆等编《刘鹗及老残游记资料》，四川人民出版社1985年版，第82页。

象展开。试观第一回，写一群京城逃难的官船到了镇江码头，其中“有个人在船头上，挺著腰杆子，打著京撇子，乱嚷乱说道：‘你们使点劲，快点儿赶到码头，赏你们酒钱。要不然，咱们明儿到了镇江，误了咱们的路程，送你到衙门，敲断你的狗腿！’那船上的人答道：‘大爷不要著忙，这边不就是镇江码头吗？到也到了，还骂什么！嚊什么！’那打京撇子不听犹可，一听便雄纠纠、气昂昂的伸出手，打那答话的两个耳巴，口里大骂道：‘你这忘八羔子，小杂种！我骂你，我骂你，我打你，看你怎么样！’那答话的不敢则声，见他含了一泡眼泪，望后舱躲避去了。”国家已被大难，胥吏们还不知道体恤百姓，依旧仗势欺人，丧失民心，如此国能保全吗？

其四，最高统治者朝廷：孱弱、怯懦，无力保护其人民。《邻女语》不仅无情地暴露了清政府自上而下大小各级官吏的罪与恶，而且还对最高统治者给予了有力的揶揄与谴责。当洋兵侵凌、国运危殆之际，最高统治者竟然弃国都而“仓促出走”（第一回）。当山西教案发，各国联军于朝廷已杀首犯毓贤外，还要求严惩扈跸西狩的端王、庄王、英年、赵舒翘四大臣。“朝廷因端王系懿亲，不得不往返商酌，电报打了无数，始允免端王一死，将端王发往新疆圈禁，永不释回。庄王、英年、赵舒翘均赐自尽。”英年临终“嘱咐他的后辈不要做官，朝廷畏祸，不能保护出力的人；就是做官，也不可出死力，做事闯了祸，还是自己当的”（第九回）。“朝廷畏祸”四字，道出了朝廷的真面目。作者对晚清政府之怯懦深致不满，于此可见一斑。

这便是忧患馀生为读者展示的晚清统治阶级的群相，一个从大到小、从上到下、从头到尾都烂透了的政治集团。“不自内修新政治”是亡国的祸根。作者专力塑造一系列政权人物形象的目的正在于此。

《邻女语》思想价值的可贵之处不仅在于其对晚清政府、吏治进行全方位的暴露与谴责，还在于其与此同时充满了对逢此窳败政治下的苦难人民的同情、对国家兴亡的强烈责任感。主人公金不磨闻知北京城破、乱事日亟、百姓遭殃，立刻毁家北上，“往救同种之难”（第一回），表现和弘扬一种对国家兴亡的强烈责任感。北行途经山东，“惟见土阶茅茨，尘沙横飞，赤地如烧，饥民菜色，从无一耕获之乡。老少男女，相率跪于道旁，一见着南来过客，即相与伸手乞食……不磨看了，不胜大恸"（第五回）；德州道上遇雪，只"见雪中有倒卧的死尸，似是南方人的模样，自顶至踵，赤条条一丝不挂……接二连三，目中所见，不知凡几……细向店家问过原由，始知为难民同伴护冷，死者之衣即为生者剥去。不磨想到大难临头，骨肉妻子，均不能相顾这种惨境，不觉凄动于怀，泫然下泪"（第六回）。如此等等，无不呈现出作者民胞物与的悲悯情怀。

《邻女语》主人公金不磨，"生性慈善，素有澄清天下大志"，一听说两宫西狩，京师沦陷，立刻"想到北方生灵涂炭，已入水火之中，南方密约未成，未知颠沛何似！这些做官的固可以逃生，那些做百姓的又何以为活呢？"（第一回）于是毅然折卖了家产，北上赈难救国。途中虽屡遭艰危，如大雪阻程、洋兵挡道等，他却意志坚定，始终不渝。这的确"可以称得上是国难当头之日一个爱国志士的形象"。据郭延礼先生研究，金不磨形象的原型就是当时尽人皆知的刘鹗①。这一观点得到了欧阳健先生的认同②。其说当不谬。但有必要强调的是，忧患馀生在以刘鹗作为模特儿塑造金不磨形象时，进行了许多加工和改造。经过打磨后的金不磨形象，比原型更加光彩照人。如金不磨天性的坚忍凝定、思想境界的高远等，均为刘鹗本人所不及。金不磨这一艺术形象虽源自刘鹗，但又高于刘鹗。

乱世英雄除金不磨外，王家营熊氏马店老板的形象塑造也颇成功。其人原"是个响马出身"，金盆洗手后，在王家营"专门收卖骡马"。见金不磨主仆去买马，起初很瞧不起。待金不磨主仆既识骏马，并驯服其烈性后，他便慨然相赠，并附赠"两副极鲜明艳丽的鞍辔"（第三回）。这是一个"性情抗爽"的绿林豪杰，乍看上去"俨然戏台上扮出来的那些强盗样子一样"，实则其强悍然不野蛮，粗犷然不乏机智，心地透明、纯洁，"倒比咬文嚼字的好多了"（第四回）。如果说金不磨是一位正在走上乱世舞台的少年英雄，那么熊老板便是一位昔日叱咤江湖、今日已退隐市廛的草泽老英雄。

沈道台也是一位英雄，一位失路的英雄。他是江南人，留洋学生，足

① 　郭延礼：《中国近代文学发展史》第二十七章，山东教育出版社 1991 年版，第 1372 页。
② 　欧阳健：《晚清小说史》，浙江古籍出版社 1997 年版，第 181 页。

智多谋，又富有强烈的爱国心，本可以为国家作出一番不寻常的业绩，可惜过早地遇到了奸臣刚毅。"那年刚毅到江南地方搜刮民财的时候，说他私卖吴淞口炮台，奏请革职拿问，后来议罪遣戍张家口之外。"（第七回）就是这样一位仕途偃蹇、带罪遣戍的书生，当德国兵到了张家口以后，他凭借自己的知识与智慧，不仅调遣德军只驻扎于张家口关下，而且赚得德军统帅同意，撤去张家口关上的德国国旗，换上清朝龙旗，因此不战而夺回关地，努力保持了中国人的尊严。

在"谴责"的同时，注意描写真正的英雄挣扎于民间，这是《邻女语》在众多"谴责小说"中的一个亮点。

对于《邻女语》叙事结构，学者们对其前后叙事方法的不同，或贬或褒，至今看法仍有分歧。贬者如阿英先生所说："是书前六回，用的是吴趼人《二十年目睹之怪现状》写作方法，用'我'作了线索，处处与主人公有不可分的联系。后六回是另起炉灶，用李伯元《官场现形记》的手法，完全排开主人公，各自起迄的写'话柄'，因此形成了绝对的不调和。如果能不中途变更计划，依照前六回的方法写下去，那真将成为一部了不起的著作。所以这部小说实际是只有前六回有它的光耀的。"① 其他如郭延礼主编的《中国近代文学发展史》第二十七章：《邻女语》的"缺点是写法的不统一。前六回写金不磨的途中见闻，是第一人称的写法，自第七回作者到达天津后，忽然变了章法，置小说主人公金不磨于不顾，写六提督与沈道台的'话柄'和其他小故事……这种写法不仅破坏了全书结构的统一性，而且显得有些杂乱。"②

褒者如朱德慈，他在《〈邻女语〉新论》中说："这是拘泥于传统叙事模式，以说书人视角贯穿首尾为尚的判决。忧患余生未必不懂这一传统，否则，其前六回就不可能写得那么'光耀'。他之所以要采取现在这样的结构模式，完全是为了适应主题表达的需要。试想后六回所写涉及张家口沈道台事、天津义和团事、京师内徐承煜父子等人事，你让丹徒金不磨如何亲见亲历？揣度阿英的意思，无非是希望作者如第四回让店婆子转

① 阿英：《晚清小说史》第四章，商务印书馆1937年版，第68页。
② 郭延礼：《中国近代文学发展史》，山东教育出版社1991年版，第1372页。

述放赈官员事，也让其他中介人物来陈述沈道台等人事。可是，如果真的那样，转述语无论处理得如何巧妙，势必不如作家叙事来得真切生动。'对于小说家来说，选择什么样的形式，其实是应当根据他的创作激情的需要，根据他需要表现的情境和人生的需要进行创造。'《邻女语》采取突破传统叙事模式的结构，正是为了充分地展示自己的'创作激情'，以及创作主题。"① 从《邻女语》的创作实际来看，朱德慈的观点似更稳妥一些。

　　《邻女语》在艺术上还有一些特色，如全书文笔清隽，行文流畅；作者较善于进行环境气氛的描写，能够调动读者的感情；在人物塑造上，对人物的外貌描述较少，而主要运用心理和行动的描写来显示人物的性格特点等，恕不一一详谈。

---

① 朱德慈：《〈邻女语〉新论》，《明清小说研究》2003 年第 2 期。

主要参考文献

张廷玉等：《明史》，中华书局 1974 年版。

孟森：《明史讲义》，上海古籍出版社 2008 年版。

李鸿章、黄彭年等：《畿辅通志》，上海商务印书馆 1934 年版。

《明代笔记小说大观》，上海古籍出版社 2005 年版。

王灏：《畿辅丛书》，河北人民出版社 1986 年版。

章培恒等：《全明诗》（第一、二、三册），上海古籍出版社 1990、1993、1994 年版。

饶宗颐、张璋：《全明词》，中华书局 2004 年版。

谢伯阳：《全明散曲》，齐鲁书社 1993 年版。

鹿化麟：《北海亭集》清道光四年（1824）。

陈支平：《台湾文献汇刊》（第一辑），厦门大学出版 2004 年版。

王熹校释，戚继光著：《止止堂集》，中华书局 2001 年版。

刘君锡：《庞居士误放来生债》，明万历年间。

陈田：《明诗纪事》，上海古籍出版社 1993 年版。

钱谦益：《列朝诗集小传》，上海古籍出版社 1983 年版。

冯惠民等：《明代书目题跋丛刊》，书目文献出版社 1993 年版。

徐朔方、孙秋克：《明代文学史》，浙江大学出版社 2006 年版。

袁震宇、刘明今：《中国文学批评通史》（明代卷），上海古籍出版社 1996 年版。

张仲谋：《明词史》，人民文学出版社 2002 年版。

夏咸淳：《情与理的碰撞：明代士林心史》，河北大学出版社 2001 年版。

宋克夫、韩晓：《心学与文学论稿：明代嘉靖万历时期文学概观》，中国社会科学出版社 2002 年版。

廖可斌：《明代文学复古运动研究》，上海古籍出版社 1994 年版。

龚笃清：《明代八股文史探》，湖南人民出版社 2005 年版。

马积高：《宋明理学与文学》，湖南师大出版社 1988 年版。

赵尔巽：《清史稿》，中华书局 1976 年版。

王绍曾、杜泽逊等：《清史稿艺文志拾遗》，中华书局 2000 年版。

《清实录》，中华书局 1985 年版。

江庆柏：《清代人物生卒年表》，人民文学出版社 2005 年版。

孟森：《明清史讲义》，中华书局 1981 年版。

张其淦撰，祁正注、周骏富辑：《清代传记丛刊》，台北明文书局 1985 年版。

陶樑：《国朝畿辅诗传》，道光十九年（1839）红豆树馆刻本。

徐世昌：《大清畿辅先哲传》，中国书店出版社 1985 年版。

徐世昌：《晚晴簃诗汇》，中华书局 1990 年版。

张应昌：《清诗铎》，中华书局 1960 年版。

邓汉仪：《诗观三集》，齐鲁书社 1997 年版。

钱仲联：《清诗纪事》，江苏古籍出版社 1965 年版。

邓之诚：《清诗纪事初编》，中华书局 1965 年版。

刘崇德编：《边随园集》，中华书局 2007 年版。

梁清标：《蕉林诗集》，《四库存目丛书》，齐鲁书社 1997 年版。

申涵昐：《忠裕堂诗集》，《畿辅丛书》第 372 册。

申颋：《耐俗轩诗钞》，《四库存目丛书》，齐鲁书社 1997 年版。

申佳胤：《申端愍公文集》，中华书局 1985 年版。

申涵光：《聪山集》，《畿辅丛书》第 368 册。

张盖：《柿叶庵诗选》，《畿辅丛书》第 358 册。

殷岳：《留耕堂诗集》，《畿辅丛书》第 358 册。

刘逢源：《积书岩诗集》，《畿辅丛书》第 358 册。

魏裔介：《兼济堂集》，《畿辅丛书》第 304 册。

赵湛：《玉晖堂诗集》，《畿辅丛书》第 359 册。

翁方纲：《复初斋诗集》，清嘉庆间刻本。

舒位：《瓶水斋诗集》，上海古籍出版社 1991 年版。

龚自珍：《龚自珍全集》，上海古籍出版社 1975 年版。

张璋：《顾太清奕绘诗词合集》，上海古籍出版社 1998 年版。

张之洞：《张之洞全集》，河北人民出版社 1998 年版。

张佩纶：《涧于集》，民国十年张氏涧于草堂刻。

叶恭绰：《全清词钞》，中华书局 1982 年版。

南京大学中文系《全清词》编纂研究室：《全清词·顺康卷》，中华书局 2002 年版。

张宏生：《全清词·顺康卷补编》，南京大学出版社 2008 年版。

邹祗谟、王士禛：《倚声初集》，《续修四库全书》影印本。

赵秀亭、冯统一：《饮水词笺校》，中华书局 2005 年版。

尤振中、尤以丁：《清词纪事会评》，黄山书社 1995 年版。

翁方纲：《石洲诗话》，人民文学出版社 1981 年版。

严迪昌：《清诗史》，浙江古籍出版社 2002 年版。

朱则杰：《清诗史》，江苏古籍出版社 1992 年版。

刘世南：《清诗流派史》，人民文学出版社 2004 年版。

叶嘉莹：《清词论丛》，河北教育出版社 1997 年版。

张宏生：《清代词学的建构》，江苏古籍出版社 1999 年版。

严迪昌：《清词史》，江苏古籍出版社 1999 年版。

［日］清水茂：《清水茂汉学论集》，蔡毅译，中华书局 2003 年版。

郭英德：《明清传奇综录》，河北教育出版社 1997 年版。

苗壮：《笔记小说史》，浙江古籍出版社 1998 年版。

小横香室主人：《清朝野史大观》，上海中华书局 1936 年版。

鲁迅：《中国小说史略》，人民文学出版社 1973 年版。

谭正璧：《中国文学史》，上海光明书店 1948 年版。

薛洪勣：《传奇小说史》，浙江古籍出版社 1998 年版。

阿英：《晚清小说史》，商务印书馆 1937 年版。

郭延礼：《中国近代文学发展史》，山东教育出版社 1991 年版。

欧阳健：《晚清小说史》，浙江古籍出版社 1997 年版。

袁进：《中国小说的近代变革》，中国社会科学出版社 1992 年版。

宁稼雨：《中国志人小说史》，辽宁人民出版社 1991 年版。

刘叶秋、朱一玄等：《中国古典小说大辞典》，河北人民出版社 1998 年版。

欧阳健、萧相恺：《中国通俗小说总目提要》，中国文联出版公司 1990 年版。

后　记

　　这部书是我原来主编的《河北文学通史》的"古代部分"，那部书2009 年由科学出版社出版。10 年过去，科学出版社合同已满，而学界和社会对此书仍有需求，因此就产生了重新加以修订再出新版的想法。于是从去年下半年开始，我们率先拿出"通史"的古代部分，把后来看到读到的感觉不满意描述或文字粗疏错讹的地方加以全面修订，上册中还增加了科学社版未设的一个章节。经过近一年的努力，就形成了我们现在看到的这部《河北古代文学史》。第一、二、三卷的修订人依次为：王京洲教授、赵鹏鸽副教授、许振东教授。各分卷主编和部分撰稿人也自始至终参与了全书的修订。诚挚感谢责任编辑邵永忠博士，没有他的专业精神和专业素养，这部书不可能以今天看到的这么好的质量呈现在读者面前。

王长华

2018 年 10 月 29 日